新时代北外文库

俄罗斯文学的
理论思考与创作批评

Theoretical Reflections and
Creative Criticism of Russian Literature

张建华 著

人民出版社

作者简介
ABOUT THE AUTHOR

张建华　男，北京外国语大学二级教授，博士生导师，享受国务院政府特殊津贴专家。曾任北京外国语大学俄语学院院长，两届教育部高校外语专业教学指导委员会委员，副主任兼俄语组组长，中国外国文学研究会理事，中国俄罗斯文学研究会副会长。中国作协会员，北京市高校名师，北京外国语大学"长青学者"。长期从事俄罗斯文学、文化、语言的教学、研究和翻译工作。

著有《俄罗斯文学史》《俄罗斯文学名著选读》（2 卷集，合著）、《托尔斯泰画传》（合著）、《20 世纪俄罗斯文学的思潮与流派》（合著）、《新时期俄罗斯小说研究（1985—2015）》5 部，主编《现代俄汉双解词典》《现代俄汉词典》2 部，中长篇小说译著 10 种，发表学术论文 116 篇。全国优秀百篇博士论文指导教师（2007），教育部国家精品视频公开课"俄罗斯文学的品格与文化特性"主讲教师（2012）。获俄罗斯作协高尔基文学奖（2006），俄语世界基金会翻译贡献奖（2009），中国译协"资深翻译家"称号（2014）。专著《20 世纪俄罗斯文学的思潮与流派》获2014 年度北京市哲学社会科学优秀成果二等奖，专著《新时期俄罗斯小说研究（1985—2015）》入选 2015 年度"国家哲学社会科学成果文库"。

内 容 提 要
EXECUTIVE SUMMARY

  《俄罗斯文学的理论思考与创作批评》是作者近十年来对俄罗斯文学理论研究和创作评论中的部分论文、书评汇编。文集由五小编构成：俄罗斯文学概论，俄罗斯文学经典重读，新世纪俄罗斯文学纵览，新世纪俄罗斯作家、作品研究，书评及外语教育。"概论"首先关注的是俄罗斯文学的理念，有了对宏观理念完整深刻的把握，才能有文学思辨及讨论的空间，其次是对19—20世纪之交现实主义、象征主义两个重要文学流派文学精神的认知。"经典重读"是作者对莱蒙托夫、屠格涅夫、托尔斯泰经典作品的新见，同时还收入了对帕斯捷尔纳克学术史研究的论文。在"纵览"中，作者在世界文学的语境中，在与苏联文学的纵向比照中揭示后苏联文学的特征、地位、价值，分别对小说的叙事伦理和审美形态、后现代主义文学、女性文学、"合成文学"——进行了分析。"新世纪作家、作品研究"一编以后苏联文坛具有代表性且成就卓著的九位作家——拉斯普京、索尔仁尼琴、乌利茨卡娅、弗拉基莫夫、彼特鲁舍夫斯卡娅、托尔斯塔娅、多甫拉托夫、索罗金、沃洛斯的小说为研究对象，揭示了不同题材、流派、风格的叙事文学的思想与审美特质，并探讨了作品价值取向的得失。"书评及外语教育"是作者给俄罗斯文学界七位博士的专著所作的序以及对高校专业外语教育改革的思索。

《新时代北外文库》编委会

出版说明

2021年是中国共产党成立100周年,也是北京外国语大学建校80周年。作为中国共产党创办的第一所外国语高等学校,北外紧密结合国家战略发展需要,秉承"外、特、精、通"的办学理念和"兼容并蓄、博学笃行"的校训精神,培养了一大批外交、翻译、教育、经贸、新闻、法律、金融等涉外高素质人才,也涌现了一批学术名家与精品力作。王佐良、许国璋、纳忠等学术大师,为学人所熟知,奠定了北外的学术传统。他们的经典作品被收录到2011年北外70年校庆期间出版的《北外学者选集》,代表了北外自建校以来在外国语言文学研究领域的杰出成果。

进入21世纪尤其是新时代以来,北外主动响应国家号召,加大非通用语建设力度,现获批开设101种外国语言,致力复合型人才培养,优化学科布局,逐步形成了以外国语言文学学科为主体,多学科协调发展的格局。植根在外国语言文学的肥沃土地上,徜徉在开放多元的学术氛围里,一大批北外学者追随先辈脚步,着眼中外比较,潜心学术研究,在国家语言政策、经济社会发展、中华文化传播、国别区域研究等领域颇有建树。这些思想观点往往以论文散见于期刊,而汇编为文集,整理成文库,更能相得益彰,蔚为大观,既便于研读查考,又利于学术传承。"新时代北外文库"之编纂,其意正在于此,冀切磋琢磨,交锋碰撞,助力培育北外学派,形成新时代北外发展的新气象。

"新时代北外文库"共收录32本,每本选编一位北外教授的论文,均系进入21世纪以来在重要刊物上发表的高质量学术论文。既展现北外学者在外国文学、外国语言学及应用语言学、翻译学、比较文学与跨文化研究、国别与区域研究等外国语言文学研究最新进展,也涵盖北外学者在政治学、经济学、教育学、新闻传播学、法学、哲学等领域发挥外语优势,开展比较研究的创新成果。希望能为校内外、国内外的同行和师生提供学术借鉴。

北京外国语大学将以此次文库出版为新的起点,进一步贯彻落实习近平新时代中国特色社会主义思想和党中央关于教育的重要部署,秉承传统,追求卓越,精益求精,促进学校平稳较快发展,致力于培养国家急需,富有社会责任感、创新精神和实践能力,具有中国情怀、国际视野、思辨能力和跨文化能力的复合型、复语型、高层次国际化人才,加快中国特色、世界一流外国语大学的建设步伐。

谨以此书,
献给中国共产党成立100周年。
献给北京外国语大学建校80周年。

文库编委会
庚子年秋于北外

目　录

1

书评及外语教育

自　序

　　本书是我近十年来对俄罗斯文学的理论思考和创作评论既有成果的一个选集。时间和文字所呈现的思考以一本文集的形式与读者交流、对话,得到专家的指点、帮助,是最方便、最适宜,也是最温暖的方式。

　　整理并审读这本文集的过程中,我会产生各种联想和感触,既有对俄罗斯文学创作的,也有对文学批评研究的,还有对自己的学术工作的。在完成了整理、审读工作之后,我想起了一个有趣的故事:

　　埃及西奈半岛有座西奈山。《圣经·旧约》中说,耶和华曾在山顶上向摩西显灵,将写在石板上的十诫赐给了他,交由他传播。从此,这座山成了有名的圣山,领受了上帝之命的摩西也成了以色列人的领袖。

　　西奈山上有一个不毛之地叫耶利哥,被圣徒萨瓦看中,选作了他隐身修炼的居所。这个可怕的死亡之谷几乎寸草不生,唯独有一种小草,也许拥有了上帝的神灵,顽强地生长在贫瘠的沙石中。圣徒为它取了一个好听的名字:"耶利哥玫瑰"。

　　这种野生带刺的玫瑰草有一个神奇的本领:即使置放多年,凋萎衰败,看似枯死,但只要一放进水中,立刻就会复活,长出细小的叶片,绽放出粉红色的花朵。一位香客把枯干的小草带到了离它故土几千里外的地方,依然能复活,让这个孤独可怜的人儿感到了快乐和安慰。从此以后,古老的东方民族将它放在坟墓里、棺木中,祈祷亡人生命不朽、灵魂永恒。

　　"耶利哥玫瑰"被奉为复活的象征,讲这个故事的人领悟到,"世上没有死亡,因为存在过的经历过的东西不会灭亡!只要我的心灵、我的爱、我的记忆活着,就不会有离别和失落",只要"把我往昔的根和茎浸入心的活水中,浸入

1

苦恋与柔情的清纯甘露中,我珍藏的小草便重又令人惊异地吐出嫩芽……一旦露散、心衰,耶利哥的玫瑰也将永远被忘尘掩埋。"

这是俄罗斯作家布宁在他的一篇同名散文里讲述的故事,一个充满哲思和诗意的文学寓言。

作为心灵、爱和记忆的产物,优秀的文学创作也拥有"耶利哥玫瑰"的品格。它们也需要批评家和研究者的心灵活水、情感甘露的沁润,才能获得永恒精神的绽放,帮助人们建立起关于个体生命的、民族的、人类的永恒的记忆。俄罗斯作家如林,文学繁花似锦。几年,几十年,几百年,靠了俄罗斯文学的一朵朵"耶利哥玫瑰"以及一代代批评家、研究者心灵、爱、记忆的润泽,我们才得以了解并永远记住优秀的俄罗斯民族,她独特的性格,她伟大的文化。

作为一种艺术创造,文学无论在什么时候都兼容着一个民族深层的各种文化基因,承载着一个民族的生命经验、精神魂魄,她永远是一个民族观念、思想、伦理、情感的生产场域。罗曼·罗兰在他的《音乐散文集》中说,"一个民族的政治生活只是它存在的浅层部分,为了了解其内在生命——其行动的源泉,我们必须通过他的文学、哲学,以及艺术这些反映该民族理念、情感和梦想的东西,来深入探索它的灵魂"①。作为文学次生产物的文学批评和研究也是一种深邃博大的创造,它能帮助人们获得对文学所呈现的民族行为内因的深刻认知。俄罗斯民族文化的恢宏博大、深邃厚重不仅有普希金、莱蒙托夫、果戈理、屠格涅夫、陀思妥耶夫斯基、托尔斯泰、契诃夫、高尔基、布宁、肖洛霍夫、帕斯捷尔纳克、索尔仁尼琴、艾特玛托夫、拉斯普京等这样一大批作家的卓越贡献,还有别林斯基、杜勃罗留波夫、车尔尼雪夫斯基、皮萨列夫、米海依洛夫斯基、梅列日科夫斯基、普列汉诺夫、卢那察尔斯基、什克洛夫斯基、巴赫金、洛特曼等批评大师巨大的智慧融入。

20世纪前半期,中国人对俄罗斯的了解主要是通过俄罗斯文学获得的。那时,懂俄文的人不多,对俄国历史有研究的人更是寥寥无几。可以说,俄罗斯的形象不是在史学家笔下被勾勒出来的,而是以文学形象被描绘和呈现的。当俄罗斯的问题成为中国问题的一部分的时候,俄罗斯文学还成了中国人民

---

① [法]罗曼·罗兰著,冷杉、代红译:《音乐散文集》,中国文联出版社1999年版,第1页。

思想、精神的重要资源。100 年后,情况发生了根本的变化,俄罗斯文学的认识功能被大大地弱化,甚至被遮蔽了。兴旺昌盛的新闻业,异军突起的互联网,不断优化的新兴传播平台提供了关于俄罗斯的巨量信息,中国人可以借助历史、政治、经济、艺术等文化形态获得对俄罗斯多方位的,全面、立体、真实的认知。

然而,文学及其批评在表现民族文化深层蕴含的功能上是不可替代的。她在生动描绘社会生活万象的同时,有着对社会生活和民族文化的深层勘探和深度理解,能在错综复杂、茫然无序的生活表象中梳理出民族和人类发展的头绪和走势,破译人生的奥秘和真谛,辨别现象背后的真伪及价值,揭示社会演进的本质和规律,以一种伟大的存在和美丽的永恒向我们说话。这个用语言符号编织的文化世界,渗透在这一文化世界中的作家的情感体验和哲理智慧是需要有人用他们心灵、智慧的劳作向读者敞开、展现的。这就是文学和文学批评不可替代、不容忽视的作用和价值所在。

1991 年苏联解体后,整个俄罗斯处在一个社会转型中。文学创作和文学批评也最终实现了现代性的转型。文学思潮流派纷繁驳杂,价值取向多元,审美形式多样、多变。文学批评和研究的视野也得到了从未有过的拓展,以社会历史批评为主导的局面被跨学科的研究所取代。文学创作和文学批评的主体或"独白"或"对话",呈现出继"白银时代"之后从未有过的热闹景象,出现了一大批中国读者十分陌生的优秀作家和批评家。其中的一些杰出代表,前者如马卡宁、弗拉基莫夫、多甫拉托夫、彼特鲁舍夫斯卡娅、托尔斯塔雅、索罗金、沃洛斯,后者如叶萨乌洛夫、巴辛斯基、安宁斯基、涅姆泽尔、多博连科、普斯托瓦雅等。他们基于个人感知的生活体验和文学认知的思想智慧所进行的创作和批评,充分显示了当代俄罗斯文学生活的多样性和复杂性,也持续地丰富了我们对当今俄罗斯社会的认知。没有对他们的了解,我们对当今俄罗斯的认知便是不完整的。

在我看来,小说是代表当代俄罗斯文学最高成就的一种文学体裁。此间不同阶段的俄罗斯社会生活,俄罗斯人的心理经验以及文学的审美形态在小说中表现得最为鲜明。美国文学批评家和理论家乔纳森·卡勒说过,"小说是比任何一种文学形式,甚至任何一种文字,都更能胜任愉快地充当起社会用以自我构想的样板"①。不管小说在形式上如何革命,其叙事本质不是环境的再现,不是性格的塑造,而是小说家关于社会生活的洞见,小说故事所呈现的都是他们心中的社会、世界、人及其价值判断。小说批评从来就是俄罗斯文学批评的主要形态,在 21 世纪的文学批评中,文学的风格流派、艺术意识、审美特征在小说批评中体现得最为充分和完整,这一批评在整个文学批评中具有最大的辐射力和影响力。这就是文集中研究者几乎将全部注意力放在小说上的原因所在。

汇编这本文集的创新意图有二:

其一,凸显 21 世纪俄罗斯文学的新气象,取得的新成就。一个历史时代有一个时代的文学,21 世纪的文学在经历了对历史记忆的反思,在与俄罗斯历史,特别是苏联历史不断对话的过程中,直面文学曾经的懦弱和虚假,在实现了对历史的审视与和解之后,真正融入了世界文学的进程。其标志是文学的多元化、开放性、后现代性、实验性。一方面,19 世纪俄罗斯文学的经典传统在新时期重新得到张扬和发展,呈现出现实主义叙事的多样性、多元性,另一方面,世界文学的各种思潮、形态和样式都在此间的小说创作中得到了充分的反映和体现。文集以两个板块的篇幅所呈现的有限的文学图景已经证实了这一点。那里充满了俄罗斯人的生活、俄罗斯人的灵魂、俄罗斯人的诗意、俄罗斯人的意境,形成了一种新的讲述俄罗斯故事的语言、精神。

其二,表达我对俄罗斯文学的新思考和新认知。笔者将对俄罗斯文学的整体性认知置于苏联解体后的历史文化语境中,力图在现代文学学科发展的背景中理解它的历史发展进程。这种理解和阐释是对传统文学史观念的一种反思,在揭示俄罗斯文学共时性思想特征的同时,追求一种文化史的思路,并标举了"审美性"的文学评价标准。在对传统经典作品和经典作家的思想与审美剖析中,我力图有新的视角、新的判断、新的意境,而所有这些新的追求都是建构在文学研究的历史文化视野之中的。我历来看重学术研究中的"个人标识",看重"未有的补充"。文学批评和研究有着自身的统序,但在俄罗斯文

① [美]乔纳森·卡勒著,盛宁译:《结构主义诗学》,中国社会科学出版社 1991 年版,第 284 页。

学的创作和批评传统那里,我们每个人都能找到自己的创新对象,有自己的思想发现和艺术发现,有所成功和成就的领域和方面。

努力确立中国学者的立场,表达研究者自己的声音是笔者的一个学术追求。文学的批评研究除了学术性,还应该有文学性、可读性,是笔者的另一个追求。两者在本书中完成和实现的质量和效果有待读者的验证和评判。

当我在整理这本文集的时候,正是新冠肺炎疫情防控形势严峻的时候。此间,你觉着,做任何与此无关的事情都会有些身心不安,说话、做事似乎也会多了一分小心翼翼的敬畏。人类历史的发展始终是与各种灾难相伴的,而人类的精神恰恰就是在这样的灾害、灾难中前行、升华的。当那么多的逆行者把爱给予了这个社会的时候,爱也就成了战胜灾难,成就更美好明天的最真实、最伟大的力量。而文学最真实、最伟大的力量就是讲爱的。

序末,我想对做意大利文学和文化研究的我的大同行——李婧敬博士,表达真诚的感谢。当今的学术书籍的出版工作,是很需要点现代的编辑知识和操作技艺的,她为此花费了很多时间和精力,为拙著出版提供了不可或缺的要件。我相信,我们合作的路途还会更广、更远。

俄罗斯文学概论

俄罗斯文学的思想功能

　　俄罗斯文学堪称文学的"世界奇珍"。她不以故事的情节诱人,也不以叙述的奇巧取胜。经历了千年文化传衍、流变和各种转折的俄罗斯文学的历史是俄罗斯作家呈现的社会世相、人性百态和灵魂"奇观"。读它,你不会轻松愉悦,做不到泰然漠然,任何一个读者都不敢对她轻慢,都会震撼于她的深邃厚重。成就文学这一"世界奇珍"的原因何在? 是俄罗斯文学的品格:强大的责任伦理、深刻的灵魂关怀、内在的悲剧精神、伟大的"崇高"理念;是文学自身固有地域的、历史文化的、文化负载的特性和无所不在的宗教意识。

　　俄罗斯民族是一个文学的民族,文学是俄罗斯民族精神的火炬,是俄罗斯民族的生命力之所在。长期以来俄罗斯文化是一种文学中心的文化,意思是说俄罗斯文学最为集中、最为完整地体现了俄罗斯的民族文化、哲学思想、社会思潮,乃至宗教意识。俄罗斯文化的各种形态,戏剧、美术、音乐、绘画往往都以文学作为其创作之母题和形象之原型。俄国的一位宗教哲学家弗兰克说,"在俄罗斯,最深刻的和最重要的思想和理念不是在系统的学术著作中,而是以文学的形式表达的"。

　　有独立民族品格的俄罗斯文学始于普希金。从普希金开始俄罗斯文学就成为一种始终接受社会审查和评判的社会性公众表述,每一部重大的文学作品都会成为社会思想的重要现象与争论热点,作家、批评家也从未忘记对个人、民族、人类自觉的责任担当。

　　果戈理说,"一个人只有当他对自己的故土和自己的人民有了本质的和细部的充分认知,只有将自己培养成其乡土的公民和全人类的公民时……他才能进入创作领域"。别林斯基说,"文学的核心任务就在于深刻地、全面地揭示生活的矛盾"。诗人涅克拉索夫说,要想做一个诗人,首先应该做一个公民。当代诗人叶夫图申科说,诗人不仅仅是一个诗人,他的内涵远远要大于一个诗人。

1842年,刚刚问世的《死魂灵》立即在彼得堡和莫斯科产生了巨大的轰动,引发了俄国思想界围绕着俄国农奴制度和文学创作本质的一场剧烈而又持久的思想论争。赫尔岑说,"《死魂灵》震撼了整个俄国"。20世纪50年代,在境外发表的长篇小说《日瓦戈医生》连同他的作者帕斯捷尔纳克遭到了险象环生的政治围剿,成为轰动苏联文坛乃至世界文坛的重大现象。1988年,它在苏联本土的"回归"再一次掀起了争论的狂澜。这样的例子在俄国的文学史、文化史上可谓不胜枚举。

责任伦理使得俄罗斯文学具有了预测并引领未来的思想功能,文学经典成为时代思想和社会心态走向的风向标。作家对社会历史、民族命运、人性变化、存在状态的深刻体会使得每个时代都能产生体现社会发展,表达民族意识、民族精神的伟大作家和作品来。俄罗斯作家始终具有启蒙者的意识,改革家的精神,思想家的品格,艺术家的风采。

文学的责任伦理我们还可以从作家命运多舛的人生中得到有力的证实。在19世纪,从普希金到莱蒙托夫,从果戈理到屠格涅夫,从赫尔岑到车尔尼雪夫斯基,从陀思妥耶夫斯基到托尔斯泰,他们无一例外地遭受了或被流放、监禁,或被割除教籍甚至被判处死刑的迫害。在20世纪,更有一大批作家惨遭流放、监禁、杀害,比如布宁,古米廖夫、叶赛宁、沃隆斯基、扎米亚京、巴别尔、阿赫马托娃、帕斯捷尔纳克、索尔仁尼琴。这样的名字我们可以长长地罗列下去。赫尔岑说,俄罗斯文学是一部"被放逐者的记录,殉难者的史册"。

人的精神存在从来就是俄罗斯文学叙事的核心。而相应被作家忽视和偏废的正是人的物质性存在。

文学对物欲的否定这一命题最早出现在普希金的中篇小说《黑桃皇后》之中,工于心计的格尔曼对金钱的贪欲充分显示了被"欲望"左右的生命悲剧。"金钱骑士"既是时代性格的图腾,也是个体灵魂沉沦的表征。果戈理笔下的贵族地主们正是在对金钱、财富的攫取中成了一具具精神畸形的"死魂灵"。萨尔蒂科夫·谢德林的《戈洛夫廖夫老爷一家》则将这一命题推向了极致：一代贵族地主对财富的攫取做到了令人恐怖绝望的程度。对财富的争夺使得家已不再是躲避社会噩梦的绿洲，而成了展现金钱社会罪恶和丑陋的市场。

陀思妥耶夫斯基没有停留在对社会的道德秩序和人既有的精神状态所进行的论辩和反省上，他探讨的是人的一种共时性的灵魂状态。他通过人内心世界的复杂、矛盾、纠结、罪感来表现人灵魂的冲突、挣扎、呼号。宗教视角更大大强化并深化了其灵魂的叩问。他的小说告诉读者，人类的历史不仅是一部社会发展史，更是人的个体灵魂的无有休止的搏斗史。

在 20 世纪，俄罗斯文学的灵魂关怀呈现出更为丰富的题材和多样的叙事。它或将个体灵魂的堕落视作社会精神危机的根由（高尔基的《克里木·萨姆金的一生》），或将人与自然的和谐视为生命的最高境界（普里什文的《人参》），或以生命、心灵的自由视为人最高的精神追求（肖洛霍夫的《静静的顿河》），或以实现真善美爱的精神生活为最高原则（布尔加科夫的《大师与玛格丽特》），或将精神生活的和谐和灵魂的永恒视作最高的生命理想（帕斯捷尔纳克的《日瓦戈医生》），或以基督爱的理想作为民族和人类精神生活的归宿（索尔仁尼琴的《癌病房》《第一圈》）等等。

展现精神、灵魂的复杂性并建立起灵魂关怀的维度是俄罗斯文学独有的灵魂叙事，也成为世界文学灵魂关怀的典范。正是在这个意义上，宗教哲学家谢·布尔加科夫把托尔斯泰和陀思妥耶夫斯基比作"我们的文学和世界文学的两个'太阳'"。

俄罗斯作家精神探索、灵魂拷问的文学旅程穿越的是一个充满苦难、不幸的世界、蕴蓄着一种强大的悲剧精神。比起西方的同行们来，他们对苦难，特别是对人的精神苦难，更敏感，更愿意也更善于表达。早在 18 世纪末，拉季舍夫就说过，他之所以钟情于文学，就因为"我的灵魂被如此沉重的人类苦难所震撼"。陀思妥耶夫斯基说，人生是基于苦难的，苦难是人类生存不可或缺的本质属性，因此，"对于一种宽广的意识和一个深邃的心灵来说，苦难与疼痛永远是必须的"。

是果戈理为俄罗斯文学敲入了两根刺眼的钉子：黑暗意识与悲剧精神。批评家莫楚尔斯基说，"我们文学中的一切黑暗意识都是从果戈理开始的"。

作家深深地为俄罗斯人的精神堕落感到恐怖，他大声疾呼："一切，连空气都让我感到沉重与窒息。"他认定俄国社会和俄罗斯人需要道别麻木、冷漠，应该通过揭露黑暗、展现悲剧来激活自己。《死魂灵》是作家通过对生活的荒谬与人性缺陷的揭示来表现民族精神的深层的混乱与撕裂，表现宗法社会中民族性庸俗和集体性荒谬的杰作。

贯穿 200 年文学始终的这种黑暗意识与悲剧精神表现在：对小人物苦难命运的同情、悲悯，对俄罗斯民族精英人生求索的悲剧的哀叹，对人灵魂深处欲望与理性无有终结的矛盾、搏斗的洞察以及真善美在社会现实中被扼杀、被摧毁的悲哀。文学家文格罗夫说，这种悲哀不是失望，而是深深的同情、关怀和爱，是俄罗斯文学的典型特征。著名的"多余人"形象所记录的并非个性形成的证明，而恰恰是个性被毁灭的悲剧。而"小人物"的悲剧，不仅在于他们被侮辱、被损害的人生，更有他们自身的人格缺陷，还有社会意志吞噬个人意志的存在悲剧。

肖洛霍夫在《静静的顿河》中实现了悲剧诗学的历史传统与时代精神的统一。主人公葛利高里精神突围的悲剧是时代的悲剧，是时代对冷漠、狭隘、残酷、暴力的一种抵抗与修正，也是人性复杂性和矛盾性的悲剧。帕斯捷尔纳克在《日瓦戈医生》中展现了时代、社会将个体的人挤压到一个只有彻底服从政治条规和集体意志才能存活的悲惨境地。他将主人公生命悲剧的叙事升华到了人类自我救赎的形而上层次。作家没有在是非、对错、新旧、革命与反革命的伦理理念中挣扎，而是以悲天悯人的情怀看待一场变革，用生命的宽厚和仁慈考量社会演进中的人和事，开创了一种独特的悲剧小说的叙事伦理：用生命伦理抗拒革命伦理，反对只为革命歌唱不为牺牲哀悼，只听胜利凯歌不听苦难哀响，只讲国家、人民的未来不谈个人、家庭幸福的今天。当代作家马卡宁的《审判桌》则以"审判桌"为隐喻意象，审视积淀于民族心理中的施虐与受虐心理，将积淀于民族心理中的集体无意识用一种荒诞的形式呈现了出来。

俄罗斯文学的悲剧精神如尼采所言，是一种"强者的悲观主义"，是对"生存中艰难、恐怖、险恶、成问题的东西的一种理智的偏爱"。洞察了俄罗斯文学悲剧精神的这位哲学家还说："我情愿用俄罗斯式的哀伤去换取整个西方的幸福。"

朗加纳斯在《论崇高》中说,文学的崇高就是伟大的思想,高昂的情感,审美的修辞。康德更强调"崇高的精神意蕴",他说,崇高就是人的崇高,人的理性与思想的崇高。表现并张扬"崇高"是俄罗斯文学对生命悲剧的强大反拨。

由对"崇高"的向往而生发的理想主义是俄罗斯作家基于现实缺憾而生成的对理想境界的虚拟。车尔尼雪夫斯基认为,没有崇高理念的镜鉴文学便失去修正现实奋然前行的力量。陀思妥耶夫斯基说,文学艺术就是美,而美之所以有益,就因为她美,就因为人类永远有着一种对美和美的最高理想的诉求。当代作家维克多·叶罗费耶夫指出,"她(俄罗斯文学——笔者注)共同的世界观信条基于一种希望哲学,对能给人带来美好生活的变革的乐观主义信念的表达"。

在俄罗斯文学发展的历史进程中时时都有理想主义"崇高"的辉映。政治上的理想主义如普希金、车尔尼雪夫斯基、托尔斯泰、高尔基;道德上的理想主义如果戈理、列斯科夫、陀思妥耶夫斯基、索尔仁尼琴;人性的理想主义如冈察洛夫、陀思妥耶夫斯基、契诃夫、布宁、肖洛霍夫、帕斯捷尔纳克;生态的理想主义如普里什文、卡扎科夫、艾特玛托夫;审美的理想主义如普希金、屠格涅夫、契诃夫、费特、帕乌斯托夫斯基等。

车尔尼雪夫斯基在长篇小说《怎么办》中表达了对理想社会、理想伦理、理想人格的伟大憧憬。托尔斯泰本着对人类苦难的深切同情,遵循着宽恕、爱抚的基督精神,营造了一个能抵御世界冷漠、卑俗,根除仇恨和暴力的理想天国。契诃夫的创作之所以常常不被批评家所理解,显得另类,就在于他总是将生活本身的复杂、人性固有的幽暗、人格常见的缺陷通过多义的朦胧表现了出来,其中深藏着他对理想人格、理想人性、理想人的强烈渴望。他说,"人的一切都应该是美好的:脸蛋,衣裳,思想,心灵"。

与"崇高理念"紧密相关,理想英雄成为俄罗斯文学中又一个重要的人物原型。莱蒙托夫是俄罗斯文学中"当代英雄"的始作俑者。屠格涅夫始终以时代英雄作为他长篇小说创作的主人公。他笔下的贵族多余人,平民知识分子、新型的资产阶级无一不是时代先进思想的引领者。列斯科夫塑造了一系列来自社会下层的,诚实正直、信仰坚贞,具有高度自我牺牲精神,试图重建文化和伦理秩序的宗教圣人形象。高尔基笔下的丹柯是个用自己的心为人们驱走黑暗,迎来光明和自由的伟大的浪漫主义英雄。中国读者耳熟能详的《钢铁是怎样炼成的》中的保尔·柯察金,《卓娅与舒拉的故事》和《青年近卫军》中一个个不怕艰险、不畏强暴,为了民族解放而战斗、捐躯的青年英雄都成为时代精神、民族魂魄的典范。

由崇高理念生成的乌托邦叙事贯穿了俄罗斯文学的整个历史,它不仅是一种审美理想,也成为一种重要的叙事文体,构成了文学表现现实生活与想象世界的特殊领域,成为文学发展重要的精神原动力之一。

"在俄罗斯,最为深刻的和最为重要的思想和理念不是在系统的学术著作中,而是用文学的形式表达的"。

俄罗斯文学的豪放、大气首先得益于独特的地域文化。幅员的辽阔、民族的多样、生活形态的丰富形成了俄罗斯作家宏阔的艺术思维,造就了史诗性著作的丰饶,作家对"百科全书"式呈现的热衷。

广袤的疆土让俄罗斯作家感受到最为宏伟、神秘的大自然力量,既滋生了他们对大自然浪漫的遐想,也成就了他们绝对自由的天性。马修阿诺德说,在俄罗斯,生活本身就带有年轻人的狂热。几乎所有在俄罗斯文学历史上留下名字的作家都在为他们无限眷恋的俄罗斯大自然而敬而畏,而歌而泣。大地母亲、哥萨克、顿河、伏尔加河、高加索、西伯利亚、彼得堡等从来就是俄罗斯文学不可或缺的地域元素,暴风雪、暴风雨、高山、悬崖、森林、草原、大海、白桦树、三套车等在俄罗斯作家的笔下有着生命的灵性,蕴含着无穷的意义,仿佛总在分泌神圣而威严的宗教神圣感。

广袤的疆土也促成了俄罗斯乡土文学的发达。一方乡土不仅是作家魂牵梦萦的地方,更是俄罗斯文学的历史文化之根。比如高加索之于普希金、莱蒙托夫、托尔斯泰,米尔哥罗德之于果戈理,郊乡的贵族庄园之于屠格涅夫、布宁,伏尔加河之于高尔基,远东之于法捷耶夫,顿河之于肖洛霍夫,阿尔泰之于舒克申,沃洛格达之于别洛夫,弗拉基米尔之于索洛乌欣,西伯利亚安加拉河之于拉斯普京,等等。文学维系乡土的旨趣是在文明社会之外寻找文学之根的民族文化因素,使俄罗斯文学始终保持"俄罗斯性"的文化与思想深度。于是,俄罗斯社会的变革与俄罗斯人的精神演进自然成了作家回望乡土、书写乡土无法回避的题中之义,民族的心灵史和精神史在他们的笔下也往往被在大自然中繁衍生息、寂然无声的乡民所承载。俄罗斯文学史上从未断流（在后苏联文学中更是发达）的文化寻根潮便成为俄罗斯文学重要的审美源起与精神归宿。

曲折、苦难的民族历史文化是俄罗斯文学苦难意识与悲剧意识生成的外在缘由。俄罗斯千年文明史中有近250年鞑靼人的统治史（1240—1480年），此后是300余年漫长的中世纪。俄罗斯到了18世纪才通过彼得一世的改革开始走向欧洲，到了19世纪才走向了世界。历史上最严酷的极权，社会上最长久的动荡与混乱、暴力与流血，世界上最可怕的战争，都曾袭击过俄国。

马克思说过，俄国是在没有政治解放这一过渡阶段的情况下，在没有形成现代资产阶级的情况下，由封建制度向着工业化国家迈进的。在欧洲小说背后存在着具有稳定作用、日趋成熟的宪制结构、资本主义的生产方式和人、繁荣的市民文化。然而，在普希金、果戈理、陀思妥耶夫斯基、托尔斯泰生活的俄罗斯，这些东西并不存在。在俄罗斯的民族文化中既有对平等、民主、自由的西方人文精神的向往，却又始终保留着对专制主义的顺从和笃信。一系列二元对立的矛盾性始终在影响着俄罗斯文学历史的发展：多神教文化与基督教文化；狄奥尼索斯的酒神精神与神秘的、充满伦理的东正教精神；欧洲化的彼得堡与坚持俄罗斯古风的莫斯科等。

千年的俄罗斯民族文化史中有着深厚的使徒文化基原。鞑靼人统治时期以及随后的中世纪的历史中，除了记述抗击外族入侵的故事，在文学中占主导地位的是圣经的古斯拉夫文译本、使徒传、伪经、布道书，还有宗教色彩浓郁的编年纪事。在世俗文学日益发展、成熟，取代宗教文学之后，使徒文化的意识、理念才逐渐转化为一种启蒙、责任意识。历史文化中国家主义的强盛，个性意识的淡漠，宗教文化的强势，世俗文化的孱弱使得俄罗斯文学对个性生命意志的表达是相对含蓄的。表现在文学上，相对于西欧文学而言，俄罗斯作家对人自然本性的放纵，是从不溢于言表的。我们在俄罗斯文学中很难找到类似于英国作家劳伦斯《查泰莱夫人的情人》这样的书，几乎没有中国的《红楼梦》《金瓶梅》这样的关于两性关系的描写。

俄罗斯民族是一个文学的民族，文学是俄罗斯文化的核心价值所在。文学最为集中、完整、深刻、形象地体现了俄罗斯的民族精神、社会文化、哲学思想、价值伦理、宗教情怀,同时俄罗斯艺术的各种形态,戏剧、绘画、音乐、舞蹈、电影等往往都以文学为其创作之母题、形象之原型、思想之根基。文学史家文格罗夫说,俄罗斯文学乃是"俄罗斯精神最为杰出的现象……聚焦点,它集中了俄罗斯智慧和心灵的最优秀的品格"。即使在俄罗斯文学已不再是文化中心的今天,她依然在历史力量和道德力量的作用中占据着十分重要的地位。

哲学家弗兰克说过,"在俄罗斯,最为深刻的和最为重要的思想和理念不是在系统的学术著作中,而是用文学的形式表达的"。他还说,"要把握俄罗斯的思想和哲学理念,俄罗斯民族思维的独特性,独特的精神取向和主流思潮,或者说得更准确些,民族精神的要义,首先是要通过研究创作,首先是文学家的和哲学家的著作"。俄罗斯的哲学研究、思想史研究、社会学研究、知识分子研究,从来都是以文学创作作为对象文本的。

《旧金山来的绅士》是一篇不足五万字的短篇小说,却凝聚着布宁对现代物质文明、人类精神文明、自然宇宙关系的哲学思考,有着一种严谨与深沉的姿态。从旧金山去往欧洲旅游的百万富翁猝死在豪华酒店的悲剧让作家由一种关于人生的书写激情转向了一种深刻的思想阐发。发达的科学技术,富庶的物质文明,丝毫无助于人类的精神自由和幸福,更不意味着人类能够主宰世界,寻求自身的、与他人的、与宇宙的和谐才是人类应走的正道。小说成为作家凝视人类生命方式,叩问人类、文明、自然、伦理等种种因素构成的玄机,寻找生命意义,张扬生命价值的方式。

基督教在公元 988 年成为俄国国教之后,经历了一个国家化、世俗化、现代化的过程。但这一进程不是用启蒙的理性主义思想激进地和简单化地否定宗教,而是将基督教传统置于哲学的、社会的、政治的、诗学的思考中心。俄罗斯文学的宗教意识不是简单地体现在对基督教博爱、宽恕等精神的呼唤中,更在于它还在思考基督教在现实社会改造和人的精神更新中的巨大作用。任何一个国别的文学中的宗教意识都不具备将基督教问题化了的特征:将宗教与现实生活中的矛盾及其对未来的期待,将它与世界、社会、特别是人的精神重生、灵魂的拯救结合在一起。作家没有把他们的思想凝固成一种基督教教义或是宗教学说,也不是拿现成的宗教信条来称量俄罗斯历史文化中的各种"传统",而是在各自的精神探索、思想追寻道路上进行卓绝的文化实践,通过一个个鲜活生动的人物和一件件发人深省的事件作文化的和人性的思考。其功用价值在于振兴民族及国家,其伦理价值在于保持人应有的道德自觉,其文化价值在于让生命向真、善、美、爱的回归。

这种宗教意识集中体现在忏悔意识和拯救意识中。以忏悔、拯救为创作本质精神的俄罗斯作家从不致力于对世界、人生的哲学描摹,也从不试图对人的社会行为作出符合规律的理性阐释,而在于道德社会、道德自我、道德人性、道德文化。"罪与罚"的命题,人的精神"复活"的命题,灵魂永恒的命题,爱与美拯救世界的命题都是俄罗斯作家无处不在的宗教意识主体化了的重大文学命题。这里既有对国民性、民族心理缺陷审视的"集体性忏悔和救赎",它指向民族整体的自新,也有普泛意义的对人灵魂拷问的"自我忏悔和救赎",它指向人的精神重生。文学的这种宗教情怀在 19 世纪、白银时代、苏联时期的部分文学和后苏联文学中有着十分鲜明的体现。皈依上帝、归依人性和归依自然是这一宗教意识的三个文化归宿。

显而易见,俄罗斯作家始终直面历史、并引起世界各国读者对自我、民族、社会、人类以及文学的思考。

（本文原载《文汇学人》2015 年 4 月 3 日）

俄罗斯社会的现代性转型及
文学叙事的话语嬗变

历史常写常新,人们总是会用新的历史理性精神来分析、研究历史。运用新的视角和方法就会有新的发现和新的认识。"现代性"这一概念之所以被研究者引入文学研究领域,就因为它提供了一个审视文学言说的总体性、整体性视角,对于重新梳理文学与社会文化之间的关系具有积极的意义。

在西方人的文化理念中,"现代性"是一种始于文艺复兴晚期的资本主义文明发展的世界图景,它包含着经济、科学技术的发展与人文启蒙、自由、民主、人权这样一些基本的物质与精神文明要素。而在俄罗斯的文化历史语境中,它则另有内涵。"现代性"这一术语被当代俄罗斯理论家用来表述18世纪彼得一世执政以来俄国文化的性质概念,即用俄国向欧洲开放,思想启蒙,俄罗斯民族自我意识的形成,实现国家的"现代化"来确定俄罗斯文化性质及其在世界中的影响和角色的意义。它是阐释俄国社会发展进程进行所广为沿用的基本话语。因此,有学者说,标志着俄罗斯现代性的18世纪的"启蒙纪元——与其说是一种科学技术的,莫如说是一种社会政治的和文化生活的现象"①。

在16世纪,俄罗斯民族曾经以特有的"第三罗马"的文化自足和封闭式的完满享受着虚幻的,世界中心的古典性荣耀。彼得一世是俄国历史上第一个发现并打破民族虚幻性荣耀的,他的改革是"俄罗斯现代化进程中社会文

---

① Перевезенцев С.В. *Русский выбор*: *Очерки национального самосознания*. Русский мир. М. 2007.С.175.С.190.

化的第一个突进,它确立了国家和俄罗斯文化从古代和中世纪走向新时代的范式"①。

彼得发现世界的中心在欧洲,而不在俄国,俄国从来就不是欧洲文化对话中的强者。随着社会的欧洲化进程开始,俄国才开始了对现代性的追求。这一追求是以西方的现代性为参照的,这种参照使得俄罗斯不仅第一次发现了自我的真实面目,而且也真正觉察到了自我中心的幻灭。借助于西欧"他者"这面镜子,彼得及后来的叶卡捷琳娜二世才发现学习西欧的必要。彼得的"现代性"工程凝定在学习西欧科学、技术的主导上,而叶卡捷琳娜提出"开明专制"的思路是试图通过有限的政体改良获得俄国的复兴。两者的方略有所不同,前者似乎重于科学技术,而后者似乎更重于思想启蒙与政体改良,但对西方规范的蹈袭却是完全一致的。"蹈袭"的目的在于"破坏与更新",打碎或更新有悖于国家现代化的中世纪文化。文化学者孔达科夫说,18世纪的"俄罗斯的启蒙始于'彼得改革',终于叶卡捷琳娜的'黄金世纪',是作为一种对神圣罗斯、彼得前文明的古俄罗斯文化及其价值观、传统和规范更新与破坏的双重力量呈现的,它鲜明地体现了其现代化的性质和意义"②。

此间,"俄国的伏尔泰们",塔基雪夫、罗蒙诺索夫、波波夫斯基等人在思考一系列哲学、宗教命题的同时,开始了对俄罗斯历史和民族自我意识的探究。与经历了声势浩大的文艺复兴、人本主义思想运动的西欧不同,俄国早期的启蒙思想家们是把维护王权的"国家中心主义"思想置于民族自我意识首位的。他们认定俄罗斯国家的强盛、俄罗斯人民的幸福需要强有力的开明君主和社会制度的保证,而俄罗斯人最基本的义务,是效忠于自己的祖国和君主,为了国家的繁荣富强公民应该贡献出自己的力量,直至生命。人的,个体的概念在俄罗斯民族的自我意识中是与祖国联系在一起的。甚至连俄国"第一个革命作家"拉吉舍夫也是这样认为的,他说,"真正的人与祖国之子是同

---

① Кондаков И. В. *Культорология. История культуры России.* ОМЕГА-Л. М. 2003. С. 165. С.188.

② Кондаков И. В. *Культорология. История культуры России.* ОМЕГА-Л. М. 2003. С. 165. С.188.

一个概念"①。这一思想在一定程度上应合了彼得及叶卡捷琳娜二世推行俄国欧洲化进程中的国家主义理念。

18世纪俄国的知识精英在对民族文化的现代性追求中似乎找到了一个重建俄国在世界话语格局中位置的中心话语体系：以欧洲"他者"为标尺，以民族自我意识的确立为核心，以国家的强盛发达、民族的兴旺幸福为目标。"他者化"是俄罗斯现代性追求的基本特色，用别林斯基的话来说，俄罗斯是通过欧洲主义开始意识到自己的存在的。② 俄国的这一现代化进程之所以远比西欧坎坷，与这种现代性的"他者"参照有重大关系，也就是说，俄国的现代性思想启蒙并非民族发展进程中本土生发生的文化之思，而是一种外来之物。而民族身份和民族自我意识的确立是俄罗斯现代性精神追求的基本内核。俄国的现代民族身份是以西欧为参照物构建起来的，美国学者格林菲尔德说："与西方竞争是俄国文化早期成就背后的推动力，这一民族意识的形成为所有18世纪的俄国文学和生活所证实。"③

俄国社会的现代化追求首先是以科学、技术的"西欧化"为目标的。我们不难发现，这一"西欧化"的实质性主题是：实现俄国社会在科学、技术、文化、思维和生活方式从封闭禁锢状态走向现代的更新。这一切当然与文学艺术有关，而且必然以敏感的文学先行。从18世纪起，这一现代精神便成为三百年俄罗斯文学中一以贯之的文学精神，俄罗斯文化的文学中心主义也从此得到了确立。甚至在20世纪10—20年代，后发性的政治变动也并没有改变俄罗斯文学的这种根本性质和地位。

俄国社会的欧洲化进程激发了俄国文学"弃旧图新"的愿望要求，大大加速了18世纪俄罗斯文学在欧洲文学背景下的发展进程。俄国文学在向西欧文学学习、借鉴的过程中终于在中世纪的沉睡中苏醒过来，完成了向新

---

① Перевезенцев С.В. *Русский выбор：Очерки национального самосознания.* Русский мир. М. 2007. С.175. С.190.

② *В раздумьях о России.* Ответственный редактор Е.Л.Рудинская. РАН. Институт российской истории. Археографический центр. М. 1996. С.13.

③ 里亚·格林菲尔德著，王春华译：《民族主义：走向现代的五条道路》，生活·读书·新知三联书店2010年版，第273页。

时期转型的准备：文学彻底与宗教、历史、政论的分离，成为独立的文化形态；一大批具有启蒙思想的诗人、小说家、剧作家和不同体裁的作品应运而生；西欧的古典主义、启蒙文学、感伤主义等各种思潮流派受到迟到的，却超常的关注，并很快在俄国得到回响；借鉴欧洲的文学题材、体裁、叙事样式诉说俄罗斯人的生活、感情与心理。俄罗斯文学从此纳入了欧洲文学的发展轨道。

但是，如同在科学技术和启蒙思想上的"蹈袭"一样，俄国文学的众多思潮还带有明显的仿效性特征，无论是作家的艺术意识，还是文学的题材、体裁、风格。正在走向新时期的 18 世纪俄罗斯文学尚未形成独立的民族品格。被俄国文学史界视为俄罗斯第一部"风俗剧"的《旅长》采用的是 18 世纪在欧洲广为流行的爱情喜剧情节，男主人公是刚刚从法国巴黎归来，认定没有到过法国就不算聪明人的俄罗斯贵族子弟，参事夫人也是时时将巴黎时尚与法国人的恋情挂在嘴上的女人。显然，这是剧作家冯维辛将西欧文学的情节故事、审美意向套上了俄国上流社会风情的衣裳。而剧中关于教育启蒙、扫除愚昧的思想也是他从西欧文学中舶来的。

与此同时，无论是古典主义诗人和剧作家康杰米尔，罗蒙诺索夫，特列季亚科夫斯基，苏马罗科夫，还是讽刺作家诺维科夫，古典主义诗人杰尔查文，感伤主义小说家卡拉姆辛，伊凡·德米特里耶夫，贵族革命作家拉吉谢夫等也都以不同的方式将国家中心主义思想植入创作中，并逐渐将其演变为民族自我意识中深厚的中心情结。他们的创作实践充分体现了此间俄罗斯文学的思想启蒙与国家主义并行这个基本的思想特征。

18—19 世纪之交，在俄国社会走向现代化的进程中卡拉姆辛起了重要作用。他不仅以张扬内心情感的感伤主义小说推进了俄罗斯民族的思想启蒙，还通过《一个俄罗斯旅行者的信札》将现代欧洲的国家政体、政治文化、生活习俗的图景充分展现在俄国读者的面前，表达了俄国一代贵族知识分子在欧洲现代文明精神召唤中民族自我意识的觉醒。此后，他又在 12 卷的《俄罗斯国家史》里将俄国的历史、现状呈现在读者眼前，用艺术审美的方式将具有重要文化价值的民族历史高度"人性化了"，他是俄国文化史上第一个意识到了民族自我认同在构建现代俄罗斯文化中重要作用的文学家和史学家。

应该指出的是,俄国18世纪旨在追求现代化的自上而下的启蒙运动不具备西欧自下而上的启蒙运动发生、发展的历史文化背景和人文传统,除了极少数俄国贵族精英,俄罗斯社会全然不知西欧国家的自由、平等、公民权利为何物,更不懂得构成欧洲现代文明十分重要的,包括宪法在内的完善、严密的法律体系。西欧的启蒙思想在俄罗斯文化土壤上的生长注定还只能是"纯理论的"。崇尚理性与王权的古典主义文学与强调情感、个性、人道主义的感伤主义文学几乎并行不悖,国家中心主义思想在此间的确立说明了俄国对西欧启蒙文化想象与接受的偏差。

19世纪,俄罗斯文学的现代性叙事话语最终形成:以民族意识与民族精神的发现、审视为标志的审美意识与审美情感,以批判性、悲剧性、怀疑精神为取向的创作意识。我们无意赘述此后两个世纪俄罗斯社会的现代化转型、文学发展的内在机制和演变进程,却不能不对深刻反映了这一现代性转型的文学叙事逻辑的变化做一个十分粗略的历史回顾与勾勒,因为这对于我们理解新千年文学转型的文化语境有着重要的启示意义。

俄罗斯文学两个世纪现代性叙事话语的发展进程大致经历了文化内涵、表达方式相异的三个阶段。

第一阶段,从普希金到托尔斯泰的俄罗斯文学的"黄金世纪"确立了俄罗斯文学的"多形态叙事"。

19世纪早期,与反法战争胜利、民族意识高涨相伴随的是俄国贵族知识分子对以法兰西为代表的西欧文明——从社会体制到思想方式的再一次认可,它促成了在反对农奴专制、争取民族解放的思想旗帜下俄罗斯文化新一轮的现代化求索。其标志是一场声势浩大、时间持久、意义深远的浪漫主义文学运动和思想运动,它造就了普希金和12月革命党人。

普希金这一文化现象的诞生不仅有着18世纪俄国文学的深刻源头,还得益于这场以西欧为文化参照的浪漫主义运动,得益于来自西欧的文化启蒙。梅列日科夫斯基说:"普希金——这是一个属于刚刚从野蛮中醒来,对各种新的文化形式充满了灵感和渴望,无疑准备参与世界精神生活的民族诗人","普希金继承了彼得的事业。他们两个人都认识到或是预见到,俄罗斯的使命在于实现将欧洲与亚洲,东方与西方联结成未来的全世界性"①。

普希金揭开了19世纪俄罗斯社会和文学现代性进程的第一页。正是他终结了俄罗斯文化与文学的"拿来主义",缔造了真正具有民族独立品格的俄罗斯文学,展现了文学的民族独特性和独立的民族自我意识。他在短短36年的生命历程中让俄罗斯文学赶上了落后西欧整整100年的发展进程,确立了俄罗斯文学的民族身份和全人类性特征。陀思妥耶夫斯基说,俄罗斯文学通过普希金确立了一种"对全世界的呼应意识"(всемирная отзывчивость),此后俄罗斯文学获得了用本民族自己的方式汲取并表现自己和其他民族文化的题材与思想、冲突与形象的能力,俄罗斯文学鲜明的民族特点由此呈现。从普希金起,世界其他民族的文化不再作为一种仅供蹈袭的范式,而是当作吸纳、消化并服务于本民族文化建设的重要对象。

在"黄金世纪"群星璀璨的文学家画廊中,普希金是非常独特的。作为具有独立品格的俄罗斯民族文学"源头的源头",他的文学创作的影响与意义,远远超出了文学的领域。若以他创作中不同的思想主旨、审美意蕴为尺度,我们可以发现其创作话语中多种类型的叙事话语。它们大致可以分为四类:

一类是"社会历史叙事"。它以反映俄国社会历史与现实为主要内容,绘制的是民族历史和社会现实生活的图景,表达的是作者充满历史主义的批判激情。政治抒情诗、诗体小说《叶夫盖尼·奥涅金》,诗剧《鲍利斯·戈都诺夫》,长篇小说《上尉的女儿》,叙事长诗《青铜骑士》等就是这样的抒情和叙事经典,它们是普希金对民族历史、现实命题的宏大思考,是这位具有思想家品格的文学家把民族忧患意识化为个体人格内在的社会责任感。笔者将这种叙事称作"社会历史叙事",是因为这种叙事紧密关联着社会历史与现实,具有深厚的意识形态承载和责任使命担当,是19世纪俄罗斯文学民族精神和文化品格的深刻体现。

第二类是"人性叙事"。在这一类作品中,作者关心的是人性,表现的是俄罗斯世俗生活中人的自然本性在不同时空中的表现,表达的是对崇高人格,

---

① *Тайна Пушкина.* Из прозы и публикации первой эмиграции. Сост. Филин М. Д. Эллис Лак. М. 1998. С. 213. С. 207.

美好道德,和谐、幸福人生的向往,代表了一种自由主义的美学理念。《别尔金小说集》,中篇小说《黑桃皇后》,长篇小说《杜布罗夫斯基》,四个小悲剧,叙事长诗《波尔塔瓦》《努林伯爵》,童话故事等作品就是这类叙事的代表作。这些作品淡化了社会因素,强化了具有普世性意义的对人的发现与探究,这是直接意义的"人学"写作,是普希金对西欧文化思想资源的俄罗斯式的吸纳与呈现。

第三类是"文化叙事"。普希金的创作是以整体的美学想象和道德标准为尺度,以民族乃至人类文化发展的自身逻辑为历史判断,是诗人对俄罗斯祖国、远古的文化、彼得一世、大自然、乡村、大地等所进行的文化思考。叙事长诗《鲁斯兰与柳德米拉》《高加索的俘虏》《茨冈人》《加百列颂》,抒情诗《谁见过那个地方……》《冬日的黄昏》等作品熔铸了深厚的伦理情感,诱发出一种让人从现代文明中心抽身而去的遐想,是俄罗斯文学民族文化传统意识的生动呈现。作为游离于现存文明社会之外的创作意象,俄罗斯,大自然,故乡,大地,奶妈……在其创作中已经不是纯粹地理学或具体个性意义上的概念,而是文化地理学、文化人类学意义的概念,是对敞开在俄罗斯民族面前的历史与现实文化形态的一种思考、咏赞或质疑。

第四类是"审美叙事"。普希金通过创造不同的修辞、意象、幻想等手段,建构一种美的自然,美的女性,美的爱情,美好和自由的人生等种种理想的神话,抒发对生活的一种强烈的审美想象激情,让理想化的美学想象,美的生活、情感、思维、理念直接进入读者的日常生活,表达对真善美的不懈追求,以实现一种生命与道德净化与圣化的"剃度"与"受戒"。普希金在不同时期创作的大量的抒情诗所遵循的就是这样的审美叙事,如《阿那克瑞翁的坟墓》《致娜·雅·波柳斯科娃》《致大海》《先知》《巴赫奇萨拉伊的喷泉》《我曾经爱过你……》《假如生活欺骗了你》《致凯恩》《美人》等。除了诗歌,小说中也同样贯穿着作家对审美叙事的追求。《别尔金小说集》无论在叙事形态的美学创新上,还是在对美、爱、友谊、亲情等人类崇高情感的意蕴表达上,都达到了高度的审美感。

对于普希金的创作而言,上述四种叙事或许不是单一的,而以兼具、共融的方式存在的,它们与其说是一种文学的书写方式,莫如说是一种特殊的文学信仰形式。在普希金的笔下，它们相互映衬、交织，最终形成了文学对美丽与高尚、光明与和谐、幸福与理想的美好希冀，这就是普希金缔造的俄罗斯文学现代性叙事的美丽神话。而正因为这一信仰神话的"乌托邦性"，果戈理才说，他的老师是属于未来的。然而，普希金创立的四种叙事从此成了日后200多年俄罗斯文学基本的叙事话语类型。

从果戈理到托尔斯泰，作家们的书写方式各不相同，但从来没有超越普希金所开创的叙事话语类型。赫尔岑、屠格涅夫、冈察洛夫、乌斯片斯基、萨尔蒂科夫·谢德林、车尔尼雪夫斯基、托尔斯泰等作家更倾向于社会的和文化的叙事，更关注社会的历史演进及历史要求。莱蒙托夫、果戈理、列斯科夫、陀思妥耶夫斯基、契诃夫等作家则更倾向于人性的与文化的叙事。他们基于对人性复杂性与民族文化独特性的思考，寄希望于对过失行为的反思、对有罪灵魂的拯救，并坚信，罪恶的灵魂中的神性因素能在俄罗斯这块文化土地上得以激活和生长，俄罗斯民族，乃至全人类的拯救是有希望的。波列扎耶夫、丘特切夫、费特的创作则在整体上更充分地体现了文学的审美哲理叙事。三位诗人对社会命题从来不过于热烈，但这却丝毫没有妨碍他们对于自然、生命、美的巨大热情，作品中所体现的舒展弥漫的自然、笃定清朗的情感、我行我素的坚执，以及生命哲学的认知是对普希金审美叙事的绝妙承继。当然，上述作家的创作兼备多种不同的叙事形态，只是相对而言，审美叙事让位于更强大的其他叙事形态。以赛亚·柏林说过，俄罗斯作家的创作观念更在于"说出真理""表现真理"，他们对人的刻画与表现，更在于"善其行为，真其言语，美其制作"①。

弗兰克说过，"在俄国最深刻最重要的思想不是在系统的学术著作中表达出来的，而是在完全另外的形式——在文学作品中表达出来的。众所周知，我国的饱含热情的优秀的文学是最深刻、对生命最有哲学认识的文学"②。19世纪俄罗斯文学提供了对百年俄罗斯社会在不断向现代性文明进取过程中的历史认知，对民族自我身份的历史进程的探求与构建，对人性和人的灵魂状貌的拷问和探究。文学所表现的民族现代性呈现出极为丰富、曲折、复杂的意

---

① ［英］以赛亚·柏林著，彭淮栋译：《俄国思想家》，译林出版社2001年版，第154—155页。
② ［俄］弗兰克著，徐凤林译：《俄国知识人与精神偶像》，学林出版社1999年版，第4页。

蕴,熔铸了思想史、哲学史、文化史的多重内涵。

现实主义文学是 19 世纪俄罗斯文学的主潮,它以实证主义认识论为引领,以黑格尔的历史哲学与别林斯基的公民理念为思想基础,所有的批判现实主义大师都关注时代,关注现实,关注社会进步,都把俄国社会的现代化写在自己的文学旗帜上。尽管现代化的诉求和对民族自我意识的认知在他们的笔下以不同的方式呈现,但这两个基本主题始终没有变。作家们都试图用文学形式来阐释改造俄国乃至人类社会的美好幻想。他们所要实现的叙事目标是一致的,要么是对现存社会的"解构",要么是对现代社会的建构。这是一种寻找民族、社会与精神理想共性的叙事。

19 世纪经典现实主义文学关于现代性的叙事围绕着两个重要命题。

一个是:欧美资本主义国家的政体、文化规范能否在俄国大地生根。围绕着这一问题的论争从来就是 19 世纪和此后俄国西方派和斯拉夫派分歧的焦点。在这场持续了一个多世纪的思想、文化的纷争中尽管没有任何一方是胜者,但俄罗斯社会历史和民族文化的发展却始终在"无意识地"在对"西方化"的参照路径中前行。文学家对俄罗斯民族自身劣根性的思考与追求民族现代性时间之光的合力,促成了不同时代的人物、理想在民族现代性发展时间维度上的死亡,也造就了他们对现代性追求在精神维度上的不朽。不同类型的贵族"多余人",形形色色的"小人物",踽踽独行的"漂泊者",现实社会的"叛逆者",灵魂永恒的"求索者"等,一代又一代俄国社会精英的生存失怙及其沦落危机无不体现为一种既传统又现代、既民族而又世界的心灵纠结。

另一个是:作为民族文化和民族思想本源之一的东正教在民族身份建构中的作用。19 世纪俄罗斯文学的宗教哲学话语深处隐藏着构建现代化民族身份的强烈欲求。在参照西方现代文明的同时,俄罗斯知识分子又充满了对这一文明的深刻反思和强烈的反叛。由果戈理开创,经由陀思妥耶夫斯基、托尔斯泰走向成熟、系统的俄罗斯文学的宗教话语具有强烈的反西方文明的民族主义立场。作家们在对西欧的资本主义文明展开抨击的同时,都强调东正教精神对于国家勃兴、现代世界拯救的重要意义。这一民族主义立场从 19 世纪到 20 世纪在俄罗斯作家中间传承不息,渗透到社会文化的各个层面,成为俄罗斯现代民族身份认同和建构俄罗斯现代民族国家的核心文化要素。斯拉夫派和西方派的分歧、斗争并不影响他们欲建立强大的、文化独特的现代俄罗斯并与西方国家分庭抗礼的思想本质。正是在这个意义上,格林菲尔德说,"二者都出自对俄国低劣落后的认识,都极其反感俄国令人羞耻的现实……二者都是西方派,因为作为怨恨哲学都把西方当作相反的样板。二者也都是斯拉夫派,因为他们的样板是俄国,他们以各自的方式将其理想化,他们都预言俄国会战胜西方"。①

第二阶段,19—20世纪之交,俄罗斯文化的"白银时代"迎来了俄罗斯文学强大的"文化与审美叙事"时代。

西方的和俄国的自然科学与人文、社会科学发展的巨大成就,为俄罗斯文学提供了建构一种新的想象方式和叙事话语系统的可能。这一时期俄国以西欧"他者"为参照的现代性思想运动呈现出一系列新的特点:多元外来思潮的涌进及其本土化的宗教"变形",知识分子精英文化视野的空前开阔,对民族文化传统和民族自我意识反省得更加深刻,及对世界文化的追忆。

俄国资本主义的发展,新兴社会力量的增长,为新的思想和文化运动提供了物质的和阶级的基础。俄国社会自上而下的对西欧政治体制和民主思想的借鉴并没有随着俄国资本主义的发展而中止。随着民粹主义运动的失败,来自西欧的马克思主义在俄国的广泛传播并为许多知识分子接受,以尼采为代表的西欧哲学思想也在俄国知识界得到广泛共鸣,创作界知识分子对人的生存意义、人的本质的思考有了新的维度和深度。法国波德莱尔、兰波、魏尔伦、马拉美等象征主义诗人的创作在俄国文学界得到极大的推崇,瑞典象征主义与表现主义戏剧大师斯特林堡和美国的现实主义小说家杰克·伦敦的作品同时介绍到俄国。大规模的文学翻译活动,实际上构成了思想、哲学、文学转型的一个重要组成部分。

俄国学者称,"从1905年10月17日公开发表'关于完善国家体制'的决议时起,到1918年1月7日立宪会议被取缔时止,俄国的政治生活从来都没有在这样的,更像欧洲范式的经典的'民主'条件下进行"②。这是将西欧的

---

① [美]里亚·格林菲尔德著,王春华译:《民族主义:走向现代的五条道路》,生活·读书·新知三联书店2010年版,第323页。

② Чупринин С.Перемена участи.М.Новое литературное обозрение.2003.С.55.

社会范式、自由民主理念移位为俄国自己的规范,成为新时期俄罗斯定义自身现代性的依据之一。在俄国,外来思潮都有一个本土化的"变形"过程。就哲学和文学思潮而言,唯心主义哲学、现代主义文学的影响最大。俄国哲学家、文学家的注意中心开始由社会学、认识论、伦理学层次转向人的个性、主观世界、内心世界的形而上层次。

欧洲的文艺复兴发生在资本主义生产关系形成之前,是旨在摆脱中世纪封建主义和教会的精神桎梏,为资本主义发展鸣锣开道而出现在各个文化领域的一场深刻的变革。而标志着俄国文化复兴的"白银时代"却是在资本主义产生并有了一定的发展之后到来的。这种历史性的文化"时序倒置"使得俄国"白银时代"的"文化复兴"充满了矛盾和悖论:宗教神秘主义、唯心主义与理性主义并行不悖,对和谐、安宁、唯美的艺术追求与激进的革命性解构和混乱同在。诗人古米廖夫说,"白银时代"是一个"有着千百种信仰的时代"①,或者换句话说,是一个没有统一信仰的时代。俄罗斯民族对自身文化现代性的追求进入了一个前所未有的精神焦虑、危机四伏,充满新的现代性求索、思想启蒙和文化转型的时代。

被哲学家别尔嘉耶夫称为"俄罗斯宗教—文化复兴"的新的文化时代开始了一代知识分子精英对民族自我意识——国家中心主义,即民主主义社会思想的反思与质疑。以索洛维约夫、梅列日科夫斯基、沃伦斯基、罗赞诺夫、别尔嘉耶夫等为代表的宗教神学派消解东正教的国家主义传统,在强调东正教精神这一核心价值的同时,用寻神、造神学说缔造新的民族宗教。这一批新的俄罗斯思想家将陀思妥耶夫斯基视为精神导师、俄罗斯思想的源头。罗赞诺夫强调,"只有一个福音书,只有一个精神在其中闪烁。如果我们愿意搞清楚,这三种类型生活②中的哪一种类型符合这种精神,那么我们无法控制地和不由自主地应该说,这就是东正教精神"③。别尔嘉耶夫则强调东正教思想中个体的自由向度,反抗西方理性主义对个体的压制,他为 20 世纪,特别是后苏

① Айхенвальд Ю.*Силуэты русских писателей* .М.Изд.Республика.1994.С.6.
② "三种类型生活"指天主教、新教和东正教的三种信仰。
③ [俄]罗赞诺夫、陀思妥耶夫斯基著,张百春译:《大法官》,华夏出版社 2002 年版,第 164—165 页。

联时期的俄罗斯文化和文学的宗教神性研究奠定了思想基础。旨在以革命手段实现俄国现代化进程的米哈伊洛夫斯基、普列汉诺夫、列宁则以新的国家主义思想开始了轰轰烈烈的新一轮的民族解放运动。文学艺术界的众多活动家则以个人主义、个性绝对自由的思想颠覆民族的国家主义意识,使得原始的生命意志、个性的自我意识得以确立,人的自我解放的理念得以生成。

小说家布宁未能构思出一部由一个中心思想统领的长篇小说,他的中短篇小说没有关于俄国社会、世界与人类未来的恢宏的整体思考。在他的文学视野中,除了生活片段中的生命思考外没有提出任何关于和谐、完整的社会理想与世界理念。作家从来不从社会成因,而是从俄罗斯文化、俄罗斯民族性格与斯拉夫人的心理传承来阐释俄国社会日常生活中显现的危机与悲剧。他从渐行渐远的贵族庄园生活方式的历史与现实中体悟到了一种"荒凉的诗情",为与这一生活方式相连的生命中美与永恒价值的失落感到悲哀。库普林、阿尔志跋绥夫都无法解说俄国现实社会产生庸俗、丑陋与种种矛盾的缘由,他们以不加粉饰地描写生活原样为目标,表现出对人的个性、情感、本能、两性关系及各种生活细节的倾心与关注。早年的高尔基在继承19世纪经典现实主义的同时,也被一种他自己称作"浪漫主义"的激情所笼罩,"朦胧"有余,而确定性不足。对历史的茫然,对命运的不知,对人物动机欲望的不可理解,构成了高尔基浪漫主义小说的一个基本层面,而现实主义则被他提高到了一种意义崇高、含义深刻、展望未来的象征境地。

象征主义诗人伊凡诺夫作为一个博学的史学家和语文学家,力图在诗歌创作中复活古典的神话,酒神狄奥尼索斯的被贬抑在他看来不仅仅是欧洲中世纪的文化悲剧,也是欧洲与俄罗斯现实生活中人的生存悲剧。勃洛克看重对世界神话的再创造,他将欧洲文学中的卡门、奥菲莉亚、堂璜等文化原型与他的"美妇人"结合在一起,把神话文化当作一种永恒的、超历史的想象。索洛古勃在他的创作中没有停留在对一种社会心理原型的塑造上,而是把世界意志吞噬个人意志的哲学思想以一种讽刺性的魔鬼主题表现了出来。这位"死亡与恶的歌者"情愿张扬魔鬼,而不去歌颂上帝,他对资本主义现代文明所产生的恶与悲剧的探讨具有了对人本体存在异化特质的现代思考。19——20世纪之交的文学中这样的例子不胜枚举。一个个诗人与作家以民族的和人类的文化为文学叙事对象,他们对文学叙事追求的文化意识建构了这一时期俄罗斯文学的文化主体,获得了文化在文学中的独立,使得文学创作呈现出异乎寻常的生机、活力和多样性。

随着象征主义流派在文坛的出现与确立,现代主义文学运动彻底改变了现实主义一统天下的局面,在文化与审美的合力探秘中,"白银时代"文学不断收获了文化叙述下的新发现,从现实主义的变异到现代主义的兴盛,从象征主义到阿克梅主义,从未来主义到表现主义、印象主义……从一个发现走向另一个发现,众多个人经验文本进入了深刻的历史文化层面,形而上思辨与艺术形象的文化复原形成了难以胜数的特异的言说姿势与风格,这恰恰是构成这一时代文学的文化、审美叙事最具价值的地方。

新的文学叙事摈弃了单一的实证主义哲学,而是以宗教哲学、文化人类学、原型心理学等多种学术思想为理论基础。俄罗斯民族的野性基因,充满现代精神的自由思想在这一时期的现代主义文学中得到了充分的激活和淋漓尽致的展现。这不仅仅是指文学的外在形式和风格,更是原创精神与勇气。这成为 20 世纪俄罗斯文学家追慕的榜样。自然,"白银时代"文学是后苏联文学一个无法绕开的源头,成为其种种美学奥秘和思想精神的血肉构成。

第三阶段,20 世纪 20 年代末,随着"文化与审美叙事"的终结,俄罗斯文学开始了"意识形态的功能化叙事"时代。

"白银世纪"并没有成为文学的一个世纪,相对于"黄金世纪"现实主义的巨型话语而言,现代主义文学思潮近 30 年的历史是短暂的,经验是有限的。俄罗斯社会在 20 世纪初期的转型,政权与文学关系的新变化导致了新生的苏维埃文学在短短的 10 多年中完成了由现代主义文学向社会主义现实主义文学范式的转换。

苏维埃政权建立后,俄罗斯经历了民族"自我中心"情结得而复失的过程。十月革命的胜利,以马克思主义思想为指导的新的无产阶级政权的建立标志着国家、民族"自我中心"情结的实现。20 世纪 30 年代工业化的实现和 40 年代卫国战争的胜利大大强化了民族的自我中心意识。然而,这个有着深厚的"自我中心"情结的国家却仍然经受着"中心化"与"他者化"矛盾的焦虑。从 30 年代开始,苏联对内、对外极端的斗争战略与策略恰是苏联时期这种焦虑情绪极端膨胀的体现。这种斗争方式不但没有让俄罗斯民族在世界上取得中心地位,相反却由于它的极度失范而导致国家的停滞,甚至滑向毁灭的边缘。到了20世纪80年代后期,随着社会对苏维埃历史全面而又深刻的反省,对政体制度、民族文化的缺陷性与虚妄性认识的深化,俄罗斯民族自我认知的"中心化情结"得而复失。

以戈尔巴乔夫为代表的苏联后期领导人又一次把目光对准了西欧,甚至越过大西洋到了更为西方的北美,开始了在世界话语格局中借鉴欧美模式"重建"俄国中心形象的运动。戈尔巴乔夫忽视俄国文化传统与现实生活实际,片面放纵主观性而发动的"重建"运动的失败导致了苏联的解体,这是俄罗斯国家通过"他者化"途径寻求现代性的最终幻灭,是与传统俄罗斯式的"现代性"的最后一次告别,是俄国走向"后现代"象征性的界标。它既意味着传统的俄罗斯民族理想精神和文化热情的结束,又意味着在新的文化语境中民族发展的诸种可能性的开始。这既是一个力图跨出"他者化"的新时代,也是一个重审"现代性"的新时代。文化社会学家杜宾甚至不无极端地说:"在我们的土地上,可以说,现代性还没有产生(尽管有过几次这样的尝试)。"①

马克思肯定革命改造社会的思想,恩格斯艺术思维的历史主义,列宁的文学艺术的党性原则成为苏维埃时期官方主流文学"意识形态功能叙事"的思想理论基础,它规约了苏维埃作家创作的审美理念,决定了苏维埃文学的基本品格。作家自由采撷各种思想的局面被人为地终止,文学的"国家化""政治化"诉求几十年不绝,似无停歇。文学叙事的功能、目标大大超越了文学的审美意义,一度带有浓郁的"歌德"性质,成为对苏维埃时代与张扬斯大林式的社会主义理想精神歌功颂德的一种文本演示。

七十四年苏维埃时期的文学叙事尽管在整体上是意识形态政治的,但也先后出现了三个不同的阶段:

1."多元、多样"的文学叙事(1917—1934)

这是"白银时代"文化精神的延续,是时代精神与作家创作个性的统一。

---

① *Либерализм：взгляд из литературы.* Под общей редакцией Н. Б. Ивановой. Фонд Либеральная миссия. Новое издательство. 2004. С. 70.

社会历史的大变动大转折,新旧思想的交织,东西方思想文化的撞击,造成了此间纷繁奇异的文学团体、文学思想、文学现象和文学叙事。托洛茨基、卢那察尔斯基、波格丹诺夫、沃隆斯基等这些文化与文学理论家都为苏维埃早期文化的多元化思想理论作出过不可磨灭的贡献。苏联文学史上从来没有哪个时期的文学像这一时期,出现如此多元、多样的理论思想、诗人、小说家和文学创作。它不但与前期的文学不同,而且也区别于苏联文学的其他时期,呈现出社会文化过渡期的诸多品格。

"无产阶级新文学"事涉革命、苏维埃政权、国内战争、和平建设、社会主义新人。作家们把英雄情结、平民意识、传奇书写、理想精神注入创作中,表达了苏维埃时代新的思想与艺术理念。时代性、现实针对性与政治尖锐性等功利观念成为这一类文学创作的共性,而纪实性、心理主义、抒情性、史诗性等特点则极大地彰显了作家不同的艺术个性。杰米扬·别德内依、无产阶级文化派、谢拉费莫维奇、法捷耶夫、富尔曼诺夫、奥斯特洛夫斯基等作家便是其中的代表。"先锋文学"充满了对文化与文学革命的憧憬,及思想理性的战斗锋芒和艺术创新的求索。勃洛克、扎米亚京、赫列勃尼科夫、马雅可夫斯基、谢维利亚宁、巴别尔、哈尔姆斯等人,他们的思想倾向迥异,创作风格不一,却都是这一精神的代表。他们以不同的方式消弭了艺术与生活的界限,将原本截然对立的文化、生活、政治熔为一炉,当作艺术实验无比丰沛的材料。"同路人作家"叶赛宁、阿·托尔斯泰、列昂诺夫、皮利尼亚克、费定、左琴科等作家也积极投身于时代的生活,以高度的艺术自主意识和个性意识,寻求着文学表现的多样性,甚至对在西方业已式微的文学思潮投入了空前的热情。他们有着各自不同的书写体式和作者情致,看待社会和人的变化的不同眼光,评鉴文学与文学创作的不同尺度,表现出新时代到来后十分活跃的新思想、新情绪、新追求、新表达,呈现了丰富且绚丽多彩的年轻共和国的文学图景。

然而,文化与文学的多元化、多样化状态并不符合革命胜利后苏维埃文化的无产阶级阶级特质和列宁早在 1905 年在《党的组织与党的文学》中提出的文学党性原则,不符合革命必然战胜反革命,社会主义必然战胜资本主义,"红军"必然战胜"白军"二元对立的政治原则。尽管苏联文学有说明和决定它自身的特质种种,但从它诞生的第一天起就受着社会政治的影响和笼罩,这就决定了这一"多元叙事"的局面不可能持久。

2. 一元化的"意识形态叙事"(1935—1953)

随着由党直接领导的统一的苏联作家协会的成立,以及苏联文学的社会主义宣传、教育、改造的政治功利原则的确立,对苏维埃文学写什么与怎样写的命题的定位和规约,这一最为极端的叙事形态最终在30年代中期成型,它延续了从30年代中期到50年代中期的二十年,其特点是:文学共同的政治归趋和对社会主义现实主义的独尊地位。

在新的历史条件下,苏联国家的现代性追求体现于俄罗斯民族自我中心意识的高涨以及各代领导人始终坚持的"苏维埃国家性"和"社会主义革命"原则,即社会主义国家利益和革命阵营团结高于一切的政治原则。被极度激化和强化了的俄罗斯民族的"解放全人类意识"表现出对自身社会主义文明的焦虑与对西方文化与价值的拒斥,并逐渐演化为一种根深蒂固的"排除异己"的对内、对外的斗争策略。在这一思想的引领下,20年代自由、开放、多样的苏联文学被改造为在一种社会主义现实主义"模式"规范下的统一的文学。文学成为"国家的,阶级的事业",革命文学家的声音成为社会文化话语的中心,扮演着教师、法官、神父的角色,提供着社会文化的终极价值和主流意识形态。有批评家说,"文学……成为'我们的一切'——社会思想的讲坛,永远的政治辩论会,社会学与哲学……由此——才有了她特殊的影响,由此——才有了俄罗斯作家独特的地位(成了思想的主宰)"①。

社会主义现实主义抛弃了经典现实主义文化的、人性的批判传统,将文学完全纳入了意识形态政治的话语体系。文学艺术理念表现出世界观对创作方法的强权,政治原则对艺术原则的引领,文学教谕性对审美性的遮蔽,"酷似现实"对艺术真实的取代。早年被当作无产阶级文学"样板"的杰米扬·别德内依因批评苏维埃的生活方式和俄罗斯民族性格的缺陷而被开除出党和苏联作协。斯大林奖金获得者、著名电影艺术家爱森斯坦因为在电影《伊凡雷帝》第二集中对沙皇专制暴政的批判而被指责为资产阶级民族主义情绪的体现。

---

① *Либерализм: взгляд из литературы.* Под общей редакцией Н. Б. Ивановой. Фонд Либеральная миссия. Новое издательство. 2004. С. 7.

肖洛霍夫《静静的顿河》的前 3 卷因其"曲解了顿河地区哥萨克和建设苏维埃政权的历史"①而在 30 年代初遭到斯大林的严厉批判并被责令"改写"。而长篇小说《水泥》与《钢铁是怎样炼成的》则从正面显示了苏联文学意识形态话语秩序的生成,把苏联读者引进了"似真性"的语境,用精心编织的激励性文本化解着新时期人们对历史以往和生活未来的挫折、迷惘、不安和焦虑。作家以政治原则引领"生活故事",将革命斗争和和平建设时期的人伦关系重新加以确认,叙写了"苏维埃新人"伟大的生命神话,为刚刚经历了革命风暴与国内战争的苏联读者树立了革命意志坚定、思想境界高尚、道德品质纯洁的光辉榜样。两部小说的男女主人公保尔·柯察金与达莎都是时代经典政治与经典道德的符码,宣传的是苏维埃国家政治与伦理的通则。而此后的长篇小说《金星英雄》与《光明普照大地》则显露了作家在 40 年代的意识形态表意策略:展现苏维埃社会现实的强大、未来的美好及社会主义生活秩序的不可变更的坚固性。

固然,此间也有艺术成就卓著的非社会主义现实主义的小说,但它们或严厉被禁或屡遭批判,并不能改变此间小说创作整体的思想取向以及精神风貌。

3. 多样化的伦理叙事(1954—1991)

这三十余年的苏联文学是以社会主义道德和人性伦理为主导话语类型的叙事方式。

苏联卫国战争的胜利并没有解决苏联社会现代性道路抉择的命题,也没有动摇俄国知识分子对西方现代性话语权威性的崇拜。战后,对社会主义理想打上问号的文化精英们表露出对苏联社会现实的不满,对文学一味美化斯大林和社会主义的厌恶,对苏联社会现代化进程的质疑和对西方现代文化新一轮的关注与倾心,这正是 20 世纪 40 年代后期一股政治和意识形态自由化浪潮兴起的原因所在。斯大林的去世和苏共 20 大的召开促成了这一原本隐性思潮的公开化,直接导致了 50 年代"解冻文学"的出现。

"解冻文学"是对此前苏联文学严厉的意识形态政治"表征危机"的显现,是伦理叙事对"国家主义"原则的调整。此间文学的民主化进程尽管是有限

---

① Кондаков И.В.*Культурология.История кульруры России.* ОМЕГА-Л.М.2003.C.381.

的,但毕竟让文学由世界观的物化,政治概念的演绎,受斯大林个人好恶的左右变成了民众心智、情绪、道德的反映。这是自下而上起始,自上而下推行,并最后不得不被终止的一次力图创立苏联文学新意识形态话语体系——"伦理叙事"的努力。

"伦理叙事"不是一种"单一的""硬性的"意识形态政治话语,而是与人的生存现状相联系的,一种重视人的价值,将人的尊严、情感、理性、道德植入文学的伦理书写。它成功地缝合了政治性与人性之间的裂痕,想象性地解决了先前苏联文学图解政治、无视苦难、粉饰现实、回避矛盾的弊端。这种叙事提供了一个新的神话式的文学拯救信念,也就是苏联人民可以通过解决矛盾、完善道德、改良社会的途径,生存在一个具有丰裕的物质生活与美好的人伦关系的现代化社会中。此间出现的农村文学、战争文学、道德文学、生态文学、哲理文学等各种"浪潮"就是这一"伦理化叙事"的题材呈现。

但是,这一文学叙事对"国家化"的抗拒并没有根本改变文学"政治化"的现实,此间或显或隐地对社会主义现实主义文学话语的冲击并没有改变苏联文学整体上的意识形态叙事本质。作家们无意改变社会主义价值观和创造新的价值观,因为他们知道它们根本无法改变。尽管70年代也出现了对现存的文学表意方式和话语秩序起破坏性作用的各种文学创作,如新的先锋主义文学——简约主义(минимализм)和具象主义(конкретизм)的崛起,莫斯科概念主义(концептуализм)文学艺术的出现,但它们都仅仅是一种潜流或伏流。在当时的文化语境中,这种隐性的声音还很微弱,广大读者甚至未及聆听,即使有幸结识它们的作家和批评家也未把它们理解为与主流文学的现代性具有"异质性"的现象来看待,构不成对文学主流话语的冲击。

"重建"前后,戈尔巴乔夫、叶利钦为了拯救濒临颓败的国家经济与提升民族精神,眼光从来没有离开过西方。但是,以西方话语为参照的重建自我中心的"他者化"进程已经无法主导俄罗斯新的文化现实。在全球化语境中寻求俄罗斯自己的发展道路和模式,对俄罗斯自身——欧亚国家文化特性的重视成为社会文化发展的一种重要取向,欧亚主义思潮在20世纪末的勃兴便是明证。

在新的历史条件下,不再有西欧主义与斯拉夫主义思潮斗争的重复演义,对俄罗斯自我中心情结的多角度审视成为知识分子精英的共识。"大西洋主义"不再把俄罗斯现代性看作是单一的移位西方,而主张"新的西方主义",即通向以市场经济与自由民主为特点的当代全球化文明。"欧亚主义"批判全球化的现代性,把移位西方的"他者化"转变成向东西方"左顾右盼"的"世界化","拒斥消费主义与西方生活方式的虚假的他者文化模式",认定注重物质的现代性理念引发的"生态危机会导致民主与人道价值观的危机"①。西方不再被视为俄国必须追崇、赶超的"他者",悉心关切民族的文化特性和独特文明的延展和转化才是出路。这是一种超越"他者化"与"自我中心化"矛盾焦虑的新策略,它所构筑的不是一个经典的"现代性"的意识形态,而是"后现代"的"当代性"对"现代性"发展观的超越和重构。这一超越与重构促成了俄罗斯文学话语新的转型。

从逻辑上说,俄国社会的现代性转型与文学叙事的话语演变并不一定发生构成意义上的必然联系,现代性程度也不是决定文学发达与否、水平高低的前提。然而,文学必定是自由个性的产物,它所追求的真善美也必然与社会的现代性相通。俄罗斯文学的发展历程告诉我们,俄国社会的现代性与俄罗斯文学的发展有着割不断的联系。前者为后者开辟了自由生长的客观环境和精神空间,文学也在为社会、民族的现代性推波助澜。两者间有着一种相互推动、相互哺育的关系。两者的关系提醒我们,俄国社会与俄罗斯文学的审美话语,思想价值和艺术价值的现代化进程是可以高度统一的。

（本文原载《新时期俄罗斯小说研究（1985—2015）》,高等教育出版社2016年版）

---

① Георг Хенрик фон Вригт. *Три мыслителя*. Русско - Балтийский центр Блиц. Санкт - Петербург. 2000. С. 253-254.

19—20世纪之交的现实主义文学

梅列日科夫斯基在 1892 年提出,现实主义文学在走向衰落,象征主义文学新潮流已经出现。1897 年,托尔斯泰同样表达了俄国文学急待推陈出新的看法。他说,"文学曾经是一张白纸,如今它已经被写满了。应该把它翻过来,或者另外找一张纸"①。文学转型的现代性命题的提出意味着一个文学新时代的到来,这一新时代的特征是:现实主义文学代际更替链式进程的结束,一个流派统领一个时代的终结,多元共生、共存的时代的到来。现实主义与现代主义两种流派的碰撞、对话构成了世纪之交俄罗斯文学多声部交响的主旋律。

现代主义文学的出现更新了文学的创作理念,表达了文学把握时代、社会、人的新的理念和形式,但它不可能穷尽俄国精神生活与文学探索的方方面面。人数有限的文学团体、相对狭窄的艺术视野及精英化的"阳春白雪"诗歌,极大地限制了这一文学的传播与影响。

与"黄金世纪"文学传统坚守者的创作相比,现代主义文学不仅受众较少,其对社会精神生活的影响也要小得多。在现代主义文学的鼎盛期,勃洛克(Блок А.,1880—1921)的诗集《雪中大地》(Земля в снегу,1908)发行了 2000册,别雷(Белый А.,1880—1934)的《骨灰罐》(Урна,1909)为 1200 册,巴尔蒙特(Бальмонт К.,1867—1942)的《绿色园》(Зеленый ветроград,1908)为1300 册,曼德尔施坦姆(Мандельштам Ю.,1908—1943)的诗集《石头集》

---

① Чалмаев В. Зинин С. *Русская литература XX века Вчера и сегодня.* Русское слово. М. 2004.С.17.

（Камень,1913）仅为 300 册,谢维里亚宁（Северянин И.,1887—1941）的诗集《公主的宝石项链》（Кольепринцессы, 1910）仅为 100 册,茨维塔耶娃（Цветаева М.,1892—1941）的《魔灯》（Волшебный фонарь,1912）也未超过 500 册。而高尔基（М. Горький, 1868 — 1936）的《特写与短篇小说集》（Очерки и рассказы,1898）发行量为 3500 册,布宁（И.Бунин, 1870— 1953）的现实主义诗集《在广阔的天空下》（Под открытым небом, 1898）发行了 3600 册,布宁、施梅廖夫（Шмелев И., 1873 — 1950）、阿·托尔斯泰（А. Толстой,1883—1945）、谢尔盖耶夫—青斯基（Сергеев-Цинский С.,1875— 1958）的现实主义小说和诗集（共 7 个文集）在 1906 年 3 — 12 月就发行了 222000 册①。1904—1907 年间高尔基的作品都以 1—2 万的发行量在文学出版物中高居榜首②。

　　作为时代文学生态的一个组成部分,现代主义文学无法取代,甚至难能动摇现实主义文学在俄国精神生活和文学生活中的重要地位。尽管在那个时代现实主义文学"衰败""过时"的说法甚嚣尘上,但事实上,现实主义文学并未因现代主义文学的出现而失去其强大的生命力。拥有大半个世纪成熟经验的这一文学巨型话语始终与俄国社会的发展、时代的进步相伴而行,从时代的文化激流勇进中不断汲取力量,体现了作家对社会、民族、世界以及人类命运新的把握与认知,表达了他们对历史本质的艺术呈示和审美探索的不懈追求,参与了俄国社会的文化转型和民族心灵的建构。

一、历史沿革

　　世纪之交的俄国文化转型,文学的各种新潮在民粹主义思想失败和社会充满危机的 19 世纪 80 年代已露端倪。现实主义作家在新的文化语境下也在

---

　　①　Чалмаев В. Зинин С. *Русская литература XX века Вчера и сегодня*. Русское слово. М. 2004.С.19.

　　②　*История русской литературы XX век Серебряный век*. Под редакцией Жоржа Нива, Ильи Сермана и др..Прогресс,ЛИТЕРА,М..1995.С.610-611.

不断寻求着表现时代与人精神的新的艺术形式,呈现出一系列新的现代特征。

一是,文学对"人—环境"概念的重新评价。相当多的作家由再现"环境对人的制约"的理念转变为重在表现人与环境的疏离、对抗,以及个性的独立和人改变环境的能动作用。被侮辱被损害的人被叛逆的、积极进取的个性所取代。二是,文学与社会生活的关系由"再现"向"表现"的转向。作家为物欲下的平庸苟且、精神萎靡、人种退化以及艺术的无想象力表现出了一种不甘平庸的挑战性反叛与抗争,显现出一种高度主体性的价值判断。三是,对人的日常生活和生存状态的表达呈现出新的思路:对人自身存在命题的优先关注。对充满自由独立的激情与异化、孤立意识并存矛盾的个性的探究。对人的精神生活、精神存在的描述成为文学的重要内容。四是,长篇小说的消疲,中短篇小说的繁荣。叙事小体裁的勃兴说明,文学家整体性理念的缺失及作家完整、和谐、美好的终极理想的不再。

在新的历史条件下,现实主义文学对现实的观照表现出三个具有标志性的转向:历史的、社会的、理性的内容向超越历史和社会的、非理性的、潜意识的、无意识内容的转向;社会批评、社会期待向超历史的、超社会的文化批评、文化期待转向;时代价值被永恒价值取代,意识形态关注向对人的生命价值和意义的人类学关注转向。在这方面 19 世纪批判现实主义经典大师创作的影响和作用是不可低估的。

陀思妥耶夫斯基实现了对欧洲传统命运小说形式的突破。他不再以再现外部现实生活为艺术追求,而重在表现人精神的、意识的真实,显现出"最高意义的现实主义"的种种特征。在书写内容上,他不再采取从主人公出生开始讲起的传记形式,而是选择人生的一个时刻,在高度浓缩的时间过程中,在旋涡般的戏剧性事件中,展开人物的心灵对话。在叙事方式上,他排斥理性,崇尚直觉、本能和潜意识;在艺术手法上,他不重客观描写,而多用象征、暗示、直觉、梦幻、怪诞、意识流。他的创作极大地融入了宗教精神和对民族性格、文化精神的深入思考,充满了对人类生存的永恒命题的论争。从人现实的生存境遇来揭示社会的不公、罪恶,人与社会的分离,人的自我分裂和异化,正是在以上几个方面他取得了与现代主义小说在创作理念、题材内容、人物体系、艺术手法上的沟通,为现实主义小说的现代性转型提供了巨大的思想与美学资源。

从 80 年代开始,托尔斯泰走向其精神探索及文学创作的新阶段。作家以其天才的文学创作和忠实不渝的道德说教,参与了俄国文化历史和俄罗斯人精神生活的重构。欧洲文学最高成就的"命运小说",经过几个世纪的创造与积累,由托尔斯泰在他的《复活》中推进到了辉煌的顶峰。社会批判、哲学道德探索、史诗规模、心灵辩证法达到了绝妙的融合。他的中短篇小说开始具有更为激烈的社会抗议、更为鲜明的价值判断、更为深入的良心审判和更为质朴的叙事语言,也进入了此前他很少涉猎的人的意识的深层。作家在继续其对社会现实批判的同时,更充满了对生命价值与意义等哲理命题的思考。托尔斯泰创作巨大的现实意义不仅在于其与俄罗斯社会历史的联系,还在于他提出的关于社会变革、生命、人性、两性、家庭等一切重大问题,至今仍然是人类生存的重大命题。在他社会的和美学的,伦理的和宗教哲学的思想中充满了一种世界主义与全人类主义。在生命的最后十年,现实主义作家的托尔斯泰已经成为俄国和欧洲社会精神生活的中心话语之一。

"19 世纪末,在俄罗斯现实主义转型进程中,柯罗连科起了显著的作用"①。早在 80 年代初,柯罗连科(Вл. Короленко,1853 — 1921)就告别了民粹主义文学,改变了试图靠农民改造社会的乌托邦式的乐观承诺,提出了文学要表现"可能的现实"的思想。他遵循"美好的希望胜过丑陋的现实"的艺术原则,强调小说应有积极的人文取向和高昂的英雄主义,使现实主义文学获得了强烈的主体表达意向和浓郁的浪漫主义色彩。高尔基称他为"我的老师",说他是一个善于用想象将日常世界中的种种情景与人物变成美好现实的真正的幻想家。踟蹰在社会底层的流浪汉、小偷、乞丐等人物成为柯罗连科此间一系列中短篇小说中的主人公,他们酷爱自由、英勇不屈、充满理想,既是现实生活中具体真实的人物再现,又是富有浪漫气息、充满乐观主义精神的文学英雄。90 年代,因无法容忍文学的"颓废主义"倾向,柯罗连科走向了更为激进的批判现实主义。"他一生都在迎接着白天,走着一条艰难的英雄之路,为了

---

① Бялый Г. *Русский реализм . От Тургенева к Чехову* . Советский писатель. Ленинградское отделение. Л. 1990. С. 248.

加快白日黎明的到来柯罗连科所做的一切是难以估量的"①。

契诃夫(А.Чехов,1860—1904)是现实主义文学一个阶段的结束者和一个新阶段的起始者。从文学发展的动态进程来看,他是现实主义文学与现代主义文学之间的过渡者。他延续并更新了大半个世纪传统的现实主义的艺术理念,完成了俄国现实主义小说在体裁的、题材的、结构的及艺术旨趣与接入方式上的一次"文学革命"。他让短小的体裁样式在长篇小说占主导地位的19世纪现实主义文学历史上获得了极大的成功,同时赋予了现实主义小说一系列新的特质。在19世纪俄国现实主义文学中,他是除托尔斯泰之外,第二个最具有社会生活"包容性"和"经典性"的作家。他的笔触深入到的是广阔的生活领域中几乎很少有人涉及的琐细小事。在他的笔下,作为小说叙事基本组元的"故事"由宏大的"事件"化作了细微的"庸常",而内在视域上却保持了陀思妥耶夫斯基和托尔斯泰两个经典大师所具有的"共时性"。小说言近旨远,大义微言:一个画面捕捉一种智慧,一个瞬间揭示一个新鲜的思想。契诃夫在小说艺术理念上更接近象征主义,尽管他与其宗教哲学思想大相径庭。别雷说,契诃夫的现实主义是一种"高度透明的,无意识地与象征主义融为一体的现实主义"②。而他的戏剧创作更是消解了中心人物与其他人物冲突的传统范式,弱化并均衡了戏剧人物在事件发展中的功能角色,大大凸现了人物内心的矛盾冲突。生活的庸常,情感的困困,理想的破灭,精神的麻木,成为人物内在冲突的纠集点,成为社会混乱无序、充满危机的表征。对存在性命题的关注,对心灵生活的探究,象征意象的运用,高度的简约,情节的缺失,开放性的结尾——不仅是艺术家实现其温暖的人道主义关怀的艺术手段所在,也是他留给21世纪小说巨大的美学财富所在。

世纪之交的两个十年,俄国社会积难与积怨之深重已经到了变革的狂风暴雨不可避免的态势,希望与绝望交织、求索与变革共存。现代主义文学犹如一个全新的世界展现在俄国作家面前,反现实主义思潮随着象征主义文学的

---

① Бялый Г.Русский реализм .От Тургенева к Чехову. Советский писатель.Ленинградское отделение.Л.1990.С.617.

② Полоцкая Э.О поэтике Чехова. Наследие.М.2000.С.196.

兴盛而于 90 年代在俄国文坛登陆。然而新的社会生活也强化了现实主义文学拯救苦难,帮助民族、人类获得自由和尊严的使命感和庄严感,深化了这一文学对人及其价值的思考,也激活了现实主义文学家的变革与更新意识。

一批对民粹主义思想传统有所继承的作家,如乌斯片斯基(Г.Успенский,1843—1902)、米哈伊洛夫斯基(Н.Гарин-Михайловский,1852—1906),维列萨耶夫(В.Вересаев,1867—1945)等着眼社会底层的劳苦大众,特别是农民,用特写、中短篇小说记叙社会生活的真实,表现俄国农村的贫穷、落后,农民的苦难、愚昧与绝望,书写了一部俄罗斯"民众破产的编年录"。乌斯片斯基在特写《乡村日记》(Из деревенского дневника,1883)和短篇小说《直起身子的人》(Выпрямил,1885)中不仅再现了农民的苦难,不无留恋地缅怀宗法农奴制下农民与土地的依存关系,还塑造了具有变革精神、充满对未来憧憬的乡村教师形象,成为新时期再现俄国宗法农村破败、资本主义迅猛发展和塑造新人的第一人。普列汉诺夫(Г.Плеханов,1856—1918)说,这是一个"用鲜活的现实事实说话"的作家[1]。米哈伊洛夫斯基在他的系列特写《在乡村的数年》(Несколько лет в деревне,1892)和《纷乱的外省生活》(Провинциальная жизнь в сутолоке,1900)中表达了一个民粹社会主义者对宗法村社文化传统与资本主义文明难能共荣的悲哀。被批评界誉为"知识分子的编年史家"的维列萨耶夫以中篇小说《无路可走》(Без дороги,1894)、《在转折中》(На повороте,1901)表现了民粹主义思想失败后一代民主主义知识分子渴望为民众服务,准备为他们牺牲的高尚情怀以及难能看到社会与自身出路的思想迷惘与苦闷。这些作家似乎是同社会历史的发展疏离、对峙的,但从深层看,却是对资本主义文明的质疑、审视,对俄罗斯乡村文化的重构与弘扬。

另一批作家,如勃勃雷金(П.Боборыкин,1836—1821)、马明—西比里亚克(Д. Мамин - Сибиряк,1852 — 1912)、波塔边科(И. Потапенко,1856 — 1929)、艾尔杰利(А.Эртель 1855—1908)、安菲捷阿特洛夫(А.Анфетеатров,1862—1938)等人则剑走偏锋,奔向了自然主义。他们从现实主义传统的社

---

① *Русские писатели Библиографический словарь.* В 2 томах, Т. 2. Под редакцией П. Николаева.Просвещение.М.1990.С.336.

会历史原则和道德伦理原则背转身去，回到了生活的日常和世俗中，表现出对日常生活中的尊严、高贵等价值观念的淡漠。他们遵循经验主义和客观主义的"事实原则"，成为生活"不偏不倚"的记录者和编辑者。他们甚至把目光集中于人生命存在的生物场域，拒绝以任何现实力量来限制和束缚个人的生活世界，试图建立一种以自我利益和欲望为引导的情感秩序和伦理秩序。尽管这批作家为数不多，艺术成就不高，只是现实主义文学大江中的一条喧嚣的河道，并没有形成真正意义的一种流派，但其基本指向无疑在宣告与经典现实主义的道别，开辟现实主义文学发展别样路径的呼吁。

如果说，契诃夫的文学变革是悄然的、隐秘的、潜移默化的和去浪漫主义的，那么高尔基对现实主义文学传统的改造用的却是一种浪漫主义的、呐喊式的、激烈的"革命手段"。他在给契诃夫的信中说，"需要英雄主义的时代到来了：大家都渴望激动人心的，鲜明的，知道吗，一种不像生活，却比生活更高、更好、更美的东西"①。

英雄主义既是高尔基小说创作中最具震撼力的话语形态，也是建构与彰显俄罗斯民族精神的新的话语，时代精神与时代英雄成为这一话语形态的思想内核。英雄成为立足现实又指向未来的愿望理想与行动力量的化身，英雄话语见证了文学对时代生活最积极最旺盛的表述力，表达了文学家对国家与民族未来最富理性、最为崇高的使命感。《马卡尔·楚德拉》（Макар Чудра，1892）和《契尔卡什》（Челкаш，1897）为作家赢得了巨大的声誉。它们似乎像是现实主义向传统浪漫主义的回归，同时又有着尼采所宣扬的一种超人思想。就高尔基而言，他创作中整个精神的、智慧的、思想的贡献相对于其强烈、鲜明的生活印象而言是第二性的，他的创作思想与尼采思想的相通之处主要在于一种对独特个性的高度张扬和一种不可阻挡的进取精神。这种个性是具有高度浪漫主义特点的无政府主义的个人主义：反社会的流浪汉，浪漫主义的叛逆者，具有自发反抗情绪的个体。但这种个性又不是纯粹个人的，而是民众情绪的反映。这一民众又全然不是民粹派所理解的农民，高尔基与农民以及关于农民的神话没有任何关联。他笔下的个体的审美意义不是民族学的描述性

---

① Горький М. *Собрание сочинений*. В 30-ти т. Т.28.1954.C.71.

的,而是哲学象征意义的。这种哲学性的象征意义随着他的创作的发展与深化是在变化的,由与社会决然对立的个性朝着新的、全人类的人道主义思想在转变,个体逐渐融化在了为全人类福祉的奋斗之中。高尔基不仅以其个体的创作实践大大丰富、拓展、更新了现实主义文学的文化精神,而且在很长一段时间里起到了现实主义作家的组织者、协调者的角色,成为新时期现实主义文学的一面旗帜。

90 年代末,面对"颓废主义"颠覆现实主义的极端情绪,莫斯科现实主义文学小组《星期三》①(Среда,1899—1916)应运而生。1902 年,高尔基开始领导彼得堡的《知识》出版社(Знание,1898—1913),并将这一旨在文化普及和思想启蒙的出版机构变成了现实主义文学的创作基地和出版团体。在 1905 年前后,现实主义作家借助于高尔基创办的《知识》出版社相互间有了更为紧密的联系。这个被高尔基称为"真正的艺术殿堂"②的创作群体团结了一大批 19 世纪 90 年代进入文坛,富有叛逆精神的新一代作家,如布宁、库普林(А.Куприн,1870—1938)、安德烈耶夫(Л.Андреев,1871—1919)、绥拉费莫维奇(А.Серафимович,1863—1949)、斯基塔列茨(С.Скиталец,1869—1941)、尤什凯维奇(С.Юшкевич,1868—1927)等。他们中的不少人成为 21 世纪俄国文坛的一流作家,为俄国现实主义文学的深化与现代性转型起到了重要作用。

"知识人"既看到了经典现实主义大师文学遗产的不可超越性,也看到了其艺术表现方式与时代的落伍性,他们在坚持社会批判与思想启蒙,张扬民主主义和人道主义思想的同时,提出了面向广大普通读者的"大众化"写作口号,发出了寻找高于生活现实的"榜样的人""榜样的生活"的文学呼唤。第一次资产阶级民主革命前高昂、激扬的社会情绪更强化了文学家的这一创作思想。与契诃夫、柯罗连科从现实生活中寻找并发现美的理念不同,高尔基及一部分"知识人"提出了要通过创作主体对现实生活的感受与态度来表现生活

---

① 《星期三》文学小组是由小说家尼·德·捷列绍夫在 80 年代创办的《帕尔纳斯山》文学团体的继续,每逢星期三聚会。主要成员为现实主义作家维列萨耶夫、库普林、布宁、高尔基、绥拉费莫维奇等,1916 年停止活动。1905—1907 年革命后又出现了以布宁为首的《年轻星期三》小组,新成员有施梅廖夫、皮利尼亚克,画家瓦斯涅佐夫等。

② *Русская литература рубежа веков 1890-начало 1920 годов.* В 2 книгах.К.1.ИМЛИ РАН.Наследие.2000.С.232.С.261.

的文学创作理念。他们高度赞扬契诃夫小说中的象征主义元素，提出了"俄国文学在整体上缺乏象征主义"的思想。对文学旧观念、旧形式的对话与对抗，文学创作主体意识的张扬——成为"知识人"与"象征主义作家"，两个不同创作取向的文学同代人共同的艺术追求。

应该看到，即使在"知识人"作家之间，由于创作观念和艺术手法的不同，其思想和艺术上的差异也是相当大的。表现"五光十色的俄罗斯人的心灵"是布宁中短篇小说的基本内容，生活的片段性、离散性成为他创作的一个重要特征。库普林更崇尚生活的"原始真实"，他的中短篇小说题材广阔，人性样式丰富。安德烈耶夫则重于对人生命存在的道德伦理和哲学本质的探索。绥拉费莫维奇不止一次强调，他"脱胎于70年代作家，其创作源于他们的传统"①，"群体代表""阶级形象"是绥拉费莫维奇小说中人物形象的主要特征，他是俄国文学中最初的工人形象的塑造者之一。主体情感色彩的浓烈成为安德烈耶夫与绥拉菲莫维奇创作的共同特征。斯基塔列茨与尤什凯维奇的作品中出现了激情更为昂扬、行动更为积极的工人与革命者。前者的诗歌、小说朴实、真切，具有高度平民化的色彩，充满了公民性和叛逆的浪漫主义精神。后者的小说和戏剧中犹太民族生活的题材独特新奇，人物的生命追求各异，但反对阶级压迫、争取自身权力的斗争成为他们共同的思想与行为特征。

1905年革命的失败引发了俄国社会的政治反动和普遍低落、悲观的民族情绪，此后又有第一次世界大战、二月革命、十月革命，数量众多而又影响巨大的社会灾难与历史变故。这一切极大地改变了俄罗斯人与现实世界的联系。社会思想的"路标转换"不仅销蚀了长久笼罩着作家的社会激情，连同被这一激情唤起的英雄主义和理想主义，也改变着创作个性精神的和心理的内涵：从对社会决定论思想的规避到对历史发展规律的怀疑，从对历史原则与个性原则对立的重新思考到与宗教思想的诉求。1908年，高尔基宣称"现实主义……正在踏上新的道路"②。

---

① Соколов А.История русской литературы конца Х1Х--начала ХХ века.Высшая школа.М.1984.С.26.

② Русская литература рубежа веков 1890-начало 1920 годов.В 2 книгах.К.1.ИМЛИ РАН.Наследие.2000.С.232.С.261.

20 世纪的第二个十年,在托尔斯泰逝世之后,现实主义文学发生了自身多样化的"分流"。高尔基坚持历史主义原则,逆消极的社会思潮而动,仍然期待着光彩夺目的、充满创造激情的民众力量的爆发。斯基塔列茨、尤什凯维奇等作家的影响在缩小,退向现实主义文学的边缘。一种具有新的思想与艺术取向的文学现象——新的现实主义随之出现。

布宁、库普林、安德烈耶夫、绥拉费莫维奇这些作家的创作无论在题材内容上,还是在艺术形式方面显现出了各自新的特点。而一批新踏上文坛的作家,如施梅廖夫、阿·托尔斯泰、普里什文(M.Пришвин,1873 — 1954)、谢尔盖耶夫—青斯基、扎米亚京(E.Замятин,1884 — 1937)、扎依采夫(Б.Зайцев,1881 — 1972)、恰佩金(A.Чапыгин,1870 — 1937)等作家以各种方式探求文学写实的多种可能性和多种艺术效果,在不同程度上改变着现实主义文学的原有形态。他们对现实的思考缺少了社会历史的关联,而饱含着对人、社会、世界本质的思考,及对人性、民族和人类文化形态的深层开掘。超社会历史的价值判断和文化、哲学的思考成为这些作家共同的艺术思维特征,自我意识和主体性的高度张扬使得作家所呈现的理想、情感和意志更加丰富多样。在艺术上,由于得到了现代主义创作经验的熏染,他们有机地将现代主义艺术元素融进了现实主义文学之中。

普里什文说,"历史的规律并不总是与心灵的规律相吻合的"①。尽管"新现实主义"文学的社会性依然存在,对被侮辱被损害的小人物的同情依然存在,但从民众的自发势力中寻找崇高真理的热情已经不在,集体的、阶级的激情已经远去,革命、暴动的思想启蒙已经消散,社会命题逐渐成为一种描写个性内心世界,对个性与世界相互作用思考的背景。文学对生命存在哲学内涵的揭示,对生活中一切美好的、光明的、快乐的坚信,对一切破坏与丑化生活与人的现象的憎恨,个体与世界的统一,人与大自然的亲近,对美、爱、艺术的向往与追求成为"新现实主义"文学的一种永恒的、本质的生命价值观。

---

① Пришвин M.*Собр. Сочинений*.В 6 т.Т.2.М.,1956.С.793;*Русская литература рубежа веков* 1890-*начало* 1920 *годов*.В 2 книгах.К.1.ИМЛИ РАН.Наследие.2000.С.284.

二、诗学特征

新的现实主义作为一种文学思潮并非同质的现象,其内部也存在着各自不同的创作倾向。

现实主义文学中的自然主义倾向:

在世纪之交的文学中,自然主义是俄国作家更新现实主义文学传统的一个重要尝试,曾经影响了一批现实主义作家,也一度在读者中广泛流行。19世纪中叶自然科学,特别是生理、心理科学的巨大成就和实证主义哲学是这一文学产生的思想基础,以左拉的"实验小说"为代表的法国自然主义文学在俄国的翻译出版直接催生了俄国的自然主义文学,构成了世纪之交写实文学的另一道风景线。

但是,俄国并没有形成一个独立、完整的自然主义流派,更没有出现像左拉这样杰出的、富有广泛影响力的作家。强大的现实主义文学传统与审美体系使得自然主义无法作为一种独立的文学流派在俄国文学发展进程中立足,它的存在仅仅呈现为现实主义文学中的一种艺术倾向。这一倾向主要表现在这样两个方面:照相式的写实主义与人物的生理主义。作家不以典型环境中的典型性格为追求,以一种记录、照相式的方式再现生活原始的、片段的真实,他们以人的生理性取代社会性,以探求人物行为、思想的生命基源。

勃勃雷金、马明—西比里亚克、波塔边科、艾尔杰利、安菲捷阿特洛夫等作家曾创作过一度十分流行的"自然主义小说",也试图从理论上论证自然法则对人的影响远大于社会关系。他们所再现的那个时代的俄国生活现实,特别是知识分子的和新的资产阶级阶层的生活,具有鲜明的自然主义特点。

勃勃雷金是左拉实证主义思想和自然主义艺术主张的拥戴者和传播者。长篇小说《中国城》(Китай-город,1883)再现了80年代莫斯科商业区俄国资产阶级和贵族的生活习俗,从人们的日常起居、饮食衣着到谈吐社交等生活方式和思维方式,显现出作家作为"观察者""记录者""编辑者"的艺术理念。90年代后侨居国外的他在小说创作领域十分多产,在《瓦西里·焦尔金》

（Василий Теркин，1892）、《山隘》（Перевал，1894）、《向往》（Тяга，1898）等长篇小说中他几乎都以纯客观的态度记述了 19 世纪末俄国资本主义的发展图景，塑造了"英吉利化"的俄国工业企业家形象。小说是一块块"马赛克"式的社会生活碎片和一个个脱离了社会关系存在的生理个性的组合。

深受达尔文进化论思想影响的马明—西比亚克写出了像《普里瓦洛夫的百万家财》（Приваловские миллионы，1883）、《金子》（Золото，1892），《粮食》（Хлеб，1895）等这样的"乌拉尔小说"。这些长篇小说以企业家、淘金者为主人公，资本主义社会对人的压迫以及个体意志面对强大环境的无力与无能成为小说表现的两个基本命题。《粮食》描述的是专事粮食买卖的贵族商人普里瓦洛夫不敌资本主义的生产与贸易机制，在捍卫家族百万家财的斗争中悲惨失败的故事。作家依据对生活事实的"客观分析"，揭示了金钱、财富、虚荣和各种充满矛盾的欲望是资本主义社会前行驱动力的现实，作出了资本主义在俄国的存在和发展是必然且合理的结论。与勃勃雷金不同的只是，马明—西比亚克更明确地表达了民众难以遏制的对遭受剥削、压迫和无权地位的自发的抗议。

波塔边科的中篇小说《服现役》（На действительной службе，1890）、《非英雄》（Негерой，1891）在 19 世纪末的部分知识分子读者中十分流行。主人公是一个个满脑子自由主义思想，却随遇而安的利他主义者，他们不仅没有改变现状的想法，也没有任何明确的思想追求。同样的"马赛克"式的社会生活图景还出现在作家艾尔杰利的长篇小说《加尔杰宁一家，他们的仆人，追随者和敌人》（Гарденины，их дворня，приверженцы и враги，1899）中。契诃夫高度评价小说中的风景描写，托尔斯泰也赞赏他对民间生活的真实展现，但片段化的镜像并不能提供社会生活的完整图景，也无法揭示个性的、家庭的冲突的内在根由。

安菲捷阿特洛夫在"自然主义文学"中具有显著的地位，这位自诩为以"实验性观察"为方法进行创作的"非杜撰文学家"[①]创作了长篇小说《柳德米拉·维尔霍夫斯卡雅》（Людмила Верховская，1888）、《被毒害的良心》

---

① *История русской литературы.* В 4 томах.Т.4.Наука.Ленинград.1983.С.245.С.591.

（Отравленная совесть，1898）等一系列以女性为主人公的小说。他不仅更为广阔、深入地表现了遗传、生理本能对人的行为、心理机制的制约，还表现了独特的女性心理。他的小说有较为广阔的社会生活场景，从家庭生活到文化沙龙，从大学校园到个人住宅，从国家机关到上层议会直至监狱。长篇小说具有高度的纪实性，人物也都有相应的社会原型。作家还以文学的形式讨论了实证主义哲学所涉及的经济、艺术、新闻，以及生命的生理机制、家庭的变故与瓦解等一系列命题。

两性文学的繁荣是这一倾向勃兴的另一个重要表现。这一类"两性小说"与俄罗斯文学传统题材中的堕落、沉沦的道德命题无关，作家对其笔下受到情欲左右的男女主人公既无谴责、批判，也无同情、赞美之意。两性的吸引，对情爱的追求，无论是"美好的"，还是"龌龊的"，都无关乎道德与社会。

阿尔绥巴谢夫是 21 世纪两性文学的代表。他说："对我来说，写作不是为了服务于什么，而是表现自我和扩展、深化自我宇宙观的手段而已"[1]。从 1908 年到 1917 年间，他以追求"肉体与大地的自然真实"为宗旨，发起并出版了总共 12 期的《大地》（Земля）文集。"阿尔绥巴谢夫风格"（арцыбашевщина）成为当时重要的文学现象，而他的长篇小说《萨宁》（Санин，1907）引领了一个时代的两性题材文学，被评论界称作"萨宁文学"。

主人公萨宁少小离家，犹如旷野里的一棵树般地自由自在地长大。青春时代，他崇尚自由，不受管束，为所欲为，认为人的明天并不重要，生命的要义是享受今天。他毫不遮掩地袒露欲望，理直气壮地追求享乐。他与农夫的孙女一起过夜，占有女教师卡尔萨维娜的肉体，甚至会对自己的妹妹产生出一种难以启齿的冲动。他脱离社会现实，逃避责任义务，孤独无聊，漂泊不定。萨宁的生命世界充满了单纯性与原始性，这是一个听任欲望驱使、沉溺于生活享受，摒弃了经验、理性、功利的原始主义者。作为对现实主义作家笔下的社会主人公的反叛，萨宁身上投射着作家对人本能欲望的赞美，对人未被异化的原始的亲近、与自然和谐的向往，在信仰、伦理、理想充满危机的时代，这一反叛情绪在青年读者中获得了共鸣。马克思主义文评家沃罗夫斯基（Воровский

---

[1]　*История русской литературы*. В 4 томах. Т.4. Наука. Ленинград. 1983. С.591.

B.,1871—1923)指出,"萨宁性格"与"萨宁文学"的出现标志着自然主义文学"放弃了半个世纪以来民粹主义知识分子的传统,在社会生活领域中放弃为被压迫阶级服务,而在个人生活领域中放弃了使命感"①。

自然主义文学扩展了现实主义的表现范围,在探讨文学表现现实的新的构思和模式中,将原生态的"真实"绝对化了,将人的生态模拟绝对化了。作家把对作品思想主题的揭示替换为对人世间原始关系、纠葛的再现,他们强化了其中的"人"这一元素,但这绝非是对"新人"的呼唤,恰恰相反,是对19世纪俄国现实主义文学"英雄传统"的反拨,是对文学社会功利意识和工具观、使命观的背离。

三、"新现实主义"(неореализм)

新现实主义是世纪之交文学的历史现象,是继自然主义倾向小说和象征主义文学走向衰败后在20世纪10年代悄然兴起,延续了两个十年的现实主义文学潮。作为俄国文学现代性转型过程中一个重要的现实主义文学生态,它是对传统现实主义文学的思想观念和话语构型所进行的一种非经典化重构。文论家凯尔蒂什(Келдыш B.,1929—　)说,"这是现实主义思潮内部的一个独特的流派,它比其他流派更多地与正在发生的现代主义运动进程相连,摆脱了前些年为广阔的现实主义运动增色的强劲的自然主义思潮"②。

的确,新现实主义并非一个有着严格内质规定性或确切内涵的理论概念,它兼具现实主义与现代主义特征,具有传统性和现代性元素的"合成性"特征。尽管众多批评家和文学史家都用着同样的一个文学术语,但无论在文学历史上,还是在今天,人们对这一术语的理解和流派归属仍有着很大的不同。有些批评家,比如文学博士、莫斯科国立印刷大学文学史教研室教授达维多娃(Давыдова Т.,1953—　)是将新现实主义小说与现代主义小说等同的,从这

---

① *История русской литературы.* В 4 томах. Т.4. Наука. Ленинград. 1983. С.586.

② Келдыш В. *Реализм и неореализм* // *Русская литература рубежа веков* (1890 — начало 1920-х годов). В 2 кн.. Кн.1. 2000. С.262.

个基本看法出发,她认为这是一个发端于 20 世纪初而终结于 30 年代,由俄国本土和异域俄罗斯作家创立的现代主义小说流派①。另一些批评家,比如文论家凯尔蒂什认为,生发于现实主义文学内部的新现实主义文学阶段始于 20 世纪的前两个十年之交,它标志着现实主义文学的更新与振兴,是与经典现实主义并行不悖的另一种流派②。我们以为,尽管这个创作流派与现代主义文学有着多种的勾连甚至共性,但就这一文学对形而下的生活状态的关注而言,以其对现实冷峻的剥露、分析、思考而言,它显然不是现代主义的,这一文学的基本指向无疑不是否定现实主义,而是意在开辟写实文学发展的别样路径,这是一种着意承继并更新经典现实主义的新的现实主义文学。

在保持着对外部社会生活关注的同时,新现实主义文学表现出一系列思想内蕴的新的特质:对现实概念的拓展;对世界、社会、人观念的变化;对生活琐细日常的忽略,对生命存在的重视;人道主义的危机,对全人类价值的重视等等。作家不仅实现了题材、内容的超越,而且他们还是艺术"美文"、新的诗学形式的呼唤者和实践者。其中的一些作家无论在思想立场还是在艺术形式上更接近于现代主义,具有明显的先锋特质,这从他们的艺术构思、独特的叙事、技巧化的布局和形而上的观念表达中都可以清晰地看到。在新现实主义文学的创作实践中,作家的艺术观念和写作手法的差异也是相当大的,普里什文显然不同于布宁、扎依采夫,安德烈耶夫也大大有别于扎米亚京。

随着两性题材小说的衰败、人类中心主义趋向的减弱和具有强烈个性色彩的人的形象从文学作品前台的退却,一些早先具有自然主义倾向的作家开始表现出对具有普遍意义的人的生活状态以及人与自然关系的极大的兴趣。这是写实文学对这一时期文学中普遍弥漫的世纪末情绪的一种悖逆,是作家通过人对自然命运的关切展示理想主义精神——对人与世界和谐境界的追求。

"人与自然"的哲学命题在普里什文创作中得到了全面的体现。尚在 20

---

① Давыдова Т. *Русский неореализм Идеология, поэтика, творческая эволюция.* Флент - Наука. М. 2005.

② *Русская литература рубежа веков*(1890-начало 1920-х годов). В 2 кн. К. 1. ИМЛИ РАН. Наследие. 2000. С. 17.

世纪早期，这位作家就提出了以自然为本的人与自然和谐、共生共荣的伦理、哲学思想。这一思想超出了一般意义的热爱自然与生态保护的思想，而将自然看作是人类生命的基源、生存方式的理想、精神世界的归宿。他的早期创作继承了契诃夫倡导的冷漠、客观的科学主义原则，将社会与人生当作科学研究的对象来观察和描写。俄国文学通过普里什文第一次实现了文学创作中人、自然、科学的融合。他恰恰因为第一本《在飞鸟不惊的地方》(Вкраю непуганных птиц,1907)的书被吸收为俄国地理学会的成员。而在10年代，作家走向了宗教探求。在中篇小说《在隐没的城的墙边》(У стен града невидимого,1909)中作家利用古老的俄罗斯传说来展现旧教义派与20世纪初对神秘主义宗教精神的追求，而在短篇小说《星辰》(Астраль,1914)中，他揭示了鞭笞派教徒的宗教思想。不无自传性色彩的叙事人通过文化象征(如圆形的基特日城、巫婆玛涅法、新耶路撒冷、林中的十字架等)所呈现的种种艺术意象，对俄罗斯民间文化进行了独特的宗教哲学观照，作家善于在无情节、无波澜、无结构的叙事中展现原生态的民族文化与人性，表达两者共有的灵动、庄严与永恒的神性。

施缅廖夫在20世纪初开始文学创作，早期创作具有鲜明的社会倾向性。但从10年代开始，他钝化了小说的社会性命题，而重于对社会生活的全人类文化价值观的审视。他的中短篇小说多以都市"小人物"或中产阶级为主人公，以平民大众的嗜好趣味瓦解理想主义，将对庸俗、停滞、僵死的日常生活方式的伦理批判与对运动着的、积极的、充满活力的文化哲学思考熔铸在一起，用普世性的人文价值观，甚至宗教理念审视底层小人物与环境的冲突，塑造了一个个对未来新生活充满希冀，却又孤独、迷茫的生命个体。自叙体中篇小说《餐厅服务员》(Человек из ресторана,1911)中小人物的内心世界已经发生了深刻的变化，家庭的悲剧使他逐渐摆脱了精神的奴性，市民式的保守，利己主义的鼠目寸光，表现出对生命中不可或缺的宗教思想的一种深刻感悟，是作家对人的生命意义和社会历史本质的新的思考。中篇小说《墙》(Стена,1912)表现了大自然与异化了的人的对立。大自然的宁谧、和谐、美好成为贵族地主的精神没落，资产阶级的道德颓丧，劳动人民愚昧、阴暗的鲜明对照。中篇小说《十字路口》(Росстань,1913)的主人公放弃喧嚣的都市生活，走向素朴、自然的乡村,是对异化的抗拒,对永恒、宁静的生命形式的追求。《隐蔽的面孔》(Лик скрытый,1916)关于战争本质与时代悲剧的思考更具哲学意蕴,是作家对世界存在"真理"——世界的混乱与无序的深刻认知。

谢尔盖耶夫—青斯基将生活日常中的悲剧,时代引发的社会苦难与人的孤独、权力对人的桎梏等存在命题巧妙地结合在一起。从中篇小说《大地的悲哀》(Печаль полей,1909)开始,青斯基的创作就大大淡化了社会历史内涵,而获得了厚重的哲学意蕴。贵族地主、酿酒厂厂主与其妻子不同的生活方式及其悲剧性的命运,昭示的不是俄国社会的时代悲哀,更非贵族地主、资产阶级历史覆没的必然,却是人原始情感的失落,对大自然、土地虔敬心态的不再,人性的病弱,对人与自然和谐一致形态的漠然。大地的悲哀是人的悲哀,是人对未及诞生的生命的思念,是对业已问世的生命痛苦的表达。人的异化这一哲学命题得到了一种近似原始主义的阐释。短篇小说《不慌不忙的太阳》(Неторопливое солнце,1913)讲述的是一种生命哲学。在不无懒惰、喜欢喝酒的"不良农夫"和勤劳肯干、生活规律的年轻农人之间,作家的价值天平显然更倾向于热爱自然、热爱村民、热爱思考的前者。作家以此倡导一种人应该具备的对生活、生命、自然的一种形而上的感悟和崇尚,反对的是世俗的与劳碌的、功利的与懵懂的生活。凯尔蒂什说,"青斯基正是在这一哲学维度上(而不是历史维度上)寻找着当下激动人心问题的可靠的答案"[1]。

扎依采夫的新现实主义创作表现出明显的印象主义倾向。他的小说拒绝情节性,以日常生活中的局部细节为呈现对象,其叙事不遵从人物性格和事件发展的逻辑,而重在表现创作者的主体的瞬间印象和情感,以形而上的哲学、宗教顿悟为归宿。短篇小说《大学生贝内迪克托夫》(Студент Бенедиктов,1913)中的主人公自戕未果,却获得了一次对生命认知的理性升华:世界上的一切是属于他的,而他又是属于这整个世界的,人的生命存在是个体生命与世界整体的一种不可分离的融合。中篇小说《蓝色的星星》(Голубая звезда,1918)将索洛维约夫的永恒的爱外化为代表美、真理、神性的"蓝色的星

---

[1] *Русская литература рубежа веков*(1890-начало 1920-х годов). В 2 томах.Т.1.ИМЛИ РАН.Наследие.2000.С.295.

星"——织女星,一个融合了尘世的与永恒的爱的化身。莫斯科两个青年男女的柏拉图式的精神恋情演化为对宗教、永恒的女性、神圣爱情等诸多命题的思考。这些作品中日常生活的细节尽管清晰可见,但仅仅是人物超时代、超社会思索的一个现实背景。而在文学的话语构型上,更有鲜明的印象主义特征。"句子在应该继续的时候中断了;色彩艳丽,几近透明,水彩样的……一切叙述中都含有一种叹息,既完全是尘世的,却也带有并非此世的色彩……"①

在世纪之交的新现实主义文学中,安德烈耶夫是最具表现主义特征的新现实主义作家。与高尔基多年的深厚友谊,与"知识人"的密切合作,对现实社会的强烈批判与深刻思考确立了他创作的现实主义底色,对历史乐观主义的怀疑,对生命存在的关注,形而上的哲思又使他成为将现代主义文学精神融入写实创作血脉中最鲜明的一个。尽管他并非彻底的存在主义者与表现主义诗学的拥戴者,但在20世纪的俄国文学中他是最早表现人的生存冲突和显露出表现主义诗学特征的新现实主义作家。他追求怪诞、歪曲、变形的艺术形式描写现实世界,创造一种令人难以置信的逻辑缺失的情境,以表现对现实的一种悲剧性的感受。

列米佐夫是新现实主义小说家中思想观念和艺术构型的不息的探索者。《不息的铃鼓》(Неуемный бубен, 1910)是一部关于俄国小公务员命运的自叙体中篇小说。作品的"小人物"题材给读者以社会批判和道德小说的表象,但作者通过一种奇崛、怪异的情节,创造出不同寻常的文化意象和思想主旨,这是一种全然不同的小说样式。具有悲喜剧色彩的"少妻背叛老夫"的民间文学原型模式构成其基本冲突,40多岁的文书抄写员迷上漂亮侄女并与之同居的情节有情欲导致乱伦的题旨,穷困潦倒的主人公能唱会弹且不乏朋友的生命方式充满"创造生活"的情趣,警察局长装作男客深夜调查女修道院风化而被揍的情节令人捧腹……这是一部多内涵、多取向的"民间笑文化"小说。作品中既有作家对白银时代"情色小说"的戏仿,也有对俄罗斯民间口头文学传统的继承,更有作家对"元情节""元小说"形式的实验性探索,即小说以自叙

---

① Давыдова Т. *Русский неореализм Идеология, поэтика, творческая эволюция*. Флинта – Наука. М. 2005. С. 126.

者的身份,采用自叙者与臆想读者对话的方式,来表达作家对现实主义和象征主义既有文学话语的一种怀疑和反省。

在文学主流消失、多元共存、杂语共生的 20 世纪前两个十年,新现实主义小说从现实多维的立体蔓延生长,将一种新的创作原则倡导开去,具有再次汇聚、发展、更新一个时代的现实主义文学的重要意义。它超越了现实主义和现代主义的既有范畴,是两种主义相激荡的产物。它不是现实主义美学体系的终结,而是现实主义审美体系新的开拓,是现实主义文学在 21 世纪富有成果的新的高峰。

(本文原载《20 世纪俄罗斯文学:思潮与流派理论篇》,张建华、王宗琥、吴泽霖著,外语教学与研究出版社 2010 年版)

象 征 主 义

　　象征主义文学是俄罗斯文学史上第一个现代主义文学流派,是俄国文学告别近代,走向现代的标志。它为俄国文学带来了新的美学思想和艺术形式,具有革故鼎新意义的历史文化价值和艺术审美价值。象征主义文学是高度发展了的创作个性以绝对的精神自由同历史与现实的发展相抗衡的产物,是诗人与作家试图逃离现实的矛盾走向"永恒",追求"普适性文化价值"的审美尝试。

　　世纪之交俄罗斯文学的话语转型,"白银世纪"文学流脉的生成、嬗变正是由它发端的。"象征主义是20世纪俄国文化史上主要的艺术(不仅是诗歌艺术)流派。所有其他流派,就其本质而言,或是对它的继承,或是对它的拒绝"①。正是在这个意义上,20世纪的俄国现代主义文学的发展史可以视为象征主义与后象征主义这样两个不同的发展阶段。

　　象征主义文学的生成有着独特的历史文化语境。19世纪晚期,俄国民粹主义救国方案的失败,社会政治的反动,实证主义哲学思想的危机,这一切不能不使文化精英对既有价值观的怀疑与否定,使得笼罩着大半个世纪的意识形态的理想和激情变得黯然。世纪之交俄国社会上下弥漫着浓郁的危机意识与悲观主义情绪,以及应运而生的宗教哲学,这都为新潮文学的诞生提供了适宜的气候与土壤。而且,象征主义文学的产生无疑受到西欧非理性主义哲学思潮和象征主义文学的深刻影响,尤其是法国象征主义诗歌大大强化了俄国

---

　　① *История русской литературы XX век. Серебряный век.* Под редакцией Жорж Нива, Ильи Сермана и др. Прогресс.ЛИТЕРА.1995.C.73.

文学的本体意识,波德莱尔、兰波、魏尔伦、马拉美等诗人一度成为俄国象征主义诗人崇拜和效仿的对象。然而,俄国的象征主义毕竟是俄罗斯民族文化个性和深厚的民族文学传统的本土化产物。

一、历史沿革

象征主义文学运动大致经历了19世纪90年代的生成,20世纪前10年余的繁荣和此后的衰颓这样三个阶段。诗歌是象征主义文学创作成就之最,但这并不意味着象征主义在小说领域成就的阙如,不同时期出现的各类象征主义小说不仅是俄国现代主义文学,也是欧洲象征主义文学的重大创新。

1890年,诗人明斯基(Минский Н.,1855—1937)在他的著作《在良心的烛照下》中提出,艺术高于现实生活,是人类最高级的活动样式,而个性的自我意识乃是人天性的基础。他旗帜鲜明地宣布文学与社会性理念的弃绝,与"公民艺术"的道别,这标志着一种以审美性、文学性为取向的新的文学意识的萌生。1892年,梅列日科夫斯基(Мережковский Д.,1865—1941)宣读了题为《论当代俄罗斯文学衰落的原因及新的流派》的系列演讲,他明确宣布,俄国文学走向衰败,一种"全新的理想的艺术"——象征主义文学已经出现。第二年这部象征主义宣言与纲领之作的问世成为这一文学流派发生的起点和一个新的文化时代的肇始。作为象征主义文学创作的实践,他的题为《象征集》的诗集于同年发表。两年后,勃留索夫(В.Брюсов,1873—1924)主编的《俄国象征主义者》(Русские символисты,1894—1895)三卷集诗作相继出版,俄国象征主义作为一个独立的文学流派正式形成。

俄国象征主义文学从它诞生的第一天起就不是一种同质的文学现象,它呈现出创作主体繁复多样的思想取向与不同的艺术追求。对其多向性、不同内涵与特征的描述,文学史上既有代际的视角,即有19世纪90年代老一代象征主义者梅列日科夫斯基、吉皮乌斯(Гиппиус З.,1869—1945)、索洛古勃(Сологуб Ф.,1863—1927)、勃留索夫、巴尔蒙特(Бальмонт К.,1867—1942)等与20世纪新一代象征主义者别雷(Белый А.,1880—1934)、维亚切斯拉夫·伊凡诺夫(Вячеслав Иванов,1866—1949)、勃洛克等(Блок А.,1880—1921)之分;也有地域的划分,即彼得堡的明斯基(Минский Н.,1856—1937),梅列日科夫斯基、吉皮乌斯、索洛古勃等与莫斯科的布留索夫、巴尔蒙特、杜勃罗留波夫(Добролюбов А.,1876—1945)等;还有思想取向差异的界定,颓废主义的明斯基、梅列日科夫斯基、吉皮乌斯、布留索夫、索洛古勃与宗教神秘主义的维亚切斯拉夫·伊凡诺夫、勃洛克、别雷、安年斯基(Анненский И.,1855—1909)等。但这些差异都不影响象征主义诗人与小说家对象征主义文学根本原则的共同坚守:对文学社会功利性的摈弃,对文学宗教精神的追求,对艺术"永恒性""纯洁性"的呼唤,对文学语言形式实验的热衷。

19世纪的最后十年是象征主义文学的生成期。这个新崛起的文学流派是以反对艺术为社会政治和伦理说教服务为美学思想旗帜的。它不仅拒斥生活现实与理性,疏离意识形态,而且疏离群体代言性质,是诗人、小说家对个性、自我的绝对张扬,对世界感受独特的个人表达。明斯基说,"我生来就只应该爱自己""每个人都只爱自己"①,勃留索夫说,"我不知有其他的义务,除了一种原始的,自我的信念"②,索洛古勃说,"没有其他的存在,只有我"③。唯我主义诗作洋溢着对世界与生命存在的悲剧性体验,弥漫着颓唐的世纪末情绪。正因为如此,这批象征主义诗人常常被称作"颓废主义者"(декаденты)。

其实,颓废主义与意识形态和诗学风格无关。它既非一种意识形态世界观,也不是一种美学流派,"作为极端怀疑主义的叔本华文明的产儿,颓废主义者不是文学流派的成员。他们的目的不在于创造。他们的使命只有一个——破坏、摧毁旧的东西"④。"颓废主义"基本的文化内涵是:对充满危机的社会现实和艺术现实的焦灼和忧虑,悲剧性的世纪末体验和叛逆心态的情

---

① Соколов А.*История русской литературы конца XIX—начала XX вв.* Высшая школа. 1984.С.126.С.131.

② Брюсов В. *Стихотворения и поэмы.* 1961.С.110; *История русской литературы XX век. Серебряный век.* Под редакцией Жорж Нива,Ильи Сермана и др.Прогресс.ЛИТЕРА.1995.С.78.

③ Соколов А.*История русской литературы конца XIX—начала XX вв.* Высшая школа. 1984.С.126.С.131.

④ *История русской литературы XX век. Серебряный век.* Под редакцией Жорж Нива, Ильи Сермана и др.Прогресс.ЛИТЕРА.1995.С.75.С.32.

绪性表达。颓废主义甚至不无英雄主义色彩,"世纪末不应该被看作是一种负面的东西,因为'颓废主义'恰恰是对晚期民粹主义文学的'衰落'和60年代'遗产'的一种积极的反应,是……对真正的俄罗斯文化复兴的建设性准备……"①。

即使是同样的"颓废主义诗人",他们的诗歌内容也不尽相同。明斯基试图通过诗歌创作构筑一种新的世界观,因此他的诗歌大都具有高度的哲理性。梅列日科夫斯基与妻子吉皮乌斯的诗歌都充满对宗教神秘世界的向往,但前者更富哲思,而后者多表达现代个性心灵的孤苦。勃留索夫刻意于表现社会的灾难和现代文明的崩溃,热衷于诗歌新形式的创造。巴尔蒙特崇尚诗歌旋律的创造和音乐性的表达,重视瞬间的直觉,因而诗歌具有十分鲜明的印象主义特征。索洛古勃对现实世界的可怕、丑恶、污秽有着更强烈的绝望,因此他讴歌死亡与魔鬼。

20世纪的第一个十年是俄国象征主义文学运动的成熟与昌盛期,宗教哲学思想和美学理念得到了最为充分和完美的表达。两代象征主义诗人共同营造了文学的鼎盛景象,在诗歌与小说两个领域都达到了其成就的高峰。

20世纪初,梅列日科夫斯基和妻子吉皮乌斯在彼得堡创办了宗教哲学学会和第一个宗教哲学刊物《新路》(Новый путь,1902—1904),大大张扬了文学创造的宗教特质,也为俄国宗教哲学的繁荣作出了贡献。象征主义诗坛领袖勃留索夫除了诗歌,还推出了小说。《开启秘密的钥匙》(1904)是他的一部重要的理论著作。他指出艺术是摆脱思维、理性和科学狭隘性的唯一出路,非理性的直觉是艺术感知世界本质的唯一途径。以象征主义诗集确立了文坛地位的索洛古勃创作了重要的象征主义长篇小说《卑劣的魔鬼》(Мелкий бес,1907)。

新一代诗人勃洛克、别雷、维亚切斯拉夫·伊凡诺夫等以宗教哲学家索洛维约夫(Соловьев В.,1853—1900)为思想宗师,将象征主义文学推进到了一个以"宗教探索热潮"为标志的新阶段,俄国象征主义实现了由主观唯心主义

---

① *История русской литературы XX век. Серебряный век.* Под редакцией Жорж Нива, Ильи Сермана и др. Прогресс. ЛИТЕРА. 1995. С.75. С.32.

向客观唯心主义的哲学转型。勃洛克把他的全部情感、神性和美学顿悟统统献给了神秘的世界精灵——"永恒的女性"。别雷以"预言家""新基督"的抒情主人公形象呼唤着自由、美好的精神理想。诗人兼理论家维亚切斯拉夫·伊凡诺夫立足于世界的精神改造,成为"生活的宗教建设者"。此外,像安年斯基、沃洛申(Волошин М.,1877—1932)也在象征主义的艺术探索中有着不同凡响的成就,对20世纪的俄国诗歌产生过重要的影响。与老一代诗人不同,他们并不回避社会现实,在时代精神的感召下也关注社会政治,欢呼社会变革,期望于足以改变罪恶现实的自发的力量,渴望一种伟大的精神创举,而革命的失败则给他们带来了巨大的精神危机,使得他们的艺术探索更具纯美学意义。

1904年,勃留索夫与别雷、勃洛克、伊凡诺夫、沃洛申等人一起在莫斯科创立了第一个象征主义诗歌月刊《天秤》(Весы,1904—1909),成为象征主义运动的喉舌和介绍欧洲文化思潮和文学成就的中心。别雷说是它"扭转了俄罗斯文化之轴"[①]。此后,一批象征主义文学刊物,如《金羊毛》(Золотое руно,1906—1909)、《隘口》(Перевал,1907)等纷纷问世。大量西欧的象征主义理论、文学著作被翻译、出版,为象征主义文学的传播起到了巨大的推动作用。象征主义文学运动进入到一个如火如荼、具有世界性文化视野的鼎盛时期。

著名的"白银时代"文学史家谢苗·文盖洛夫(Венгеров С.,1855—1920)在《胜利者或是失败者》(1910)一文中指出,驰骋俄国文坛十余年的象征主义文学于20世纪第一个十年末走向其历史发展的尽头[②]。

1909年,先是《天秤》,接着《金羊毛》相继停刊。1910年,伊凡诺夫首先表达了对象征主义前景的怀疑,"危机和末日审判的时刻已经到来。或是让词语——成为美丽的,空无心灵的,或是让词语——成为鲜活的和实际的"[③]。

---

① *История русской литературы XX век. Серебряный век.* Под редакцией Жорж Нива, Ильи Сермана и др.Прогресс.ЛИТЕРА.1995.С.80.С.31.С.463–464.

② *История русской литературы XX век. Серебряный век.* Под редакцией Жорж Нива, Ильи Сермана и др.Прогресс.ЛИТЕРА.1995.С.80.С.31.С.463–464.

③ *История русской литературы XX век. Серебряный век.* Под редакцией Жорж Нива, Ильи Сермана и др.Прогресс.ЛИТЕРА.1995.С.80.С.31.С.463–464.

随后,勃洛克也说,以神秘的象征来表达对现实的审美认知方式已走向死胡同。自此,以伊凡诺夫、勃洛克为一方,以梅列日科夫斯基、勃留索夫、别雷为另一方,爆发了一场关于改造或是捍卫象征主义美学原则的大辩论。这场吸引了众多诗人参加的大辩论标志着象征主义文学阵营的分歧与危机,预示着诗歌新声的出现。

一年后,以象征主义批评家为主体的,由本是象征主义诗人的戈罗杰茨基(Городецкий С.,1884—1967)和古米廖夫(Гумилев Н.,1886—1921)主持的阿克梅主义诗派团体《诗人行会》(Цех поэтов)应运而生,他们表示要"与象征主义划清界限,举起新的诗歌旗帜"①。1913 年,古米廖夫于在文学刊物《阿波罗》(1907—1917)上发表"象征主义的遗产与阿克梅主义"一文,历数了象征主义的各种弊端后断言,象征主义气数已尽,已经走向衰败。

随着作为文学新潮的涌起和发展,象征主义文学已现疲态。巴尔蒙特在1906 年后离开俄国长达七年,1913 年沙皇的政治大赦令后才重新回国,长期沉湎在闭锁、矛盾、悲观的自我中难能自拔。索洛古勃诗歌和小说中的悲观主义格调更显凄凉、绝望。梅列日科夫斯基夫妇和伊凡诺夫索性远离了象征主义与俄国。而不少象征主义诗人的创作早在那场大辩论前就已经发生了悄然的变化,具有了日益浓重的尘世色彩。1905 年的革命极大地激发了勃留索夫的创作激情,这位此前用神秘主义幻想构筑诗歌王国的诗坛领袖从此把诗歌与俄国革命的命运联系在了一起。革命似乎彻底动摇了勃洛克的世界观和审美追求,他说,"是该大展手脚的时候了,我再也不是小学生了,再也没有什么象征主义了"②。别雷也在那场革命失败后回归"人间",把创作生命融进了苏维埃新生活的建设中,用新的意象描绘着新世界的诞生。

诚然,象征主义的危机与衰落并不意味着这一文学流派的"寿终正寝"。在 20 世纪第二个十年,象征主义文学,这一以诗歌成就为傲的创作流派似乎对小说创作有了更多的热情。勃留索夫继《燃烧的天使》(Огненный ангел,1908)之后,又有宗教历史小说《胜利的祭坛》(Алтарь победы1912)和其未完

---

① Добин Е.Сюжет и действительность.Советский писатель.1976.C.22.

② Блок А.*Собр.Сочинений.*В 8-т.Т.7.1960.C.216.

成的续篇《被推翻的尤比特》(Юпитер поврежденный,1913)的问世,索洛古勃创作了长篇三部曲《被创造的传说》(Творимая легенда,1914),别雷的长篇小说《彼得堡》(Перербург,1913)达到了象征主义小说领域的一个高峰。

二、哲学、宗教、美学思想

俄国象征主义的生成与发展无疑有西欧哲学思想,特别是德国唯心主义哲学的深刻渊源。谢林、叔本华与尼采的哲学思想是两代象征主义诗人艺术思想的基石,他们直接或间接地影响了俄国象征主义文学的哲学与美学思想取向。

谢林发展了客观唯心主义的自然辩证法原则,同时他又高度强调直觉的作用。他以大自然是一个鲜活的、无限的生命实体,具有巨大的无意识精神创造能力这一思想为基础,提出了"泛神论"的哲学思想。与此同时,他又从艺术是把握世界,是达到意识与无意识统一的最高形式的思想出发,提出艺术高于一切的"泛审美主义"原则。著名文艺学家阿韦林采夫认为,正是谢林的"泛神论"和"泛审美主义"成为俄国象征主义文学的哲学根基,文学家创造精神的审美依托①。

作为西方非理性主义哲学和直觉主义艺术的倡导者,叔本华认定外在的世界只是现象、表象的存在,人的意志才是本质的存在,只有依靠真实的人的意志才能理解包括他自身在内的世界的本质。所以,"世界就是我的表象""世界就是我的意志"。理性只是意志的奴仆,只能理解具体现象的规律,而无法认识世界的本质,世界的最终把握只能依靠非理性的直觉。叔本华把他的美学思想建筑在对生命存在的一种悲观主义的认识基础上,他认为,人是有原罪的,因此人来到世界上注定要受苦受难,生命是一种充满折磨、苦痛的存在。人要想没有痛苦,最好不要诞生。生而为人又要解脱痛苦,只有两个办

---

① Аверинцев С. О В. Иванове. Избранные стихотворения Вячеслава Иванова. 1976;周启超:《俄国象征主义研究》,社会科学文献出版社 1993 年版,第 48 页。

法,一是死掉,二是哲学的沉思与审美的解脱。审美的艺术,特别是悲剧,不仅向人们展示人生的可怕,还能让他们获得对于苦难乃至世界本质的完美无缺的认识,从而超脱生死境界,实现对意志的安抚、镇静作用。通过艺术复制一切现象的本质和永恒——这就是叔本华的艺术本质论。别雷在"作为一种世界观的象征主义"(1903)中指出,叔本华的审美直觉主义是象征主义的思想源头,"他的哲学著作《作为意志与表象的世界》成为象征主义绝对个人主义的摇篮"①。

尼采是叔本华非理性主义哲学思想的崇拜者和承继者,是"生命哲学的创始人",是对俄国象征主义文学乃至整个世纪之交的文学具有最广泛影响的哲学家。与叔本华一样,他否定理性认识世界的可能性,但关于人生的结论却与叔本华截然相反。他认为,正因为人生是痛苦的,所以人不应该去死,而是要拼搏、奋斗。他在《查拉图斯特拉如是说》(1884)一书中提出,要依靠一种能够左右一切的"强力意志"实现建造新人的理想——超人,一个能够消灭虚假、病态和与生活相敌对的事物进行斗争的英雄。基于对西方资本主义文明和千年基督教传统激烈而又深刻的批判,尼采倡导要以古希腊的悲剧精神为参照建立一种新的人类行为的道德价值体系。他在《悲剧的诞生》(1872)中,第一次将古希腊神话中的日神阿波罗和酒神狄奥尼索斯两种文化精神引入哲学和美学领域。他认为,前者是思维和想象的,理性的梦幻世界的表征,而后者是自然和真实的,充满着生命痛苦与狂欢的迷醉世界的表征,希腊的悲剧正是这两种精神的结合,是艺术的最高典范。但基督教思想却造成了两者间的分离,导致了这一精神传统的式微。尼采强调狄奥尼索斯精神,追求一种完满、充盈的生命形态,呼唤具有鲜明个性的真正的生命存在。梅列日科夫斯基说,尼采是他的导师,他的"与基督教对立的异教"思想就直接源于尼采的"超人"学说和文化哲学思想②。

然而,正如维切斯拉夫·伊凡诺夫所言,俄国象征主义文学中"真正具有

---

① *История русской литературы ХХ век. Серебряный век.* Под редакцией Жорж Нива, Ильи Сермана и др. Прогресс. ЛИТЕРА. 1995. C. 75.

② 李辉凡:《俄国白银时代文学概观》,中国社会科学出版社 2008 年版,第 111 页。

价值和生命力的一切都深深地植根于本国的土壤"①。俄国象征主义文学有着深厚的民族文化精神根基和民族文学的审美特征,它是以索洛维约夫为代表的一大批俄国宗教哲学家对西欧哲学思想所进行的俄国式的宗教再造,是以梅列日科夫斯基为代表的俄国象征主义理论家所进行的美学思想创造。

对实证主义关于世界和人的概念的背离,崇尚生命形态的完美是俄国象征主义文学家共同的哲学思想取向。这一哲学思想的先驱是俄国 19 世纪后期的宗教哲学领袖——"僧侣骑士"弗拉基米尔·谢尔盖耶维奇·索洛维约夫。他在欧洲唯心主义哲学思想的影响下,提出了一种积极改造社会的,以博爱为基础的宗教哲学思想和这一思想基础上的宗教艺术观。

索洛维约夫宗教哲学的思想基础是"大一统说"(всеединство),即世界是整体与部分、一般与个别、精神和物质的统一。他从古希腊哲学家柏拉图关于世界分为现实世界与理念世界,此岸世界与彼岸世界的学说出发,高度强调理念、彼岸世界的重要性、完美性和崇高性。他认为,尘世只是彼岸世界一种世俗的现实反映,噩梦般的现实阻碍着人们实现自己的理想。他呼吁人们摆脱世俗的羁绊,努力接近永恒的彼岸。要做到这点就必须将尘世的生活融于神灵的世界之中,让神性、人性与大自然统一起来。但索洛维约夫并不想回归历史基督教,即俄罗斯东正教的神学传统,而主张将基督教纳入一种新的、相应的理性形式中,于是他创造了一个能充分表达"大一统"思想,融合了神性力量和美的永恒光芒的宗教乌托邦形象——最高神智的"永恒女性"索非娅(物质与精神、个性与共性、神性与理智的完美融合)。他认定,新世界将会在神秘世界与世俗世界的这一融合中,在人神合一的"永恒的女性"最终来到人世的那一刻诞生。

他还把艺术看作实现"大一统"思想的唯一手段,因为艺术排除了理念与感情、精神与物质间的矛盾,能将世界存在的真善美统一起来并生动形象地表现出来。他强调,艺术的使命就是要创立宇宙的"精神肌体""世界灵魂",确立并实现绝对美的秩序。他断言,艺术与宗教自古以来就是不可分割的,未来的艺术只能是一种宗教的艺术。在艺术审美理念上,他认为,现实生活中的美

---

① 郑体武:《俄国现代主义诗歌》,上海外语教育出版社 1999 年版,第 9 页。

只是短暂的、瞬间的,因此不是真正的美,真正的美是永恒的、不朽的,它只存在于超自然的,超人类的理想世界之中。索洛维约夫的"新基督思想"为大部分新一代象征主义者所接受,并被他们在创作中赋予了一种强烈的神话色彩。

唯心主义哲学思想与强烈的宗教意识派生出了以梅列日科夫斯基为代表的象征主义诗学理论和审美功能的基本要义,它主要体现在以下三个方面。

首先,是神秘的内容,这是象征主义对世界的理解与把握。

梅列日可夫斯基主张文学与宗教的联姻,他说:"现代人是无助的,面对的是无法言喻的黑暗,……不管我们躲避到哪儿,无论我们如何隐藏在科学批评的堤坝后面,我们都会全身心地感到对神秘的亲近……人们从来都没有像今天这样在心中感到必须有一种信念,也从来没有用理性感悟到这种信仰是不可能的。正是在这种无法解决的、病态的不和谐中,在这一悲剧性的矛盾中……蕴藏着19世纪对神秘主义需求的典型特征。"①他认为,文学为社会服务是艺术的死胡同,车尔尼雪夫斯基的"艺术唯物主义"是导致艺术鉴赏力普遍衰退和文学衰落的原因,艺术的本质在于一种神秘而又永恒的感受,一种永恒的宗教神秘主义。这种宗教神秘主义,不是与政治、哲学、艺术并列的具体宗教,而是建筑在非理性直觉基础上的宗教神性、神秘性。象征主义艺术家只有凭借着神秘的艺术氛围、宗教神性的灵光,才能表达对世界存在的看法并进行独特的审美观照与艺术显现。正是在这个意义上,象征主义艺术具有对人类精神重铸和更新的作用,是一种艺术形式的精神革命,是对人类伟大的拯救。所以象征主义文学应该对生活现象作出神秘主义的把握和理解,并创造出独特的、非实指意义的神秘形象来。

其次,是象征的手法,这是指象征主义文学创作的独特的诗学手段。

梅列日可夫斯基认为,象征是象征主义文学诗学手段的核心及象征主义艺术世界独有的创新机制。它是最高的精神现实的符号,沐浴着宗教哲学精神,表达着象征主义的美学思想和审美取向。它与浪漫主义、现实主义文学中寓意性的象征性形象有着本质的不同,其特点与机制在于它的多义性、整体性、语境性。象征形象的意义是多重的和不可穷尽的,它们可以被无限地延

---

① Ломтев С. *Проза русских символистов*. Интерпракс. 1994. С.6. С.8.

展,其深层意义是无法被彻底揭示的。象征是对事物、形象的整体性概括,它具有宏观的包容性。象征蕴藉着作家、诗人对整个生活及整个世界的认识和看法。它不是个别的、局部的、外在的、可视的,而是内在的、永恒的及宇宙、世界进程的本质联系。象征的文化意义只有在一定的语境中才能被解读,因为其语词、形象的象征意义不是与生俱有或约定俗成的,只有在相应的艺术世界的语境中才能获得其独特的意义。象征的意义是要依靠读者自己的体验、感悟、创造才能得以释解的。他借用歌德的话说:"诗歌作品应该是象征的""象征应该自然地、不由自主地从现实的深处流淌出来"①。

第三,是艺术感受力的扩张,这是指象征主义文学所追求的审美意境与艺术效果。

理论家认为,在赋予文学以象征性的同时,文学家应高度重视艺术文本审美感受力的提升,即让艺术思维能力得以拓展,让艺术表现力得以扩张。象征主义诗人、作家应该兼具思想家、哲学家、艺术家的风采,把哲学思想、宗教意识、文化精神、艺术感悟贯穿于创作实践中,将文学哲学化、宗教化、艺术化。以哲理的思考开拓诗歌的意境,揭示生与死、爱与憎、善与恶等永恒的文化、伦理命题,以新的宗教意识把握世界,表达对瞬间与永恒、人间与天上、世俗与神性等永恒主题的思考,提升文学的思想张力,增添幽远的哲学深意。文学家应该力图从世界古典文化,特别是神话和民间文学中汲取文学"材料",大大丰富文学的"神话"世界。象征派作家还要把音乐精神当作诗学创造的重要手段,将音乐的结构原则运用于诗歌和小说中,让创作产生独特的音乐美来。象征主义比此前的任何一种文学流派更重视、强调语言的诗学价值和功能,要冲破词语习以为常的意义外壳,激活其深层的内在意蕴,复活语词的创造性诗性品格,借助语词创造独特的象征意象。在诗歌领域,可用支离破碎的话语替代诗歌语言的规范化节奏,打乱诗歌各部分的顺序以取代传统诗歌结构的连贯性、完整性,靠读者创造性的连接来使意思完整。在小说领域,则要破坏其传统的结构和语言叙述的连续性、规范性,挣脱表现人物的传统范式,建立新的叙事风格。总之,象征主义作家要向既有的文化准则和正统性挑战,要有强烈

① Ломтев С. *Проза русских символистов.* Интерпракс.1994.C.6.C.8.

的自我意识,异化现存的文学秩序,破坏现存的繁文缛节,不断更新艺术形式和风格,让墨守成规的读者从情感上受到震撼。

俄国象征主义文学流派是俄国文学历史上第一个唯美的艺术流派。作家把文学,特别是诗歌艺术看作是人类审美活动的最高形式,看作是一种绝对自由的、独立傲世的审美创造。在他们看来,一切美都是非现实存在的,只有非现实的才是美的,只有非世俗的美才能让人们看到物质世界的多样性、深刻性和本质性。所以,在他们的文学创作中美的诗意形象往往是幻化的、绝对的、永恒的。俄国象征主义文学家对美的享乐的追求不是肉体的快感,而是一种精神形态的幸福感,一种纯粹精神美的境界。象征主义诗人表达思想、表现物象的感觉方式彻底冲破了现实主义文学的传统范式,思维空间大大地扩张了,内涵容量无限度地拓展了,表现手段极大地丰富了。

作为一种唯美的文学流派,象征主义文学,无论是诗歌还是小说,都充分关注形式与技巧,特别是语言功能的开掘。诗人与小说家都致力于语言的诗性与音乐性的掘发,梦魇与情绪变化的表达,想象与幻象的挥洒,隐喻与象征的运用。在诗歌领域,首先是对旋律、声音结构的高度关注,其次是对句法结构的变革。诗人用支离破碎的话语替代诗歌语言的规范化节奏,用打乱了的诗歌结构取代传统诗歌前后一致的线性结构,借助于读者自己的发现和创造去对这一结构进行连接、整合。小说则破坏现实主义小说的因果关系和连续性叙事,摈弃传统的句法结构和语言规范,摆脱刻画人物的标准模式。比如,不是用情节,而用叙事时空引领全篇,由叙事者的感觉申缀故事,用虚构真实确定文本真实……文艺学家鲍利斯·米海依洛夫斯基认为,从解构主义诗学的角度而言,俄国19世纪90年代的"颓废主义诗学"是印象主义的,而20世纪的象征主义诗学则是词语意义的[1]。

俄国的象征主义文学高度强调文学的宗教底蕴。诗人试图通过宗教与艺术的联姻实现对全人类精神危机的消解与文化的复兴。因此象征主义文学具有改造尘世、创造生命、建设生活的精神承担和文化负载。表现在创作实践中,诗人一要表现动乱不安、充满危机的现实与颓废、堕落的精神,甚至不惜以

---

[1] Минц 3. *Блок и русский символизм. Поэтика русского символизма.* Искусство. 2004. C. 46.

邪恶、死亡、魔鬼作为审美对象。二要表达对建立在旧的宗教、文化基础上的过去的和已有秩序的否定。三要确立绝对精神的"世界灵魂"。维·伊凡诺夫说,艺术"归根结底不是创造偶像,而是创造生命"①。揭示生命哲理,探索人与世界关系的旨趣使得俄国的象征主义超越了文学思潮、流派的局囿,而成为一种独特的艺术的宗教哲学现象。

俄国20世纪现代主义文学对神话的复活是由象征主义诗人,特别是年轻一代诗人开创的。在不同诗人的笔下,其表现方式不尽相同。作为一个博学的史学家和语文学家,维·伊凡诺夫重在复活古代神话,以此构筑通向理想世界的心灵通道。勃洛克更重视新神话的再创造,缔造一种永恒的、超历史的精神意象。他还善于将这一意象与欧洲文学中像卡门、奥菲莉亚、堂璜这样的原型等结合在一起,从而赋予其丰盈的文化内涵。而别雷则在诗歌中追求新的神话意象的创造——一种铅华落尽、清澈澄明的永恒精神,一种高度空间化了的宁静之境。

象征主义文学敢于摈弃传统的艺术创作理念,从内容到形式进行不懈的探索,为读者认识世界、理解生命、思考人生,打开了更多的窗口,提供了众多新鲜的感受,也为20世纪俄罗斯文学的发展作出了不容置疑的贡献。但公正地说,这一文学流派也是有其明显的局限性的。

首先,以剥离文学的社会功能为主旨,以追求形式或语言意义为标识的象征主义文学不可避免地带来了一种远离并拒绝社会意义的盲目性,即消解了自身与外部世界的现实关系,阻隔了自身进入外部世界的可能,这就使作品只能是内心世界的表白与禅悟,从而拒绝了文学表现社会生活的意义作用。而文学的社会功能性是由其自身的本质决定的,它不可能不表露与外部世界的关联。从这个意义上说,象征主义文学不是对与现实生活有着密切联系的19世纪俄罗斯文学的深化,而是开拓进程中的一种偏差和迷误。这是象征主义文学迅速勃兴却又急促衰颓的根源所在,是后象征主义的阿克梅主义之所以从中脱胎而生,取而代之的原因,也是像勃留索夫、勃洛克等诗人的创作在20世纪前十年发生转型,不时地回到现实生活的根由。

---

① Смирнова Л. *Русская литература XX века.* В 2-частях. Часть 1. Просвещение. 1999. С.55.

其次,由于诗人偏执地排斥文学的社会表意功能,刻意追求形式,醉心于晦涩难懂或难于卒读的语言"创新",这必然会把文学导向语言和结构的迷宫,从而走向形式的末路。批评家金丁(Гиндин С.И.)说,勃留索夫的独行诗"啊,遮起你苍白的双腿"中"所有元素都明白无误。可是整个句子的意思是什么? 独行诗是对谁而说? 写下这句诗的情境是什么? 内容的不确定性几乎到了极致"①。象征主义诗人所创造的诗学意象、文学迷宫恐怕是没有几个读者能够读懂的。这也就是为什么象征主义诗歌大都只能在诗坛引起轰动,而无法像普希金的诗歌那样拥有跨越时代的广大读者的原因之一。象征主义文学毕竟是一种"阳春白雪"式的贵族精英文学,而非大众的文学。这不仅是指这一文学的缔造者大都是贵族知识分子精英,他们的诗歌主要表达的是俄罗斯贵族精英的时代情绪与心灵情绪,更是指这一文学品性的精英特质。它是一种高高在上的充满优越感的文学,是一种轻慢,甚至拒绝大众读者的文学。

(本文原载《20世纪俄罗斯文学:思潮与流派理论篇》,张建华、王宗琥、吴泽霖著,外语教学与研究出版社2010年版)

---

① Русская литература рубежа веков(1890-начало 1920-х годов. В 2 томах. Т.1. ИМЛИ РАН. Наследие. 2000. С.10.

俄罗斯文学经典重读

莱蒙托夫长篇小说《当代英雄》的艺术世界

在 19 世纪俄罗斯作家的队伍中,恐怕没有人比米哈伊尔·莱蒙托夫更充满谜一般的色彩了。起码没有一个作家会激起人们如此多的想象性的描述和猜谜般的假设。别林斯基说,倘若莱蒙托夫不是在青春年少时去世,那么他的文学光焰说不定会将普希金的辉煌遮蔽;托尔斯泰说,如果莱蒙托夫还在,那么还要我,还要陀思妥耶夫斯基干什么?……这些话都不是轻易置言的大批评家、大作家讲的,所以更令人深长思之。文学的阅读当然是应该以文本为对象的,但作者个人的性格、情感特征、生命经历、思维方式等绝对是一个非常重要的参照系。由"人"而"文"的思考,往往能更好地理解作家创作的情感取向、理性思考以及叙述风格的来由。一个作家的创作美学首先是体现在他的"生存美学"当中的,它贯穿其一生,最终才形成他的生命品格和诗学风格,尤其是对待像莱蒙托夫这样的诗人。莱蒙托夫的大多数作品都有着明显的自传性,他的诗歌、小说与他的个性生命同质、同步、同义,充满了复杂性和诸多的不确定性。

一

"恶魔"是莱蒙托夫创作的核心形象,也是他生命和精神存在的结晶体。16 岁时他就写下了名为"魔王的飨宴"和"我的恶魔"的诗,那部最有影响的浪漫主义叙事长诗"恶魔"是他从 13 岁开始创作,直到生命末年才完成的,几乎贯穿了他文学生涯的始终。"恶的集成是他的天性,/翱翔在云雾迷漫的天空,/……只要我还活着,/傲慢的恶魔便不会与我分离,/他会用神奇之火的烈焰,/将我的智慧点亮;/它会向我展示完美的形象,/却又即刻消逝永不现身,/它赋予我美好的预感,/却永远不让幸福停留在我的身旁。"①这是他在"我的恶魔"中的自白。无论在少年米沙的感悟中,还是在大诗人米哈伊尔·莱蒙托夫的认知中,"恶魔"始终是一个不甘被教化、统治、规训的自由、自然的存在,是一个与强大的社会形态、文明形态对抗的精灵。

"恶魔"心性——这恐怕是除了莱蒙托夫的外祖母、父亲和极为有限的几个朋友外,上至尼古拉一世,下至与他有过交往的许多人对他的一种共同评价。当然,我们不可过分看重这一词语的负面意义,莱蒙托夫生命中常在的孤独、狂野、神秘以及一种超自然的预见能力正是"恶魔"心性的基本特征。浪漫主义作家和思想家、莱蒙托夫的好友、被称为"俄罗斯的浮士德"的奥多耶夫斯基公爵曾经问过莱蒙托夫,他以谁为长诗《恶魔》中的原型,莱蒙托夫说:"以我自己啊,公爵,难道您没看出来?"公爵追问说,"但是您并不像这位可怕的反抗者和阴鸷的勾引者"。诗人答道,"请相信吧,公爵,我还不如我的恶魔呢"②。

莱蒙托夫3岁时母亲去世,世袭贵族的外祖母担心生活窘困的父亲无力抚养和教育儿子,剥夺了他当父亲的权力,米沙在竭尽溺爱、专横的外祖母的抚育下长大,孤独、不自由成为他幼时最大的生存现实。除了物质的丰裕,家庭生活没有给他留下任何美好的记忆。"我从生命起始,/就酷爱抑郁的孤独,/沉溺于自我,/唯恐无法掩饰忧伤,/而唤醒人们的怜悯……"③批评家和莱蒙托夫的传记作者邦达连科说,"从童年起,从在米哈伊尔·莱蒙托夫庄园诞生起,富有神秘特征的恶魔基因已经与生俱来"④。米沙生性善良,却任性顽劣,但凡遇到大人责罚农奴去马厩过夜,米沙便会倒地撒泼、哭闹不已,而折腾起小猫来却是手段残忍,他动辄会气他的外祖母,稍不顺心,就会将她心爱

---

① М.Ю.Лермонтов.*Избранные произведения*.Московский рабочий.1957.С.57.С.11.

② [俄]邦达连科著,王立业译:《天才的陨落莱蒙托夫传》,新星出版社2016年版,第286—287页。

③ М.Ю.Лермонтов.*Избранные произведения*.Московский рабочий.1957.С.57.С.11.

④ [俄]邦达连科著,王立业译:《天才的陨落莱蒙托夫传》,新星出版社2016年版,第286—287页。

的花草连根拔起,恣意践踏。终止了他少时"顽劣根性"的是他的一场大病——淋巴结核。大病之后,无法与普通孩子一样玩耍嬉闹的米沙变得越发孤寂。小小年纪便学会了沉思、遐想。这成为他疗救病痛的一种方式,而沉思、遐想的果实便是远远超出他年龄的情感、心灵和思维的早熟。莱蒙托夫 5 岁迷上了戏剧,10 岁琢磨着恋爱,13 岁开始作诗,14 岁写下了第一部长诗,年纪不大就被死亡的思绪弄得痛苦不宁。在莫斯科大学贵族子弟附中同学的眼里,米沙还没毕业就活像一个爱动气的小老头儿了。

与孤独、自恋相伴的是他的奇倔、狂野——这既是莱蒙托夫的一种生存方略,也成为他有限生命的人格疾患。无论在莫斯科大学,还是后来在彼得堡骠骑兵士官生学校读书的日子,他不喜欢任何人,几乎没有朋友,独自沉浸在书的海洋里,或是埋首于快乐诗歌的创作中。一旦遭遇挫折或是委屈,他就喜欢当面嘲弄、戏侮他人,若是没有嘲弄对象,他会没完没了地拿他的勤务兵出气。别林斯基说,"这是一个极为剽悍,随时都会动刀子伤人的俄罗斯人"。① 生命中两次决斗都是为了自我的尊严、声誉,尽管有研究者言,其间莱蒙托夫表现出无比的大度和君子气概。其不管不顾的狂野式的神勇充分表现在他流放期间在与高加索山民的战斗中。

莱蒙托夫之所以被视为一个灵异的"恶魔",恐怕很重要的一个原因在于他对现实世界的无法认同和接受。凭着桀骜不驯的天性并借助于一双犀利的"恶魔"之眼,他清晰地、无限伤痛地看出了他所生存的现实世界的平庸、荒谬和人的丑陋、邪恶。"身旁常常聚集着五光十色的人群,/就在我面前,仿佛如同梦魇一般,/在充斥着音乐与舞蹈的喧嚣声中,/在粗鲁的陈言俗语的悄声细语中,/闪过一具具如同行尸走肉的身影,/一个个人模狗样的假面人。……每当我清醒后将谎言戳穿,/人群的喧嚣声便会将我的理想惊散,/还有前来庆贺节日的不速之客,/嗨,我多么想搅乱他们的欢愉,/无畏地把浸透了痛苦和愤懑的如铁诗句,/掷向他们的面庞。"②在这首写给克拉耶夫斯基的诗中我们轻易就能读出毕巧林的话语,它最为鲜明地道出了诗人面对精神幻灭的贵族上

① Вячеслав Пьецух.*Русская тема*. М.Глобулус.2008.С.159.
② М.Ю.Лермонтов.*Избранные произведения*. Московский рабочий.1957.С.110.

流社会的一种决然姿态。举世皆浊,唯我独清,卓然世外也是一种高贵的"魔性",更何况他还要"戳穿谎言""搅乱欢愉"。

莱蒙托夫鄙视上流社会,却又被这个社会所吸引,他憎恶虚伪、卑鄙的皇室贵族,却又迷恋宫廷生活的五光十色,这正是他心灵的矛盾与纠结所在。即使是从南方流放地归来在彼得堡作短暂休假的三个月,他也不甘寂寞,奔走在上流社会,陶醉于社交界对他的追捧,不管不顾地以其被流放者的身份出席伯爵夫人沃伦佐娃-达什科娃举办的有皇室成员参加的舞会。上流社会连同它所代表、象征的一切——荣耀、辉煌、地位曾经是贵族少年一度的向往,但是当他发现拥有所有这一切的人不过是肉身、皮囊,而上流社会只是他们的寄居地和驿站,而不再是他的理想和归宿时,他便不知所往了,生命的悲情由此而生。

什么是诗人生命中一再拨动同时代人和后人,特别是当代人心弦的品格?那就是他对真理、自由、美好的捍卫,这是莱蒙托夫从小就为之不安和痛苦,且一生坚守的生命立场。在崇尚伪善与谎言的上流社会中长大的他,直到生命的最后一刻都与任何欺骗和虚假格格不入。在人生的各种苦境和险境中,莱蒙托夫的这一生命诉求异常顽强,成为他与虚伪、邪恶抗争的不可战胜的伟力,这也是他的"诗歌与帝国对立"的源泉所在。他说,"真理永远是我的圣殿,现在,当我把我的负罪的头颅交付审判的时候,我将坚定地吁求于它,面对沙皇和上帝,我视它为一个有着高尚品格的人的唯一的保护者"。真理、自由、美好的不可求使他经常怀疑和发问,使得这个动辄激越不已的青春生命显得尤为活泼、热烈和奔放,有时甚至到了冲动和盲目的程度。文学所宣传的真理和自由思想从来都是要受到惩罚的,他似乎早在 17 岁上就预见到了自己的这一厄运,"一座血腥的坟墓等待着我,/那里没有祷文,没有十字架,/在咆哮不止的湍急的河岸上,/还有这烟霭蒙蒙的天穹下"。① 莱蒙托夫在诗歌中表达的自由追求还有另一种虚指,即对现代都市文明的恶感,对神秘、荒漠的好感,对自然、上苍的向往。"我独自走上大路;/碎石嶙嶙的路在雾霭中闪

---

① [俄]邦达连科著,王立业译:《天才的陨落莱蒙托夫传》,新星出版社 2016 年版,第 4、53、133、137 页。

烁;/夜色沉沉,荒野在聆听上帝的声音,/连星星也在相互倾诉。/苍穹多么庄严且神奇!/大地在蓝色的光焰中沉睡……为何我活得如此痛苦、如此艰难?"①诗人渴望一个自然与精神相统一,纯真、和谐、欢乐、安宁的理想世界,他一生都在瞩目大地、天空,晨曦、星星。"高加索"是他最想写的诗,是莱蒙托夫探寻自由天性、纯真与和谐源头的一个方向。它不仅是地理学意义上的山地高原,更是未被上流社会文明裹挟、淹没、席卷的自然、纯净的地方。"我热爱高加索,/如同我的祖国唱响的一首甜美的歌。/……在玫瑰色晚霞的梦中,/每每能听见草原不断重复的那无法忘却的声响,/我热爱高加索,/热爱她那峻峭的峰峦。/山峦峡谷,我与你在一起感到幸福无比;/五个春秋已逝:却始终为您苦苦相思。/我在那里见过上帝的双眼,/只要一想起那眼神,便心潮澎湃:/我爱高加索。"②诗中高加索成为超越自然、宇宙的生命认同的象征,成为他实现自我净化、精神救赎的精神高地,它得以让他站在自然、宇宙之巅俯视人类世相,成为一个能与上帝对话的先知。"自从永恒的裁决者,/给予了我先知的慧眼,/我便在众人眼中读出了,/那一桩桩的邪恶与罪行。"③有批评家说,莱蒙托夫早在尼采之前许久已经在他的《恶魔》《童僧》中塑造了俄罗斯的超人形象。④

莱蒙托夫不仅是一个充满"魔性"的现实的叛逆者,他还是对异性充满渴望,却又很快厌倦、最终选择遗弃的"情魔"。"孩提时我这颗骚动的心,/就已经懂得炽热的爱的怅惘"⑤,这个天生的情种似乎始终在迷恋、放弃,又迷恋、又放弃的情感轮回中,从未将一首爱情的歌曲唱完。中学的同窗瓦莲卡·洛普欣娜(书中薇拉的原型)、卡坚卡·苏什科娃(书中梅丽的原型)、娜塔莉

---

① М.Ю. Лермонтов. *Избранные произведения*. Московский рабочий. 1957. С. 151. С. 11. С. 154. С. 123.

② М.Ю. Лермонтов. *Избранные произведения*. Московский рабочий. 1957. С. 151. С. 11. С. 154. С. 123.

③ М.Ю. Лермонтов. *Избранные произведения*. Московский рабочий. 1957. С. 151. С. 11. С. 154. С. 123.

④ [俄]邦达连科著,王立业译:《天才的陨落莱蒙托夫传》,新星出版社 2016 年版,第 4、53、133、137 页。

⑤ [俄]邦达连科著,王立业译:《天才的陨落莱蒙托夫传》,新星出版社 2016 年版,第 4、53、133、137 页。

娅·马尔蒂诺娃、伊万诺娃都先后被莱蒙托夫以独有的方式宠幸,但很快又被他厌倦,最终又都成了他人的妻子。在第二次流放高加索期间,莱蒙托夫曾与在高加索游历的法国女诗人奥迈尔·德·赫尔有过短暂的恋情。即使在与法国大使的儿子巴兰特决斗后被捕期间莱蒙托夫也未闲着,给看守的女儿写过一首名为"女邻"的诗(1840),"我显然已等不到自由,/牢狱里的日子像是年复一年的漫长……假如没有可爱的女邻,/我则早已会死在这囚牢!……今天我们随着霞光一起醒来,/我朝着她轻轻点头致意……选一个沉沉的黑夜天,/用浓烈些的酒把父亲灌醉,/将一根条纹毛巾挂在窗前,/好让我看见。"① 爱原本能够抚慰受伤的心灵,爱之光应该照亮人内心的沉重与黑暗,但是错位的爱却让诗人深感痛苦。正如索洛维约夫所说,"在莱蒙托夫的笔下,爱情已是昨日黄花……我们看到的只是让人神魂颠倒的回忆与想象的游戏"。② 他的爱情诗中亦充满了责备与哀怨,那是与情人道别时的絮语,是恋人辜负了他希望和渴求后的情感背叛,是因为爱情而牺牲了创作自由和安宁的慨叹……

从莫斯科大学和贵族士官生学校走出来的莱蒙托夫,生命里刻骨铭心地留下了 19 世纪 20—30 年代的烙印,自由、独立、快乐的青春理想和生命浪漫被击碎后的失望和痛苦使他永远陷入了心灵的"魔障"中,孤独、沉郁、苦难成为莱蒙托夫人生和创作的思想原点。白银时代的宗教哲学家索洛维约夫说,莱蒙托夫以其"阴暗的浪漫主义"接近了那个充满预见性的恶魔般的心性。是时代翘首期待着与莱蒙托夫相遇,还是他的精神气质迎合了时代的精神内核?其实这是一个双向拥抱的过程,莱蒙托夫始终带着历史的沉重呼吸,向现实发问,进而"叛逆""起义"。正因为如此,他的文学精神才值得文坛立足仰望、激赏。邦达连科说,如果你要想了解莱蒙托夫,那么你就去读《当代英雄》吧,甚至在细节上它都是确实可信的。

---

① М.Ю. Лермонтов. *Избранные произведения.* Московский рабочий. 1957. С. 151. С. 11. С. 154. С. 123.

② [俄]邦达连科著,王立业译:《天才的陨落莱蒙托夫传》,新星出版社 2016 年版,第 4、53、133、137 页。

二

从 18 世纪开始，俄罗斯作家就从"平等""自由""希望"的理念出发，偏重于发扬小说创作领域的现实主义精神——书写贵族知识分子的精神探索和平民主义的小人物的苦难，对于西方小说皆然的传奇性英雄叙事始终有着明显的拒斥。然而，莱蒙托夫从卢梭、斯塔尔夫人、拜伦、阿尔弗雷德·缪塞等西欧作家创作中汲取的是一种对"不凡"的追求和"个人英雄"的情结。《当代英雄》就是一部典型的以传奇性的生命故事为载体的文学叙事，英雄悲剧的艺术叙事在很大程度上决定了这部小说的思想特质和诗学品位，也决定了小说核心人物的生命和精神魅力。

阅读《当代英雄》并不是一件轻松的事情。作品虽然体量不大，但小说中充满了对人性与生命存在最幽微处的洞察与发掘，交织着灵魂创伤、生命苦难、情感经验的文字，还有作者近乎偏执的细密的人物心灵探究，令人战栗的道德诘问，而所有这一切都是通过一个充满"魔性"的主人公毕巧林——这一莱蒙托夫以自我为原型的人物的内心世界展现的。尼古拉一世的时代语境、贵族上流社会以及沙皇军队的日常生活成为有些遥远的叙事背景，而毕巧林的生命体验和复杂情感表现出不同寻常的异质性和私密性。由此，所谓的社会心理小说、多余人小说全都让位于"当代英雄"的精神景观叙事。阅读小说的难度在于习惯于妥协、随顺和理性思维的我们与一个冷漠却灼热、乖戾却高远、单纯且复杂，英雄兼魔鬼的毕巧林心灵对话的难度。

毕巧林是个贵族军官，博学多才，教养一流，这是他赖以自傲的身份和精神优势；他年轻英俊、体魄健硕、潇洒风流，这是他成为"偶像级"男神的资本。无论在京都上流社会，还是在山间要塞，无论在男性群落，还是在女性世界，他总能所向披靡、从不言败。他有绝对的男人的阳刚与魅力、壮士般无坚不摧的力量、刚毅坚强的意志、超群的智慧，无论是邂逅的走私贩子，还是自由勇猛的山民，或是上流社会的贵族、军官，任何人设置的障碍都无法将他阻拦。毕巧林绝对拥有时代英雄的生命品格。

与此同时,他也拥有与这一生命品格相应的精神境界。毕巧林曾在上流社会享受过一切可以用钱得到的乐趣,体验过各种女人施予的爱情。但俗世的享乐并没有使他快乐,女人的柔情也没给他带来幸福,纸醉金迷、崇尚虚荣的上流社会生活让他厌倦,知识贵族的精神空虚和思想稀薄令他鄙视。毕巧林始终坚守自我,拒绝流俗自污。他从骨子里有一种对庸俗、空虚的抗拒,对世俗性、功利性的超越,这正是毕巧林超凡脱俗的精神力量所在。他始终雄踞于"俗人"之上,其眼中的"俗"首先是人格上的庸俗。他的老朋友、老战友,单纯、质朴的马克西姆·马克西梅奇在见到多年未见的毕巧林后激动得泪水涟涟,毕巧林却有一搭无一搭地应酬了两句后扬长而去。其实,并非毕巧林不懂友情,不近人情,而是因为在这个上尉军官的身上他同样看到了无法容忍的"流俗"。马克西姆·马克西梅奇善良、真诚、热情,但比起具有作家莱蒙托夫鲜明印记的毕巧林来,这个虚构的人物显然过于现实、过于物质,他清晨起床就喝酒,白天无所事事便玩多米诺。至于高加索伊丽莎白温泉当地的地主贵族,还有来这里做水疗的男男女女,或喜欢喝酒、追女人、玩赌博,或自说自话,喜欢卖弄、邀宠,毕巧林对他们冷眼相对亦在情理之中。五官不正、睿智犀利、生活严谨的医生维尔纳让他看到了一颗崇高的心灵,找到了一个绝无仅有的惺惺相惜的诗人知音,然而他仍然看到了好友并未脱俗的"虚荣心"和渴望成为富翁的"金钱欲"。

然而,时代英雄的生命品格与精神境界并未能造就真正的时代英雄,毕巧林成了时代的弃儿。莱蒙托夫用"时代英雄"这一不无讽喻的修辞,欲表达的是对复杂、矛盾,充满悲剧性的生命存在的一种体察与感悟,也是他在为自己作为"永远异己者"的"恶魔"及其批评权利的辩护。

小说中并没有对充满种种病态征候的现实世界的直接描述,但毕巧林日记所记录的温泉世界里的众生相以及主人公对其晦暗青春的审视,便能让我们发现一个非理性、梦魇式荒诞的世界构建。他说,"我谦虚谨慎,他们说我狡猾,于是我变得畏首畏尾。我明辨善恶,可是没有人珍惜我。大家都侮辱我,于是我变得爱记仇了……我觉得自己比他们高贵,人家却把我看得低贱。于是我就变得爱嫉妒了。我愿意爱整个世界,可是没有人理解我,于是我学会了仇恨。我晦暗的青春就是在我与自己和社会的斗争中流逝的"。我们在毕巧林的话语中看到的是一种被现实所摧残的力量,这力量为了自己安全和归属感的需求有权利做出自己的反应并要求补偿。但毕巧林把枪口对准的不是社会制度本身,而是社会对行为伦理与生命价值认知的错位,这不仅是他所处的时代命题,它所揭示的几乎是人类存在的一个永恒主题。

作为一种"应激反应"的自傲、冷漠、尖刻成为毕巧林一种强大的"有声力量",激发他对现实世界和现实中的人尽情地播撒敌意。他肆意嘲弄军官格鲁什尼茨基,只要抓住他言行中不洁的动机,便会用各种尖刻的言辞揭穿其为人的卑微和轻浮。他喜欢在好友维尔纳的面前卖弄他的智慧和见识。医生的"我迟早会在一个美好的早晨死去"的生命感慨被毕巧林的一句更为哲学的话语所消解,"除了你说的以外,我还相信,我是在一个倒霉的夜晚出生的",他向俄罗斯的"靡费斯特"表达的是更为深沉和睿智的叔本华式的生命悲剧意识。连深爱着他的梅丽公爵小姐都对他的"毒舌"心惊胆战,她说:"我宁愿在林子里被人捅死,也不愿意被你的毒舌骂死。"毕巧林的心中始终充满着一种由怨艾、怅惘而生成的怨毒气,而高度膨胀的自我中心主义强化了毕巧林恶毒的"魔性"。"我爱仇敌,尽管不是那种基督教倡导的那种爱。他们给我解闷,让我热血沸腾。总是保持警觉,捕捉每一个眼神,猜测每一句话的意思,揣摩意图、揭穿阴谋、假装受骗,然后突然一击,粉碎苦心经营的阴谋大厦,这才是我所谓的生活"。一个人在表现出特殊的刻薄和粗暴的时候,往往是为了掩盖其内心隐秘的情结:对现存社会观念的摈弃和现有文化秩序的质疑。而且刻薄与残酷向来是与暴力合谋,成为暴力的过程体现。毕巧林在决斗中杀死了格鲁什尼茨基,一个个美丽的女性也逃脱不了他情感上的冷暴力。

莱蒙托夫不仅从他自己的人生中汲取了足够的情感经验,还竭尽想象地构建了毕巧林与四个女子(有着各自的生活原型)的情爱纠葛,以检视他自己的情感世界。毕巧林轻而易举地征服了一个个女人的心。然而,他对女人的迷恋并不是情感层面的,而是生理、心理层面的。贝拉让他着迷的是她高挑修长的身材和两只山羊羊般的黑眼睛;塔曼镇18岁的"美人鱼"让他发狂的是她那个"标致的鼻子",琢磨不透的性格,还有火辣辣的激情;梅丽令他销魂的是她长着的一对如同天鹅绒般睫毛的眼睛,而他之所以要招惹她,是征服欲的驱使;薇拉是他唯一爱过的意志坚强的女人,爱她也只是因为他始终也未能彻底征服她。与她们在一起,他不承担任何情感责任,也不遵循任何道德原则。"不论我爱一个女人爱得多么狂热,如果她让我感到我要和她结婚,那么永别了,我的爱人!我的心就会变成石头,任何东西都不能使它再热起来。我愿意牺牲一切,只有结婚是例外。""难以抑制的爱的冲动把我们从一个女人抛向另一个女人,直到我们找到一个讨厌我们的女人为止。……这一永无止境的秘密就在于无法抵达终点,也就是说,这种情欲永无满足的时候。"我们从毕巧林与梅丽公爵小姐的情感游戏以及他与将军夫人薇拉的相爱与别离中,从毕巧林卑微琐细的自我情感、幸灾乐祸的心理、工于心计的思维的叙写中,可以读出他逼仄的心胸和并不光明的心理投影。

　　女人是毕巧林的"最爱",但"情圣兼情魔"的他从来没有握住过一双真实、温暖的手,他始终被锁在自我的镜像中,那是他孤独的宿命。那是因为他根本性地缺乏精神与心灵的崇高投入到爱情之中,还因为男权主义思想的作祟,他对异性的兴趣仅仅在于"撕下她们身上只有老练的目光才能看透的神秘面纱",是为了检视他那"冷静的头脑"和"备受煎熬的心灵"。他所有的情感、心理状态都是坚硬的,所以也都是不幸的。读者眼睁睁地看着一个个美的失落、离去,甚至凋萎、毁灭。薇拉在写给毕巧林的充满血泪的诀别信中说:"你爱我,将我当作自己的私有物,当作欢乐、焦虑和悲伤的源泉,没有这些感情的交替更替,生活就会单调乏味。……我的心已经在你身上耗尽了一切最宝贵的东西,耗尽了眼泪和希望。爱过你的女人,看到别的男人不能不带些轻蔑,不是因为你比他们都好,哦,不是的!但是在你的天性中有些特别的东西,你独有的东西,一种孤傲和神秘的东西。你的声音里,不论你说什么,总有一种无可辩驳的力量;没有人像你这样如此经常地喜欢被人喜爱;没有一个人的恶能像你身上的恶那样富有魅力;没有一个人的眼神能像你的眼神那样让人心情愉悦;没有一个人比你更善于利用自己的优势,也没有人比你更加不幸,因为谁也不会像你这样努力地损毁自己。"这不仅是毕巧林最难分难舍的女人对他的评价,也是莱蒙托夫以一个女恋人的名义书写的其人性与情感的真实表白。

　　毕巧林灵魂中的光明与黑暗、人性与魔性超越了小说的社会批判,而呈现为人性中的统一存在及不可回避的人性悖论。莱蒙托夫不仅是在肯定人性善恶的合理存在，更是在寻找以毕巧林为代表的俄罗斯知识分子的"精神走向"。"特立独行"不仅成为毕巧林的一种生存方式，还是他的一种哲学性的存在，成为他抗拒外在世界，寻找超越性人格和实现自我存在的生命之道。畸形的"独处"是主人公被边缘的结果，也可以看作是他的一种寻找自我的主体选择。独行者的毕巧林不属于任何群体，他完全行走在主流话语之外。他借助于此在社会身份的缺失睥睨凡世苍生，寻求自我的独立和生命价值的实现。在毕巧林身上，有莱蒙托夫对自由、独立的抒情化致敬，有他关于"特立独行"的理性思考，同时也有为优秀的俄罗斯知识分子如何实现自我所提供的可资借鉴的策略和教训。同时，我们可以发现，毕巧林看似在批判、消解现实社会既有的价值和秩序，其实并不能消解他自己对贵族血统的执着，对等级观念的认同，他徒有一个朦胧且无法实现的"英雄梦"，这一连他连自己都无法把握的无奈也是他人生中悲剧的一面。

精神的苦难、生命的迷惘、情感的失落、前景的茫然还不是毕巧林生命悲剧的全部内容，因为悲剧的要素不仅仅是巨大的痛苦，还要有对痛苦的深层反思，对自我的灵魂拷问。毕巧林对其生存状态和危机拥有一种高度的自觉，他对其卑琐本质的犬儒主义有着清晰的认知和真诚、无情的谴责。"我沉迷于空虚低俗的情欲，在情欲的磨炼下我变得像铁一般又冷又硬，……我无数次地扮演着命运之斧的角色，我就像一把行刑的利器，毫无感情地落在那些在劫难逃者的头上，我的爱没有给任何人带来幸福，因为我从来没有为我爱的人牺牲过什么。我爱女人只是为了爱自己，为了自己的快乐。我贪婪地吞噬着她们的感情，她们的温柔，她们的贪婪与痛苦，我这样做只是为了满足我奇特的内心需求，而且从不知餍足。"这是毕巧林始终坚守的美好而珍贵的自省精神，尽管在这种自省中有一种自贬式的自恋，因为它缺乏一种真正的自省，其中更多的是一种自嘲与逃避的策略，因为我们在主人公有限的生命中没有看到他任何积极的人生价值的调整。

毕巧林始终在寻找生命的价值和人生的意义，尽管对于他而言，它们始终充满了不确定性。他痛苦地责备自己人生的迷惘，探究生命悲剧必然性的内在依据。他不断地发出人生的内心责问，一个又一个问题总在搅扰着他，令他备受折磨,他始终在寻找这些问题的答案,探寻内心的每一个波动,审视自己的每一个思想。他在自身的忏悔中努力让自己尽可能地真诚,不仅坦诚承认自己的缺点,而且还想象出不曾有过的,或者是对自己最自然的举动所作的有欠真诚的解释。毕巧林日记清晰地记录了他深刻的忏悔:"我感觉到自己身上这种不知餍足的欲望,仿佛要吞噬人生道路上的一切:我只是从我个人得失的角度来看待他人的痛苦与欢乐,把它们当作维持我精神力量的养料。我本人再也不会为情欲而疯狂,我的虚荣心被环境所压制,但是它以另一种形式表现出来,因为虚荣心是对权力的渴望,所以我最大的满足在于让周围的一切服从我的意志,让人家对我充满爱戴、忠诚和敬畏。"他的忏悔表明,人的可贵之处在于,他既有力量使自身的欲望达到满足的最大值,而且有更伟大的力量对自身欲望和行为的无私检视。对于罹患现代梦魇、跌落精神泥淖的现代人来说,这一忏悔具有正本清源的价值力量。"永远不要拒绝一个忏悔的罪人,因为他绝望之后可能犯更大的罪行",毕巧林这句严肃而沉重的话语是对他人生忏悔价值和意义的最好注脚。毕巧林的"恶魔"心性并没有遮蔽其冷静、纯真、高远的品格,莱蒙托夫称他是"当代英雄"并非妄说。

毕巧林无因由地在从波斯回国的途中去世,莱蒙托夫在小说中一带而过的这一告白试图向读者表示,这是一个没有当下、没有未来,更没有人理解和接受,充满悲剧性的"当代英雄"的必然结局。小说叙事人在"毕巧林日记"中说,"一个人心灵的历史,哪怕是最渺小的心灵的历史,也未必不如一个民族的历史更有意思,更有教益,尤其是当这一历史是一个成熟的头脑内省的结果"。在毕巧林"智慧的痛苦"后面隐藏着莱蒙托夫对那个现实和人的一种深刻的洞察,小说是 19 世纪 30 年代俄罗斯知识分子的生命启示录。

除了小说中的主人公,我们还要对长篇小说中所呈现的生态伦理观念作一个简单的追认。莱蒙托夫在小说中对大地、山峦、峡谷、河流、各种植物之灵踪的追寻是不可掩其光彩的。他的笔下有那么多多姿多彩、栩栩如生的大自然形象,有那么多对自然魅力的倾心书写,然而,仅从大自然描写的角度来解读这部作品是远远不够的。他写悲悯的山河大地、宁谧纯洁的雪山、惊魂不散的草木花树,他这是以对自然的无比敬畏尝试建立宇宙神性的可能。清晨的雪山上,宁谧一片,山路就像通向了天穹,一种愉悦的感觉传遍全身,站在世界的巅峰,叙事人获得了一种神灵赋予的孩子气,"当我们远离尘世喧嚣贴近自然的时候,会不由自主地变成孩子,所有后天获得的东西都从身上脱落,心灵恢复到原初的或是最终想到达的状态"。作家没有像许多质疑人类中心主义的生态写作者那样,把人排除在大自然之外,在他的笔下,我们总能看到一个因为自然而获得性灵延展、精神圣洁的人,一个沉潜在伟大的静谧中的人。莱蒙托夫小说的开阔与深邃的根由还在于他所理解的大自然的开阔与深邃,在于他作为大自然之子深深地扎根于大地的根须。

莱蒙托夫还是19世纪小说叙事文体独辟新路的拓展者,这种拓展并非只是对社会心理的揭示,更为重要的是对人的生存状态、灵魂困境——人性之困、情感之困、精神之困——的关注和思考。莱蒙托夫通过暧昧与悲壮、寻找与反抗同在的叙事策略,实现了对主人公复杂人性和复杂灵魂的揭示。在别林斯基把文学当作改造社会利器的时候,莱蒙托夫就已经自觉地从文体层面和叙事技术开始切入小说创作了。长篇小说采用了不同的文体:旅行随笔,高加索小说,世俗故事,心理小说,神秘小说,书信体小说。小说有三个叙事主人公,从梯弗里斯前往高加索的一个好奇的旅人,上尉马克西姆·马克西梅奇,毕巧林自己。通过他们的叙述,毕巧林慢慢地向我们走来、靠近,直至我们完全看清楚了他,从他的外貌肖像到他的情感、灵魂。自然,作家的着眼点不在文体本身,其文体探索和叙事技术是为思想和情感表达服务的。小说中日记体式的运用就是为了显现毕巧林精神世界纵深的。此外,小说中用词的色泽饱满度非常高。别林斯基说:"长篇小说的文笔时而像闪电的火花,时而像雷电的劈击,时而像撒落在天鹅绒上的珍珠。"批评家讲的首先是智慧,其次是力度,最后是优美。一部好的小说其实不是如何写得波涛汹涌,而是思想深邃、情感充沛、意义隽永、色彩鲜明,能引领读者穿越迷丛,走向光明。

长篇小说曾唤起乔伊斯书写英雄的巨大激情,他说,"这本书对我所产生的作用太强烈了,就有趣的程度而言屠格涅夫的任何一篇小说都不能与其相比"①,他的《英雄斯蒂芬》,后更名为《青年艺术家的画像》的自传体小说就是这一激情的产物。邦达连科说,"这是一部最俄罗斯化,最欧洲化的长篇小说"②。

(本文原载《经典新读〈当代英雄〉导读》,张建华著,生活·读书·新知三联书店 2019 年版)

---

① [俄]邦达连科著,王立业译:《天才的陨落莱蒙托夫传》,新星出版社 2016 年版,第 331 页。
② [俄]邦达连科著,王立业译:《天才的陨落莱蒙托夫传》,新星出版社 2016 年版,第 338 页。

屠格涅夫全新的爱情审美言说

　　由《阿霞》《初恋》《春潮》三部中篇组成的《中篇小说集》(下称《小说集》)是屠格涅夫自传性的"青春记忆小说",人民文学出版社以作家刻骨铭心的爱情之作来纪念这位俄罗斯文豪诞辰二百周年有着特别的意义和价值。

　　《小说集》聚焦了屠格涅夫从 19 世纪 50 年代后半期至 70 年代前半期俄罗斯历史上重要的时期和作家一个特殊的人生阶段。这是俄罗斯历史上一个风云激变的时代,也是作家由"不惑"迈进"知天命"的生命时段。此间,屠格涅夫完成了他全部六部长篇小说中的五部——《罗亭》(1855)、《贵族之家》(1859)、《前夜》(1860)、《父与子》(1862)、《处女地》(1867),充分显现了作为一个"俄罗斯社会思想编年史家"的思想品格和艺术风范。与此同时,他也写下了中篇小说《阿霞》(1858)、《初恋》(1860)和《春潮》(1872)——生命爱情中的"实然"存在,它们与长篇小说并置,呈现了另一个屠格涅夫。

　　较之于外在世界的翻天覆地和被历史洪流裹挟的思想与艺术思考,屠格涅夫生命的记忆之声似乎显得微弱,常常会被淹没或悬置。然而,随着岁月的流逝、时代的变更,这一被记忆激活的青春爱情却愈益显示出其独有的风采和魅力。"没有,也不可能有无缘无故产生的创作。心灵总会被某种东西所惑。这可能是一个思想或是一种情绪,对别样的世界的向往或是对灿烂美好的世俗生活的爱,总有一种东西会点燃心灵,创作是一种真正的燃烧,如若它自己不能燃烧,那么就不可能燃烧别人。"①"记忆之所以具有治疗作用,是因为它具有真理价值。而它之所以有真理价值,又是因为它有一种保持希望和潜能

---

　　①　Вячеслав Полонский. *О литературе*. Советский писатель. 1988. С. 30.

的特殊功能"①——苏联批评家波隆斯基和美籍哲学家马尔库塞的这两段话可以看作是对作家爱情记忆小说的精神指认。

屠格涅夫在 19 世纪俄罗斯文学史上第一次将爱情当作独立的审美对象,剥去了长期以来被人为赋予的社会政治意蕴,作品所呈现的爱情与时代、种族、阶级无关,它对过去、现在、未来永远是敞开的,是人类两性的"共情"状态。作家以线性的叙事框架、优雅的叙述姿态、白描式的从容笔墨,以肉与灵、心理与哲学的多重面向,呈现了一种全新的爱情审美言说。

屠格涅夫开启了爱情书写的"感性和身体之旅",他从日常生活进入爱情叙事,强调人物的日常身份和发生在日常生活中的爱情。三部小说的叙事主人公都是匿名的青年时代的屠格涅夫,他们分别是旅居德国的 25 岁俄罗斯青年 H.H.(《阿霞》),在莫斯科"无愁园"别墅与父母一起居住的 16 岁少年沃罗佳(《初恋》),从意大利回国途中在法兰克福作短暂逗留的 21 岁的萨宁(《春潮》)。同样,小说中女主人公也有明确的日常身份:17 岁的俄罗斯姑娘阿霞是与同父异母的兄长一起来德国莱茵河畔旅行的;与沃罗佳一见钟情的 21 岁的公爵小姐齐诺奇卡是他莫斯科家"无愁园"别墅的邻居;萨宁爱上的 19 岁德国女孩儿杰玛是法兰克福"罗塞利意大利糖果店"老板娘的女儿。男女主人公的邂逅、交往生情,甚至随后波诡云谲的情感变化,都是在日常生活领域中展开的。屠格涅夫尽阅世事万象和情感繁芜之后记录下的日常生活中的爱情往事无关乎社会、善恶,只关乎感情、美丑。

小说中,身体、性且与之相关的情感、欲望、意志等非理性因素在一场场恋情的发展或逆变中起了关键作用。"H.H."对爱情的把握是瞬间的、感性的。尚未发育完全的阿霞吸引他的是她"略带褐色的圆脸上的美丽细小的鼻子","一头剪得短短的像男孩子那样的浓浓的鬈发"。令他激动不安的是她那"娇柔的身子的接触;耳边的急促的呼吸","像许多烧红的针似的跑遍我全身的一股微火……"作者告诉读者,没有了青春血肉也就没有了爱情中美的附着。随着与兄妹两人接触的增多,男主人公对阿霞美的认知才有了性格和精神内

---

① [美]赫伯特·马尔库塞著,黄勇、薛民译:《爱欲与文明》,上海译文出版社 2014 年版,第 10 页。

含:她的"古怪的笑"以及像个"多变的蜥蜴"一样的性情:从朴实、温顺的女仆形象到努力扮演文雅、有教养的小姐角色,从任性古怪的精灵到温顺沉静的"窦绿苔"①。然而,感性的身体叙事一直贯穿始终,直到小说的语言层面。与第一人称叙事相适应,主人公的叙事话语始终透出非理性的迷狂。"突然我在心里感到有一种隐隐约约的骚动……我抬起头来望天空,可是在天上也找不到安静:天空密布着星星,它还在摇晃,它还在旋转,它还在颤动;我低头看河水……在它那又暗又冷的深处,星星在摇晃,也在颤动……"与男青年一样,阿霞也始终默默地沉浸在爱的感觉和遐想中,未得到爱的承诺的她竟"发着高烧、满脸泪痕,牙齿格格地打战",她对兄长说:"如果他愿意还让她活下去,就尽快带着她离开这里……"甚至连兄长加京也不理解妹妹的这种表现,他对"H.H."说,"您我都是有理性的人,我们无法想象,这种感情挟着叫人不能相信的力量在她身上表现出来……我实在无法理解,为什么她会爱您到这种地步。"②爱情被从理性中解放,真正的"回归感性"是从身体的表现这一角度来实现的。在这场猜谜式的爱恋中,反而倒是"H.H."一直在感性和理性间徘徊,爱情使他快乐、甜蜜、幸福、疯狂,也使他苦恼、无措。"跟一个十七岁的她那种性格的少女结婚,那怎么可能呢?"这是"H.H."对于未来生活实利无益的少女古怪性格的担忧、烦恼和焦虑。两性情感中一旦有"冷静"的功利意识出现,当事人心中便会有"隐秘的恐惧"萌生,那一个"爱"字便难以说出口了。短暂恋情的收场正是身体感性的溃退和生命理性的胜利。阿霞离去,"H.H."这才有了含泪的"悔恨":是理性的"魔鬼阻止我吐出已经到了我嘴唇上的自白"。直至几十年过去之后,他才终于朦胧地意识到,情感、身体、审美在遭到理性压抑后爱情的失语和异化。

年仅16岁的贵族少年朦胧的意识中已经有了"尚未定型的女性爱的幻影,……一种半意识的、羞涩的甜蜜的女性形象的预感偷偷地在那儿隐藏着了……"③我们从孩子式的天真里能读出原始而又蓬勃的潜意识中的异性向往、爱欲萌动。而真正令沃罗佳产生从未有过的"心跳、兴奋、激动"的是"她

---

① 歌德长篇叙事诗《赫尔曼与窦绿苔》中的女主人公。
② [俄]屠格涅夫著:《屠格涅夫文集》(第5卷),人民文学出版社2001版,第79、99页。
③ [俄]屠格涅夫著:《屠格涅夫文集》(第5卷),人民文学出版社2001版,第79、99页。

优美的体态,颈项,美丽的手,白头帕下面微微蓬松的淡黄色鬈发,半闭的敏慧的眼睛,这样的睫毛和睫毛下面娇柔的面颊"。他会"越来越大胆地偷偷地看她,端详她",神魂颠倒的他居然"接连读了十遍'凯撒以作战勇敢而著名'这句话,却不知道什么意思"。少年喜欢"摸彩"游戏,因为在一幅丝巾的遮盖下,能感觉到"她的眼睛发着光,张开的嘴唇吐出热气,她的发梢轻轻地抚着我,使我发痒,使我发烧……"为了证实对齐娜伊达的爱,沃罗佳不顾生死,敢于纵身凌空从高高的围墙上跳下,尽管失去了知觉,却在姑娘温柔的怀抱和柔软的唇吻中体验到"至上的幸福","甜蜜的痛苦渗透我的全身,最后化作大欢大乐的狂跳与狂叫"。少年朦胧的初恋中全然没有生命理性的羁绊,为了赢得她的欢喜他投入了全部的智慧与血肉,全然不顾她年长他五岁,还偷偷地恋着他的父亲。小说中齐娜伊达的美丽是通过少年沃洛佳"我"的感觉"折射"出来的,她的光芒是随着"我"的感觉的深入、情感的起伏一点点放大、灿亮的。

萨宁在法兰克福"罗塞利意大利糖果店"偶遇德国姑娘杰玛,救醒了她晕厥的弟弟,后来还与在餐厅调笑杰玛的醉酒军官进行决斗,挽回了姑娘的尊严与声誉,从而赢得了杰玛一家人的喜爱。其实,萨宁与杰玛的相恋并非是"英雄救美"传统模式的重现。杰玛并不具备让男人销魂的美丽,"她的鼻子略嫌大些,鹰钩形的轮廓却极为秀美,上唇有些淡淡的茸毛"。爱情的审美永远是美感决定着美,而不是美才引起美感的,"情人眼里出西施"的美感才是萨宁超越理性的认知所形成的生理和心理基础。令他怦然心动的是这个"十八九岁的少女,袒露的双肩上披散着的长发,向前伸着的赤裸的手臂",还有她的"美妙动人的两只深灰色的眼睛"。萨宁并不在意杰玛悦耳的歌喉,欣赏的是她本人,越来越深地走进萨宁心中的不是她的"心灵"或"精神",而是一次又一次出现在他眼前的"俊美的"(娇美的、标致的)脸蛋儿,"亭亭玉立"的身材,以及"俊美的容貌","优雅中含着力量的手势""蒙上一层暗影的又黑又深的双眼""夹杂着短短的极逗人的尖叫的笑声",于是"他什么也不考虑,什么也不盘算,毫不瞻前顾后了;他摆脱了过去的一切……从自己孤单的独身生活的忧郁的岸边一头扎进那欢快的浪花翻滚的大激流里……他不想知道这激流会把他带到什么地方去,是否会使他撞到岩石上粉身碎骨"。全然不顾杰玛是个准新娘,已有了一个仪表堂堂、优雅迷人且生意成功的未婚夫克吕贝尔。

爱欲的本能、力比多的灌注与投射可以制造爱情。发生在1840年夏天的爱情故事,何以用"春潮"命名?那正是作者在说萨宁的情欲恰如春汛狂潮,这一非理性的自发力量迅猛、剧烈,不可遏止。同样,后来让萨宁魂不守舍,陷入一种人格分裂、狂乱幻觉状态中的是一个"身穿灰绿色透亮印花轻纱连衣裙、头戴白色透花帽……脸色娇艳红润,像夏天的清晨"一样的陌生女人。正是这个名叫玛丽亚的巧舌如簧的妖冶女人,情欲世界的征服者利用了萨宁"喜爱一切美的东西"的本能冲动,摧毁了一桩美丽的爱情。

"才子佳人"多是中外作家和读者的爱情想象,在这一结构中女性多半无缘置喙,但屠格涅夫彻底打破了这一传统结构。展现女性生命意识的觉醒并成为爱情行为的主体是屠格涅夫爱情言说的另一个重要特点。由阿霞、齐娜伊达、杰玛组成的女性世界是高度自由、独立的。她们在爱情中仅仅听凭心灵的驱使,毫无畏惧,没有怨恨,顺受其命,有勇气独自去拥抱不幸与苦难。在爱情中她们不需要庇护者,她们行为的基点是爱,而不是"有所依凭"。给读者的阅读印象是,与青年男性的接触反而增加了她们原有的陌生感和孤独感。在她们看来,只有为了爱的爱,才有爱的纯真,才有真正的爱情。诚然,女主人公在爱情中的主体性表现形态各不相同:阿霞的爱剧烈而又深沉,"像雷雨一般的出人意料";齐娜伊达的爱高度自我,十分执着、义无反顾;杰玛的爱"不像一道喷泉水似地在心里涌流,而始终是以宁静的光辉照耀的"。但她们性格中都有非常决绝的一面,阿霞默默地爱上"H.H."后克制着内心的波澜,变得更加孤独自守、行为怪异,最终宁可逃离爱情,也不愿在自我激情的燃烧中毁灭。齐娜伊达不看重财富、地位、也不在乎年龄,围绕在她身旁的伯爵、绅士、军官、诗人个个年轻、漂亮、富有,然而她将他们玩弄于股掌之中,却偏偏爱上了"不穿华丽衣服,不带贵重宝石,谁也不认识"的已逾不惑之年的男人,一种强烈的被支配欲直接激发了她的爱欲本能。少年沃罗佳"我"只能作出"这就是爱情……只要你在恋爱……"就会如此的结论。小说中女性在男性文化塑造下的驯服性情与"恩爱和谐"的美景都已经失去。"阿霞们"不再像"娜塔莉雅·拉松斯卡雅们①"一样,成为检验男性、拯救男性的"女杰","精神恋"

---

① 屠格涅夫长篇小说《罗亭》中的女主人公。

女性成为男性精神成长因素和精神理想守望者的文学"圣母"被屠格涅夫彻底放逐了。

屠格涅夫踽踽独行的生命成长及其所经历的精神与肉体磨难,促使他对爱情的审视始终立足于个体生命的感受中。他强调身体与爱欲的合法性,没有概念化地,甚至没有从道德层面认识爱欲命题。他用仁慈、宽容的眼光关注生命中的悲欢离合,探究人在爱情中的心理与精神变异,将爱情还原为与自然生命相交相依的鲜活而又脆弱的存在。小说中所有的爱情都是无果的,这既是屠格涅夫生命真实的反映,也是作家探究爱情真谛、构建更具心理、精神、哲学空间的爱情言说的艺术意图所在。

爱欲是爱情的原动力,是骚动于生命深处,不以人的理性和意志为转移的自发力量,是奇特而又充满悖论的矛盾体。它既是崇高的,让人们以本能的性爱欢娱驱散人生的阴冷和无常,引导人们空灵忘我去创造人生的美丽与幸福;它也是消极的,会剥夺人们生命存在所不可或缺的自由,产生盲目的依附和奴性,让人沉沦、堕落。小说家始终在展现爱情独特的精神光芒,也不断重复着情欲对人的奴役,人在情欲面前的无力迷茫。

小说对阿霞遭遇爱情后"怕"的心理作了精细的描摹。"怕"的叙事是隐藏在"爱"的叙事中的,阿霞的爱情心理可以归结为恐惧与迷恋的两重情感原型,外显为阿霞的焦虑。她一怕其私生女的出身被"H.H."识破,二怕母亲女佣的身份被他知晓,她担心贵族青年嫌弃她的卑微、浅薄、无趣。隐秘的精神负担加剧了她想在恋人面前表现自己的欲望,于是她打扮、多虑、好奇,时而忧愁、流泪,时而幸福、欢笑,迷恋而不知所终的心理加剧了她的担忧和恐惧。患得患失的青年"H.H."即便十分欣赏和爱慕阿霞,也未能从狭隘的精神世界中展开一个恣纵开阔而又宁静愉悦的情感空间,只能眼睁睁地看着心爱的人离去。公爵小姐齐娜伊达是在半秘密状态中与少年的父亲幽会的,沃罗佳浑然不知,直到有一天十分惊诧地目睹了这个有着极强支配欲的姑娘遭到父亲鞭打惩戒的景象。遭遇爱情后的虐待与被虐看似矛盾对立,却是爱情潜意识中人格分裂的表征,是作家对源于人性复杂性的爱情复杂性的思考。萨宁在为筹办与杰玛的婚事变卖庄园的行程中,鬼使神差地被女商人玛丽亚诱惑而不知回返,陷入不能自拔的欲望牢笼中,堕落成她手中一个精神委顿、唯唯诺诺的性奴才。这是萨宁对杰玛爱情的不坚？或是他一时的执念之误？都不是，这不是作家对人性本能欲求或是道德面貌的臧否，而是关于情欲奴役人性的展示。"痛苦而无济于事的悔恨以及同样无济于事而痛苦的忘却每时每刻都在进行，像无关紧要却无法治愈的病痛，像一分钱、一分钱地偿还着一笔无法计算的债……"老之将至的萨宁尽管饱经沧桑、经验无数，充满了自省自责，却仍然无法找到答案，他怎么会抛弃那么温柔热烈地爱着的杰玛，而去追随一个他根本不爱的女人。

在屠格涅夫看来，爱情不存在浪漫主义和批判现实主义文学经典所崇尚的理想境界，理想爱情只是男女两性的一种向往，一种无法最终实现同时又无法放弃的生命追求。小说家选择了对呈现理想爱情的回避与退却，走向了对爱情的唯美处理。回归爱情——在这样一种价值困境与审美选择中，屠格涅夫饱含激情地书写了后爱情生命激情的绽放。

作品里所有的爱情故事都以悲剧结束，但悲剧并没有成为中篇小说的最终结尾。叙事主人公是伴随着爱情的波折成长的，小说中后悲剧的爱情叙事演变成了作者充满激情的抒情自白、情意失落后的精神升华及对爱情绝对价值的真挚咏赞。

阿霞离开德累斯顿后随同兄长去了伦敦，"H.H."始终没有放弃追寻，直到她生死不明、永远消失。有了与阿霞未果的情感经历，"H.H."才懂得了一条伟大的生命哲理："爱情没有明天——它甚至也没有昨天；它既不记忆过去，也不去想将来，它只有现在——而且这并不是一天——只是短短的一瞬。"叙事人没有沉浸在曾经失落的爱情的怨恨中，他说，"阿霞始终是我一生中最好的时期里所认识的那个少女……我认识了别的一些女人，但是在我的心里被阿霞所唤起的那种感情，那种热烈的，温柔的，深沉的感情，我再也不能感到了。……我命中注定做没有家室的流浪者，在孤独的生活里度过沉闷的岁月，然而我向保存神圣的纪念品似地保存着她那些短简，那支枯了的天竺花……一枝无足轻重的小草的淡淡的气息却比一个人所有的欢乐，所有的哀愁存在得更长久——甚至比人本身还要存在得更长久呢"。对他来说，爱情是一个美丽、生命和创造的概念，它所释放的生殖力与创造力是超越历史的。

《初恋》中少年沃罗佳的父亲早早地去世，齐娜伊达在成了多莉斯基夫人不久也难产而死。在对无忧无虑的青春的回忆中,叙事人越来越隐含着一种讽刺和苦涩,随后又被另一种回忆——临近死亡的恐惧所终止。然而,他仍然把那场初恋当作生命中最有价值、绝无仅有的美妙情感。"当黄昏的阴影已经开始笼罩到我的生命上来的时候,我还剩下什么比一瞬间消逝的春朝雷雨的回忆更新鲜,更可宝贵的呢?"昔日遐想的爱情成了他今日生命的希望和温暖。更何况,有了对齐娜伊达单相思的初恋,少年沃罗佳才有了对生命更真切的理解和感悟,"啊,青春,青春……你什么都不在乎,你仿佛拥有宇宙间一切的宝藏……也许你的魅力的整个秘密,并不在于你能够做任何事情,而在于你能够想你做得到任何事情——正在于你浪费尽了你自己不知道怎样用到别处去的力量。"

杰玛与萨宁也没能成为夫妻。30 年后,在一个隆冬季节,白发苍苍而又孤苦无依的萨宁离开了彼得堡出国寻找德国姑娘杰玛的踪迹。这时杰玛已远走纽约,萨宁在给她的信中讲述了至今没有家室、没有乐趣的孤苦无依的生活,恳请得到她的原谅和宽恕,因为他不想把内疚带进坟墓。以杰玛署名的斯洛克姆太太不仅表示了理解、宽容,还表示了感谢,因为他的出现才阻止了成为奸商克吕贝尔妻子的厄运,才有了如今幸福的生活。萨宁将珍藏着的爱情信物——一个放在八角盒里的小小的石榴石十字架,镶在了一个华贵的珍珠项链里,作为礼物送给了杰玛待嫁的女儿。在仍保留着爱的两人的心灵中,"所有最卑微的背叛、最无耻的忘却、最出人预料的转变,尽管曾生成嫉恨的浓烟或僵冻的冰雪,但最终擦出了智慧之光,磨出了暖人的温热"。因为有过对杰玛的忘却、背叛,萨宁才有了深深的人生自省、对爱情新的认知、对生命的万般珍惜。

屠格涅夫独特的爱情审美言说是他对青春记忆的创造性再造,他将爱情往事变成了爱情审美的源泉,将一桩桩未果的爱情变成了叙事人心灵中永恒而又神圣的精神财富,赋予了爱情命题神话诗学的品位。只此一念,他的小说也成了永恒。屠格涅夫的爱情书写,是在传统与现代两个不同文化维度的参照中展开的。他的价值立场不是单面,而是多维和立体的,充满矛盾和辩证的。甚至小说中的含混和暧昧都是其丰富性的必要因素,正是这种复杂多向的价值向度,生成了其原始而又蓬勃、丰富而感性的美学价值。可以说,屠格涅夫的爱情小说在一定意义上切中了现代人爱情的"启蒙"命脉,男人女人都遭遇过爱情,但是对爱情本质的认知恐怕还远远不是如此深刻、高尚的,在这个意义上屠格涅夫的爱情"启蒙"并没有失效。

（本文原载《屠格涅夫自传体小说〈阿霞〉〈春潮〉〈初恋〉导读》,张建华著,人民文学出版社 2019 年版）

家庭、青春、代际鸿沟

——屠格涅夫长篇小说《父与子》的三个维度

对屠格涅夫长篇小说《父与子》的理解和阐释，无论是俄罗斯的批评界，还是我国的研究者，一直未能摆脱单一社会历史学审视的既有路数，没有走出"平民知识分子'新人'与自由主义贵族'旧人'的思想冲突和斗争"阐释的话语躯壳。倘若回到文学是"人的文学"的批评原点，贴近原本被研究者有意无意疏远的人物的生活、情感，深入小说的情节、结构，走进作品中血肉丰满的细节，我们就会发现，这部作品拥有远比阶级的思想冲突和斗争更为广阔、丰沛的审美意蕴。"家庭、青春、代际鸿沟"就是长篇小说中十分重要的三个维度。

一

屠格涅夫在他的长篇小说中大都会设定一个相对独立，不无封闭的空间，在《父与子》中，这个空间就是家庭。家庭生活画面始于小说，也终于小说。它维系着几代人的生活，为人物的生命活动提供了具体、真切的场所，还规定着人物的人生细节和生命走向，充满了秩序感、稳定感以及代际关系的整体图式。

小说叙事从尼古拉·基尔萨诺夫在省城客栈迎接大学毕业回家的儿子阿尔卡季开始。父子一年别离后的相互思念，父亲五个小时的等候，父亲见到儿子后充满怜爱、激动不已的心境，父子之情的一个个动人画面跃然纸上。此后，作家用了几乎十章的篇幅，仔细、真切地叙述了基尔萨诺夫一家人，特别是父辈两兄弟——尼古拉与兄长巴维尔琐碎、杂沓的日常生活，他们的人生往昔与今日生活,呈现在读者面前的是一个规矩、考究的"英式"俄罗斯贵族家庭的生活视域。此间,随阿尔卡季前来基尔萨诺夫家做客的巴扎罗夫的到来突然搅乱了这一家庭的稳定与安宁,家庭内部暴露出了缝隙和断裂,家庭成员代际的鸿沟得以展现。小说的重心逐渐由对家庭生活的描述进入具体人生的展现,从感性、实体化的家庭生活描叙转入两代人对话、龃龉、冲突的书写。随后,巴扎罗夫带着好友阿尔卡季回到他自己的家乡,探望已有三年未见的父母亲,家庭叙事开拓出另一个偏远、落后乡野的家庭空间:安静、和暖、亲切的平民之家,一种传统、静态,未被时代文化浸淫的田园视景。又是巴扎罗夫,这个家庭中的"他者",打破了两位激动不安的老人家宁静的生活,暴露出平民家庭中隐性的"父与子"裂痕。其间,穿插着巴扎罗夫与阿尔卡季往来于两个家庭、朋友或社交场合中的生活遭际,但场景的变化最终没有改变他们各自最终回家的生活之路。外省贵族庄园的氛围,农家庭院的意境,俄罗斯不同社会阶层家庭生活的画面成为小说书写的重心,各种人物的生活、心理、情感、精神世界也都是在日常家庭生活的视域中展现的。

家庭小说涉及广泛,屠格涅夫尤为关注的是贵族阶层的生存状态和精神困境,他为两个家庭的代表人物和人生故事注入了丰厚的思想容量,使家庭小说沉淀为一种时代的回响。

尼古拉与巴维尔贵族两兄弟都是年逾不惑的俄罗斯贵族翘楚,他们的父亲是参加过1812年反法战争的一位将军。他们有教养,有理性,充满了对其他社会阶层的优越感。无论是善良真诚、谦恭宽厚,却显懦弱平庸的尼古拉,还是优雅时尚、地道英国范的兄长巴维尔,从思想立场到生活方式,从观念精神到行为原则,都是贵族传统的忠实卫士、思想不无僵化的贵族文化原则的奴隶。他们从永恒的贵族道德出发审视生活、人与人之间的关系,认定贵族价值观的牢不可破、不可亵渎。尼古拉在生活上和精神上是个胆小鬼,唯恐发生根本性的变革而导致生活的变化,温和的性格和对儿子的宠爱使他有着一颗迎合时代、向往新思想新秩序、走进子辈的心。而长期在国外生活的经历斩断了巴维尔与祖国、民族的联系,西方的生活现实没有向他提供真正可供依凭的精神力量,穷乡僻壤的外省生活也让他绝望。他所倾心、留恋,却正在逝去的浮华、精致、高雅正是在俄罗斯外省的文化土壤中印证了其艰难的残存。尼古拉所经营的田产家业也在颓丧中：田园荒芜，房屋破旧，墓园荒败，农人偷懒，牲口瘦弱，管家行骗，女人抱怨，男人咒骂……这两个在自我中茫然无措、精神孤独的贵族老一代只能任由自己变成时代的弃儿。"我有一点不明白，似乎我为了不落后于时代做了一切……可是他们却说，我的好时候过去了"①，尼古拉的自我诘问道出了一种精神困境，这个精神困境就是深陷贵族文化"规训"且固守其价值体系，在与新生活、新思想的遭遇中出现的惶惑与挣扎及一种时代和命运双重夹击下的精神溃败。贵族两兄弟身上承载的是屠格涅夫对俄罗斯贵族生命存在的一种批评性反思。

如果把《父与子》放在屠格涅夫整个长篇小说的体系中来审视，我们会发现，《父与子》中有着在其他长篇小说中所没有的婚姻、家庭建构的新方向：一向神圣爱情而质疑婚姻的屠格涅夫表达了他对构建一种合理婚姻、家庭生活的审美体认。

尼古拉与年轻的费涅契卡的情人关系让尼古拉感到羞怯、赧然、惴惴不安，他在儿子面前一直抵抗着内心的慌乱。但是这一对老少恋的男女之情不是粗鄙、邪恶的，而是满怀真挚的，尼古拉说，他与费涅契卡一起生活，"并非是我一时的轻浮和冲动"，费涅契卡也真诚地说，"人世间我只爱尼古拉·彼得罗维奇一人，而且爱他一辈子"。② 两人结成夫妻的圆满结局给人以回归家庭传统的道德感。尼古拉在费涅契卡身上寻找的是前妻玛莉雅的影子，是他复活青春生命的记忆、无限留恋逝去韶光的表征，更是他以爱为底色的人生昭示。巴维尔在与轻佻女子、公爵夫人 P 畸形的爱恋中经受了无穷的痛苦和折磨，给人一种官能式、碎片化的情感征象，而此后长久与他孤独的单身汉相伴的是一种不安定的、令人沮丧的日子。无爱无婚的巴维尔俨然成了一个精神、情感双双受创的受难使徒。漂亮的费涅契卡唤起了他昔日对公爵夫人 P 的情感，激荡着他对爱的向往："还有什么能比爱人而不被人爱更可怕呢？"③他

---

① ［俄］屠格涅夫著，张冰、李毓臻译：《父与子》，中国画报出版社 2016 年版，第 57、204、205、151 页。

② ［俄］屠格涅夫著，张冰、李毓臻译：《父与子》，中国画报出版社 2016 年版，第 57、204、205、151 页。

③ ［俄］屠格涅夫著，张冰、李毓臻译：《父与子》，中国画报出版社 2016 年版，第 57、204、205、151 页。

自我迷失的诸种困境,无疑有情感的原因。夫唱妇随、恩爱有加的巴扎罗夫的父母瓦西里与阿里娜这对老夫妇是宗法俄罗斯婚姻爱情的典范。作者说,"阿里娜……应当生活在两百多年前的莫斯科时代。她笃信上帝,非常敏感,迷信一切可能的预兆……"而老军医"瓦西里笃信上帝丝毫不亚于妻子"①。两个不同阶层家庭生活的和睦、稳定,互为映衬,表现出作家对俄罗斯家庭传统生活方式的一种倾心。小说的结尾,巴扎罗夫迷恋过的安娜·奥金佐娃出嫁了,"虽然不是出于爱情,而是出于信念";两情相悦的青春男女阿尔卡季与安娜的妹妹卡佳终成眷属,还生了个儿子;基尔萨诺夫家里的仆人彼得也娶了个经营菜园的老板的女儿。显然,小说中婚姻、家庭的具体意旨在于凸显"家园"作为人生"归宿"的伦理价值。

屠格涅夫还一次次将视点投向难以割舍的亲情,成功地将这一家庭人伦关系审美化、仪式化了,形成了与以往的贵族沙龙书写截然不同的言说风格。小说中亲情不再是符号,不再仅仅是情感载体,而具有了家庭的本体意味。作家要再现俄罗斯宗法文化的家庭伦理,渲染一种不可摧毁的血缘关系和生命感性的合理性,张扬不可违逆的家庭伦理,强调代际传承的重要性。对亲情的描写和咏赞给小说带来了独有的温馨、亲切感。

除了前面谈及尼古拉迎候儿子阿尔卡季动人的亲切场景外,小说中还有不小的篇幅讲述基尔萨诺夫一家人为阿尔卡季回到玛里伊诺,瓦西里与阿里娜老夫妇为儿子归来大喜过望、激动不安的场景,以及年轻人阿尔卡季、巴扎罗夫离去时家人的难过、揪心、仓皇。听到仆人通报"少爷回来了",尼古拉"几乎从沙发上跳了起来",费涅契卡"两眼放光",巴维尔"欢快、激动,宽厚地笑着,握住归来游子的双手摇动着。绵绵叙语,……一顿晚饭一直吃到午夜之后……尼古拉……开怀畅饮,直喝得两颊通红,他一直在笑,有点像孩子似的又带点神经质地笑着,兴奋的情绪也感染到了仆人身上。"②巴扎罗夫突然归来,瓦西里激动得浑身颤抖,阿里娜"惊叫一声,差点儿摔倒",不顾丈夫的劝

① 〔俄〕屠格涅夫著,张冰、李毓臻译:《父与子》,中国画报出版社2016年版,第57、204、205、151页。

② 〔俄〕屠格涅夫著,张冰、李毓臻译:《父与子》,中国画报出版社2016年版,第174、141—142、225页。

慰,"她没有松开手臂,只是微微抬起她那张湿漉漉满是泪水的皱纹纵横而柔情脉脉的脸,稍稍离开巴扎罗夫,用那双充满幸福而又令人可笑的眼睛看了他一眼便又埋头在儿子的怀里了"①。亲情描写不仅推动着家庭小说情节的发展,同时也在揭示人物精神心理发生的各种变化,及至异样与错位。

二

《父与子》还是一部书写青春的小说。小说塑造了两个刚刚大学毕业,尚未进入社会的热血青年——巴扎罗夫和阿尔卡季,呈现了他们不同的生命形态和各自的青春之路。他们一个彪悍,一个羸弱;一个勇于搏击,试图用"思想蛮力"作为生存的方式,一个向往安稳与秩序,匍匐于生活的机制规则中。小说中一个俊俏的年轻寡妇安娜·奥金佐娃说,"在青春、新鲜的感情中有一种美"②,而巴扎罗夫则用"魅力"一词来表述这样的青春。青春美的魅力在于成长,成长既是对"自我"的认知与寻找,也是在"自我"丧失之后的一种心灵救赎。

我们在巴扎罗夫身上看到了在以往任何一个时代、任何一部作品中所没有看到的生命形态和人生追求。无论是巴扎罗夫自己,还是基尔萨诺夫一家人,都说他是一个"虚无主义者"。假如我们把巴扎罗夫的"虚无主义"看作是一种发展变化的价值观,而不是刻板的经院哲学概念,那么对"虚无主义"的追求也是一种思想和精神追求,因为"虚无主义"者把思想批判当成对抗思想专制的武器,把绝对自由当作自己的存在意志。正因为如此,巴扎罗夫的虚无主义便具有了超越文学的文化意义,正如杜勃罗留波夫所言,其本质意义在于,"世界上没有任何绝对的东西,一切都只具有相对的意义",而年轻的"虚无主义者"摒弃"前人所拥有的各种朦胧的抽象学理论和特征,他们在世界中

---

① [俄]屠格涅夫著,张冰、李毓臻译:《父与子》,中国画报出版社 2016 年版,第 174、141—142、225 页。

② [俄]屠格涅夫著,张冰、李毓臻译:《父与子》,中国画报出版社 2016 年版,第 174、141—142、225 页。

看到的是人,是活生生的人,而不是对一切外在世界的虚幻态度"①。巴扎罗夫不接受任何权威,摒弃一切原则。他否定社会制度、沙皇与上帝,乃至人类文化遗产,否定等级原则,否定贵族对人民的一种虚假的多愁善感,从这个意义上来说,他是一个思想意识上的革命者,尽管他并没有明确的政治纲领。他有对科学的热烈和执着,一心想要献身于医疗事业,为他人服务,改善人们对生活的信念,他满怀社会抱负,坚信只要有了知识和科学实践就能了解和解释自然、社会、人类的疾病和现代社会的弊端,在这个意义上,他又是一个人道主义者。在他的虚无的背后是对社会现实、对人的存在的再发现,为文明进步、社会前进,为人类走向更高层次的自由、幸福提供了可能。所以,青春的巴扎罗夫是屠格涅夫隐藏在内心深处的青春英雄情结的一次集中绽放。

然而,从历史的角度来看,虚无主义在任何时候都是一把双刃剑,因为它只能让青春的生命在无意义的废墟中认知和寻找自我的价值。抛开一切价值评判,一味地叛逆,虚无主义者势必会导致思想迷惘、精神迷失,失去思想和精神的支撑,而靠本能与欲望生活。作为"虚无主义"思想之神,巴扎罗夫拉开了与世俗人生的距离,他没有职业与志业,没有非医学专业大学毕业生之外的生活角色。"虚无"成了他肆意把玩的行为程式和言说方式。在坚固而沉重的社会群落结构中,他完全丧失了回归正常生活轨道的能力。任由青春的火焰与光芒渐趋黯淡,青春中本应旺盛蓬勃的激情和活力在空洞的"思想论争"和充满怀疑、戏谑的人生漂泊中消散。巴扎罗夫时而自喻"飞鱼",说"我已经在非我所属的环境中周旋得太久了。飞鱼可以在空中待上若干时间,接着就应扑通一声落入水中"②。他终究不知他的"水"是什么?又在哪里?他时而又自称是个"需要塞满东西的一只皮箱",全然不顾塞进的是什么,哪怕是一把干草③。他无意于在性格与命运之间,在信仰与行动之间,建立起必然的逻辑关系,进而形成了他浮萍般的无力感与无所归依的疏离感。青春生命的困窘、何去何从的思考是屠格涅夫青春思考的另一个重要视点。

---

① ［俄］屠格涅夫著,张冰、李毓臻译:《父与子》,中国画报出版社 2016 年版,第 174、141—142、225 页。

② ［俄］屠格涅夫著,张冰、李毓臻译:《父与子》,中国画报出版社 2016 年版,第 225、216 页。

③ Кулушев В.*История русской литературы XIX века*.М.Изд.МГУ.1997.С.309.

　　青春的爱情,似乎可以作为我们考察年轻生命品相高下的准则之一,而爱情叙事通向的终点更是青春生命价值的要义所在。在巴扎罗夫看来,"理想主义的爱情……浪漫主义的爱情实在是胡说八道,不可饶恕的愚蠢",但他在现实生活中却是一个"猎取美貌女性的高手"①。在他激情昂扬的社会化言论和锲而不舍的捉拿昆虫、解剖青蛙的活动之外,我们常常会看到他众多非理性的举止行为,在他表情漠然的脸庞后面缠绕着各色说不清的心事、欲望,青春生命的"本我"是与理性无缘的。一听到要去会见一位名叫库克什娜的太太,他立刻就发问:"她漂亮吗?"一见到年轻寡妇安娜·奥金佐娃的"两只好看的肩膀",他就有些魂不守舍,"就热血沸腾","向她投去贪婪的目光",连他自己也发现了"各种各样可耻的念头,仿佛有个魔鬼在戏弄他"②。而到了漂亮姑娘费涅契卡身旁,更是面露"痴相",任由欲望所向披靡地升腾、决堤。居然会在做客的别人家中,不管不顾地挑战男女、家庭的伦理枷锁,向尼古拉·基尔萨诺夫的小情人费涅契卡调情,发起沉默而疯狂的性侵。对于巴扎罗夫来说,青春欲望成为其精神虚无的唯一代偿。这是人生追求与人性欲望之间无法弥合的巨大沟壑所产生的精神困惑与道德沉沦,直至死亡即将成为真实,他才幡然醒悟,坦陈爱与美对"宏伟事业"的全面攻陷。情欲的牵连,情感的起伏,还有作者出于精神和情感取向的爱憎,主宰着他青春生命的跌宕起伏,悲欢离合。纳博科夫说,"在巴扎罗夫的性格中,在他的傲慢、意志力和冷酷思想的暴力背后,有着一股天生的年轻人的热情,巴扎罗夫很难把这种热情与他将要成为的那个虚无主义者所应有的冷酷结合起来……具有普遍性的青春逻辑总是超越高度理性的思想体系——虚无主义逻辑的"③。

　　阿尔卡季是个贵族家庭的乖乖公子,父亲和伯父的生活方式、生活情趣、精神指向构成了他青春生命成长的基点。他起初激情满腔,一度把巴扎罗夫当作精神导师、崇拜偶像,称他为"我有生以来所遇到的最杰出的人中的一

---

　　① [俄]屠格涅夫著,张冰、李毓臻译:《父与子》,中国画报出版社 2016 年版,第 228—229、115 页。

　　② [俄]屠格涅夫著,张冰、李毓臻译:《父与子》,中国画报出版社 2016 年版,第 228—229、115 页。

　　③ [美]纳博科夫,申慧辉、丁俊、金绍禹等译:《文学讲稿》,上海译文出版社 2018 年版,第 88 页。

个"。但随着生活的前行，与形形色色男女的接触，加上他自身的肤浅，经验的局限和对精神本质的疏远，他很快便将化作旺盛思想激情的青春激情熄灭，对情感生活的过分倚重成为他通往灵魂生命的障碍。他一开始莫名地"爱上了安娜·奥金佐娃，默默地陷入苦闷之中"，在感到无力得到安娜之后，很快又在与她的妹妹卡佳的接触、交往中寻找情感的慰藉。对思想信仰、战斗精神的主动疏离，使他讨巧、务实地回归了生活，走向了与安娜妹妹卡佳世俗意义的婚姻，选择了"婚姻之茧"为他最终的人生归宿，曾经仰望精神导师的心灵之眼也从此闭上。巴扎罗夫说，"你从来就不是过我们这种痛苦、艰辛、贫穷的生活的……你们贵族弟兄，除了高尚的驯服和高尚的激昂，不可能达到更高的程度……而我们是要打仗的。是的！我们的尘土能把你的眼睛呛瞎，我们的泥污会弄你一身肮脏……你是个很不错的人，但你毕竟是个软弱的人，自由主义的小少爷……如此而已"①。

显然，屠格涅夫为青春立碑的意义并非单一的。无论是巴扎罗夫式的虚无主义，还是阿尔卡季一度的"求新求异"，都只是他们青春生命求索中的过渡性观念。这些观念只是表象，不可能是目的，一旦寻求到新的信仰和生活价值，他们便会自觉地退出精神观念的舞台。这与其说是精神退化的结果，不如说是对于新的信仰的虚位以待。在作家看来，唯有不忘民族的精神血缘、摆脱世俗生命的缠累，才能真正达到青春生命的高扬！在这个意义上，屠格涅夫塑造的巴扎罗夫与阿尔卡季的青春生命之喻未尝不带有灵魂救赎的意味。

三

以家庭和青春小说为载体的长篇小说《父与子》揭示了人类历史发展进程中一个永恒的命题——代际鸿沟，它成为长篇小说共时性叙事的核心命题。历史总在不断前进，人类对于意义的追寻也永远不会停歇，不同时代的人与时

---

① ［俄］屠格涅夫著，张冰、李毓臻译：《父与子》，中国画报出版社2016年版，第38、68、71、56页。

代的对话方式以及对生命意义的追寻永远不同,这就是人类代际鸿沟与冲突
生成的原因所在。代际既有传承,也有很难消弭的鸿沟,甚至冲突。这种冲突
不仅表现为"父与子"两代人与时代的不同对话,还有他们难以通约的思想与
精神隔膜。"父与子"不只是数十年的时间龄差,那还是亲历与想象的距离,
"生者"与"死者"的距离。

在屠格涅夫的笔下,父辈始终被身份、经验和所选择的角度所遮蔽,他们
生活在历史中,太多亲历的以往使他们无法突破生活经验的限定性。巴维尔
有着多年漂泊西欧的生活经历,"几乎一生都在按照英国的方式生活"①,西欧
的文化礼仪、思想准则、行为规范成为他的人生依凭和精神支柱。即使生活在
俄罗斯玛里伊诺的乡野中,他也只读英文书报,孤绝于现实生活之外。自由主
义贵族的精英身份赋予了他过分的自信、骄傲和盲目。在他思维的最深处,总
有一个声音在不断提醒他:"失去了自己的过去,便失去了一切。"②经验是他
观照并审视时代及他人的出发点,也是他离现实、子辈越来越远的根由所在,
尽管他内心深处意识到"我们表述的话可能有些陈旧,老了"。尼古拉总想
"用某种比记忆更有力的东西,来留住以往那段美好的日子",他常常"陷入那
个产生于雾霭迷梦的往事浪涛中的神话世界"③。庄园主的身份也成了他融
入时代的牵绊。面对不如意的现实和来自子辈的精神压力,他充满了内心的
紧张感和焦虑感。热爱诗歌,喜欢席勒、歌德,阅读普希金,用大提琴演奏舒伯
特——为日常生活所注入的这些浪漫成了他缓释紧张、焦虑的一种手段。在
对时代和生活的认知与子辈发生错位的精神困惑中,他不断抱怨"成了一个
落伍的人,咱们的好时光已经过去"④。他与兄长的不同之处仅仅在于自觉地
想要走近子辈,靠近明亮,他甚至尝试过调和与子辈的关系。然而,与历史和

---

① [俄]屠格涅夫著,张冰、李毓臻译:《父与子》,中国画报出版社 2016 年版,第 38、68、71、
56 页。

② [俄]屠格涅夫著,张冰、李毓臻译:《父与子》,中国画报出版社 2016 年版,第 38、68、71、
56 页。

③ [俄]屠格涅夫著,张冰、李毓臻译:《父与子》,中国画报出版社 2016 年版,第 38、68、71、
56 页。

④ [俄]屠格涅夫著,张冰、李毓臻译:《父与子》,中国画报出版社 2016 年版,第 38、68、71、
56 页。

传统难以割舍的情感纽带使他无法走进子辈,只能始终停留在紧张、焦虑之中。连巴扎罗夫的父亲瓦西里,这个慈善、充满爱的老人也一直生活在往昔中,他喜欢回忆当年军营的生活,讲究"一定之规",爱唱那首《罗伯特》的曲子,那里面有"法则,法则,我们制定法则,是为了愉、愉、愉快快地生活"这样的歌词。他对老伴儿说,儿子翅膀硬了,他像只鹰,想来就飞来,想走就飞走。我和你却如同树洞里的蘑菇。两颗"树洞里的蘑菇"终被现代文明挤到了边缘,只能努力守卫着"树洞",捍卫那回报并不丰厚的父爱的喜悦。

其实,父辈的故事只是一个引子,子辈才是小说代际关系呈现的重点。巴扎罗夫是子辈的优秀代表。尼古拉感叹,"巴扎罗夫聪明,而且博学"。对巴扎罗夫充满敌视的巴维尔也不得不承认,"巴扎罗夫责备我有贵族派头是对的……我们都是旧式的人"①。巴扎罗夫的父亲瓦西里由衷地夸赞年轻的一代,"看着你们,不能不赞赏你们。你们身上凝聚着多少力量,多少风华正茂的青春,多少才干和才华!简直就是卡斯托尔和波吕舍克斯②"!③ 时代前沿的思想文化对巴扎罗夫有着奇特的吸引力,唯物主义成为他认识现实的武器,形成了他用自然科学造福人类的理想和真切务实的行为风格。他具有狂放不羁的意气与豪情,他所拥有的精神魔力感染并影响着像阿尔卡季、希特尼科夫这样的一代青年。屠格涅夫给予了他启蒙者、改革者的角色定位,这是面向未来的年轻一代的代表,以重建精神价值体系为历史使命的精神力量的代表。

巴维尔与巴扎罗夫的论争以及由费涅契卡引发的两人的决斗将代际鸿沟主题提升到了充分自觉的高度,赋予了"父与子"冲突从未有过的激烈性,将读者带进了一个隐喻式的"弑父"境界,不仅为冲突画上了一个句号,还传达出作者对"父与子"命题的批判性反思。两人围绕着个体、社会、信仰、人民、尊严、虚无主义、文明、村社等一系列问题的论战全面展现了两代人截然不同的时代话语、立场观念、思想冲突、人格力量。在这场论战中,屠格涅夫明显站

---

① [俄]屠格涅夫著,张冰、李毓臻译:《父与子》,中国画报出版社 2016 年版,第 206、164、233 页。

② 希腊神话中的孪生英雄。托尔斯泰著,刘辽逸译:《战争与和平》(下),人民文学出版社 2003 年版,第 1230 页。

③ [俄]屠格涅夫著,张冰、李毓臻译:《父与子》,中国画报出版社 2016 年版,第 206、164、233 页。

在了子辈的立场上。他欣赏朝气蓬勃而又充满战斗精神的巴扎罗夫参与"历史清场"的高度热情,肯定他试图立足于实践、造福于社会的革新精神。而巴维尔在论战中的窘迫,在决斗中因小小的大腿擦伤而失去知觉的狼狈,显现了"父辈"思想的苍白、言说的无力、精神的羸弱、人格的猥琐。屠格涅夫饱含深情地写出了充满生命力的子辈的精神胜利和父辈的精神溃败。

然而,如果对那场"喜剧性"的父与子决斗场景深而究之,我们会发现,它还是对巴扎罗夫虚无精神的一种解构。被巴扎罗夫冒犯的小女人费涅契卡,不过是一个面容俏丽、形象模糊的性别符号,在两个为"自身荣誉"决斗的目的表相后面,隐藏着两人难以启齿的玩世不恭,故而在那场以生命为赌注的荒唐争斗中,"父与子"两人扮演的是同样的角色:他们共同自导自演了一场心灵与情感的荒诞剧。小说也由此开启了作家对没有前途的子辈虚无精神的批判性思考。

决斗之后,巴扎罗夫"整理好行装,放掉了所有的青蛙、昆虫和飞鸟",离开了基尔萨诺夫家,回到了父母身边。宏大的历史远去,贵族父辈的思想旗帜落下,在一种相对稳定、固化的宗法社会结构中,主人公精神漂泊无依的无根状态,情感缺失、虚无人生之旅的终结——得到了充分的展示。

小说结尾,读者见不到巴扎罗夫作为代表新生历史力量个体的成长与成熟。他尽管挣脱了传统价值观的束缚,获得了广阔的自由空间,却没有能力建立其自我的主体意识,他没有理想,没有目标,由此导致了主体性退隐与丧失的危机的出现。除了摆弄青蛙、鞭毛虫、各种昆虫,与人们海阔天空地神聊之外,巴扎罗夫别无所事。生存的热情在减退,生活的空虚感在蔓延。"巴扎罗夫很快就不再闭门用功了:他的工作热情消退了,代之而起的是忧伤的苦闷和无言的浮躁。他的所有的动作都显示着一种奇怪的倦态……他在客厅喝茶,与父亲在菜园里漫步,与他一起闷声不响地吸烟……"[①]他说,"只有在打喷嚏的时候他才会仰望星空"。无论在代际之间,还是在历史与个人之间,巴扎罗夫都未能找到有效的关联点。个体行为若没有了真正有效的历史维度建构,

---

① [俄]屠格涅夫著,张冰、李毓臻译:《父与子》,中国画报出版社2016年版,第206、164、233页。

他就不可能有持久的参与历史的热情,也不能有真正富有意义、价值的生命实践。连他自己都承认,"我得以生存的这段时间,对于不曾有我的过去和不将有我的未来的永恒,都是微不足道的"。

巴扎罗夫始终处于一种漠然的情感状态,一种孤独与飘忽的精神状态,无聊烦闷、杂乱无序的生存意念始终主宰着他的人生。他的好友阿尔卡季由枯叶的掉落与蝴蝶的翻飞联想到了死亡与新生的关联,他说,"最悲惨的、死亡的东西同最欢快的、活生生的东西居然相像"。无论出于何种年龄,无论抱有怎样的价值观念,人始终是人,任何人也无法抹掉人类普遍的情感,比如爱情、亲情、友情、怜悯、欢乐。由于这些情感的存在,世界才得以美好,人类才得以繁衍、发展,不同时代、不同思想观念、不同年龄的人们才能得以对话。然而,巴扎罗夫鄙视亲情,不屑友情,他竭力要摆脱充满这类情感的日常生活和这样琐碎的世界。他说,"我发现,亲情在人的心里是非常顽固的","我的父母,整天忙碌,从不为自己的卑微而担忧……然而我……我却只是感到无聊和怨恨"[①]。他从不在意父母亲疼他爱他的真情,也从不关心他们因他的离去而经受的心灵痛苦,他甚至很少与他们讲话。"阿里娜那双凝视巴扎罗夫的眼睛所流露的不单纯是忠诚和温情,它们还表现出某种夹杂着好奇和恐怖的忧伤,某种压抑的责备。"[②]来自血脉关联的父子、母子的挚爱情深与巴扎罗夫的冷漠形成了鲜明的对照。

屠格涅夫最后对巴扎罗夫的"非英雄化"处理分明带有几分嘲弄。一个军医之子,本人又是医学院毕业的医师竟莫名地在一次寻常的小手术中感染。临终前,他希望看到的只是那个曾经爱过的安娜·奥金佐娃,未曾忘记的只是对她的关于爱的表达。自诩为"巨人"的他终于不得不自称为一个"半死的蛆虫"。作家不仅将这个优秀的子辈代表置于情欲的炙烤中,让他无法"崇高",还将他置于屈从命运的偶然性死亡中,让他无法"豪迈"。强烈的落差颠倒了英雄,他似乎与小丑类同,一个英气磅礴、胆识过人的"革命者"竟然毫无价值地消弭在自我形态的虚无中。屠格涅夫以奇诡的偶然性为解释,实在是"巴

① [俄]屠格涅夫著,张冰、李毓臻译:《父与子》,中国画报出版社 2016 年版,第 159、167 页。
② [俄]屠格涅夫著,张冰、李毓臻译:《父与子》,中国画报出版社 2016 年版,第 159、167 页。

扎罗夫现象"的宿命所在。纳博科夫说,"屠格涅夫使他的人物走出了一种自我强加的模式,令其置身于一个充满偶然性的正常世界之中。他让巴扎罗夫死于盲目的命运之手,而非因本性的任何特殊的内在发展。……巴扎罗夫的毁灭有某种妥协的元素,顺应了向命运温柔低头的基本趋势"①。

"代际鸿沟"的恒常性与个体变动不居的人生表现出了长篇小说意义图式的复杂性和矛盾性。一方面它的意义生成于传统思维方式、生活方式、价值观的被质疑,另一方面它的意义还在于对传统秩序、思维方式和生活方式本身合理性的一种认可。解构、传承、建构——形成了作家对处理代际鸿沟的整体认知。屠格涅夫的这一认知是指向未来的,他深深地感觉到,新思想、新理论、新信仰与社会生活大面积重叠的稳定已经成为过去,而社会思想的演进带来了一个严重的后果——生活中许多美好的东西,包括作为家庭伦理核心的爱情、亲情,普适的社会价值体系,正在被各种主义、思想消解。许多重要的变化正在人们身边发生,这一切甚至转变为日常生活中的某种气氛、人的感受和情绪。无论是对历史以往朦胧的归顺,或是对既在传统迷惘中的忤逆、反抗,各种前所未有的新的可能都活跃在社会转型的日常生活之中。但是,概念、思想、理论、主义并不一定就是人类生活中最为深刻的内容,生活所独有的情感和存在性质是绝非任何一种"主义"可以化约的。人绝不能像巴扎罗夫那样,断定家庭生活只是一片毫无价值的沼泽,似乎只有摆脱这个"凡俗的琐碎世界",才能获得对世界一个完整的认知,实现文明的新的进步。

文学史家米尔斯基说,"《父与子》是屠格涅夫长篇小说中社会问题与艺术完美融合的唯一一部。这里没有任何僵硬的新闻痕迹"②。家庭、青春、代际鸿沟——《父与子》中这三个维度中潜藏着屠格涅夫超越社会、时代的人文关怀和伦理悲悯,他透过时代思想的烟云透射的是更为遥远的方向。

(本文原载《中国俄语教学》2019 年第 3 期,第 37—43 页)

---

① [美]纳博科夫著,丁骏、王建开译:《俄罗斯文学讲稿》,上海译文出版社 2018 年版,第88 页。

② [俄]米尔斯基著,刘文飞译:《俄国文学史》(上卷),人民出版社 2013 年版,第 264 页。

史 诗 小 说

——论托尔斯泰的《战争与和平》

  19世纪六七十年代,既是托尔斯泰生命历程中最为美妙、幸福的岁月,也是他的文学创作进入鼎盛的时期。长篇小说《战争与和平》正是在这一时期酝酿、创作和完成的,巨著的诞生是他们夫妻恩爱的象征。谈到文学事业中的这一辉煌成就,托尔斯泰认为,妻子的功劳不可埋没。索菲娅不仅将家务事安排得有条有理,能让丈夫安心创作,她还为丈夫抄写作品,创作期间的众多艺术灵感不少都来自妻子索菲娅,创作成就加深了夫妻之间的爱。

  60年代,俄国农奴制废除后的社会变革使得俄国思想界与文学界不断在思考俄罗斯社会发展的历史进程和未来的民族命运。陀思妥耶夫斯基的《白痴》,冈察洛夫的《悬崖》,谢德林的《一个城市的历史》正是在这一社会文化背景中先后问世的。俄罗斯作家以各种不同的方式在回答时代向俄国社会文化精英提出的这一共同的重大命题。托尔斯泰的思考集中于俄国"挫折与失败的历史时代",这是他1863年创作《十二月革命党人》的初衷,也是他追溯得更为久远的1812年卫国战争的缘由。

  鸿篇巨制《战争与和平》是作家1863—1869年历时七年创作心血的结晶,它由最初对十二月革命党人家庭与命运的构思变成了更为深刻、宏大的关于民族未来与人类社会发展历史的思考。为了搜集关于卫国战争的材料,托尔斯泰于1865年秋天乘坐马车参观了波罗底诺古战场,夜宿在为战时牺牲的英雄们而建的修道院里。他收集资料,实地考察、亲临昔日的战场,勾画《战争与和平》中的战斗场景。在莫斯科,托尔斯泰整天钻在博物馆阅读亚历山大一世时代的书籍和手稿,了解当时改革和共济会运动的材料,收集、研究托尔斯泰家族的档案。文学创作是艰辛的,是痛苦的,人物多舛的命运更让作家感同身受。托尔斯泰 1864 年创作期间拍摄的照片让我们看到了正在孕育一部伟大作品的作家的精神状态:身着宽大的休闲装的作家坐靠在椅子上,消瘦的面庞,略显蓬乱的头发,没有修剪的浓密的胡须,专注、凝重的思绪,深邃、犀利的眼神,无不让人感受到犹如其伟大的文学"宁馨儿"一样的一种浓烈的情感与超拔的理性。

《战争与和平》小说反映了从 1805 年到 20 年代十二月党人起义前的俄国历史,着重描写了 1812 年俄国人民抗击拿破仑的卫国战争的胜利。小说是对此间俄国社会生活领域的全景式的叙写:从战场到后方,从政治改革到上流社会的生活,宫廷内外、朝野上下,从京都到外省的日常生活,人物复杂的情感纠葛,胜利与耻辱,欢乐与悲哀,伟大与卑微交织的民族精神生活图景等都能在小说中得到生动的再现。

长篇小说的命题反映了托尔斯泰对 1812 年俄法战争期间前线战事与后方和平生活的思考,是对人类生存状态最为集中、宏大的概括。战争是违反人类理智与人类天性的罪恶事件,是人类历史中最为深刻、最具悲剧性矛盾的反映。在托尔斯泰看来,人类社会远不是富有人性的和理智的,只要他们被一种非理性的力量左右必然会导致相互间的残杀。但小说题旨中俄文"мир"一词的意义却远非"和平"两字所能概括的,它要广大深刻得多。"мир"兼有"和平"和"世界"的两重意义,它不仅是没有战事的时空所指,而且还包容着作家体察宏观(宇宙与人类)与微观(个体的心灵、情感)两重"世界"的深邃寓意。因此"战争与和平"展现了远非前方战事与后方和平所能概括的宏大时空,熔铸了作家关于个体与人民、英雄与历史、民族与人类命运、生命与信仰、爱与幸福、生命存在与死亡等一系列重大命题的哲学思索。战争是可怕的,但它绝不能制止生活的自然进程。生命与生活是高于一切的,无论是在战争的岁月,还是在和平的日子,"只要有生活,就有幸福"①,"人们真正的生活,及其对健康、疾病、劳动、休息这些切身利益的关心,对思想、科学、诗歌、音乐、爱情、友

---

① 〔俄〕托尔斯泰著,刘辽逸译:《战争与和平(下)》,人民文学出版社 2003 年版,第 1230、464 页。

谊、仇恨、情欲的关心,——依然照常地进行着,不受拿破仑·波拿巴在政治上的亲近或者敌对的影响,不受一切可能的改革的影响"①,这是皮埃尔与过着"真正的生活"的人们融合之后才找到的答案,也是托尔斯泰对生命真谛的理解。安得列公爵在临终前获得的关于博大而永恒的全人类爱的思想,他的关于生命与爱的本源、关于死亡这一未知世界的哲理思索,皮埃尔伯爵久经磨难最后获得的关于人生幸福、自由、信仰的认识,女主人公娜塔莎·罗斯托娃在安得列死后对今世人生与生命彼岸的理解,在与皮埃尔完婚后对女性、家庭生活意义的深刻洞察,小说尾声中,作家对沙皇亚历山大一世、拿破仑是非功过的评述,对天才与时势、必然与偶然的哲学探求……那都是小说中托尔斯泰通过对历史人物与文学人物命运的描述而进行的对人类命运的宏大思考。长篇小说通过对不同人物的生活方式、思维方式、情感方式细腻而又生动的揭示建构了一个又一个或豪伟壮烈、或曲折跌宕、或幽微细腻的微观心灵世界。多种多样的"世界"在小说中交织辉映,构成了一个不可分割的有机整体,成为与战争紧密联系在一起并与之相参照的"宏大",却又"细微"的两重世界。

托尔斯泰说,在这部小说中他最为关心的是"人民的思想"。小说凸显了俄国反拿破仑侵略的卫国战争的正义性和全民性,强调人民群众在民族危亡关头中的历史作用。小说始终贯穿着一个中心思想,那就是人民决定了历史的进程,人民是决定战争胜败的关键。1812 年的战争是俄罗斯民族的灾难,但它作为一个全民参与的卫国之举,更是俄罗斯民族的一场巨大的精神和道德历练,它将优秀的贵族代表与广大的人民群众融为一体,摒弃了前者的阶级偏见和自私恶习,净化了他们的心灵,在反侵略战争中与普通大众融为一体。人民的概念在小说中得到了高度统一:这是集聚在爱国主义旗帜下的俄国军队的广大士兵,为国捐躯的各级军官,自发组织起来的俄罗斯民兵,忧国忧民的贵族和为了战争胜利宁愿牺牲自己财产和个人利益的莫斯科商人……卫国战争期间俄罗斯民族自我意识的高涨正是通过这些具体的人民的个体来表现的,而率领俄国军队打败了法国入侵者的库图佐夫将军则真正体现了人民的

① [俄]托尔斯泰著,刘辽逸译:《战争与和平》(下),人民文学出版社 2003 年版,第 1230、464 页。

意志,实现了人民的思想,弘扬了民族的精神。卫国战争的胜利与其说是他领导的俄国军队的胜利,不如说是俄国人民同仇敌忾、保卫祖国的伟大的民族精神的胜利,"人民思想"的胜利。小说通过申格拉本、奥斯特利茨两次重大战役中俄国军队的胜败,特别是在后一次战役中的失利,使得作为人民一分子的俄罗斯优秀贵族的代表安得列真正感受到了人民力量的壮丽与伟大及个人力量的微薄与渺小,从而激发出对祖国与人民强烈的爱与责任。个人与人民的统一已经成为这位曾经以功名荣耀为追求的贵族公爵最终的人生体悟与追求。与此同时,托尔斯泰没有停留在对俄罗斯人民在战争场景中伟大力量的思考与认识上,他还展现并深化了他的全人类意识:即对历史进程中人类命运的思考。那就是体现在主人公皮埃尔身上的一种在基督的爱的思想引领下的全人类的广泛统一,其中包括对战俘、敌军兵士和将领在内的不同民族间的爱。

　　人民的思想在作家的笔下是与关于自由与必然、个性与时代、意志与理智这些哲学命题联系在一起的。对人类历史发展规律的把握使得托尔斯泰在思考人类生存与发展的时候,始终在关注自由与必然两者的关系,个性的自由意志与其产生的悲剧性后果对历史进程和人类命运的深刻影响。一个伟大个性的意志是充分自由的,在时间的长河中是不断运动变化的,但也受时代制约的。人的理智要求他把任何一种自由意志与时代、历史和因果性的规律联系起来,从而清醒地认识个人与周围现实的复杂关系,即一种历史的必然性。在历史的必然与人的自由意志的关系中,托尔斯泰更强调前者的重要性,而否定在历史进程中个性自由行动的主导作用,因为历史的必然是由人民大众的生命意志决定的。客观地说,托尔斯泰对历史必然性的认识中不无一种宿命论的思想,即历史发展的必然性及其具体的表现形式——民众自发运动的规律是难以预测的,故而他十分强调人对在每一个具体时刻所作的任何一个决定或者行为承担的道德责任。人出于自由意志所实施的这一或那一行动都会成为以往而变成一个历史的事实,它既无法重复,也不可逆转,它可能是将人们团结起来的善良之为,也可能是离间人们的邪恶之举,因此个人应该对自己的每一个行为承担道德责任。

　　长篇小说的理性构架是由血肉丰满的人物托起来的。在这部卷帙浩繁,气势宏大的长篇巨制中出场人物多达 600 多人。他们中间不仅有俄罗斯的沙皇、大臣、俄军统帅及总司令部要员、将军、贵族、官吏、侍从、商人、农民、仆人、马夫,还有法国的拿破仑,及其宫廷官员与军队将军、侍从副官、普通士兵。托尔斯泰为俄国社会的"主人"——贵族与官僚——竖起了一面映照真善美与假丑恶的道德镜子,以警示贵族在道德上的更新。托尔斯泰把俄国贵族分成了两类:聚集在彼得堡的京都贵族与生活在莫斯科与其他地方的外省贵族。前者过着一种远离人民与大自然,徒有形式的、行尸走肉的生活,而后者贴近人民与大自然,过着内涵丰盈、精神高尚的生活。俄国军队的高级军官和贵族上流社会中的多数人大都只专注于为自己牟取尽可能多的利益和快乐,在皇帝行营周围回旋着的阴谋的混水中飞黄腾达,所有的人都在钓取卢布、勋章和官爵,在这种追逐中他们只观察皇帝恩宠的风向标。

　　小说集中描写了四个俄国贵族家庭在战争与和平生活中的变迁,他们是京都贵族代表的库拉金公爵,外省贵族代表博尔孔斯基公爵及别祖霍夫伯爵、罗斯托夫伯爵。在四个贵族家庭成员之间作家安排了一种奇巧的恋爱与婚姻关系。罗斯托夫伯爵的女儿娜塔莎成年后与博尔孔斯基公爵的儿子安德烈·博尔孔斯基公爵热恋并定下婚约,但娜塔莎受到库拉金公爵之子、淫乱的美男子阿纳托里的诱惑,致使婚约被解除;别祖霍夫伯爵的私生子皮埃尔糊里糊涂地与妖艳、放荡的美人库拉金公爵的女儿海伦结婚,后来夫妻关系破裂,海伦在荒唐、无耻的生活中死去;安德烈作战负伤,临终前与娜塔莎尽释前嫌,互道衷肠;在海伦、安得列死后皮埃尔与娜塔莎相爱成婚;罗斯托夫伯爵的儿子尼古拉娶了富有的博尔孔斯基公爵的女儿玛丽雅,成就了一段美好的姻缘。安德烈·博尔孔斯基公爵、皮埃尔·别祖霍夫伯爵和罗斯托夫伯爵家中的女儿娜塔莎是小说着力描写的三个核心人物,正是通过他们这三个青年贵族男女的生活道路,表达了作家对俄国贵族的精神出路和贵族青年历史命运的思考。

　　安德烈出身豪门,英俊倜傥,才华过人。他像父亲一样,具有独立不羁的个性,喜爱思考和分析,善于剖析自己,一生致力于社会问题和人生目的的探索。成年后他渴望功名,追求荣誉,幻想着自己能像拿破仑一样,在战争中一举成名。战争爆发后,作为俄军统帅库图佐夫的副官他不愿待在参谋部,渴望单枪匹马赢得战斗的胜利。当他听说俄国军队退却的时候,以为时机已到,希望苍天助他一臂之力,挽救俄军于危难之中。但当他高举着战旗向敌军冲去时,一颗子弹击中了他的头部,在著名的奥斯特里茨战役中身负重伤。苏醒后他望着崇高无垠的天空,望着无穷的宇宙,想到了为荣誉、声名而生存的人的渺小,无足轻重。与大自然的纯洁、伟大与永恒相比,一切的功名利禄、权力声望是多么地微不足道。经历了这番醒悟,他一度产生过消极遁世的思想,再加上他得知心爱的姑娘娜塔莎受骗,精神几乎崩溃。后来在好朋友的帮助下,在参与彼得堡的国家改革的运动中他才重新振奋起来,在1812年的莫斯科城下的俄法决战中献出了宝贵的生命。在生命的最后几天里,他回顾自己短暂却没有虚度的一生,领悟到为他人、为国家、为爱而生存的人生意义。爱是生命的源泉,爱是力量的源泉,博爱主义成为这个优秀贵族青年的生命信仰,成为他人生最后的归宿。

别祖霍夫伯爵的私生子皮埃尔朴实善良,纯洁真诚,是另一种类型的俄国贵族青年。像大多数贵族青年一样,他有过荒唐,有过虚度,但有一副金子般的心肠,多年的国外教育使他具有鲜明的资产阶级民主主义的思想。正因为如此,在法军紧逼俄国的形势下,他能够看到拿破仑崛起之初进步的历史作用。与安德烈不同,他追求的是一种道德的理想,一种道德纯洁、精神丰富的生活。他信仰过雅各宾派,推崇过拿破仑,醉心过欧洲博爱主义的"共济会",办过慈善事业,搞过农业改革,但一切都以失败而告终。他曾彷徨苦闷,妻子海伦的堕落更使他痛苦不堪。他一度沉湎于酒宴享乐,迷失在肉体与灵魂冲突的十字路口,在痛苦与失望中难以自拔。1812年的战争惊醒了他的"睡梦",他来到波罗底诺战场,想为祖国尽一份绵薄之力。当俄军撤退时,他没有走,企图行刺拿破仑,结束这个"人类公敌"的生命,却被俘虏。在监狱中,他遇见了农民出身的士兵普拉东·卡拉塔耶夫,受到他的消极无为和屈从命运思想的影响,形成了他顺从、博爱的世界观,接受了他的道德上的自我完善和不以暴力抗恶的思想。顺从天命、净化道德、爱一切人成为这位贵族伯爵最高的精神与道德理想。此后他在精神上更加坚强,致力于宣扬博爱精神和批判现实的活动。娶了美丽的娜塔莎后,他对人生的意义与幸福有了更深的体验。

娜塔莎是托尔斯泰笔下最鲜明、迷人的一个贵族少女形象。她接近人民,接近大自然,天真烂漫,周身洋溢着生机蓬勃、纯洁无邪的青春气息,与当时享乐为上、矫揉造作、滥情于男人群体的贵族小姐形成鲜明的对照。她的天真单纯也使她险些受到花花公子库拉金公爵的儿子阿纳托里的勾引,在与安德烈订婚之后,险些与他私奔。安德烈回国后与她解除了婚约,她悲痛欲绝,甚至想服毒自尽。卫国战争的炮声震撼了她的心灵,重新激发了她美好的品质。莫斯科大撤退时,她宁肯冒着生命危险,牺牲自己家中的财产,把车让给伤病员用。当她得知安德烈受伤后,不顾一切地去看他,勇敢地请求他的宽恕,表现出一种毫不矫情的坦诚精神。小说结尾她才与皮埃尔结合,完全沉浸在相夫教子美满幸福的家庭生活之中。这一切无不表明她寻找真正生活的艰难和痛苦。

长篇小说《战争与和平》既是"基于历史事件的风俗画",也是托尔斯泰探索人生、思想和艺术的伟大成果。托尔斯泰将历史上真实的人物、历史事件和虚构人物形象结合在一起,创造出了一种在他看来"打破传统的""史无前例的"崭新的文学样式——史诗小说(роман-эпопея)①。他将历史纪实、编年史、小说等诸多体裁巧妙地融为一体,通过作品复杂的情节结构、繁杂的人物体系、全景式的描述和全知全能的叙事,写出了一个完整的时代和丰富多样的社会生活。史诗性的长篇小说人物众多,场面广阔,气势磅礴,其中既有历史的事实,又有艺术的虚构,既有纵横捭阖的叙写,又有精巧细腻的描述,既有庄严的史诗基调,又有幽深细腻的内心独白。他将冷静的叙述、诗意的抒情、激烈的政论与细腻的人物心理分析结合在一起,生动地表现了千头万绪的生活洪流中一个个错综复杂的人物命运,一个个感人肺腑的故事,塑造了一个个鲜活灵动的人物性格。在这部探索人生、思想的书中,托尔斯泰试图找到人类历史发展的规律,试图寻求人生命的终极意义。因此,读者可以看到在这部小说史诗中描述历史画面的主要篇幅不是历史场景,而是作家对历史、人生的哲学思考,而对人物家庭生活的叙写也不重在家庭的变迁,而是展现个人的精神探索。

文学创作不仅是托尔斯泰的一种生活方式,更是一种强大的生命职责。

---

① С.Капран.*Русскиеписатели XIX века о своих произведениях.* Новая школа. М. 1995. С.160-161.

《战争与和平》是托尔斯泰用来表达对社会、民族、人类思考的手段，是向人们叙说如何生活，如何获得生命价值与意义的讲坛。德国哲学家黑格尔曾经说过，一个民族有一些关注天空的人，这个民族才有希望；一个民族只是关心脚下的事情，那他们是没有未来的。史诗性小说说明托尔斯泰是一个为俄罗斯民族、为全人类托命之人，一个为天地立心、为民众立命之人。

《战争与和平》的发表为托尔斯泰带来了极高的声誉。同时代俄罗斯作家冈察洛夫写信给屠格涅夫说，"他，也就是那个伯爵，真正成了文学的狮王①"，大文豪屠格涅夫称赞说，"不能不承认，从《战争与和平》出现时起，托尔斯泰就占据了所有的和我们的当代作家中的第一把交椅了"。哥伦比亚作家马尔克斯说，"《战争与和平》是人类历史上最伟大的作品"②。

（本文原载《托尔斯泰画传》，张建华、温玉霞著，中央编译出版社 2008 版）

---

① 托尔斯泰的名字"列夫"俄文就是狮子的意思。

② *Русские писатели. Биографический словарь.* В 2 книгах. Книга М－Я. Под редакцией П. А. Николаева. Просвещение. М. 1990. С. 300.

关于俄国社会与两性关系的道德探究

——托尔斯泰中短篇小说论

托尔斯泰宗教思想的深化与其文学创作的进程是一体的。他在《安娜·卡列尼娜》之后的文学创作,不仅题材在拓展,审美观念也在变化。如果说,在《战争与和平》《安娜·卡列尼娜》中作家的艺术理念尚是对生命个体、婚姻家庭诗意化的"美的理想"的追求,那么 70 年代后他置于文学审美第一位的则是"善的理想"。他站在人民大众的立场上提出,艺术的精义在于艺术家的"真诚",在于用一种真诚的爱的信仰来改造社会与人。托尔斯泰学家巴巴耶夫说,"托尔斯泰并非简单地抛弃了美的理念,而是把先前所有的创作理念的位置做了改变。摆在首位的是善,其次是真。至于美,已经被置于最末的位置,把它当作一种无法确定的东西了"①。

促成文学家审美倾向转变的还有客观外在的俄国社会的变化。19 世纪 70 年代末到 80 年代是俄国民意党人②活动非常活跃的时期,恐怖主义成为知识精英反政府斗争的主要形式。1881 年沙皇亚历山大二世被刺后出现的新的社会情状和一系列新的道德命题随着社会黑暗的加剧和新的革命形势的临近而变得更加复杂与突出。作家对文学艺术的功能和作用有了新的理解,他意识到,需要重新寻找和建立文学的另一种品质,文学需要对社会的改革、人精神品格的再造发挥更大的作用。对文学崇高社会使命的追求,对现实主义文学思想性、道德感的看重使得作家的文学创作融进了更强的社会批判意识、

---

① Э. Бабаев. *Очерк эстетики и творчества Л. Н. Толстого.* Изд. МГУ. М. 1981. С. 82.

② 19 世纪 70 年代末创建的俄国激进的民粹派组织,以推翻专制制度、实现立宪民主为其纲领,运用暴力恐怖手段,直至如愿行刺沙皇亚历山大二世。

道德判断与基督教精神。正如他后来在 20 世纪 90 年代撰写的《论艺术》中所说,"艺术不是享受、慰藉或是乐子;艺术是一桩伟大的事业。艺术是将人们的理性意识转换成情感的人类生命的器官。……艺术的任务是巨大的:艺术,真正的艺术,借助于科学靠宗教指引的艺术,应该做的是,让如今靠外在手段——法庭、警察、慈善机构、监督部门等维持的人们和平的共同生活真正变成人自由的和快乐的活动。艺术应该消除暴力","艺术应该做的是,让如今只有社会中优秀的人对他周围的人拥有的那种兄弟般的情谊与爱成为所有人习惯的情感与本能","宗教的,共同的,全人类的艺术的任务在任何时代都只有一个,那就是提供区别善与恶的知识,确立人与人关系的真理与正义"①。他在"关于生命"一文中还指出,人要获得真正的生命必须要在生命的存在中用理性的意识获得重生,而所谓理性的意识就是心灵情感与理性智慧的融合,这才是人获得最高道德精神的手段②。

如果说,80 年代前的托尔斯泰更多关注的是作家的艺术个性,相对较少直露式地表达其好恶与褒贬,那么托尔斯泰主义形成之后的文学家却直抒胸臆,鲜明地表明其思想观点和道德立场,"将文学作品汇聚成一个整体的如同水泥的东西……不是人物与情境的统一,而是作者对写作对象的独特的道德态度的统一。从本质上说,当我们阅读或是观察一个新作者的文学作品的时候,在我们的心灵中产生的主要问题始终是这样的:'是啊,你到底是怎样的一个人? 你与我所知道的所有其他人有什么不同,对于应该如何看待我们的生命你能对我说些怎样的新的观点?'"③从 1877 年开始到 1910 年的三十三年间,托尔斯泰首先是个道德学家、社会思想家、宗教哲学家,其次才是文学家,其道德哲人的角色显然大于文学家的角色,说教——宣传托尔斯泰主义成为他文学创作主要的叙事方式之一。资本主义社会中恶的恣肆,道德的沦丧,爱与美的缺失,造就了悲天悯人的托尔斯泰,使他成为同时代文学世界中最为

---

① Л.Толстой.*Педагогические сочинения.*М.Педагогика.1989.С.443–444.

② *История русской литературы.* В 4 томах. Т.4. Наука. Ленинградское отделение. 1982. С.845.

③ Е.Николаева.*Художественный мир Л. Н. Толстого.* 1880 – 1900 гг. М. Флинта – Наука. 2000.С.130.

独立,也最为孤绝,最具文学性却又不能仅仅被文学艺术成就淹没的绝世大师。他不畏强暴、疾恶如仇,在道德说教中熔铸进人类赤子之心。在对人类精神疾患的深刻洞察与道德是非的慷慨陈词之中更有他的拳拳眷顾、一往情深,字里行间渗透着巨大的人文关怀。作家对取自现实生活,有着生活原型的人与事的叙说充满了"解剖人性"的质疑,"抚慰心灵"的温暖,"普度众生"的慈悲,"静问苍天"的哲思,令读者感慨、思索、顿悟,而这正是其伟大之处,一如宗教,一如信仰。

他的社会批判有了更强的力度,道德追索呈现出更为广阔的内涵。他的叙说有了此前的经典长篇不多见的品格:他老老实实地说故事,明明白白地讲道理,低调、平实而不做作,朴实、浅白而内涵丰沛。以鸿篇巨制享誉文坛的文学大师在创作形式上走向短小、凝练。他高度评价同时代的短篇小说大师契诃夫,简明精练、容量丰厚的中、短篇小说成为他这一时期主要的创作体裁,戏剧作品的问世也昭示着作家艺术探索取得的新的成就。作家从民间口头文学、历史传说、寓言故事、民间格言中发掘数个世纪保存下来的、经过历史验证的道德真理,从民众的生活形态与方式中汲取人类生命力量的重要源泉,把它们看作是诠释宗教福音书的理想形式,视为人们在日常生活中应该遵守的行为准则。这类来自"民间的故事"成为其创作的重要组成部分,

对现存社会制度的否定,对资本主义社会环境在精神上对人的腐蚀、戕害的揭露成为此间作家创作的一个重要命题。激烈的戏剧冲突与深切的人文关怀把剧本《黑暗势力》变成了一场直白的道德控诉。剧作家的笔所披露的农村生活着实残酷。一个懒惰、狭隘,却又对金钱充满渴望的农民尼基塔在人生欲望的旅程中犯下了种种罪行:觊觎主人的财产而与女主人一起图谋不轨,最终毒杀了主人,在情欲的支配下又抛弃了女主人,继而与主人的女儿有染,为了自身的前途未来杀死了可能成为他生活羁绊的婴儿,金钱把他从一个道德深渊推向另一个深渊。其卑下、罪恶的心路表现了资本主义社会中左右人与人关系的金钱对人性的奴役、摧残与异化,对传统宗法农村质朴、闲适、静谧的生活方式的破坏。充满残酷、丑陋的金钱的"黑暗势力"窒息了乡村中自然、质朴的"生命力量",农民与大地、劳动的那种天然亲密的关系正在悲剧性地消亡,源于劳动人民心灵的善的道德源泉正在枯竭。剧本结尾善良、忠厚的父

亲阿基姆对儿子尼基塔的谴责与离去隐含着对主人公暴力行为的审判,这一情节也放大了"黑暗势力"的象征意义:善在恶、美在丑面前的无能与无力,人类的堕落居然发生在最不应该发生的朴实、善良的农民身上。作品显然具有对资本主义发展时期俄国社会道德沦丧的深刻反思:金钱不仅改变了人与人之间的关系,破坏了充满自然亲情的乡村生活,还改变了古老的传统,吞噬了符合自然心性的人文道德,扼杀了民族、人类的未来。以对话为主的剧本并没有更多的理性发掘,但这并不妨碍"黑暗王国"具有某种生活哲学方面的暗示与启示:它表达了作家内心深处的一种道德焦虑,以及试图复归被金钱玷污了的朴实的道德真理的心愿。1896年托尔斯泰的《黑暗的势力》首次在莫斯科公演,受到观众尤其是大学生们的热烈反响。

而俄国官僚社会特定的"罪恶"背景使中篇小说《伊凡·伊里奇之死》先在地具有了一种控诉文学的特质。当上了外省检察长的伊凡·伊里奇之死引发了诸多同僚对他的职位的觊觎,所有前来参加追悼仪式的人除了脸上佯装的哀伤都怀着不可告人的动机,甚至连死者的孀妇所希望的也只是死者生前的好友能够帮助她获得更多的抚恤金。小说中争官要钱的"恶"从普遍的制度收拢到特定的人心,其思想具有了从对俄国社会批判的意向发散到普世道德的方向。如果说金钱这一罪恶之源使《黑暗王国》中的尼基塔踏上了道德的不归之路,那么在《伊凡·伊里奇之死》中同名主人公却在肉体死亡的弥留之际,在他结束围绕着"官位"与"金钱"的辗转人生之际,获得了一种新的生命体验。托尔斯泰在作品中把最后的镜头留给了年轻农民盖拉西姆:他淳朴、善良、快活,不会装腔作势,真诚待人,给了弥留之际痛苦不堪的伊凡无限的温暖、体贴与关怀,让他在人生中第一次真正获得了心灵的轻松与愉悦。伊凡·伊里奇在本阶层外看到了一种陌生而又崭新的人与人的关系,一种没有谎言与冷漠、邪恶与欺骗的精神生活,从而最终消除了对死亡的恐惧。主人公一句没有说完的告别生命的话语"我不想(活,——笔者注)……"表达了他对昔日人生的厌恶与诅咒,对赢得精神新生后的快乐与幸福。盖拉西姆是对伊凡·伊里奇虚妄的个人及其阶层生命存在方式的一种审判,给行将崩溃的、乏爱的世界带来的一线光明与希望。作家期待真善美的复苏,呼唤着人与人真情与亲情的复归。

剧作《教育的果实》明晰地带上了对俄国贵族社会这一生存环境对人精神戕害的道德总结的意义。在彼得堡的上流社会里,有着24000俄亩土地,长相英俊的贵族兹维兹金采夫的家始终是财富、地位的象征。这里天天门庭若市,不仅有以副部长为代表的政府高官、社会名流的造访,关照主人们健康的医生的探视,还有前来购买土地的农民,为主人一家奔波忙碌的家奴。金钱在这里奔流,物质文明在这里汇聚,茶点、美食、玩牌、弹琴、假面舞会成为兹维兹金采夫一家生活的主旋律。然而,尽管贵族一家拥有财富、地位,过着最为体面而又受人尊敬的生活,有着"最好的教养",但在这文明、奢华、体面、多彩的生活背面,人性的堕落与道德的沦丧却在不断增长。沉溺于招魂术的一家之主列昂尼德·费多洛维奇以其巧取豪夺的手段对付前来购地的农民,挑战文明社会基础的正义与诚信,素有洁癖病态的贵夫人因在她看来肮脏不堪的农民的出现而大呼小叫,嚷嚷着要对可能带来的传染病菌进行消毒,不务正业、挥霍钱财的贵族少爷整日与朋友纵情玩乐,贵族千金也潦倒在调情、挥霍的日子中,贵族后代的血脉与身躯里流淌并跃动着的是寄生家族的血液与基因,甚至连家中的男女仆人也学会了调情、放荡、耍奸与偷懒。难怪厨娘要向人们讲述富庶生活的害处:养尊处优的生活,轻松的工作,寄生的方式甚至败坏了普通人。注定要为俄国社会培养精英的贵族家庭居然成了一个用奢华的生活诱惑自己,最终走向道德沦丧的场所。贵族上流社会究竟是文明、教养、智慧的居所,还是造就愚昧与无耻、懒汉与寄生虫的巢穴?

两性、婚姻、家庭以及生命意义,这些人类生存本源性的命题是托尔斯泰文学创作和道德探索中一直贯穿的母题,更是此间作家道德话语的中心。当由爱情、婚姻关系维系的传统家庭不可避免地走向解体,而家庭成员的离散成了一种难以消除的社会忧患,现代文明对现代家庭、人格建构产生了诸多负面影响的时候,这些永恒的,同时又是具有高度现实意义的话题便成了社会转型期最具审美价值和思考深度的景观,同时也准确地击中了俄国"有教养阶层"的精神、道德症结。中篇小说《克莱采奏鸣曲》《魔鬼》《谢尔吉神父》是托尔斯泰在这一题材领域的杰作。作家所讲述的人生故事对于当时的读者来说并不新鲜,但道德家关于两性、家庭、婚姻以及精神救赎的惊世骇俗的理念和拘谨严苛的人生态度却不能不令他们感到震惊。托尔斯泰在小说中涉及的不仅仅有良知、道义、责任这些道德、伦理命题,更有对生命意义思考的宏大的哲理内涵。小说所引起的强烈的社会反响,所赢得的读者巨大的共鸣,使得它们成为19世纪80—90年代俄国社会重要的文化现象。家庭成员中、朋友和熟人间关于是否读过这些小说的提问一时间替代了关于身体、生活与工作的相互寒暄。

托尔斯泰指出,放纵情欲是俄国现代文明的产物,是与新崛起的资产阶级的生活方式伴生的罪恶,这一现象在当时不仅得到俄国上流社会的认可,还得到学者们的科学论证与鼓励。《克莱采奏鸣曲》中的叙事人波兹内舍夫,一位"头发花白的先生"与列车中与众旅客关于爱情、婚姻与两性生活的讨论道出了托尔斯泰创作这一题材的文化背景,隐含着他对纵情声色的俄国贵族上流社会的批判。波兹内舍夫出于情欲与强烈的嫉妒心,在得知妻子与一位音乐家有染后残忍地将她杀死。《魔鬼》中的男主人公伊尔捷涅夫与漂亮性感的村妇斯捷潘尼达的苟合也与爱无缘,只与欲有关:在与心爱的贵族女子丽莎婚后仍然无法克制对有夫之妇的她的强烈情欲而自戕。《谢尔吉神父》中身披袈裟的同名主人公二十余年修行织造的道德防线终究不敌未泯的情欲,终与商人22岁的女儿发生了罪恶的一幕。情色"魔鬼"是强大的,它静悄悄地蛰伏在人们的心底,煽动着人们强烈的感官欲望,诱惑着丧失理性的人们,于是,女人与男人仅仅成了激发生命激情的造物,发泄生理欲火的工具,情欲成为俄国现代社会的一大邪恶。

然而,三部小说绝非寻常意义的性爱传奇,小说强烈震撼读者的也不是人物独特的命运、遭际,作家无意对两性生活及其婚姻、家庭、人生题材作一般社会意义的书写,作品的故事内涵显然远远超出了社会历史批判的局限,而具有深广的文化道德意义。人物的情爱故事被托尔斯泰视作两性生命行为的道德"垭口"及道德说事的契机与口实。情欲既是人类两性关系的源起,也是破坏爱情、婚姻、家庭关系的首恶。文学家所要探讨的是具有普世性意义的两性、婚姻、家庭的伦理,所要表现的是没有休止的人的灵与肉之间冲突的苦难,人性中真假、善恶、美丑对立及不可调和的永恒的生死搏斗,所要寻求的是从生命的压抑与苦难中滋生的道德认知。三部小说显然渗透了作家以往的生存经验及关于生命意义的道德思考,同时也携带着他对生活现实所包孕的、不乏"现代意味"的沉重与忧虑,托尔斯泰把这一生存经验与生命思考演化为一种对人类的精神警示与道德垂戒。托尔斯泰以其独有的宗教道德伦理质疑传统的"爱情"与"婚姻",并强烈谴责隐藏在背后的充满欲望与骚动的人类的动物性本能,发出了拯救家庭、婚姻、人类自身的强烈的理性主义呼唤。

正因为如此,小说中的主人公都绝非精神堕落、道德卑下的丑类,相反,他们不仅都是生理健康、心理正常的男人,富有教养的贵族,而且一个个还都是智性甚高的"思者"。他们的天性甚至不无怯懦,对自己思想或行为上的不洁有着巨大的羞耻感和强烈的道德自省、自救意识。《克莱采奏鸣曲》中的波兹内舍夫是一个外省县城的首席贵族,是一所大学的副博士,始终在思索着关于两性、爱情、婚姻、妇女教育与解放等重大社会命题的答案。《魔鬼》中的伊尔捷涅夫是一个深受同学们敬重和下人们爱戴、尊重的贵族地主,是一个宁肯相信妻子贞洁、忠诚的丈夫。《谢尔吉神父》的主人公出家前是品格高尚、行为端正,堪称上流社会道德表率的贵族公爵斯捷潘·卡萨茨基,出家后成了一名施爱于人间、闻名遐迩的谢尔吉神父。俄罗斯民间的一句谚语说得好,"倘若奶油不好,更何言牛奶",这正是托尔斯泰选择有着坚硬的道德质地的贵族精英说事的缘由。

作家在他 1889 年 8 月 16 日写的日记中说:"我在思考《克莱采奏鸣曲》。淫夫(淫妇也同样)不是一种骂人的话,而是一种状态,一种不安、好奇和渴望新奇,想不是从一个,而是多个女人的交往中获得快乐满足的状态。如同一个醉鬼,他当然可以克制自己,但是醉鬼毕竟是醉鬼,淫夫毕竟是淫夫,只要一放松对自己的克制,就会堕落。我就是一个淫夫。"①我们从托尔斯泰关于"淫"的理念和自审、自省的表白中可以看到,性的存在方式就是人的存在方式,它无法与人的生命存在和人的命运相脱离。在托尔斯泰看来,沉溺于性的人的生活是卑鄙的,男女源于情欲、丧失道德理性的结合,即使是一桩在教堂缔结的婚姻,本质上也是淫荡的,只能是一种合法的肉体"出卖"。《克莱采奏鸣曲》与《魔鬼》的题头词中说,"凡是看见女人就动淫念的,这人心里就已经同她犯奸淫了""若是你的右眼诱惑你,就剜出来丢掉,宁可失去身体中的一部

---

① Т.Касаткина.*Философия пола и проблема женской эмансипации в Крейцеровой сонате Л. Толстого* //Вопросы литературы.2001.No.7-8.C.209.

分,也不能让整个身子下到地狱里。若是你的右手诱惑你,那你就砍下来扔掉,宁可失去身体中的一个部分,也不能让整个身子下到地狱里"①。托尔斯泰由此作出结论,他说,真正道德高尚、精神自由的人——只能是一个永远保持肉体与精神童贞的人。两个保持着童贞的女人与男人一旦结为夫妇就能成为完整的一个人。任何一个已婚者——只是半个人,人类的一个性别而已。人一旦在婚前失足,作为一个独立、自由的人就会变质,他就是一个淫荡的人,一个精神残疾的人,这一过失是无法弥补的。青少年时荒唐无度的波兹内舍夫即使在结了婚之后也无法弥补他的罪恶,正是他使童贞的妻子失去了童贞,把她变成了一个淫荡的女子。伊尔杰涅夫一旦迷上了美丽女人的肉体,便无法自拔,最后只能用自杀———一种告别生命的极端方式来表达他对罪恶人生的厌恶,把自己推上生命的祭坛。托尔斯泰坚持认为,"人类只要存在,就应该有理想,自然,不是兔子、猪的为了更多地繁衍后代的理想,也不是猴子的或者是巴黎人的,为了更美妙地享用性欲快乐的理想,而是通过克制自己的欲望和坚贞来实现的一种善","性爱,不管是以何种方式完成的,都是邪恶,可怕的邪恶,应该与之斗争,而不是像我们这里一样,得到鼓励"②。托尔斯泰关于两性的生命伦理基于对现实社会中两性关系混乱、传统道德伦理体系崩决的一种末日恐惧,这种恐惧导致了伦理学家视角的偏颇,对源于人自然天性的两性之爱的否定。

托尔斯泰是质疑爱情而神圣婚姻的。波兹内舍夫说,"在理论上,爱情是一种理想的、高尚的东西,但实际上爱情却是一种卑劣的、猪狗样的东西,只要一提起或想起它就让人感到卑贱与羞耻"③。他只承认男女间有生理的需要,却否认两性爱的存在,精神的爱与肉体的爱在他的眼中从来就是两种对立的东西。"精神的亲和!理想的一致!若是这样,在一起睡觉有什么必要?"④,"我从来就没有爱过女人。一种强烈的、类似爱的情感我只是13—14岁的时

① 马太福音:《思高圣经》,思高圣经学会1968年版,第27—29页。
② Л.Н.Толстой. *Повести и рассказы*. Международная книга. Париж. 1995. С. 140 – 141. С. 144. С.123. С.149.
③ Л.Н.Толстой. *Повести и рассказы*. Международная книга. Париж. 1995. С. 140 – 141. С. 144. С.123. С.149.
④ Л.Н.Толстой. *Повести и рассказы*. Международная книга. Париж. 1995. С.123.

候感受过。但是我不愿意相信,这就是爱情,因为对象只是一个胖胖的女仆(当然,她的脸蛋儿是很漂亮的),况且 13—15 岁的年龄,那只是男孩思想最为混乱的时期。……我所理解的爱情的理想,是一种对所钟爱的对象的完全的自我牺牲。"①而婚姻之所以必须,是因为它有效地确定了不同性别各自的生理规约,规定了两性关系作为人类繁衍手段的义务。他把种族繁衍视作社会发展与两性生活能达到精神永恒的最终目的,从而排斥了婚姻作为个人享乐手段的谬误。"男女的爱只能是心灵缔结的联盟","家庭的爱——神圣的生存基础。自私的爱,摆脱家庭,摆脱种族繁衍义务的解放——毁灭的开始与缘由。……基督教的理想是对上帝的和亲人的爱,是为了服务于上帝和亲人的自我克制,肉欲的爱情、婚姻是为己的,所以无论如何都是有碍于为上帝和人们服务的,所以从基督教的观点来看——只能是一种堕落,罪孽。"②在这一繁衍中女性沉重的生理负担被他看作是正常的、自然的:男女一旦成为夫妇,就不应该看作是各自独立的个性了,人类不同的性别功能是自然的、上帝赋予的。

由此,托尔斯泰无法容忍任何形式的"个性解放",给他人带来压抑、伤害、痛苦的任何解放在他看来都是不能容忍的,无论是在两性关系上,还是在社会生活领域中。《克莱采奏鸣曲》与《魔鬼》并非提倡妇女的解放,而是主张男人与女人恪守自己的生命职责、履行自身的性别义务,放纵个性则是摧毁生命义务的罪恶动力。因此他说,"女性的解放不能在课堂上,在社会中,只能在卧室里",从这个意义上来说,妇女解放的思想是野蛮的,因为这一思想的本质就是试图让人从性别的自然功能中摆脱出来。即使教育也无济于事,因为"女性的受教育并不能改变一种现实,即依然像先前那样被视作是享乐的工具,是一块甜食……即使解放女人,给她与男人相同的权利,但人们依然会把它们看作是享乐的工具……学校与课堂不可能改变这一切。要改变这一点只有靠男人对女人以及女人对自己观念的改变"③。

---

① Т. Касаткина. Философия пола и проблема женской эмансипации в Крейцеровой сонате Л.Толстого.Вопросы литературы .2001.No7—8.C.211.

② Л.Н.Толстой.*Повести и рассказы.* Международная книга.Париж.1995.C.211.

③ Т. Касаткина. Философия пола и проблема женской эмансипации в Крейцеровой сонате Л.Толстого.Вопросы литературы .2001.No7—8.C.211.

　　两篇小说中主人公的悲剧都表明,对他人和自身的暴力都不能阻止人类因情欲生发的罪恶,对于迷途者所受到的来自内心的道德惩罚,作家给予了温暖的宽恕并表达了一种"上帝般"的仁慈博爱。错误的生活方式导致了主人公们在人生道路中的迷误,但作家让他们在受到强烈的精神震撼后由迷途走向清醒,由"作恶"回归赎罪。在向妻子开枪之后,"我(波兹内舍夫——笔者注)看了一眼孩子,她的(妻子——笔者注)还在淌血的脸,第一次忘记了自己,自己的权利,自己的高傲,第一次在她身上看到了人的存在"①,托尔斯泰说,"任何生理上的放纵都非淫荡。淫荡,真正的淫荡却是在放弃对女人的道德态度上"②。波兹内舍夫最后终于清醒了,而伊尔捷涅夫则满怀着对人欲横流的世俗生活的愤恨与对自己道德状况的绝望离开了人间。

　　谢尔吉神父是三篇小说中最具悲剧性、最具基督精神的主人公,是作者倾心的道德理想主义者。托尔斯泰并没有让谢尔吉神父讲经说法,甚至无意号召世人皈依宗教,而意在通过主人公的二重人格的尖锐矛盾,人性中灵与肉的剧烈冲突,呼唤基督爱的精神在世俗人间的回归。卡萨茨基公爵因美丽的未婚妻坦陈曾是尼古拉一世的情妇而对真、善、美与爱感到绝望,走进了修道院,剃度为修士,后来隐居在山洞里,成了一名为世人造福的伟大的谢尔吉神父。昔日公爵对宗教的皈依与其说是信仰使然,不如说是纯洁、完美信念破灭后对世俗社会的抗议。告别俗世、皈依宗教,对于他而言获得的不只是一种远离尘世的清静与一颗虔诚之心,同时也带来了永无终结的精神磨难和红尘间不能如愿地对幸福的渴望。修士的幸福渴望是多重的,既有原欲的,也有功名与荣耀的。谢尔吉神父不是一个伪君子,他亦曾"坐怀不乱"、坚贞自守,拒绝过美丽、轻浮女子的诱惑,并让她最终告别罪恶,走进修道院。在修道院中,谢尔吉神父与女性诱惑的长时间的斗争伴随着一种精神上的沉睡和以外部生活取代内心生活的迷茫状态,一种神圣性的虚荣心的增长消除了一直压抑着他的精神与肉体需求。然而,在宗教戒律与自然人性的双重压抑和作用下,欲望只能被压抑,不能被消灭。满以为彻底战胜了自身"邪恶"的谢尔吉神父仍然时有

---

① Л.Н.Толстой.Повести и рассказы.Международная книга.Париж.1995.С.195.

② Л.Н.Толстой.Повести и рассказы.Международная книга.Париж.1995.С.124.

虚荣心和本能的欲望抬头,而且最终还是屈从了情欲,这从另一个方面证明了托尔斯泰认定的修道院生活对人改恶从善的无能。谢尔吉神父的诚实之处,是他在黑暗的精神深渊中受尽煎熬后,最后亲手打碎了宗教偶像,回归了俗界。他不愿像原先那样去自欺欺人,而要用一种普世性的基督爱的精神拯救自己的灵魂与世界。他终于认识到以上帝的名义生活与为上帝生活的两种理念之间的巨大鸿沟。谢尔吉神父最终在修道院外,在断绝与本阶级生活联系的平民化的生活中意识到了基督学说关于生命意义的真谛。他踏着一个贫苦的世俗女性的足迹,甘当上帝的奴仆,在基督的爱的精神指引下,在西伯利亚的流放生活中继续苦难的世俗人生,施爱于人间,成了一个真正的托尔斯泰式的基督徒。

人生性是软弱的,人心中难能竖起一根足以彻底摒弃诱惑、克制自我的道德标尺,更遑论用它来判断自我生命行为中的善善恶恶,正因为如此,道德家和文学家的托尔斯泰才发出"先知般"的警示:人要进行不断的道德自我完善,只有这样现代人才能为自己道德立标,用在心中牢牢竖起的那根永恒的道德标杆称量自己生命的重负。托尔斯泰在违背人类生存道德行为的思索中,走向了生命伦理的纵深,探讨着人类生命的现实意义和终极目的,用一种全人类的道德价值来取代被认为合理的,并得以精心维护的人类自私、本能的道德偏见。尽管托尔斯泰的道德伦理观是不无矛盾,甚至不无偏激的,但在社会形式急剧变化、信仰逐渐丧失、传统观念瓦解的时候,这样的重申与再思对于一个文明社会来说是必然的,对于生活在这一社会中的人来说也是十分重要的。应该说,在嘈杂、粗俗、充斥着各种诱惑的现代社会中,托尔斯泰追求生命价值和理想道德的情感取向是值得肯定的。《克莱采奏鸣曲》发表后引发了长时间的争论,此后俄国社会中一度出现的禁欲主义思潮,也从另一个侧面反映了托尔斯泰文学创作的道德意义的重大、影响的深远。

谁都不会否认,剧作《黑暗势力》《教育的果实》,中篇小说《伊凡·伊里奇之死》《克莱采奏鸣曲》《魔鬼》《谢尔吉神父》都远未达到得以跻身像《战争与和平》《安娜·卡列尼娜》这样的经典之列的资格。在这些作品中,托尔斯泰的写作有着明显的观念先行的味道,它们多少呈现出民间故事的传统格局,很像一个个托付某种理念的封闭的"寓言故事"。所有人物都有不无悲剧性的归宿,都开启一种相对明确的道德指向。但作品以不同方式呈现出的明显的说教化倾向并不影响作家塑造出富于感染力的、血肉丰满的人物。当事人（很可能是作家本人）亲历的或作家全知全能的叙述为读者提供了一个个具体、细腻、真切,有着来龙去脉的事件链,舒缓、沉稳的叙事语调将人物心理一层层地渐次展现在读者面前。道德学家的托尔斯泰毕竟是一个文学家,即使"理念是先行的"、"命题是先在的",但具象化、细节化、情感化的结果仍然使小说具有了极强的艺术性。

（本文原载《托尔斯泰画传》,张建华、温玉霞著,中央编译出版社2008年版）

"复活"

——对迷途灵魂的超度

19世纪80年代,充满基督精神的托尔斯泰已度过了人生的知天命之年,其激情的大半生,如秋霞之绚烂,而此后返璞归真的生命,若落叶之静美。他粗食布衣,节俭自律,淡泊自守。他护草种花,勤于耕作,还彻底放弃了打猎、戒除了烟酒。他以严峻、沉着的理性注视着人性之恶的一切,以从不懈怠的坚韧启迪着世间的懵懂、茫然,守望着人类美好的精神家园。他严于律己,帮助他人,从身边的邻人做起,事无巨细,用他基督的爱的精神照拂于人间。

"农民伯爵"愈发厌恶贵族的生活,更加简朴和节俭,甚至不顾家人的心境与情感,以农民的方式生活、言说、行事。他身着农民的粗布衣衫四处做客,拜访上流社会的熟人,寻找新的感觉。其农民化的装束,随便、无所顾忌的举止让妻子索菲娅感到难堪和无法忍受。他拒绝按照传统贵族的教育方式培养孩子,夫妻俩常常为孩子的教育问题发生口角。他在庄园召开大会,向民众讲述酗酒的害处,劝说农民戒烟戒酒,放弃不良的生活习惯。他倡导克制情欲、洁身自好与自然简朴的生活方式。他像先前一样慷慨好施,把钱财送给每一个在途中遇见的穷人或是乞丐,即使他们用来换酒喝。在他看来,施舍的目的与其说是在于帮助他人,更重要的是培养施舍者的一种善良、美好的道德情感。崇尚诚实、质朴,倡导自食其力生活的托尔斯泰随时准备为人们尽力,他也在这些行动中得到无比的快乐与欣慰。有一次,站在车站月台上身着布衣的托尔斯泰被一位贵族太太当作了农民,后者让他把一张便条送给去了小吃部的她的丈夫。托尔斯泰送完条子后,太太给了他十五戈比以示感谢。一分钟后,她听见路人叫他伯爵,才得知这位被误当作农民的人原来是托尔斯泰伯爵,她惊慌、羞愧地道歉,并要求把那十五戈比还给她,托尔斯泰只是笑了笑说:"不,不,那是我自己挣来的钱。"

从 1881 年起,托尔斯泰经常往返于莫斯科与"雅斯纳亚·波里亚纳"庄园之间。每年冬天,他都会与家人一起在莫斯科,在位于哈莫夫尼基街上的家里住。但他不能在莫斯科久留,因为无法容忍都市生活的奢侈与懒散、空虚和忙乱。他时而离家,时而回返。1883 年,全家搬到莫斯科之后,他却留在了庄园。他既希望按照自己的方式生活,又不能因对新信念的热情追逐而长时间与家人离别,何况还有对妻子的爱、对家庭的责任感。他不能抛弃家庭、妻子、孩子,家庭如同他的肉体一样无法分离,抛弃家庭如同犯罪,因为这既违背他所宣传的道德伦理,也不符合他对和谐、完美的追求。

1882 年,将财产视为"一切罪恶根源"的贵族伯爵决定放弃他的财产,准备把它们分给家庭里的每一个成员。索菲娅为了家庭和儿女的前途考虑,不得不强烈反对丈夫分掉财产的决定。尽管她对托尔斯泰的想法和做法产生了极大的恐惧和厌恶,但已无力影响他。1891 年,托尔斯泰对他的财产做了彻底的分配。大儿子谢尔盖在托尔斯泰放弃对自己财产的个人权利后,顺应母亲的愿望,承担起管理家庭田产的事宜,同时在地方自治会任职。托尔斯泰把雅斯纳亚·波里亚纳庄园给了索菲娅和最小的儿子伊万。1895 年伊万死后,属于他的那部分转让给了他的哥哥,但仍由索菲娅管理。在俄罗斯中部地区的产业分给了几个较大的子女,萨马拉产业的绝大部分留给了尚年幼的子女:米哈伊尔、安德烈和亚历山德拉。二儿子伊里亚遵循父亲的教导,过起了极为简朴的生活。二女儿玛莎拒绝接受任何财产,母亲索菲娅就替她管理应得的那份,直到 1897 年结婚后才从母亲手里接过管理权,1906 年她死后,转给了她的丈夫。

与此同时,托尔斯泰向外界公开宣布,放弃 1881 年之后所有创作的著作权和任何稿酬,要把他所创造的文学财富统统贡献给社会和人类。他的作品可以未经他的许可在俄国或国外出版,改编成剧本在舞台上演,妻子只能享有和别人同样的权利。为此,夫妻就放弃著作权一事发生激烈争吵。索菲娅指责他沽名钓誉,贪图虚荣,不尊重她的人格,而托尔斯泰指责妻子贪图钱财,认为金钱使妻子变得世俗、贪婪,说她用金钱惯坏了孩子。儿女们也一度反对父亲的做法。托尔斯泰因此与家庭的冲突、摩擦变得尖锐起来。索菲娅不得不采取相应的对策来回应他的这种态度。她很快成为他著作的出版人,忙着与出版商商量关于他著作的出版事宜。

1883年,托尔斯泰在莫斯科认识了在托尔斯泰晚年生活中起着重要作用的一个人——弗拉基米尔·格里戈里耶维奇·契尔特科夫。契尔特科夫出身宫廷贵族,父亲是个在朝廷中颇有影响的将军。父亲早早去世后,这个家庭的独生子深受寡妇母亲的宠爱。契尔特科夫个性很强,性格开朗、多才多艺、精明能干,与出版界长期保持着密切的联系。他不仅经历过像托尔斯泰一样的精神危机,也与他有着同样的对社会、人生的理解与看法。他辞去了公职与美好的前程,来到自家的庄园,像托尔斯泰早年短篇小说中的主人公聂赫留朵夫一样,为农民做事、谋福。他也像托尔斯泰一样,为自家拥有的庄园家产而深感不安,认为这是对忍饥挨饿、生活艰难的农民的一种掠夺。他赞成托尔斯泰"不以暴力抗恶"的道德原则,把清贫、纯洁和谦卑视作人应该崇尚的理性的生活方式。他诅咒战争、暴力和惩罚,不相信与此背道而驰的政府。在托尔斯泰遭到政府和教会批评、谴责时,契尔特科夫会全力鼓励、支持他,坚定地站在他的一边。"与我相处时,他唯我是听,令人吃惊",托尔斯泰在日记中这样评价他刚刚结识的朋友。认识不久,他便成了托尔斯泰家的常客,两人的友谊一直延续到托尔斯泰去世。契尔特科夫成了托尔斯泰晚年的精神挚友,托尔斯泰主义忠实的传播者,其频繁的社会公益活动的见证者和支持者,他的各种著作在国内外出版的强有力的组织者和推动者。

1884年底,托尔斯泰认识了托尔斯泰主义的信奉者,托尔斯泰的传记作者之一比留科夫,一个因为反对战争而离开了海军的沙皇军官。托尔斯泰与他,以及身边的工作人员契尔特科夫、戈尔布诺夫等人一起于1885年共同创办了"媒介"出版公司。该公司不以赚钱、营利为目的,而旨在以朴实、通俗、简短、廉价的形式向人们,特别是普通劳动者提供启蒙思想、丰富情感的优秀作品。著名作家列斯科夫、加尔申、谢苗诺夫、普鲁加文、斯特拉霍夫都是这一出版公司的撰稿人。当时书报检查制度相当严厉,契尔特科夫专门负责与检察机关打交道,并负责向文人约稿,比留科夫负责公司的日常经营,在他被流放之后,公司由戈尔布诺夫负责。托尔斯泰积极向公司提供稿件,介绍客户,全力支持"媒介"出版公司的工作,使年销售的小型优秀出版物就达到了300—400万册。托尔斯泰为宣传、出版、普及优秀的文学作品作出了巨大的贡献。

1889年,托尔斯泰激烈反对一年一度在莫斯科大学举办的"纵情酒神"的塔季亚娜节①,以《1月12日的教育节日》为题,发表文章对酗酒行为进行谴责,此后又多次刊文猛烈抨击社会上大吃大喝的现象,谴责抽烟酗酒、纵欲放荡的不良行为。他坚持教育为重,张扬严于律己、不苛求他人的美德,宣传从身旁的邻人做起,普施爱的情感于社会和他人。托尔斯泰尊重成年子女的信仰选择与行为自由,并不以自己的好恶与道德律令约束他们。

伟人的文学创作、睿智的思想和不凡的行为吸引了众多的社会名流,无论是他的莫斯科居所,还是"雅斯纳亚·波里亚纳"庄园,它们几乎都成了托尔斯泰与文学家、艺术家、演员、科学家们聚会的场所。托尔斯泰走到哪里,哪里便成为人们崇敬与向往的地方。

杰出的巡回派②画家列宾在他的家中为托尔斯泰画下了他创作的第一幅肖像《1887年的托尔斯泰》。托尔斯泰的好朋友,他著作的英文译者、英国人艾尔默·莫德说,画像中的托尔斯泰"像一个《旧约全书》里面的先知",那气定神闲的目光、面容充满了预言家的深邃与睿智。此后列宾成了托尔斯泰家的常客,成为伟大作家最优秀的肖像画家之一。画家一次又一次地为托尔斯泰画像,同时,还在为托尔斯泰的作品绘制一幅又一幅的插图。《列·尼·托尔斯泰在耕耘》《托尔斯泰在创作中》《赤足的托尔斯泰》等一系列名画成为托尔斯泰19世纪八九十年代生命活动的绝妙见证,为诠释伟大天才人生的多重角色留下了一个个鲜明、生动的艺术形象:思想家、文学家、土地的耕耘者、生命的求索者……

1886年之后,音乐家鲁宾斯坦也成了托尔斯泰家的座上宾。1885年评论家尼·雅·丹尼列夫斯基到"雅斯纳亚·波里亚纳"庄园看望托尔斯泰。

---

① 为纪念莫斯科大学于1755年建校而设,每年的旧历1月12日,学校师生晚上都会在"爱尔米塔日"餐厅举行隆重的大型酒会。

② "巡回展览画派"1870年创立,俄国批判现实主义美术流派的杰出代表人物有克拉姆斯柯依、列宾、苏里科夫等。

1887年著名俄罗斯作家尼古拉·谢苗诺维奇·列斯科夫到庄园拜访托尔斯泰，英国作家乔治·凯南从西伯利亚回国途中专程到庄园拜访过托尔斯泰。法籍俄罗斯画家尼古拉·尼古拉维奇·盖常常来到他莫斯科的家中为托尔斯泰一家画像，为索菲娅画了多幅油画。尼古拉·盖的《什么是真理》《最后的晚餐》《耶稣殉难图》是托尔斯泰最喜欢的油画。尼古拉·盖的坦率、热情和真诚，不满足于现实生活，对生命意义的思考和探索与托尔斯泰有着众多的共鸣。托尔斯泰非常喜欢他，即使在写作时都随时允许尼古拉·盖走进他的创作室为他画像。1889年，托尔斯泰请求尼古拉·盖为他的《福音书》插图。在莫斯科的托尔斯泰家中画家还专门为他写作和补鞋时的情景画了油画。托尔斯泰曾与他一起，从莫斯科步行到"雅斯纳亚·波里亚纳"庄园，两人间的友谊一直持续到尼古拉·盖1894年去世。著名的雕刻家金茨堡为托尔斯泰雕像，简·斯特卡也为他画了《去见上帝的途中》的肖像。

托尔斯泰80—90年代的众多生活照记录了他的家庭生活、文学创作和社会活动的真实状况。托尔斯泰徒步从莫斯科到"雅斯纳亚·波里亚纳"庄园途中的照片不无象征意义：他身着厚厚的长袍，身背布袋，手杖木棒，十足一副俄罗斯民间圣愚①的形象。1892年，摄影师舍列尔和纳布戈利茨在莫斯科为托尔斯泰拍下的照片真实地记录了托尔斯泰准备奔赴灾区、探访灾民前的心理状貌。宽大的乡村布衣满是皱褶，右手插在束腰的皮带中，面带倦容，紧锁眉头，灰白胡须显得杂乱，忧心忡忡的目光和严肃的神情表达了他为民忧思的深情。四年后，两位摄影师在莫斯科拍摄的照片又展现了作家别样的风采。托尔斯泰双手食指自然交叉放在椅子的扶手上，头发花白已显稀疏，浓重的眉毛、胡须覆盖着的脸庞，智慧的双眼显示出似乎永远不会衰疲的超常精力，炯炯的目光中流露着温顺与谦逊、和蔼与宽容。每当他的话语和精神世界得到别人理解之时，他会爆发出快乐的笑声。同年在梁赞省别吉切夫卡拍摄的照片生动地记录了托尔斯泰从事社会活动的情景。他正坐在长桌中间，全神贯注地看着饥民名册，思考着如何救济这些饥民。1897年6月，托尔斯泰最喜欢的女儿玛莎嫁给了自己的亲戚、法律活动家尼古拉·列昂尼多维奇·奥博

---

① 圣愚，俄罗斯民间笃信宗教、施爱行善、四处云游的苦行僧。

连斯基公爵,两年后长女塔基亚娜也出嫁了。托尔斯泰既为女儿有了婚姻的归属而高兴,又为父女的别离感到孤独和悲伤。妻子索菲娅此间拍下的照片记录了托尔斯泰黯然的神色。

1895 年契诃夫来到"雅斯纳亚·波里亚纳"庄园拜访托尔斯泰,他们曾进行了长时间的交谈。托尔斯泰非常喜欢契诃夫的剧作,在高度赞扬契诃夫作品的艺术创新的同时,也为契诃夫作品中缺乏清晰的人生立场而深感惋惜。1896 年,一位来自美国芝加哥的人道主义者,独身的简·亚当斯小姐拜访了她仰慕已久的托尔斯泰。刚刚从图拉会见一个美国年轻人归来的托尔斯泰不顾旅途的疲劳,接见了她。对于这个专注于美国社会改革和帮助穷困移民的年轻女子一身蓬松时髦的绸衣,托尔斯泰建议说,她应该选择那种更便宜更简单的衣服,而不应该因为服装而脱离她愿意为之服务的人们。事后简·亚当斯回忆说,"与托尔斯泰短短的会晤,在我身上留下了深刻的印象——与其说是由于他所谈的,不如说是由于他的生活,他的仁慈,他心灵中的基督教徒的品性","我从我们的谈话中得到的托尔斯泰的哲学,比我原先从他的著作中得到的要多些,我是如此相信它,因而为我与他的差距似乎如此巨大而感到遗憾"①。回到美国之后,简·亚当斯着力研究芝加哥的穷人现状,她所倡导的改革获得了很大的成功。

1898 年,著名的物理学家帕·弗·普列奥布拉任斯基教授拜访了正在创作《复活》的托尔斯泰,他为托尔斯泰拍摄了许多工作时的照片,其中有他伏案写作长篇小说《复活》的照片。雕塑家特鲁别茨科伊来到庄园为托尔斯泰塑像。妻子索菲娅摄下了这一情景:托尔斯泰双手合抱,跷着二郎腿高坐在椅子上,神情严肃、认真。1899 年,托尔斯泰全家在"雅斯纳亚·波里亚纳"庄园度夏,他们接待了许多闻讯来访的客人,也留下了多张气氛和睦的全家福。

留存于今的 19 世纪末的大量托尔斯泰的影像、画像记录下的是他的面容、身影、衣着、神情,描述的其实是他晚年的一种独特的"生命自传",一个回归自然、置身民间的"农民伯爵"的"自传"。这些日常生活、社会活动、文学写

---

① ［英］艾尔默·莫德著,宋蜀碧、徐迟译:《托尔斯泰传》(下册),十月文艺出版社 2001 年版,第 991 页。

作、与家人共处、与友人会面的写照——它们不能仅仅从摄影、作画的角度看，甚至不能仅仅从一个已经彻底改变了生命存在方式和生活方式的贵族作家来看，虽然这些都是看待它们最正常的角度和思维，虽然它们确实平朴、真实得可以不加任何定语地说明这一点。换言之，它们是摄影或绘画形式的托尔斯泰的生命寻根，是他怀着一种理性的冷静和睿智寻找曾经失落了的精神家园，用他自己的话来说，是一种"对生命的新的理解"。

对生命理性的崇尚，对人生真理的洞悉，使这个伟大的人文主义者的宗教探索远远超出了简单的、正统基督教的内涵，他心目中的宗教，不可简单化为对被基督教赋予了肉身基督的膜拜，而更接近了一种超宗教的理性主义。其精神本质可以用他的"重生"或者"复活"这样的字眼来概括。1888 年问世的他的哲学著作《论生命》可以说是他晚年理性主义生命观、人生观的集中体现。

托尔斯泰的生命观、人生观可以分为这样几个层次。其一，何谓真正人的生命？他认为，把人的生命仅仅看作是从人的出生到他死亡的时间概念是错误的，因为真正人的、不同于一般动物的生命始于他理性意识的萌生。一个十个月的婴儿关于自身、关于生命是没有任何认识的，同样，一个白痴，一个理智不健全的成年人也不可能有真正的人的生命。其二，人的真正的生命是对其动物性私利的否定。他说，"人的真正的生命表现为对动物个体的一种理性态度，始于对动物个体利益开始否定之时。只有当理性意识觉醒的时候，人才能对动物个体利益作出否定"①。其三，人应该在其现实的生命存在中借助于理性获得"重生"，即是说，"对于人来说，动物个体仅仅是他用以工作的工具。人的动物个体仅仅是为理性生命提供的一把铲子"，"为了拥有生命，他就应该在现有的存在中获得重生——通过理性的意识"②。其四，爱是人类的理性意识所在。他说，"生命乃是服从理性法则的动物个体的活动。理性乃是一种为了自身利益的动物个体必须服从的法则。爱是人唯一的理性的活动。……动物个体为了其自己的目的想利用人的个体。但爱的情感则引导他

---

① Л.Толстой.*Педагогические сочинения*.М.Педагогика.1989.С.369.

② Л.Толстой.*Педагогические сочинения*.М.Педагогика.1989.С.384–385.

为了其他生命的利益把自己的存在奉献出来"①。"爱通常是指行善的一种愿望。我们所有的人都是这样,而不可能有别样的对爱的理解","爱不可能是未来的,爱只能是现时的活动。一个不在现时表现出爱的人不可能有爱","真正的爱只有在放弃了动物个体的利益时才会是可能的"②。

我们从托尔斯泰上述生命理性主义的要点中可以看到,"理性"与"爱"是托尔斯泰生命观和人生观中的两个关键词,是他主张的人精神"重生"的必由之路。无论是文学家,还是道德家的托尔斯泰毫不盲目,绝不遁世,他始终遵循着生命的理性主义在寻找一条自我的与人类的精神"重生"之路。

由此,托尔斯泰19世纪末的文学创作获得了源于这一生命观的新的特征:源于基督教,但又异于基督教,成为一种自救与救世的"新宗教"文学。1897年4月,托尔斯泰说,"文学曾经是一张白纸,可如今她已经完全被写满了。应该把她翻转过来或是另换一张"③。他的这种文学观与自由思想盛行、反宗教情绪高涨的时代是相左的,托尔斯泰将宗教与社会的改革、人的精神重生重叠在一起,关键在于他能立足于"自我"。这一自我是一种善于与外在的社会环境相融的自我,是善于竖起历史事件镜子的自我,是不断进行着精神探索的自我,而自我的投射,必然反过来影响到作为镜子中的事件中的人物。也就是说,小说中的人物都有托尔斯泰的影子,而这些人物又在塑造着托尔斯泰的自身。他在日记中说,"艺术家要想作用于其他人,他必须是一个探索者,而他的作品就是一种探索。……只有当他是一个探索者的时候,观众、听众、读者才会在探索中与他融合在一起"④。这便造就了托尔斯泰文学创作的最大特点:对时代历史事实的高度忠实与高度主观的精神求索和道德说教的有机结合。19世纪末他所创作的长篇小说《复活》便是这一文学的光辉范例,主人公聂赫留朵夫就是社会与人生自我两相映照的文学人

---

① Л.Толстой.*Педагогические сочинения*.М.Педагогика.1989.С.397.

② Л.Толстой.*Педагогические сочинения*.М.Педагогика.1989.С.399.С.401.С.402.

③ *История русской литературы*.В 4-х томах.Т.4.Наука.Ленинградское отделение.1983.С.269.

④ Л.Толстой.Собрание сочинений в 12 томах.Т.11.Художественная литература.М.1959.С.478.

物的杰出代表。

80 年代末,已写了近 10 年中短篇小说的托尔斯泰试图创作一部"篇幅宏大的长篇小说",以便"用看待事物的现今的观点"来"描绘具有概括意义的俄罗斯生活图画"。托尔斯泰的所谓"现今的观点"则是经历了世界观变化后社会的、哲学的、宗教的、伦理的、审美的观点。长篇小说《复活》是文学家对 19 世纪后三十余年俄国社会生活思索的直接产物,是 80—90 年代俄国文学界因为对社会发展方向与未来的迷惘而导致长篇小说创作衰颓时期唯一的一部长篇小说。在这部文学的大制作中,一方面,托尔斯泰用天才艺术家的如椽之笔,以前所未有的激烈彻底撕下了沙皇俄国社会形形色色的假面具,达到欧洲批判现实主义的顶峰,另一方面,他又以卓越的"心灵辩证法"揭示出俄国贵族公爵聂赫留朵夫和被侮辱、被损害的女性玛丝洛娃精神复活的复杂漫长的心路历程。

原名《科尼的故事》的长篇小说《复活》的基本情节源于彼得堡州法院检察官科尼在 1887 年向作家讲述的一桩司法案例,一个发生在现实生活中的真实的故事。俄国贵族的芬兰佃农的女儿在父亲死后被彼得堡贵族女地主收养。女主人年轻、富有的贵族亲戚诱惑了她,致其怀孕,此后她被逐出家门,沦为妓女。诱惑者,作为陪审员的年轻贵族与因偷窃嫖客的一百卢布而遭审判的她在法庭相遇,受到良心的谴责而决定娶她为妻,但她却在监狱中染病而死。科尼的故事深深吸引了托尔斯泰,他既为俄国贵族阶级的罪恶感到可耻,同时又为年轻贵族的悔过激动不已。期待科尼写出这个故事的两年,托尔斯泰的心灵一直是激动不安的,但前者并没有实现他的允诺。于是托尔斯泰在得到了他的创作许可后,便开始历经十年的呕心沥血的《复活》的创作。年轻贵族与平民少女两性关系纠葛的故事本身渐渐淡去,一种试图对俄国社会生活作出全面恢宏的展示、对人类精神复活的艰难历程作出普世性伦理思考的深邃与庄严感慢慢地升腾起来。

1890 年,他在自己的日记中写道:"写作间,我深入思考了科尼的故事应该从法庭开始;第二天,还加上了一点,应该将法庭的全部荒唐表现出来",而贵族道德复活的主题从 1895 年后就牢牢地攫住了他。他在这一年的日记中写道,"哈,科尼故事的结局会有多好……其中将有两个真正爱的阶段,而中间的那一段是虚伪的"①。这两段真正的爱就是指少年聂赫留朵夫对喀秋莎的充满诗意的爱和后来小说末尾对她的一种基督的爱。长篇小说的情节随着这一思路展开，主人公娶了喀秋莎后与她一起在西伯利亚生活，专门从事关于土地所有制问题的研究并教育周围农家的孩子，沙皇政府认定他的行为对国家有害，面临着可能被流放到远东阿穆尔州的聂赫留朵夫只身逃亡国外，夫妻俩最后在伦敦定居。但托尔斯泰立即推翻了小说大团圆的美好结尾。这一年的 11 月 5 日，他在日记中写道，"我终于明白了，为什么《复活》没能写下去。开头虚假……我明白了，应该从农民的生活写起，他们才是创作的对象，他们才是正面的，否则那（统治阶级的生活）——会是一片黑暗，那会是反面的……应该从农民生活开始"②。于是长篇小说便有了关于充满勃勃生机的乡村大自然早春描写的开头。

90 年代初，俄国广大地区都发生了严重的饥荒，沃罗涅日地区尤甚，农民因为灾荒而普遍受到饥饿的威胁，他们贫穷、无权，遭受压迫、奴役的程度因此而日益加剧。托尔斯泰与当医生的二女儿玛莎一起到发生饥荒的地区实地考察，写下了一系列文章在国内外发表，描述饥民的可怕处境，揭露政府散布的乐观主义的虚假宣传，指控社会对饥荒的无动于衷，并向有钱有势的人们发出紧急呼吁，要他们放弃财产，投身于救济活动中。托尔斯泰连续两个冬天在四个地区开办食堂，为穷人供应食物，提供马匹、燕麦种子、土豆、小米和大麻纤维。他还将救济资金用于穷人和他们的孩子，补助丧葬、支付欠款、资助学校、营造房屋、购买书本等。他的妻子索菲娅在报纸上宣布，要将丈夫著作所得的稿费捐助慈善事业。她帮助丈夫处理大量的信件，整理和分发从国外运来的各种救灾款物。全家其他成员也在发生饥荒的农村住下来并帮助挨饿的人们。这种状况一直持续到 1893 年粮食收成好转为止。托尔斯泰巨大的声望使得他一家人在这场与饥荒的斗争中起到了无可估量的作用，他的大公无私和勇敢无畏的品格成为人们效仿的榜样，托尔斯泰本人成为当时俄罗斯最引

① Л. Толстой. Собрание сочинений в 12 томах. Т. 11. Художественная литература. М. 1959. С. 475.

② Л. Толстой. Собрание сочинений в 12 томах. Т. 11. Художественная литература. М. 1959. С. 476.

人注目和最有影响力的人。他的老朋友、地方乡绅拉耶夫斯基在他的影响下热心投入到救济事业中,因忙于捐助饥荒事业患了重感冒,最后献出了宝贵的生命。

托尔斯泰不仅积极参加救助灾民的行动,而且强烈感受到积蓄于民众心中愤激的抗议情绪,作家将这一情绪浓浓地表现在了小说当中。而玛丝洛娃,这个原初仅仅作为映照贵族聂赫留朵夫精神复活的一面镜子也被赋予了女性精神觉醒的独立的思想意义,从此成了俄罗斯社会底层女性精神复活的范例。作家在1897年的日记中写道,"我开始重读《复活》,读到他决定娶她的时候,厌恶地放下了。一切都不对,都是杜撰的,苍白的……应该作这样的修改:应该交叉地描写两个人的生活和感情"①。为了更准确地表达俄国社会生活的真实,此间托尔斯泰访问了位于彼得堡郊外的布特尔监狱,出席了法庭的审判,与监狱长和看守进行了交谈。在一个炎热的夏天他甚至与转押的囚犯一起徒步行走,以便更加真切地了解他们的生活处境与犯罪根由。始终关注着俄国民粹主义革命家活动的托尔斯泰还不止一次与革命知识分子的代表会面、交流,参与他们为减轻被流放和服苦役的政治囚犯的惩罚而举行的活动。尽管他完全不赞同他们的革命思想和激进的革命暴力,却敬佩他们崇高的道德人格、敢于自我牺牲的精神、与广大民众鱼水相依的紧密联系。在小说社会生活的内容不断拓展、深化的过程中,托尔斯泰的道德情结也在强化,伴随着男女主人公迷途灵魂的"复活",被流放的民粹主义革命者的命运也融进了两人更为浓郁的自我完善和心灵净化的道德内容中。

小说通过主人公涅赫留朵夫为玛丝洛娃的冤案上法庭、到监狱、赴农村、上访彼得堡,最后陪伴玛丝洛娃去遥远的西伯利亚等经历的具体细致的描写,通过他与上至法官、狱吏、省长、国务大臣、枢密官、将军,下至妓女、囚犯、饥民、流浪汉等各阶层人物的具体接触,真实地展现了广阔的俄国社会生活。长篇小说正是借助于这一宏大的现实时空揭露了19世纪末俄国社会制度的腐朽和黑暗,传达出人类社会的善恶意蕴,显示出史无前例的现实主义文学的批

---

① Л.Толстой.Собрание сочинений в 12 томах.Т.11.Художественная литература.М.1959. С.477.

判力量。小说批判现实的矛头所指是多方向的,涉及了法庭、监狱、教会、犯罪、土地私有制、道德伦理等社会生活的各个领域。小说对沙皇帝制的批判也是空前犀利、彻底、无情的。19世纪俄国著名的报人、文学评论家亚历山大·苏沃林说:"我们有两个沙皇:尼古拉二世和托尔斯泰,他们两人中谁更有力量,尼古拉二世对托尔斯泰毫无办法,丝毫不能动摇他的王位,而托尔斯泰无疑撼动了尼古拉二世和他的王朝。"①

在托尔斯泰的笔下,俄国法庭的光明正大、公正无私仅仅是一种伪善的表象,掩藏其后的是黑暗、龌龊、卑劣的本真。一个著名的律师为了一万卢布的贿赂,巧妙地将一个老太婆的一大笔财产统统判给了一位生意人;受过大学教育的民事执行吏实际上是一个不可救药的酒鬼;法庭上引领众人对着"福音书"宣誓的司祭,因这一"不正当的职业"为家庭赢得了房产与巨额的有息证券。而道貌岸然的司法界的官员们无不有着一种局外人难以想象的"原生态的"生活方式:法庭庭长与妻子各自过着极其放荡的生活而互不干扰,即使在开庭的当儿,他还在思忖着与瑞士女人在"意大利旅馆"的约会以及此后与一个打得火热的红头发女人的欢聚;笃信东正教的副检察官在一夜的豪饮、滥赌、狂嫖之后筋疲力尽,居然未及过目命案便来到了法庭;法官临开庭前刚刚与妻子发生了一场激烈的争吵,正担心着回家后午饭的着落……凡此种种,繁华奢靡而又充满欲望的整个"上流社会"难以掩饰其腐朽、糜烂的真相,连最为宁静、肃穆的法院也不例外。

至于法律,托尔斯泰断定,那都是虚假的、善恶不分的,因为"一切事情会随着检察官和那班人的心意发落,而且他们能够应用法律,也可以不应用法律",至于"真理,那是法庭判决的产物"。连监狱长也承认,常常有全然无辜的人被关在牢房里。村民们因为聚集在一起阅读"福音书"而被判了流放的刑罚,原因可能是他们没有按照教会的说法解释福音书,从而诋毁了东正教的信仰。纯洁善良的农村青年明肖夫的妻子被酒店老板拐走,本人遭到毒打而无处申冤,为了骗取保险费纵火烧了屋子的酒店老板还嫁祸于他,因此被投进了监狱。一个年仅20岁的小青年因为酒后拿了几块连物主都不想要的粗地

---

① Л.Толстой:*Повести и рассказы.*Париж.Международная книга.1995.C.9.

毯而被关进了牢房。工厂主以压低工人工资的手段来窃取他们的劳动,政府及其他的官员以收税的形式接连不断地剥夺公民的财物。社会非但不去追究并消除造成穷困、产生犯罪的社会原因,却反而鼓励导致犯罪的国家机构的为所欲为。在聂赫留朵夫看来,"在当代的俄国,正直的人的唯一适当的去处,就是监狱"①。

统治阶级的宗教,官方教会宣传的东正教实际上成为践踏人性、欺骗民众的实用哲学,而精神教主的神父们都是掩饰社会罪恶和暴力的骗子。教堂里,司祭用面包与酒充作上帝的血与肉,以表征上帝对教民的精神安抚和奴仆对恩主的信仰。沙皇和皇室的福泰安康成为东正教信徒祷告的重要内容,亵渎神灵的法术成了开导"迷路"囚犯必需的献祭程式。而在农村,聂赫留朵夫发现,人民的贫困与饥饿在加剧,儿童与老人在死去,妇女们在做牛做马,而这一切"最主要、最直接的原因,就在于农民赖以生存的土地不在他们的手里",土地不应该成为任何人的私产,不应当成为买卖或者租赁的对象。只有消灭土地私有,土地才不会像现在这样荒废,农民才不会这样贫穷与艰难。

人性恶在现实社会中扩散、蔓延。物欲与人欲横流的尘世中到处都游荡着撒野般放纵的灵魂,满足物欲与情欲成为世俗男女共同的人生追求,它们溢出了理性的边际,成为一种生命存在的荒唐方式。玛丝洛娃在那个风雨交加的夜晚,渴望与聂赫留朵夫见面未果而从车站回来之后,便再也不相信善和上帝了,这个她心中最好的男人把她玩够了,把她的感情作践够了,就把她抛弃了。笃信宗教的贵族养母因为她不能再像从前那样伺候她们而将她赶出了家门,此后她遇见的一切人,凡是女人,都希望从她的身上赚到钱,凡是男人,都把她看作是取乐的对象。"人人都在为自己活着,为享乐活着,所有关于上帝和关于善的话,全是欺人之谈。"

托尔斯泰小说中基于道义批判的思想取向是非暴力的,情感取向是温暖的,精神意识是宗教的。托尔斯泰最终把社会、政治、阶级的批判置换为一种超验的"绝对真理"的传播与宗教道德伦理的说教,表现为对伦理真伪、道德

---

① [俄]列夫·托尔斯泰著,汝龙译:《复活》,人民文学出版社 1979 年版,第 608、611、610 页。

善恶、人性美丑的辨识,对假恶丑的针砭与谴责,所以这种批判并非旨在激发受压迫者的变革,推翻现存制度,却意在改造、更新、复活,呼唤恕道与爱。

作品巨大的思想容量显然不止于社会批判,真正显示作品题旨的是小说男女主人公精神复活的心灵历程,是与社会现实时空互为表里的、长篇小说中幽微细腻的心灵时空。《复活》是一部在任何时候都能为人类提供道德启迪的故事,它承担的是"救世救人"的道德使命:不是通过改变社会的表层架构或文化外在秩序的途径,而是以对迷途灵魂超度的方式。长篇小说写出了人从迷津回归"正途"的"心史",更确切地说,它在为人类提供一个具有普适性意义的行为范式:不管一个人的罪孽有多么深重,只要他能真诚悔悟,赎罪自救,迷途的灵魂都是能得以重生、"复活"的。这一范例的启示色彩是鲜明强烈的,它昭示人们抛弃无望的现实,走向"托尔斯泰主义"。

人人心中有上帝,人人心中有魔鬼。聂赫留朵夫身上恶与善的交织、兽性与人性的角逐证实了托尔斯泰认定的这一人性公理。贵族青年"兽性"的情欲是被恶劣的、人欲横流的上流社会诱惑与强化的,它取代了他人性中的真诚与圣洁,个体为整体所裹挟,他成了诱奸少女玛丝洛娃的魔鬼。玛丝洛娃在法庭上冤屈的呼喊"我没罪",使他第一次意识到背负着罪恶而心安理得地生活了十年的可耻,从而踏上了其精神复活之路。而荡涤罪恶、精神复活的前提是真诚的忏悔与从不懈怠的自省,一种被他称作"灵魂扫除"的道德自我完善。

在为玛丝洛娃以及被非法关押的人们平反冤狱而四处奔波的过程中,聂赫留朵夫未能找到社会的公正:从外省法庭到京城枢密院都坚持玛丝洛娃有罪并判定流放西伯利亚。在为社会正义而进行的孤独而无果的抗争中,男主人公看到了他所憎恶的、他一直生活其中的那个圈子里的人,还有自己生活的全部残酷与罪恶,认识到自己是造成玛丝洛娃堕落与冤狱的罪魁祸首。俄国社会骇人听闻的恶势力的肆意横行,统治阶级一如既往、有恃无恐犯下的种种罪恶,使他断定他不可能找到社会的正义。追求灵魂弃旧图新的聂赫留朵夫无意也无能改变社会,于是,他决定从自我做起,挣脱魔鬼的纠缠,从人生的罪恶中将自己拯救出来。否定贵族乃至整个社会,与本阶级决裂,斩断与罪恶的联系,成为他人性复苏的第二阶段。于是,他把土地分给饥民,甚至连同地租也一起返还他们,以便作农务的公共所需。

"要做我的良心要求我做的事""要牺牲我的自由来赎我的罪"是他人性中一种纯善境界的出现,是他道德"重生"的内在动因。他不顾亲人和上流社会的反对与阻挠,拒绝了公爵小姐的追求,决定娶玛丝洛娃,追随她去西伯利亚。他对姐姐说,"这不是为了让她改邪归正,而是为了自己改邪归正"。在伴随玛丝洛娃流放东去的历程中,良心与责任开始演化为一种爱。如果说起初遵从良心、履行责任的情感中混杂着怜悯和虚荣心,那么随着时间的延伸这种情感逐渐变成了一种"纯粹的感动与怜惜",而且这种感情不仅仅对玛丝洛娃一个人,这种心情"在他的灵魂里开辟了一道爱的激流,原先这种爱找不到出路,现在却向他所遇见的一切人涌去"①。他对所有的人,从囚犯到途中渴望他帮助的每一个人,从马车夫到监狱长和省长,不由自主地都变得关心和体贴了。博大的爱的萌生使聂赫留朵夫走向了生命伦理的彻悟。

玛丝洛娃与政治犯西蒙松的结合了结了久久折磨着主人公内心的痛楚,他终于能为被他所害的玛丝洛娃释然了。然而,一种更为巨大的、未能彻底根除人间恶的痛苦与不安仍在啮噬着他的心。与囚犯们的接触让聂赫留朵夫看到了人在苦难的生命炼狱中不由自主泄露出的人性本真,使他获得了对社会、人性、生命新的体悟,经历了一场新的灵魂洗礼。革命者诚实克俭、大公无私的美好品德,冒着丧失自由、人生最宝贵的一切和牺牲生命的代价为他人幸福而斗争的精神令他感动、敬佩。同时,虚荣、自负、嫉恨、酗酒、赌博、残暴,甚至人吃人的行径——犯人人性中的恶更让他焦虑、愤懑。福音书为聂赫留朵夫,更为托尔斯泰找到了一个"最简单、最无可怀疑的真理"——"要摆脱这种骇人听闻的、使人们受苦的恶势力,唯一毫无疑义的方法仅仅是人们在上帝面前永远承认自己有罪,因而不能惩罚别人,也不能纠正别人而已",素来使他感动的"登山训众"让他在"长久的疲劳和痛苦以后突然找到了安宁和自由",他"第一次看出这段训诫并不是抽象而美丽的思想,所提出的大部分内容也不是过于夸张而无法实行的要求,却是些简单明了而实际可行的戒律。一旦执行这些戒律(而这是完全可以办到的),人类社会的全新结构就会建立起来,到那时候不但惹得聂赫留朵夫极其愤慨的所有那些暴力会自动消灭,而且人

---

① [俄]列夫·托尔斯泰著,汝龙译:《复活》,人民文学出版社1979年版,第511页。

类所能达到的最高幸福,人间的天堂,也可以实现"①。聂赫留朵夫成了基督之爱精神的信徒,达到了最终的灵魂复活,确也实现了精神的幸福。聂赫留朵夫是托尔斯泰本人身后的代言人,是他心目中的人类教父。

小说的另一个心灵时空,与聂赫留朵夫的复活互为映衬的是玛丝洛娃灵魂的苏醒与精神的新生。其复活之路是她,作为一个独立的伦理主体的人的意识、爱的情感的复归之路。人兽搏击的战场同样在她的内心中展开。贵族家中半养女、半奴婢地位的美丽的喀秋莎因贵族少爷的诱惑而失贞,怀孕并被逐出家门。此后她在污浊的人世间漂泊。男人欲望世界的逼迫和对欲望"魔鬼"的放纵是玛丝洛娃沉沦堕落的缘由。她开始出卖肉体,纵酒行乐,历时七年,过着一种"违背上帝和人类戒律的犯罪生活"。聂赫留朵夫表达赎罪的愿望引起了她对屈辱与苦难的回忆,激发了其被淹没了七年的独立、自由的人格意识。"你打算用我来拯救你自己","你在尘世的生活里拿我取乐还不算,你还打算在死后的世界里用我来拯救你自己!"②这是她在欲望的纠缠中自我意识的第一次苏醒。

在与监狱、医院中好人们的交往中,在聂赫留朵夫的真诚与爱的感召下女性的情感和生命的暖意在升腾,自卑自弃的情绪渐趋湮没,强烈的人格尊严、巨大的道德力量在复苏。玛丝洛娃在与他第三、四次的会晤时,涨红了的脸上有了一种新的表情:拘谨与腼腆。她的眼眶里充满了感激的泪水。这些近乎下意识的表情传递着她内心世界中真善美意识的回归。此后,她一想起跟男人的那种关系就感到厌恶,她戒掉了烟和酒,不再卖弄风情,主动去做杂工,帮助那些需要她帮助的人们。她不再让那一缕头发飘到额头上来,而把头发全都包在了头巾里。几乎已经枯竭的爱也萌生了,她又开始爱聂赫留朵夫,凡是聂赫留朵夫希望她做的,她都努力去做。聂赫留朵夫发现,"她的灵魂在起变化,她在复活了"。

置身于政治犯中,玛丝洛娃不再受到男人们的骚扰,更重要的是结识了对

---

① 〔俄〕列夫·托尔斯泰著,汝龙译:《复活》,人民文学出版社 1979 年版,第 608、610、611 页。

② 〔俄〕列夫·托尔斯泰著,汝龙译:《复活》,人民文学出版社 1979 年版,第 223—224 页。

她的人格改变起着决定性影响的革命家,他们为她揭开了人生中崭新的一页。命运让她遇见了革命者西蒙松,得到了真挚、美好的爱情。他对玛丝洛娃的一种柏拉图式的爱大大提高了她在自己心目中的地位,她总是想方设法把自己最好的品质表现出来。初识西蒙松,她便认定这个与贵族家庭彻底决裂、反对人间的一切暴力、为了人民的利益受苦受难的革命者就是她要等待与守候的人。玛丝洛娃拥有了,也付出了一个女人最丰盛的爱,她把自己的人生与西蒙松结合在了一起。而她对聂赫留朵夫的爱充满了一种宁静与温馨,化为一种恒久的思念、感激,一种宗教式朝圣者的心态。她仍然爱他,但下定决心不接受他的牺牲,因为她知道,同她结婚会破坏他的生活和幸福,而跟西蒙松在一起就会使他得到自由。这不啻是一种无私的、为了爱而放弃爱的基督式爱。

《复活》中基于基督之爱的聂赫留多夫与玛丝洛娃双双获得了重生,他们在漫长人生中获得的道德真理绝非空洞、抽象的信条,而是能帮助他们做出善恶抉择的生命依据。作家最终用人类伦理救赎的真理取代了阶级压迫的社会批判,以一种完美的艺术形式实现了现实与心灵、外在与内在、艺术与伦理的有机融合,达到了俄罗斯和世界批判现实主义文学的顶峰。诗人勃洛克在长篇小说中看到了"正在逝去的世纪对 21 世纪的遗嘱",罗曼·罗兰称长篇小说是"关于人的恻隐之心的最杰出的长诗之一"①。《复活》,这部经典让一代又一代的读者回到了对爱与善的信仰,回到了对道德自救与宗教救世的呼唤,触动了人们心弦中渐次远去却又萦绕不绝的感动。人类的欲望也许与生俱来,人类的罪恶与邪恶也许不可回避,但是制服它,人完全可以做到!唯有用理性引导人的心灵与情感,唯有对善与恶作出自主的抉择,这才真正是人的骄傲,真正是对人自主抉择权利的尊重。这也许就是这部穿越了一个多世纪的时空告知读者的道德箴言。

(本文原载《托尔斯泰画传》,张建华、温玉霞著,中央编译出版社 2008 年版)

---

① *Русские писатели. Биографический словарь.* В двух томах. Т.2(М--Я). Под редакцией П. Н. Николаева. Просвещение. М. 1990. С. 304.

新中国 60 年帕斯捷尔纳克
小说研究之考察与分析

　　始于 20 世纪 80 年代中期的中国俄罗斯文学研究界的"帕斯捷尔纳克热"受到了两个重要契机的激发：一是中国文化界的思想大解放，二是苏联"重建"时期文学"回归潮"的涌起。在中国俄罗斯文学翻译和研究的历史上，大概还没有一本长篇小说的中译本的出版像《日瓦戈医生》那样早于原作在俄罗斯本土问世，也没有一场围绕一个作家和一部小说的讨论会有如此的专注和热闹。

　　Б.帕斯捷尔纳克(1890—1960)在 20 世纪 10—20 年代是个未来主义诗人，尽管此间亦有小说创作问世和 40 年代后不凡的翻译成就，但在 50 年代之前，他作为小说家的艺术成就和影响显然是弱的。随着长篇小说《日瓦戈医生》在 1956 年遭《新世界》杂志所拒，1957 年在意大利出版，他在 1958 年 10 月被开除出苏联作协，11 月由法国作家加缪提名、被授予诺贝尔文学奖，还有他随之受到的险象环生的政治待遇，使得他及其小说成为轰动 20 世纪 50 年代苏联文坛，乃至世界文坛的现象。

　　此后的 30 年，帕斯捷尔纳克及其创作在西方成为一个文学热点。巴西和美国好莱坞分别在 1959 年和 1965 年将小说搬上银幕，60 年代初，俄罗斯侨民批评家和文化学家司徒卢威在国外出版了《帕斯捷尔纳克文集》4 卷并对帕氏的小说创作作了有一定深度的分析。1977 年，美籍俄罗斯批评家马克·斯罗宁关于《日瓦戈医生》的"个体性""自传性""宗教性"等具有很强"问题意识"的论述开拓了相关批评的可能方向。1978 年作家生命暮年的伴侣伊文斯卡雅在巴黎出版了《与鲍利斯·帕斯捷尔纳克在一起的岁月：时代的囚徒》。

但在苏联本土,社会政治或"收紧"或"放松"对文学的强制性垄断,文坛几乎见不到作家及其创作的踪影,更遑论研究。

这一局面到了 1985 年后的"重建"时代才有了根本性的改变。1987 年作家被恢复作协会员资格,作家创作遗产委员会决定出版他的全部著作,并建立他的故居博物馆。1988 年,长篇小说《日瓦戈医生》首次在《新世界》1 期与苏联读者见面。1990 年,联合国教科文组织将这一年定为帕斯捷尔纳克年,苏联为此举行了各种重要的纪念活动、学术研究会议和专题展览《帕斯捷尔纳克的世界》。

在新中国,对于帕斯捷尔纳克小说的研究可大致分为以下三个阶段。

第一阶段(20 世纪 50—80 年代中期):社会政治眼光的病态审视

早在 20 世纪 50 年代,发生在苏联的那场围绕着《日瓦戈医生》的政治论争在中国就有同步的强烈回声。"诺贝尔奖奖金是怎样授给帕斯捷尔纳克的?""杜勒斯看中了《日瓦戈医生》"①,"痈疽、宝贝——诺贝尔奖奖金为什么要送给帕斯捷尔纳克?""市侩、叛徒日瓦戈医生和他的创造者帕斯捷尔纳克"②,这些有限的声讨话语与此间苏联文坛的批判口吻如出一辙。一直到 20 年后的 1979 年,我们仍然可以读到这样的评述:帕斯捷尔纳克"始终与苏联人民的社会主义革命事业格格不入,最后被人民抛弃","《日瓦戈医生》结构混乱,内容既反动又露骨……成了资产阶级评论界攻击十月革命和马列主义的炮弹"③。20 世纪 80 年代前中国对帕斯捷尔纳克小说批评的基本格调是意识形态中心主义,论者用一种高度功利的眼光,因社会政治、历史政治意识的无限膨胀而生发对小说内容和人物的病态审视,在政治话语中寻找对小说思想内容与艺术的认知。

第二阶段(20 世纪 80 年代中期—90 年代中期):以社会历史批评为主体的研究

与苏联文坛相比,中国俄罗斯文学研究界在 20 世纪 80 年代中期对《日瓦

---

① 《文艺报》1958 年第 21 期。

② 《世界文学》1959 年第 1 期。

③ 张英伦、吕同六、钱善行、胡湛珍主编:《外国名作家传》(中卷),中国社会科学出版社 1980 年版,第 18、221 页。

戈医生》的接受时效非但毫无迟来之虞，反而颇有赶先之势。1986 年和 1987 年，长篇小说《日瓦戈医生》尚未在苏联面世，三个不同版本的长篇小说《日瓦戈医生》已经先后在中国出版，它们是：由力冈、冀刚翻译，漓江出版社的版本（1986）；由蓝英年和张秉衡翻译，外国文学出版社的版本（1987）和由白春仁、顾亚铃翻译，湖南人民出版社的版本（1987）。与此同时，力冈、吴笛翻译，浙江文艺出版社出版的《含泪的圆舞曲，获诺贝尔文学奖诗人诗选》也在 1988 年与中国读者见面。顺应着中国变动不居的文化思潮，帕斯捷尔纳克长篇小说研究开始从苏联文学研究的时代合唱中脱颖而出，其所负载的政治、道德、人性、文化情怀显得十分急切与强烈。

80 年代后期和 90 年代前期，"政治轴心"时代尚未结束，社会历史研究仍然为研究者的主要方法，但一种在"历史——道德——人性——文化"维度上展开的批评观念和思维方式却已经呈现。除了社会政治话题，历史与个人、知识分子与革命、社会变革与个性生存、权力与自由精神、人道主义等命题开始成为研究者探究的重要话题。

薛君智依据占有材料的丰富和对西方文学批评的熟稔，成为帕斯捷尔纳克及其小说批评的领先者。她在 1986—1987 年间撰写的四篇论文中，以"十月革命与知识分子"的社会历史命题为中心，鲜明地提出《日瓦戈医生》"不是一部政治小说"，主人公"不是一个反革命分子"，由此发出了"反思历史、呼唤人性"的批评呼号①。薛文较早注意到了对作家创作个性、文艺观和早期小说创作的研究。

上海辞书出版社的何满子与耿庸关于《日瓦戈医生》的对话②，山东聊城师范学院中文系师生的讨论③和北京大学世界文学研究生的座谈④都没有完全摆脱社会政治判断，但都不同程度地有所超越。论者或将"个性自由意志的张扬和人的自我价值的确认"视为小说的核心命题，或以"对人的发现"的历史文化体察为分析的出发点，或用"生命的哲学思考"为解读小说的意义引

---

① 薛君智：《回归——苏联开禁作家五论》，社会科学文献出版社 1989 年版，第 1 页。
② 《外国文学评论》1988 年第 2 期。
③ 《苏联文学》1988 年第 4 期。
④ 《国外文学》1989 年第 1 期。

领。此外,对作品诗情的分析,心理学分析方法的运用,都表现出研究者在社会历史批评之外寻找思想与艺术资源的旨趣。

赵一凡在"哈佛读书笔记"中对美国《日瓦戈医生》研究权威埃尔蒙·威尔逊的介绍为帕斯捷尔纳克在中国的研究带来了一种新的思想理念。"人类文学史和道德史上最伟大的事件","是与 20 世纪最伟大的革命相辉映的诗化小说","开启俄国文化宝库和知识分子心扉的专门钥匙"——这些发人深省的精辟之论成为小说评价的经典性表述而被广为沿用。"革命—历史—生活哲学—文化恋母情结"①的主题概括大大拓展了中国读者对小说人文内涵与审美价值的认知。

此外,"哲学与道德的审视"(郑羽,《读书》1987 年第 12 期),比较的研究视野(郭小宪,《西北大学学报》哲学社会科学版,1988 年第 1 期),小说与作家的人生遭际(潇湮,《苏联文学》1989 年第 1 期),抒情诗分析(顾蕴璞,外国文学评论,1989 年第 1 期)悲剧意识的探索(龚伯禄,《云梦学刊》,1991 年第 4 期),未来主义诗歌的阐释(杨开显,《四川外语学院学报》,1993 年第 1 期),人道主义精神的分析(王也,《怀化师专学报》,1993 年第 4 期)等论文都对《日瓦戈医生》的思想与艺术价值作出了各有特色的揭示,拓展了作家研究的人文空间。

值得指出的是,中国作家也承当了《日瓦戈医生》批评的先驱角色。他们不仅深化了对小说思想与艺术成就的探讨,还对俄罗斯文学精神进行了思考。在叶君健看来,帕斯捷尔纳克是个"没有兴趣干预政治"的"真诚的艺术家"②。张抗抗读了《日瓦戈医生》后"重新意识到俄罗斯文学依然并永远是我的精神摇篮",她"笃信在人世的丑恶与伪善之上,还有超越世俗的光荣与爱之神的召唤"③。

易漱泉、陈晓春是此间较为"极端"的意识形态政治批评的两个论者。前者视主人公为"持不同政见者","造成他人生悲剧的原因是由于他的狭隘的个人主义世界观"④,后者认为,作品对文学真实性的背离表现在"对革命的阴

---

① 赵一凡:《埃尔蒙·威尔逊的俄国之恋》,《读书》1987 年第 4 期。
② 叶君健:《帕斯捷尔纳克一家》,《文汇报》1988 年 7 月 13 日。
③ 张抗抗:《大写的"人"字》,《外国文学评论》1989 年第 4 期。
④ 易漱泉:《一代知识分子的命运》,《理论与创作》1989 年第 4 期。

暗面的表现与处理上",作家"基督教的人道主义主张超阶级的善恶观,抹杀人的阶级性",是"对历史的歪曲与丑化","走入历史的迷途"①。发表两文的两家理论性杂志受国家意识形态的调控而在外国文学研究领域表现出过量的政治焦虑。

在这一时期,帕斯捷尔纳克的"回归"引发了苏联文坛对其作品新一轮的历史思考,围绕小说的争论吸引了苏、俄最有实力和最活跃的批评家,体现了转型期帕斯捷尔纳克批评的状貌,其三种路径可归纳于下:

其一,坚持文学的意识形态批评,评论家认为文学是时代的宣传和印证,文学家应坚持文学的人民性原则。这一立场限制了他们的批评视野,使他们对小说的解读不免有偏激、单一化之误。《文学问题》主编乌尔诺夫仍执着于在小说中寻找现实的投影和时代的印证,他在日瓦戈身上看到的是"空虚的灵魂",未能融入时代潮流的"知识分子的个人主义"。批评家戈列洛夫眼中的日瓦戈也"不是一个人民的知识分子,而是个人主义的知识分子"②。

其二,看重小说创作的诗意化原则和作家的自由主义美学理念。利哈乔夫认为《日瓦戈医生》不是普通的小说,而是一首"抒情诗",是"对现实的抒情态度"。在批评家沃兹德维仁斯基看来,"小说的内容,实质上是帕斯捷尔纳克本人的精神历程","几乎是整个十月革命后的生活经历和精神体验",是"对个人意见价值的信念","是按照情诗的自我表现法则结构起来的叙事作品"③。通过形象情感的审美来实现对世界、社会的把握,用"全人类的观点"表达对人生的终极关怀,这是更深刻的人文意义上的文学批评。

其三,着眼于小说诗学形式的探讨。批评家戈列洛夫说,《日瓦戈医生》在艺术上的不完美,首先表现在艺术上缺乏真实性。持相似的观点的乌尔诺夫批评小说"在叙事中打破事件因果关系,不注意历史时间顺序","把中心人物的面目弄得模糊不清"。而相反,沃兹德维仁斯基认为,小说在传统的现实主义结构下,体现出一些现代主义的特征,作家对人生荒诞感的认识,使作家

---

① 陈晓春:《帕斯捷尔纳克的迷误——兼论作家的主体意识与文学真实性的关系》,《文艺理论与批评》1990年第2期。

② 李毓臻:《日瓦戈医生在苏联的看法种种》,《外国问题研究》1990年第2期。

③ 李毓臻:《日瓦戈医生在苏联的看法种种》,《外国问题研究》1990年第2期。

无意中与现代主义文学思潮达成了某种契合,是"按照情诗的自我表现法则结构起来的叙事作品"①。

与作家所在国的研究相比,我国同时期的研究有一个优长,两个滞后。优长在于研究视角的大大拓展与中国研究视角的显现。两个滞后是:一,意识形态批评的第一路径仍为研究主导;二,对长篇小说文学性经典价值的忽视。

从20世纪80年代中期开始到90年代中期,我国对帕斯捷尔纳克的研究,聚焦点在长篇小说《日瓦戈医生》上,重点在为作家和他的长篇小说"正名",将小说中历史是非的反思当作一个核心话题。一方面,功利主义的惯性使然,小说的历史价值和社会功能仍然是小说批评的重要出发点。在整体上,研究者仍比较看重小说"历时性"的时代特征和思想意义。部分批评中过量政治焦虑的释放使小说成为政治和道德评论的媒介,对意识形态的敏感遮蔽了对人性和灵魂的洞察。另一方面,在经历了20世纪80年代的思想启蒙之后,人性、人道主义、生命之谜的命题理所当然地成为帕斯捷尔纳克批评重要的纠结点,批评界已有对作品具有永恒意义的"共时性"价值和审美特征的发现。

第三阶段(20世纪90年代后期—21世纪):走向文化批评和审美批评的学术转型

从90年代后期到21世纪,我国对帕斯捷尔纳克批评的学术转型表现在两个方面:以"文化批评"取代社会历史激情而成为阐释和分析的兴奋点;以审美批评取代审思、审智批评,开始小说的形式研究。

文化批评者的理论和思考方式主要在俄罗斯民族"历史—文化"层面上展开,即试图从政治范畴以外,比如宗教意识、经典意识、悲剧意识、圣愚文化等方面来寻求作家和作品的价值依据,在相关批评概念、批评思路和阐释策略上都呈现出较为丰富多样的态势。

青年学者何云波以"《日瓦戈医生》的文化阐释"为文章副题,指出作家"从宗教人本主义来审视十月革命","从人、人的价值的角度透视社会历史的变迁","始终具有对现实的一种超越"——这些提法与此前的研究结论大异

① 李毓臻:《日瓦戈医生在苏联的看法种种》,《外国问题研究》1990年第2期。

其趣,提供了一种有意义的文化批评范例。然而,应该看到的是,何文的批评仍受制于一种既定的政治框架——革命进步意义的不可置疑,从而使文化批评意义的深刻性受到了局限。他说:"由于过分强调革命对旧有道义基础的消解,……而忽视了革命在历史发展过程中的巨大意义,使小说在纠正一种片面时又走向了新的片面"①。但在他与刘亚丁晚些时候的对话②中规避了这一思想,两人关于"与宗教文本、与革命现实、与哈姆雷特"的三重对话的文化阐释意义显然大于前者。

任光宣长期从事文学的宗教文化研究,有着深入的体察和感悟。他对小说"组诗"的艺术阐释解释了爱、受难、忏悔的三个主题,认为日瓦戈是当代基督形象③。王志耕是以其深刻的宗教文化思维和以对俄罗斯文学的历史、人的生命存在本质哲理沉思品质见长的一位,他将日瓦戈置于"圣愚文化"的视域中,以共时性批评取代历时性批评,揭示主人公对社会历史的超越:追求个性精神自由、充溢的基督教特质、独具的圣愚的道德形态、强调艺术的救赎功能等④。黄伟否定主人公的"多余人说""基督使徒说",也认定"游离于政权、社会之外,寻找自己精神的独立和自由,独善其身,精神流浪与情感流浪"是圣愚——日瓦戈——本质性的精神特质⑤。

重视作品的文化批评是借助于文化批评摈弃单一社会历史视角的有效努力,以此重建文学研究与历史、现实的沟通和对话。在那个俄罗斯民众普遍生活苦难、喘息未定的动乱的社会,帕斯捷尔纳克用文学让读者感受到那个时代俄国知识分子心灵的怅惘,告诉人们他要呐喊的心灵世界在燃烧的理由,实现对俄国社会伦理、精神的重建。革命是社会政治学说,它不能解决自由心灵的问题,所以帕斯捷尔纳克笔下的日瓦戈医生更重视文化、心灵,这是对该作品进行文化批评的内在根由。

"史诗风采、社会现实批判、形而上的文化批判、俄罗斯文学传统精神、诗

---

① 何云波:《20世纪的启示录——〈日瓦戈医生〉的文化阐释》,《国外文学》1995年第1期。

② 刘亚丁、何云波:《雷雨中的闲云野鹤——关于帕斯捷尔纳克的对话》,《俄罗斯研究》2001年第3期。

③ 任光宣:《小说〈日瓦戈医生〉组诗中的福音书契机》,《俄罗斯文艺》2007年第3期。

④ 王志耕:《日瓦戈与圣愚》,《外国文学评论》2006年第2期。

⑤ 黄伟:《精神错系探源》,《江西社会科学》2005年第6期。

的意蕴"是董晓提供给读者关于《日瓦戈医生》经典性的新解①。刘守平以"主体论"为题,认为作家展现日瓦戈的人生悲剧在于"肯定对个性价值、人性完善的追求,肯定人的主体命运在社会历史发展中的理性价值与意义"②。包国红关于小说是帕斯捷尔纳克"精神自传"的说法③也应合了刘文的"主体论"思想。从帕斯捷尔纳克的自我信念、创作追求和个人品格等精神文化气质入手,揭示作家的使命意识和俄国知识分子的精神特征是杨海云论说④的核心。叶婷的学位论文也从小说看到了作家对俄国知识分子历史命运的反思⑤。青年学者谢周从生、死、精神复活的角度对该长篇小说悲剧精神的研究也是一个有益的补充⑥。这些论文尽管并非纯粹的文化批判,但在努力发掘作家和作品中的陌生,指认被我们错过、误读、忽略的风景,都能给我们以新的启示。

将文学审美批评从文化批评中分离出来,以朴素的心态面对作品本身,以审美的方式鉴赏,以行家的眼光品评。不仅谈论小说的思想和文化,还要讨论小说的艺术和技巧,尽管这类论文寥寥,但毕竟是此间《日瓦戈医生》研究的一个新的推进之处。着眼于小说的叙事色调、叙事手段与哲理性是刘玉宝、万平论文的主要特色⑦。苏炜试图从情节和"语言思维"的角度解析《日瓦戈医生》⑧,蒋旭阳的硕士论文则从互文性的角度解读《日瓦戈医生》中小说与诗歌在结构与主题上的呼应⑨。吴笛着眼于帕斯捷尔纳克风景抒情诗中的音响结构、词语结构、个性化的自然探究,揭示在诗人艺术创作中自然与艺术、诗人

---

① 董晓:《〈日瓦戈医生〉——我心目中的经典》,《俄罗斯文艺》2000 年第 4 期。

② 刘守平:《主体命运的反思》,《国外文学》1998 年第 4 期。

③ 包国红:《〈日瓦戈医生〉——帕斯捷尔纳克的精神自传》,《当代外国文学》2001 年第 2 期。

④ 杨海云:《论帕斯捷尔纳克的精神文化特性》,《东京文学》2010 年第 4 期。

⑤ 叶婷:《历史语境中的精神困惑与重塑——〈日瓦戈医生〉对 20 世纪俄罗斯知识分子命运的反思》,江南大学:《比较文学与世界文学学位论文》,2009 年。

⑥ 谢周:《〈日瓦戈医生〉的悲剧精神》,《四川外语学院学报》2002 年第 4 期。

⑦ 刘玉宝、万平:《〈日瓦戈医生〉的诗意特征》,《俄罗斯文艺》2007 年第 2 期。

⑧ 苏炜:《帕斯捷尔纳克创作思想、语言思维产生的根源》,《山西广播电视大学学报》2010 年第 1 期。

⑨ 蒋旭阳:《〈日瓦戈医生〉与帕斯捷尔纳克诗歌互文性研究》,《中南大学》2011 年第 2 期。

与自然的新型关系以及由此生成的独特的比喻体系①。论文视角新颖独到，对诗歌创作艺术形式的研究具体、真切、可感，颇富启迪性。执着于文学音乐性研究的王彦秋以诗歌文本为支持，通过与象征派诗歌的比较，考察帕斯捷尔纳克诗歌创作的"声形美"②。这些研究成果尽管水平参差不齐，其重要的意义在于为中国的帕斯捷尔纳克研究提供了一种批评策略，即文学文本的形式解读方式。

帕斯捷尔纳克与中国文学精神的关联是此间研究的一个亮点，其可贵之处在于研究者从作家及其创作中看到了中国文学精神魂魄中所缺乏的"对时代和民族之苦难的自觉承担"，这是帕斯捷尔纳克研究的精神视野的拓展。散文家筱敏在小说中听到了"被时代的进行曲所淹没，被强权禁锢和扼杀"的声音，读到了"像硝石一样凸现出来，穿过时间的屏障，让人们看到隽永的人的心灵史"③。王家新以诗人的独特感悟写下了震撼中国读者心灵的诗歌《瓦雷金诺叙事曲》《帕斯捷尔纳克》。他不仅揭示了帕氏诗歌中修辞、比喻、意象的特点，而且还看到了其创作中独特的精神魅力："他把个人置于历史的遭遇和命运的鬼使神差的力量之中，但最终又把对历史的思考与叙述化为对个人良知的追问。而这，也正是90年代中国诗人努力要去确定的写作角度和话语方式。"④汪介之认为，《日瓦戈医生》"让中国知识分子读出了自己的精神传略"，"也为中国知识分子提供了反思自身的契机"⑤。

冯玉芝的专著《帕斯捷尔纳克创作研究》是21世纪作家与创作研究的具有总结性意义的一个重要成果。研究对象的包容性与比较方法的运用是这部论著的两大特色。前者体现在对帕斯捷尔纳克作为诗人与小说家创作的整体把握上，后者体现在纵向与横向与其他诗人、小说家创作的比较上。然而，专著给予阅读者的新的发现并不多，它仍然没有摆脱我国帕斯捷尔纳克近10年

---

① 吴笛：《论帕斯捷尔纳克的风景抒情诗》，《外国文学研究》2003年第4期。
② 王彦秋：《琴键的美——帕斯捷尔纳克诗歌创作的声形美》，《俄罗斯文艺》2006年第4期。
③ 筱敏：《流亡与负重》，《南方周末》1998年5月1日。
④ 王家新：《承担者的诗，俄苏诗歌的启示》，《外国文学》2007年第6期。
⑤ 汪介之：《世纪苦吟：帕斯捷尔纳克与中国知识者的精神关联》，《探索与争鸣》2007年第9期。

研究的两个明显的不足,一是精细阅读的不足,二是文学整体观把握的不足。前者是指源于文本细节品读后的对作品深度意义和艺术形式体悟、分析的欠缺,后者是指对作家创作中生命存在维度深入发掘的阙如。

应该看到,与世纪之交的俄罗斯相比,我国的帕斯捷尔纳克研究仍呈现出明显的差距。一是在研究对象上,俄罗斯对《日瓦戈医生》的研究从 20 世纪90 年代开始,已经由作家命运、小说创作史转向对接受史和包括体裁、结构、现代主义质素、对话性、叙事技巧、互文性等诗学命题的研究上。二是历史文化研究、哲学研究、宗教研究、比较研究等多种方法的运用,呈现出价值观的多元和方法论上的多样。

帕斯捷尔纳克研究的文化批评隐藏着一种令人担忧的趋向:研究对象被人谈得最多的还是其思想、伦理、文化意义,而作为一个作家的艺术品质,却不太得到评论界的高度关注,对以作品为中心的审美细读批评的忽略,对作品仔细研读、敏锐发掘的缺失。从批评思维上文化批评与俄国 19—20 世纪之交的宗教哲学批评有着"同根性",与先前的社会历史批评也没有本质性的差别,因为它仍然强加给文学创作太多的宗教、道德、伦理的"意义"和"象征",文学批评一头扎进"文化"——"宗教""精神""思想"中,表现出一种审美批评的"走失"。这是一个缺憾,这个缺憾既是意识形态批评的惯性前冲,也是我们把作家看作是一个思想家,而非艺术家所导致的。

结　语

苏联解体前后我国对帕斯捷尔纳克及其创作研究的热闹与深入令人记忆犹新,对比当下俄罗斯文学研究兴奋点的转移,我们不能不承认,当年的那种盛况多有外在文化语境的成因。帕斯捷尔纳克及其小说《日瓦戈医生》因其特有的敏感话题成为我国俄罗斯文学研究界和中国作家们一时集中关注的对象,在一定程度上承担了那个时代的思想启蒙功能。研究一方面澄清了与作家有关的诸多政治、历史迷误,为新的意识形态的确立起到了推波助澜的作用;另一方面,研究也为批评自身的发展开辟了道路,它最终冲破了文学政治、道德批评的局囿,呈现出文化的、哲学的、宗教的、人类学的、艺术形式的等多元、多样的批评样态,为文学批评人性的、自由的表达创造了条件。日后的帕斯捷尔纳克的研究需要在三个方面开拓与深化:一是批评主体价值观的确立,即要通过帕斯捷尔纳克的研究来"阐释中国的焦虑",依靠批评者的价值理念对作家的创作及至对中国文化语境作出自己的分析判断,确立中国学者的声音;二是强化对创作的诗学研究,即对作为 20 世纪经典作家帕斯捷尔纳克创作的经典性作出有理、有力、有见地的艺术分析;三是研究范围应包括帕斯捷尔纳克的诗歌和他的早期小说,呈现一个完整的帕斯捷尔纳克。

(本文原载《外国文学》,2011 年第 6 期)

新世纪俄罗斯文学纵览

重新融入世界文学谱系的俄罗斯文学

　　1910 年托尔斯泰逝世后,随着社会文化的急剧转型,苏联文学逐渐离开了世界文学的发展进程,作为世界文学光辉典范的文学地位在丧失,对世界文学进程的影响也在消弭。这表现在:一,文学以建筑在实证主义哲学基础上的现实主义为主体,整体的思想基础取向较为单一与保守;二,俄罗斯文学与 20世纪世界的哲学、美学思想的发展成果无缘,处在了世界文学的发展潮流之外;三,一味沿袭现实主义传统的俄罗斯文学,在艺术形式上渐趋枯竭。然而,俄罗斯文学在世纪之交 20 余年自身追求的艰难行程中,通过自身的蜕变和对世界文学成就的认知与接受,已经从封闭的状态重新融入了世界文学的谱系中。

　　这一历史进程大致可以分为两个阶段。第一个阶段为 20 世纪 80 年代中期社会"重建"开始到苏联解体。其标志是:"回归文学"①大潮的涌起,全球化语境中文学"新启蒙话语"的出现,与西方文学和文化全面对话的开始,"异样文学"的出现,后现代主义文学作为显性文学的面世,对社会主义现实主义创作方法的最终摈弃。第二阶段为苏联解体后到 21 世纪的十余年。其标志是:"回归文学"大潮的结束,在大规模反思俄罗斯现代性历史的文化思潮中,文学界"保守派"与"激进派"意识形态斗争趋于平息,文学"新启蒙话语"逐渐成为逝去的背影,后现代主义文学浪潮的涌起与衰颓,女性文学和通俗文学的勃兴,文学多样化和个性化时代的到来。

---

　　①　指苏联时代因种种原因遭禁或未被发表的 20 世纪俄罗斯作品的重新发表与出版。

一

回应政治"公开性"而持续整个"重建"进程的"回归文学"潮,可以毫不夸张地说,是俄罗斯文学历史上空前绝后的一次文学盛宴。政治气候的使然,它们不仅成为苏联解体前后"公开性"的重要标志,更是汹涌的自由主义思想激流的推进者。"回归"不仅使被分割成主流文学、非主流文学、地下文学、侨民文学的俄罗斯文学全貌得以真实呈现,其更为深远的意义是,它是一个对俄罗斯历史和文学传统,特别是对七十四年苏维埃历史和文学的反思。这一反思呈现出文学"再政治化"的悖论。一方面,将文学作为政治工具的"功利性文学观"遭到普遍的鄙弃;另一方面,反思浪潮中政治意识又表现得相当突出。无论是何种样式的文学,都从不同方面,以不同的方式对苏联社会进行了沉痛的政治控诉。这是苏联文学又一轮强大的"新启蒙话语",它不仅导致了对社会主义现实主义创作范式的最终否弃,也成为知识分子重新估定包括文学在内的一切价值的开始。

文学的"新启蒙话语"是指在苏联社会"重建"及其"解体"这一时代语境中所形成的文学和文学批评的话语类型和思想取向:反专制极权,反思想垄断,"公开性","新思维",其核心价值是人的和文学的自由。"新启蒙话语"是 20 世纪 50 年代前期开始的"解冻话语"的继续,它仍然以"思想解放和个体觉醒"为核心内容,除了社会变革的政治诉求,作家以重新发现和重新强化俄罗斯民族精神和个体意识为文学话语,并由此派生出一系列关于"俄罗斯"以及"俄罗斯文学"向何处去的现代性命题。作家坚持自身精英身份和话语权的尝试,是苏联解体前后时代价值观的充分体现,是思想精英进行民族文化新启蒙的重要构成。可以说,这一阶段的俄罗斯文学现象,都是在这一个基本的文化情境中展开的。"新启蒙话语"标志着俄罗斯文学试图在一种批判和呼唤的双声话语中寻求新的民族文化"重建"。

"重建"所赢得的赞许和所遭受的非议造就了同样追求俄罗斯现代性,但政治立场截然对立的保守和激进两个阵营,他们构成了"新启蒙话语"的两极。这两极的对峙从"重建"伊始就有,从而形成了两种不同的价值取向:认同民族文化传统的文化保守主义倾向与坚持西方化反传统的文化激进主义倾向。"批判与反思"构成了这两种不同价值取向小说共同的审美品格,成为20世纪80年代后期和90年代初俄罗斯文学中最强有力的小说话语形态。

尽管创作风格不一,坚守的民族文化传统内涵有异,文化保守主义倾向的作家都把批判矛头指向当下——"重建"开始之后的社会"乱世"。"重建"开始的社会苦难为这些作家倡导回归传统提供了历史文化契机。"新启蒙"作家重在批判被"重建"毁坏了的社会秩序和价值体系,批判西方文明对俄罗斯民族文化传统的侵蚀、毁坏。他们大都是苏联发展、强大的亲历者,苏维埃时期丰富的人生经历成了他们生命中最宝贵的精神财富。他们以庄严悲壮的心情面对多灾多难的俄罗斯,从哀苦的世纪末年回望20世纪苏维埃的历史。作家的思维方式、语言习惯还不曾和苏维埃年代完全剥离,他们坚持个人性的立场,赞美俄罗斯的伟大历史,俄罗斯人的英雄业绩,反对全球化进程中真善美、人道主义的失落,继续大声疾呼,进行旨在唤醒国人、振兴国家的意识形态宣传,力图恢复苏维埃人文话语。

拉斯普京在他的长篇小说《失火记》(*Пожар*,1985)中痛心疾首于俄罗斯社会与俄罗斯人的精神、道德、文化的失落,将具有强大精神韧性的俄罗斯民族文化传统看作是民族自救的真正希望。回归俄罗斯根基——民族文化传统、东正教精神——成为以拉斯普京为代表的"新根基"小说创作的审美源起与精神归宿。被评论界誉为"苏维埃帝国的思想理论家"和"总司令部的夜莺"①的普罗哈诺夫始终坚持文学应唤醒民众、指导人生的理念,在长篇小说《库里科沃战役后的六百年》(*600 лет после битвы*,1989)中对俄罗斯国家壮伟历史的回忆有着明确的现实功利,有着深刻的理性层次上的叙事动机。作家不仅在为俄罗斯国家的历史庆功,更重要的是通过历史的再现以表现"历史主体"的丰功伟绩,由此来证明俄罗斯"国家主义"思想的合理性与正确性。利莫诺夫在《我们曾经有过伟大的时代》(*У нас была великая эпоха*,1989)中展现了"苏维埃帝国"的伟大激情与泱泱大国的社会风范。鲍罗金的中篇小

---

① Чупринин С. *Русская литература сегодня.* ПутеводительВремя.М.2003.С.233.

说《天堂之乡》(*Богополье*,1993)表现出更为复杂的批判与反思精神。作者批判专制极权,却对有伟大思想、强有力政治意志的斯大林缅怀有加,认定俄罗斯道路的选择、民族的和全人类的价值观、个性的自由都应该在国家的框架中来实现。上述偏向保守的作家对俄罗斯文化传统的追寻至少有两重内涵:一是对俄罗斯民族传统文化之根的追寻与回归,二是对传统俄罗斯文学审美表现形式的追寻与回归。

然而,强烈的危机意识使富于忧患意识的大多数创作界知识分子很难从民族自身传统中开拓新的境界,所以尽管当时不乏注重传统的声音,但与多数受反传统意识支配的作家相比,这一声音似乎显得无力,"新启蒙话语"的激进之声显得更加高亢且强势。持这一立场的作家和批评家的话语体现出对苏联历史彻底的否定立场和强烈的反叛精神。这些作家中除了少数老一代作家,还有对苏联社会缺乏认知、思想无禁区的中青年作家。

巴克兰诺夫是最为激进的老作家之一,也是坚决主张彻底告别苏维埃,建立自由、民主、西方化俄罗斯的作家之一。他大声疾呼,"丢弃一切以往的赘荷,要将在过去的岁月里无法无天、胡作非为的罪人送交审判"①。索洛乌欣在小说《盐湖》(*Соленое озеро*,1993)中绝望地发出"一个强大的、富饶的、高度文明的俄罗斯给断送了,如果不是永远,那也会是很久很久",俄罗斯的未来和出路在于她 1917 年前的昨天。相对于老一代的作家,萨沙·索科洛夫在创作中更倾向于绝对自由的表达,而不是对民族奴性的批判。他的长篇小说《傻瓜学校》(*Школа дураков*,1990)"是一本关于细腻而又奇特,因个性分裂而痛苦不堪的男孩的书……他无法与周围现实妥协。生就的无政府主义者,他抗议一切,最终认定,人世间什么都不存在,除了风。"②而"索罗金——最不可调和的传统俄罗斯的异见者,他的作品——最鲜明的民族自我批判的典范。……他表明的是,俄罗斯深陷在脓血和粪便中,而且还继续在产生着脓血和粪便。"③。年轻一代作家瓦尔拉莫夫则贬斥俄罗斯文学说,"俄罗斯文学连

---

① Чупринин С.*Новый путеводитель Русская литература сегодня*. Время.М.2009.С.29.

② Генис А.Расследования.В 2 томах.Т.2.Екатенринбург,У-Фактория.2003.С.81.

③ Борис Соколов:*Тайны русских писателей Расшифрованная русская литература*. М. Эксмо Яуза.2006.С.37.

同它的传统在满世界乞讨,如同伸着手要饭的乞丐"①。

上述作家思想倾向不一,却共同表达了文学"新启蒙话语"在"重建"时期的迫切性,也预示了这一话语走向分化、变异的必然。随着苏联解体后市场经济的迅猛发展,更主要的原因是文学"新启蒙话语"自身的合理性危机,它最终又宿命般地重复了俄罗斯历史上文学启蒙话语中各种思想倾向"无有胜者"的老路。然而应该看到,"新启蒙话语"引发的思想解放与美学创新的诉求对文学创作实践具有巨大的塑形力量。此间文学对暴力政治的批判与否定,呼唤正义、公道、自由、民主、人性、个性价值的复归,种种政治的、人性的、文化的启蒙命题无疑都是此后文学深化和新化的重要前提和必由路径。

此间,俄罗斯文学开始了与已有数十年隔膜的西方文学、理论的对话,这主要表现在以下四个方面。

(一)从"重建"起始,20世纪欧美文学界、思想理论界的巨大成果走进俄国。乔依斯的《尤利西斯》,奥威尔的《1984》《动物农场》,纳博科夫的《鲁仁的防守》等一部部西方文学经典首次在苏联书店出现。与此同时,一大批西方小说家、文论家、哲学家,如博尔赫斯、卡夫卡、德里达、利奥塔、福柯、巴尔特、佛克马、克里斯蒂娃等人的创作和论著被翻译成俄文。被西方批评家称为"第一代后现代主义小说家"的博尔赫斯是俄国众多先锋小说家首选的借鉴对象。西方后现代主义思潮的传入是俄国后现代主义小说创作和批评、理论得以形成、生长和成熟的一个重要因素。西方叙事学理论在俄罗斯的传播是构成俄国先锋小说家形式追求和批评家理论重构的重要背景。早在80年代中期,就有柯西科夫的关于法国叙事学理论的介绍②,到了90年代又有伊利因和楚尔甘诺娃主编的多次重版的《当代外国文艺学百科手册》③的问世。各

---

① Степанян К.С. *Реализм как преодоление одиночества//Русская литература XX века в зеркале критики Хрестоматия*. М.С.-Петербург, Akadema, 2003.C.137.

② Косиков Г. К. *Структурная поэтика сюжетосложения во Франции//Зарубежное литературоведение 70-х годов*.Наука.М.1984.C.155-204.

③ Ильин И,Цурганова Е.*Современное зарубужное литературоведение Энциклопедический справочник*. INTRADA.М.1999.

种国际性文化思想、文学思潮和批评理论成为俄罗斯作家重要的话语参照和理论资源。

（二）苏联时期侨居欧美的一大批俄罗斯作家及其创作的回归，为俄罗斯当代文学带来了新的思想与理念。阿克肖诺夫在 1990 年被恢复苏联国籍后，往返于欧美与俄国，与各文学杂志合作并在俄罗斯出版他的作品。在美国定居，在普林斯顿大学和欧洲多个大学担任教授的沃伊诺维奇成为莫斯科作协会员，多家俄国文学杂志的编委。1983 年侨居德国的弗拉基莫夫从 80 年代末开始积极参加文学与政治生活。1972 年侨居美国的马姆列耶夫，80 年代后不仅在俄国本土发表了大量作品，还积极参与俄国的社会活动。被称为"俄罗斯的赛林格"的小说家萨沙·索科洛夫长期在美国和加拿大大学任教，从 80 年代末开始不定期回国。利蒙诺夫 1991 年从法国回俄，积极投身于俄国的政治活动并进行实验性文学创作。2006 年他曾担任俄国"国家畅销书奖"评委会主席。文论家、批评家盖尼斯 1977 年侨居美国，现住新泽西州，是俄国多个文学奖项的评委。与他同时侨居美国的文论家魏尔如今兼任俄国《外国文学》《旗》等文学杂志编委。70 年代末侨居美国的作家阿列什科夫斯基也从 80 年代后期开始在俄罗斯本土发表小说。这些作家和批评家都具有深厚的俄罗斯文学传统，同时又对西方文学的艺术思想和创作成就有深入的了解，他们所坚持的人道、主体、个性、自我的文学理念对新时期文学的发展进程起了十分重要的作用。

（三）俄罗斯作家、批评家、理论家与欧美思想界、文学界的密切交往。苏联解体前后，他们中的一些人因为种种不同的原因到国外生活、工作。他们往返于所在国与俄罗斯，将欧美最新的思想理论、创作动态传递到俄国。他们在俄国和国外都享有广泛的声誉。作家希什金 1995 年侨居瑞士苏黎世，以鲜明的个性和深刻的哲理见长，他的创作在国内外颇有影响，其长篇小说《攻克伊兹梅尔》获俄语布克奖，《爱神草》获国家畅销书奖。作家鲁本·加利耶戈的父亲是委内瑞拉的留学生，母亲是莫大语文系的留学生，外公曾是西班牙共产党总书记，后侨居美国，自传体长篇小说《黑中之白》（ *Белое на черном* ）获 2003 年俄语布克奖。哲学家、文论家、文化学家爱泼斯坦 1990 年开始在美国亚特兰大大学任教，但同时也是俄罗斯笔会成员和俄罗斯当代文学科学院院士。后现代主义文学理论家利波维茨基 1996 年开始在美国科罗拉多大学任教，但他频繁回国，积极参与当代俄罗斯文学的发展进程，他的文论著作基本上都在俄罗斯出版。

（四）俄罗斯与国外共同创立的文学奖项将西方的文学理念、价值观带到了对俄国文学的审视中。"特普费尔基金会普希金奖"由德国特普费尔基金会与俄罗斯笔会中心于 1989 年创立，由双方作家、批评家担任奖项评委。"凯旋奖"是 1991 年俄罗斯创立的具有一定国际影响的文学奖项，它同时授给俄罗斯国内外的优秀作家，还奖励一些非俄国的作家和艺术家。由英国布克文学奖基金会创办，起初由英国公司资助的"俄语布克长篇小说奖"创立于 1991 年，成为俄国影响最大并最具权威性的非国家文学奖之一。1996 年，俄国作协、莫斯科作协、俄罗斯笔会中心、高尔基文学院等部门和意大利彭内市政府、意大利国家文学奖"彭内小说奖"组委会共同创立了"国际莫斯科—彭内文学奖"，奖项的历届获得者都是当代俄罗斯最有影响的作家。显而易见，这些奖项的创设对于俄罗斯文学走向世界无疑是影响深远的。

俄国作家与西方作家的交流，俄罗斯文学与西方文学的碰撞，西方文学理念与俄罗斯文学传统的融合不仅改变了创作理念，也极大地激活了俄罗斯作家对小说新艺术形式的追求和创新开拓的欲望，给俄罗斯文学创作与批评注入了强大的开放意识、变革意识和世界意识，使得俄罗斯文学已经走向了世界。多次荣获俄罗斯国内文学奖项和国际文学奖项的作家马卡宁于 2012 年获"欧洲文学奖"（Европейская премия по литературе），评委会和欧洲作家认为，"符拉基米尔·马卡宁是当之无愧的世界级的欧洲作家形象"[1]。

此间文学的多元化、多样化已见端倪。"异样文学"以其悖逆于社会主义现实主义的文学意识、创作方法、艺术理念，对隐匿于俄罗斯文化深处的种种弊端作了强有力的揭露与批判。这些背负着"坏文学"骂名的文学创作不久

---

[1]　Российский писатель получил Европейскую премию по литературе, http://afisha.mail. ru/stars/news/36506/.

便受到普遍的关注与认可,而作家则成为 90 年代文学创作的先锋性人物。
"后现代主义"文学虽然风格迥异,但对建筑在启蒙理性基础上的"宏大叙事"
表达了深深的质疑。作家们专注于颠覆、解构,对苏联时代的意识形态范式,
从政治体制到价值理念,从文化教育到文学艺术,都采取了激进的反传统的虚
无主义立场。20 世纪八九十年代先后踏上文坛的作家呈现出极为多元、多
样、多变的写作形态。这是一批无论从创作方法、价值观,还是从审美理念与艺
术表达方式都与老一代作家有着鲜明不同的作家。如乌丽茨卡雅(Людмила
Улицкая,1943 —)、皮耶楚赫(Вячеслав Пьецух,1946 —)、科罗廖夫
(Анатолий Королев,1946 —)、卡列金(Сергей Каледин,1949 —)、托尔
斯塔娅(Татьяна Толстая,1951 —)、冈德列夫斯基(Сергей Гадлевский,
1952 —)、波利亚科夫(Юрий Поляков,1954 —)、索罗金(Владимир
Сорокин,1955 —)、佩列文(Виктор Пелевин,1962 —)、瓦尔拉莫夫
(Алексей Варламов,1963 —)、诗人普里戈夫(Дмитрий Пригов,1940 —)、
肯热耶夫(Бахыт Кенжеев,1950 —)、基比洛夫(Тимур Кибиров,1955 —)、
库拉耶夫(Андрей Кураев,1963 —)等。他们没有老一代作家丰富的生活经
历,却有着更为执着和个性化的艺术追求。这些作家建构了文学的"新思维"
"营造了文学的新气候",他们的创作标志着"文学语境中艺术的,美学的转
折"①。1987 年被批评家称为"苏联末年多元化的高峰"②。而 1989 年,评论
界说,"尽管社会的、意识形态的声音仍在小说中占主导地位,但已明显出现
了异样的声音,这预示着多元化原则的胜利不仅表现在思想领域,而且还表现
在了艺术的多样化上","意识形态和文学的主动权已经转到了'新的','异样
的'文学家手中"③。1990 年的"索尔仁尼琴年"和这一年维克多·叶洛费耶
夫的"追调苏联文学的亡魂"一文的发表是对苏联文学"清场运动"的结束。
除了小说探索的创新势头更为猛烈,文学批评、研究也出现了全方位的变化,
作家和批评家主体意识和个性意识新觉醒的时代已经到来。

---

① Иванова Н.,*Скрытый сюжет*.Блиц,Санкт-Петербруг.2003.С.295.С.291.С.321.С.324.

② Иванова Н.,*Скрытый сюжет*.Блиц,Санкт-Петербруг.2003.С.295.С.291.С.321.С.324.

③ Иванова Н.,*Скрытый сюжет*.Блиц,Санкт-Петербруг.2003.С.295.С.291.С.321.С.324.

二

从苏联解体到 21 世纪的 20 余年里,俄罗斯文学经历了各种主义、思潮、流派的洗礼,呈现出多元、多样、多变的状貌。其进入世界文学发展谱系的特征鲜明地表现在这样四个方面:

(一)多元性:多元是苏联解体后的时代特征,而文学的多元是指文学书写的多种理念、多种视域、多种价值观的共存。在创作理念上有哲学的、宗教的、道德的、文化的、生态的,在创作方法上有现实主义的、现代主义的、后现代主义的等等,在创作题材与艺术话语上更呈现出极大的多样性,与时代、社会有关的一切都成为小说书写的内容。作家更多的是凭借感觉本身去建构现实世界的真实属性。这种文学没有被政治意识形态的强权浸染,没有充满道德说教的判断,小说家听命于自身独特而充满个性的情感想象。小说成为作家表达不同生存情感或对人类和世界理解、认知的不同的寓言方式。

(二)开放性:所谓开放性是指文学对差异的尊重,对多种主义、样式、形态、手法的包容。文学作品中出现你中有我、我中有你的创作状况。方法、流派界限的钝化,层级分野的模糊,各种文学体裁、现代叙事技巧、艺术形式的合成,这些都成为文学开放性的显著标志。这一开放性的极具代表性的倾向和鲜明的标志之一便是通俗文学与严肃文学界限的钝化,两种文学元素在同一部作品中的并存。俄罗斯文学已经呈现出两者共谋胜景的创作生态,而越来越多的作家同时成为这两类文学的优秀的创作者。

(三)后现代性:这里所说的后现代性并非指一种文学思潮,而是如同美国批评家桑塔格所说的,是一种后现代思维,新的艺术意识。这个意识的特点是,反对将世界纳入事先预设的意识系统传统而进行"唯一的阐释",还世界以"真实的"形象。重新阐释世界,将文学艺术表现的现实社会和人生的丰富性、复杂性还给这个多元的世界。这种后现代性是示范性写作的终结,是经典性权威批评的终结,众口一词的终结,是作者、读者、批评者三者对话的开始。作家、批评家米哈伊尔·贝格说:"俄罗斯进入世界社会与俄罗斯进入世纪末的后现代空间紧密相关。"①

（四）奇幻性：想象力与奇幻性是当代小说最重要的文学元素，也是民族文学是否具有生命力的重要标志。充满陌生性、多义性的"奇幻"小说类型的繁荣，是当代俄罗斯小说的重要特征。"在体裁的新形式创造中占有特殊地位的反乌托邦小说"就是这一奇幻性的典型代表，批评界认为，"反乌托邦小说对独特的艺术思维，'照相底片'原则叙事类型的形成产生了很大的影响"②。这一类作品始终具有一种奇谲莫测的不同意象和梦幻，让人无法完全理解的东西。作家提供的是超出人类理解力原始经验的文学景观，是被集体无意识所推动的文学书写。作家的写作超出了个人经验的局限，不是以作家个人的声音，而是以整个族类的声音来说话，在奇幻中表达出一种人性意义的，或是哲学意义的深邃来。

（五）实验性：随着传统书写方式不再被作家和读者所喜爱，新的艺术实验成为不同风格新潮作家的共同追求。其中的相当一部分人热衷于不同技巧、手法的运用，在艺术结构、叙述方式、内在组织原则和逻辑关系，乃至语词、句式等小说技巧方面有着相当自觉的实验意识，并能通过种种手段来制造并达到他们所追求的艺术效果。批评界认为，"当代文学的'实验期'持续了两个十年，从时间上来看，它堪与'白银世纪'所经历的文学创新期相媲美"③。

多元性、开放性、后现代性、奇幻性、实验性成为21世纪俄罗斯文学回归世界文学谱系的鲜明特征。在世纪之交，一方面，19世纪俄罗斯文学的经典传统在新时期重新得到张扬与发展，呈现出现实主义叙事的多样性风格；另一方面，世界文学的各种思潮、形态和样式都在此间的文学创作中得到了充分的反映和体现。

现实主义文学话语依然保持着强大的生命力，作家弗拉基莫夫说，"一切

---

① Черняк М. А., *Современная русская литература.* САГА－ФОРУМ，Санкт－Петербург，Москва.2004.С.7.

② *Современная русская литература конца XX－начала XX1 века.* Под редакцией С. Тиминой.Академия.М.2011.С.10.

③ ①*Современная русская литература конца XX－начала XX1 века.* Под редакцией С. Тиминой.Академия.М.2011.С.8.

对现实主义的背离都以一种忏悔式的重返而告结束"①。这一时期的现实主义文学获得了新的现实品格,传统的民族文化意识(苦难意识、忏悔意识、拯救意识)和人文情怀(道德关怀、文化关怀、宗教关怀)被赋予了新的时代内涵。现实主义话语出现了不同的叙事类型。"新经典叙事"是对 19 世纪俄罗斯文学传统的继承和发展。作家越来越多地表现外部生活溶解在心灵中的秘密;从内容上表现出社会政治宏大叙事的式微,以一种共时性的目光审视历时性的社会生活和人的精神生活,表现出对个体人的共时性存在的高度关注。"民族文化叙事"从民族的深层精神和文化特质方面去探究俄罗斯社会和人的拯救,强调一种民族精神传统中的文化意识。它包含着两个向度上的反拨,一是对苏联时期政治化倾向的现实主义政治伦理的反拨,二是对以后现代主义为代表的西方文化倾向的反拨。"原生态叙事"直面充满痛苦、艰辛、庸俗,甚至卑污、丑恶的日常世界,将社会的人还原成自然的人、肉体的人、自我的人,表现出新时期现实主义文学中与"为人生"不同的"为生存"的价值取向。"幻化叙事"基于写实,但并不纠结于世俗生活的外相,表现的大多是现实所形成的幻觉——其经验世界和理想世界的一种投影。作家们仍然是按照现实世界的逻辑思维,但采用的是幻想的、神秘的、魔幻的艺术手段。幻化叙事成就了当代俄罗斯文学新的范式,创造了现实主义文本再生产的可能,拓展了新的话语空间。想象与虚构退场后的"非虚构叙事"是新的现实主义叙事的一个重要构成,也是 1995 年后形成的创作与阅读热的小说样式。一部分作家对事实、文献的高度重视是其对"真像"缺失失望后的反拨,是作家和读者为满足了解事实、情感与心理"真实"的一种文学对纪实书写的渴望。

后现代主义小说在 20 世纪 90 年代勃兴,其狂放不羁的自由书写方式,异军突起般的崛起、走红、兴盛,构成了此间俄罗斯文学中极为独特的景观。尽管俄国的这一小说形态具有与西方类似小说同样的命名,但源于独特的民族社会文化语境的它们却有着明显不同的内涵和意蕴。首先,俄国的后现代主义小说是在以社会主义现实主义为主潮的苏联文学内部作为异端萌生、发展

① [俄]弗拉基莫夫著,谢波、张兰芬译:《将军和他的部队》,漓江出版社 2003 年版,第 465 页。

的，从"娘胎里"就带有对苏维埃社会主义文化强烈的意识形态反叛性。其次，后现代主义小说是被人为地中断了的现代主义小说传统以及苏联时期非主流文学（如纳博科夫、布尔加科夫、普拉东诺夫、现实艺术协会等）在后现代主义文化思潮泛滥语境中的延续，因此俄罗斯的后现代主义小说融进了各种先锋主义、现代主义小说的鲜明特征。再次，后现代主义小说亦是后苏联时期大众文化繁荣的产物。这既指小说家竭力颠覆并解构精英权威、传统文化、历史成规的价值取向，也是指他们在大众文化时代迎合广大读者游戏和娱乐心理的狂欢化叙事方式。最后，美学表现上的实验主义，即小说家对于小说叙事方式、艺术结构、词语句式等艺术手段高度的自觉意识和刻意追求。但后现代主义小说家不是"形式主义者"，因为他们真正关心的不是艺术创新，而是艺术手段所依托的某种"世界观"和"价值观"的表达，是叙事方式改变后人们对世界理解和表述方式的改变。"观念主义"小说与"隐喻主义"小说成为当代后现代主义小说的两种不同形态。爱泼斯坦说，"观念痛苦地寻找事物的共性，而隐喻则创造共性的多样性"①。前者是一种较为激进的、解构性的或消除性的后现代主义，是一种"颠覆性叙事"；而后者是一种相对温婉的，"建构性的或修正性的后现代主义"，是一种"思辨性叙事"。它重于对文化废墟和片段的"神话重构"，其审美意识较为自觉和强烈，"技术"色彩更为鲜明，是一种新的"寓言叙事"或"隐喻叙事"。

世纪之交的俄国文坛，已经形成了一个强大的女性作家群和一股颇有声势的"女性小说"②潮流。它标志着俄罗斯文学中的女性写作已经从无意识的隐性状态走向有意识的显性场景。这是俄罗斯女作家长久蛰伏的女性自我意识与西方女性主义的思想在全球化背景下的一次交汇，是她们在欧美女性主义启发下，在苏联解体后的社会文化语境中进行的自我追寻和文学表达。俄罗斯女性文学没有西方女性文学的女权运动背景，这使得女性小说的创作者

---

① Генис А., Александр Генис, Т. 2, расследования, Екатенринбург, У－Фактория. 2003. С.14.

② 1988 年出现了第一个俄罗斯女性作家团体"新亚马逊女人"(Новые амазонки) 及其宣言，1990 年和 1991 年先后出版的女性小说集《不记恶的女人》(Не помнящая зла)、《纯净的生活》(Чистенькая жизнь) 和《新亚马逊女人》可视为俄国女性主义和女性文学登上文坛的标志。

多少带有"启蒙者""拯救者"的影子,强大的社会文学、人生文学的传统也使得女作家的写作担负了许多女性话语之外的使命。以表现女性性别差异为取向的"拟态性女性小说"和以颠覆传统性别范式为主导的"叛逆性女性小说"①是颇具代表性的两种不同的女性小说。前者重在书写女性的生活经验、生命状态,作家更偏向于对女性生存境遇的关注,对女性性别体验的揭示和对女性精神困境的忧思,相对而言,这一类小说重在"自视""自省",其对男性的抗拒、反叛性倾向似嫌薄弱。小说家多通过对女性的自我认知来重构女性自我,具有较强的对女性生命存在探究的形而上色彩,是一种"建构性"小说。"叛逆性女性小说"质疑传统文学关于男女两性的话语规范和相知秩序,作者多通过自己的心灵体验撕碎关于女性和男性的种种幻象,表现在男权文化压制下女性生命深度的伤痛和隐秘,颠覆男上女下、男尊女卑的观念。这一类作品无不充满了抗拒的话语,是一种"解构性""颠覆性"小说。

社会市场机制的引入,消费市场的活跃,读者对文学疏离政治并呼唤娱乐功能的需求,文学对社会主义现实主义文学的反叛所形成的合力,促成了文学表意策略的另一个重大变化,那就是长期以来一直隐身苏联文坛幕侧的通俗小说赫然登堂入室,俄罗斯文学彻底改变了由严肃文学一统天下的局面。侦探小说,惊险小说,言情小说,奇幻小说,幽默小说,后苏联通俗小说的五大体裁近二十年的不衰体现了其很强的生命力,也说明了大众读者阅读心理与审美意识的稳定性。新时期通俗小说采取了大众化的"民间"叙事,即民间生活的展示、民间伦理的表达、民间故事形式的运用。与此同时,它对"识社会""为人生"的思想和美学"经典性"有着强烈的追求。孕育于强大的现实主义和厚重的人文精神土壤上的当代俄罗斯通俗小说始终保持着一种鲜明的人文精神,具有对崇高情操、美好人性、人格魅力的坚守。

我们看到,21世纪俄罗斯文学的全人类性并不来自全球化进程,而源于它自身的文化价值内涵。在转向后现代因素的时候,俄罗斯文学的文化范本没有发生根本性的转型。俄国的当代文学主流文本仍执着于意义的追求,这

---

① Габриэлян Н., Ева—это значит《жизнь》,(Проблема пространства в современной русской женской прозе). *Русская литература XX века в зеркале критике*. ACADEMA. M. Санкт-Петеррбург.2003.C.285.C.290.

种执着导致文本强大的历史感以及对现实的关切。俄国当代文学通过对传统的承继展开的是一种厚重的"历史自觉意识",这种意识仍然是俄国当代作家源远流长的忧患意识的特定表现,也是他们冷静地直面人生和社会生活的现实主义传统的另一侧面。融入世界文学谱系的当代俄罗斯文学并没有丧失其鲜明的本土化民族特征。现实感、历史感、忧患感、使命感,作为俄罗斯文学的胎记,仍然是当代俄罗斯作家基本的文学情结。在全球化浪潮的语境下文学中的政治在消遁,永恒的人性在增长,教化的味道在退却,自然、休闲、消费的色彩在增强。文学虽然已经不具备指点江山的作用,但作家依然在捍卫个人、人类灵魂的崇高、精神的高贵、心灵的美丽,文学还在对人们的精神生活起着重要作用。文学发展有它自己的发展规律,一种优秀的传统一旦形成,就会有自己的自律力量。俄罗斯文学从广阔的历史与社会的角度观察生活的传统和忧患意识总在顽强地沉淀在作家们的审美意识中。俄罗斯文学仍然毫不妥协地坚持着自己的个性,用民族的、个性化的力量,以其固有的气质与色彩在对抗着全球化。

(本文原载《外国文学》2014 年第 2 期)

后苏联文学现代性的精神价值

后苏联文学迎来了一个新的文学价值观重新确认的时代。一方面,由各种文学团体、机构设立的文学大奖不断推出,由文学团体和商业机构合作运营的畅销书的热卖不断上演。另一方面是越来越多的读者远离了文学,他们已经不再关注被媒体分流了的文学的社会功能,对那些越玩越玄乎的"纯文学"的把戏也早已冷漠,甚至连一些专业作家和评论家也坦陈对一些当代小说兴趣的减退。如同其他艺术样式一样,在全球化的文化语境下,文学处在一个消费主义、享乐主义、虚无主义畅行其道的文化语境中,俄罗斯文学还有现代性的精神价值吗?

在谈论这一话题之前,我想先谈谈当代俄罗斯文学中后苏联文学与苏联文学的承继性这样一个显性的事实。如果把俄罗斯90年代以后的小说与苏联"解冻"以后的小说作一个比较,就会发现两个有趣的现象。

一是就表现对象(内容)而言,后苏联文学走过了一条与"解冻"后的苏联文学惊人相似的道路:暴露小说与公开性小说,问题小说与反思小说,自白小说与实验小说,乡土小说与寻根小说,道德小说与哲理小说,地下文学与回归文学……这些几乎一一对应或共同的小说题材与体裁形式,说明苏联解体前后当代作家的创作思维的发展与扩展进程是有规律可循的,也说明90年代俄罗斯的意识形态转型与文学变化不过是接续了"解冻文学"的传统。"解冻文学"理应讲完的现实话题并没有讲完,所以在90年代以后得到了再一次的重现与深化,只是表达的具体内容有了不同的时代特征而已。

二是在小说的表现方式、形式探索方面,俄罗斯小说向西方小说移植、借鉴的广度与速度在苏联解体后有了惊人的拓展,差不多只用了近十年的工夫就走完了西方数十年的艺术历程。从 80 年代后期开始,小说家们就将现代主义、概念主义、社会主义前卫艺术、后现代主义、后现实主义、隐喻现实主义等玩了个遍,从"台下"玩到了"台上",从单纯的语言实验到整体的小说文本再造。这又与 50 年代后期兴起的文学的艺术形式探索对应起来,同样接续了那个时代没能完成的形式实验,只是时间较短,生命力也较弱,既没能改变苏联小说传统的叙事习惯,也没有留下足以传承的范本模式。

为什么会出现这样的两个对应? 其一,一个时代提出的历史命题不管因为什么原因而被迫中断,总会在新的历史时期以新的方式重新表现出来,这是不以作家意志为转移的。无论在内容上,还是在形式上,没有被表现过的,或者没有被充分表现过的对象,日后一定会被找出来重新表现。无论是内容的,还是形式上的表现同样都会在文学的继承、借鉴中得到新的接续。20 世纪 80 年代后期俄国的思想解放运作为对 50 年代思想传统的接续,仍然在继续有关俄国社会的历史、现状与未来等一系列重大命题的探讨。俄罗斯的社会转型恰恰为文学的这种接续提供了充分的条件与土壤。其二,作家生存、创作的文化与文学语境是不容他自己选择也是无法改变的,其创作思维的扩展过程是有接续有规律的。俄罗斯文学不可能在一个十年间建立新的文学规范和排斥机制。文学在俄罗斯文化中中心地位的失落,文学非政治化意识形态的进程并不意味着文学意识形态功能的丧失。俄罗斯文学从 19 世纪以来强大的道德教化功能不会随着文学与政治的渐行渐远而丧失。人性的善恶、道德的高下,从来都是俄罗斯文学和文学家争执不下的重大命题,在两个多世纪以来的任何一个时代对于这些命题都会有一个基本的集体无意识,即使在苏联解体后的十余年中也毫不例外。文学的变化、发展和作家的代际更替是一条源于民族文化与文学传统的、斩不断的文化河流。

上述现象说明,后苏联文学总的叙事话语并没有发生本质性的变化,其形式探索并没有脱离作品的内容而单独得到发展。不管作家举什么样的旗,宣称什么样的主义,最终都离不开对本民族社会生活和人生本相的真切的表达,都离不开作家自身情感强烈的投入,无论这种表达采取的是怎样的一种形式:"写实的"抑或是"写意的"。当下的俄罗斯作家,无论其主观意愿如何,仍然钟情于其在社会等级制度中的精英地位,并自觉或不自觉地越来越多地成为新意识形态的重要组成部分。这不仅是指他们继续着对社会现实与民族历史、国事天下事的关注，继续着他们激扬文字、指点江山的文学集体无意识，还指在新的历史条件下他们对与生活方式、个人兴趣、商业利益、全球化意识相关问题的关注。这两种关注的内涵主旨都绝离不开他们所生活的社会生活现实，而且都有意无意地影响了当代俄国社会文化和文学的走向。

苏联解体后的俄罗斯文学作为当代俄罗斯文学的一个重要阶段不是超越现代性精神价值的文学，因为它具有从普希金以来俄罗斯文学现代性的全部精神与理念。与俄国社会发展的现代性时期分野不同，俄罗斯文学的现代性不是起始于彼得一世的社会变革，也不是发生在 1861 年的俄国农奴制废除之后，而是在具有独立的民族品格的俄罗斯文学确立之后，即俄罗斯文学之父普希金的问世。这种现代性精神与理念集中体现在自由精神、批判精神、主体性意识、悲剧性意识这样四个方面。对自由的（社会的与个性的）向往与对现实的批判是普希金诗歌与小说创作最基本的精神，是近两个世纪现代俄罗斯文学最重要的思想道德体系，它最集中、最强烈、最突出地显示了俄罗斯文学的总体性。而主体性意识与悲剧性意识恰恰是这种现代性文化精神在文学创作中的具体体现。它们的主导方向表达了俄罗斯文学与中世纪愚昧的告别，与古典宗法文化、专制主义的对立。

文学的这种现代性一方面代表了审美理性，代表了俄罗斯民族历史上的伟大的变革精神，另一方面，它把精神焦虑与忧患植入民族生活的各个层面，成为文学家困惑与危机意识的代名词。归结到一点，俄罗斯文学的现代性精神价值依然是文学对历史与现实的关注，对俄罗斯人精神世界的关注。这就是俄罗斯文学的现代性精神价值所在，就是俄罗斯文学最基本的精神元素。后苏联文学的这一现代性精神价值没有变，只是对这种精神价值的追求在新的历史条件下采取了别样的表达，有了一种新的阐释方式和价值视野。如果将当代俄罗斯文学追求这一"现代性精神价值"的表达画成一条年代的纵线，而将文学的各种主义、思潮在每个时期发生、发展、变化当成一个个的点，再将这些点连接起来，那么我们可以清晰地看到，从 50 年代中期开始的半个多世纪以来，当代俄罗斯文学思潮变化的主流趋势就是围绕着这条纵线翻飞的曲线。每当这条曲线离开纵轴较远的时候，它都会回转身来向纵轴靠拢。后苏联文学的近二十年的发展也印证了这样的一条规律。

首先,现实主义文学依然是后苏联文学的现代性精神价值的集结所在。现实主义文学过去是,现在是,今后仍然是体现俄罗斯文学对精神关注的一个巨型话语。现实主义是俄罗斯民族、国家现代转型时期出现的文学主张,尽管在20世纪的变迁中五光十色、历尽苦难,但它的历史在苏联解体后并没有终结,因此现实主义主张的内容和形式也就不会终结。的确,俄罗斯文学的90年代,现代主义与后现代主义的创作探索与实践打破了现实主义一统天下的文学格局。现实主义一贯主张的历史使命感、社会责任感渐渐受到瓦解,文学的价值观发生了很大的变化。文学虽然已经失去了整体选择的历史背景和价值认同,现实主义出现了在不同的、多样的价值层面上的分流,但俄罗斯作家们面对民族的历史依旧,面对社会的生活依旧。只要民族历史与社会生活的要求没有得到充分有力的表达和宣泄,现实主义就不可能死去,这就是现实主义文学在俄国不死的精神背景。文学价值观层面上的分流不但不会窒息现实主义,反而为现实主义文学提供了走出狭隘、走向丰富的契机,使现实主义文学进入一种新的境界和新的状态。

世纪之交的俄国文学创作界有作家说,"21世纪开端文学的特点是现实主义的胜利。当然这种现实主义会用20世纪包括先锋派艺术在内的一切艺术发现来丰富自己的"①。有文学批评家说,现实主义文学仍然是"最为发达和最富有生命力的艺术体系"②。在保留着人物性格、行为的社会历史因果决定性及作者主观评价的显现性、细节真实的写实性等现实主义基本特征的同时,现实主义文学大大开启了现实与人存在关系的多样性。这一文学已经不拘泥于再现纯经验式的现实,而大大拓展了现实主义文学感知认识现实的对象,现实主义在走向丰富,走向深广,具有了现代气息。一方面保持了与生活本源、存在本源的血肉联系,另一方面表现了对最新的文化内容、现代意识的吸纳。感性的现实可以被精神的现实所充实,人的社会性可以被超历史时空的自然属性所补充,时空的完整性可以被时空的片段性所取代……现实主义

---

① Юрий Михайлович Поляков. *Русская словесность*. 1997.№1-2.C.40-42.

② Нефагина.*Русская проза конца XX века*. М.Флинта Наука,2003.C.109.

表现出与俄罗斯文学中现代主义前的经典现实主义与现代主义后的社会主义
现实主义明显不同的艺术范式。所以才有了弗拉基莫夫大异于传统历史价值
观和道德观的新"史诗性现实主义"(《将军和他的军队》《Генерал и его
армия》),有了叶尔马科夫的"隐喻式的现实主义"(《野兽的标记》《Знак
зверя》)以及波利亚科夫的社会心理现实主义(《蘑菇王》《Грибной царь》)、
邦达列夫的"新启蒙式的现实主义"(《百慕大三角洲》《Бермудский
треугольник》)、安得列·德米特里耶夫的"存在主义式的现实主义"(《一本
打开的书》《Открытая книга》)、瓦尔拉莫夫的"象征式的现实主义"(《新生》
《Рождение》《沉没的方舟》《Затонувший ковчег》)、扎哈尔·普里列平的"战斗
叙事的现实主义"(《萨尼亚》)等。期待并呼唤着现实主义文学的再一次兴盛并
非世纪之交少数作家与读者的心愿,还成为一批批评家,如 A. Немзер、
Александр Архангельский、Павел Басинский、В.Чалмаев 等人的强烈的心声。

其次,作为 20 世纪 90 年代一度成为后苏联文学强势话语的后现代主义,
常常都被看作是没有精神与道德追求的文学,是一种文化与道德虚无主义的
文学。然而,事实上这一文学从来就没有拒绝和脱离过俄罗斯历史的或当下
的社会现实。反极权、反权威、反苏维埃意识形态主流乃是俄国的后现代主
义,特别是其早期的概念主义、社会主义前卫艺术的一个鲜明的政治思想倾
向。尽管后现代主义作家始终声称坚持一种"为了文学而文学"的创作,但
是,从安得列·比托夫的《普希金之家》(《Пушкинский дом》)和维涅基克
特·叶洛费耶夫的《莫斯科—彼图士基》(《Москва-Петушки》)到佩列文的
《恰帕耶夫与普斯托塔》(《Чапаев и Пустота》)和索洛金的长篇小说《玛丽
娜的第三十次爱情》(《Тридцатая любовь Марины》)、《蓝油脂》(《Голубое
сало》)、短篇小说集《盛宴》(《Пир》),这些名字最为响亮、也最为评论界关注
的后现代主义小说家的创作,在表达对传统的与现存的价值的质疑与焦虑以
及对现实的空茫与失落的同时,几乎没有一篇是脱离民族历史、社会生活与人
性思索的"纯文学"。这说明,价值观可以不一,思想倾向可以异样,但意识形
态的思想、精神求索仍然是他们不肯消解的创作动因之一。后现代主义作家
终结俄国历史的姿态并没有使他们忘记俄国历史中的屈辱与痛苦。

范式的人(человек-стереотип)、原型的人(человек-архитип)、代码的人

（человек-код, человек-иероглиф）、非人（человек-ноумен），这些后现代主义小说中的人物形象虽然个性消匿、性格缺失，却从不与俄国现实生活间离。以非逻辑、混乱无序以及虚拟错乱为特点的后现代主义叙事中充斥着写实（当然不是写生活实有之事，而是虚拟的真实、艺术的真实）的细节。被后现代主义作家具体化了的"互文性游戏"（интертекстуальность）、"零距离叙事"（нулевой градус письма）的诗学都不排斥这种艺术的写实。甚至连俄国后现代主义小说常常遵循的话题、情节、形象都来自19世纪经典文学或20世纪社会主义现实主义的文本或文体范式。俄国后现代主义文学的美学共同性所在就是现实、人物、作者、互文的共存，就是现实与虚拟的共存。俄国后现代主义小说所有这一切特点的发生与发展在很大程度上都是因为俄国的后现代主义不仅仅是对西方理论思想与文学思潮的借鉴，更重要的还是对俄罗斯文学传统和文论思想资源的继承与发展，比如，对白银时代的现代主义文学、"奥百里乌"的荒诞派艺术、布尔加科夫的"魔幻现实主义"、普拉东诺夫的存在主义小说、形式主义理论、巴赫金的文论思想，塔尔图学派的文化符号学理论等。俄国的后现代主义作家没有忘却和放弃重建时代神话（《Девятый сон Веры Павловны》Пелевина,）, 重提社会批评（《Омон Ра》В.Пелевина）, 再建民族文化心理批评（《Русская красавица》В.Ерофеева;）、宗教批评（《Змеекос》Егора Радова）这样的文学追求。至于类似西方理念的"身体叙事"，从本质上来说这只是一种商业行为，并不构成一种严肃的文学话题。

　　特别应该指出的是，一些后现代主义作家开始从营构虚拟回归现实，从文化虚无主义转向对宏大的精神追求，从叛逆回归平静。索洛金的创作道路就是一个例子。继20世纪末短篇小说集《盛宴》出版之后，作家在21世纪一改欲罢不能、不关乎丑恶便无法成篇的写作方式，摒弃了先前小说中的那种丑陋化、粪土化、妖魔化的艺术手段，写出了三部曲《冰》（《Лед》）、《布罗之路》（《Путь Бро》）、《23000》，这是作家对小说现实化、理性化与精神化的回归，是他对"魔幻现实主义"叙事策略的诉求。有评论家说，这位特立独行的后现代主义作家已经改弦更张，在"向古典主义回归，对旧式话语的选择"[1]。作家

---

[1]　Соколов Б.В.*Моя книга о Владимире Сорокине*.АИРО.М.2005.С.191.

自己也坦承说,"对于我来说,《冰》——这是一个语言试验时期的结束,我试图写传统的长篇小说……《冰》是我第一次直接讲述我们的生活、我们的世界……这是自我苏醒并唤醒他人的尝试","《冰》是我的第一部首要的不是形式,而是内容的长篇小说。"①

后苏联文学之所以对"现代性精神价值"的追求执着不懈,之所以对现实的"主义"诉求始终不变,是俄国文学的必然选择,是由俄国的社会生活、作家的创作观念和审美传统决定的。

第一,具有深厚现实主义传统的俄罗斯文学不可能使这一文学的巨型话语断流。俄罗斯文学从来就不是被少数人把玩的艺术形式,它所固有的使命感、责任感、宗教意识使得现实主义远远超出了它作为一种方法和流派的意义,而成了一种民族的文化精神存在。苏联解体后,大多数俄罗斯作家,特别是现实主义作家,都以一种庄严悲壮的心情面对着 20 世纪末俄罗斯的黄昏。世纪末的俄罗斯现实激起了他们特殊的悲凉情怀。这种世纪末的悲凉情绪既是社会历史的,也是民族文化的,都会直接对文学的题材与体裁产生重大的影响。不论它采取的是何种表达与书写方式,是激昂的还是隐逸的,是调侃的还是闲适的,都是与后苏联的现实紧密勾连的。文学新潮的涌起刺激和促进了现实主义的蜕变,现实主义在一种被冷落、被贬抑的情境中发展,完成了从封闭、机械、单调的艺术模式向开放的艺术形态过渡。现实主义本身没有抱残守缺,而在坚持着一种开放的、发展的、吸收和融化新的艺术因素和文化意蕴的积极态度,现实主义在走向丰富,走向深广,具有了新时期的现代气息。一方面保持了与生活本源、存在本源的血肉联系,另一方面表现了对最新的文化内容、现代意识的吸纳。

第二,后现代主义在文化上的趋新、艺术上的求异既有其历史的必然性和合理性,又有着其价值意义上的虚假性和形式追求上的极端性。"先锋文学"以其极端的、激进的叛逆姿态为文学的发展提供了种种可能性的同时又使自己陷入了种种的不可能性,出现了行之不远的匮乏。《旗》杂志的评论家斯捷帕尼扬认为,"后现代主义与现实的最后一次分裂表明了它走进死胡同的开

---

① Независимая газета.2003.2 июля.

始""现实主义是后现代主义的终结"①。文学从政治附庸的时代走过之后，人们对乌托邦的"道德理想"的抵触与不适是可以理解的，但因此走向另一个极端，排斥连同真善美在内的所有的精神理想，同样会导致文学的价值迷失。1999年诺贝尔文学奖得主、德国作家君特·格拉斯说，除了获得轻松的愉悦，文学还应该让读者从中看到希望，看到"黑暗中的光"。表现人性的丑陋邪恶是不少后现代主义作家的叙事追求，这本身没有错。但如果单纯地传达丑恶，片面地、一味地强调丑恶的力量，过多地阐释丑恶的魔力，那便是对文学目标的背离。因为文学不是为了制造人性的地狱，而是为了创造精神的家园；文学不是为了砍伐人性，而是为了张扬人性；文学不是为了营造黑暗，而是为了让读者看到光明的出口；文学不是为了制造洪水，而是为了建造诺亚方舟。"恶之花"结不出善之果，文学的根基就在于它的精神生产力，就在于用一种清洁的精神去打捞沉沦的人性。只有这样文学才能在提升人性的同时拯救自己。索罗金被认为是一个天才，但他曾经只是一个写病态和变态的天才，他对人性的洞察令人叹服也令人遗憾，因为他洞悉的只是人性当中的恶，而善一度是他文学创作的盲点。也许正因为创作中这种过量的"阴霾"，作家才开始流露出对"阳光"的渴求，我以为，这正是这位"最纯粹的"后现代主义作家创作转型的内在动因。

第三，市场机制与消费需求尽管在一定程度上影响着俄国作家的创作思维，左右了文学创作在读者心目中的位置，但是文学作为一种精神产品，毕竟不是纯粹的物质消费。俄罗斯文学没有像欧美国家那样的消费传统，这既是俄罗斯文学的民族文化特性使然，也是俄罗斯作家的精神品格使然。把文学作品当作纯粹的商品，把文学创作等同于一般的商业行为、社交活动，认为文学的美已经不具备艺术本性的说法，无论如何将其炒作、营销，没有精神内涵的消费文学都只能是一种文学的泡沫，不会得到读者的喜爱，不会迎来文学的昌盛与繁荣。文学赢得市场、读者需求的首要条件在于给读者带来审美愉悦、快感，即使是审丑、审恶，也在于对丑、对恶的否定，最终指向对罪的认识。文

---

① Степанян Карен. *Реализм, как заключительная стадия постмодернизма//Знамя.* 1992. No.9.C.231.

学即便不提倡学习保尔·柯察金、奥列格·科舍沃依，但也没有必要反感或是仇恨他们，因为保尔和奥列格的精神品格至少不应该是令人反感的，应该反感的是一种政治功利性，而不是保尔和奥列格所代表的一种道德价值、人性价值的本身。文学有一点是永远不会改变的：那就是它毕竟是人类通过形象情感的审美来认识、把握世界和自身的一种方式。无论是西方的柏拉图、康德，还是俄国的普希金、陀思妥耶夫斯基、托尔斯泰、索洛古勃，还是中国的屈原、李白、杜甫，他们都把美看作是超验性的，是对人类的一种终极关怀，带有宗教的意味，它作用于人类的精神，而不是身体和欲望。俄国宗教哲学家费多托夫早在 1935 年在论及 20 世纪的俄罗斯文学时也说过，挽救艺术的出路只有一条——那就是回到生活的宗教源头上去。否则我们就会遭遇价值的通货膨胀，在一些可怕的名称后面掩盖的却是贫瘠的内容。再说，今天的俄国究竟是不是处在一个消费主义时代，多少人口进入了消费主义时代，多少人具有中产阶级的审美趣味和主义，尽管这是一个非文学的，但也是值得人们思考的命题。

第四，生活的深刻性和时代精神的渗透，任何时候对文学艺术都是根本性的。人类的历史经验表明，任何一个民族的经济的、政治的、民族心理的变化进程中隐含着某种更为深远和深刻的文化成因，而文学是揭示这种文化成因最有力的艺术形式之一。90 年代俄国社会生活的众多领域还刚刚被作家们发现，从本质上远未得到充分的揭示和阐释，它需要新的理解、新的表现。除了现实主义之外，这种理解与表现可以是其他主义的，也可以是没有主义的，可以是先锋的，也可以是传统的。生活深刻性与时代精神的表达，既是个人的，也应该是大众的，也就是站在民众的立场上观察世俗表达人性，具有对民族与人类前途的焦虑与瞻望。俄罗斯文学在苏联解体后出现了最耐人寻味的景观，一是后现代主义思潮的兴起，表达了部分作家对现存精神价值的质疑与焦虑，二是仍在为人生苦痛和社会进步冥思苦索的作家的俄罗斯现实主义文学的重生。这是极具时代特征的俄国的两大文学潮流。前者背离俄罗斯文学传统走上了一条背离写实以"写意"为时尚的价值追问道路，故而在形式上出现了后现实主义的形式变革，后者仍重在揭示人生苦痛追问人生真相，继续着一条以写实为主的现实主义道路。其实，这两种背道而驰的文学潮流都基于一种对现代性的追求——自由精神与批判精神、主体性意识与悲剧性意识,这会是很长一段时间里俄罗斯文学共同的精神母题,也是当代俄罗斯作家的思想追求。不论何种思想倾向,何种党派,何种主义的作家,只要他是一个真正的作家,都会把这一种现代化精神体现在其对生活与时代的思考中。随着时间变化、条件变化,现代性的精神价值追求都会以不同的方式出现。这不是人为的规划,也不是主义的强加,而是生活与时代的使然。

以强大的历史文化传统为基石的现实主义文学从来就是俄罗斯文学现代性价值的深刻体现,也是不同时代的文艺学家,如日尔蒙斯基(В.М.Жирмунский)、维诺格拉多夫(В.В.Виноградов)、金兹堡(Л.Я.Гинзбург)、巴赫金(М.М.Бахтин)等人所研究的重要话题。随着社会的发展和文学自身的变化,文学所体现的现代性价值的表现方法和审美形式也在发生多元、多样的深刻变化。正如日尔蒙斯基所言,"任何一种文学流派都不是一种封闭的体系,而是开放的,是处在不断发展进程中的……"[1]因此,我们对于当代俄罗斯文学创作的现代性精神价值的认知,也是需要透过其不同的表现方法和审美形式深化的,切不可为其呈现的表面形式所迷惑。

(本文原载《俄罗斯文艺》2008 年第 1 期)

---

[1] Генис, А. *Иван Петрович умер. Статьи и расследования*. М. Новое литературное обозрение.1999.С.23.

身份认同危机与 21 世纪俄罗斯
小说叙事伦理、文体的重构

如同"20 世纪俄罗斯文学"并非是自然时间的 20 世纪,而是始于 1892 年一样,"21 世纪俄罗斯文学"也不是一个自然世纪的文学概念,它发端于苏联解体、社会文化转型的 1991 年。如今它已经走完了将近四分之一个世纪。

21 世纪俄罗斯文学接续了在相当长的一段时间里被中断了的 19—20 世纪之交"白银时代"文学的"现代性",并由"现代性"走向了"当代性"①。俄罗斯文学的这一"当代性"并非指新一轮的现代主义运动,而是指与俄罗斯文学一个历史时期的封闭性相对应的开放性文学,是由当代文化语境影响并决定了作家身份、文本价值与叙事观念的新文学,一种建立在新的文学观念、艺术意识上的,试图重建新时期启蒙意识并走向"当代性"的文学。用一位俄裔美

---

① "现代"与"当代"的俄文表述(современный)是没有区别的,但中文的这两个词却有重大的差别。"现代"与"当代"——这两个不同的历史性名词构成了文学历史学科建制的两个分野。俄罗斯的"现代文学"(或称"白银时代文学")是指 1892 年梅列日科夫斯基发表的那篇象征主义宣言之后的文学,关于这场俄罗斯文学的现代主义运动分期的截止点说法不一,但众学者的共识是:文学的这场现代主义运动是在苏维埃政权确立之后宣告结束的。俄罗斯的"当代文学"通常是从第二次世界大战后、斯大林去世的 20 世纪 50 年代中期算起的,如 Лейдерман Липовецкий 父子编写的《Современная русская литература》,亦有将"当代文学"的概念推迟至 70—80 年代的,如 Богданова 编写的《Современный литературный процесс(К вопросу о постмодернизме в русской литературе 70-90-х годов)》。"现代性"与"当代性"(俄文同样用 современность 一词,参见 Александр Генис,Иван Петрович умер)表面上只是一字之差,但在文学和文学史的研究体系中却有着不同的路径与内涵,不仅方式不同,意义也不同。前者强调的是现代主义文学对现实主义文学叙述陈规的突破,是一种方法论与文学观念(比如从"文学研究"到"文化研究"的转型,文学的启蒙精神及其价值),而后者却代表着一种立足点和研究语境,强调的是一种新的"文学场"。

籍文化学家格尼斯的话来说,"随着占地球六分之一的陆地上在几代人中占统治地位的一种文化模式的溃败,俄罗斯文化完成了走向当代性的突破,俄罗斯作家除了成为一个当代作家已无别的出路"①。

当代文化语境,除了意识形态政治外,还有社会的文化观念、精神取向,作家的创作理念、审美意识,文学的生产、传播、接受、消费等各种因素。这就是法国社会学家布迪厄在他的《艺术的法则——文学场的生成和结构》一书中提出的"文学场"(literature field)概念②。他认为,任何一个主体都是被生产出来的。如同商品的市场一样,文学的生产(创作)、消费(接受)也有一个场域,叫"文学场"。俄罗斯批评家季明娜在对后苏联文学发展进程的研究中也使用了"文学场"(поле русской литературы)这样一个概念和视角③。这是当代社会学家、文论家、批评家对文学生成机制、发展规律研究的一种新的方法论,是一个比传统的时代背景研究远为宽泛、综合、系统,更具文化价值的研究视角。④

一

21 世纪俄罗斯文学场中的一个核心要素,或者说这一新文学生成的首要动因,就是俄罗斯文学和俄罗斯作家的"世纪末焦虑"——世界文学视域下的文学和作家身份的认同危机。

在苏联时期,文学是被附加上各种各样的意识形态政治特征的。文学的身份只有一种,它不是为个体代言,而是要为社会说话,要为主流意识形态政

---

① Генис, А.Иван Петрович умер.Статьи и расследования.Новое литературное обозрение. M.1999.C.23.

② 布迪厄著,刘晖译:《艺术的法则——文学场的生成和结构》,中央编译出版社 2011 年版,第 3 页。

③ Тимина С.И.Современный литературный процесс.Русская литература XX века.Школы направления медтоды творческой работы. M. Высшая школа. 2002. C. 238. Ерофеев Виктор. Поминки по советской литературе//Литераурная газета.1990.4 июня.

④ http://www.guelman.ru/slava/nrk/nrk4/9.html Игорь Сухих.Новая русская книга № 4.

治服务,是要承担历史责任的。而且这种说法没有第二种可阐释性。但是,在苏联解体前后,情况发生了根本性的变化。第一,1990 年书报审查制度被废除,国家废止了对文学政治的、行政的领导,甚至终止了对文学经济上的支持。文学获得了自由言说的权利,彻底摆脱了作为官方意识形态工具、政治手段和教科书的功能。第二,文学变成了作家个人的事业,作家不再具有灵魂工程师、法官、教师、神父的角色。文学/政治的国家表述变成了文学/人的自由个体表述。无论是艺术意识、创作题材、体裁,还是言说方式、叙述手段都完全取决于作家个人的创作选择。第三,21 世纪的俄罗斯文学成了一个具有世界地域的概念,成为一个统一了被禁文学、地下文学、域外文学(侨民文学)等多种思想、理念和价值取向的多元、多样的文学。俄罗斯文学在结束了七十四年的苏维埃时期之后重新回归了世界文学进程。

　　21 世纪俄罗斯文学从意识形态到道德范式,从审美理念到叙事方式都发生了根本的转型。社会政治和文化范式的急剧转换导致既有意识形态的崩解和价值观的全面危机,社会形态和历史文化的急速变化使得苏联时期与后苏联时期的观念、文化、价值观在同一个时空中并存,这些急剧的变化涉及文学生活的方方面面:思想的、价值观的、创作题材和命题的、文体风格的等等。对于在苏联时期开始创作的作家而言,国家的、民族的、个人的身份危机成为其共同的精神和情感特征,而对于苏联解体后刚刚进入文坛的年轻作家而言,也有一个文学的、作家的自我定位问题。当代俄罗斯作家无一例外地都在为身份的失落、重新寻找或是确立而焦虑。这种身份焦虑主要表现在这样四个方面。

　　一是对民族历史真实的疑惑。何为俄罗斯? 俄罗斯的历史真实是什么? 对民族历史真实的认知是民族身份确立的前提。二是对文学意义、价值的迷惘。文学是什么? 新时期文学的意义和价值究竟在哪里? 特别是当大众传媒既成事实的时候,文学如何在当代找回应属于自己的尊严与价值。三是作家对自我角色、作用的困惑。作家的身份、立场飘忽不定,他们在精英文学、商品经济、大众传播之间游移,大家都试图找到一个文学价值与利益的契合点。四是作家对苏联的文学言说无法与世界文学话语沟通、融汇的焦虑。如何才能重新回归俄罗斯文学的世界性地位? 所有这些问题尖锐地摆在每一个作家面前,是俄罗斯作家很难立刻做出回答,但又必须要回答的问题。在一个需要文化认同与社会意识形态重构的后苏联,文学和文学家的身份认同危机这一时代性特征实际上成为对21世纪俄罗斯文学叙事伦理和叙事文体重构具有重要的发生学意义的"症结"所在。

在当代俄罗斯文坛,作家安·德米特里耶夫（Андрей Викторович Дмитриев,1956——　）是有着高度自觉历史意识中的一个。他以职业小说家的敏锐展示了他对俄罗斯民族在20世纪不同时代身份认同危机的文学理解和把握。入围俄语布克奖的长篇小说《一本合上的书》（Закрытая книга,1999)可以看作是他的"世纪末身份焦虑"的充分体现。

作家通过一家三代人的人生遭际,用"工笔水彩画"的叙事方式,揭示了俄罗斯人在历史变迁中的生存困境,提供了一个时代政治、时代文化造成的民族身份失落的叙事文本,是当代俄罗斯文学历史上罕见的一部真正意义的俄罗斯民族"身份迷失史"。

小说讲述的是20世纪生活在俄罗斯西北地区一个小城镇上一家三代人的生存故事,有点像托马斯·曼的《布登勃洛克一家》,也有点像高尔基的《阿尔达莫诺夫家的事业》。但作者不是展现民族的精神灵魂史,也并非讲述资产阶级的没落或是时代政治对人的规训。小说所呈现的是俄罗斯人自我意识懵懂、自我身份迷失后的精神窘境。小说中虽然没有关于"白银时代"的描述,也没有关于从列宁到戈尔巴乔夫等不同时期俄罗斯历史人物的任何文字,但是读者能充分感受到小城日常生活中散发着的时代情绪和文化精神。作家从20世纪俄罗斯的历史文化语境出发,展现了俄罗斯民族的四重迷失:身份迷失、精神迷失、事业迷失、文学迷失。

老一代是个没有姓氏,只有名字和父称第一个字母(B.B.)的失落了家族身份的教育工作者。他在19世纪90年代初出生,是形式主义文论家迪尼扬诺夫、什克洛夫斯基、雅克布森及作家卡维林那一代人的同学,一生在一个小城里当地理教师。73岁那年,他在小城的一家医院里去世。阅历丰富的一生造就了其堪称"神奇"的一生,但可以被后人记住的只是生前曾创办的一个地方自然博物馆。可以为他的人生定性的主要是"不确定性",它传达给读者的仅仅是一种混沌的、朦胧的,与主流秩序若即若离的关系,他的自我意识是模糊的,其本人最终也未能活出有声有色的自我来。

他唯一的儿子,1932 年出生的谢拉费姆是个"精神迷失者"。在大学时代,他一度精神错乱,对生活绝望得要自杀。回到故乡小镇后,他也像父亲一样,当了外省大学里的一个教师,对自己秉持的学术思想似乎颇有自觉。在地方报纸上发表的一篇建议把俄罗斯北方变成国家地质公园构想的文章表达了他的学术思想的"焦虑",亦曾引起过反响,但对地域与历史独特性的认知毕竟没有多少实际意义,很快就被人们忘却。中年时他糊里糊涂地成了一位政治异见者而遭到同班同学、克格勃要员的审讯,生命末年当上了一个天文馆里的无人知晓的讲解员,44 岁默默地去世。因为思想的茫然,他所确立的人生并没有越出常识规定的范围,个人无法对抗秩序的历史语境也使他的生命行之不远。

20 世纪 50 年代末出生的第三代约拿是个"事业迷失者"。母亲因难产而死,他本人由外祖父抚养长大。成人后继承了外祖父乳品世家的家业,成了著名的奶酪品尝师。90 年代初他赶上了商品大潮,凭着不错的情商,在小城当权派的庇护下成了一个驰名世界的乳业大亨,却因为落入被人设计的陷阱,陷入重重债务,破产、潦倒,与妻子四处奔走躲债,最后还是由父亲出面冒充他躲过了一劫。追随时代大潮并非意味着他把握到了一种自身的自由存在,与祖父、父亲一样,明确、坚实身份的缺失、自我认知的虚妄,对财富的追逐以及"没有空间"的漂浮最终成为他的历史宿命。

"文学的迷失"成为小说的最终话语。他是通过小说中的第四个人物,约拿的同龄人表达的。当上原来是约拿用来抵债的轮船船长的他成了小说的作者和文本的叙事人。为消磨时间,他在这艘船上开始了以约拿一家人的生活为内容的小说创作,却连他自己都说不清楚,当作家和写小说究竟有什么意义和价值。在庆祝 40 岁生日的时候,他曾想象活到了 80 岁的自己,说他无法确定曾经坐过的那张书桌现在会在哪里?一个孤独无助的老人,会不记得是如何经历的 20 世纪风风雨雨的数十年,是如何接受从未有过的信仰。也不知道为什么、为谁要记下已经被大家忘却的一个曾经的地理教师家庭这几十年的生命的历史。没有地点、空间、灵魂的生命正是俄罗斯人的"现实",而"没有地点、空间、灵魂"的文学正是俄罗斯人的"文学"。

故事一直记叙到俄罗斯历史和文学发展的 1997 年,小说结尾令人伤感:谢拉费姆去世,约拿失踪。叙事人说,家庭生活的最后一页写完了,为了开始生活的新的一页,这本世纪的书终于合上了。有批评家因此说,这是关于俄罗斯和俄罗斯人的"20 世纪的最后一部长篇小说"①。作家没有把矛头对准社会和体制,而是指向民族的精神世界。小说表现了处于生存困境中的俄罗斯人物质与精神、客观与主观、显性的和隐性的内心深处的矛盾冲突。这两极的相互冲突与制衡就形成了 20 世纪俄罗斯人的生存困境和人生迷惘:其中有社会的、政治的、文化的、伦理道德的、宗教的、精神心理的、人生命本体的等等。其实,小说真正有意味的问题在于,文本所构造的 20 世纪俄罗斯人的精神"现实"与 20 世纪俄罗斯人身份认同危机的关联。一家三代人尽管有生活在其中的外省小城和各自的时代遭际,但是其民族精神自我的"时空"始终是缺失的,自我意识并没有获得解放、张扬,哪怕是"幻想式"的。作家讲述的是失落了身份的俄罗斯人的无家可归之路,或是俄罗斯人寻找身份的回家之路?

二

身份认同危机引发了 21 世纪俄罗斯文学叙事伦理的重构。笔者所指的叙事伦理不是道德伦理,而是一种文学的叙事观,它包括文学观念、叙说对象、话语策略等。21 世纪俄罗斯文学叙事伦理的这种重构主要表现在这样四个方面。

首先是小说叙事政治伦理的式微,小说言说对市场伦理、读者伦理的依附、归顺。文学由投靠政治转向投靠经济,这是俄罗斯文学历史上第一次文学张望消费、欲望时代的开始。其表现是大众文学的繁荣,严肃文学与大众文学叙事观念和言说方式的共谋成为新时期俄罗斯文学言说的重要特征。21 世纪俄罗斯小说的大众化进程始于通俗历史小说家皮库尔(Валентин Саввич Пикуль,1928 — 1960)。他的小说与现实主义历史小说所提供的面貌大异其

---

① http://www.guelman.ru/slava/nrk/nrk4/9.html,Игорь Сухих,Новая русская книга.№ 4.

趣。他并不看重历史事件真实的再现,而是在历史叙事中融入了大量惊险、言情小说的诸多元素,当然他同时还看重对历史的当代审视中发现民族命运的悲剧性缘由。他是当代俄罗斯通俗小说对经典性和先锋性追求的始作俑者,而此后的另一个杰出代表便是阿库宁。在 21 世纪俄罗斯严肃小说的通俗化以及通俗小说的经典化和先锋化进程中,这两位作家都功不可没。

其次是小说后现代叙事伦理的恣肆。俄罗斯的后现代叙事伦理并不指向未来,而是重在颠覆、摆脱以往的传统。在这种后现代叙事伦理的作用下,相当多作家有着一种迷狂的、茫然无序的精神状态,一度出现过一种强劲的情绪化思潮。代表这一后现代叙事伦理的后现代主义小说,一是要彻底埋葬苏联及其意识形态政治,二是要彻底颠覆既有的文化、文学神话,包括社会主义现实主义,甚至俄罗斯文学经典所遵循的"希望哲学"。还在 1990 年,一位名叫维克多·叶罗费耶夫(Виктор Ерофеев)的后现代主义作家就出了"追悼苏联文学亡魂"①的口号,此后几年,他又出版了《俄罗斯的恶之花》的后现代小说集②。他们代表了后现代叙事的典型特征:作家思维的紧张与对创新的追求让位于对历史传统的彻底否弃、对历史文化荒诞的表现以及文学书写对颠覆、解构、游戏的热衷。这一精神状态甚至波及到现实主义作家中。老作家拉斯普京说,"在这全球化时代,除了唯一的超级大国美国外,所有国家和民族的历史都已经结束"③。中年作家瓦尔拉莫夫则说,"俄罗斯文学连同它的传统……就像一个伸着手的乞丐在沿街乞讨"④。

再次是小说叙事性别伦理的兴起。女性小说的勃兴就是这一性别伦理的鲜明表现。在西方,女性主义和女性文学已经有了大半个世纪的历史,但在当代俄罗斯,女性运动只有二三十年的进程,女性写作也只是在 20 世纪 90 年代

① Ерофеев Виктор. *Поминки по советской литературе//Литераурная газета*. 1990. 4 июня.

② Ерофеев Виктор.*Русские цветы зла*. Антология.Издательский дом Подковка.М.1997.С. 501.

③ [俄]邦达连科著,张建华编译:《俄罗斯当代小说集》,人民文学出版社 2006 年版,第 701 页。

④ Степанян К.*Реализм как преодоление одиночества//*Русская литература XX века в зеркале критики Хрестоматия.Академия.М.2003.С.135.

才成为文学叙事中的一种"话语自觉"。俄罗斯女性文学没有西方女权主义运动的背景,这使得女性叙事的写作者多少带有启蒙者、拯救者的身影,强大的社会文学、人生文学的传统也使得女作家的写作担负了许多女性话语之外的使命。俄罗斯文艺学领域性别研究的缺失也限制了女性小说创作与研究的发展。然而,越来越多的女性作家走上文坛,她们越来越充满了鲜明的性别意识和历史自觉意识,有越来越多的女性小说出现,越来越多的女性形象成为小说创作的主人公,当代俄罗斯文坛的确出现了花红柳绿的"女性风景",响起了热烈与喧哗的"女性声音",形成了一群无论从精神追求还是从诗学探索都显见成就的女作家和一批言说形态异样的女性文本,女性小说潮在 21 世纪俄罗斯文坛上已蔚为大观。

最后,小说叙事审美伦理的高扬。这表现为"文化小说""语文小说"的出现和发达。20 世纪末,相当多的俄罗斯小说家强调小说的形式实验,作家由传统对文本言说内涵的关注转向对文学精神、叙事形式、审美技巧的关注。早期的这一关注蕴含着对现实的评价和批判,是有思想激情作为支撑的,是一种文化政治。但是这种关注很快就失去了政治激情,而表达出对各种文化形态的关注,比如,对历史文化、宗教文化、都市文化、乡村文化、民族精神等的思考与言说。它们与社会历史小说最大的不同在于文学与社会现实之间形成的互动关联的纽带被作家刻意切断或淡化,小说家探究的是更为深层、更为久远、更为稳定的民族历史中的"集体无意识"。上文所分析的《一本合上的书》就是这样的一本"文化小说"。

"语文小说"(филологический роман)是语文学家、文化学家格尼斯为他写的一本书《多甫拉托夫及其他》(Довлатов и окрестности,1997)中的一章。这本书不是语文学专著,也不是作家传记,而是一部以作家多甫拉托夫为主人公的随笔体长篇小说。1999 年,文评家诺维科夫在他的"语文小说:世纪末古老的新文体"一文中对这一叙事形态做了详细、深入、科学的阐释。[①] 他说,这一文学体裁早已有之,迪尼亚诺夫创作的长篇小说《普希金》充分体现了这位形式主义文论家对长篇小说审美伦理、形式实验的高度热衷。在诺维科夫看

① Владимир Новиков."Филологический роман". Новый мир .1999.№ 10.С.193-206.

来,最懂得小说诗学的是语文学家。他认为,"语文小说"是写文学家的小说,是语文学家写的小说,是作家刻意运用"语文学方法"进行小说创作的理念和审美方式的体现。90 年代以来俄罗斯小说界部分作家对长篇小说创作美学的"语文学"追求是文学回归"高雅化"的努力,是严肃文学对文学大众化、媚俗化的一种反拨。在某种意义上说,"语文小说"意味着俄罗斯当代文学的"纯文学"诉求的完成,或许这也是俄罗斯文学在回归世界文学进程中的一种唯美的"西方主义"的症候式表达。

<h1 style="text-align:center">三</h1>

小说叙事伦理的重构是 21 世纪俄罗斯小说自我更新的强大动力,它必然导致小说叙事文体的重构。所谓叙事文体,按照艾布拉姆斯的说法,"传统上把文体说成是一部作品说了什么和怎样说的","是说话者或作者在作品中如何说话的方式",即小说的言说方式①。它包括体裁的、叙事形态的等。与苏联小说文体相对单一的状况相比,多元、多样、多变的 21 世纪俄罗斯小说的文体重构呈现出这样几个趋势性特征。

"跨文体"(полижанровость)②的小说实验成为相当多小说家文体重构的重要路径。小说家打破传统的文体分类,在不同文体的杂糅、交融中派生出很难用传统文体命名、界定的新的体裁样式。有俄罗斯小说史家说,那是一种"体裁的弥散",是"小说对各种不同形式元素综合的倾向"③,也有批评家说,那是一种"边缘文体"④。摆脱影响的焦虑,或形式作为形式的牢笼,寻找新的文体范型,是新时期小说家真正回归个人言说自由的努力。走"跨文体"之路的小说家与其说是在改变小说的形式和形象,莫如说是为了表现的实用,为了

---

① [美]艾布拉姆斯著,朱金鹏、朱荔译:《欧美文学术语词典》,北京大学出版社 1990 版,第 358、354 页。

② Тюпа,В.*Поэтика Доктора Живаго*.Intrada,М.2014.С.325.

③ Маркова,Т.*Эволюция жанров в прозе конца ХХ века.*//*Современная русская литература конца ХХ века-начала ХХI века.*М.:Академия,2011.С.32.

④ Нефагина,Г.*Русская проза конца ХХ века.* Флинтаи Наука,М.2003.С.212.

在写作中能更加自由的飞翔,同时这也是新时期小说家创作潜能的一种释放。

　　小说家跨文体的探索是多方位、多层次的。首先是体裁。小说写作打破小说、散文、诗歌、评论的人为划分,将不同的文体糅到一起,在保持某种文体主导性的同时,汲取散文的随意结构,诗歌的诗性语言,评论的理性思辨等。艾特玛托夫如此定义他的长篇小说《卡桑德拉印记》(*Тавро Касандры*,1996),"一下子把几种文体、几种体裁糅合在一起……把脚本、小说、剧作、新闻报道这一切融合在一起"①。其次是叙说方式。21世纪的现实主义小说广泛吸取了现代主义、后现代主义小说的叙说方式。小说家马卡宁就是一个十分鲜明的例子。他的以现实主义精神为主导的中篇小说《出入孔》(*Лаз*,1991)用一个颇富现代感的荒诞小说的样式,呈现了一个知识分子不得不在地上、地下两个苦难的世界穿行的生存苦难。"出入孔"作为主人公别无选择的生命"炼狱"是小说话语迷津的重要意象,体现了作家在现实主义创新中对现代主义诗学经验的汲取。而他的长篇小说《地下人,又名当代英雄》(*Андеграунд,или Герой нашего времени*,1998)则通过后现代的叙事手段表达了对后苏联生存的荒诞性体验。最后是生产和消费形态。深谙新时期读者阅读期待和图书市场对消费文化的巨大需求,相当多的小说家将严肃小说的叙事同通俗小说的叙事相糅合,成功地调适着对文学生产与消费功能与价值的认识,开拓了严肃文学通俗化以及通俗文学经典化的新途径。严肃作家叶甫图申科、波利亚科夫和通俗小说家阿库宁成为这一"双重叙事"的卓越代表。

　　身份认同危机激起了民族主义、大国意识、"大文学"意识的重新抬头,与此相关的是文学"新历史主义"风潮的涌起,各种历史体裁的繁荣成为21世纪俄罗斯小说文体重构的标志性成就之一。作家博罗京说,"在我们今天,乱世的日子里,有着书写历史的巨大诱惑:在历史中记录自我,确切地说,为自我立下标杆,同时对自我有个交代"②。文学从历史语境中寻找民族自我,回归民族自我,寻找俄罗斯民族性格、气度、品格的代表,在俄罗斯历史和历史人物中发现民族振兴、探究民族和个体走向新生的源头和希望,是文学另一种形式

---

① 　张捷:《当今俄罗斯文坛扫描》,人民文学出版社2007年版,第395页。

② 　Кублановский,Ю.*Без выбора:нищета,счастье*//Новый мир 2004 .No.3.С.167.

的民族文化"寻根"。俄罗斯需要稳定的政治秩序,稳定的政治秩序离不开有效的政治权威,政治权威的建立则有赖于领袖人物圆熟的政治谋略和政治技巧。封建帝王、军事将领、民族英雄遂构成作家对理想时代、理想人物的感性渴求。历史小说的叙事文体有两类:一类是真实的,写实的。博罗京的中篇小说《乱世女王》(*Царица смуты*,2005)的主人公是 17 世纪初莫斯科公国时代伪德米特里的妻子玛丽娜,一个自立、自强、卓越的俄罗斯女沙皇形象。沃洛斯的长篇小说《回到潘日鲁德》(*Возвращение в Панджируд*,2013)讲述了中世纪诗人苦难的生命故事以及他对真、善、美、爱的伟大信仰的追求。另一类是虚拟的,写意的。马卡宁在他的中篇小说《审讯桌》(*Стол, покрытый сукном и с графином в середине*,1993)中营构了一种荒诞的历史语境:以审讯桌为意象的民族自我的"精神自虐"。小说展现了俄罗斯千年民族"自虐文化"的历史真实,用一种深邃的文化思考取代政治批判和历史批判,让这部历史文化小说充满了独特的思想意蕴。

非虚构纪实、传记、回忆录文体是 21 世纪俄罗斯小说文体重构的另一个亮点,成为此间俄罗斯小说中的一个独特存在。这既是指作为体裁的纪实、传记、回忆录文学的繁荣,也是指作家在小说中所表现出的显性或隐性的"自传体"元素。作为对历史小说文体的补充,纪实、传记和回忆录文体满足了广大读者对事件、人物内心世界和生命追求更深层次了解的需求。读者不仅可以得到从一般小说中读不到的东西,也能获得从社会学、历史学、经济学等人文科学著作中看不到的内容。

纪实、传记文体是想象与虚构退场后的小说"非虚构叙事"的重要表现。削弱文学言说政治伦理的价值内涵,恢复其指称事实的功能,使文学写作从意义的表达转向意义的生产,消除创作主体的道德伦理评判,将阐释与评判权交给读者。用女作家斯拉夫尼科娃的话来说,是"臆造情节的缺失……生活与书页之间距离的最小化"①。女作家阿列克西耶维奇的纪实长篇《锌皮娃娃兵》(*Цинковые мальчики*,1991)和《切尔诺贝利的祈祷》(*Чернобыльская молитва*,

---

① Введение:тенденции литературного процесса.*Русская проза рубежа XX - XXI веков.* Под ред.Колядича.Флинта и Наука.2011.С.27.

1997)被誉为"多种声音的小说"①。它们的内容全部由真人真事的谈话实录、文献等事实材料构成。言说者或是参加阿富汗战争的苏军士兵及其他们的亲人,或是切尔诺贝利核灾难的亲历者,作品发表后引起了读者强烈的反响和众口一词的点赞。据不完全统计,从 1991—2015 年近 25 年的时间里"杰出人物传记"(ЖЗЛ)的系列丛书共出版了 619 种,而从 2004—2015 年间平均每年的出版种类竟达 50 本之上,成为最富生命力的小说文体之一并形成了巨大的阅读热潮。有批评家说,"从出版数量和在读者中的传播情况看,回忆录如今已经被认作是当代文学的主导性趋势之一"②。获俄语布克奖的谢尔盖耶夫的《集邮册》(Альбом для марок,1995)就是一部以"关于往事的谈话"形式叙述的回忆录式的长篇小说。就文体品性而言,纪实、传记、回忆录小说是一种严肃文学与通俗文学元素兼而有之的文学样式。它们有深度的思想、浓重的人文精神、充满力度的情感和颇富艺术性的言说技巧,而作者个性的主体情怀更赋予了作品极大的感染力。

"自传体"元素的融入已经成为当今俄罗斯小说具有普遍意义的一种文体特色。它既是作家确立自我身份的所需,表达其生命能量的所在,也是他们以现代人感受世界的方式领略历史与现实,对社会中存在的丑恶行为进行批判的有力手段。"回归"作家多甫拉托夫在他的短篇小说中将"亲历性"当成小说言说的一个基本出发点。以第一人称叙事的一系列"自传性"小说话语呈现了一个个经作家夸张、漫画、游戏化了的生活"真实"。它一反惯常意义的虚构,却又不同于全然的纪实,体现出作家对一种独特的"非虚构陈述"的兴趣。托尔斯塔娅的短篇小说集《白天》(День,2001)的扉页上写着"个人的故事"。这是一位在美国教书的俄罗斯女作家(即作者本人)讲述的关于俄罗斯生活和俄罗斯文化的故事,有着强烈的现实关怀。处于独特文化语境中的叙事主人公对俄罗斯的冷静、深入的观察、思考,加上独特情感的融入为俄罗斯读者提供了对民族自身传统多元的认识和思考,引导人们探究俄罗斯历史

---

① *Современная руксская литература конца XX—начала XXI веков.* Под редакцией С. Тимины.ACADEMA.M.2011.C.34.

② Колядич Т.*Особенности современных мемуаров//Русская проза конца XX века.* Под ред. Колядича.Академия,M.2005.C.126-127.

曲折和文化的超稳定结构之间的关联。老作家博罗京的长篇小说《无从选择：自传体叙事》(*Без выбора. Автобиографическое повествование*, 2003)并非为了展现作家自我，而是他的一种无私、无畏、真诚地剖析自我的需要，同时又是他对苏联与后苏联社会现实的深刻思考。小说对他在苏联时期遭受牢狱之苦，在后苏联时期社会目睹各政党政治上的厚颜无耻、在精神自由掩饰下的对国家、人民的毫无责任感都给予了无情的揭露与批判。在短篇小说《冰凌》(*Льдина*, 2010)中他通过对家庭生活中一桩痛苦经历的展现，表现了不正常的社会制度给家庭带来的深重灾难。他以亲身的经历告诉青年读者，了解往往并不总是件乐事，但了解了这一页页悲惨的人生并不应该削弱他们对祖国的爱。"自传体"元素的融入是作家以自己的立场关切社会，参与历史变革，试图将现实关怀与小说的审美诉求结合起来的高度个性化的尝试。

　　文学就像一条不知所终的河流，我们不知道它会流向哪里。但对已经走过 25 年历程的 21 世纪俄罗斯文学，特别是俄罗斯小说总的发展趋势和方向，我们已经可以看得比较清楚了。被身份认同危机深深影响了的俄罗斯作家，首先把叙事伦理和叙事文体的重构当作重要的追求与信奉，此后才不断引发出小说一系列的审思与审美的变革。他们在冲决旧的意识形态和旧的文学规范时，起初还无法提出新的意识形态，对文学的功能也很难有深入的思考和研究，对民族文学的未来还很难有一个整体性的想象，因此避开这些重大的根本性命题，从"写什么""怎么写"入手也就顺理成章了。

（本文原载《外国文学研究》2016 年第 3 期）

新世纪现实主义小说的新形态与新品格

后苏联时期的小说创作实践表明,小说家对现实主义传统的扬弃极大地拓展了小说表现历史、现实的多样性、复杂性、不确定性,出现了各种不同的现实主义小说的新形态。从小说创作的思想品格和叙事特征出发,我们将现实主义小说的新形态概括为新经典叙事、民族文化叙事、原生态叙事、幻化叙事、非虚构叙事五种。

一、"新经典叙事"

后苏联小说对社会主义现实主义创作原则的反叛产生了两个结果:一是非现实主义文学的兴起和繁荣,二是对现实主义经典叙事的回归与创新。"新经典叙事"就是后者的体现。

当代作家斯拉波夫斯基坚信俄罗斯文学经典写实的坚实性,他说:"有习惯的话语声音,程式,结构,主题——这都有,而且都业已被确定,只要我们的伦理是基督教的,对待生活的态度——是人道主义的(常常是反人道主义的),在摇篮上方轻轻作响的话语海洋是俄语,那么这一切都不会改变。"[1]20世纪90年代后小说的"新经典叙事"在整体上坚持了19世纪批判现实主义的创作原则,但在题材选择、思想表达、价值取向上也发生了一定的变化。

---

[1]　Алешковский П. *На то и профессия такая*, *Современная проза—глазами прозаиков*// Вопросы литературы.1996.№ 1.С.25.

"新经典叙事"小说家关注俄国社会的历史与现实,传达时代情绪与民众呼声,反思民族、人类的历史命运,承载着浓烈的忧患意识与沉重的社会责任,以人道主义为价值核心,自觉地担当起推动社会和民族前进和全面实现人的价值、尊严的当代使命。肖洛霍夫文学奖获得者、高尔基世界文学研究所当代文学首席研究员费季说:"现在有充分的理由可以断定,90年代以优秀的经典性作品为代表的俄罗斯文学充满了悲剧感、叛逆的激情并与社会政治利益紧密地交织在一起……具有人道主义本质的俄罗斯文学从来就没有逃避过对祖国命运的责任。它如今——在我国历史中最为剧烈、紧张的一个时期——依然忠实于这一传统。"①

在艺术形式上,这一类小说依然坚持二元对立的艺术思维,真与假、美与丑、善与恶、生与死、道德与邪恶等两种不同话语层面的矛盾冲突依然是小说作品的基本构型方式。作家仍采用全知全能的视角,依然试图传达一种终极的道德标准、伦理价值、"上帝的声音"。他们认定,"传统的现实主义小说不能回避关于生命的意义,善与恶,其相互区分的绝对的和相对的原则"②。在喻象系统上普遍地采用喻义较为明确的公共隐喻或象征,喻体和喻指的关系也较为固定,比如,英雄、光明、黑暗、天使、魔鬼、上帝、灾难、死亡之类。"经典叙事"抑制了喻象的含混性和歧义性,削弱了喻象的增值功能,高度明晰化了创作的思想主旨。

有着强烈的"苏联情结"的邦达列夫在政治倾向上与"重建"是抵触的,他的作品在思想倾向与审美取向上与苏联时期的创作有着明显的承接关系。这个被俄国社会的剧变所震惊的作家,面对俄罗斯社会转型后混乱与苦难的现实,始终处在痛苦的反思与明澈的批判中。他在长篇小说《百慕大三角洲》中在展示苏联解体后俄罗斯民族不堪的文化和精神处境的同时,表达了一种深深的悲哀与困惑。"百慕大三角洲"成了乱世的和灾难俄国"魔鬼现实"的象征。小说叙事以进步与倒退、精神文明与物质文明、善良与邪恶、道德与反道德、民族文化与美国文化的对立为冲突,充满了政论性和批判性。作家的政治

---

① Федь Н М.*Литература мятежного века Диалектика русской словесности* 1918-2002. Голос-Пресс.2003.С.632.

② *Достоевский и канун XXI века.*Материалы круглого стола//Знамя.1990.No.7.С.206.

意识形态视野大于历史文化视野,疾恶如仇的愤懑情绪大于细腻深刻的人性剖析,艺术创作被一种急切的感情抒发和时代的功利情绪所支配,艺术审美被立场鲜明的政治与道德评判所淹没。

阿斯塔费耶夫在他的以卫国战争为题材的长篇小说《该诅咒的和被枪杀的》以及三部中篇小说《多想活啊》《泛音》《快活的士兵》中营造了高度政治意识形态化的"逆向神话",将高度"写实"的作品转化为一种强烈的反苏维埃的感情宣泄。作者在充满抒情性和自白性的三部中篇中以一种强烈的忏悔和无情的自我剖析的手法控诉了苏维埃历史的以往,被称为是作家的"俄罗斯浪漫主义的最后的眼泪"①。阿斯塔费耶夫说,他在中篇小说中要表达的对俄罗斯人民、国家的重新思考,"若是现在发生了战争,不仅我自己不会去,我也不会让我的孙子们去。要为对任何一个政权都匍匐在地,⋯⋯只渴望有点吃的,即使没有工作也行的人民去牺牲,这值得吗?"②这一番论说可以从反向说明意识形态政治对阿斯塔费耶夫文学创作的严重影响与高度束缚,一种强大的"意识形态政治思维模式"的惯性前冲。

普罗哈诺夫在长篇小说《红褐色的》中以一个从阿富汗战场回到莫斯科的上校赫洛皮亚诺的眼光,再现了90年代初的莫斯科社会:肮脏、混乱,充斥街头的穷人、妓女、酒鬼、生意人,不断发生的集会游行、冲突、凶杀、爆炸。作者旨在揭示"民主""自由""爱国主义"旗帜下的"重建"运动祸害国家、背叛人民的本质。克鲁平的中篇小说《别了,俄罗斯,让我们在天堂相逢》中两个充满忧国忧民公民情怀的老人以对话的方式,探讨了俄罗斯何去何从之路:遵循基督之路还是走变革之路。强烈的现实批判色彩,鲜明的问题意识和明晰的东正教精神诉求成为这两部小说的鲜明特点。

在中篇小说《天堂之乡》中博罗京将对苏联解体前后社会生活的深刻反思融进了一个苏联党与政府的高级领导人克列缅季耶夫的悲剧人生中。但作家有意卸去沉重的政治主题,将他的反思体现在主人公的心灵苦难中。克列缅季耶夫痛苦地经受着国家的、民族的、家庭的、个人的多重悲剧:对曾经被预

---

① Золотусский И. *Интеллегенция*: *смена вех*. Русский мир, ОАО Московские учебники. 2008.С.358.

② Астафьев В.П.*Наш современник*.1992.№11.С.214.

言坚不可摧的强大的苏联瞬间轰然解体的震惊,对极度混乱、衰败的社会现实的极度痛心与失望,退休后远离社会生活中心后心灵的落寞与哀苦,曾经是一个幸福的丈夫在突然得知妻子背叛后身心交瘁心脏病突发的身亡。主人公返回乌拉尔乡土——"天堂之乡"的意向是被严酷的社会现实、生命暮年心灵的无着所激发的,是主人公在苏联解体后精神缺失的一种代偿方式。他试图在故乡,在民众那里寻找并证实他当初为之奋斗的生命理想和人生之路。但是,"天堂之乡"之行将他对过去的寻找变成了失落,又将失望变成了绝望。州、区的严酷现实未给他任何国家可能再度强盛的希望,新一代乡民更是充满了对这个曾经将他们的先人当作富农扫地出门的领导的敌视,更令他痛苦万分的是,自由、幸福、美好生活的伟大理想非但没有实现,眼前看到的是贫苦的乡民与满目疮痍的故乡。小说家采用了在《卡拉玛佐夫兄弟》中的宗教大法官的情节,让昔日革命队伍中的一个"高贵的客人"来总结他"光辉"的一生:为了更多的人的幸福他们剥夺了一部分人的自由,而那些"更多的人"非但没有幸福还失去了自由;伟大的理想果真需要巨大的牺牲,每一个公民所建立的功勋难道仅仅在于自我牺牲?博罗京是矛盾的。斯大林固然有错,但他毕竟是一个称职的统治者,终究造就了一个伟大的强国。至于用什么方法,付出了如何惨重的代价,那是另外一个问题。而斯大林之后的历届领导人不过是继续了已经自动运转的体制而已。他们既没有伟大的思想,也没有强大的政治意志。俄国尽可以谈论道路的选择、个性的权利、言论的自由、民族的与全人类的价值观等等,但是这一切都应该在国家的框架中来实现,因为人类还没有想出其他的形式。小说充分体现出创作主体与历史和现实抗争的个性精神,一种渴望回归东正教信仰,抵御社会转型对传统中的美与善的亵渎与毁弃的国家主义精神。

作家帕甫洛夫在卡拉干达三部曲《公家的故事》《马秋申的事》《在卡拉干达的九日》中继承了苏联时期的"集中营文学"题材,却并不钟情于对囚犯苦难的描写,而是将笔触伸向行使专政手段的监狱看守和警卫人员,以无可怀疑的"纪实"手法表现了这一特殊人群的心灵状貌和相互间的复杂关系。作者鞭笞充斥监狱的邪恶蛮横、愚昧粗鄙、自私冷酷,发掘蕴藏在黑暗浓浓的牢狱中的真诚、美好、善良,让读者深深地感受到人性的温暖和慰藉。作品一改对苏联社会体制控诉、批判的套路,而试图以良知沟通人们之间的心灵桥梁,用心灵的良知反拨权力的淫威。

普里列平在创作长篇小说《萨尼卡》的时候还是一个刚刚 32 岁的新生代作家。他在这部被评论家称为"高尔基《母亲》当代版本"的小说中以强烈的反秩序、反角色的创作冲动写出了 90 年代俄罗斯广大民众本真、苦痛、深切的生命存在,再现了一个不无病态的荒谬的时代,塑造了一个疾恶如仇、崇尚正义、忧国忧民的当代青年萨尼卡·季申的形象。在内心的尊严感与祖国的神圣感的驱使下,他对社会中的丑陋、肮脏、邪恶不断做出自己的审判与惩罚,以自己独特的方式应对空茫的时代,度过心灵的暗夜。萨尼卡是当代俄罗斯文学中少有的、同时扮演着"革命者"与"破坏者"双重角色的复杂形象。

由 12 个独立的小故事组成的叶基莫夫的中篇小说《我们的老房子》讲述的是关于一个家庭及其邻人充满艰辛、悲苦、冤屈的人生遭际,传达的却是俄罗斯人民代代相传的伟大的民族精神与道德品格:勤劳、坚韧、善良、友爱与宽容。在时代积弊重重、人心危殆、人性沉沦之际,呼唤民族传统的回归和美好品格的再现,如同掠过人们耳际的一缕轻风,给人以温暖和慰藉、精神向往和期待。

此外,像普罗哈诺夫的《黑炸药先生》,谢格尼的《俄罗斯飓风》,利丘京的《逃离天堂的流亡者》等作品,都以不同的题材,不同的手法表达了一个时代的情绪,一种强烈的社会理性。这些小说的叙述主体都不是个体的,而是"非我化"的,作家的声音中明显带有一种经典现实主义叙事所拥有的"集体代言"印记。创作主体都在为"民众""圣人""启蒙者"代言,其叙事话语带有精英色彩,传播的都是知识精英的思想理念。

二、"民族文化叙事"

历史文化传统从来就是俄罗斯文学探讨的核心话题之一,"民族文化叙事"小说并非后苏联的文学产物,而是俄罗斯文学传统中一个底蕴深厚的小说脉系,是俄罗斯现实主义创作重要的思想资源和精神财富。

俄罗斯作家对民族历史文化的信念从来没有动摇过。这种历史文化信念始终有两个基本的思想支柱，一是历史真实性的信念，二是历史文化决定论的信念。在作家的思想中，包括文学在内的各种历史记忆始终被当作一种对民族文化真实性的记载而崇尚，无论这一记忆是否仅仅属于纯粹个人的，不无虚构的记述。当年肖洛霍夫的《被开垦的处女地》，后来拉斯普京的《告别马焦拉》都曾经被视作俄罗斯民族文化发展进程中的一个重要的、时代的历史记忆而载入文学史册，甚至是当作一个历史文化范本来认知的。每当俄罗斯处于社会转型时代，民族历史总是被认作能够拯救民族危亡的一个文化法宝，民族历史文化传统被看作能够纠正时弊的万能药方，民族的历史记忆成为一个无往而不胜的文化"神话"。作家也习惯于以历史的名义发言，行使其自身的话语权力。将文学书写的"虚构"寓于历史文化"真实"的叙述中，从而大大强化了文学的历史文化记忆与历史反思的功能。

以"公开性"和"新思维"为标志的"重建"的结束宣告了苏联时期以"社会问题""道德探索"为关键词的"乡村小说"使命的终结，苏联文学强大的政治与道德激情已经在"乡村小说"中得到了宣泄，20世纪90年代的"民族文化叙事"小说作为一种社会思潮的结构性需要，顺理成章地成为政治、道德目标以外的重要的思想诉求。它既是苏联解体后社会文化条件催生的新的现实主义胎儿，也是全球化语境下，民族文化危机和获取民族文化身份自觉的一种表现。"民族文化叙事"小说的兴起与后苏联期间的"文化热""寻根热""民族身份认同"的文化思潮有着密切的关联。

小说家对民族历史文化的记忆和反思仍然是通过"乡土叙事"来表达的，因为在他们的心目中，乡村和乡村人是俄罗斯优秀的民族文化传统的承载者，是俄罗斯民族精神魂魄"根"之所系，而社会的发展和物质文明的进步使得乡村文化总是充当着现代文明的受害者的角色。于是，"寻根"便成为相当多"民族文化叙事"作家共同的创作意向。这些作家大都出生在农村，而后来到城市，城市改变了他们的生活和地位，但是来自农村的根性却没有让他们认同城市，反倒是在城市的喧嚣、冷漠和轻浮的映照下，衬出故土的宁静、淳朴、厚重来。社会转型并没有改变他们的价值取向与精神追求，相反，新时期社会生活的混乱与无序重新唤起了他们对宁谧、淳朴、美好的乡村生活方式的向往，激发了他们对民族精神的追寻。国家、民族、自由、正义、真善美等一切神圣的内容都被他们对象化在民族传统文化的"乡土之根"中。尽管小说家们对"根"有着不同的理解,但却都与俄罗斯民族的历史与文化、现实与理想有着割不断的精神—情感联系,又都以返回民族"自我"的方式表达对西方的价值观与艺术倾向进行的一种反抗。

"民族文化叙事"的小说具有共同的艺术主题:表现俄罗斯民族生命力的强大,民族文化的魅力,民族精神的不朽。但按照其思想取向来看,大体可以分为两类,第一类小说以索尔仁尼琴 90 年代的"两节小说"、索洛乌欣的历史纪实性特写《盐湖》、拉斯普京的《突如其来》《在故乡》《伊凡的女儿、伊凡的母亲》等为代表,它们沿着否定的方向,着力表现俄罗斯民族传统文化在苏维埃时期、后苏联时期的失落或所遭受的破坏。第二类以拉斯普京的《农家木屋》、叶基莫夫的"新乡村小说"、瓦尔拉莫夫的乡村文化小说、瑟乔娃的大自然抒情小说等为代表,它们沿着肯定的方向,表现传统文化和民族精神的生命力,咏赞乡村文化、大自然的魅力及其自由主义精神。

索尔仁尼琴的"两节小说"以过去与现在的对比为"历史表述",通过对20 世纪不同历史时期、不同社会阶层的俄罗斯人生活的叙写,呈现俄罗斯民族"精神文化的蜕变"。《甜杏果酱》《娜斯坚卡》《热里亚堡新村》就是这样的名篇。"两节小说"都有共同的苏维埃文化背景,虚构的个人生活通过"两节"结构的连贯性和对应性被嵌入了历史的框架中,从而使个人生活故事俨然成为关于历史的"真实"言说。这种言说表明,个人的不幸遭遇或道德缺陷不是个人性格造成的,而是历史的变故造就的。作家审视的与其说是苏维埃时期个体的人性伦理,莫如说是俄罗斯民族的生存伦理,是对苏维埃文化中国家主义理念强有力的否定。索尔仁尼琴宣扬东正教的精神传统,要表达一种集体性的民族忏悔。他说:"假如成百千万的人都来忏悔,承认自己的过失并感到哀伤——即使所有这些忏悔不是公开的,而只是在朋友之间或熟人之间,那么所有汇聚在一起的这一切倘若不能称之为民族的忏悔,又能称作什么呢?"① 他认为,这是人性得以复活、民族得以拯救、国家得以复兴的前提。作家持一

---

① *Русская проза конца XX века*.Под редакцией Колядич Т.М.,ACADEMA.2005.C.336.

种鲜明的俄罗斯民间文化视角:良善在百姓,希望在民间,未来在宗教。小说的精神品质与文化气息在于"民族精神的当代重构"。

《盐湖》的历史文化话语的要义是:作家在纪实特写《光天化日之下》结尾说的一句话,"一个强大的、富饶的、有着高度文明的俄罗斯完了,如果不是永远,那也会是很久很久"。位于叶尼塞河省的盐湖是俄罗斯重要的食盐产地。盐湖区是彼得一世为了守护盐湖而建立的古村落。这里土地肥沃、物产丰富,农业发达、畜牧业兴旺,它所辖的米奴辛斯克区曾经是俄罗斯帝国叶尼塞省最为富饶、发达的少数民族区。勤劳善良、自由奔放、强壮彪悍的土著居民哈卡斯人与来这里守卫的哥萨克官兵和谐聚居,成为俄罗斯多民族文化的重要构成。然而,1918 年,犹如发生在库班、顿河、克里木、高加索、坦波夫地区的农民暴动一样,这里也发生过抗拒余粮征集的"民族暴乱",最终暴动被镇压,起义军领袖索洛维约夫惨遭杀害。作家从对俄罗斯少数民族文化的发现中,表达重视、挽救、繁荣俄罗斯多民族文化的心声,发出了用人性、爱、美的汁液浇灌俄罗斯多民族文化枯井的呼唤。

拉斯普京的"安加拉河"短篇小说系列是"文化寻根小说"。作家面对的严酷的现实是:市场经济所导致的越来越突出的社会矛盾,弱势群体特别是农民生存的苦难,民族文化传统的失落,社会对自然的掠夺,人性的沦丧,传统价值观的崩溃等。作家怀疑和反思市场文明的合理性,在乡村与都市、传统与现代、民族文化与西方文明的对峙中鲜明地表达了对前者的赞美与讴歌,将民族灵魂的发现与重铸视为创作的审美理念。小说关注当下、回顾以往、批判现实、立足于拯救,其负载的文化民族主义情怀显得十分急切和强烈。《在故乡》描写的是作家的故乡,位于安卡拉河畔的一个贫穷、落后、破败的乡村,一片"被榨干的、被掠夺的、被摧残的、被抛弃的土地"。以主人公第一人称叙事的小说似乎在说,农村的破败和萧索并没有导致民族精神的残缺,只要这一民族精神在,俄罗斯乡村、民族的希望就在。《农家木屋》更是以还原与追忆乡土、乡情,讴歌自然、宗教等民族文化传统为特点的,小说家将凝聚着地域、历史传统、民族文化、乡土自然等特定内容的俄罗斯农家小屋当作"永恒的民族文化"来赞美并予以神圣化的。这些小说都以现实批判为起点,带有浓郁的忧伤、怀旧、愤懑情绪。作家长于揭露、批判,却不善于建构现实的文化秩序。

叶基莫夫的《我们的老房子》成为叙事人美好的记忆和温馨的心灵栖息地。这座宁静淡泊的"老房子"曾远离"不安的时代",这里曾没有飞涨的物价、频仍的暴力、勒索与敲诈、鲜血与眼泪。然而,无情的现实是,"连我们的那座老房子也很快开始衰败了,虽然墙还保留着原样,但我们房子的魂像是被摄走了。没了魂,任何生命都不会长久的。无论是人,还是东西,还是我们的房子"①。中篇小说《皮诺切特》让读者再一次回到俄罗斯农村命运的话题上。曾经是区里最殷实、富庶的乡村在"重建"后由于私有化而变得萧条、凋敝,集体农庄土崩瓦解,以莫尔古诺夫为代表的一部分本地的和外地的商人利用各种关系巧取豪夺、投机买卖,侵占良田、牧场,成为乡村的新主人。科雷金怀着对故乡、大地、农民的一片深情和拯救乡民于苦难之中的崇高信念,放弃了一切优厚、舒适的生活条件来到这里。在与时代大潮的搏击中,以独特的精明、严厉的手段,最终挽救了乡村,赢得了自我的成功与集体农庄的兴旺,尽管他曾遭到过村里人的怨恨、敌视和反对,甚至还有孪生妹妹的不理解。科雷金是乱世中的当代管理者——俄罗斯的"皮诺切特",一种家国同构的理想英雄。英雄传奇式的叙事彰显了构建现代人格、实现自身价值的强劲的民族的主体意识,表达了发展经济、实现管理改革的现实诉求与民族精神文化重建的呼唤,满足了社会对"超人"的心理期待。作家继承了19世纪屠格涅夫、托尔斯泰的心理主义传统,吸收了布宁乡村小说的叙事方式,娓娓道来,既有深度,也有厚度。作家一反"乡土小说"将俄罗斯农民理想化的态度,将主人公"务实的真诚"与农民的急功近利、鼠目寸光进行了鲜明的对比。如批评家所言,他指出了当代农村、当代的农民远非是新斯拉夫主义思想拥戴者的理想②。

"返回大自然、回归自我"是瓦尔拉莫夫、叶尔马科夫、瑟乔娃等作家一些小说的民族文化叙事主旨,是他们在理想与现实的矛盾中,寻找自我人生价值和回归民族精神信念的一个重要表达。同老一代的作家相比,他们似乎以新的精神信念和价值立场以对抗平庸的现实和世俗的人生。

瓦尔拉莫夫的中篇小说《乡间的房子》是一曲咏赞乡村、自然的歌,更是

① Екимов Б.*Наш старый дом*// Новый мир.1997.№ 7.
② *Традиции русской классики XX века и современность.*Изд.МГУ.2002.C.251.

一首献给"木屋文化"的歌。小说以试图挣脱都市生活的叙事人到北方沃洛格达乡下寻找房子这一纪实的方式,叙写了他在偏远乡村的生活与乡村人的交往故事。叙事人说,"农村是他的心病""因为从城里人,从莫斯科人那儿,除了腐朽俄国的农村什么也得不到"①。乡村不仅有优美的风景,更有淳朴的民风,"长进了这块土地里"的乡下人。无论是独立不羁、自由率性的老人瓦夏·马拉霍夫,还是喜欢喝酒的能工巧匠、守林人秋科夫,无论是背负着苦难的生活十字架的活基督丽莎,还是失去了丈夫和女儿、拉扯着 5 个孩子的母亲妞拉……他们一个个都生活得自然、恬淡,不惧怕生活的艰辛,直面生命的苦难,安然、无所畏惧地"像在商店里等候购买面包一样等待着死亡的来临"。他们是美丽、真诚、智慧、自由的化身。而位于北方帕德切瓦雷村的小木屋更有它独特的文化魅力。粗圆木的墙,高底座的地板,俄式的炕炉,老式的织布机,做鞋用的楦头,许多叫不出名字来的农具、物件,无不是民族生活方式、生命诗意的表征。屋后的小河,屋顶上的乌鸦,一览无余的地平线,野生的山楂、稠李、醋栗、马林果,无不充满了勃勃的生机。还有教堂,文化俱乐部,宁谧的墓地,米哈伊尔狂欢节,保留至今的亚历山大二世的祈祷词……作家感叹说,"离开都会成为类似夫妻不忠的行为"。

考验青春、寻觅自我的生命探险成为叶尔马科夫的《穿越西伯利亚的田园诗》的基本内容。一个 17 岁的少年旅游者丹尼尔离开家乡小城,前往生活条件十分严峻的西伯利亚,用自己的行为书写了他对于自然、宇宙、生命意义和价值的认知。作家塑造的这一形象带有双重身份:一方面他是个自然的探险者,另一方面又是个生命的寻根者。或许是对城市文明的厌烦,或许是对自然的向往,可能是在寻求生命的刺激,还可能是对生命价值的探索,这正是小说具有悖论和张力的叙事机制。作者正是在这一叙事中寄予他的文化思考的。充满自然风情和地方民族特色的自然保护区被抽去了具体的历史背景,却具有真实、清晰的地理空间。在这里生活的人们和发生的事情构成了原生态文化的真实、新奇、生动和美丽。主人公恰恰在这样清新的原生态文化中获得了对自然、宇宙、社会、人生、自我的深切体悟。小说可以看作是现代少年在

---

① 瓦尔拉莫夫著,余一中译:《生》,外国文学出版社 2002 年版,第 158 页。

具体空间背景中的精神飞翔,一次没有伦理约束,不受历史限制,卸载了历史文化重负,回归自然的自由之旅,是作家对孩提的人与自然宇宙关系的一种哲学呈现和文学创构。

瑟乔娃的《瓦尔代湖》与其说是一篇小小的游记,莫如说是融自然、历史、宗教为一体的一篇抒情小说。这里不仅有"透明高远的天空,湛蓝湛蓝的湖泊,茂密的森林,尖尖的苔草,弥漫着雨水和森林气息的空气",还有十月革命初期被处决的民族主义评论家缅希科夫的墓地,伊维尔修道院,年轻的见习修女,瓦尔代湖作为一个自然灵性与民族文化遗产交汇的名胜鲜活地呈现在读者的眼前。这里既是摆脱生存愁苦、世俗劳顿的净土,更是纯净心灵、崇高灵魂的圣地。缅希科夫的墓碑上写着"对上帝的信仰就是对崇高幸福的依赖。丧失这一信仰,就是整个民族可能遭遇的种种不幸中最大的不幸"①。自然、历史、宗教文化以其永恒的威严与社会对峙,以自己的存在隐喻不可变更的法则,呈现上苍的启示。

三、"原生态叙事"

后苏联社会文化语境赋予现实主义文学的一个新的变奏是"原生态叙事"。小说家注重现实生活的还原,坚持一种民间立场的、反精英的写作。他们坚守真实性、日常性、原始性,追求一种生活的、人生的原汁原味,一种不提供时代背景或主观评价的"生活本相"。作家在生活的现场"记录生活",用文学之笔"还原生活"。彼特鲁舍夫斯卡娅说:"我的工作场所在广场,在大街,在海滩。在众人当中。他们连自己都不知道,在向我讲述题材,有时甚至是句式……"②这是写实作家的一种推进现实主义"非经典化"的叙事策略,表现出对"经典叙事"言说的重构。

这类小说无疑借鉴了自然主义流派在艺术手法上的长处——"照相式

---

① 张建华编:《俄罗斯当代小说集》,人民文学出版社 2006 年版,第 408 页。

② Сушилина И. К. *Современный литературный процесс в России.* Художественная литература. М. 2003. С. 37.

地"再现,感情的零度介入。作家冷漠淡然地说生活、讲故事,叙述庸常人事、灰色人生、无奈的生活、低调的情感。作家们坚持拒绝远离生活形态的真实,不提供超越性的文化镜像或文化远景——刻意的、深层的艺术"虚构"。他们将文学庄重的戏剧性叙述返回到平实的日常性叙述中来。然而,我们还不足以据此认为这类小说对人生苦难和生命存在缺乏关怀,不少小说家仍然延续了悲悯、同情、怜爱等人道主义传统。后苏联小说的"原生态叙事"更多地只是表现为一种叙事策略,在似乎漫不经心地对现实的指认中否定现实,达到对现实的一种新的解读。可以说,这是既有现代先锋意识也保留着古典忧患意识的一种写实小说。

"揭污小说"(чернуха)是一些评论家对揭露现实生活和现实人性中的黑暗、污秽、丑陋小说的统称,它们是"原生态叙事"的早期形态。最早出现在20世纪80—90年代之交的"公开性"时期。这些作品涉及一些此前苏联文学创作的禁区:杀人、抢劫、强奸、卖身、吸毒、堕胎、酗酒、乞讨等。

阿斯塔费耶夫在"重建"时期创作的《悲伤的侦探故事》《柳达奇卡》拉开了这一类小说的序幕。两部小说不仅具体再现了杀人、抢劫、强奸的"真实"细节,还呈现了一种广大民众对生活与生存的负面的世俗理念。前者是对俄罗斯民族心灵"内伤"的审视,民众对发生在身边、周围的罪恶的漠然、容忍,甚至姑息、迁就。后者描写的是一个纯洁、善良的农家少女进城后屡遭羞辱、戏弄,最后选择上吊自尽的方式告别苦难、短暂的人生的故事。作家展现了受到西方价值观影响而堕落的现代都市青年的生活与精神状貌,表现出民间俗世对丑恶现实的无助与无奈,底层民众心灵中的黑暗与丑陋。文学的这一理念激发了俄国当代文学对表现社会黑暗、人性卑劣、民间疾苦的关注,把充满黑暗的现实生活从长期被国家政治意识形态紧锁着的"宝瓶"中释放出来,摧毁了将人民理想化的思想基础,动摇了关于俄国人民是民族"道德基础""精神源头"的传统理念。

卡列金的中篇小说《安静的坟茔》和《工程兵营》拓展并深化了"丑陋的生活"命题。在《安静的坟茔》中,正直、善良的掘墓人列沙·沃罗别依为了帮助孤苦无助的管理坟茔的老人,以免除他被解职的危险,主动承担了在无主的坟头非法掘挖新墓的责任,最后遭到被解职的处罚。事实上他执行的是为了盈利的上司下达的命令。现实表明，诚实、善良在生活中只能碰壁。《工程兵营》中的工程兵科斯佳明哲保身，不惜出卖了打死虐待士兵的监工而挽救了朋友生命的菲舍尔。科斯佳受到了嘉奖，还被保送到莫斯科大学学习。在现实生活中人与人的斗争、倾轧每时每刻都在进行，从未消停过。作品让读者从一个侧面看到了生活中的一种"原始风景"，人性中涌动着的邪恶之魔。它们与道德小说的区别在于，作者从不对人物的行为作出道德是非的评判，而仅仅是展现在生存意识支配下的人的行为本身。当然，这样的行为不是无意识的、非理性的，而是依附在意识、现实与理性的基础上，与现实世界相依存的，有着合情合理的生活依据。

戈尔拉诺娃的中篇小说《屠格涅夫——阿赫玛托娃的儿子》是"塔依西娅的私人日记"，记录了一个贫苦家庭出身的 8 年级女生的成长经历，家庭的日常生活，周围的人和事，她的初恋和情感纠葛，对社会变化的种种迷惘和困惑。"屠格涅夫是阿赫玛托娃的儿子"是少女对现实、往事、未来无法理解造成的意识错乱后的荒唐言说。短篇小说《一个厌倦了生活的当代人与自己心灵的对话》书写的是一个试图靠写作养活全家，却又根本无法维持基本生活的作家"我"的全部苦恼。严酷的现实生活与对生活美丽的幻想冲突使"我"恨不得割腕自杀，可是想起连举办葬礼的钱都无法筹措，为了孩子、家庭，只能苟且偷生地活下去。这两部作品都是第一人称的自叙体故事，所展现的全都是叙事人讲述的生存苦闷与精神困惑，"厌倦生活的现代女性"的心灵独白。先琴的短篇小说《雅典之夜》讲述了一个男人"我"欺骗善良妻子的故事。"我"借口到外地出差而放纵身心，酗酒、嫖娼、赌博、斗殴，最后被服务员半夜赶出酒店，只好坐火车返回莫斯科。这是新时期一代青年心灵空虚与精神无靠的真实再现。

上述"原生态叙事"小说在 90 年代前期一度在数量上占有优势。作家在描写下层大众生活的"原生态"真实时，并不去探究造成"污秽"现象的社会原因，揭示的是某种普通人生、人性中的缺陷，暴露的是俄罗斯下层民众生活卑污与黑暗的普泛性，被一些批评家认为是"新自然主义"的表现。

一部分小说家，特别是女性作家并不排除对生理欲望的书写。帕列伊在中篇小说《来自侧路渠的卡比丽亚》中塑造了一个放浪形骸、追求享乐的当代女性代表——妓女蒙卡·雷布娜娅。女主人公少时便偷尝禁果,此后沉溺于性爱的快乐而不能自拔。离婚后她又与多个男性伴侣相戏。她看重的并不是他们的金钱和地位,而是这些男人带给她的欢乐。托卡列娃的中篇小说《雪崩》描写的是一个常年在欧洲各地巡回演出、年近50的优秀钢琴家由一个令他销魂的妓女所激发出的情欲的"雪崩",表达的是一个深谙现代文明真谛、崇尚艺术的知识分子,也像所有的普通男人一样,阻挡不住性爱的涌动。女作家说,"缅夏采夫渴望生活,渴望工作。对他而言——都是一回事"①……"渴望女人并实现了自己的愿望,这完全正常。……雪崩不会选择。任由它如何崩泄,就如何崩泄"②。

类似的小说还不能简单看作是"污秽"的泛滥,因为其一,作品大都有比较丰盈的人性的、心理的、文化的内涵附着;其二,作品在性爱的描写上都没有超越读者道德心理普遍能接受的程度,而走向"海淫";其三,作品是另一种形式的对俄罗斯文学理想主义、精神主义传统的冲决。在泛政治意识形态话语的小说中,"人"是被理想主义、英雄主义、道德主义的玫瑰色彩所包裹的,爱情往往是以一种圣洁的向往、先进的思想、高尚的品格来实现对世俗情爱超越的。而当代作家都否定当代社会中"经典"的精神之恋,发生在男女两性间无法遏制的强大的吸引都具有明确生理的、物质的追求,都是循着"欲望"的逻辑把两性关系的各种形式从圣洁的、理性的、道德的爱情中剥离出来,从而完成对俄罗斯文学和苏联文学中经典爱情的解构与放逐。作家们是把性爱当作人的生命存在、生命意识的符号来看待的,所肯定的还是人生活的自然、健康、美好。

罗德琴科娃的短篇小说《当石头上开出浅蓝色的小花花……》讲述的是乡间女子宁卡的情爱故事,传达的是民间崇尚的一种始终不渝的、神圣的情感。从少女时代开始到生命的终结,她始终对一个曾经抢救过她生命的男人刻骨铭心,把一个女人的情统统用在了这个男人身上。宁卡有过多次不幸的婚姻,托利亚也有过自己的家庭,但这从未成为她放弃追求托利亚的理由。当

---

① Токарева В.*День без вранья* Сборник, ACT MOCKBA.2009.C.168.C.200.

② Токарева В.*День без вранья* Сборник, ACT MOCKBA.2009.C.168.C.200.

再也没有了爱的寄托,她便喝酒浇愁,最终唱着他最爱听的歌曲追随着他而去。"石头上也能开出蓝花花"的标题表达了民间对忠贞不渝的爱情的赞美与向往。长期以来,俄国文学中的爱情始终是以超肉体性和超时空性而被神圣的,是断绝一切世俗化欲望的,爱与欲望总是是以二元对立的形式出现的,然而这一长时期受到推崇的对立理念,如今受到了质疑。小说中,作者对传统爱情伦理的消解是以对欲望存在的确认开始,又以欲望与爱情的融合结束的。

与19世纪俄罗斯文学和苏联文学中的"小人物"叙事不同,新时期的"原生态叙事"在整体上淡化了社会历史学和伦理道德层面上对"被侮辱、被损害的小人物"的描述,而是深深地切入人性世界的幽微之处。宣泄苦难、揭露黑暗,展现普遍的人生窘境,为不安的灵魂寻求不朽的安顿,为生命的神圣与尊严呼号呐喊。可以说,当代俄国小说的"原生态叙事"呈现的是一个当代社会中人性的世相。

四、"幻化叙事"

"幻化叙事"是现实主义小说中的一个亮点,在现实主义小说的艺术创新中具有特殊的位置。所谓"幻化叙事"是指作家在小说中将现实与荒诞、神秘、魔幻融合在一起的叙事方式,是一种在修辞手段层面上与"非写实"艺术元素相对接的书写方式。写实是作品的主体,而荒诞、神秘与魔幻作为一种独特的写意手段与前者一并进入艺术现实中,使小说呈现出更为丰富的色彩并获得高度的隐喻意义。文学史家涅法金娜说,"20世纪末的现实主义继承了俄罗斯经典现实主义的主要传统,包括托尔斯泰的(如索尔仁尼琴、拉斯普京、扎雷金、博罗京、尼古拉耶娃)、陀思妥耶夫斯基的(如阿斯塔费耶夫、马卡宁、安得烈·德米特里耶夫、彼特鲁舍夫斯卡娅、瓦西连科)、萨尔蒂科夫—谢德林的(如弗拉基米尔·奥尔洛夫、克鲁平、维亚切斯拉夫·雷巴科夫、阿克肖诺夫)等。但是在现实主义的流派中发生了传统原则和与其相对立的元素的融合及各种不同的美学原则互动的现象。而占主导地位的某种元风格原则决定了流派的特征。"①一批作家,特别是中青年作家纵向继承了果戈理、梅列日科夫斯基、索洛古勃、别雷、布尔加科夫等经典作家的优秀传统,横向借鉴了欧美文学的现代观念和艺术手法,大大丰富了新时期现实主义文学家族的艺术形态。小说文本中大量写意性的假定性表达是文本结构与指向所采用的叙事策略,作家旨在更深入地揭示现实生活与问题的本质。"故事"不再是小说的中心,故事后面的隐喻意义才指向小说的中心,才是寓言化的当代。作家重在寻找对民族生存状态的寓言性表达,或是探求一种永恒的、超时空的、具有哲学和全人类意义的价值判断。

库尔恰特金的长篇小说《女警卫队员》虽然也是一部整体上写实的,但却是更为深度的"荒诞小说"。其荒诞是戏谑的,意义在荒诞的反面。女主人公是莫斯科市郊区委会的一个女党务工作人员,她的丈夫也是一个唯命是从的党务工作者。她抱定忠诚于事业和领袖的坚定信念,认定她崇高的使命与职责是关心伟大"重建"的成败,乃至发起"重建"运动的总书记戈尔巴乔夫的安全。然而令人匪夷所思的是,一个如此关心国家与社会前途的女干部居然会离群索居,躲藏在一个森林深处的窑洞里,远离国家的政治生活。这个性冷淡的女人,还莫名其妙地突然强暴了一个从阿富汗战场归来的退伍士兵。作为一个善良的家庭主妇和奶奶,她竟然会绞尽脑汁想杀死自己的孙女。所有这些无法兼容的角色和品格都不可思议地集中在了一个女人身上,小说的叙事表明,女主人公身上所发生的一切悖论式的矛盾、冲突又都是与俄罗斯的历史和现实的社会状况紧密相连的,是与社会的极权、灾难、动乱、疯狂、堕落共生的。这一联系使得小说中性格分裂的女主人公个性的形成有了客观的现实依据。小说所描述的事件是现实的,人物的言行却是错乱、荒唐的,但是在这种种的荒唐中我们依然可以大致分辨出人物性格、行为发生的逻辑起因。荒唐的女主人公是实实在在的形象,但更是一种意义的载体、象征性的符号,小说的隐喻意义指向不是具体的个性,而是人类社会某种畸形状态造就的分裂、矛盾的人性。女主人公形象的所指具有现实的规约性,人物的现实性是得到了具体落实的,而形象的所指则构成一种明显的深度意义:荒唐的社会体制只能

---

① Нефагина Г.*Русская проза конца XX века*.Флинта-Наука.М.2003.С.43.

产生荒唐、邪恶的人，正是形形色色的荒唐把人类拖向了精神的窒息与文明的毁灭之中。

入围 1998 年布克奖的斯拉波夫斯基的长篇小说《调查表》描写了一个以编字谜为业的知识青年的当代生活。为了能在警察局找一份固定的工作，他需要填一份调查表。回答数百个调查问题的过程成为他自我的心灵测试过程。为体验窃贼心理他需要进行偷窃试验，为审视自己的情感世界他与多个女子交往，结果他一度患上了强迫症，精神几乎崩溃，于是他酗酒解忧，从此生活变得一团糟。《有钱的一天》是一部以荒诞的方式对抗荒诞的长篇小说，作者讲述了在萨拉托夫城米丘林大街一天里发生的许多故事。三个 40 岁上下的男人，无业的兹梅伊，在省府做事的帕尔芬和名叫斯文的作家是老同学、老朋友，酒醉之后意外地捡到了两卷分别为 3300 卢布和 3 万 3000 美元的钱，开始了他们"有钱的一天"的生活。他们穿行于一个个空间，寻找可以花掉钱的去处。起先，他们想过用这些钱接济最需要用钱的人，后来又设法用钱来惩罚那些作恶之人。但万能的钱既不能给不幸者带来幸福，也丝毫不能改变邪恶者的本性，却只能暴露出越来越复杂纠结的各种矛盾和问题。于是，三人干脆就想用这笔钱实现各自美好的愿望，结果也大失所望，于是想逃之夭夭，离开这可诅咒的现实。但是当他们买好车票、准备离去的时候，却发现他们打心眼里哪儿都不想去，他们的生活须臾都离不开复杂、混乱的庸常，离不开他们的妻子、儿女、朋友、工作和他们住了几十年的米丘林大街。万花筒般的都市景象——从垃圾场、行政机关、文艺界人士的住宅到警察局、商铺店家、形形色色的人等——流浪者、恶棍、妓女、贪官、污吏，荒唐离奇的事情——家庭纠纷、抢劫、枪杀、卖淫等，成为小说的写实主体。小说中左右所有"奇人"的观念欲求，发生"奇事"的各种缘由都是钱。三个有了钱的中年知识分子不得不面对着两个迫切需要回答的问题：人有了钱会怎么样？人有了钱真会幸福吗？小说结尾，钱终被失主取走。小说提供的是一个不无诡异的、冥想式的文本，讽喻、戏嘲的是不无荒唐的俄罗斯民族的文化和精神处境。对"寓言"的寻求贯穿于作家此后的一系列小说中，如《生活的质量》《凤凰综合征》等。

阿纳托里·金是用隐喻构筑叙事的小说家，他的作品中有现实主义的，也有现代主义的。其大部分小说都有明显的寓言化特点，或弥漫着一种幽深的神奇氛围,或透着一股凄哀的情感意蕴,都有着鲜活的艺术效果和深刻的哲理精神。生与死、人与社会、人与自然、个体与家庭、自我与他人等人类生存永恒的矛盾鲜明、尖锐地交织在一起,大大升华了小说的审美意蕴。《涅乌斯特罗耶夫的气味》中衣食无着的无业流浪汉死在他栖身的房顶,直到尸体发出腐臭的气味才被发现,臭味成为他生前无人过问、死后无人问津的苦难的生命存在的一种标识性呈现。流浪汉默默无闻的死仿佛是一个悲哀的预言,既是现代社会对一颗善良灵魂的放逐,也是现代家庭中人伦亲情的失落。造成死者生前穷困潦倒、无家可归的原因首先是他儿子的算计,还有他大学时代的同学、好友,一个生意人的冷漠,老同学将流浪汉住的阁楼钉死。现实中人与人的冷漠与人生存悲剧的思考一旦衔接,人类现代生存的浓重的危机感便凸现了出来,不论主人公的死亡有着怎样的原因,现代社会所缺乏的理解、同情和爱,无疑是涅乌斯特罗耶夫——社会中"无地容身者"之死的背景。主人公的生存苦难既是后苏联莫斯科时空的,也是整个人类的在商业社会中的悲剧。短篇小说《大海的新娘》中的女主人公是生活在海边的五个孩子的母亲,丈夫因受矿难的牵连银铛入狱,出狱后又对她粗暴相向。她独自一人抚育了四个美丽的女儿和一个优秀球员的儿子,而这还要归功于始终爱恋着、伴随着、养育着孩子们母亲的大海。流逝的时光催母亲老去,也让孩子们长大成人。小说结尾,完成了母亲使命的女主人公远离家乡,到大海另一边开始新的生活。大海与女性、母亲成为一个等值象征,一个滋润生命、人类的标记,一种自然与人类互为依存的生命关系。母亲凄婉的离去传递了作者的一种呼唤:不幸的、伟大的母亲也需要关爱与敬重,也需要有自己的生活,不能在"命运之中迷失自我",她的伟大不仅应该表现在她母性的伟大使命中,还应该表现在女性个体对自身的生命追求中。"海的新娘"的称呼深深注入了作家对人类与大自然之间爱恋与休戚与共的文化体验。朝鲜族作家阿纳托里·金对东方文化重感情、重气韵、重精神的传统心驰神往,达到了一种心领神会的境界。

皮耶楚赫创作了大量的后现代主义小说,但这并不影响他的有些作品具有明显的以写实为主体的特征。中篇小说《新莫斯科哲学》便是一例。它呈现的是苏联时期莫斯科的日常生活图景——窄小的共用厨卫的多户住宅里小市民灰色的日常生活。作家在一个反讽的语境里描写了看似寻常实则荒谬的生活故事。拥有一间小住房的孤独的老妇人蓬皮扬斯卡娅体弱多病,将不久于人世,各住户都在觊觎她那间小小的住房。周六早上她没有像往常那样出现在厨房,邻居们报了警,但撬开房门后却没有发现她的尸体。人们开始了种种猜测,甚至见到了鬼魅幻影,还在屋里发现了寄给老妇人的神秘信件。但这一切都没有阻止邻居们为抢占她的房间而进行的争夺。老妇人的尸体最后在莫斯科市中心公园的长椅上被找到了。原来,这一切都是邻居 10 年级学生米佳搞的恶作剧:他悄悄地从公用电话亭打电话给老妇人,利用老妇人死去的父亲的幻影将她诱出家门,让她在神秘的恐怖中冻死在公园里。作家借助幻觉与荒诞的手法将尖锐的讽刺和揭露置换成一本正经的反语正说的叙述,从小说标题的设计,到故事的叙述、人物的描写、荒诞氛围的营造、作品意蕴的建构,读者都能看到作家的一个总的叙事动机:对处于特定时代的俄罗斯人生活的庸俗与消极的否定。"新莫斯科哲学"毫无"哲学"之处,它探究的并非关于真理、幸福、生命意义这样崇高、严肃的话题,不过是油滑功利、唯利是图的"市民习气"而已。作品还融进了一些后现代主义的互文元素,小说结尾戏剧性地模仿陀思妥耶夫斯基的《罪与罚》的情节,让一个 13 岁的女孩柳芭学着索尼娅的样子替米佳承担罪名、接受惩罚,表达了建构新文学话语的期待。作家说:"我们的生活去往哪儿去,文学就会跟到哪儿;从另一方面讲,我们的文学指向哪里,生活就会跟向哪里。我们不仅按生活来写作,而且按写作来生活。"

我们从上述作品对现实的整体占有就可以看出,作家少以特定的政治价值观去判断与取舍大大复杂化了的现实存在,他们从社会的、历史的、道德的、文化的、种族的、哲学的等多重视角观照生活,表现出了一种相当开放的"现实观"。如果没有对"政治现实观"的超越,没有完成对现实观的开放,那么《野兽的印记》对于战争题材的超越,《女警卫队员》对于社会、人性的把握,《有钱的一天》对社会意识的呈现,《涅乌斯特罗耶夫的气味》对现代生存危机的揭示,《新莫斯科哲学》对灰色日常生活的洞察都不可能达到如此复杂、深刻、精彩的程度。

与此同时,对魔幻主题的热衷、魔幻意象的塑造与魔幻情节的融入以及对魔幻现实主义手法的借鉴,成为不少写实作家,特别是痴迷于艺术形式创造的中青年作家的艺术追求。这极大地丰富了现实主义文学的品类,扩大了小说的表现空间和文化内涵,实现了对传统写实文学在思想与艺术上的超越。但小说的精神内核并没有随着审美形式的变化而变化。小说植根于社会生活现实和人的精神现实的根基未变,依然洋溢着强烈的生活气息。小说家对俄罗斯命运及俄罗斯人的精神状态的关注依旧,对时代的深刻反思、对人性的深度挖掘也未有淡化,道德伦理的和历史文化的价值坐标仍然高高矗立着。

大器晚成的作家格利高里·彼特罗夫在他的《大傻瓜》《鲁康尼卡》《丽祖诺娃的未婚夫》《萝扎与费阿尔卡》等系列"魔鬼小说"中塑造了不同的魔鬼、撒旦形象。它们或是恶势力的代表——狰狞、狡诈、凶顽,或化作一种善的存在——美丽、温暖、可人。作家以人的人性与魔性的共存为出发点,探讨社会、人类对善与恶的责任这样一个基本主题。《大傻瓜》中的无业青年叶夫秋沙助人为乐、无偿地为人服务,却不为社会和他人理解,被精明能干、唯利是图的邻里视为着了魔的"大傻瓜"。母亲找到了一个能驱逐魔鬼、闻名遐迩的医生为儿子"去魔"。长毛魔鬼以名利诱惑,但主人公坚持走"自己的行善之路"。作家表达了他对真正的符合道德的生活的理解:按照自己善与爱的信念去行事才能找到真正的道德之路,即使这种信念是违背所谓的社会常理。《鲁康尼卡》中的同名魔鬼是一个挑唆人类酗酒、奸淫、背叛、贪污的元凶,生性软弱且意志不坚定的米涅奇卡受到他的诱惑而沉沦,但他不失人性,常能悔悟。魔鬼对米涅奇卡实施报复,甚至剥夺了他讲母语的能力。小说表明,魔鬼的魔力有地域性限制,他只能在俄罗斯土地上作恶,一旦离开便失去了任何魔力。小说具有鲜明的"后苏联性",即表达后苏联现实中"恶势力"的猖獗。作家认定一种责任伦理:人有能力区别好坏并作出选择,一时屈从于魔鬼的软弱并不可怕,要紧的是能悔悟、赎罪、弃旧图新。人性与魔性对人的争夺也是小说《丽祖诺娃的未婚夫》和《萝扎与菲阿尔卡》的基本命题。丽祖诺娃是小说中被一对夫妇捡拾来的女孩,她尝尽了人间的苦难,却每每能逢凶化吉。她美丽、善良、温柔、可爱,男人都希望娶她为"新娘"。她像一面镜子,能映照出人世间的邪恶,更会把爱的光辉照拂人间,她来去无踪成了一个让魔鬼惊恐的"妖精"。但是,她所生活其中的"此在的现实"却充满了魔性,她在75年里体验的"邪恶"联系着集体化运动、饥饿、政治清洗、"古拉格"和后苏联时代的拜物主义。小说《萝扎和菲阿尔卡》中魔鬼形象的内涵更为复杂。在姐姐菲阿尔卡的婚礼上,妹妹萝扎被老妖施魔,冒充新娘与新郎浪漫缠绵。真新娘受到了伤害,她的母亲与新郎也都先后奇异地死去。萝扎的荒唐、怀孕以及婴儿的诞生、早夭,引起人们关于魔鬼诱惑的种种猜测。但萝扎因为从一个老香客的手中得到了忏悔、祷告用的器具——圣像、十字架、蜡烛、圣水而精神重生,死去的婴儿也得以复活。婚礼受魔鬼干扰的这一斯拉夫民间传说被作家改写成了一个哲理性小说,一个关于人类善与恶、生与死、光明与黑暗相对立与转换的故事。

布依达被当代批评界比作俄罗斯的博尔赫斯、马尔克斯、胡利奥·科塔萨尔。他的获小布克阿波罗·格里戈里耶夫奖的长篇小说《普鲁士新娘》由相对独立、风格不同的短篇小说构成。作者常常将传说、童话故事插入小说中,在被高度神奇化、魔幻化的人物和故事的叙述中体现出高度的哲理化倾向。短篇小说《凡达·班达》讲述的是丑陋的同名女主人公与侏儒梅尼亚相爱的故事。凡达粗壮、高大,上嘴唇还长着又硬又粗,如同狗鱼刺般的尖须,"拇指少年"梅尼亚瘦弱、娇小、丑陋。他们的结合为众人所不容。但是真诚、善良的凡达仍然坚守一份纯真的爱。她不仅有着一颗金子般的心,还有一只如同玫瑰花蕾般秀美、芬芳的左脚,只是被父亲打造的一双粗陋的猪皮鞋给遮蔽了。聪慧的魔鬼布雅尼哈说:人们永远无法回避丑陋的存在,这是可悲的,然而更为不幸的是,美好、崇高的内在本质往往不被人们看到。小说表达了对一种生存常理的批判:在这个以常理、规范为尊崇的"充满分寸感的世界里",包括爱情在内的任何对世俗"规范"的偏离,任何"不正常"的行为,都会被认作丑陋而遭鄙弃。在短篇小说《一双瓷脚》中作家引入了法国作家夏尔·佩罗笔下的"灰姑娘"的原型,一双神奇的鞋将平凡普通的姑娘变成了美女,因为一颗纯洁、美好的心灵姑娘获得了童话般的爱情和幸福。小说与传统原型故事立意的差异在于:鞋仅仅是一个外在的赐物,它的神奇全然在于穿进鞋里的那双因为整日劳作有些丑陋的 38 码的大脚,世上能穿这双鞋的只有她一个人,所以幸福不是赐予的,而全靠了她自己固有的品质。何谓美丽、爱情、幸福,也许任何人也难真正地说清楚,但是它们的确存在于我们的生活中,关键在于我们要以自己美丽的心灵善于感知、相信它们,把它们当作生活的目标和方式。

库尔恰特金的小说集《一个极端主义者的札记》中的两个短篇《斩首机》和《客人》里都有一个魔鬼的形象。前者是一个头顶光环、长有雪白翅膀,类似天使却长有两角的怪物,后者是出现在主人公医生幻觉中的同貌人形象。两个魔鬼都会在人遇到困境时出现。《斩首机》中的主人公无名无姓,他对生活极度失望,屡次自杀无果,试图将自己的生命责任交给"安乐死"研究所的医生来承担。医生用暗示的方法让他在"斩首机"上进入梦幻,走进魔幻世界。冥冥中头颅被割下,思想与意志被捧着他头颅的魔鬼掌控,人们终于发现了这个陈尸街头的"人"。《客人》是一个在事业和家庭中屡屡失败的医生在幻觉中与同貌人魔鬼关于生命、生活、幸福的对话。医生认定生命的价值、生活的幸福是对生命奥秘——一种伟大的科学真理的揭示,魔鬼却认为,应该放弃可能没有结果的科学研究,过平静的夫妻生活,享受电视、地毯、美味带来的温馨的生活。两个在人生中出现迷误的人,都以各自的方式寻找着属于自己的生存价值和生活道路。人能否自己左右自己的命运?作者在心理和哲理层面探讨了人的这样的生存选择问题。生活中的魔性就是对生活中的非理性、充满无序与混乱本质的体认与洞察。寻觅、探索生活和生命的真谛永远应是人生的逻辑和意义所在。

与库尔恰特金笔下的妖魔相比,叶尔马科夫笔下的妖魔具有更强烈的对现实的指认和批判。短篇小说《入门前的品茗》中,一次偶然的迷路让中学教师格利高里耶夫走进了一个挂着旅游局招牌的魔窟。魔窟中一片黑暗,魔头局长脸色阴沉、两耳硕大,同名伊凡诺夫的三个小魔毕恭毕敬、战战兢兢聆听魔头的命令。不满现实,渴望虚荣的中学教师格利高里耶夫想改变自己的命运,在品尝了魔鬼提供的"天才之茶"后,开始变得健谈雄辩,甚至拥有了诗人的才华。然而,得到魔力帮助的他却不知此后的人生如何度过:永远驻足在阴森的魔窟中,还是即刻离去,继续他正常的生命行程?魔窟及魔鬼是一面无情的镜子,照出了现实的丑恶与恐怖,也照出了人"不知向何处去"的一种惶恐不安的心态。

上述小说虽然都有十分强烈的非现实性、抽象性、诡异性,但是整体叙事都是写实而又超越写实的,其隐喻世界有着存在主义的荒诞化特征。其中的一些小说并不针对具体的社会现实,而重在表现丑恶现实的本质性特征——存在本质与世界本质的种种关系,一种造成丑恶的超现实本质。小说体现了现实主义与现代主义,甚至后现代主义在文学精神和艺术形式上的一种共融。小说家用一种心态、一种情绪、一种理念来构思谋篇,打破了传统的现实主义小说以故事情节为框架,或以人物性格、命运为脉络的叙事结构,表现出一种新的小说叙事话语,也引发了写实小说文体的巨大变革。

五、"非虚构叙事"

想象与虚构退场后的"非虚构叙事"是新时期现实主义小说叙事的一个重要构成,是 90 年代形成的创作、出版与阅读热潮的小说样式。这种纪实性书写是后"公开性"时期作家对文学非经典化的一种创作努力:削弱文学言语政治伦理的价值内涵,恢复其指陈事实的功能,使文学写作从意义的表达转向意义的生产。从审美形式上,作家以不同的方式竭力将生活的本来面目呈现给读者,消除创作主体的道德伦理评判,追求作品结构和语言表达的实用性以及读者接受的简易性。女作家斯拉夫尼科娃将这种"非虚构叙事"指称为"臆造情节的缺失……""生活与书页之间距离的最小化"[1]。

写实小说的"非虚构叙事"已经引起当代研究者的广泛关注。批评家斯捷帕尼扬高度肯定新时期的"纪实性"书写,并认为这已经成为新的现实主义的一大特点。[2] 科利亚季奇在她主编的《20—21 世纪之交的俄罗斯小说》中设有专章对"当代回忆录"体裁进行了有益的探讨。[3] 批评家马尔科娃也认为,"在 20 世纪末体裁演变的主导趋势中特别要强调虚构叙事与纪实叙事界

---

① *Русская проза рубежа XX—XXI веков*, Под редакцией Колядич Т.М., Флинта－Наука. 2011.С.27.С.161-180.

② Степанян К. *Реализм как преодоление одиночества*//Русская литература XX века в зеркале критики, ACADEMA, С-Петербург.2003.С.131-143.

③ *Русская проза рубежа XX—XXI веков*, Под редакцией Колядич Т.М., Флинта-Наука, М. 2011.С.27.С.161-180.

限的消钝",她说,纪实已经成为当代小说中重要的体裁因素。①

这一小说形态的"热"是一部分作家和读者对事实、文献的高度重视,是他们对苏联时代"真像"缺失,对后苏联时期记者、政治家胡编乱造"事实"失望后的反拨,是他们为满足了解事实、情感与心理"真实"的一种文学渴望。在一些作家看来,"非虚构"作品所呈现的人的心灵真实较之人们接触到的历史真实更接近时代心理的原貌,它们对读者所具有的心灵震撼力往往是虚构叙事难能企及的。

"非虚构叙事"的作品大都没有完整的故事情节、精细的人物塑造和统一的艺术结构。作家或用记录者的身份录下亲历者的讲述,或以传记作者的身份描叙人物的传奇人生,或以叙事者的身份讲述自己的人生经历,或以史传文学的形式重新书写历史等等。"非虚构叙事"有着不同的体裁样式。此间比较兴盛的体裁样式有:纪实性小说、回忆录小说、传体小说、文学肖像等。

透明性、直陈式、沉默感,构成了这一类作品书写方式的基本特点。透明性是指文学写作力图让事实、文献自己说话,而不带文学的"做作",让读者自己知悉事实、了解真相,明知道理,探究历史与现实的是非曲直。直陈式是指一种直截了当的书写方式,意味着文学书写类似记者的报道或医生的诊断。作者不再提供一种社会性的话语或引领性的创作意图,新闻式的写作采取的是一种直接面对对象的陈述。而沉默感则是指作者对于社会、战争、历史、政治之类的命题所保持的一种"沉默"的写作态度,书写话语的内在结构具有较大的沉默空间,即包含着大量没有明确说出或无法说出的意义,它们有待于读者自己根据话语之间的关系予以阐释并作出结论。

当然,"非虚构叙事"并非单一的事实、文献的实录,不是调查报告,不是书写历史,并不完全根除想象、摈弃虚构。因为在文学的"非虚构叙事"中,即使运用了大量的纪实性文献,其取舍也有主体的介入。女作家阿列克西耶维奇说:"唯一让我确信无疑的文献——只有护照和电车票。可是 100 年后它

---

① *Современная русская литература концпа ХХ - начала ХХ*1 *веков.* Под редакцией С. Тимины, ACADEMA, М.2011.С.34.

们能为我们提供些什么关于我们时代的讲述呢。我所知道的被称为文献的东西——这都不过是某些人的真实,某些人的激情,某些人的成见,某些人的谎言,某些人的生活而已。"①更何况,"非虚构叙事"小说中都有较强的人物心理描写,而这样的心理描写无论如何真实可信,也都是作家想象的产物,是无法得到证实的。少却了这样的心理描写,这种纪实文学的文学性便会大打折扣。而且,思想的深度,感情的力度,语言、技巧的艺术,也同样是"非虚构叙事"文学的艺术要素,它们也都是作家主体介入的鲜明表现。而主体情怀的融入恰恰是"非虚构叙事"的一个重要特点,作品中总有一个"我"在说话,向读者说话,向时代说话,向历史说话。这也是这一类小说具有轰动效应、赢得读者喜爱的原因所在。

根据作者叙事人介入小说的程度不同,纪实性小说可分为两种,一种是以谈话、实录、文献等材料为基础的更为纯粹的纪实性小说,由于它们基本上取材于真人真事,所以叙事显得更为直接、客观和真切,阿列克西耶维奇的小说创作便是一个典型范例。另一种并不以实录性文献为主体,而是以作者亲历的事实为基础,融入了叙事人很强的切身体验和情怀。这种叙事带有作者明显的超越性眼光,叙事有相当的自由度和独立思考精神,但作者不夸饰,不煽情,话语质朴简练,这一种是带有明显的纪实性,但并不重在纪实性的小说样式。

女作家阿列克西耶维奇从 20 世纪 80 年代就开始从事纪实小说的创作,其四部最有影响的纪实小说(《战争的面孔不是女性的》《最后的证人》《锌皮娃娃兵》《切尔诺贝利的祈祷未来的纪事》)几乎都以真人真事、文献和采访笔录为基础。她的每一部作品都会在读者中引起强烈的震撼和巨大的反响乃至争议。她说:"我是通过人说话的声音来聆听世界的。人说话的声音对我永远起着心旷神怡、振聋发聩和沉迷陶醉的作用。……这大概是我观察世界的一种方法。"②所以她称其小说是一种"各种不同人的声音组合的体裁",批评

① Степанян К. *Реализм как преодоление одиночества*//Русская литература XX века в зеркале критики,ACADEMA,С-Петербург.2003.C.132.

② [白俄]阿列克西耶维奇著,乌兰汗、田大畏译:《锌皮娃娃兵》,昆仑出版社 1999 年版,第 202 页。

界也说她创作了一种"多种声音小说"（роман голосов）①。

长篇小说《最后的证人》由 100 个小短篇构成，是战时 7 — 12 岁的儿童成年后对战争的回忆，是儿童关于战争悲剧的真切讲述。《锌皮娃娃兵》记录了从 1979 年 12 月苏军入侵阿富汗到 1989 年撤军历时 10 年战争的亲历者和他们亲人的回忆，其中没有任何作者的描述。作品所给予读者"想哭，想叫"的情感体验是相当强烈的。作家说，她的研究对象是"感情的历程，而不是战争本身的历程"，"我关心的是心灵的历程，而不是事实本身"②。《切尔诺贝利的祈祷未来的纪事》是 1996 年乌克兰核事故灾难亲历者讲话的实录。作品没有中心人物，也没有任何情节，全部文字都是由作家的日记、当事人的讲话，历史记录、作者的记述构成。小说讲述的是受难者心灵的感受，思想、观念的变化，人生命运发生的转折。这些内容连缀在一起，会引发读者对苏联社会、国家政治、科学技术、民族信念、人类未来等一系列问题的深入思考。作者说，书被称作"未来的纪事"，是因为她想表达"对宇宙深渊的预感"。

甘德列夫斯基获"小布克奖"的《颅骨环锯术》是一部以作家的生平故事为主体、具有自传色彩的中篇小说。作品有一个名为"病史"（история болезни）的副标题，是作者治疗脑瘤前后人生经历的记录。小说的后现代主义风格并不影响作品中细节真实的非虚构性。这部以第一人称叙事的随笔性作品撷取了作家人生经历中的一些重要事件，作品中有大量的回忆、思考、不同人物性格的呈现，也有作家不清晰的联想与对世事万象的看法，从而展示了苏联解体前后社会生活、人与人关系的方方面面，提供了一个历史时代中不同社会阶层的众生相。小说的"非虚构叙事"还表现在其中的人物都取用现实生活中真实人物的姓名或笔名，如诗人鲁宾施坦、基比罗夫、普里戈夫等，读者轻而易举地就能从中认出现实生活中的所指所示。评论说，小说"给人的第一印象像是'厨房里的促膝叙谈'"，"作者实际上讲述的是一代人，'守门人'一代以消

---

① *Современная русская литература конца XX – начала XX1 веков.* Под редакцией С. Тимины，ACADEMA，М.2011.С.34.

② ［白俄］阿列克西耶维奇著，乌兰汗、田大畏译：《锌皮娃娃兵》，昆仑出版社 1999 年版，第 202、205、447、452 页。

极的方式与体制,与强加于他们的生活方式相抗争的宣言"①。后现代的叙事方式淡化了小说的纪实性色彩,所以作者说,它"只能部分算是回忆录",是"完全真实的假象",是"按照回忆录底子做成的绣品"②。

谢尔盖耶夫从 70 年代开始创作,到 90 年代才完成的长篇小说《集邮册》与甘德列夫斯基小说有着同工异曲之妙。后现代式的言说也不影响它整体的写实风格和对事件、人物虚构的拒绝。小说是他家庭、亲人、个人生活及不同人物、关系、感受的"集邮册",是他 20 年间(1936 — 1956)生活的"精神收藏"。作品同样没有贯穿始终的小说情节、中心人物,也几乎没有叙事人的主观褒贬评价,全部内容都由叙事作者有关生命成长的陈述和相关人物的谈话、事件的记录、私人的日记等构成。读者在作品溢于言而显于情的叙述中,始终可以感觉到一种坦率,一种直白,一种高度个性化的表述。比如,他对曾在电影学院就读时,所结识的著名艺术家库列绍夫以及同班各式"人民演员"的刻画,前者的庄重、宽厚、善良、慈祥与后者的傲慢、虚伪、阴险、狡诈,给读者印象深刻。生活在作家的笔下不再是僵硬的事实陈述,不再是一般性的事件交代,而有着作家自己的深刻认知和深邃洞察。

回忆录之所以在世纪之交始终不衰,原因之一就是读者通过这一体裁所了解的并不是当下官方主流的声音,而是特定历史时代的个人的心声。与其他纪实性小说体裁作用于读者的方式相比,它有着明显区别。它提供的是一种聆听式阅读。读者在听一个人说话,听他讲述所经历的社会、时代、历史,陈述他的见解。这种声音不是公共话语,而是具有鲜明、生动的个性特质。在小说叙事的不经意之中作者也在表达自己的见解。"作者能在回忆录中,在记录下一个时代的人、事件的当事者的世界观的同时,传达出本人的心理状态,陈述自己对这一或那一事件的反映和态度的同时,表达自己对所发生事件的看法。"③

回忆录是作家利莫诺夫陈述政治观点、表达思想立场十分重要的文学体

---

① Колядич Т.М.Русская проза рубежа XX-XXⅠ веков,Флинта-Наука,М.2011.C.179.

② Колядич Т.М.Русская проза рубежа XX-XXⅠ веков,Флинта-Наука,М.2011.C.179.

③ Колядич Т.М.Русская проза рубежа XX-XXⅠ веков,Флинта-Наука,М.2011.C.161.

裁。这位对"重建"的态度由十分抵触到坚决反对,进而着手创建自己反对派政党的文坛政治家,从未将文学与政治、历史分家。从中篇小说《我们曾经有过伟大的时代》到纪实长篇《我的政治生涯》都是难得的史与文的融合,是21世纪以来俄罗斯文学历史纪实体裁的一个重要收获。批评家邦达连科称利莫诺夫是"罕见的天才",他的《我们曾经有过伟大的时代》"向读者展现了苏联时代真正的伟大与英雄主义"。①

格尔施坦因的《安娜·阿赫玛托娃与列夫·古米廖夫:见证者的思索》讲述了女诗人与儿子之间的龃龉以及造成母子相互敌视的帕斯捷尔纳克、曼德尔施塔姆夫妇、斯大林等人的所作所为。回忆录首次披露了列夫·古米廖夫从集中营里写给作者的50多封信,回忆录作品是作家对阿赫玛托娃夫妇生命遭际另一种"真实"的发现与书写。

世纪之交的传体小说有自传体小说、他传体小说等。私人性、亲历性和自我体验构成了这种书写的基本特征。作家并没有停留在"传记"的层面上,个人的生命遭际似乎给了他们观察现实社会,发现并揭示更为广阔深邃空间的新机遇与视角。

女作家阿尔巴托娃因自传体长篇小说《我40岁……》而蜚声文坛并成为拥有最广大女性读者群的作家之一。传主曲折、坎坷,却引人入胜的人生经历,私密的情感故事,一种乐观主义情怀使这本"非常坦率的书"成为女性私语化小说的经典文本。与此同时,"这本书不仅仅是讲作家自己的,而且还是讲时代的,是20世纪后半期背景下的一种脱衣秀"。小说的写法很是一般,也没有什么新颖的艺术手法值得关注。自传体小说提供的是崇高退场后的凡俗人生,其有滋有味正好同高雅、深邃的虚构叙事形成鲜明的对比。其能够打动读者的地方恰恰是与平民百姓、芸芸众生的亲和力,是他们的、特别是女性读者的日常生活和多舛人生的写照以及琐屑的生存体验。"一个好作家的任务——就在于不要成为一个伟大的作家"。"自传并非文学,而是得以观察并接受自己生活中事件的工具"②——这是小说前言中的第一句话,它有力地道

---

① Бондаренко В.*Русская литература XX века 100 лучших поэтов*,*прозаиков*,*критиков*. Российский писатель.2011.C.18–19.

② Арбатова М. *Мне 40 лет...* Захаров.М.1998.C.3.

出了作家对"非虚构叙事"的价值追求和审美追求。

自传体作品也有更偏向于"纪事性"的,即作者更偏重于对与本人相关的社会、政治、文学等事件的关注与书写,以呈现一个时代的社会精神风貌和作者的生命态度。比如索尔仁尼琴的《牛犊抵橡树》《一颗落入两扇磨盘间的谷粒》。前者是"文学生活纪事",是作家从1964年致第六次苏联作家代表大会的公开信到1974年流亡前后所撰写的风风雨雨,后者是他从流亡起始到回国之前的人生经历。获2007年俄国文学"大图书奖"的乌丽茨卡雅的他传体长篇小说《达尼埃尔·施坦因翻译家》的传主是以色列天主教神父——卡尔美里修道院犹太修士奥斯瓦尔德·鲁法依岑①。作品结构松散,由传主与别人的大量书信、谈话录构成,是当代俄罗斯文学中"圣人传记"的重要代表作。

纳依曼关于布罗茨基的三部曲(《诗歌与谎言》《不光彩的几代人的光彩的结局》《Б,Б,及其他》)为传统的传记体裁增添了书写的现代色彩。三部传记小说通过第三人称叙事人对传主生平的讲述,向读者展现了一个有血有肉的、现实生活中的诗人(第二部),同时又借助一位名叫亚历山大·格尔曼采夫(实际上是作者的代言人)的第一人称叙事(第一、三部)塑造了一个他心目中的人格高尚、艺术上堪称完美的诗人形象。两种叙述手段的交融使得诗人真实的人生与人们心目中的理想形象得到了完美的结合。叙事人在小说中起着穿针引线的"中间人"的作用,频频地与读者进行心灵的交流,极大地丰富了传主的形象内涵。

现实主义文学只是俄罗斯当代文学中的一脉,小说家们受俄罗斯经典文化传统的侵染,入世入情,总是背负着历史使命感和社会责任感,以大众群体的代言或小众个体的叙事书写沧桑且悲凉的救世精神。他们仍然试图在用最前沿的思想和艺术成果引领小说创作,表达对民族和人类前途的焦虑与瞻望。无论传统,还是时尚,无论"涛声依旧",还是先锋前沿,都是俄罗斯式的。在对民族历史、社会现实和人类未来的思考中,小说家尽管有多种多样的历史和

---

① 奥斯瓦尔德·鲁法依岑(Освальд Руфайзен,1922—1998),犹太人,出生于波兰,受过良好的宗教教育,后移居白俄罗斯,懂多种语言,以翻译为生。第二次世界大战期间被掳到德国,在德国警察局工作,以自己的合法身份拯救了大量犹太人。为躲避纳粹的迫害,1942年入修道院,此后为社会做了大量的慈善工作。

现实根源及各种不同的思想倾向,但都有一个从整体上表现出来的人道主义的价值追寻。人道主义仍然是这一时期现实主义文学的思想基源、主导精神。应该说,真正反映了 20 世纪 90 年代以后俄国社会发展的历史轨迹,具有了较大的社会反响,代表后苏联文学创作实绩和成就的作家和作品,大都没有离开写实的这一主流。只是在思想内容和艺术方式上大大跨越了原来的模式,表现出很大的思想自由度与艺术创新性。

(本文原载《新时期俄罗斯小说研究(1985—2015)》,张建华著,高等教育出版社 2016 年版)

俄罗斯后现代主义文学的历史命运

　　一种文学潮流的起伏,不仅仅是一种语言叙述形式和美学风格的变化,它还意味着社会文化的某种演变和转移,表明一种新的社会思想和价值判断标准的出现。后现代主义文学的历史实践就是 20 世纪后半期人类社会文化转型、思维方式改变、价值取向更迭的一种标志。作为一个国际性的文化现象和文学思潮,各国的后现代主义文学无疑有着诸多共性,然而,不同国家的文化历史、社会形态、文学传统迥然不同,后现代主义文学自然具有各自不同的民族文化特征。因此,研究者应该关注的不是后现代主义文学所具有的共同特征,国家和民族的本土化特征才是更值得我们关注、研究的对象,因为只有这样,我们才能了解后现代主义文学思潮中的民族主体性诉求及其审美的表达方式,揭示这一世界性的文学思潮在民族文化土壤上"着落"的具体内涵及其特征。

　　当我们对俄罗斯后现代主义文学的思考采用"历史命运"这一表述的时候,就意味着今天它作为一种文学思潮已经走向没落,它的没落、衰颓为文学新思潮的出现腾出了空间。然而,后现代主义文学思潮的终结并不意味着它已经成为一个彻底死亡的历史文化现象,其独有的价值判断、审美意蕴、言说方式、诗学形式仍以不同的方式沉淀于其后的各种文学形态中。与古典主义、感伤主义、浪漫主义、现代主义一样,它的各种文化、艺术元素已经成为 21 世纪文学发展进程中一种重要的思想、文化和艺术资源。

　　对俄罗斯后现代主义文学思潮所作的追索性历史思考的意义和价值,不仅在于对这一文学现象经验的分析与认知的本身,或许它还可以为与 20 世纪俄罗斯文学有着众多相似经历的中东欧国家文学研究提供一个可供借鉴的他者之镜。

一、何谓后现代、后现代主义（或后现代性）、后现代主义文学

后现代（Постмодерн，postmodern）是一个时代概念。有西方学者将人类社会分成四个大阶段：古代、中世纪、新时代、后现代。其中的"新时代"又有人表述为现代社会，对这一阶段时间的起始点说法不一，有人指欧洲文艺复兴时代，也有人将1789年的法国资产阶级大革命称作现代社会的开始，对其20世纪50年代的终结倒均有共识。在美、德、英、法等资本主义发达国家，后现代主义时代始于20世纪60年代。如同人类社会所经历的其他几个时期一样，后现代时期也是一个将要延续很长的历史时期。

从20世纪中期开始，随着科学技术革命和资本主义的高度发展，西方社会进入了后工业化社会，这是一个实现了国家工业现代化后的社会，科技社会、知识社会、信息社会、媒体社会、消费社会成为这一社会的标志性称谓。后现代社会所表现出来的特征是：现代科学技术高度发达，知识的高度商品化，信息的极度膨胀和泛滥，随着计算机技术的发展媒体的多样化，文化的消费化带来的人们生活与行为方式的自由化、休闲化、游戏化、娱乐化。

后现代主义（Постмодернизм，postmodernism）是后现代时代文化的总体特征。德国社会学家哈贝马斯把后现代主义看作是生发于西方资本主义发达国家后现代时代的一种标志性的文化特征。亦有学者认为，后现代主义是现代主义之后出现的文化和文学现象。在全球化的语境中，这一文化现象已经具有世界性的规模，换句话说，它不仅仅在西方发达的资本主义国家，而且它的哲学思想、文化精神还在欠发达和不发达国家中蔓延与发展。但是，由于各民族、国家的文化传统不一样，文化背景不一样，后现代主义在不同国家表现出迥然不同的历史、文化特征。

后现代主义亦可以理解为后现代性。现代主义以重建社会宇宙秩序为己任，寄希望于文学、艺术、美能拯救世界、改变一切，这一思想曾一度成为社会的新宗教。乔依斯将《尤利西斯》、普鲁斯特将《追忆流水年华》写成了无所不包的

书,他们想要表达的是一种绝对真理、终极真理——对人和社会和谐的追求。但在后现代主义的书写中,追求真理的冲动退化为无法言说真理的痛苦,事物的坚实性都消失在人物的无言中。哲学的使命原本是对自然和社会终极真理的探究,但是后现代主义的哲学不再宣布探索真理是其天职,它成了一种"后哲学""反哲学"或"虚拟哲学"。随着电脑的广泛使用,信息的广泛传播,传播媒介的不断进步,社会越来越趋向于整一性,社会权威与标准的隐退导致怀疑主义的增长,正确的标准被不断地怀疑和否定,传统文化被不断地解构与重构。后现代主义的理论不再讨论真理、价值,而是在一种独特的文化语境中谈论语言的效果,甚至热衷于一种语言游戏。这种后现代性表现出了种种显在的文化形态。

首先,是文化的空前扩张。文化在丧失了传统性,突破了传统狭义的文化概念,被通俗化、大众化后,被扩张到了无所不包的地步。文化彻底进入了人们的日常生活中,如城市文化、企业文化、校园文化,甚至成为众多消费品中的一类,西瓜文化、厕所文化、公园文化等。高雅文化与通俗文化、纯文学与大众文学的界限被消钝了。

其次,是话语及其表达的扭曲。后现代话语(дискурс,discourse)已经发生了巨大的变化。引言、互文成为各种后现代文本的一个基本特征,后现代文本作者对既有成语、词语意义和形态的异变、异解几乎随处可见。以"任性"为例,它已成为日常生活中的高频词,其词义完全超出了传统的随意、放任、肆意的语义,而生发出"执着""不动摇""坚定"等别样的意义来。

最后,社会文化的娱乐化、消费化倾向,创作主体和接受主体高度的游戏心态。这是市场化、商品化的必然结果。各种文化文本无不表现出借助于大众的或个体的快活感受引爆大众流行、娱乐快活的话语策略,这是文化活动和文学创作寻找与大众情绪共鸣的结合点的结果。

后现代主义文学(постмодернистская литература,postmodern literature)是后现代主义在文学中的体现。作为一种文学思潮,它是新时期大规模社会文化转型引发的文学的总体性转型与建构,其半个世纪的历史实践表现出这样几个基本特征:

第一,价值观特征:后现代主义文学是以解构主义、怀疑主义、多元主义为其创作的价值观,表现出一种强烈的叛逆性。这一价值取向内在地构成了这一文学创作的核心和基石：解构、怀疑。创作主体所采用的是非选择性机制的基本原则，即随意、多元、多样地选择自己的战略、策略和手段的可能性，这种选择性表现出对多样性、多元性的追求。作为现实主义和现代主义宏大叙事的对立面，后现代主义文学摈弃并解构宏大叙事。后现代主义小说家认为，文学文体已经终结，艺术类型已经穷尽，创新已成奢望。文学本真的精神气息飘逝而去，文学成为一种"无棋盘的游戏"，作者在自我的放逐和虚无主义中实现其话语的胜利。

第二，书写对象：现实主义作家关注的是社会生活现实及生活现实中的人，人与人、人与社会的关系成为作家书写的基本内容。作家利用各种可能的艺术手段来再现现实并按照他的认知方式来建构一种人与人、人与社会之间矛盾冲突的艺术世界，力图发掘潜藏在现实生活中的，由历史、社会原因决定的逻辑，人与社会、人与人的相互关系和秩序。现代主义文学关注的是人自身，表现的是人的生存状态，是人的分裂、孤独、无助、永远的精神苦难等负面现象。这是一种不取决于社会现实的人的本质存在，作家试图赋予个人感受到的世界以一种假设的秩序和时间意义。与它们不同，后现代主义作家感兴趣的既不是现实，也不是人，而是人的意识和人意识中的现实，而且常常是一种狂热的、病态的，甚至是虚拟的意识。后现代主义作家创建的是不同的意识模式，揭示作用于人的意识的途径与结果。作家取消现实本身，用没有原件的复制品——"虚拟"来取代现实。他们无意于再现或表现任何现实，文学文本所表意的现实是伪现实，所呈现的是这一伪现实中各种文化形态的终结性特征，它没有发展空间，不可能构建任何原有的真切，有的只是以引言呈现的先前的文化碎片，其不尽的自我重复是对前文化密码所进行的一种游戏。后现代主义惯用的反讽是"无根基"的，正如有的批评家所说，"是一种'悬空的讽刺'，以便于构建一个全然无序的、分裂的世界形象"①。

第三，独特的对话性：后现代主义文学以"互文性"表现的对话性是其"多声部"的一种特殊形式，文学文本中若干个曾经出现过的艺术体系融合在一

---

① А.Генис：Треугольник：авангард，соцреализм，постреализм//Иностранная литература．1994.№ 9.С.245.

起,呈现出一种"复调的复调"①,即"多维"的复调形式。在这种对话形式中,同一个文本中不同作品的不同形象、引言、相距遥远的符号、文化现象放置并融合在一起,旨在以一种虚拟的对话来消解、颠覆既有形象、引言及不同文化符号的意义。这种对话性造成了后现代主义文学独特的游戏性。由于后现代主义文学的文本中所呈现的并非事实,而是一种虚拟的伪现实,因而"多声部"对话形成了一种独特的文本游戏场,语言游戏成为其主要的游戏方式。游戏规则似乎是由文本的作者(或以面具,或以同貌人出现的叙事人)"制定",然而在忘情的游戏中作者时而会破坏这一规则,自己成为一个被游戏的对象。

第四,独特的时空观:后现代主义文学文本中的时空是一种虚拟的、臆造的时空,这种时空,按巴赫金(Михаил Бахтин)的话来说,就是始终发生着文本与生活的互换和文本与文本的互换②。时空失去了其真实的指涉价值,只有文本的创作时空(文本时空)才成为最真实的、最重要的时间和空间。这一时空观决定了在后现代主义文学中读者很难感受到文学性、语文性和生活性,文本只是在述说自己,因此创作过程似乎永远不会完结,而阅读、理解、阐释永远也不可能有终点。

任何文学思潮和文学创作方法都是为一定的世界观、文学观、价值观服务的,后现代主义文学亦然。它的本质特征不是互文性、引言、反讽、碎片化、拼贴等艺术手段,而是作家的价值观、创作理念、书写对象。所以判断一部文学作品是否是后现代主义的,关键在于看作者在作品中所体现的文化立场、价值判断、书写对象、话语形态和时空观。

二、俄罗斯后现代主义文学的历史成因与基本特点

如果说,在西方后现代主义是后现代社会的一个"文化成果",是知识分

---

① Русская литература XX века Школы, направления, методы творческой работы. Изд. Логос.М.2002.С.308.

② Русская литература XX века Школы, направления, методы творческой работы. Изд. Логос.М.2002.С.308.

子个体创造性探索的思想果实,是他们在多元和多维的文化语境中,在自由个性的自我确认中试图对陈旧的规范、价值观进行重新审视的结果,那么在俄罗斯和中东欧一些国家,后现代主义的产生是对后现代时代到来的一种预言,是建构一种新的世界观的精神基础①。

俄罗斯的后现代主义是一种没有后现代性的后现代主义,说得更通俗一些,就是说它并非社会现代化的必然结果,它只是以西方的文化术语为面具,以"媚俗"为形态的一种意识形态和文化思潮的"摩登包装"。这种后现代主义是苏联文化内在矛盾与冲突的产物:官方文化与非官方文化,主流意识形态与意识形态异见,高雅文化和大众文化,东正教精神与无神论思想,科学与伪科学,艺术和媚俗之间的冲突,还有各种不同思辨理论之间的碰撞、冲突,这便导致了它无可比拟的危机性和强烈的悲剧性。俄国后现代主义文学的产生是与国家的社会制度转型紧密相连的。它是对斯大林、勃列日涅夫社会政治体制、政权模式叛逆的结果,反极权、反权威、反苏维埃意识形态的主体性成为其鲜明的意识形态政治特征,是文学艺术摆脱了为国家意识形态服务、为建设新世界的政治义务后的特殊的"民主形式",是既有历史的、哲学的、文化学的、艺术的等各种乌托邦破灭后的审美反应。

与任何一种文学思潮的出现一样,俄罗斯后现代主义文学的产生有着深刻的社会文化原因。从它诞生的那一天起,就有着强烈的意识形态政治色彩,对苏维埃制度及价值观的否定,对苏联乃至俄罗斯文学传统的否弃,这一政治原因注定了这一文学早期强烈的虚无主义色彩。此外,苏联时代,以及19世纪文化神话的破灭,对历史文化传统的否弃,统一的意识形态的消亡,多元思想、多元文化的形成则是俄罗斯后现代主义文学产生的文化原因。同时,它也是对全球化的文化多元主义潮流的一种呼应。这种文学思潮的产生还有创作主体独特的情感原因:它是对人类生存的崇高意义信仰的失落,对人类社会崇高理想失落后的一种绝望、悲观情绪的反应。后现代主义文学玩弄的解构、颠覆的游戏及反讽、戏说的手段,对苏联标志性的政治、文化符号的拆解带来了

---

① И.С.Скоропанова. *Постмодернистская русская литература новая философия, новый язык* .СП-б.Невский простор.М.2002.С.56.

可悲的后果:民族身份认同的迷失,民族精神书写的失落,民族自我主体表述的无能。所以大部分俄国的后现代主义文学都有着深深的绝望情绪和浓重的孤独、凄凉的悲剧色彩。

俄国的后现代主义文学承接了一度被中断了的现代主义文学和先锋主义文学的传统,它试图回到"白银时代",或者说复活"白银时代"的现代主义文学精神:与"混乱"的对话。这一"回归"或"复活"恰恰是俄国的后现代主义模式与西方后现代主义潮流的不同所在。但是,随着自身的发展,俄国后现代主义越来越自觉地与现代主义和先锋主义最本质的美学特征——对现实的"神话化"——发生决裂,它拒绝用现代主义的泛美主义去战胜"混乱"。现代主义作家力图从外部寻找对抗混乱、无序的一种和谐、有序的力量——艺术、文化、美,力图建构与混乱相对立的一种充满创造精神的宇宙。他们对现实所进行的"神话化"创造始终有一个权威的原型和模式,以求战胜现实中的暴力、无意义、无自由、荒诞与噩梦,从而表达对一种新的现实与永恒的诉求。而俄罗斯后现代主义却试图从混乱内部寻找这样的力量,其审美理想和世界观的基础是:战胜混乱和克服与现实对立的方式在于寻找两者之间的妥协。后现代主义文学否认一切崇高、和谐的模式,认为崇高与和谐的世界模式只能是一个乌托邦。这种文学力图解构一切神话,把神话看作是对意识的权威制约,从而转向对经典文学和现代文学神话理念的摈弃与批判,将其碎片组合成新的、非等级的、非绝对的、游戏形式的"神话",作为其文化意识的固定话语。这是俄罗斯后现代主义文学回归现代主义而又背弃现代主义的一种文化悖论。

俄国的后现代主义文学没有从西方后现代主义理论中借鉴思想和审美资源,而是从俄罗斯的形式主义理论,巴赫金的对话思想、复调与狂欢化理论,洛特曼的文化符号学理论等本土理论话语中汲取思想资源。这一"本土性"思想资源决定了俄罗斯后现代主义文学的审美实验更为纯正,它不是通过文学实践来对理论进行检验,而是试图从内部对传统的文学审美形式进行一种激进的变革。

三、俄罗斯后现代主义文学发展的三个阶段

俄罗斯后现代主义文学悄然产生于 60 年代末 70 年代初,在 80 年代后期成为显性的文学思潮,在 90 年代进入它的鼎盛期,一度成为俄罗斯文坛引领性的文学思潮,而在世纪之交走向衰颓、终结。从作用、地位和影响力来看,俄罗斯后现代主义文学在这 30 多年的历史演进中大致经历了这样三个不同阶段:

边缘期:

这是俄罗斯后现代主义文学的萌生后的"潜伏期",时间大致是从 20 世纪 60 年代末、70 年代初到 80 年代的前半期。在这一阶段,后现代主义文学只是一种边缘性的文学存在,或者说是以一种不自觉的隐性状态存在于俄罗斯文坛,此间这一文学形态并没有得到应有的命名和文坛的认可。捷尔茨(Абрам Тельц)的《与普希金散步》(1968),叶罗费耶夫的(Венедикт Ерофеев)《从莫斯科到彼图士基》(1970),比托夫(Андрей Битов)的《普希金之家》(1971)是 20 世纪六七十年代之交出现的三部后现代主义文学代表作。

三部作品表现的都是作者——主人公与虚拟世界的冲突、矛盾,而所谓的虚拟世界就是苏联现实与意识形态政治的神话传承,在作者的眼中甚至连俄罗斯经典文化也成了一种叙事传说。在作者看来,所有这些黑暗的、混沌的、无序的、乌托邦式的神话世界在当初是不容对话的。作者——主人公在自身的生活和人生的文化经验中,在他们的创作观念中发现了这一神话世界和社会整体的虚拟的强大,而充满质疑的隐性的价值观大大激化了这一矛盾冲突。三位作家的创作中还有一种整体精神——对虚拟存在的悲剧性认知以及这一认知中的整体性意识,即这些早期的后现代主义文学作品所呈现的不是一种茫然的混沌与无序,三位作家仍然力图建构一种整体的"神话意象"——以死亡的方式和意象造就一种意识与历史、现实之间的一种奇特的联系。俄罗斯文化曾经的意义系统变成了一种虚拟的意义。主人公无须去寻找真理的所在,因为从来就没有放之四海而皆准的真理,每个人都有其自己的真理,有他

所认知的真理的"鲜活的形象"。作者主人公都试图以不同的方式和状态去认知苏联时期的、甚至沙俄时代的俄罗斯文化传统,试图用污秽的话语形式找到一种他们所认可的浅显而质朴的"真理"。人们都生活在一个独特的"神话时代":大家都相信人类历史发展的最高形式,相信善对恶的毋庸置疑的最后胜利,相信充满了真理光辉的世界的统一性。然而,这样的文化神话在包括作者在内的许多人的思想意识中已经被彻底动摇。这一现实在他们心中所产生的感觉与其他作家不一样,其他人感到了激动、兴奋,他们却感到了恐惧与绝望,因为他无法生活在这样一个世界中,所以他不仅仅要以一种游戏方式来抗拒这样的现实文化,还期望不管付出怎样的代价,甚至以死来抗拒,也要以他们的行为震撼世界,让世界回归美的统一性,这显然是俄国后现代主义文学创作中的现代主义精神。用一种"死亡"的宏观意象来抗拒、替代荒诞的现实。在满目混乱无序中看不到生命崇高意义和未来出路的主人公直觉地意识到,要以一种独特的方式,甚至可以慷慨赴死来抗拒这样的混乱。最后他们无不成为一个抗拒庸俗、抗拒世俗、寻求灵魂自救的,自觉自愿的精神放逐者。

这三部作品在创作完成后并没能与读者见面,它们的面世是在 20 世纪80 年代中后期,以潜在的形态存在的后现代主义文学作品并没有对当时的俄罗斯文学进程产生影响。

"狂飙突进"期(从 20 世纪 80 年代后期到 90 年代末):

在 20 世纪 80 年代后半期,俄罗斯后现代主义文学是以"讽社艺术"(соц-арт,即讽刺、批判社会主义现实主义的文学艺术)"讽俄艺术"(рус-арт,即讽刺、质疑俄罗斯经典文学的传统)"别样的小说""坏文学""无根小说""不确定的现代主义"等面目出现在文坛的。

1990 年 7 月 4 日,作家和批评家叶罗菲耶夫(Виктор Ерофеев)在《文学报》发表了"追悼苏联文学的亡魂"的文章。他向俄罗斯文坛传达了两个重要信息:苏联文学寿终正寝,已成为一具"正在冷却的文学僵尸";一种"新的,纯粹的文学"将出现在俄罗斯[①]。8 月 1 日,书报检查制度被正式废止,苏联宪

---

① B.Ерофеев*Поминки по советской литературе*//Русская литература XX века в зеркале критики,ACADEMA,С.-Петербург.2003.С.36.

法保证公民的言论与出版自由。10 月 31 日《文学报》发表了作家、批评家库里岑(Вячеслав Курицын)的题为"踏上充满活力的文化门槛"的文章,宣布一种充满活力的后现代文学创作已经登上历史舞台,该文被当年的文学批评界称为"俄罗斯后现代主义文学的第一部宣言"①。12 月,身居美国的俄罗斯作家索尔仁尼琴(Александр Солженицын)得以平反并被恢复苏联国籍,长篇小说《古拉格群岛》获俄罗斯联邦国家奖,这是对苏联时期"持不同政见者"及其文学的正式认可和接受,文学的政治藩篱最终被彻底拆除。1991 年文论家爱泼斯坦(Михаил Эпштейн)在《旗》杂志第 1 期上撰文"未来之后——论新的文学意识"为后现代主义文学意识正名、叫好。作者以独特的理论视野阐释了俄罗斯后现代主义文学的创作观念、思想体系,打开了新文学的"奥妙之门"。3 月 13—15 日,高尔基世界文学研究所召开了第一次后现代主义文学学术研讨会,为后现代主义文学正名、开道。1992 年批评家 B·库里岑在《新世界》杂志第 2 期发表长文:"后现代主义:新的原始文化",认为它是新时期俄罗斯文学思潮中最为活跃、最富前景的一种文化思想和文学样式。文章应合了正在勃兴的后现代主义思潮,代表了文坛对当代俄罗斯文学发展趋向的一种流行性认知。在一年多的时间里发生的各种社会文化和文学事件预示着俄罗斯社会和文学话语转型的开始,一种由新的"后现代主义话语"所决定的陈述与表征体系开始成为对俄罗斯社会、历史、文学的言说"规训"。后现代主义文学要解决的是特定时代的特定问题——对苏联社会,对苏联文学乃至整个俄罗斯文学、文化的反思,它也因此被融入了特定的时代精神。

在短短的数年时间里,后现代主义文学蔚为大观。俄罗斯当代文学在精神意向和审美追求方面,进入了一个以"否定""反叛"为特征的后现代主义的"超先锋文学"阶段。西方后现代主义哲学和美学思想的引进,会同俄国的后现代主义创作和批评实践构成了一道独特的文化景观。与此同时,一批后现代主义文学理论家、批评家以其理论论述和愈益丰富的细节为后现代主义文学推波助澜。不仅出现了被小说界和读者称为"偶像"的后现代主义作家,如

---

① С.Чупринин Новый путиводитеь Русская литература сегодная. М.2009.С.39.

叶罗菲耶夫（Виктор Ерофеев）、托尔斯塔娅（Татьяна Толстая）、索罗金
（Владимир Сорокин）、佩列文（Виктор Пелевин）等，连一些原来走现实主
义、现代主义之路的作家也开始尝试着用后现代主义的叙事方式来表达他们
对历史和现实的文化认知，如叶尔马可夫（Олег Ермаков）、马卡宁（Владимир
Маканин）、索科洛夫（СашаСоколов）等。一批更为年轻的作家更是直接从
后现代主义起步，开始他们的创作生涯，如加尔科夫斯基（Дмитрий
Галковский）、希什金（Михаил Шишкин）等。

　　然而，在苏联解体之后的 90 年代后期，当后现代主义作家以离经叛道的
姿态否弃了苏联社会及其文化，当后现代主义文学没有了其对立面，它的否
弃、解构、颠覆的思想价值、审美能力便随之消亡。高举双手欢呼后现代主义
文学到来的文化学家爱泼斯坦尚在 1996 年就预言了它不久以后的终结，他在
"后现代主义的最高阶段，或终结"一文中说，后现代主义的终结归咎于它的
"自觉的乌托邦性"，"以反对一切乌托邦为特征的后现代主义成了最后的伟
大的乌托邦，正是因为它将自己置于一切之后，以己之身终结了一切"。① 到
了 1997 年，有评论家开始抱怨，"'后现代主义'这个词已经变得如此时髦，乃
至使用起来都让人觉得不好意思。它已经被庸俗化了，用烂了，失去了其意
义"。② 一年后，批评家斯捷帕尼扬（Карен Степанян）的文章直接以"后现代
主义——我们的痛苦和焦虑"为题，声称除了其"以讽刺和揭露为目的语词的
'时髦'"所带来的痛苦、焦虑、无奈外，它已经鲜有价值③。

　　没落期或"消融期"（21 世纪）：

　　90 年代末，俄国的后现代主义文学已出现一系列衰疲的征候，首当其冲
的是其激进的一味解构、颠覆的文学观念。后现代主义文学赖以发挥其文化
功能的社会条件发生了根本的变化，这引发了后现代主义作家自我意识的严
重危机和后现代主义话语形态的改变。在剥落了种种"时髦""先锋"的"精英

---

① М.Эпштейн*Постмодерн в России：Литература и теория*. Изд-о Р.Элинина, М.2000.
С.286.

② М.Терещенко "*Бедный Гамлет*" *в Мытищах*//"*Независимая газета*",20 декабря 1997
года.

③ К.Степанян *Постмодернизм-боль и забота наша*//Вопросы литературы,1998.№ 5.

文学"标签之后,后现代主义文学的哲学思想、美学理念不再是日渐稀少的后现代主义文学读者群欣喜、兴奋的对象,在有着深厚的现实主义传统的俄罗斯文坛开始遭到冷落。文学的商品化、市场化、消费化、传媒化加剧了这一文学样式的没落。

托尔斯塔娅的长篇小说《野猫精》在20世纪末年的问世标志着后现代主义创作理念与审美形式的终结,这是女作家用后现代主义长篇小说的美学形式对后现代主义感受力进行的内在解构。小说内容具有俄罗斯20世纪文化历史的宏阔容量,涉及革命、启蒙、知识分子、民众、持不同政见者、具有象征意义的两次"大爆炸"、社会文明的周而复始等诸多命题。小说的故事发生在一次大型的核灾难后的300年,地球上的生命形式发生了根本的变化,社会回归到了史前时代。贯穿小说的核心人物贝涅季科特是个图书管理员,他接受了抄写当代作家撰写的各种书籍的工作。主人公所从事的活动本身就是对后现代主义小说典型情境的一个挑战,表现了在后现代主义情境中作者与读者的新型关系。文学没有了,所有可写的东西在发生大爆炸之前都已经写尽了。费多尔·库兹米奇是唯一幸存的当代作家,但他也只是完成一个复制者的工作:抄写别人的经典文本,而且还不明白所抄写文本的内容与意义。贝涅季科特拿到书后,会逐字逐句地阅读,真正地喜爱上了这些逃过劫难的经典,还会为这些在历史、人类以及各种灾难面前无能为力的经典的命运担忧,但是他什么也没看懂,什么也没学会。小说表明,真正的读者并没有诞生,文学经典什么也没有教会以贝涅季科特为代表的后来人。书籍并未给人类带来进步,反而成了文明发展的羁绊和恶行的助推器。女作家以互文为隐喻的情节与情境,显示了其对文化的破坏作用,不仅说明了后现代主义这一虚拟文学的死亡,还表达了后现代主义对世界的认识已经没有了任何新意。托尔斯塔娅按照后现代主义的美学原则来建构小说,却将主体与客体的位置进行了互换:后现代主义自己,连同它的美学原则成为后现代主义小说要解构的对象。

在《野猫精》之后,一部分坚持精英立场的作家改弦更张,自觉地选择了边缘化的写作道路,在后现代主义与其他"主义"文学的边缘中寻找出路,另一些作家干脆走向大众化的创作之路。后现代主义文学批评家利波维茨基(Марк Липовецкий)感叹说,"就在不久以前,一个很重要的词已经从我们的文章和争论中消失了。……'后现代主义'这个词已经不见了"。① 固然,在 21 世纪,仍活跃着一些坚持后现代主义写作的作家,如佩列文,索罗金,普里戈夫(Дмитрий Пригов)、波波夫(Евгений Попов)等,而后现代主义理论家库里岑、利波维茨基、盖尼斯(Александр Генис)等人仍在不停地发表有关后现代主义文学的研究成果。然而,后现代主义文学作为文学思潮和文学的主流样式毕竟已经不复存在,其诗学经验融进了不同文学思潮流派的风格之中。后现代主义的异质性思维方式和叙事话语方式只是作为审美元素体现在一些作家的创作中,而类似互文性、拼贴、碎片化书写等审美手段以及创作主题则已消融在不同作家、不同风格的文学作品之中。

四、俄罗斯后现代主义文学的不同形态

视审美作用、话语功能的不同,俄罗斯后现代主义文学在其发展的不同阶段呈现出三种不同的话语形态。

第一,重在解构的功能化审美形态:在 20 世纪 60—70 年代、80 年代后期和 90 年代前期的后现代主义文学中,一个核心的、鲜明不过的书写主题,就是通过对 20 世纪苏联历史文化,甚至是 19 世纪的俄罗斯历史文化的"互文性"书写,以达到彻底颠覆昔日文化神话的目的。这一旨在彻底埋葬"旧文化"的书写主题决定了这一文学形态强烈的意识形态政治功能:戏仿、解构、颠覆。不同风格和表现形式的小说都在引导读者以作者对于历史的想象性描绘代替传统的文化记忆,而当历史成为与作家个体生命体验无关的"他者"时,历史文化的被悬置、戏仿、颠覆就都具有了内在的可能性和合法性。除了叶罗菲耶夫、比托夫、捷尔茨的三部长篇小说,80—90 年代出现的"概念主义艺术""讽社艺术""讽俄艺术"等各种小说都是后现代主义文学的解构功能的生动体现。长篇小说《玛丽娜的第三十次爱情》《罗曼》的作者索罗金,长篇小说《先前与当下》的作者沙罗夫(Владимир Шаров)便是将他们对俄国和苏联历史

---

① М.Липовецкий*Постмодернизм сегодня*//Знамя,2005.№ 5.

的想象化作小说中荒诞、诡秘的情节和场景，聚焦于对"正统文化"标签的嘲弄、戏仿，其满足于时代需要的情感体验和精神诉求远远高于文学自身的审美价值。

第二，重在游戏的消费化审美形态：苏联解体后，随着后现代主义文学失去了其颠覆、解构的对立面，失去了其反讽、揶揄、颠覆的对象，它也失去了其原有的高度意识形态政治的激进性，不再以解构象征性的权力话语为取向，而开始将权力赋予大众艺术场，从而迎来了它的"非英雄化模式"或"普泛的后现代主义文学"样式。此种后现代主义文学样式的意识形态功能在淡化、隐退，为适应市场以及读者娱乐消费的心理需求，游戏的成分在增强。

佩列文的长篇小说《百事一代》《苏联太守传》《妖怪圣书》，索罗金的短篇小说集《盛宴》，后现代主义诗人普里戈夫的小说《中国的卡佳》等，这些作品或游戏人生，或戏谑死亡，或玩弄各种食欲，或表现时尚与社会结构的关联，或以东方传说为依托，表达对人类社会未来的想象，而所有这些话题都不具备严肃的理性思考的色彩，它们有畅销书的奇诡，贯通着科学与人文之思，有通识书的广博，甚至还有哲思录的神韵，包括其所涉及的学科，也是跨越的和旁溢的：人学？社会学？人文学？心理学？都有所关联却又有所溢出。读者所能获得的不仅是大量的信息，还有作家自己的和他人的故事，关于人性的知识，死亡的想象，历史的和现实的故事，它们既缺乏理论的整合，也缺少体系的建构。

第三，诗学经验沉淀后的合成化审美形态：俄罗斯后现代主义文学以一种"离经叛道"的姿态挑战了传统的文学艺术观，引领了一场关乎创造思维方式、文学言说方式、艺术审美形式的变革和文化批评的历史性转向，在文学创作、批评领域的确产生了持续而深远的影响。后现代主义文学思潮在21世纪没落之后，尽管其美学思想失去了昔日的新意，但其经历了十余年沉淀的诗学经验却深刻地影响了日后文学意义的生成和表达，这就是俄罗斯后现代主义文学的当代境遇。

利波维茨基说，"在俄罗斯，当一个巨大的审美思潮被普遍称作'终结'时，众人所指的常常是一种相反的现象——失去了臭名昭著的新颖性的这一审美形态十分深刻地融入了文化的血液中。它已经不再是一种新的现象，然而却远比先前更为深刻地影响到意义生成的过程"①。后现代主义文学作者解构的思想意识、异样的思维方式、先锋的艺术实验精神、"互文"的艺术手段、马赛克式的话语拼贴等各种诗学元素已经成为 21 世纪不同形态和样式的俄罗斯文学内在的叙事构成,甚至成为一部分作家的文化自觉,其中包括对后现代主义深恶痛绝的现实主义作家。有批评家说,"甚至连那些在批评文章中激烈抨击后现代主义的作家也充分掌握了后现代主义的审美理念,如 Д·贝科夫(Дмитрий Быков)"②。无论是现实主义的,还是现代主义的,无论是带有感伤主义倾向的文学创作,还是作为通俗读物的大众文学,我们都能在不同的文学作品中发现后现代主义的美学因素。比如,马卡宁的《地下人,或当代英雄》,斯拉夫尼科娃(Ольга Славникова)的《永远的梦》《2017》,马姆列耶夫(Юрий Мамлеев)的《世界与哈哈大笑》,阿库宁(Борис Акунин)的历史侦探小说等。

俄罗斯后现代主义文学急速没落的原因:在体察俄罗斯后现代主义文学发展的历史轨迹,探索其文化思想的建构,剖析它在俄罗斯文学发展进程中的价值、意义的同时,我们需要思考的是,作为一种强大的文学思潮,俄罗斯后现代主义文学的狂飙突进期为何只有短短的十余年,其迅速走向衰败终结的内在成因究竟何在?

第一,以否弃、解构、颠覆为己任的后现代主义文学有着强大的破坏性。曾经起过独特的反思、批判功能的后现代主义文学到了世纪末,苏联解体 10 年后,随着这种被解构的文化土壤已显贫瘠,类似的解构与颠覆已经不再新鲜,加上一批新的不了解这一文化背景的年轻的作家群的崛起,这是它失去读者的一个重要原因。

第二,颠覆原有的语义体系,重新臆造虚拟的、荒诞的、非逻辑的语义体系毕竟不是文学的功能、使命与未来所在,文学的使命不仅仅在于颠覆,而更在于新的创造。昆德拉说,文学在于不断拓展人类生存的可能,而不是摧毁这种

---

① М.Липовецкий.Паралогии Трансформации(пост)модернистского дискурса в культуре 1920-2000-х годов.Новое литературное обозрение,М.2008.С.457.

② М.Липовецкий.Паралогии Трансформации(пост)модернистского дискурса в культуре 1920-2000-х годов.Новое литературное обозрение,М.2008.С.464.

可能。被称为"现代批评之父"的法国批评家圣勃夫说,要"让批评的光芒唤出过去的生命,闪现出过去所没有发现的光芒"①。凌乱、无序,毫无章法,缺乏明晰的价值取向,文学的审美是不能把读者撇到一边的。与西方的后现代主义文学相比,俄国的后现代主义文学无论在思想发现上,还是在美学创造上都是贫弱的。由于缺乏文化的智性扩展,俄国的后现代主义文学始终滞留在了封闭的自我中。

第三,打破文学的和社会文化的言语规范(例如,非规范语汇,黑话俚语、污言秽语等),打破所有道德伦理的禁忌(具体而又猥亵的性描写和反审美的生理体验),打破传统经典的文学范式(如时空的有序性、思维的逻辑性等)、事件与现象因果关系的合理叙说、人物行为的正常动机、情节发展的合理逻辑必然给读者带来极大的困惑、茫然,甚至将他们引入歧途:怀疑现实的真实存在,怀疑文化的和社会历史的现实存在,甚至怀疑个人的与历史的时间存在,乃至最终完全怀疑合理解释人与世界存在的可能。

(本文原载《欧洲语言文化研究》,社会科学文献出版社 2019 年第 1辑/总第 9 辑)

---

① [法]圣勃夫著,范希衡译:《圣勃夫文学批评文选》,南京大学出版社 2016 年版,第1152 页。

当代俄罗斯的女性主义
运动与文学的女性叙事

引 言

女性主义运动与女性文学之间有着深刻的内在呼应关联。在近 40 年的时间里，随着欧美妇女运动的兴起，女性文学和女性主义批评愈显繁荣，并取得了众多的创作与研究成果。与社会转型深刻关联并受到西方女性主义运动的影响，此间俄国的女性主义运动也呈现出苏联时期从未有过的新气象。虽然欧美的女权主义理论为俄罗斯提供了许多思想资源，但民族境遇和性别境遇的不同，使得俄罗斯的女性主义运动与女性文学大大迥异于西方。无可争辩的是，世纪之交的俄罗斯女性文学已经从无意识的隐性状态走向有意识的显性场景，形成了一个强大的女性作家群和一股颇有声势的"女性小说"潮。它带来了俄罗斯文学的现代性质变，认知当代俄国的女性主义运动与女性文学已经成为当代俄罗斯文化研究与文学研究不可或缺的重要内容。

一、当代俄国的女性主义运动

俄国妇女的解放运动是与整个俄国社会解放的历史行程和俄国社会的现代化进程紧密相关的。这一特点使得俄罗斯女性的解放成为被高度国家化、社会化了的。

在农奴制社会的俄国,男奴与女奴同样没有任何做人的权利,因此女权问题消融在推翻农奴专制这一社会整体的政治斗争之中。农奴制废除之后,旨在让俄国妇女走出家庭、参与社会生活的"职业救助"与"接受教育"成为妇女运动的基本诉求,社会色彩依然浓重。随着革命民主主义运动的高涨,妇女解放运动更使俄罗斯女性成为俄国民族解放斗争激进的一翼。从1881起,沙皇政府取缔了包括妇女组织在内的一切非官方社会团体的存在,妇女运动趋于沉寂。19—20世纪之交,第一次资产阶级民主革命带来了妇女运动的高涨,俄国历史上首届妇女代表大会召开,妇女运动也有了合法的组织保证,"慈善、互助、职业救助、教育"成为新的妇女口号。然而,无产阶级革命运动的兴起,被革命者指责为"资产阶级女权主义运动"的这场自发的、源于民众的妇女运动也很快销声匿迹。

在苏联社会,法律赋予俄罗斯女人与男人一样的政治、经济权利,妇女问题似乎已不再存在。妇女的生活是以男性模式为样板的,女性的解放传统自然成为一个由男性模式为参照的传统。社会对女性的召唤使得女性从对个体自由、解放的关注转向了对国家、社会问题的关注,大多数俄罗斯女性都是以积极参与社会主义革命和建设的方式来实现自身解放的。社会的价值观念、社会的理想追求成为苏联时代俄罗斯女性遵循的生命理念和价值追求。这一结果是,作为个体女性对生命欲望、个性自由的忽略和放弃。因此从本质意义上说,苏联时期并没有社会实践意义的女性主义运动。

20世纪70年代,国际以及苏联国内人权运动的兴起促进了俄罗斯女性自我意识的觉醒以及女性争取在社会生活中的地位和权利的斗争。从20世纪70年代末到80年代中期可看作当代俄国女性主义运动的第一个阶段。

拉开苏联当代女性主义运动序幕的是三位女性文化精英。1979年,作为对当时最有影响的"新派出版物"(нонконформистские издания)《37》①和

---

① 《37》(1976—1981)为不定期刊物,共发行了21期。主创人员有诗人克利乌林、作家戈里切娃等。因编辑部租用的房子门牌号码为37而得名,也取数学最佳的选择比例,常量0.37的意义,同时又与斯大林时代的1937年有关。

《钟》(Часы)①不愿意刊登关于女性问题文章的回应,列宁格勒女作家马拉霍夫斯卡娅(Н.Малаховская)②、女宗教哲学家戈列切娃(Т.Горечева)和女画家马蒙诺娃(Т.Мамонова)共同编辑了文集《妇女与俄罗斯》(Женщины и Россия)。马拉霍夫斯卡娅宣称:"女人应该成为,也必定会成为一切权利的拥有者。生活进程赋予她们的最为沉重的义务会转化为权利——义务越是沉重,权利便越是充分和不可被剥夺。"③这本文集问世后很快便被翻译成法文、葡萄牙文、日文,在苏联和国际文化界引起巨大反响。然而,这一声音随即遭到克格勃的封杀。

为了更好地将女性作者组织起来,1980年马拉霍夫斯卡娅等三人筹措创办地下女性刊物《玛丽亚》(Мария)④、别利雅耶娃(Т.Беляева)、多龙(Е.Дорон)、瓦西里耶娃(Л.Васильева)、鲁金娜(Н.Лукина)、米海依洛娃(Т.Михайлова)、罗曼诺娃(К.Романова)等女作家、社会学家共同参与了撰稿。发刊词"致俄罗斯妇女"大声疾呼"要尊重被践踏了的女性的价值"。杂志第一次提出了苏联时期妇女与儿童权益、两性关系、妇女生育、堕胎等问题,揭露了妇女沦为家庭奴隶,家庭解体,男性暴力、酗酒、遗弃、拒绝承担家庭责任,女性犯罪,生育率下降等一系列现象,与此同时,女作者还对苏联社会最尖锐的问题——阿富汗战争、社会平等、地球生态等发表了看法,成为当代俄罗斯妇女群体发出的"另一种声音"。1981年杂志第1期遭查抄,三位创办人流亡国外。一些撰稿人被解除公职,部分作者被捕并遭到审讯,还有一些人移居国外。《玛丽亚》编辑部成员的悲剧性命运说明,苏联当局是将女性主义运动视

① 《钟》(1976—1990)以文学创作为主的双月刊,其中有艺术、哲学、宗教等专栏。主要刊登与主流意识形态相异的,思想自由、艺术独特的作品,其中包括女性的声音。

② 马拉霍夫斯卡娅(НатальяЛьвовнаМалаховская,笔名 АннаНаталияМалаховская.1947—),列宁格勒大学语系毕业,苏联时期最早的女性主义运动活动家之一。从1975年开始参与地下杂志《37》的出版工作并成为其主要撰稿人之一,1980年她侨居奥地利。主要作品有:随笔《为妖婆辩护》(Апология Бабы-Яги)、长篇小说《向妖婆回归》(Возвращение к Бабе-Яге)、《妖婆的遗产》(Наследство Баби-Яги)等。

③ 《Женщина и Россия》,Editions Des femmes 1980,2,rue de la Roquette-75011 Paris,стр.38-40;参见 http://ru.wikipedia.org.

④ 《玛丽亚》于1980年注册于基什尼奥夫,仅存一年余,1982年末被迫停刊。它与1994年创刊的女性宗教杂志《玛丽亚》不同。

为"持不同政见者"运动而予以坚决取缔的。

事实上,以少数女作家为核心的这一女性声音尚未形成一种性别力量和性别的话语自觉,意识到性别压迫、性别歧视的她们只是自发地要求创作、发表的权利,要求陈述自己意见的权利。马拉霍夫斯卡娅坦陈,当时"我并不知道什么叫女性主义,什么叫妇女运动。我在报社工作,对自己从事的工作不满意。因为编辑们拒绝发表我的关于社会问题的、表达对一些尖锐问题看法的文章"[1]。女作家瓦西连科说,"当时我们并不懂什么叫女性主义,我们也不知道,世界上还有如此波澜壮阔的妇女运动,我们不知道,世界上还有女性文学这样一个概念"[2]。

于是,"第一批以自白性,坦率的自嘲,充满自我确认渴望为特征的"女性小说问世了[3]。它们是格列科娃(И.Грекова)的《小小的加鲁索夫》(*Маленький Гарусов*)和《旅馆的女主人》(*Хозяйка гостиницы*)、加宁娜(М.Ганина)的《我活着——我就有希望》(*Пока живу—надеюсь*)、谢尔巴科娃(Г.Щербакова)的《唉,马尼雅》(*Ах,Маня*)和《您连想都想不到》(*Вам и не снилось*)、托卡列娃(В.Токарева)的《不说假话的一天》(*День без вранья*)等。显而易见,有着鲜明的社会学、政治学印记的这些小说的生成直接源于当代俄国女性主义运动的发生和发展,与俄罗斯妇女的自身解放有关:性别意识的觉醒,性别视域的形成。然而在当时,无论在社会文化界,还是在文学界,女性主义话语和女性文学都被视为"解放意识的偏执或越轨行为"而遭到质疑的[4]。

"重建"时期和苏联解体后的90年代可视为当代女性主义运动的第二阶段。重新认识自己和实现自己的精神诉求、两性对话的开始、对西方女性主义理论的关注是这一阶段女性主义运动深化的表现。女性主义运动新的高涨和深化带来了女性文学的勃兴。

《玛丽亚》停刊7年后,女诗人和批评家利波夫斯卡娅(Ольга Липовская)

① *Двадцать лет женскому альманаху Женщина и Россия*. http://www.svoboda.org/content/article/24185707.html.

② *Новые амазонки*. http://www.a-z ru/women_cdl/htm/Vasilenkoe.

③ М.А.Черняк*Массовая литература XX века*, Флинта-Наука.2007.С.156.

④ *Брызги шампанского*.Сб.Рассказов.Составитель С.Василенко.Олимп.Аст,М.2002.С.3.

创办了女性文学和批评杂志《女性阅读》(Женское чтение)。它不仅揭露俄罗斯妇女的生存状况,刊登女作家的创作,而且还传播西方的女性主义思想与理论。1988 年,俄罗斯历史上第一个女性作家团体《新亚马逊女人》(Новые амазонки)创立,并于 1990 和 1991 年由"莫斯科工人出版社"出版了《不记恶的女人》(Не помнящая зла,编者 Лариса Ванеева, М.1990)和《新亚马逊女人》(Новые амазонки,编者 Светлана Василенко, М.1991)两部小说集。两部小说集的前言分别可视为女性文学的思想宣言和艺术宣言。前者将性别概念引入文学创作和文艺学理论,第一次提出了"女性小说"(женская проза)的概念。两性在生理、社会以及世界观方面的差异成为作家关注的核心。后者是对当代女性小说家基本特征和精神现实的艺术描摹——独立、自主、自由的"新亚马逊女人",富于创造精神的当代俄罗斯妇女的"自我肖像"。1993 年,女性主义杂志《变容》(Преображение)创立,它旨在团结一切力量,审视和研究与妇女运动、女性心理、女性文学有关的各种问题。

此间,各种不同的女性社会团体纷纷成立,它们为改善妇女地位、争取并维护女性权益、给予女性心理和精神援助做了大量的工作并取得了一定的成果。联合了 70 个女性社会团体的两届俄罗斯"独立妇女论坛"先后于 1991 年和 1992 年在莫斯科郊区的杜布纳召开。俄罗斯科学院、教育科学院以及各高等院校都创立了相应的女性问题研究机构,从理论和社会实践两个方面促进并深化了妇女运动与女性主义研究。俄国政府也以立法形式制止对女性的任何歧视,从 90 年代开始联邦政府颁布了关于减少妇女堕胎、提高出生率、改善妇女健康、保障妇女权益的一系列法律规定。

女性文学正是在这样的背景中获得勃兴与繁荣的。让"女性文学"走向读者,打破女作家在读者中默默无闻的状态是女作家们共同的心声。此间多部女性作品集问世,它们是:《女性的逻辑》(Женская логика, М. 1989)、《纯净的生活》(Чистенькая жизнь,编者 А.Шавкута)、《禁欲的女人:当代女性小说集》(Абстинентки:сборник современной женской прозы, М. 1991)、《会飞的妻子:俄罗斯和芬兰女作家小说》(Жена, которая умеет летать:Проза русских и финских писательниц,编者 Г.Г.Скворцова и М.Л. Миккола. Петрозаводск, 1993)、《女性的眼光》(Glas Глазами женщины,

Дайджест，1993）等。彼得罗札沃茨克恢复了《玛丽亚》（*Мария*, 1990）的出版，特维尔出版了《死亡之遥》（*Миля смерти*, 1992），而莫斯科出版了《俄罗斯的心灵：当代俄罗斯外省女作家诗歌及小说集》（*Русская душа：Сборник поэзии и прозы современных писательниц русской провинции*）等。尽管这些文集在文坛和读者中的反响并不大，但它们确实已经引起俄国和西方文学界的广泛关注。

苏联解体后女性主义运动并未因社会的转型、民众生计问题的突显而趋向衰颓。从 20 世纪 90 年代中期起，俄国的女性主义运动更加理性化、精英化和国际化了。在部分女性主义者看来，20 世纪 70 年代末她们曾提出的女性权益问题在苏联解体后非但未能解决，反而显得更加突出和尖锐。除了少数女作家，大部分女作家的创作未能得到文坛的正视。马拉霍夫斯卡娅说，"俄罗斯出版界仍存在着一种说法，说女人脑袋小、脑容量小，所以她们写不出优秀的作品。在苏维埃时代难以想象的事情现在都出来了。我们那个时代还起码有一种表象，平等的虚假表象。而如今替代这一表象的事实是，以生理差异为借口将女性变成了二等人。"[1]与争取女权的声音同在，富于理性色彩的两性对话也成为女性主义的重要声音。女作家和批评家加布里埃良（Нина Габриэлян）在《变容》杂志上撰文"女性小说一瞥"，鲜明地指出，"男人的精神扩张不仅让女人变得贫瘠，也让男人自己变得贫瘠。在将女人置于一个虚假世界的同时，男人自己也掉进了一个封闭空间的陷阱中并因为向往更加完整的世界而感到了深深的不安"，"世界上的两性——男人女人——实际上处在一种始终相互作用、相互更新、相互丰富的状态中"[2]。

1999 年，在俄罗斯司法部登记注册的女性社会团体已达 650 个之多，全俄规模的机构就有 9 个，如"全俄俄罗斯妇女社会政治运动"（Общероссийское общественно－политическое движение женщин России）、"妇女同盟"（Женская Лига）、"俄罗斯妇女联盟"（Союз женщин России）、"职场女性联合会"（Конфедерация деловых женщин）、女企业家联合会（Ассоциация

---

① *Двадцать лет женскому альманаху Женщина и Россия.* http://www. svoboda. org/content/article/24185707.html.

② Н.М.Габриэлян *Взгляд на женскую прозу.*//Преображение.1995.No.1.C.102.

женщин-предпринимателей）等。这些机构、团体整体上缺乏广大俄罗斯妇女的支持和理解，相互的关系也显得间离与松散，但它们与国外的联系却十分密切。2000 年在莫斯科佩列捷尔金诺作家村召开了第一届独联体国家女作家代表会议，有来自俄罗斯、乌克兰、白俄罗斯的 40 多名作家与会，其直接成果便是当代女性小说集《飞溅的香槟新女性小说》的出版①。2003 年在莱比锡国际书展上举行了以"当代俄罗斯女性小说"为题的当代俄罗斯女性文学的阅读、研讨会。

到了 21 世纪，女性主义的表达方式也有了很大的改变。早已没有了早年那种令人为之震撼的宣言、纲领性论说，而源源不断的性别新著的问世和女性文学的繁荣，让人感到俄国的女性主义运动发展的步履更为稳健、坚实。相当多的文学批评家集聚于女性主义研究批评的旗帜下，一些年轻学者的主动加盟更使这个领域充满了新的生机。比如，由国家女性与管理学院出版的季什金（Григорий Алексеевич Тишкин）撰写的《女性主义与俄罗斯文化》（Фиминизм и российская культура，1995）、圣彼得堡出版的历史文献《妇女运动社会积极性》（Женское движение. Социальная активность，1998）填补了俄国女性主义宏观研究和历史批评的空白。加布利埃良的述评"夏娃——这就是生活当代俄罗斯女性小说空间问题"②、女诗人普廖金娜（Елена Пленкина）的关于 20 世纪 90 年代"女性出版物的类型学问题"的专题研究③、女作家斯拉夫尼科娃的关于当代女性文学的评论"写作的那个她，又名治疗头痛的药片"④、批评家巴辛斯基的关于俄罗斯文学的文化专论"后女性主义俄罗斯文学也有女性的心灵"⑤等汲取了多年来性别研究的成果，将先锋性和现实性相融合，显现出俄国当代女性主义运动和女性文学批评的新水平。所有这些研

---

① Брызги шампанского Новая женская проза. Составитель С. В. Василенко. Олимп. АСТ. М. 2002. С. 438.

② Н. М. Габриэлян. Ева-это значит жизнь. Проблема пространства в современной русской женской прозе. // Вопросы литературы. 1996. No. 4. С. 3–15.

③ Е. ПленкинаПроблемы типологии женских изданий. // Научно - культурологический журнал, No. 22. 2001. 11. 28.

④ О. Славникова Та, что пишет, или Таблетка от головы // Октябрь. 2000. No. 3.

⑤ П. Басинский Постфеминизм. У русской литературы есть женская душа. // Октябрь. 2000. No. 4.

究成果既表达了女性精英阶层或知识阶层形成的新的时代女性理念,又体现了一种强大的女性个性意识的觉醒,一种被女性主义运动所唤醒的女性意识的觉醒。参与女性这一思想、精神解放运动的不仅是女性,还有部分男性研究者。这在整个俄国妇女解放运动的历史行程中是比较罕见的。1999 年,又有德国大众汽车公司资助的俄国与德国学者共同研究的社会性别问题(гендерные проблемы)成果——《性、社会性别、文化》文集的问世①。

　　女性文学理所当然地成为女性主义运动的重要构成与形式。随着女性文学在当代文坛地位的确立和女性文学批评的成熟,到了 20 世纪末,女性"作品集"不再成为女性文学呈现其团结协作创作力量的手段,女作家往往更多地以个体的女性意识、叙事话语和创作魅力赢得读者。而商业化后市场机制的逐渐完善与发达,使得一些出版社还专门设立了"女性小说部",如"瓦格利乌斯出版社"(Вагриус)就在 1999 年有这一专门的创作部推出的《真正的女性小说》(Настоящая женская проза)系列丛书。系列女性小说丛书的出版和在市场上的巨大成功说明女性小说已经进入当代俄罗斯的文化消费市场。

二、当代俄罗斯文学的女性叙事

　　从 20 世纪 70 年代末到 21 世纪,俄罗斯的女性文学写作大致也经历了由前期的发散感情、表达欲望的热潮逐渐到后期的冷观生活、深化自己的"性别自觉""话语自觉"过程。女性沉默失语、模仿男性、双声写作的格局逐渐被打破,女作家凭借女性的特殊经验为自己的文学话语实践开辟了自己的表达领域并拥有了各自的叙事策略。"女性小说"的概念已为广大读者和文学批评界所认可,其中的"能指"不再会轻易地被主流文学界拒绝或漠视,其"所指"也不会再想当然地被文坛冠之以"偏执或越轨"。

　　追究当代俄国女性文学的文化特征,有两点是确定无疑的。其一是,妇女

---

① Элизабет Шоре, Каролин Хайдер*Пол*, *Гендер*, *Культура*. Фрайбургский университет. РГГУ.1999.С.1–214.

解放的诉求和使命从始至终是女性文学的使命。只是这种解放诉求逐渐有了鲜明的性别、个性色彩，从而使得俄国女性文学不再是政治、社会的文本，而成为性别的、文化的、人类学的文本了。其二是，由于俄罗斯女性的现代性困境，与女性主义运动一样，女性文学主要不是表现权力的斗争和两性的对抗，而是对女性主体身份的追寻和在社会生活中女性主体地位的确立。由于这样的主题，言说女性自身性别的现代性经验便成为女作家在写作中努力去实现的核心目标。

如同女性主义的历史丰富性一样，俄罗斯当代女性小说的内涵也是丰富多样的。特别是在大众文化消费市场日益发达的今天，女性文学更显现出多元化、多样化、个性化的特点。不同的创作题材、命题及表现手法充分反映出女作家力图张扬个性的文学追求。彼特鲁舍夫斯卡娅（Л.Петрушевская）、乌丽茨卡雅（Л.Улицкая）、托尔斯塔娅（Т.Толстая）、瓦西连科（С.Василенко）、托卡列娃（В.Токарева）、玛丽尼娜（А.Маринина）、斯拉夫尼科娃（О.Славникова）、阿尔巴托娃（М.Арбатова）等无疑是女性写作特点最为鲜明也是最有成就的一群作家，她们姿态各异、叙事风格有别的文本在当今的文学版图上尤为引人注目。她们所采取的不同的叙事策略、叙事伦理、书写方式，提供了总结女性小说叙事特征的例证。

"想象女性"叙事是当代女性小说中最重要的叙事策略。女作家通过虚构性想象而塑造的女性形象来实现对女性自我的重新发现、重新认识、重新阐释。

乌丽茨卡雅在对民族、及至人类血缘历史进行想象性的追溯中，重建女性的自我认同，寻找人类文化的皈依。她的长篇小说《美狄亚与她的孩子们》（Медея и ее дети）正是在解构男权文化之后而虚构出来的一个美丽而又充满田园诗意的女性家族历史，是女作家对俄罗斯民族乃至人类历史的"文化寻母"。女主人公美狄亚的名字来自人类远古——古希腊、罗马的神灵时代，却被女作家进行了现代性艺术处理。她具有地母式的博爱和丰饶，具有女性值得敬重、善待、崇尚的多重寓意。在女作家看来，父权社会中一切文化思维方式、意识形态乃至生活方式无不打着"女性"的烙印。女人、母亲是一个意味深长的符号，她们既是人类生命的缔造者，也是人类文化的源泉。在国、家同构的文化格局中，母亲同样是国与家文化的构建者、守望者。同时，小说中诸多的女性形象（如美狄亚的妹妹山德拉，外甥女尼卡，外孙女玛莎等）都是在表达以女性为核心的"家"在人类文化中的重要性。女性自身在实现社会化追求和自我追求的道路上也不可能真正跳出家庭关系的纠缠，她们一生处在爱与恨、善与恶、忠贞与背叛、诚实与欺骗交织的纠结和选择中。一个是被责任、义务锁定了的家，一个是独立、自由个体的女人，这两种视角的动态关系与张力空间推动着小说的叙事进程。乌丽茨卡雅说："我的长篇小说《美狄亚与她的孩子们》——这是一本献给老一代的书，在一定的意义上，是我对家的呼唤。"①

托尔斯塔娅的短篇小说《索尼娅》（*Соня*）虚构了一个善良、真诚，却内心羸弱、无助的女性形象索尼娅，讲述了女主人公遭受女性羞辱、戏弄的故事。出于对异性的恐惧与抵制的女人间的"同性之谊"在小说中被异化为女性之间的伤害。面对着强大的多人构成的骗局，面对着异己的男女，索尼娅只能无奈地承受不幸命运的捉弄。真正值得注意的还是索尼娅在发现遭受欺骗、玩弄后的反应。面对失去自尊的凌辱，她甚至没有做出一丝一毫的反抗，除了屈从与默默垂泪，她什么也没敢做。这是一种非常严重的精神屈辱状态。这不是社会批判情怀，而是被侮辱、被损害的女性的精神痼疾，这正是小说超出于一般女性小说的不同寻常之处。爱情成为社会与人生的双重镜像。爱情是女主人公心里深处的乌托邦情怀，又是女作家审视社会与人性的一种景象。小说与其说是女性的生命成长史，不如说更像一部当代女性的精神伤害史。

托卡列娃的"想象性"女性书写却有着属于她个人的独特的语调。她既没有乌丽茨卡雅小说中那种意蕴丰厚的"静水流深"，也没有托尔斯塔娅的如风如魔的尖厉。她笔下的女性角色常常是以轻描淡写，不经意的方式体现出来的，充满烟火气、生活性，自然、优雅、舒展，因为她要展现的是，她想象中的与生命一样自然、真实的男女两性关系。短篇小说《弹指一挥间》（*Щелчок*）讲述的是男人与女人的生命关系，从朦胧的性意识到身体感应引发的遐想，从

---

① Вячеслав Огрызко.*Кто сегодня делает литературу в России.*Литературная Россия.М. 2006.С.382.

相互吸引到美妙的结合乃至男女阴阳两隔之后,男人渴望着与女人在那里再度相聚。"弹指一挥间",女孩变成女人,鲜活的生命变成寂灭的尸体,这是无法抗拒的。然而,即使生命短暂,两性间的吸引、愉悦、爱恋、相守——男女生命应有的这些自然本真才是人类应该始终珍视与守望的。小说没有任何的复杂与宏大,也不涉及任何的道德与理性,那是一种由男女自然天性造就的纯净、无邪、美妙、和谐。读托卡列娃小说中的男女关系,你无须纠缠其中的道德,因为在女作家看来,爱本身与道德无关,她告知的是,我们如何认清并服从自己生命内部的要求。

"想象女性"叙事也是一种反意识形态话语策略,是女性自我身份认同的重要手段。女侦探小说家玛丽尼娜便是这一话语的鲜明代表。侦探小说不仅仅是她为大众读者编写故事、塑造女性形象和行为范型的文化"实验场",更是她探究女性行为和确立女性自我认同的重要手段。她笔下的女性都非男性社会中的"受难者""屈从者",而是"优胜者""女强人"。办事风格刚劲、麻利的娜斯佳·卡缅斯卡雅就是这样一个女人。她超群的智慧、理性、大胆、缜密,使她成为一个不仅能与男人平起平坐,甚至让男人仰视的神探。女作家坚信女性的自我实现是一种社会实现、社会参与,一种脱离贤妻良母的旧有女性角色而向新的现代价值的努力。在女人人性的开掘方面,她也重在表现女性的社会欲望,女人能多大程度地在社会上实现自己的价值,而与她的其他欲望无关。所以娜斯佳说,她无法像"所有的女人"那样去爱,甚至连她与奇斯佳科夫的婚姻也是"计于生活,而绝不是感情"。然而,女作家指出,即使这样,杰出的女人也会为"体制"所累,警察局里的同事们从来不从一个职业侦探的角度去评价她,理由是她毕竟不是一个男人。按照娜斯佳出色的工作成绩早就该是中校了,可如今她仍然还是个少校;长期以来同事们始终认为她的所作所为是"多余的、无足轻重的、毫无价值的",为得到上司和同事的认可她足足用了 12 年的时间;而她的晋升并不被视为她本人的优秀,而看作是她与将军扎托齐内,与顶头上司戈尔杰耶夫私情之果。女性对自身社会角色和价值的追求遭遇了通行社会性别模式的强烈抗拒。玛丽尼娜强调的女人是"人",而不是"性"。"女人"作为核心价值的社会价值仍是她表达的重心,而在社会角色和人生理想这一悬置的光环之下,女性实现社会价值的艰难无疑令女作家深感不安。

"讲述女性"是女性文学的另一种叙事。作家以独特的女性视角和生命经验,用睿智、温婉、自省的目光注视现实生活中处于底层的女性,讲述她们的成长苦痛、生命欲望、生存磨难、爱情焦虑、婚姻不幸。这种女性叙事不同于"想象叙事"之处在于,作家注重女性当下的现实生存状况,重在文学对女人生命经验的再现,在对人性细部的体察中,讲述女人所经历的外在与内心磨难。

彼特鲁舍夫斯卡娅小说创作的成就之一是她的女性小说。她在中篇小说《黑夜时分》(*Время ночь*)中讲了一个都市女人安娜的故事,讲述的是这位知识女性在家庭、社会、事业及品格上的状态:物质生活的窘迫,家庭生活的拖累,疾病的困扰、自身实现的无望等。小说是女作家对女性地位的反思和女性意识的反省,女性返回自身的努力及女性突围的困境。在小说中时代背景和社会环境被淡化了,作家把女人的生存同社会——伦理剥离开来。小说中慈母、爱女的画面很让人怀疑,母亲这一传统概念由于过于神圣而显得虚伪,实际上小说写了母女之间的一种真实的对峙关系,甚至有一种连她们自己也无法正视的极为隐蔽的互相仇视,为了房子、儿子和票子。小说中母女的敌视,始终是以父亲的"缺席"为前提的。这是女性文化的血腥的一面,更是人类"原罪"性的悲哀,同时也预示着血缘伦理文化传统的危机。在作家看来,女人间的情谊甚至比异性关系更为脆弱,特别是当你充满了对此的希望和幻想的时候。批评家克雅科什托(Н.Кякшто)说,"彼特鲁舍夫斯卡娅小说的核心主题——女性命运的主题。彼特鲁舍夫斯卡娅在家庭的、爱情的、社会的等等各个不同层面上粉碎了人间的乌托邦与神话,描绘了生活的可怕、肮脏、凶恶,幸福的不可能,折磨与痛苦。所有这一切都描写得超现实的,有时会让人感到休克"[1]。

乌丽茨卡雅的《索涅奇卡》(Сонечка)讲述了一个现实爱情和婚姻生活中的女人的故事。小说充满了关于索涅奇卡"此岸"日常生活的柴米油盐,她如何精打细算地过日子,想方设法地维护已有的爱情、婚姻、家庭。女作家没有

---

① Вячеслав Огрызко.*Кто сегодня делает литературу в России*.Литературная Россия.М.2006.С.291.С.79.

从独立、自由这些女性主义的本质概念出发,因为对于索涅奇卡来说,它们都是过于遥远的,而是从女性在现实生活中"快乐""幸福"与否为原则,为女主人公搭建生活的舞台,因为她更看重对快乐、幸福的谋求。然而,这个按传统方式生活的女人,她的快乐、幸福原则是以能否得到男人的宠幸为归属的。即使丈夫背叛,她依然艰难坚守,无怨无悔,甚至为了激发他的"创作激情",忍辱负重。最终,女人脆弱的爱情和婚姻被男人强大的欲望架空。在欲望化了的时代中,在男人的阴影之下女人仍然没有出路——不是生活的出路,而是性别尊严的出路、精神的出路。小说告诉读者,女人从来都是在男权社会里讨生活,在仰慕男性、依傍男性中寻求生命归宿的。小说是对一种传统女性观的质疑:女人的价值要由男人来确认,女人的幸福要由男人来安排,男性成为女性生命的理想。索涅奇卡的遭际即使不是最典型的,在俄罗斯却也是相当常见的,小说因此也就具有了普遍的警世意义。

瓦西连科是一个"专事"女性苦痛的作家,在她笔下,"女主人公生理上的屈辱和痛苦成为一种常态,不具有例外性,她们也不把爱情当作一种浪漫的情感,而常常与失望、痛苦和残酷联系在一起"①。她说,"她的创作生涯始于读完《战争与和平》之后,那时我的身上缺乏纳塔莎·罗斯托娃,她的同龄人所有的东西。列夫·托尔斯泰……对少女的生活写得很苍白,他不懂她的肉体的生活"②。以第一人称书写的短篇小说《宗主教池塘里的美人鱼》(*Русалка с патриарших прудов*)是一个被男人和生活遗弃的年轻女人寻找生活出路和生命归宿的故事。从未体验过爱的她在梦幻中寻找黑黢黢的走廊出口而无果的意象,是女性在现实中不断体验到的无力而又无奈的生命经验,表达了女性受囿于性别困境,难能逃脱的实相。女主人公说:"我明白,我是无法走出这里的,为了整个短暂的,谁人也不需要的人生,我哭干了最后的眼泪,在这段人生中我从来没有被任何人爱过,我自己什么也没做成过。"

斯拉夫尼科娃将她的一部小说称作为《一个镜中人》(*Один в зеркале*),

①　*Русские писатели XX века Биографический словарь*. Большая российская энциклопедия. Под редакцией П.Николаева.Рандеву-Ам.М.2000.С.136.

②　Вячеслав Огрызко.*Кто сегодня делает литературу в России*.Литературная Россия.М. 2006.С.79.

作品记载了现实中的男女主人公在镜子中看到的虚拟生活,通过对女性自我幻象的描述表达女性个体的生存经验和自身解放的尴尬。天真、纯洁、喜欢幻想的维卡难逃男人由嫉妒心与占有欲结成的罗网,终于走进精神病院。女作家的小说并无激烈的女权宣言,也没有堪可赞叹的女性形象,贯穿小说的内在力量是一种无处不在的关于女人、男人关系的形而上的深邃思考。女作家一方面深刻地透视女性的现实尴尬,另一方面借助于对女性心理的展示,表达只有自我战胜才能战胜世界的女性出路。

"自我叙事"是女性写作最为直接的叙事表达。作者通过纪实性的"私语化"写作,复活女性自我的生命体验,显示女性自我存在的不同境遇。这是一种通过个人生存经验的发掘,由个体经验推及集体经验的情感联想方式,是以女性身体的与精神的记忆为材料的女性叙事方式。相对而言,这一类叙事由于具有更多的自曝性的"隐秘"色彩而不为多数作家所认可,却满足了部分作家强烈的自我表现欲。

阿尔巴托娃的短篇小说集《我叫女人》(*Менязовутженщина*)收集了女作家的具有自传性色彩的七篇短篇小说。其中的《我叫女人》(*Меня зовут женщина*)和《为不爱的人堕胎》(*Аборт от нелюбимого*)将堕胎这一女性身体遭遇楔入了女性的生命成长和社会对女性的性别规约这一命题中。小说把女性身体经验作为彰显自我意识的一种方法,体现了鲜明的女性立场。小说通过女主人公与"受孕的合作者"、记者、医生、女友、同行所进行的对话表达了女性在现代社会生活中的无望与无奈,强调了女性欲望与社会境遇的冲突,表现了在男权文化中女性没有自己的历史而不得不与现实妥协的苦痛。生理性别与社会性别视野同时成为女作家审视社会、现实、两性的重要出发点。自传体长篇小说《我四十岁……》(*Мне 40 лет...*)体现了作家用个人化的女性经验营构世界的匠心。"这本书没有别的目的,就是要讲述一个女人,一个从小就懒得佯装的女人的历史"①。然而,书中没有一般自传体小说的重大环境的叙写,没有重大社会事件的介入,有的只是叙事主体的生活经历,与不同男人、女人的遭际,她在时代的喧嚣中固守自己内心的独立、自由、美丽的"不和

---

① Арбатова М.*Мне 40 лет...* Захаров АСТ.2000.С.3.

谐音"，从一个女孩成长为一个女人的全部经验中得到的是不断破碎与丧失的经历与感受以及她的自我认识、自我感知、自我欲求、自我选择，小说再现的是处于社会政治边缘的女性成长史。

莫罗佐娃（Татьяна Морозова）的短篇小说《动物之死》（Смерть животного）是一个女人讲述她丈夫男人的故事，第一人称的女性叙事显得内敛、压抑与隐晦。由妻子来讲述"欲望动物"男人的"肉体依附性"（зависимость от внутренностей），从而表达男人与女人在生理、心理、精神上的异质性。这种异质性主要是表现在男人的酗酒、不规则的生活方式以及与此相伴生的冷漠、无情和家庭责任感的缺失。活在"本能"层面，依照快活原则的本能行事正是男人给女人带来无穷的情感创伤的缘由。讲述者说，"我永远都无法理解，人会如此受制于他的肉体。结论只有一个：他——不是人，他——是动物"。

显然，上述不同的女性叙事整体上都失去了与启蒙、政治、社会等意识形态问题的纠缠，更加日常化、生活化、私人化了。故而，有批评家说，"女性小说——这是一种新的生理学，新的本体论……女人，无论从生理学意义上，还是从社会学意义上都更接近于对永恒命题的思考"[1]。其实，两性文化不会因为国家政体的更迭而"旧貌换新颜"，历史文化塑造了女人与男人，女作家抓住了现实生活的实处，写出了女人生活的真相。当代的俄罗斯女作家很少以启蒙者自居，她们在作品中让读者体验真实生活中那些让人心悸的感受，体味普通女人的人生遭际。

与传统小说中的女性形象不同，女性书写所诉诸的叙事策略的目的不在于呈现一个有机的、立体的女性人物形象。相反，小说中女性人物的性格、语言、行为、遭遇都不过是作者有关女性认知的一种话语设置。小说中对男性人物的符号化处理，强化了作者执意要表达女性遭际、女性自我的企图。绝大多数小说中叙写的女性生活，讲述的女性故事，亦非大悲大恸，直指男权文化压抑的要害，多数女作家抛开了性别权力之争，回到经验，回到个体。因为，女性更注重自我生命的体验，更注重自我情感的依托，比起男性作家来，她们更具

---

[1]　Черняк М. Современная русская литература. Сага. Форум. СП-б. 2004. С. 162.

有个人性。

爱情、婚姻、家庭永远是女性成人后幸福与不幸的起点,也是女性生命的最重要的构成,所以它们成为女性小说的基本题材。在女作家的笔下,爱情、婚姻、家庭始终都是失败的形态,表达了她们对现实爱情、婚姻、家庭的失望与失落。相当多的女作家都是悲观的女性主义者,但在情感上却是女性心灵的抚慰者。小说中所体现的呵护现代生活中脆弱女性个体的叙事本身就建立了小说的叙事伦理,但这种伦理与国家意识形态所规范的道德伦理是不同的,因为后者具有规范性、确定性、强制性,而女性小说恰恰在"个人性""私人性""独特性"方面与上述三性相对。女性小说的叙事在道德判断之前展开,建构了小说叙事的模糊伦理,即寻求女性文学道德的多样性展示,还有对生活方式、生活理念的多样性追求。在这些方面上述作家都有相当的代表性,她们的小说创作实践并证明了俄罗斯当代文学的现代性进程。

(本文原载《解放军外国语学院学报》2014 年 5 月第 3 期)

"合成小说":当代俄罗斯
小说的一种新样式

受现实主义文学自身变化与后现代主义文学思潮影响而发生艺术嬗变的当代俄罗斯小说,相继出现了数量可观的"合成小说",或者换句话说,20世纪90年代后苏联小说艺术流派中的一个重要现象是合成性艺术样式——"合成小说"的勃兴和繁荣,它是新时期俄罗斯文学形态变化的一个重要标志。突破陈旧的艺术套路以文学流派的方式将"合成"发展成为普遍的创作意识并付诸于创作实践,反过来又大大推动文学流派的变化和发展,这成为一大批俄罗斯作家在世纪之交对"诗性合成"的艺术追求。这种追求说明了新时期俄国文学创作中小说新话语意识的强化,即对艺术性、形式性因素关注的强化。

一、作为一种流派的"合成小说"

巴赫金说,"从本质上看,小说不可用范式约束……这一体裁永远在寻找、在探索自己,并不断改变自身已形成的一切形式"①。中国文体学家王国维对文体推陈出新的规律也有独特的表述。他说,"盖文体通行既久,染指遂多,自成陈套,豪杰之士亦难于中自出新意,故往往遁而作他体,以发表其思想感情。一切文体所以始盛终衰者,皆由于此"②。《俄罗斯小说文体论》的作

---

① [俄]巴赫金:《巴赫金全集》(3卷),河北教育出版社1998年版,第544页。
② 王国维:《人间词话》,齐鲁书社1981年版,第104页。

者黎皓智说，"杂取种种技巧，合成新的形式，可以说是文学的传统与创新的辩证运动的一个基本规律"①。由此可见，文学文体形式的变化是文学话语转型的一个重要标志。

对小说新样式的寻觅和创新曾出现在俄国文学现代性转型的 19—20 世纪之交。勃洛克在 1907 年的"契诃夫"一文中指出，存在着"俄罗斯文学的各种各样的中间流派"，当代文学史家莱捷尔曼也认为，"经典的与现代主义体系的合成趋势源于契诃夫"②。扎米亚京在他的一系列文学理论和批评论著中多次阐释并强调现实主义、现代主义等多种文学元素合成作为一种新的思潮流派的价值与意义。他在《新俄罗斯小说》一书中说，真正的艺术——永远是一种合成。"现实主义——乃是纲领，象征主义——则是反纲领，而如今——还有新的，第三种，合成，其中同时存在着现实主义的显微镜，还有导向无终结的象征主义的望远镜"③。

20 世纪小说史家塔季雅娜·达维多娃在她的著作中用"新现实主义（合成主义）"指称 20 世纪前 40 年有别于象征主义、阿克梅主义、未来主义的俄罗斯现代主义文学流派④。1992 年，乌拉尔国立师范大学的莱捷尔曼教授在他的"20 世纪俄罗斯文学研究的理论问题：初步意见"一文中首次提出了当代文学中在后现代主义与现实主义合成基础上出现的"新的诗学类型"的思想，并且明确指出，这种合成"已经远远超出一个民族文化的范畴，而成为新的宏大的艺术范式甚至具有更为宽广的意义：一种新型的文化意识"⑤。一年后，他又第一次提出了"后现实主义"，即"现实主义+后现代主义"的新概念，并以马卡宁、彼特鲁舍夫斯卡娅、戈连施坦因等作家的作品为例，对这一新的艺术

---

① 黎皓智：《俄罗斯小说文体论》，外语教学与研究出版社 2000 年版，第 116 页。

② Лейдерман Н.*Магистралльныйсюжетрусскойлитературы XX века//.*森华：《20 世纪世界文化语境下的俄罗斯文学》，外语教学与研究出版社 2007 年版，第 34 页。

③ Костылева И.*Реализм и постмодернизм в русской литературе конца XX века в вузовском изучении//*Некалендарный XX век，материалы Всероссийского семинара 19-21 мая 2000 года. Великий Новгород.2001.С.263.

④ Давыдова Т. *Русский неореализм Идеология. Поэтика，творческая эволюция.* Наука – Флинта.М.2005.С.5.

⑤ Лейдерман Н.Липовецкий М.*Современная русская литература.* Книга 3.В конце века 1986-1990-годы.УРСС.М.2001.С.96-97.

流派进行了具体的分析。他的这一看法在文学批评界引起过争论,文评界对"合成小说"有过不同的定义和分析。这说明,"合成小说",作为一种独立的风格流派的说法是有理论依据的。

有人把当代俄罗斯小说艺术的诗性合成现象看作是现实主义和后现代主义小说发展过程中的一个环节,是后苏联文学,特别是小说形态的一个共同特征。说"这是客观的文学状况的反映,被理解为不同代际和创作个性的作家们鲜活的和不无冲突的对话"①。这些看法都有道理,因为"合成"的确表达了文学发展进程中不同流派及风格悉心探索和相互借鉴的共同特征。日尔蒙斯基说过,"任何一种文学流派都绝非一个封闭的体系,而是开放的,处于发展进程中的……所以在具体的文学流派与风格之间总有一些具有过渡性特征的现象"②。可以说,流派、风格间的这种求索与借鉴在文学发展的长河中无时无刻不在进行,而作为一种独立的、自成体系的流派的形成却大都发生在文学的转型时期。

但是,20世纪90年代俄国文坛关于"后现实主义小说"的那场争论并没有在艺术合成的创新意义上得到评论界的深入关注,对这类小说的"诗性合成"也没有在更广泛的意义上(不仅仅是现实主义与后现代主义的合成)和理论体系层面上进行过研究。在俄国文学批评界和理论界它们更多地被分别列入"现实主义小说""后现代主义小说""现代主义小说""假定性隐喻小说""边缘文体小说"等定义中③,直到目前为止,它们都是在这些小说的语境和意义中被解读的。因此,"合成小说"作为一种新流派的意义和价值远未得到科学的确认和具体的分析。

20世纪90年代后俄国的小说创作实践证明,"合成"不仅仅是小说发展过程中的一种过渡性特征,不仅仅是一个环节、一个进程、一种对话,而已经成

---

① Тимина С. И. *Русская литература XX века Школы, направления, методы творческой работы.* Logos.Высшая школа.2002.С.247.

② Костылева И.*Реализм и постмодернизм в русской литературе конца XX века в вузовском изучении.*Некалендарный XX век, материалы Всероссийского семинара 19-21 мая 2000 года. Великий Новгород.2001.С.262.

③ Нефагина Г. *Русская проза конца XX века.* Флинта-Наука,М.2003.С.93.С.113.С.172.С.212.

为后苏联小说"杂色"中的一色，一种高度开放、敏锐、灵动而又极具个性化的创作流派，体现了具有"先锋意识"的当代小说家对小说艺术形式革命的新成果。如扎米亚京所说，它们已经成为一种"新的，第三种"流派。这一类作品之所以被笔者以除现实主义和后现代主义外的第三种流派——"合成小说"概念命名，是因为孕育于文学传统精神中的它们始终高扬不拘泥于任何一种流派传统规约的创新精神，在实现传统与创新两者有机、和谐统一的前提下，竭力倡导小说创作形式实验的"先锋性"，其独特的艺术表现形式与作家极富个性的创作精神具有其他流派小说所没有的内容和形式特征。

"合成小说"是另一种样式的"先锋小说"，具有与此间现实主义、后现代主义小说不同的某种"异质性"，呈现出一种难以被主流小说话语命名和言说的特征。这种"异质性"表现在它们在艺术意识上、话语形式上、表达手法上，都不同于当代小说的另两个重要形态，只有将它们单独地放在"合成小说"的语境中来考察，才能对其作出更准确的解读和更科学的分析。也只有这样，它们才会成为俄罗斯当代小说流脉中的一个种类并获得"合成小说"的学术命名。

"合成小说"的诗性合成既是流派的合成，也是文体的合成。

所谓流派合成，是指一部"合成小说"作品同时兼备多种流派的，如现实主义的、感伤主义的、自然主义的、浪漫主义的、现代主义的、后现代主义的等多种艺术元素。或者说，是削弱或淡化现有流派中那些固定的、支撑性的要素，取消它们在小说艺术构成中原有的那种举足轻重的地位，比如，现实主义小说中人物性格、行为的社会决定性，二元对立的艺术思维，情节冲突逻辑的因果性，浪漫主义小说中对人物情感、心理、情绪的关注，后现代主义小说中事件、场景、形象等的虚拟性，文本结构的互文性，价值判断的不确定性等等。

拒绝承认任何流派所属的马卡宁的小说容纳了超现实主义、后现代主义等多种文学元素，而作家在其艺术体系中引入各种跨流派元素的同时，并没有割断与俄罗斯现实主义文学体系的有机联系，始终坚持着一种不脱离社会现实的创作意向。评论家涅法金娜称马卡宁的中篇小说《审讯桌》是"存在主义心理小说"，在其写实的基本取向中"融入了其他审美体系、流派、文体或体裁的元素"，如社会心理小说、感伤主义小说、自白小说、哲理小说等①。其实，这一表述与其说是一种流派的定义，莫如说是对作品创作内容的一种概括。被评论界称为"寓言体小说"的阿纳托里·金的长篇小说《约拿岛》是现代主义、神话、寓言元素与写实的融合。叶尔马科夫的《野兽的标记》中关于阿富汗战争的写实性描写始终与圣经神话元素交织，在一种不无魔幻的时空中进行。瓦尔拉莫夫的"历史长篇"《沉没的方舟》既有写实的情节与人物，又熔铸了现代主义的幻想和神秘，被批评界称为后苏联文学的新现象——象征现实主义小说。马姆列耶夫的以死亡为主题的小说始终具有超现实主义的品格，长篇小说《迷茫的时代》显然是现代主义元素与写实元素、严肃文学与大众文学、细节真实与幻想荒诞的合成。

所谓文体的合成，是指在小说文体的基础上，兼及其他文体的优长，打破小说、评论、随笔、传记，甚至日记、书信等传统文体的界限，融多种文体为一炉。涅法金娜在总结后苏联俄罗斯小说的特征时说，"1980—1990 年代俄罗斯小说中发生的不仅仅是隐喻式假定性风格基础上神话与现实主义元素的合成，而且还将神话范式的具体元素融入了现实主义作品的结构中，从而大大拓展了其文体—风格的样式"②。

文体合成是一个远比流派合成更具创新意义的特征，是"合成小说"作者有意识地偏离小说文体常规，寻求一种特别的表现手段，以加强作品审美功能与叙事意义的必然结果。这既是小说文体的形式创新，也是不同审美功能的合成。作家的艺术思维方式形态各异地表现在对命题、结构、手段、语言的选择上。艾特玛托夫是这样定义他的小说《卡珊德拉印记》的，"一下子把几种文体、几种体裁结合在一起。这里既有幻想，又有现实主义，有时是新闻报道，有时带有电影的特点。总之，把脚本、小说、剧本、新闻报道这一切搅和在一起"③。以第一人称叙写的《审讯桌》是一部"自白小说"，是叙事者对自己饱经"审讯"的人生的痛苦回忆，它也是一部"心理小说"，是对"审讯者"与"被审讯者"心理的深刻揭示，它还是一部充满荒诞的象征小说，"桌子""地下室"

---

① Нефагина Г. *Русская проза конца XX века*. Флинта–Наука, М.2003.С.109.С.165.

② Нефагина Г. *Русская проза конца XX века*. Флинта–Наука, М.2003.С.109.С.165.

③ 张捷：《当今俄罗斯文坛扫描》，人民文学出版社 2007 年版，第 395 页。

"施虐""受虐"等象征与隐喻多种"变形剂"的添入，把庄重的"审判桌"、正襟危坐的"审判者"、"同志式"的"审判"变成了俄罗斯社会人与人关系的存在神话。作品中的"历史文档"——布哈林亲属对刑讯的描述还赋予中篇小说一定的纪实成分。

"合成小说"在小说的叙事上的创新则呈现在时空跨度与心理跨度的合成上。作品以叙事人的内在心理变化演化出独特的时空变幻。小说家常常借助于叙事人的或是人物的极度跳跃的思绪流动、心理变化、意识更替来强化对历史与现实荒诞不经的本质的揭示，通过大跨度的时空腾挪使社会变化与个体的生命遭际得以充分的展现。在这个合二为一的叙事过程中，心理跨度与时空跨度的节律相契合，让历史与现实外化为人的心理投影。这种合成从来不脱离对社会形态的思考，对生命意义的追寻，对人性状态的评判。莫斯科大学教授乌麦洛夫说，"俄罗斯小说的发展，其叙事形式的演变呼唤着各种新体裁的形成，并使其被接受和被理解为合理的和必然的现象"①。

长篇小说《约拿岛》中叙事人作家金是小说中的一个人物，一个坚信爱与善的伟大力量，却对世间万象充满质疑的怀疑主义者。从充满忧患意识的世间作家到能与上帝对话、与天使同行的宗教信徒，人物以其独特的情感、心理、思绪变化来表达真实作家对人类社会、历史与人性的多重思考。作家的宇宙意识外化为俄国与美国的"洲际时空"，其历史意识与道德意识融汇在苏维埃74年的历史时空与魔幻时空的交织中，作品所呈现的既是一种宏阔的全人类视野，又有着具体真切的民族历史文化思考，而最终落脚在对"财富"与"幸福"、"桎梏"与"自由"、"忤逆"与"顺从"、"忏悔"与"惩罚"等一系列与人类生命存在状态休戚相关的重大命题上。小说中叙述者是"我"，叙述对象似乎也是"我"的经历，但读者还是有理由把他与真实的作者区分开来，因为作品中子虚乌有的情节与情景都让读者感受到叙述人充其量不过是作家"自觉的"或"自我意识"的表达者。作家金的意图显然是要打破作者、叙事者和人物的界限，这一界限一旦被打破，真实与虚构的界限也就随之瓦解，那么他便

---

① УмеровШ.*Русскаяневыдуманнаяпроза* 1980-1990-*хгодов*//.森华：《20 世纪世界文化语境下的俄罗斯文学》，外语教学与研究出版社 2007 年版，第 88—89 页。

可以自如地施展他的小说手法并昭示其对世界、社会、人生的看法,这不是一种艺术再现,而是一种真正意义的审美表现。

《审讯桌》中的历史时空跨越了苏维埃社会生活的 74 年,其人文时空更为广阔,可以说融合了从拜占庭时代、16 世纪的马柳塔时代①到 19 世纪、20世纪千年的民族历史时空。作家在这一广阔的时空中审视积淀于民族文化中的集体无意识:施虐与受虐心理。小说广阔的时空跨度是由人物的心理时空延伸的。"社会愤怒分子""当书记员的人""爱提问题的人""老头""外貌平常的女人""漂亮的女医生"……等等这些形形色色的人物,不仅是不同社会角色或生理特征的代表,更是社会心理的载体。他们的人生成长、家庭、私生活、社会活动、工作经历等都在一种体制和体制文化中发生,其生命过程无不受制于这一体制文化中的"施虐"或"受虐"心理。人物从审讯者到被审讯者的角色更替而展现的心理变化既是历史时代的社会心理,也是从属于这一心理的个性心理异化的表现。不仅受虐者饱经苦难、摧残,施虐者也受到施虐反作用的戕害,发现并暴露着他们的另一个自我,这一自我被一种歹毒的自我保护的心理所掩盖。他们会由对自身的压抑转变成对他人无意识的亵渎、虐待,直至病态的占有。反讽的反思性和隐藏在荒诞感中的批判性得以凸现。

二、合成小说的艺术特征与类型

"合成小说"无法按现有的浪漫主义、现实主义、现代主义、后现代主义等流派定义进行界定,上述任何一种流派都无法将其框定,而且它们内部之间又是十分不同的,甚至具有大相径庭的各自的艺术特征。比如,叶尔马科夫的《野兽的标记》(1989)、《入行前的品茗》(1995),彼特鲁舍夫斯卡娅的《新鲁宾逊》(1997),马卡宁的《地下人或当代英雄》(1998),艾特玛托夫的《卡珊德拉印记》(1995),库尔恰特金的《斩首机》《客人》(1993),格奥尔基·彼特洛

---

① 马柳塔,即斯库拉托夫—别利斯基,伊凡雷帝的宠臣,掌握国家大权,是沙皇专制恐怖统治的执行者。

夫的《大傻瓜》《鲁康卡》(1994),瓦尔拉莫夫的《沉没的方舟》(2002)等作品主体上是写实的,而马卡宁的《出入孔》(1991)《审讯桌》(1993),阿纳托里·金的长篇小说《约拿岛》(1995),马姆列耶夫的《迷茫的时代》(2001)等作品却具有非写实的荒诞主体。

显而易见,融汇了不同流派多种艺术元素的"合成小说"已经大大超出了传统小说的艺术范式,具备了不同于现实主义小说和后现代主义小说的诸多艺术特征。

与现实主义小说相比,"合成小说"的不同主要表现在:

首先,体现在一种审美的艺术意识上。在这些小说中作家不再坚持二元对立的艺术思维,进步势力与落后势力的历史价值尺度在小说中不再适用,审美对象不再被区分为恶和善的社会力量的代表,也不再以传统的道德标准作丑与美的审美判断。小说家以不同的方式,从生命存在的角度,对个体与集体、情感与理智、人与环境、主体与客体等重大的永恒的命题进行哲学本体意义上的思索。

其次,社会历史语境的淡化或是隐匿化是"合成小说"不同于现实主义小说的另一个明显特征。环境与人物的社会历史限定性的模糊使得这类小说的创作主体更关注的已经不是作为特定时代规约下的人的真实生存,而是传统的民族文化背景中人的一种精神存在。而这类小说中的人物、事件的审美功能是多重的。他们和它们既是某个社会形态中存在的,更具有超社会的普泛意义。

再次,"超现实"的荒诞变形成为实现这一艺术表达的一个至关重要的艺术原则。这种荒诞性变形已经不是作为一种创作手法和技巧,而是作为小说创作的一种理念,即在这种荒诞的变形中寄寓着小说家对现实与历史的理性的和非理性的否定性把握。诚然,这种变形在不同的合成小说中具有不同的表现形式,荒诞的程度也会有整体的"主体性荒诞"和局部的"情节性荒诞"的区别。

最后,后现代主义文学所惯用的互文性是"合成小说"一个重要的文本策略。对文化经典、传统价值观的重思、重构,纵向与横向的文化参照成为"合成小说"一个重要的文化取向。

与后现代主义小说相比,"合成小说"尽管同样具有明显的艺术反叛性特征,但二者间却存在着深刻的审美差异。

首先,在精神与价值取向上,即对俄罗斯文学中传统的人文精神和文化秩序的态度与立场上,后现代主义的反叛是绝对的、彻底的、虚无主义的,而在"合成小说"中却是相对的、有条件的、反虚无主义的。"合成小说"的反叛与否定并非"横扫一切"的,其冲决和批判的是传统人文精神中僵化和异化所造成的对个性与人性压抑、摧残的那一部分,它们所表达的荒诞感、疏离感是一种强烈的自我意识觉醒后对于异化了的生存状态所作出的精神反应。

其次,"合成小说"具有同现实主义传统诸多的精神上的和艺术形式上的相通性。比如,社会历史限定性的模糊并不意味着社会历史表达的消失,它们都有或是对社会现实环境的感性说明,或是对某种政治情境的隐喻性表达,或是对某种历史动因和发展趋势的象征性暗示。在结构形式上,它们大都维护小说整体结构的统一性、秩序性、连贯性。在创作激情上是情感的、情绪的、充满了温情的,如批评家巴辛斯基所说,是一种"心灵的文学"①。

最后,在小说艺术形式的追求和先锋性的表达中,作家对各种艺术手法的运用不是唯审美形式的,而是有着明确的人文精神追求。"合成小说"作家都有一种强烈的对历史与现实中的扭曲、异化现象的批判,同时普遍都有一种合理性的价值承诺,即都有期盼人性、和谐、真善美复归的审美理想,都有寻找和建立某种足以同这种扭曲和异化相抗争的精神力量的意图,都有对一种人生意义和存在价值的追求和维护。

从作品"现实的非现实化程度"的视角来审视,我们可以将"合成小说"分成不同的两种类型:写实性的"合成小说"与非写实性的"合成小说"。

写实性的"合成小说",顾名思义,这是一种以写实为整体构架的诗性合成。这种小说所描述的事件、人物与历史的和现实的外在真实更为靠近。它立足于现实,却把一只脚伸入非现实的荒诞层面,以一种写实性的文学手段显现于外。在显性的生活层面向现实领域切入,而在隐性层面上向虚幻、怪诞的

---

① Басинский П.*Как сердцу высказать себя？О русской прозе* 90-*х годов.*//Новый мир. 2000.No.4.C.188.

非现实领域伸展。以现实性描写为叙事策略,将现实非现实化,现实与非现实互指,从而使现实虚拟化为一种假想的现实,替代的现实,成为一种现实的象征符号。这一特性,决定了它们是"近现实"的合成。在这样的小说中,作家不回避其作品对人具体而微的历史处境、现实处境的正面触及。但相对于"典型环境中的典型性格"的传统现实主义作家而言,他们已经从性格的刻画转向对境遇的绘制,他们更关注的是复杂的"语境"现实层面,只是这种现实已经不是客观地再现,而是作家心灵化了的、主体化了的现实。在这样的小说中,无论是人物,还是环境,都具有客观实在性的品质,是一个坚硬的存在。这种合成小说多描写现实本身的荒诞性,是一种"本分"的荒唐,荒唐而真实,不合情理却合乎逻辑,或者不合乎逻辑而合乎情理。

马卡宁的长篇小说《地下人》、彼特鲁舍夫斯卡娅的短篇小说《新鲁宾逊》、叶尔马科夫的《野兽的标记》等作品都有这样的特点。在这些不无荒诞的小说中,作者对人物所生活的现实都有比较明确、具体的交代。

《地下人》是在讲述一个看门人的"真实"故事。他生活艰辛,精神苦难。无论在苏维埃时代,还是在苏联解体后,他都抗拒现实,成为一个茕茕孑立、形影相吊的"地下人"。看似真实的故事中布满了多重偶然性和亦真亦幻的情节。主人公命运的不可理喻之处在于他全部的生命活动都局限在他所看守的宿舍楼和关押精神病人的疯人院里。小说中正常的人是不正常的,而不正常的人却是正常的。主人公喜欢文学写作,却从不求发表,他衣食无着,却喜欢读海德格尔的著作;他善良真诚,目光犀利,却大胆妄为,几乎没有缘由地杀害过两个人,因此被关进了疯人院。反讽与偶然性的结合拆除了写实的一本正经而使小说显得荒诞离奇了。

《新鲁宾逊》中人物远离喧闹的城市走向大自然,渴望自由快活、原始农业的生活方式具有坚实的日常生活基础。以18岁少女心理独白的方式交代的故事的荒诞是戏谑性的、潜在的。与外部世界隔绝成为一家之主的父亲的全部心思所在,生活的物质需求与生命的肉体存在成为全家人关切的中心,而这恰恰是鲁宾逊原型的文化意义所在。外面的人不断在死去,而森林中的这一家因为不会农活度日艰难。母亲收养嗷嗷待哺的孩子不是出于人道主义的怜悯和同情,而是把他们看作是人类种族能得以延续的希望。荒诞并不负载更多的深度意义。

描写阿富汗战争的小说《野兽的标记》有着坚实的现实时空和具体真实的情节内容，但人物的行为却是不无荒诞的。"残酷的杀戮和报复"——战争野兽的耻辱的标记印刻在所有人物的身上。护士成为死神的象征，每个爱上护士的人都难以逃脱死亡的命运。主人公格列勃打死了他情同手足的兄弟、战友，生命分裂了的他，一个坐着飞机回到了苏联，回到原先的生活进程中，另一个却与新征募来的士兵一同挤进直升机，重新飞往战场，注定继续进行兄弟间的残杀。小说中的人物既是实实在在的形象，又是隐喻意义的载体，象征性的符号。形象的能指具有现实的规约性，所指在隐喻关系中则构成一种明显的深度意义：充满邪恶、仇恨的现实世界只能产生形形色色的精神畸形的人类——杀戮者强盗，他们只能一次又一次地把人类拖入文明的毁灭和精神的窒息之中。

以非写实为主体的诗性合成具有外壳荒诞而内质现实的特征。显性层是一种虚幻、怪诞，而在隐性层面上具有现实的本质性特征。以非现实性描写为叙事策略，将非现实以现实化，从而使非现实成为一种现实的佯装和现实的替代，成为一种现实的象征符号。在非写实性的"合成小说"中故事与现实生活呈现出明显中断的形态，荒诞由此生成。这种中断是以超现实或非现实的方式实现的。小说的主体内容、情节故事、人物形象是现实中根本不存在或基本上不存在，社会生活现实在小说中遭到遮蔽、悬置或消解。但这类小说并非真要否弃现实而彻底进入非现实状态，这仅仅是一种艺术策略，用非现实的荒诞手法将现实极度变形、彻底改装，在转喻的艺术置换中抵达现实的深度或现实的本质。因此，非写实性"合成小说"中的非现实是现实的一种抽象、一种象征，是现实能指的一种符号。人物的非现实特征保留着生活在特定社会现实中人的意识和情感特征，有着明显的现实内质。

马姆列耶夫的小说具有十分荒诞的情节主体，作者对死亡叙述有着强烈的兴趣。我们从短篇小说《活的死亡》《死神与我们在一起》《跳进棺材》《活的坟墓》《傻瓜叶列米亚与死亡》《棺材》《坟墓中的人》《坟墓里发生的事》等标题中就可见一斑，这些小说中人物与事件始终在生死间回旋，小说呈现的是一种极为荒诞的情境。长篇小说《迷茫的时代》中当儿子的在时间的轮回中与已故的父母相遇，因无法摆脱对父母的罪责感和痛苦的精神分裂，试图寻找一种方法要回到过去与未来的交汇点以获得一种精神的新生。而另一些"求索者"则为了找到超世俗的精神的"我"决定告别世俗生活，而一些神秘主义者则认定人无法了解死后的自我，试图等待一种能为他们告别烦恼世俗迎接新生的生命深渊状态。对于现实主义小说而言，死亡是情节冲突的高潮，对于后现代主义小说来说，死亡是末世的盛大节日和精彩故事。但马姆列耶夫既不想结构高潮，也不想渲染死亡，但他深知死亡对于读者的震撼力和对于探索生命本质的重要性，他想通过人对死亡态度和生死转换的描述，探究更为深刻的人的生命存在的本质。在他笔下的生命迷津与语言迷津里，唯一的道路就是通向死亡，这条路无论对于赎罪者、探索者、绝望者一样都是别无选择的。

马卡宁的《出入孔》《审讯桌》，阿纳托里·金的《约拿岛》等也都是深度的荒诞性小说。《出入孔》中的主人公穿过一个"出入孔"往返于地上与地下的两个人间，展现作家心目中的两重世界。《审讯桌》里无名无姓的各式人等或是坐在桌子一边的审判者，或是接受各种各样审判的罪犯，审判者与被审判者的角色还在不断地变化。《约拿岛》中没有贯穿始终的故事，那是不同时空的现实人物、历史人物、神话人物寻找自由、幸福的"约拿岛"的漫漫长路。马卡宁与阿纳托里·金没有进行"合情合理"的故事编造，却是发挥了创造性的想象，把联想、梦幻、幻觉、神话直接写成了现实，把一种社会的、制度的、文化的精神本质直接面对读者。

"合成小说"的这两种形式都具有对传统表现形式的超越性，同时又都表达出对传统表现形式的某种眷顾之情。这样的"超越"与"眷顾"正是其艺术合成的先锋性与传统性兼而得之的原因所在。它们都具有对历史或当下现实的强烈的批判性。也许正是因为这样的批判性，所以虽然"荒诞"，却都有着与"现实"的深深的勾连。它同启蒙主义、现实主义、浪漫主义、现代主义都保持着精神上的联系，人道、主体、个性、自我仍是其坚守的理想原则，再建艺术作品的和人文意义整体性仍然是作家与作品的审美追求。

（本文原载《时间与空间中的俄语和俄罗斯文学》，《第 12 届世界俄语大会论文集》，上海外语教育出版社 2011 年 4 月版）

新世纪俄罗斯
作家、作品研究

拉斯普京"寻根小说"的
文化取向及价值迷失

　　对俄罗斯传统文化之根的追寻与回归是"新根基派作家"①拉斯普京 20
世纪 70 年代后"寻根小说"创作的审美源起与精神归宿。这种追寻与回归至
少有两重内涵:一重是对俄罗斯民族传统文化之根的追寻与回归,另一重是对
传统俄罗斯文学审美表现形式的追寻与回归。前者源于当代俄国社会与文学
中民族文化传统的失落。在拉斯普京看来,追忆并复归历史文化之根是振兴
民族、国家的必由之路。后者源于社会主义现实主义文学对 19 世纪俄罗斯文
学道德传统、宗教意识的隔膜,对它的"英雄主义""歌德精神"(歌功颂德精
神)的逆反,源于作家对"被侮辱被损害的""小人物"命运的关注与同情。作
家认为,要想让俄罗斯文学走出僵化、停滞的状态,不走模仿欧美文学之路,重
现俄罗斯文学的伟大与辉煌,就要继承与发展 19 世纪俄罗斯文学这一民族文
化典范的传统。

　　这两种追寻与回归的合力创生了以拉斯普京为代表的"新根基派作家"
的寻根思潮。它代表了当代俄罗斯文学中疏离主流文化、亲和民间文化,疏离
中心文化、亲和边缘文化的价值取向。显而易见,寻根小说的倡导者是要为文
学建构一个新的文化背景,文学回归民族根基的旨趣就是在当代文明社会之
外寻其文学之根的文化因素。

　　文化根基是拉斯普京"寻根小说"的关键词。在他看来,这是一些渐行渐

---

　　① 　此概念由俄国学者加·里·涅法金娜在《20 世纪末俄罗斯小说》一书中提出,指 20 世
纪后半期具有斯拉夫主义倾向的当代"农村小说"作家。

远,甚至已经逐渐消失的精神层面的东西。何谓俄罗斯的文化根基,到哪里去追寻这种根基? 拉斯普京说:"我知道,上帝给了我财富——民间的俄罗斯语言。靠着它我才踏上了通向'农村'文学的坦途,没有它我未必能成为一个作家。这难道不是对俄罗斯根基的自然回归? ……俄罗斯语言,……对大自然的感情,为亲爱的大地心痛……这一切都有过。而上帝就在我们这一边,他赋予了我们准确地聆听与再现的工具"①,他还说:"我们的传统、共同生活的法则,还有我们的根,都源自农村,就连俄罗斯精神,如果还有统一的俄罗斯精神的话,同样源自农村,没有农村的俄罗斯就不称其为俄罗斯了,没有农村俄罗斯将会成为孤儿。城市不过是生活的表象,农村才是生活的深层,才是根。"②根据他的阐释和他的文学创作,大致可以这样来概括他的"文化根基"的内涵。一是俄罗斯民族的语言,未被外来文化污染的纯洁、真实的民间语言;二是生态洁净的大自然,土地、河流、湖泊、森林;三是故乡农村,民族生命的发源地;四是东正教精神,民族道德、良心之所在。

追寻与回归民族历史文化之根的新质在社会主义现实主义仍呈文学主流的 20 世纪 70—80 年代当然是可贵的。它表现出一种新的文学话语在获得认同之初的清新强劲、深沉与厚重。整个"农村小说"几乎都洋溢着这种精神,只是拉斯普京表现得更贴近现实、脚踏实地,更迫切专一、晓畅饱满。这正是他的"寻根小说"得以不断成功并引起轰动的缘由。中篇小说《最后的期限》《告别马焦拉》的问世使他踏上小说创作的顶峰,《失火记》的发表再次引起巨大的社会共鸣,因为它应合了民族道德与精神"重建"的社会需求。

拉斯普京寻觅的俄罗斯文化传统根脉不是在社会上层和经院中,而是在历史经典、民间的生活方式、道德传统和宗教意识中。拉斯普京是从关注现实社会底层的人与人性的角度走向文化寻根的。作家所追寻的文化根基具有地域文化的、底层文化的和历史文化的三个向度。如同阿尔泰之于舒克申、沃洛格达之于别洛夫、弗拉基米尔之于索洛乌欣一样,西伯利亚安加拉河畔的乡村是拉斯普京一生关注的对象,他的写作资源就是西伯利亚安加拉河畔的农村

---

① Огрызко Вячеслав*Кто сегодня делает литературу в России*.Литературная Россия.М. 2006.С.318.

② Шигарева Ю.*Без деревни мы осиротеем*//Аргументы и факты.No.16.19 апреля 2006 г.

文化和普通农民。作家生于西伯利亚安加拉河畔的农家,对那里有着真切的了解,对这一方土地、故乡、大自然倾注了无限的深情,对乡村人、特别是老一代乡村人美好的心灵世界顶礼膜拜,对社会文明发展进程中发生的道德颓唐深感忧虑,对社会变革前农村、城市的种种矛盾,尤其是消费主义、恶的滋生与蔓延等因素阻挠下社会精神文明前行的艰难,民族文化传统的失落有着痛彻肺腑的感受。他把同情、赞美给了底层人民,他最为关注的是他们的精神文化,因此他便将"底层"文化——农村和农民的文化——"诗意化",这种底层文化的未来在于它们的过去,在于它们的历史,他正是从那里汲取俄罗斯民族的文化之根。

气氛别样的八九十年代,特别是苏联的解体进一步激化了拉斯普京的寻根意识。社会转型强化的心理失重,对民族文化传统和道德理想主义的一以贯之的追求,使得他面对 90 年代不无混乱和污浊的文化气氛产生了巨大的愤怒与苦闷。他大声疾呼,"我感到,要刻不容缓地展示罪恶之源"①"我要以今天的警示来排除明天不必要的进程"②。与此同时,他在小说创作中也愈加追念乡村故土上令他精神满足的东西,如自然的清新、人伦的温馨、道德的淳朴、身心的自由。

其实,与 20 世纪 90 年代前的小说相比,拉斯普京新时期的小说,其基本主旨,审美追求和价值立场都没有本质性的变化。拉斯普京依旧纠结于生态破坏、乡村凋敝、世风不堪的主旨,不断地重复着对"背叛""忘祖"的反感,继续采用冷峻叙事、主观抒情与政论相结合的艺术手法。在他的新小说中,传统的乡土资源背景依然,从故土升腾起来的对乡村文化的渴念依然,与母亲、大自然、生态相纠缠、相生发的情思依然,对现代都市文明的厌恶依然,它们总是永不疲惫地向着一个"道德领地"奔突,由此承受着越来越多的匮乏与凝重。话题都不新鲜,冲突、结构也无不呈现出似曾相识的灰黄,只是愤激之情更为强烈。小说给人的感觉是,它们都出自一种成熟却并不宽厚、苍凉而显活力不足的心胸。难怪 1994 年,阿斯塔费耶夫,这位老一代"农村作家"谈起拉斯普

---

① Распутин В.*Прокляты，но не убиты*//Юность.1997.No.3.С.9.

② Распутин В.*Наши учителя теперь из породы потверже...*//Москва.2002.No.3.С.9.

京在俄罗斯作家协会上关于文学创作的看法时说,"他在代表大会上的发言老腔老调,仿佛是用那些陈旧的引言写就的"①。批评家奥格雷斯科说,"拉斯普京此后所有的创作,包括中篇小说《农家木屋》和《伊凡的女儿,伊凡的母亲》并没有实质性的突破,尽管也有些许推进。如果说先前作家笔下的女主人公表现出某种忍让,那么如今她们在与恶的交锋中已经准备复仇了。兴许,这正是中国人把中篇小说《伊凡的女儿,伊凡的母亲》称为21世纪最佳外国小说的原因"②。

拉斯普京20世纪90年代以后寻根小说的题旨大致仍可以分为这样三个基本层面:现实生活批判层面、文化传统追思层面与自然家园咏赞层面。三个题旨相互交融,但在不同的小说中各有侧重,而作为心灵抚慰、情感寄托的大自然则以其清新淳朴、善解人意的灵动出现在每一部作品中。短篇小说《谢尼亚上路了》《年轻的俄罗斯》《在医院里》《下葬》《新职业》《突如其来》等更偏重于对后苏联社会生活现实的揭示,《女人间的谈话》《傍晚》《在故乡》《农家木屋》等多重在对俄罗斯民族文化传统的追忆,21世纪中篇小说《伊凡的女儿,伊凡的母亲》则显示出近期作家小说创作中文化思考的某种新的拓展。我们分别以作家在不同时期创作的三部最有影响的作品《下葬》(1995)、《农家木屋》(1999)和《伊凡的女儿,伊凡的母亲》(2004)为例,来揭示拉斯普京在后苏联时期小说创作的文化新质。

《下葬》再现的是叶利钦时代乡村凋敝、生态污染、恶行猖獗的社会现实。在乡村,"集体农庄,国营农场,村苏维埃,商店,医务所,学校都不复存在……村子完全放任自流了,无人管理",对耕地的"胡乱的支配"导致农民无法维持生计,土地几次易主,却没有给农民带来任何好处。由于水力发电站、大型铝厂、木材加工厂还有其他十来座大型工厂的建立导致地方生态严重破坏。而在城市,生态污染现象更为严重,"氟气扩散到方圆几十俄里、几百俄里,树木都凋零了""甲基硫醇的污染"让"人们不停地咳嗽,喘不上气来",城市变成了

①　Огрызко Вячеслав В, *Кто сегодня делает литературу в России*. Выпуск 1. Современные русские писатели. Литературная Россия. М. 2006. С. 324.

②　Огрызко Вячеслав В, *Кто сегодня делает литературу в России*. Выпуск 1. Современные русские писатели. Литературная Россия. М. 2006. С. 324.

"一座慢性杀人的露天瓦斯室",烂尾建筑工程让人们在"屈指可数的几个月内就堕入了深渊",黑社会集团为非作歹,有恃无恐地行凶杀人,生意人骗购国营企业,人人都各顾各,自私而缺乏善心,对邪恶视而不见,甚至还纵容邪恶。

在这一社会背景下,作者塑造了一个苦难的默默承受者与民族精神的接力者——巴舒达的形象。女主人公是经历了苏联社会多次变革的一代,18岁离乡来到水电站工地,把"热情如火"的青春岁月统统献给了社会主义建设,安加拉河截流工程的一个混凝土方墩上还刻下过她的名字。然而,突如其来的社会变故彻底埋葬了巴舒达对美好未来的热切希望。"重建"的社会日趋功利化,人们的思想意识与行为日益物质化,金钱的恶魔陡然间被从社会主义紧锁的魔瓶中释放了出来。她成了这一变革时代的牺牲品,她因工厂毒气泄漏而中过毒,私有化后她几乎沦为低三下四的乞讨者。退休后的巴舒达在生活中失去了一切,她甚至无法把死去的老母亲安葬在公墓,而不得不偷偷摸摸地找人在城郊的荒野把老人家埋掉。"死无葬身之地"——是小说的经典性隐喻,表达的是新时期俄罗斯人残酷的生存现实。随着被挖掘的母亲的坟墓慢慢展现在巴舒达的面前,她似乎变傻了,人生意义丧失殆尽,人的精神存在几乎被榨干,"无论理智、感情、还是知识都不够用,一切都萎缩、衰弱、退化了。埋葬母亲之后,就该考虑自己的后事了"。第二年开春后,老人的墓地旁又出现了两个坟冢,其中的一座居然是当初帮助巴舒达掩埋母亲,却被无端杀害的年轻人。

成为巴舒达精神支撑的是她对亲切温馨的乡村老家的回忆。"天啊,现在要是在农村一切就简单好办了!……在乡下,苍天大概会稍稍降下天幕,对阿克西尼娅·叶戈罗夫娜(女主人公的母亲——笔者注)这位饱受苦难的劳动妇女表示哀悼,树木也会摇曳着树梢向她告别,微风会轻轻地掠过,让每株小草向她致以最后的敬礼"。这是她心中仅有的,由对回归大自然的向往带来的一丝暖意,一抹温柔。那满眼苍翠、微风习习、小草碧绿的乡村才是84岁的老母亲得以安息的归宿,更是能将巴舒达与一个污浊的世界隔离开的乐土。拉斯普京用独特的大自然编码方式抒发了女主人公对代表着原始、真诚、纯洁、美好人性的农村大自然的一种向往。

巴舒达在扫墓后的"回家途中,走进了一座教堂,她第一次独自站在圣像下,吃力地举起一只手画十字……教堂里纯正地回旋着热忱而美妙的歌声……"一生窘迫、物质与精神双重贫瘠与苦难的女主人公最终找到了她的精神家园——教堂,似乎那才是她的,或者更准确地说,是作家的唯一的心灵圣地,对文明社会失掉信任之后的最后的隐遁和栖居之所,一条通过信仰达到精神超越的途径。拉斯普京礼赞被宗教所激励的虔诚,咏颂一颗皈依宗教的心灵,这是他将无情的现实转换为精神乌托邦的艺术途径,是他由经验转向超验的文化寻根。

立场的分化和价值观念的混乱在苏联解体后的文坛是一个有目共睹的现象,很多作家放弃了思考的权利而冷眼旁观甚至随波逐流,而拉斯普京的文化立场是非常鲜明的,他担当起了社会批评的责任,对俄国社会时弊作出了斩钉截铁、一针见血的剖析与批判。他仍然把此当作作家在新时期的使命,再次打出了回归自然与宗教的一面"道德理想主义"的旗帜。

《农家木屋》是90年代末拉斯普京表达"回归传统"旨意的另一篇力作,承继了《告别马焦拉村》《失火记》中文化传统"沉没"之后农村人命运的悲剧性命题,在日常生活与生命存在这两个层面展开了俄罗斯"农家文化"承载者阿加菲娅的生命进程。

小说时空还是当下的安加拉河畔乡村,主人公还是一个乡村老妇。作品自始至终、精心描绘的是非常饱满的乡村生活的独特意象:农家木屋,木屋里的歌声,充满神秘之火的古老的俄式火炉,被熏得乌黑、像老兵一样的茶炊……作品中弥漫着一种浓郁的俄罗斯农家的文化气息。这种气息不仅得力于对这些意象的描写,还生发于作家内心的、一种挥之不去的体现在小木屋和女主人阿加菲娅身上的民间精神文化。

阿加菲娅的日常生活被理解为一种合乎理性与生命逻辑的秩序,是对一个保留了民族生活方式和精神传统的人人生经验的指认。这种人生经验不仅体现在她健旺的生命中,更体现在她一生都恪守的民间农家的生活方式中:辛劳一生,不畏艰辛,顺从忍让,坚韧不拔,乐观豁达。阿加菲娅婚后不久丈夫就在战争中阵亡,兄弟也死在战场。女儿沦落、父母双亡、疾病缠身的阿加菲娅早早地憔悴、衰老了,但她没有倒下,只要朝安加拉河望上一眼,她就有了力量和耐心。那河流是滋润心田的泉液,是温柔之源。退休后,她一人养牛、喂猪、养鸡、种菜、割草、猎兔,微薄的24卢布的庄员退休金她还能节余下来寄给城里的女儿。生活尽管庸常、平凡、艰辛重重,似乎也缺乏诗意,却洋溢着生命的美丽,印证着恪守民族文化传统的生命力的强大,张扬着一种具有永恒意义的生命存在。

在50年的生命中,她"一直抓着过去不放",尽管"只抓住了一个边角,但还是抓住了"。这过去就是祖祖辈辈尊崇的生活方式,就是木屋里的生活,炉火旁的歌声,相互心灵的倾诉。阿加菲娅的思想意识与行为是由一种土地耕种者的整个生活方式形成的使命感决定的,这是对土地的、对大自然的、对农民先辈的、对家庭的使命感。它与违反自然规律、破坏生态、毁损民族文化传统的文明发展进程背道而驰,成为一种追求真正人生价值和意义的生命实践和历史进程。这种生活方式永远不会陈旧,"就是一百年之后,这种生活好像也不能被称作古老的历史,它始终是茂盛的,始终在浮向表面,……在迎风飘扬"。正是这种生活方式和观念文化陶冶了俄罗斯民族忧患的心灵,造就了其坚韧无比的性格。

如同在《告别马焦拉村》中处于小说核心的不是女主人公达丽亚,而是马焦拉村一样,小说中处于情节结构、意义内涵、象征语义叙述中心的也不是女主人公阿加菲娅,而是农家木屋。两者都是大地母亲、大自然母亲、农民"心灵宇宙"的形象。小说以小木屋的形象起始并终结,全篇小说的冲突、波折,整个社会生活的、日常生活的和生命本体的命题都与这个小木屋形象有关。木屋不仅仅是阿加菲娅生命存在的见证,更是她爱的维系,重建木屋的念头使她有了少女恋爱时代那种"陶醉的冲动"。木屋寄寓着熟识、亲近、眷恋、舒适等情感性因素,诱发着乡情和亲情,忆旧感与家园感,那是"澄明之境""极乐之境"。正是这间木屋才得以让阿加菲娅规避浑浊的世界而保持了一角清明,保持了其淳朴、率真、宁静之性,善良、坚韧、豁达之心。它是受苦受难者最后的安栖地,他们心灵安憩的家园,农家木屋总以它的宽厚、博大善待来自各方的受难者。农家小木屋连同它的"生平经历""肖像特征""内心生活"成为小说中心的神话诗学形象。

这一神话诗学形象在作品中被高度性灵化了,成了"人物角色",精神实体。这种性灵化包含着"人化"与"神化"的两个方面。"人化"的境界不是将屋拟人化，而是木屋本身就透着一股人的灵气：它是一个可解人意、与人声息相通、心灵交融的生命体，透着温情，坚守着自尊、坚贞、慈爱、忠诚的品格。"木屋不大，很旧了……它衰老了，变得孤身一人……但是，木屋仍在使出最后的气力，保持着自己的尊严，端庄、崇高地站在那里。不让窗玻璃受到抽打，不让长着花楸和稠李的小园子受到摧残，宽大的栅栏没有被荨麻所覆盖，还像女主人在家的时候那样，燕子继续在屋檐下做窝，并伴着水面上的落日，亮出甜蜜、悠长的嗓音，歌唱着生活"。它"像是有一道无形的墙阻隔了一切声响，荒凉抚慰着心灵，带来安宁，会把人领进一种甜蜜的、悠远的沉思状态"。而所谓"神化"就是把木屋同时理解为一座不言不语、神秘莫测、具有崇高感的圣殿。在这里容不得丝毫的亵渎、玷污，它让人肃然起敬，敬仰崇拜。"人们认为，是女主人本人，即阿加菲娅老婆子，一直在守望着这间木屋，她不让任何人长时间地待在她的木头宫殿里"。阿加菲娅死后，木屋中不断有奇迹发生：曾经漏雨的过道上的窟窿不知怎么地就被堵上了；秋天，屋顶上突然会发出像榔头敲打那样的声响；被一对酗酒的年轻男女烧着了的木屋"居然自己战胜了大火"；木屋迎来了春秋，送走了冬夏，人们在这里可以思考，可以看到世界疲惫的身影，可以充分地叹息，可以感受那没有穷尽的一种顽强、坚韧。小木屋以其永恒的威严与社会对峙，它让一切属于人的伟大、智慧、创造在它面前现出世俗、卑微，它赋予人智慧、思想、力量，成为上苍之力对人的力量和品格的考验与确证，成为对人启示的"上帝"。

作家在《伊凡的女儿，伊凡的母亲》中以对俄罗斯社会现实的揭示与认识为基点，将其与世界文明进程中发生的事件相勾连，作出了当代世界是一个"似乎倾斜的，在大地上失去支撑的世界"①的悲观的结论。拉斯普京以"伊凡"作为俄罗斯民族的指称，以老少伊凡的女儿、母亲的塔玛拉·伊凡诺夫娜的不幸命运为主线，表现俄罗斯民族在 21 世纪的精神苦难，再一次传递出俄罗斯民族得以生存、延续、强盛的要义在于对精神文化之根坚守的理念。

①　[俄]拉斯普京著，石南征译：《伊凡的女儿，伊凡的母亲》，人民文学出版社 2005 年版，第 1 页《致中国读者》部分。

　　拉斯普京在这部作品中毫无讳饰、淋漓尽致地诉说着21世纪俄国现实生活中精神颓废、文化堕落的现实:社会扼杀了真善美,生活中翻涌的丑恶达到了疯狂的地步。当年的少先队电影院成了"少年瘾君子和雏妓的老窝",录像放映厅里所放映的"电影"只是那种"关了灯才能看的东西",游手好闲的少年在街心花园撒尿、吸烟,在以前散场时供观众走的宽大水泥楼梯上,把小女孩们领下来,就像从鸡架子上挑选鸡一样,晃晃悠悠地把她们带进"少先队电影院"。被灌上啤酒和白酒的塑料瓶"成了成年叔叔婶婶们的奶嘴",人们喜爱的演员"简直像一群魔鬼,他们的脸歪斜而松弛,眼睛和嘴描画得那么丑陋,他们扭捏作态,说着俗不可耐的绕口令"。学校里闯进了小偷,学校如同换新家具那样弄出一些新的学科,而本国文学、历史、俄语却被挤到一边。市场上充满了欺骗,野蛮群殴的事件时有出现。连州检察官尼科林也未能逃脱最终被杀的命运。"人们都在匆忙给窗子装铁栅栏,给门包铁皮,而富人们更是在两人高的钢筋水泥围墙上拉铁丝网,在墙角砌上小塔楼,派武装人员守卫"。而当局非但无法保护自己善良诚实的公民,却为恶推波助澜。老伊凡说:"政府呢,看看吧,这是什么政府,它给恶棍大开方便之门。"

　　拉斯普京说:"这是时代造成的,时代的罪过,……是它剥夺了我们的良知和脸面!"①作家对全球化时代空前膨胀的人类的"恶的文明"②充满了极大的道德义愤。"随着自由生活的来临,电视就像魔罐一样,源源不断地涌出乌七八糟的东西",银屏上的一部凶杀片甚至夺去了塔玛拉婆婆的性命。《泰坦尼克号》以盲目而暴戾的大浪和即将倾覆的海轮这样的场景"让观众体验那濒死的呼号所带来的快感"。戴安娜王妃当着痴迷于她的全世界的面背叛了丈夫,而她却明星般地大放光芒,而人们一次又一次把这位丢脸的王妃吹捧为自由的贵族女神。然而,她不仅把自己一个人送入虎口,而且带动千千万万渴望叛逆榜样的痴情女子走她的路。迪斯科舞会成了一种如同窥视癖的童稚病,而英语成了帮助茫然的一代人换一身毛皮的文化"饲养场"。"电子革命

---

　　①　[俄]拉斯普京著,石南征译:《伊凡的女儿,伊凡的母亲》,人民文学出版社2005年版,第1页《致中国读者》部分。
　　②　[俄]拉斯普京著,石南征译:《伊凡的女儿,伊凡的母亲》,人民文学出版社2005年版,第1页《致中国读者》部分。

把人淹没在虚拟世界里,把他改造成某种新式的、派生的、漂泊的东西"。拉斯普京认定,世界正在发生巨大而可怕的动荡,人类正在被西方的"拯救者"们进行可怕的族类区分,俄罗斯人民"就像被用作祭祀的牲畜"一样被赶上悬崖,接受最后的判决,对西方文明与价值观的尊崇正是全人类社会的悲剧。

塔玛拉是一个"靠森林与安加拉河养活的"西伯利亚农村姑娘,在城市谋生的日子里靠着严格的家教和正直、诚实的品性,没有"天真轻信",没有"轻率鲁莽",而是一步一个脚印地在生命的进程中艰难前行。她当过电报员,开过汽车,做过幼儿园的保育员。她尽管柔弱,但"学会了屈从,学会了相信",对生活逆来顺受,始终采取退避和忍让的态度,然而这未能阻止新的苦难的到来。她未成年的女儿遭到了流氓的强奸,更让她无法容忍的是,当她来到检察院了解对强奸犯的处理结果时,区检察长居然说,她的女儿有招惹强奸犯之嫌,根据是她并没有当众呼救,而是轻易跟着陌生男人去了她不该去的地方。弱者塔玛拉目睹了光天化日之下的杀人,黑天白日里的抢劫,泛滥于世的偷盗、强暴、迫害和人们自顾自四散逃命的现实,更看到了社会在不公、罪恶面前的无能。于是她带着枪来到检察院,亲手枪杀了罪犯,以自己的方式回应苛待她的那个社会。她拒绝律师,拒绝辩护,并不讳言杀人是为了惩罚罪人,她说:"我有罪,我不会反悔。……现在让我服六年苦役,但假如让强奸犯不受惩罚地溜走,对我来说,我一生的自由都将变成苦役。"

小说充满了被作家高度激化,但尚欠深化和诗化的愤怒。叙事人甚至不无赞许光头党徒对不良少年的殴打,他声称,"他们为了终止这些流鼻涕的败类的滋生,以自己的方式做了市政府应该做的事"。塔玛拉杀人被作家视作面对罪恶,为了捍卫生存权利与生命尊严的一种迫不得已的选择。与女主人公一样,作家无法克制心中的一股"恶气",他在与恶的交锋中显示出的复仇情绪极大地遮蔽了对社会、人性与法律关系的理性思考,这不能不是他对俄罗斯经典现实主义文学精神与魂魄的一种退变与背离。小说动情地写出了塔玛拉极端做法的种种合理因素,甚至从道德的角度对她的行为进行辩解,甚至表彰。塔玛拉被捕判刑,但杀人行为却得到了民众的同情甚至赞许,"全城都在谈论这件事。她是我们的英雄。……我们要凑钱请律师。需要多少,我们就凑多少"。"道德家"拉斯普京并没有看到,暴力惩戒的手段内含着剥夺他人生命存在的"凶恶",他也没能清醒地认识到,人们可以用暴力手段发泄心中的愤怒,制止一些人的暴行,可以让社会与人们从麻木中惊醒,但却绝对无法做到以此建立一种和谐、美好的人类关系,更无法实现按照他的意愿去建立一种新文化的目标。

作家不承认俄罗斯人精神与文化本质中固有的羸弱,而痛心疾首于俄罗斯社会与俄罗斯人的精神与文化的失落。小说高度赞赏塔玛拉和儿子小伊凡所坚守的俄罗斯文化传统强大的精神韧性,把他们看作是民族自救的真正希望。塔玛拉"在寻找赖以自救的坚强的过程中,越来越频繁地回忆起安加拉河边的家乡,那长满白桦树和松树的广阔牧场,那路旁的百花繁盛的五月稠李,那在村子里四处飘散的甜甜的香气,那落花时节街道上如暴风雪过后的一片洁白,那将大地孕育在腹下的高远的天空,那位于西边的浑浊而驯服的安加拉河的汛水,那荒凉的,却让人感到亲切的河岸"。塔玛拉代表了作家着力颂扬的俄罗斯女性精神,一种源于乡村文化和大自然的缓和男性世界凶蛮暴戾的情感力量,一种在浊世中保持自尊与清白的高尚品格。而少年伊凡"身上有一种已经化为筋骨的坚固内核"。与母亲一样,"他千百次地看过安加拉河流向贝加尔湖的强大水流,……他正在成熟以应对某些生疏的东西"。他丢弃了少时迷恋收集国王、天皇、王妃照片的爱好,他没有去学可以找到美妙而实惠工作的英语,而是选了他所热爱的法语,他对充斥着银屏的色情感到"恶心和羞耻"。"凡是人们为之发狂的东西,都会引起他的警觉"。他带回乡间的是纯真的俄罗斯文化:一本俄罗斯民间谚语和一本教会斯拉夫辞典。"让那永不熄灭的光辉照亮我的心吧","它,这个语言,比颂歌,比旗帜,比宣誓和誓言更强大;自古以来它本身就是不可摧毁的宣言和誓词。有它就有其他的一切,而没有它就无法保存最真诚的激情","俄罗斯的坚实似乎就植根于此。……缺少这一点他会迷失方向和丢失自己"。中学没有毕业的他不想再读大学,因为"那里既有苦役般的学业,又有化装舞会般的人际关系""那里不是了解世界的地方,而是贩卖虚荣与时髦的旧货摊与大市场"。伊凡最终找到了一个他热爱的"事业"——修教堂,整修人类的精神家园。

从《为玛丽雅借钱》《告别马焦拉》《失火记》到《下葬》《农家木屋》《伊凡的女儿,伊凡的母亲》,过往的阅读经验已为我们建立起理解拉斯普京小说基本的话语谱系：以文化精神束缚物质的俗世，以传统道德规范个性意识。凭借着它们，我们很轻易地就能为作品找到准确的社会、道德、文化命题的定位。

拉斯普京寻找俄罗斯精神文化根脉的新小说尽管显现出种种新质，但这位激情型和道德型的作家在试图重建他的文学价值体系的同时，也显出了审美观念的价值迷失，它们主要表现在以下四个方面：

其一，拉斯普京小说所反映和揭示的生活过于偏重现实生活中受苦受难、受伤受骗和被压抑被扭曲的那一面，忽略了生活的其他侧面，而在艺术上也采取了萃集苦难、展示悲哀的手法。这个一向对文学的消费功能忌讳莫深的小说家以其不变的愤激的内心，呈现了一个大大劣化了的俄罗斯当今社会与人的世界。高度压抑、苦难的后苏联时空中充满了猜疑、仇视、背叛、唯利是图，还有绝望与死亡。这种认识上的偏狭限制了艺术概括的深度和广度。忧愤，但不深广，有不幸的命运和悲苦的生活，但缺少悲剧型的性格、事件，是一种苦难生活的浮泛描写，没有陀思妥耶夫斯基揭示人灵魂深层邪恶的力度，也缺少了托尔斯泰人性分析的哲学思考。拉斯普京仍然只能从一个角度，社会政治和伦理道德的角度，而不是从多个角度去反映苏联解体后的社会现实，他只能把道德的观点作为他表现的焦点。历史的演进是否必然会带来人们道德水平的下降？社会的转型是否必然会导致"古老而美好"的伦理观念的解体和趋实尚利世风的蔓延？诚挚的人情是否只适应于闭塞的自然经济环境？拉斯普京没有，也无法回答这些小说家不应该回避的人类文化历史发展的共同命题。所以拉斯普京新时期小说创作的新质还无法担当得起真正"哲理的""历史文化的""全人类价值的"评价。

其二，小说中落后、封闭、几近凝滞的宗法农村文化没有随着社会的变革而同步变化。故土，大自然，古老的房舍连同那里年迈的老人，始终作为拉斯普京的审美理想渗透在作家创作意识中，浸淫在他的文化心理和小说结构中。这个荡涤了卑污和冷漠，寄寓着理想和道德的宗法农村文化在小说中被拉斯普京赋予了一种浪漫主义的表达。马克思与恩格斯在谈及这种浪漫主义时曾指出，它是"反对当代不稳定性、内在空虚、精神萎靡和不真诚的斗争"，但他们"对现代的批判是和颂扬中世纪这种完全违反历史的做法紧密地联系着的……过去至少社会发展的某一阶段的兴盛时代使他欢欣鼓舞，现代却使他悲观失望,未来则使他心惊胆战"①。作家向往的不是未来,而是往昔。正是对"往昔"的追思与眷恋才酿成了作家的强烈的"怀旧"意向。这种怀旧是一种规避,是对社会现实发展进程的规避,是对民族文化转型期新文化景观的规避。作家以既定的思维模式和既定的价值观念,以不变应万变的创作与人生态度,应对已经发生了巨大变化的社会现实。作为一股文化思潮,"新根基派作家"对传统农村生活方式理想化的咏赞已远远超出了文学的界域,成为他们文化保守主义的思想根基,其中不无反现代文明的精神文化内涵。依托于大自然的乡村文化和乡村人在作家的小说创作中已不仅仅是描述和表现的对象,而成为一种审美的唯一的价值判断依据。

其三,拉斯普京在感情上始终难以认同城市,难以认同物质文明相对发达地区的精神文明,在血缘上和精神上始终同农村——故土保持着无法割舍的联系。他宁愿认可那里的贫穷、艰辛,也不愿意看到或者看不到那里还有愚昧、落后、保守的一面。在他的主观感受中都市文明始终有一种"异己感",尽管是城市改变了他的生活和地位,但来自农村的根性非但没有使他认同于城市和城里人,反倒在城市的喧嚣、冷漠、嘈杂及城里人的自私、无情、功利的映照下,更映衬出故土的淳朴、厚道、温馨。城乡的比照屡屡出现在他的笔下,乡下人的生活在过滤掉那些置身于沉重、艰难的生存现实后,越来越变得纯净、高尚、美好起来,从而与都市生活和都市人的精神缫绁形成强烈的反差。美国的未来学家比林顿在《纽约时报》的书刊评论栏中说,拉斯普京"关注的中心是一两个处于生命中转折关头的普通的人。而后面的背景——西伯利亚的森林和河流,如同穆索尔斯基歌剧中的合唱"②。

其四,假如说,在七八十年代,拉斯普京尚能对时代与历史的理性思考、主观倾向借人物、场景与情节较为自然地传达出来的话,那么进入90年代后,他似乎无法将一种理性的认识化为一种艺术的形象显现,往往通过内心辩驳和公开议论的政论方式来传达。他多次强调政论在小说创作中作用的话语便是

---

① [俄]里夫希茨编:《马克思恩格斯历史论艺术》(第二卷),中国社会科学出版社1983年版,第215、221页。

② Огрызко Вячеслав В.*Кто сегодня делает литературу в России*.Выпуск 1.Современные русские писатели,М.Литературная Россия.2006.С.322.

他对这种写作方式的辩护词。鲁迅说过,"一切文艺固是宣传,而一切宣传却并非全是文艺……革命之所以于口号、标语、布告、电报、教科书……之外,要用文艺者,就因为它是文艺"①。拉斯普京的创作观念过于专制,没有给读者留下足够的思维空间,他依然把文学当作一种手段、工具来理解,当作他实现理性与精神彼岸的一座浮桥。他坚信,文学不仅仅在比喻的意义上,而是真的可以成为一种语言,成为社会和民族理性思考和探索的一种工具,宣传一种道德理想的手段。他终生都在寻求能够在他小说创作中显现俄罗斯传统宗教、文化中的神性。其实,对于他来说,文学已经成了一种宗教式的精神依托。他以自己特定的方式小心翼翼地维持着社会与民族的道德疆界,阻止外界各种可能的杂质的侵入。他依然停滞在当初政治文学精神的余音回响中,拒绝修正自己的理念,调适文学与社会、文学与人的关系。

"寻根小说",不管它如何试图挣脱社会主义现实主义的藩篱,都是在苏联社会认可的政治框架中展开的,从一开始它就没有明确的政治的和社会的诉求,只是希望在政治之外寻求社会、民族与文学发展的思想与历史资源。苏联社会是寻根文学产生的基本时空,寻根文学之所以能取代政治激情而成为思想与文学的兴奋点,主要原因仍在于它的兴起和发展是当时的政治格局所赋予的,它适应了纠正时弊、改良社会政治、道德,让文学走出窠臼寻求新路的需求。它对于当时的主流政治与主流文学既有反拨的一面,又有顺应的一面。作家对主流文学的反拨,是对政治功利目的的强加和对既有艺术规范迁就的反拨,他们对主流文学的顺应是对作家神圣职守的主动承担和对艺术教谕性的认真维护。对受制于时代和主流意识形态的文化立场拉斯普京从来就没有否认,拉斯普京关于《失火记》创作过程的表白很能说明问题,他说:"我曾两次开始这部小说的创作。第一次是在我们充满了希望的安得罗波夫上台的那年。更新似乎是必然的,但要想按照事件发生的印迹来写小说,让它成为所发生的一切的回声,当时的体制是不允许的。于是我停笔了,情况就是这样的,等情况恶化了再说。那个时刻终于来了,于是我才又开始写这部中篇小说。"②。

---

① 《鲁迅全集》(第四卷),人民文学出版社 1981 年版,第 84 页。

② Огрызко Вячеслав В.*Кто сегодня делает литературу в России.* Выпуск 1.Современные русские писатели,М.Литературн ая Россия.2006.С.322.

此外,"寻根小说"在文化价值的判断上有两个先天的不足。其一,它没有坚定而明确地处理好"失落了的传统"与当代文化、当代文明社会的关系。它只是一味地强调民族历史文化传统的价值,却回避了或没有回答为什么当代文化、文明社会不能成为当代文学之根这一非常重要的问题。这说明,作家在追寻与回归中所采取的是一种纯粹的历史思维方式,换句话说,是一种静止、凝滞的思维方式。他没有对当代文化、文明社会予以必要的和基本的价值分析和判断,而是一味地抬高传统的价值。1999年,拉斯普京在回答文学"从哪里获得力量"来实现民族的精神理想这一问题时说,"从普希金和陀思妥耶夫斯基,从丘特切夫和施缅廖夫,从格林卡和斯维里多夫,从库利科沃原野和博罗季诺战役,从1941年12月莫斯科城下和1942年11月斯大林格勒城下,从重修救世主大教堂,从一个蕴含着永恒罗斯的农村小伙子的纯洁的双眼中……"①。其二,对于任何一个民族的文化传统而言,它都有精华与糟粕的两个部分。寻根小说却只有对俄罗斯乡村文化的认同与师承,而从来不言及扬弃,从来不触动深固着的民族传统积弊。俄罗斯的寻根小说远没有中国寻根小说那种对久远的民族传统和文化心理积淀的反思,没有把眼光投射到传统的文化心理结构和当代民族心理结构的差异与变化上,没能把笔触挺进到民族"集体无意识"的形而上的层次。拉斯普京的那种文化的寻觅与回归是线性的、一维的、相对浅表的。他甚至不如舒克申,因为后者始终是以"一只脚在岸上,一只脚在船上"的都市人与乡村人的两重身份来对农村文化传统进行审视的。因此,我们有理由说,以拉斯普京为代表的俄罗斯当代寻根文学的时代局限与自身不足决定了它对当代俄罗斯文学的变革性价值和深刻意义都是有限的。拉斯普京已有的文学实绩并不能掩盖其创作后继乏力、行至不远的窘态。

最后还有一点要提及的是,"新根基派作家"拉斯普京的民族主义情绪是强烈的,这导致了他在小说创作中对异域文化的排斥,这尤其体现在对中国社会发展的认识上。拉斯普京对近几十年来突飞猛进发展的近邻中国的情感是

---

① Распутин В.*Делайте главное*,*берите лучшее.Разговор с писателем.*// Роман-газета XXI век.1999.No.1.С.6.

复杂的。作家在长篇小说《伊凡的女儿，伊凡的母亲》中文版的致中国读者的前言中说，"这是一个正在紧追美国的蓬勃发展的国家，那里有空前的建设高潮，有向宇宙的迈进，以及十三亿人民"①。然而，在这不无空泛的赞佩的后面，我们在他的小说中看到更多的却是一种对类似"异族入侵"的担忧与警惕，在他的如《下葬》《突如其来》《伊凡的女儿，伊凡的母亲》等多部中短篇小说中时有类似的情景与描述。"微笑着的中国人和阴沉的高加索人，他们已经张开了一个蛛网，当地的老实人非常轻易、非常愚蠢地就陷进去了""中国人比较狡猾，高加索人比较蛮横，但他们都把自己当成主人，意识到自己的力量与权利。受他们摆布的不仅是当地推小车的喽啰们，他们对这些喽啰很无礼，受他们摆布的还有货摊外面所有的人，哪怕是绝顶聪明的人"②。俄国今天的农村"已经属于无人管理的状态……愿意的话——宣布成立自己的独立王国；愿意的话——可以让中国去管理"③。伊尔库茨克的"上海"市场里充斥着中国货，"铁钉与火柴，铅笔和线头……全都是从中国运来的。所有的东西都不结实，一用就破，一使就坏，就会变成一堆破烂，也就是说，需要不停地更换。低劣的质量对中国人有利，对'倒爷'们也有利，似乎，对伊尔库茨克也有利"④。我们并非说，在俄国的中国人及中国的商品并非没有可挑剔之处，但问题在于能否由此表达中国，这个"向宇宙迈进"的"蓬勃发展的国家"最有价值的文化和精神内容。拉斯普京把俄国市场化进程中难能避免的一些现象有所择取地在小说中录下，谈不上思想宽大、见识明达，在我看来，却是一种民族主义情绪的作祟。

（本文原载《俄罗斯文艺》2008 年第 4 期）

---

① ［俄］拉斯普京著，石南征译：《伊凡的女儿，伊凡的母亲》，人民文学出版社 2005 年版，第 2、186—187 页。

② ［俄］拉斯普京著，石南征译：《伊凡的女儿，伊凡的母亲》，人民文学出版社 2005 年版，第 2、186—187 页。

③ ［俄］拉斯普京著，任光宣、刘文飞译：《幻象——拉斯普京新作选》，人民文学出版社 2004 年版，第 153、226 页。

④ ［俄］拉斯普京著，任光宣、刘文飞译：《幻象——拉斯普京新作选》，人民文学出版社 2004 年版，第 153、226 页。

俄罗斯民族历史的"文化寻母"

——乌利茨卡雅长篇小说《美狄亚与她的孩子们》中的女性话语

　　进入 20 世纪 90 年代,女性作家群的形成与女性文学的崛起成为当代俄罗斯文学的一个亮点。作为一种文化立场的女性主义已经成为一部分女性作家创作的共同特征。她们希冀用女性独特的视点、女性独特的文化立场来赢得女性在历史言说中的权力,书写几百年来未被揭示的女性生命体验。俄国 1997 年莫斯科彭内奖①与 2001 年布克文学奖②得主、当代俄罗斯女作家柳德米拉·叶甫盖尼耶芙娜·乌利茨卡雅就是其中最值得关注的女作家之一。

　　乌利茨卡雅是写女性生活状态的作家。她始终以一种温和善意的个性笔法,关注普通女人的生活遭遇与生活状态。这些遭遇与状态无不与生命进程中女性自我生存的基本问题及她们的自然需求有关。在《美狄亚与她的孩子们》中女作家继续以往气质化的个人写作风格,但在延续一贯的生动写实与道德寓意相辅相成叙说的同时,凸显了强烈的文化思绪,表现出强烈的俄罗斯民族历史的"文化寻母"意识——即在女性生命史中寻觅民族历史文化源头的审美追求。乌利茨卡雅通过对古希腊神话原型文化历史意蕴的当代言说,对俄罗斯民族生存历史中女性本源的探寻,对民族生存伦理中女性道德自主理念的揭示,实现了女性形象由"他者"叙说向自主自为的女性当代创作意识和创作实践的转换。

---

　　① 1996 年由俄罗斯作家协会与意大利地区性文化团体共同设立,由专家与读者共同提名推选的文学奖项。

　　② 1991 年由英国公司设立,专门奖励有广泛和重大影响的长篇小说的文学奖项。

一、神话模式的重构及女性主义的文化意蕴

长篇小说的故事叙述与主题表达都借用了古老的希腊神话模式。小说中集聚着像美狄亚、奥林波斯山、酒神狄奥尼索斯、奥德修斯、鸟身美人头的哈尔皮厄斯、忠实的佩涅罗帕等这样一些神话原型形象。乌利茨卡雅在小说中以美狄亚为核心人物张扬了一种独特的女性意识与女性精神，作品的多种审美意蕴使小说获得了丰厚、强大的文化张力。

古希腊神话中的"美狄亚"是一个妖魔形象。这个善巫术的女神因为爱杀死了自己的弟弟，并把尸体切成碎块扔进河中。美狄亚在成就了爱人伊阿宋的英雄伟业之后，却遭到他的抛弃。美狄亚气愤之极，在伊阿宋新婚的时候，送给新娘一件毒衣，新娘穿上后立即毙命。为了不给丈夫留下一点儿盼头，美狄亚还杀死了自己的两个儿子。古老希腊神话中的美狄亚是一个依附男性，视爱情为生命唯一的女性。她因被情欲折磨而丧失理智，不惜残害兄弟以及女性同类，还杀死亲生儿子，背叛祖国。作为自身情欲的受害者，美狄亚不相信世界有恒久的感情，更不相信会有最终的理智。这是个绝望的情人，恣肆情感而泯灭理性，逃避责任，弃绝义务，犯了背叛祖国、逆父杀子、忤逆道德之罪。神话说明人在自身价值的失落中会丧失任何道德价值的支撑。

在《美狄亚与她的孩子们》中，乌利茨卡雅对传统的神话模式进行了重构并进行了新的文化诠释。女主人公美狄亚·西诺普里是一个居住在俄罗斯克里米亚海岸的希腊族后裔。少女时她在情场上一无所获，圣像一般的面容，胸平体瘦的形象，没能吸引任何的追求者。婚后26年的夫妻生活也没有给她带来后代，从丈夫去世起，她便开始了漫长的寡居生活。她的人生中弥漫着女人的痛苦、惆怅、悲哀与无奈。但这一切，包括最让她痛心的丈夫的背叛也没有使美狄亚的心灵变得焦躁不安，她的情感世界丝毫没有因此变得孤寂、凶恶与残酷。过往的痛苦与怨艾都因最终历史尘埃的落定而消解，曾经沉重的身心也在和谐宁静中得到了缓释。

小说中的美狄亚在情感和意志的强烈方面丝毫不逊色于古老神话中的美

狄亚,却拥有后者所不具备的正义、责任感和母性情怀。小说中的美狄亚与神话中的美狄亚都没有自己亲生的孩子。前者是生理使然,后者是自己杀害了孩子。两个人都经受了丈夫的背叛。神话中的美狄亚残酷地报复自己的丈夫,用自己孩子的生命为代价,显现出人物性格内在的巨大悲剧性。而小说中的美狄亚受到的打击更是双重的,因为丈夫与之一起背叛的女性竟然是她的亲妹妹山德拉。这不仅仅是背叛,更是对上天伦理的伤害。但美狄亚却把自己的初恋、自己的心及一切的一切都毫无保留地给了丈夫。她始终都是一人之妻、一人之媍,始终保持着心灵的安宁、静谧与和谐。

"美狄亚"不仅是女主人公的名字,还是她生于斯长于斯的地方——黑海岸克里米亚古老的费奥多西亚镇的名字。作为小说的另一个重要的主人公,它如同生活着奥林匹斯诸神的奥林波斯山一样,在整部小说中具有重要的神话象征意义。它不仅是美狄亚生活的地方,更是"宇宙、星球、白云、羊群等万物为之运转的稳固的中心",是大地中心的一块"圣地",是一个伟大的、充满世纪沧桑的历史文化框架。在这个有声有色、充满生命和谐的大自然世界中,早先居住着西徐亚人、希腊人、鞑靼人、犹太人,后来又有了亚美尼亚人、哈萨克人、德国人、意大利人,这里有来自乌克兰和西伯利亚的移民,有来自莫斯科、列宁格勒、第比利斯、维尔纽斯、塔什干以及不知从地球上什么地方来的客人,这里有清真寺与耶稣教堂,还有犹太教与天主教堂,从这里离去的人们遍布俄罗斯和世界各地。黑海岸的克里米亚是人类生存地域的一种象征,是俄罗斯大地上的一颗古老希腊文化之种,一个离上帝最近的神圣的地方。它远离政治的漩涡,躲避着都市的喧嚣,清净、安宁,无论在战火纷飞的年代,还是在政治斗争的峥嵘岁月,曾经拯救、庇护过无数俄罗斯的子孙后代。它在20世纪尽管得不到人们的爱护而充满忧愁,但历史的神灵却不愿离它而去,春色满园的景物中的每一块石头、每一棵树都会触动人们古老的历史记忆。

"美狄亚"其人、其地成了一种人类的文化符号,被赋予了永恒的生命。美狄亚地域的美色令人心醉,但更让人心醉的是那未经尘世浸染的尽美尽善的美狄亚的魂魄。那个多年守寡、始终没有改嫁的希腊族人西诺普里和她的后裔成了当地风景和精神文化的一个重要组成部分。"美狄亚"不仅仅是静止的人名、地名,而首先是一种精神文化的标志,成为女主人公人生萍踪浪迹的极见情味的景观,它浸染着她的品格情愫,被赋予了她的灵魂和性格。乌利茨卡雅用充满诗情的笔触,叙述了克里米亚"美狄亚文化"的融合、重塑、构造、完善的发展历程。它是古希腊文化与现代俄罗斯文化、本土文化与异族文化的融合,是苏维埃时代意识形态化与反意识形态化碰撞后的重塑与再造。

女作家没有拘泥于对精神文化的揭示,而是从细微的日常生活中发掘出这种精神文化的血肉——使它保持常新、常鲜的物质文化征象。美狄亚的一切都被赋予了重要的自然与物质特征:用天然石头砌成的厨房,用泥土铺成的地,小小的窗棂,挂在墙顶的干草,安放在木架上的铜制用具,陶制的罐,煮饭的生铁锅,腌渍茄子的大木桶,房顶上晒制的水果,三脚桶里煮着的衣被,美狄亚19岁当姑娘时捡到的、30年来始终戴在手上的一只金戒指,祖父哈尔兰皮的老式烟斗,不同历史时期的邮票,用香烟锡纸包着的30缕一周岁儿童出生后剃下的各种颜色的胎发……作家通过对这些琐细零碎的物件的叙说,道出了质朴而又崇高的俄罗斯民族文化精神的物质支撑:对一脉相承的历史文化传统的永恒的记忆。

西诺普里家族的女人们生活健康、明朗而又自然,没有那么多人为藩篱的约束,她们善于与异性相处,崇尚古老的抒发自由情感的方式。小说中的山德拉、尼卡、玛莎、犹太女骑手罗莎等众多女性是古希腊神话中狄奥尼索斯酒神精神的现代版。狄奥尼索斯的欢乐精神让生活在克里米亚岛屿上的女人们获得身心的彻底解放。美狄亚的妹妹山德拉和犹太女骑手罗莎,一生都在变换着职业与男人,多情的尼卡与玛莎始终把诱惑男人当作生命中重要的精神食粮。美狄亚深藏着不可外扬的两个家庭秘密之一就是母亲年轻时与一对兄弟的恋情,她是带着身孕从格鲁吉亚的巴统嫁给她的父亲格奥尔吉的。乌利茨卡雅笔下的这些"奥林匹斯女神"决不接受"父式爱情"的霸道与悖谬,她们绝对是女性个体自我存在的典范。她们都不是传统性别模式中"沉默的他者",而是传统文化生态中以男性为表象的文化本体的叛逆者。作家以直觉、细腻的体验和毫无顾忌的表述,充分展现了女性本来被遮蔽的欲望、狂浪放纵的生活方式和鲜活炫目的生存状态。

即使是死亡也像新生命的诞生一样充满了崇高的色彩。美狄亚丈夫萨穆伊尔的死是被作为一种崇高的、体验了人间爱的幸福、与大自然融为一体的人生结局来描写的。越接近死亡,他的精神与灵魂通过他的那张安详的脸也就越发显得崇高与美好。在他生命即将结束的时候,美狄亚仍静静地享受着丈夫的存在,享受着一种自然的安谧与宁静。玛莎的死是小说最具浪漫色彩的片段,临自杀前她在梦幻中与在车祸中丧生的父母相遇,与天使邂逅,在雪绒花汇成的乐曲中从阳台上跳下,宛若张开双手穿过飘落的白雪的飞行。美狄亚在漫长的人生中也已经习惯于忍受死亡,一次又一次地平静而又庄严地守着尸身生活,伴着喃喃诵读的慰灵圣诗,伴着毕剥作响的摇曳的烛光。

神话原型从来就是人类永恒的精神文化结晶,精神力量的一种源泉,但随着历史的进展它们需要不断予以重新审视与评价。乌利茨卡雅剔除了古老神话中美狄亚施恶作孽的妖魔成分,张扬了她源于生命本源的爱的神力,赋予她纯洁、忠诚的品格及慈善、宽大无比的圣母般的胸怀。这个处于小说审美时空中心的艺术形象被赋予了一种独特的庄重与神圣感。乌利茨卡雅似乎在用女主人公崇高的圣母玛利亚精神、无比的同情心和善良与古老的美狄亚神话进行论争,女作家在对世界与生活新的理解的基础上创造了 20 世纪关于美狄亚的新的多元神话:她既在用女性心灵中的宁静、和谐与爱来战胜世界的喧嚣、混乱与罪恶,还在用古希腊神话中的狄奥尼索斯精神针砭压迫女性的流弊,昂扬女性身心的自由。她用 20 世纪的美狄亚比喻俄罗斯女性,让微弱的、非主流的、被淹没、被忽视、甚至被恶俗的声音响亮起来,这本身就带有强烈的女性主义历史学的意味。

二、俄罗斯多民族的文化史也是一部女性史

长篇小说《美狄亚与她的孩子们》的情节主线是美狄亚及其西诺普里家族的生命史,同时还是黑海流域俄罗斯多民族的生存史,充满动荡的 20 世纪俄罗斯社会的变迁史。这部生命史、生存史和变迁史同时也是一部女性的生命遗传史、生活苦难史、人生奉献史。乌利茨卡雅从传统的社会主流和男性中心价值判断中独立出来,高度肯定女性在延续生命、拯救家族、承继民族文化中巨大的历史作用,是长篇小说中女性话语的另一个重要构成。

美狄亚的老祖父哈尔兰皮·西诺普里早先的妻子们六次生育,竟然没有一个存活的孩子,只是因为第二个妻子的吃斋行善,向上帝许愿,到基辅朝圣,西诺普里家族才有了一根独苗——美狄亚的父亲格奥尔吉。而在格奥尔吉迎娶了虔诚的耶稣教徒、美狄亚的母亲玛蒂尔达之后,西诺普里才开始了他们家族的兴旺史。是女性永恒而伟大的上帝信仰振兴了这个家族。祖母把她的小耳垂和夜视的特异功能留给了美狄亚和她的后代们,玛蒂尔达不仅把红色的头发遗传给了所有孩子,还给了他们坚强的性格与杰出的才干。西诺普里家族强大的生命遗传使得他们没有被其他血缘融合,其子孙后代没有被残酷的年代所吞噬。小说从生物遗传学的角度说明,哈尔兰皮·西诺普里后代五光十色的生命与人性光辉在很大程度上归功于那来自女性的遗传因子。

女性从来就不是孤立存在的,女性的苦难和女人的独立都是俄罗斯大历史的组成部分,女性的历史在本质上也是人民的历史。女人的声音必定是历史的回声,不可能超越时代与历史。在社会历史的变迁中,在整个民族遭受苦难的时候,女性的苦难往往是首当其冲的,她们背负了太多原来不该由她们背负的苦难。女性的生存真实是不容忽视与忘却的,她们伟大的生命光辉是无法遮蔽的。小说中女主人公美狄亚似乎没有进入社会生活,但她的个人经历,幸福与不幸,所承受的苦难,程度不同地都与社会与历史勾连。16 岁时,美狄亚的父亲、皇家军舰机械师格奥尔吉·西诺普里因有人蓄意制造的"玛丽亚皇后"号军舰的炸弹爆炸事件而身亡,9 天后母亲去世。父母双亡后,西诺普里一家剩下了 13 个孩子:5 个哥哥姐姐,7 个弟弟妹妹,美狄亚排行第六。她从此便担当起关照兄姐抚育弟妹的重任。国内战争期间,她的大哥被红军打死,二哥被白军杀害,从此家人天各一方。她的丈夫萨穆伊尔·门德斯曾经是一个职业革命家,却因为 20 年代初无法容忍余粮征集队枪杀妇女、儿童的血腥手段,而患上了神经衰弱症。第二次世界大战期间,她的一个弟弟被法西斯枪杀,另一个弟弟被苏维埃政权迫害致死。正如为山德拉的孙女玛莎治病的一位犹太医生所言:"苦难会毁掉一些人,但也会造就另一些人。"①苦难造就

---

① 乌利茨卡雅著,李英男、尹城译:《美狄亚与她的孩子们》,昆仑出版社 1999 年版,第 185 页。

了美狄亚伟大的人格,一生中她始终深爱着故土、祖国、亲人,尽职尽责地做好镇上医院医士的工作。她的这种没有福乐荣耀作引诱的人格是高度含蓄内敛的,是以一种深藏着的生命潜流的方式默默地散发其魅力与馨香。承载这种伟大母性品格的是一种蕴藏在俄罗斯民族心理中圣洁的宗教信念。

尽管在革命胜利后的新世界宗教已被取缔,美狄亚却自始至终仍然保留着对上帝的虔诚,始终怀着与先人一样的真诚与上帝交流。永恒的宗教信念战胜了世俗生命中的怠惰劳碌,信仰缺失,不和谐和残酷。每天早晨,她都会默默地祷告自编的"清晨规则",乞求神灵的保护,接受一天所有的劳累、烦恼、无聊的闲谈与晚间的疲惫,高高兴兴从早到晚,不会发火,不会生气。每天临睡前,她都要念叨自编的祷告词语,接受新的一天将带来的所有劳累、烦恼,不生气不焦躁。去教堂的时候她总是遵守各种教规与戒律,虔诚地祈祷。这个"像白痴一样"的圣徒从小就被生活赋予了一种责任感,做事无论大小态度总是严肃认真、始终如一。星期天,她天不亮就起床,步行到20多公里外的教堂做礼拜,傍晚才回家。一生中只有两次离开过克里米亚,加起来总共只有6个星期。女作家似乎在说,俄罗斯民族浓重的宗教情结在很大程度上是依靠女性传承的。

淡泊自守、严格简朴的生活方式使她得以与家人安然度过了战火纷飞的年代、剧烈动荡的日子、无情批判的岁月。她善待30多个第二代亲人,接待过无数来自祖国,甚至世界各地的远亲、朋友。连邻居诺拉,一位勤劳善良、爱女如命的女性,也会在晚间将女儿放在别的地方,好在美狄亚的厨房里享受母性的温馨。每年美狄亚所有的亲戚们都要来到克里米亚,美狄亚的家仿佛成了人们争相朝圣的精神圣地。小说最后,连她的亲人们都不明白,美狄亚怎么会把门德斯家的房子留给了他们谁都不认识的名叫拉维利·尤素波夫的鞑靼族青年。其实,她留给外族青年的与其说是房产,莫如说是留下了让后人在这片土地上生活的权力和可能。小说没有描写老妪美狄亚之死,她仿佛消融在人类永恒的时空中,成为历史的往事,她的永恒的灵魂和精神永远留在了所有后代人的记忆中。

与美狄亚同样经受了人生沧桑并延续着族类生命的还有她的嫂子叶莲娜·西诺普里,一个来自斯捷帕尼扬家族亚美尼亚贵族的后裔。1918年,当国内战争开始,城市遭到炮轰,人们大批仓皇逃亡国外的时候,克里米亚旧政府成员的父亲斯捷帕尼扬也带着全家在撤离。叶莲娜却带着中风的母亲留在了克里米亚的费奥多西亚镇。从那时起,克里米亚又多了亚美尼亚的家族血统。叶莲娜娘家几代人曾在亚美尼亚修建了许多教堂,她也承袭了家族信奉宗教的这一传统。她教育儿子格奥尔吉恪守治家之道,鄙视社会上的轻浮与世俗之风。格奥尔吉在母亲的影响下不顾朋友们的嘲笑,始终保持着对妻子胖卓娅的忠实。30 年代,鞑靼人拉维尔·尤素波夫的母亲连同她的 4 个孩子被强行迁徙到哈萨克的卡拉干达,他们用叶莲娜送给他们的最心爱的蓝宝石戒指换了一普特白面,从而使孩子们度过饥荒存活下来。即使是对任何欢乐都不会嫌弃的女子山德拉也被赋予了善良豁达、乐观大度的美好品格。她真诚地将爱给予了每一个她所喜欢的人,质朴地将对上帝的信仰与自己率性而为的生活方式结合了起来。"她涂口红,喜欢打扮,开心作乐",但也祈祷叹息,大方地帮助他人,为他人的痛苦哭泣。在玛莎的父母因车祸去世之后,她完全承担起抚育她的责任。她那望着圣像的深沉的目光,还有那对上帝的小声叹息,都使她的第三个丈夫、细木工伊凡·伊萨耶维奇把她看得至高无上、完美无比,对她的崇高品质深信不疑。来自第比利斯的姐姐阿涅莉也和妹妹美狄亚一样,没有孩子,但在战争期间丈夫死了之后,独自将来自夫家的孩子们养大成人。

俄罗斯多民族的历史之路是美狄亚和所有在克里米亚岛屿上的女性的爱之路的拓展与延伸,"母性"灵魂始终呵护着俄罗斯各民族的子孙。母性精神也为下一代女性所传承。山德拉的小女儿尼卡把母亲的全部原始之情都献给了侄女玛莎,生活在山德拉家的几年中玛莎感受到了如同春日般温暖的爱。尼卡内心对另外一个生命的完全接受是她对自己的子女从来没有过的,她会整夜整夜地守候在侄女身边,拉着她的手,天天早晨给她梳辫子,领着她在林荫道散步。阿涅莉的养女尼娜一心一意地照料退休后生病的美狄亚,二十年如一日地照料她那发了疯的亲生母亲。母性突破了家族的拘囿,经得住时空的流转,在克里米亚大地上构造出一条又一条不同民族、不同信仰的人们之间的情感虹桥。

战争、政治动荡、社会变革的"大情势"下的"庸常""琐碎"的生活方式使女性始终扮演着社会细胞——家庭(社会实际是一个大的家庭)中的主角,成为男人生命依托的基石、生命快乐与希望的源泉、社会发展的根本。在女作家看来,动荡的社会与充满变革的历史属于无奈的现实存在,因此常常会被她忽略过去,她着意的是女性生命体验的自我确证。小说中强势的女性心绪表现与稀薄的社会生活形成了巨大的反差。小说似乎在告示读者,无论是社会历史进程的影响,还是政治生活动荡的阴影,其实都不重要,任何人的命运都不得不服从人类最基本的生命法则:新生命的诞生、爱情的纠葛、人与人的相遇与分离、亲人的死亡,而创造并遵循着人类最基本生命法则与生命历史规律的正是伟大的女性。乌利茨卡雅从当前后现代主义泛滥的先锋潮中撤退到了女性丰盈的生活、充沛的人生经验上去。读者在小说中感受到的是真正的生活、真正的体验,看到的是真正的血肉。小说作者以一种淳厚而又不张扬的美学情调,用其纤细韵味的诗意写出了由女人性灵精髓所决定的一部俄罗斯多民族的文化史。

三、女性生存道德伦理的箴言——心灵的自由

"珍惜生活中种种可爱的细节,又拒绝他人干预自己的内心世界"①。这是乌利茨卡雅在小说中反复强调的美狄亚心灵自由的话题,它传达了作家对女性生存道德伦理的思考,也是她提供给读者的另一种女性话语的启示。

美狄亚作为女性的重要的精神特征是追求心灵的自由。她比任何一个克里米亚的居民更远离社会政治,她的人生家园就是她与她的亲人们自己,即使在战争、政治动荡、社会变革的重要时刻,也在坚守着属于她和她们自己的、不可能被任何人夺走的物质与精神的自由家园。一切意识形态的和政治的事件对于她来说只是"某种格格不入的来自远方的生活的喧嚣"。对她来说,所有的政权都一样。她的侄子格奥尔吉说,她并不在乎当局,她是虔诚的信徒,所服从的完全是"另一种权势"。她不像姐姐阿涅莉的养女尼娜的亲生母亲,后

---

① 乌利茨卡雅著,李英男、尹城译:《美狄亚与她的孩子们》,昆仑出版社 1999 年版,第 80 页。

者如同希腊神话中鸟身美人头的哈尔皮厄斯,刁蛮凶狠,却对领袖竭尽愚忠。她对斯大林的逝世似乎十分漠然,她此时更为关切的却是亲人妹妹山德拉的命运。人有生老病死,社会有改朝换代,只要这个个体心中的家园自己不弃之,就无人能夺走;只要不辍地劳作耕耘,就会有丰收、繁荣、兴旺;只要把这块家园看得比什么都重要,就能为之献出一切。热爱大自然,用法文写信,阅读赞美诗,遵守斋戒,祈祷诵经,缝制衣裙,采集草药,养育他人的孩子——这一切都是她自由心灵抉择的生活内容与生活方式,成为她生命中有机的构成。

美狄亚人生中短暂的婚姻与长久的孤独并非男性社会封建道德理念的产物,而是她对幸福、美好、和谐人生理念的独特理解后的自觉选择。乌利茨卡雅说:每个女人都有自己对幸福的一套构想,而我并不重视幸福本身,因为幸福总是瞬间,人生中这样的瞬间寥若晨星。我重视的是我是否行为正确,是否能够处理好和别人的关系,达到一种生活的和谐。①

美狄亚关于幸福、和谐的理念是建立在对作为女性存在的独立自尊,即不依赖、不依附,同时又不厌弃、不支配基础上的自由意志、自由情感、自由思想以及对这种意志、情感、思想的捍卫上的。其实,她一生中尽管有众多“儿女们”的敬重爱戴,但总是孤独的时光更多,常与她相伴的是物质的拮据、疾病的折磨、精神上的挫折与打击,间或的快乐、幸福都是稍纵即逝,一大缸苦水,一小勺蜜糖。但她心灵上始终是快乐、幸福、和谐的,因为她深感身心的独立与自由。女主人公的这种道德抉择既是高度理性的,更源于对日常生活朴素的认识与理解,对先辈民族文化传统的自然自觉的继承。29 岁才有了爱情的美狄亚之所以看上那个不无放浪的犹太丈夫、牙医萨穆伊尔,是因为她发现了他身上所具有的一种上帝的精神——无私的爱、绝对的真诚、伟大的仁慈。这既是她身为女性的择偶标准,也是她明辨是非、判断真伪、区分善恶的一种生存原则。“临走回首反省,良心是否干净”,这是美狄亚丈夫写在山上厕所硬纸板上的使用规则,实际上是美狄亚人生行为准则对每一个来人的告示。

女作家关于女性心灵自由的思想还表现在美狄亚自我心灵安顿、宁静和

---

① 侯玮红:《文学不能服务于实用性的思想——乌利茨卡雅访谈录》,《外国文学动态》2004 年第 6 期。

幸福的自我体验上。在家中的地位和角色,使美狄亚重新发现了自己,发现了自己的价值。她体会到为他人服务的辛劳,更看到平凡却富有创造性的劳动对自我潜能的开掘和由此带来的身心愉悦。妹妹山德拉婚前的第一个儿子谢廖沙就是在姨妈美狄亚的照料下出生的。她心系外甥,为他做了洗礼,成了他的教母,并帮助妹妹在莫斯科新的地方安顿下来。谢廖沙生命的第一个月恰是美狄亚充分感受到她所或缺的为人之母的体验。美狄亚母亲为他们踩踏坎坷崎岖的生活之路,构筑充满爱与温馨的生命之巢,铺展广博美好的未来,美狄亚成为克里米亚俄罗斯多民族生命和谐之家的核心,与此同时,她自己也得到了心灵的和谐与宁静。美狄亚不仅让投奔她的人得到一种精神的照耀与沐浴,自己也得到对自身、家、生活和世界的新鲜的理解。这种体验的循环所带来的诱惑和力量远远超过了她追求自身幸福的吸引力。美狄亚之所以能成为一个家族的真正意义上的主人,是因为她感受到自己从来就不是社会、家庭中被统治的对象而存在于文化的边缘,不是作为男人的"他者"存在,她是真正的主体,自我的真正的主体,与男人一并彻底融入了民族的文化之中。

美狄亚深为那些年轻的生命、女人们的欢乐感到幸福。虽然她坚信轻浮会导致不幸,但她无论如何也想象不出轻浮也会成功地造就女人的幸福,妹妹山德拉、外甥女尼卡和山德拉的大孙女玛莎的人生经验却证实了这一点。玛莎与她的丈夫有着与美狄亚截然不同的婚姻原则,他们夫妻的爱首先体现在一种共同的情趣、共同的话语中,他们不仅是夫妻,更有着类似"兄弟姐妹"的亲情。他们并不恪守忠贞,因为他们的结合是自由人的结合,每个人都保持着独立自主的人格与权力。尽管在美狄亚看来,战后的一代人,尤其是二十来岁的青年人的生活方式有些像儿戏,她们的爱情、婚姻、母爱中缺乏最重要的责任感和忠贞如一的品格。但她仍被这种人间的欢乐所陶醉,从不对别人乱加评判,更不要说去谴责她们,躺在自己当姑娘时睡的小床上,她常常由此回忆起自己美好的人生时光。小说中关于离婚、婚外恋、多角恋和情爱细节的叙述仅仅是故事表相的叙事层面,深层的却是美狄亚对女性地位、女性独立自主意识的一种反省,是一种对女性身心自由的尊重与理解。女作家用具体精微的日常生活场景的叙说淹没了传统道德的"理性之核",使读者对女性人物的生活方式作简单机械的道德评判成为不可能。无论是男人还是女人,人们只要与美狄亚在一起，就能感到温暖、可靠，就能体会到一种完全的身心自由。

正是这种稀有的自由精神成就了小说中众多女性的独立性，直面人生，张扬并依靠自己。山德拉在心灵自由的情与理的抉择中，选取了她所喜爱的重情的生活方式，她走的是一条用自己的是非判断的放纵情感的道德之路。生活的历练使长寿的她终于在暮年意识到了她与姐姐选择的差异。人的一生中难免有过失，但即使有过失，也需要自我规约。小说潜在的教诲是：人的软弱、过失在所难免，重要的是自己作为人的道德选择权，相信自己可以去除软弱，走上一条自我拯救、自我完善之路。作品中大多数女性的命运表明，妇女受压抑的原因不仅仅是其处于劣势的社会地位，更在于妇女自我的精神世界，因此女性精神解放的根本在于她的心灵的自由。女性生存道德伦理的原则不应该是男性社会强加给女性的种种伦理规范与道德要求，而在于女性心灵自由主导下的生存抉择。女人在自身的行为中要能够行使自主选择的权利，这是女人的权利，是对女人的尊重，也是荡涤罪恶、抗拒堕落的唯一途径。

美狄亚对自己情感和角色的清醒把握，透出一个现代女性聪慧的智性和独立的意识。尽管世事艰难，尽管没有浪漫，她还是活得自由洒脱。她的身上洋溢着独立生命人格的灼人光焰。她用她女性顽强的生命通过深切的柔情传递出了社会关怀、人性关怀和人文关怀。女主人公所赢得的不仅仅是她自身的价值，还赢得了家族中男性和其他女性真正发自内心的、心悦诚服的尊重、理解和爱戴。美狄亚独立的性情与品格，没有随着历史时代的流转、人情世故的变化而钝化，相反，像陈年的佳酿，滋味醇厚，芳香四溢，显示出种种世俗女性难得的感人魅力。

"俄罗斯是一个充满不幸女人的国家，所以我们这些发声者天生就爱抱怨"[1]，"有两点绝对没有妨碍过我，一个是我是个犹太人，一个是我是个女人"[2]。这是乌利茨卡雅关于其文学创作理念的朴素的女性言说。女性主义是多元的。乌利茨卡雅从"细微的家庭叙事"中剥离出了女性的人生体验，看

---

[1] 侯玮红：《文学不能服务于实用性的思想——乌利茨卡雅访谈录》，《外国文学动态》2004年第6期。

[2] 乌利茨卡雅著，李英男、尹城译：《美狄亚与她的孩子们》，昆仑出版社1999年版，第281页。

到了女人在时代巨大变迁中对民族、政治、经济、文化重建等问题作出的历史回应,找回了女人的历史。她的女性主义未必是对男权主义的颠覆,女作家也未必是想通过对女性人性美的赞美与讴歌分享男权主义制度下专属男性的权力,从而倡导一种女性中心主义,确立一种以女权取代男权的叙事话语,而是力图给人们提供一种新的视角,以重新认识当下俄罗斯人生活的及至由两性构成的人类世界。正是在这个意义上,长篇小说《美狄亚与她的孩子们》为我们更好地全面了解当代俄罗斯文学的女性话语提供了一个很好的范例。

（本文原载《外国文学》2006 年第 5 期）

"文学场"与索尔仁尼琴文学创作的历史价值

在一个多元化的年代里,恐怕很难有万众公认的文学经典了,即使是已经成为经典的作家和作品也常常会受到"言之成理"的质疑。索尔仁尼琴(А.И.Солженицын)——这位获诺贝尔文学奖的当代俄罗斯作家也不例外。无论在他的故乡,还是在异邦,文坛对他 2008 年永远离去的反响似乎是滞后的,人们议论的不是作为作家的他为民族、人类、文学做了些什么,更多的却是他是怎样的一个人以及应该如何对待这样一个人。

有不少批评家和读者认为,索尔仁尼琴与其说是一个艺术家,不如说是一个思想家或政治家。刘再复、林岗在他们的《罪与文学》一书中说,索尔仁尼琴是个"法官型的""政治抗议型的作家"①。高行健也说,"我认为他仍然是个政治人物,……他大部分的书主要是政治抗议"②。亦有不少俄国的书评家因意识形态的立场而对索尔仁尼琴作品的接受是扭曲的,甚至根本不提索尔仁尼琴是个艺术家③。2010 年,"俄罗斯道路"出版社翻译出版了西方学者研究索尔仁尼琴的一本文集,书名叫《索尔仁尼琴:思想家、史学家、艺术家》④。它收录了从 1974 年到 2008 年西方索尔仁尼琴研究者的学术成果,在编者和一些西方研究者的眼中,索尔仁尼琴艺术家的地位也是次要的。他们的认知

---

① 刘再复、林岗:《罪与文学》,中信出版社 2011 年版,第 417—418 页。

② 高行健:《没有主义》,香港天地图书公司 1999 年版,第 53—54 页。

③ Урманов А.Творчество Александра Солженицына.Флинта-Наука.М.2003.С.5-6,С.7.

④ Сб.Солженицын А.Мыслитель,историк,художник.Западная критика.1974-2008.Изд.Русский путь.М.2010.С.720.

是,思想家或是政治家不一定都会写小说,索尔仁尼琴的小说创作在艺术上并不成功,其原因是因为那里面写的几乎都是政治,而一个与意识形态政治联系得过于紧密的作家是难以写出好作品来的。

然而,俄罗斯诗人特瓦尔多夫斯基称中篇小说《伊万·杰尼索维奇的一天》(以下简称《一天》)"有一种罕见的感染力"①。文论家巴赫金说:"我认为他是像陀思妥耶夫斯基一样的巨擘!!"②前不久去世的俄罗斯作家、文评家、宗教思想家瓦列莉娅·诺沃德沃尔斯卡娅说,"索尔仁尼琴集维吉尔与但丁于一身,他描绘了地狱,并且领着我们穿过了这个地狱。……索尔仁尼琴的创作成为我们的福音书,并且我相信基督大概会同意成为这部书的合著人"③。索尔仁尼琴的研究专家,俄罗斯批评家乌尔曼诺夫说,"索尔仁尼琴的作品很难归于某一种类型,因为作家笔下的艺术世界对于 20 世纪的俄罗斯文学而言在诸多方面是绝无仅有的"④。类似的评价我们还可以无穷尽地罗列下去。

如今,索尔仁尼琴已经逝世七年,对这位作家的热议和争论也已落潮。面对作家 30 卷 136 部作品(当然,它们不都是文学作品),我不敢说,其中的文学作品部部珠玑,都能代表当代俄罗斯文学最高的思想成就和艺术成就。但其中的经典至少能够告诉我们,索尔仁尼琴不愧是个杰出的小说家,一个有着深邃的思想、深厚的历史感和伟大的人文情怀的小说家。博尔赫斯说过,"经典,并不是一部必须具有某种优点的书籍,而是一部世世代代的人出于不同的理由,以先期的热情和神秘的忠诚阅读的书"⑤。

索尔仁尼琴本人说,他首先是个小说家,此后才算得上是政治家和思想家,因为他是不得已以文学的形式表达政治己见的,他本来可以成为一个完全与政治无关的文学家。他说,"如果在我们不幸的国家里如此众多积极的社

① [俄]萨拉斯金娜著,任光宣译:《索尔仁尼琴传》(下),人民文学出版社 2013 年版,第 1009、1010、1010 页。

② [俄]萨拉斯金娜著,任光宣译:《索尔仁尼琴传》(下),人民文学出版社 2013 年版,第 1009、1010、1010 页。

③ [俄]萨拉斯金娜著,任光宣译:《索尔仁尼琴传》(下),人民文学出版社 2013 年版,第 1009、1010、1010 页。

④ [俄]萨拉斯金娜著,任光宣译:《索尔仁尼琴传》(下),人民文学出版社 2013 年版,第 1009、1010、1010 页。

⑤ [阿根廷]博尔赫斯:《博尔赫斯谈艺录》,浙江文艺出版社 2005 年版,第 170 页。

会活动家没有被扼杀,数理学家们不得不从事社会学,而诗人不得不从事政治演讲,那我至今仍然会仅仅驻足于文学之中"①。思想家确实不一定都会写小说,但小说家,尤其是一个好的小说家一定都是有深刻思想和独到文学理念的人,因为小说的思辨性往往表征着一个小说家的思想、胸襟和眼光,也表征着作品文本可以抵达的广度、厚度和深度。

一

长时间以来,文学现象始终被一揽子地放在作家与作品的研究之下,文学的研究一直受到以作家与作品为本的"文学本体主义"研究的局囿。然而,作家与作品只是文学作为一种意识形态的组成,无法构成文学价值的全部。尤其是在当代,当文学创作已经成为一种文化生产,再单纯地从作家、作品出发,很难抵达文学本质所强调的真实。法国社会学家布迪厄说,文学的生产、传播、接受、消费从来就是一个"文学场"②。"文学场"的概念如今已经成为文学社会性、接受美学、大众文化研究的一扇重要窗口,文学研究不仅要研究作家和作品本身,还要研究从属于这一文学场的作家、作品与社会的关系。因此,对索尔仁尼琴及其文学创作"文学场"的"历史化"和"问题化"的重新审视就显得尤为重要。

历史化注重还原历史语境,接通文学创作与历史的联系和建构历史的过程,在强调回到历史语境、触摸历史的同时,避免研究者主体的道德判断对研究的影响,同时把既有的观念、现象都视为"历史的构造之物",将传统的观念以及相应的文学批评和文学观念"问题化",不再将它们视为不言自明的、无须论证的知识概念,而是利用当代的知识社会学的方法,揭示这些观念的建构过程及其建构中的知识—权力关系,并对其进行意识形态批判。用多元化、历

---

① Солженицын А. И. *Угодило зернышко промеж двух жерновов: очерки изгнания.* Часть первая(1974–1978)//Новый мир.1998.No.9.С.53–54.

② [法]布迪厄著,刘晖译:《艺术的法则——文学场的生成与结构》,中央编译出版社2001年版。

史性的眼光审视索尔仁尼琴的文学创作及其个性,重新确立其介入现实的维度和功能,这是我们在本研究中确立的新的立场。这里还需强调的一点是,在这一维度中,"人的维度"是最最核心的。尽管高尔基早在20世纪初就提出了"人学"这一概念,但在苏联文学中"人学"的观念在很长的一段时间里是失声的。正因为如此,"以人为本"便成了20世纪后半期俄国社会和文学重新追寻文学"现代性"的主旋律。在文学创作中寻找并发现对"人"的新的认知,这不仅是研究俄罗斯文学应遵循的重要路径,也是研究索尔仁尼琴最为核心、关键的立场。

厘清这些问题很有必要,而要回答这些问题,从何处入手是个关键。对于"索尔仁尼琴现象"的研究,我们需要从"发生"入手来讨论它的"形成"。索尔仁尼琴是在后斯大林时期踏上文坛的,他的"文学发生"是处在一个特殊的"文学场"当中的。

首先,这是对文学"身份"的重新理解。斯大林逝世后,文学的身份再一次成为诸多作家和批评家重新思考的核心问题。它是苏维埃政权早年"什么是苏联文学?"问题的精神接续。早在1920年,列宁亲自起草的"无产阶级文化派"代表大会决议草案中就确立了苏维埃文学艺术的政治精神,那就是"无论在政治教育领域,还是在专门的艺术领域,教育事业的任何一种安排都应该充满无产阶级为顺利实现其专政这一目标而进行的阶级斗争精神"[1]。1934年,高尔基在第一次苏联作家代表大会上的发言延续了这一思想,他说,"苏联文学应该成为社会主义文化的强有力的工具"[2]。对文学的政治功能判定成为此后20年苏联文坛对文学定义的经典话语。从那时起,文学的身份就只有一种,这种说法直到50年代几乎就没有第二种可阐释性。

1953年斯大林逝世,这一阐释才逐渐被"解冻"。其实在此之前,关于文学身份和功能问题的论争明里暗里在进行着,苏联作家、批评家从未停止他们

---

[1] Ленин В. *О пролетаской культуре*//Русская советская литературная критика. (1917-1934)Составаитель П.Ф.Юшин.Просвещение.1981.С.29.

[2] Горький М.*Советская литература*(из доклада на Ⅰ-омвсесоюзном съезде советских писателей 17 августа 1934 года). Русская советская литературная критика. (1917 - 1934) Составаитель П.Ф.Юшин.Просвещение.1981.С.140.

的思考。帕斯捷尔纳克在 40 年代就提出"艺术不是范畴的称谓……作为构成艺术作品原则的标志,它是作品中所运用的力量或者详尽分析过的真理的称谓……这是某种思想,对生活的某种确认"①。此间,尽管文学创作和批评仍在"党性""人民性""社会主义现实主义"这样的话语中展开②,对文学定义、作用的理解仍然受到前社会文化语境的制约,但是,文学的政治性表述已经发生了明显的偏转。在 1954 年第二次苏联作家代表大会召开前夕,关于文学的作用、价值的讨论成为各大报纸杂志的中心议题。作家爱伦堡反对"天真的、无力的偏袒"的文学创作,主张"写活生生的人物",理论家波麦朗采夫倡导"文学的真诚""关心私生活",批评家留里科夫呼唤"我们是为了人、为了人的幸福、为了人的精神丰富和纯洁……而斗争的"③。新话语体现了文学作为一种新的意识形态代言形式的要求,文学既要承担历史责任,为社会说话,也要为个体代言。文学是人民的文学,更是"人学",作家的身份、文学的意义全在于此。倘若没有这样的精神,就不会有 20 世纪五六十年代苏联文学讲真话、实话的勇气。

其次,是"新启蒙意识"的发生。新时期苏联文学的启蒙意识(或曰重返"现代性")本质上是对人的尊严和价值的捍卫,是一种人本精神、个体精神、自由精神。社会文化历史传统和现状的不同,"现代性"诉求的方式也会不同。二次大战后在西方,文学选择了一条用现代主义和后现代主义的言说方式对现存价值进行质疑、追问的道路。而在 50 年代的苏联则相反,文学重新踏上了揭示社会弊端、捍卫人权的批判现实主义路径。20 世纪俄国文学的"现代性"是与社会政治的"现代性"并辔而行的,都经历了两重过程,先是精神、思想的"现代性",随后才是风格、式样的"现代性"。在世纪初的"白银时代",无论是诗歌,还是小说、戏剧都充满了对人的思考,都当之无愧地称得上

---

① [俄]帕斯捷尔纳克著,蓝英年、张秉衡译:《日瓦戈医生》,人民文学出版社 2006 年版,第 278—279 页。

② 1953 年文艺学家叶尔米洛夫在《文学报》上发表的"论俄罗斯文学中的人民性"一文中就提出"共产党的党性就是最高的人民性"的口号,1954 年党中央致苏联第二次作家代表大会的贺词中仍强调"苏联作家今后主要关注的仍然是苏联文学的思想倾向性、意识形态教育……坚决同偏离社会主义现实主义原则的倾向作斗争"。

③ 社科院外文所苏联文学研究室:《苏联文学纪事(1953—1976)》,生活·读书·新知三联书店 1979 年版,第 10、14、15、36、53 页。

是俄罗斯现代文学的先声。1917年后，随着社会文化语境的根本变化，俄罗斯文学无论在内容上，还是在形式上，都发生了与这一"现代性"相悖的"另起炉灶"的断裂。"现代性"被高度政治化、工具化了。从那时开始的三十余年，文学的国家意识将人、个性、自由这样一些现代性的基本要素遮蔽了。当国家政治成为意识形态和社会生活的大主题时，随之也形成了一股巨大的向心力，将文学、艺术、经济、法律等诸多上层建筑裹挟，让它们成了政治的附庸。

"解冻文学"的出现是对政治的意识形态意义的重新界定，即将文学与现实政治这两个不同分支的上层建筑重新区别开来。文学的力量不在于迎合并服务于现实政治，它应该同现实政治保持一种张力，不加批判地肯定现状，必然是对现存价值的一种谄媚，而文学的本质在于纠正现实，对现存价值的质疑与自我实现的焦虑。这是俄罗斯文学重返现代性过程中在内部逻辑规律上的一次调整。第二次苏联作家代表大会成为这一调整的标志性事件，苏联第一部《俄罗斯苏维埃文学史纲》①将这次会议称为苏联社会"最重大的政治和文学事件"②。会议在艺术思想、创作方法、审美理念等多个方面为日后俄罗斯文学的发展提供了新的可能和途径。苏共中央在致大会的贺词中指出，"作家具有展现其创作主动性、根据个人的爱好和兴趣探寻社会主义现实主义不同形式和风格的广阔的可能性"，《真理报》社论强调苏联文学应该"忠实于古典艺术珍贵的传统——现实主义、人民性、民主主义、人道主义"③。作家西蒙诺夫说，"在社会主义社会个体的概念仍然存在，但拥有了新的内容的丰富性……像创作这样的社会活动、劳动越来越成为人的个人事业……个体的生活——这不单单是早饭、午饭、晚饭、睡觉，这还是人的复杂的情感，他的爱情、向往，他的思索"④。文艺学家塔拉先科夫在"人道主义的光辉"一文中提出，

---

① Ковалев В.А.и др. *Очерк русской советской литературы.* Изд.АН СССР.М.1955.

② 社科院外文所苏联文学研究室：《苏联文学纪事(1953—1976)》，生活·读书·新知三联书店1979年版，第10、14、15、36、53页。

③ 社科院外文所苏联文学研究室：《苏联文学纪事(1953—1976)》，生活·读书·新知三联书店1979年版，第35、40页。

④ Симонов К. Из содоклада К. М. Симонова 《О советской художественной прозе》// Русская советская литературная критика. (1935-1955) Составаитель П. А. Бугаенко. Просвещение. М.1983.С.228.

"对艺术来说,有什么比人的命运、人们的命运更重要可贵的呢?……新社会文学中的人道主义不单单在于热爱人、尊重人的自由和他的内心世界,而且在于把一个人的命运作为全民命运的个别表现来加以肯定"①。一方面,个性、民主、人道、自由,这些此前讳莫如深的词语成为文学时代的流行话语。另一方面,唤醒情感、唤醒感觉不仅成了创作主体的迫切需要,而且成为建构新时期文学形态的一个重要维度。对这两者的强调不仅是苏联文学创作和批评的新一轮求索,也是在新时期实现人的解放的应有之义。马克思说,人的解放包括三层:一是人的现实解放,即改造不合理的现实社会关系,获得生存的自由;二是精神解放,即摆脱精神上的束缚压抑,拥有自由意志;三是人的解放,还意味着"一切属于人的感觉和特性的彻底解放"②。人的全面解放正是此间俄罗斯文学形态的核心所在,呼唤文学中真实、人性、自由、解放的回归便成为在"新启蒙意识"引领下苏联文学寻求和建构自身的强大的问题意识。

当然,俄罗斯文学重返现代性的过程并不意味着文学从此完全与政治无关,或者说可以与国家的政治主张背道而驰。一方面,官方对文学采取了"激励话语"机制,批判"粉饰现实的无冲突论",鼓励揭露批判现实中的阴暗面,倡导文学创作的个性自由,新的作家协会章程还删去了"用社会主义精神从思想上改造和教育劳动人民的任务"的字样。另一方面,为提防作家与主流意识形态相抵触的文学观念和作品的出现,官方又采取了"规约话语"的策略。但仍应看到,在文学与政治的双重博弈下,比起此前的二十年,文学的权力得到了增强并敢于承担上层建筑的部分权力(如对政权作为的质疑、对生活现实的批判、对历史的反思、对个性自由的张扬、对民族精神传统的张扬等)。当然这一切仍是体制内的强化。但文学从此不再成为政治运动的导火索,重新回归了"人学",这无疑是文学获得的巨大进步。

最后,是对艺术审美本质的新认知。审美是文学形式构成的重要标准,任何一种对艺术带有强制性制约的政权都会要求有符合其政治所需的审美形态,无论是德意志第三帝国的"英雄现实主义",还是苏联20世纪30年代提

---

① 社科院外文所苏联文学研究室:《苏联文学纪事(1953—1976)》,生活·读书·新知三联书店1979年版,第35、40页。

② [德]马克思著,刘丕坤译:《1844年经济学哲学手稿》,人民出版社1979年版,第78页。

出的"社会主义现实主义"。"解冻时期"文学的精神重建与"文学场"的权力分析都离不开对文学审美形式的关注。

50年代初,文艺学家梅拉赫就抱怨说,"我们几乎找不到一本书,甚至一篇文章来阐释我们的文学十分重要的命题,比如艺术性的标准、思想与艺术表现手段的关系、艺术体裁等。书评家们大多只谈内容的正确性,而对形式毫无兴趣"①。"革命信仰""粉饰现实""理想英雄"一度是苏联文学样式中的主要内容与主体风格。这种风格与西方文学形态的"崇高"有着本质的不同,因为它只是呈现美好、恢宏、壮观的一种外在形态。劳动、战争、口号、英雄、坚贞不屈、主义理想大于一切⋯⋯这些有悖于生活真实,甚至是违逆人性的文学意象在一段时期的文学作品中层出不穷,简单的"红与白"、革命与反动、革新与保守、道德与堕落、英雄与敌人等二元对立充斥在文学创作中。这种简单到无趣的角色设置导致了审美风格的单一和统一。

1954年,苏联作协领导人费定提出,作家"首先要在其文学作品中达到形式与内容的统一⋯⋯这应该是审美的基础,应该是艺术家创作实践的审美基础。⋯⋯研究艺术形式问题与'形式主义'毫无共同之处。相反,拒绝作形式分析恰恰是逆向的形式主义,是对苏联文学思想性的损害"②。女诗人别尔戈丽茨强调,"我们很少以艺术性的标准去评价我们的工作和文学的现状,而思想性和党性只能借助于高超的艺术性的手段体现在作品中"③。1956年,布罗夫的"美学应该是美学"的文章在《文学报》上发表,同年,他的《艺术的审美本质》④一书出版。这是在形式主义文论被扼杀后,"审美"这一理念在苏联首次被提起。布罗夫提出了艺术审美的一个根本性命题——人的客体性和主体性,即人必须成为文学描述的中心,艺术作品必须成为造就一个具有各种品

① Мейлах Б. Заметки о художественной форме//Русская советская литературная критика.(1917-1934)Составаитель П.А.Бугаенко.Просвещение.1983.С.77.

② Федин К. Из речи на втором всесоюзном съезде совтских писателей//Русская советская литературная критика.(1935-1953)Составаитель П.А.Бугаенко.Просвещение.1983.С.243.

③ Берргольц О.Ф.Из речи на втором всесоюзном съезде советских писателей//Русская советская литературная критика.(1917-1934)Составаитель П.А.Бугаенко.Просвещение.1983.С.237.

④ Буров А.И.Эстетическая сущность искусства.Искусство.1956.С.292.

质的完整的人的手段和资源。他同时还提出了"自由的审美价值和审美所必须的自由"的美学理念①。对审美形式的这场讨论在很大程度上促进了俄罗斯当代文学从题材到样式的多元化和多样化。"农村小说""战壕真实文学""道德文学""集中营文学""都市文学""生态文学"等样式不断涌现，文学创作的风格、文体也随之得到了解放。文学的权力出现了应有的嬗变，其标识是文学与政治关系的改变，即文学的权力回归到个人生活、美学探索的范畴中。即使与政治有关的作家的文学叙事也不再是对主流政治的绝对服从，不再是跟着政治风向标转向而转向的写作行为。这就是"解冻"之后的60年代文学的风格景致五彩斑斓的原因。

索尔仁尼琴恰恰是文学权力在有秩序的维度中获得增长的这一"文学场"中开始他的文学生涯的。

二

《一天》是索尔仁尼琴的处女作，是为他赢得世界性声誉的第一部作品。它描述了第二次世界大战后一个名叫伊万的政治囚犯在集中营中生活的一天，叙事琐细、具体、真切。作家清楚地知道，文学有两种表达方式：一种是文学的，一种是生活的。后者表达的前提是能够找到确切的生活凭据，"一天"确是作家亲历的一天。主人公原来是个农民，没有多少文化，年纪也已四十开外，读者对他不会有过分的要求，因为从他口中不可能听到关于社会政治的长篇大论和深入犀利的讲述。小说的叙述者关于集中营里其他囚犯们的社会属性交代得也不多。这是作家刻意淡化文学政治叙事的一种努力。然而，如同任何一部现代政治史难能抹去流亡者的身影一样，20世纪苏联社会的政治思想史也无法把政治囚犯的生命体验与精神苦难略去。读者仍然可以从伊万和他的难友们关于各自生命经历的只言片语中得到普遍性的社会认知：从20年代末的农业集体化运动到30年代的政治清洗，从第二次世界大战期间人们无

---

① Леонид Столович. Философия. Эстетика. Смех. С.-Петербург. Тарту. 1999. С.109–178.

辜遭受的种种冤屈到集中营里非人的待遇。

伊万始终弄不懂的问题是:为什么集中营里会有那么多善良的同胞? 社会主义社会为什么要有这样的政治集中营? 作为一个无愧于苏联公民称号的第二次世界大战士兵,他为什么会被自己所热爱和忠诚的政权关起来? 这些命题都是政治的,但作品是通过一个不懂政治的普通小人物的口道出的对意识形态政治的质疑。《一天》以囚犯的生命体验和心灵诘问将矛头对准了凌驾于个性与自由之上的"专制",作品有一种强烈的悲悯,这是一种对人的尊严、独立、自由精神的赞美以及它们遭到肆意践踏的悲哀。它确立了索尔仁尼琴日后创作的一个基调:以"囚室中的黑暗"为叙事对象,表达作家对苏联历史的深刻反思和人的悉心关注。

监狱不仅是小说中人物的生存环境,更是一个隐喻符号,是对以监狱为意象的一种专制政治的质疑与否定。在一个独特的社会形态中,人与人关系被无限地政治化了,人与人被时代政治极度异化了,这是作家关注的一个着眼点。现实与历史中的人始终是索尔仁尼琴所纠结的所有"文学活动"的历史自觉所在。相对于同时代的文学作品,相对于充满感染力的艺术表达和关乎宗教与哲学的追问,索尔仁尼琴的小说向我们充分展示了文学新的时代性和对民族历史的政治思考:独立存在的个体人的命运才是文学叙事和政治叙事的本质。他的文学的"政治努力"正因与之伴生的激进和功利才得以凸显,而这本身似乎又让他陷入一种尴尬之境,似乎"应验"了美学家们对他的"政治抗议"的责问。

在苏联文学历史上,《一天》被认为是"集中营小说"的先声。其实,"集中营小说"并非索尔仁尼琴的首创,作家沙拉莫夫比他更早地开始了反映政治犯生活的《科雷姆的故事》的创作,只是作品 1979 年才首次在伦敦出版,它与苏联读者的谋面则是在 80 年代末 90 年代初。应该说,从文学的接受而言,《一天》是关于苏联政治犯小说的第一部。对这一时代感极强的文学文本价值的体认和考量首先须置于其巨大的影响中。

小说在 1962 年《新世界》11 期发表的第二天,两千册杂志便送到了克里姆林宫,准备发给正参加苏共中央全会的中央委员,杂志主编特瓦尔多夫斯基与会时看到中央委员人手一册的景象时曾激动得热泪盈眶。小说单独成册的首印数为 96900 册,后经中央指示加印了 25000 册。这年的 12 月,仅发表了一部小说的索尔仁尼琴就成为苏联作协会员并被提名角逐列宁奖金。1963年,《小说月报》第一期全文转载了小说并扩印了 70 万册。这一年夏天,"作家出版社"又增印了 10 万册。在仅仅半年多的时间里,以不同方式出版的近百万册的小说仍然不能满足渴望了解历史真相的苏联读者的需要,图书馆借阅此书的读者排成了长队。阿赫玛托娃这样评价小说的社会影响和思想价值,她说,"这部中篇小说一定要读完并背诵下来——让两亿苏联公民中的每一个人都这样做"①。显然,女诗人看到了小说的政治哲学价值:《一天》涉及了苏联社会政治共同体的基本信念、基本价值、基本制度,它应该成为所有公民的共同关切。

　　作品的沉实、厚重、坚硬首先源于它的思想。作家把一个因犯在狱中一天的生活打造成了苏联社会的时间长廊,把他对历史、政治、人的理解都融合在了一起,小说背后的东西特别丰富。被囚牢桎梏的人的生命暗色中有种无望的深邃和未知的恐惧,文学家的气质让索尔仁尼琴的叙事有一种发自内心世界的刀锋般的威严和蔑视一切的伟岸。伊万的"一天"延展了俄罗斯的一个时代,一个时代的民族的历史命运。索尔仁尼琴凭借其敏锐的历史自觉似乎已预见到,一个靠"古拉格"维系的制度,一个让民族备受苦难、人人自危的社会是难能长久的。他说:"我提供的仅仅是非常克制的画面,他们(指像伊万一样遭受过'古拉格'折磨的人们,笔者注)中的每个人所经历的是要比这更为严酷的集中营。……他们渴望改革,激烈地议论我们的社会痼疾,谈农村的凋敝……我坐着在想:倘若第一颗小小的真实的火星能像一颗心理炸弹那样爆炸,那么,当真实像瀑布一样倾斜而下的时候,在我们国家将会发生什么?那它必然会崩溃,那是无法避免的。"②

　　《一天》是索尔仁尼琴通过特瓦尔多夫斯基与苏联最高当局发生的第一次文学联系。它之所以能在《新世界》上发表,得仰仗于时任苏共中央第一书记的赫鲁晓夫。1963 年 3 月 8 日,赫鲁晓夫专门接见了索尔仁尼琴,还把他

---

①　Лидия Чуковская.*Записки об Анне Ахматовой*:В 3 т.Т.2.М.1997.С.521.

②　Солженицын А.Архепелаг ГУЛАГ//Малое соб.Сочинений.Т.5.1991.С.213.

介绍给了前来接受他会见的文艺活动家的代表。他声称包括《一天》在内的一批作品是"站在党的立场上阐释那些年来苏联社会现实的作品""党支持真实无误的文学作品,只要它们是帮助人民建设新的社会,团结并巩固其力量的,不管它们如何触及了生活的阴暗面"①。小说不仅应合了赫鲁晓夫反对斯大林个人迷信的政治需求,而且也使得"在全世界被争相阅读的《一天》成为赫鲁晓夫所制造的耸人听闻的一个政治事件"②。然而,作家试图"用真实从内部来摧毁这一体制"的创作动机是与苏共第一书记的想法背道而驰的。索尔仁尼琴从踏上文学道路的第一天起,似乎就确立了其指涉意向中与斯大林体制"不共戴天"的创作路数。索尔仁尼琴说,当赫鲁晓夫的文化顾问列别杰夫要求他添上斯大林的名字时,他心里想,"我之所以这样做,并非偶然:我眼中看到的是苏维埃制度,而不是斯大林一个人。于是我做了一个让步,提了一句'长着小黑胡的大叔'"③。现在看来,《一天》不过是他的"古拉格系列"中的一个局部"影像"和一个具体"映现",是作家对苏联社会体制的第一个政治解构。

索尔仁尼琴初登文坛时,正值苏联历史讲述崩盘的关口。对于很多人和文学来说,那都是一个非常的抉择时刻。然而就这一点而言,作家又是十分幸运的——他的文学酝酿与成就,既得益于此前阶段"解冻"文学、文化和社会风潮的洗礼,又是对一个悄然而至的文学时代的微妙的回应。正是在这个意义上说,索尔仁尼琴的写作从一开始就具有相当明显的社会思想史和文学史的征候性,它的文化社会学意义是谁也不可抹杀的事实。在此后几十年的时间里,他一直是苏联和后苏联时代非常重要的作家。这种重要性,在很多时候都被忽视了,或者说被某种可以理解的言说方式遮蔽了。与其他作家相比,索尔仁尼琴有更为敏锐和复杂的感觉维度。他承接了"解冻文学"的退潮,但并没有融进"社会问题小说"的"窠臼"中,而是在创作中显现出某种程度的"先

---

① Хрущев Н.Высокая идейность и художественное мастерство-великая сила советской литературы и искусства.1963.С.15;Кондаков В.Шнейберг Л.Русская литература XX века.Изд. Новая волна.2003.С.439.

② Солженицын А.Бодался теленок с дубом.Согласие.1996.С.271.С.41.

③ Солженицын А.Бодался теленок с дубом.Согласие.1996.С.271.С.41.

锋文学"的解构性。这种解构性表现为他忠实于自己的观察和思考,小心翼翼地处理着表面上与别人相似、实则别有机杼的经验,不是就事论事,而力图在根本上动摇他欲图解构的一种社会机制、思想理念、书写方式。同时代作家所能做的,就是与大部分知识分子作家一起,宣泄一种猛烈而直率的、对道德方面脸谱化的官僚主义者们的怨愤与批判,较多停留在事情的本身和历史的表面。而索尔仁尼琴,这个在政治上尤其敏感的写作者,对启蒙知识分子在新的历史条件下的作用与功能有着更为深刻的认知。从底层叙事开始,他重在机制内部做文章,对这一体制内普通人的生存状貌做出真实、精确的描摹以表达体制与民众的不可容忍的间离。

与此同时,作家又让他笔下无端被捕的伊万和他的难友们以他们的俄罗斯人的善良、同情心与人格、尊严抗拒着监狱中暴力对人性的践踏,以各自独有的方式关怀、支持、帮助他人。从这点看,索尔仁尼琴的批判意识又是以一种强大的爱的情怀为思想背景的。除了社会、历史、政治,他还在小说中关注人生、人性、人格,试图重构一种新的生命伦理和行为伦理。托尔斯泰在他的《何为艺术?》中强调,艺术的使命是促进人类的友爱与联合①。当一部作品缺乏人性、人道主义和爱的巨大张力的时候,它往往很容易被历史遗忘。一个伟大的作家或一部伟大的艺术作品之所以不会被历史淘汰,不会被读者遗忘,实质是因为这些作家和这些作品在传播的过程中不断唤起共鸣,获得不同时代受众的肯定,存在着具有普适意义的人性价值和人文情怀。

当然,小说的价值不只是对苏联社会政治历史的审视和俄罗斯人的人性、人格的观照,从文体叙事学的角度来看,它还是以一种特殊的叙事形式为后来作家打造的一个新的文体范例。

索尔仁尼琴一改"社会主义现实主义文学"叙述话语和成规所构成的"秩序",即所谓的"形式的意识形态",使得叙事类型、风格结构与话语权力的构成获得了一个全新的面貌。索尔仁尼琴在其现实主义的描叙中不仅摒弃了"社会主义"的修饰语,而且还确立了一种以叙述话语引领思维方式的书写形态。他没有选择一个无辜遭到政权政治迫害,却依然忠诚于革命理想的共产

---

① Толстой Л.*Педагогические сочинения*.Педагогика.1989.C.443.

党员,而是将一个无辜被捕的俄罗斯农民伊万置于小说的叙事核心。

　　而更为重要的是小说叙述的方式和角度,它们在更大程度上决定了叙述的内容。小说采用的是"内视角"的叙述模式,尽管用的是第三人称,但落脚点却是在与作家有着同样经历的政治囚犯伊万的身上。叙述是以他的视角展开的,作者是用人物内心话语的叙述方式来结构小说的。叙事者始终在作者与主人公之间穿梭,作者的观察与伊万的观察相映成趣。小说真实、细腻、生动地传达出了主人公在劳改营一天讨生活的心情感受。这是一个以个体琐细的小叙事讲述生命沧桑、悲凉的生活现实,用个人琐细生活的小叙事讲述政治的故事。小说值得称道的还有一点是,索尔仁尼琴在小说的叙事中从不居高临下地对待读者,也从不居高临下地对待小说中的人物。这也就意味着,他摆脱了苏联文学始终沿用的某种"反映论"式和"说教者"式的叙述立场,具有了某种建构主义的意识,即不是用叙述者的语言"再现"现实,而是用人物内心的语言去"建构"现实,这是作家在当代俄罗斯小说重新走向现代性的进程中所建构的新的话语谱系。

　　简言之,索尔仁尼琴小说的历史价值不仅体现在其强大的历史维度和深刻的历史反思中,还表现在他赋予了这一历史反思以新的文学的叙事躯壳,为当代俄罗斯文学写作确立了新的向度。

(本文原载《外国文学》2016 年第 3 期)

"新政治小说"的新意识与新叙事

——索尔仁尼琴20世纪90年代短篇小说创作论

在俄罗斯文学的历史中,有一类作家是以抚慰世界为己任的,比如普希金、托尔斯泰、契诃夫、肖洛霍夫、帕斯捷尔纳克,还有一类作家则是以颠覆世界为使命的,比如拉吉谢夫、赫尔岑、车尔尼雪夫斯基、马雅可夫斯基。索尔仁尼琴无疑属于后一类。

独特的生命状态和精神底蕴决定了这位作家的思想言行和文学创作中固有的政治激情。他说:"我的政治激情是与生俱来的。但我的这种激情是蕴于文学之中、之后、之下的。如果在我们不幸的国家里如此众多的积极的社会活动家没有被扼杀,数理学家们不得不从事社会学,而诗人不得不从事政治演讲,那我至今仍然还仅仅驻足于文学中。"①总结自己从"顺从者"到"异见者"的政治人生,他说,"我一生的感觉是,逐渐从跪着站了起来,逐渐由被迫的沉默变成自由地诉说"②。

索尔仁尼琴是揭秘斯大林时期集中营生活的始作俑者,是勃列日涅夫时代最激烈的持不同政见者,他拒绝了"重建"时代为《古拉格群岛》向他颁发的俄罗斯国家奖金,说"这本书是述说几百万人的苦难的,我不能用它来为自己获得荣誉"。他不接受叶利钦在庆祝他诞生80周年时授予他的安得列·佩尔沃兹万内圣徒勋章,说"我无法从一个将俄罗斯搞成如今这种崩溃状况的

① Солженицын А.И.Угодило зернышко промеж двух жерновов:очерки изгнания.Часть первая(1974-1978).*Новый мир*.1998.№ 9.С.53-54.

② Русская литература ХХ века:итоги и перспективы .Филфак МГУ.МАКС Пресс.2000. С.100.

最高当局那里接受勋章"。他始终把自己比作"上帝的武士""愤怒的天使"。
他对 20 世纪俄国社会的愤激之情溢于言表,"对一个用利爪撕扯我们心灵的
撒旦之国应该仇视,也只能仇视,因为它是恶之父在地球上的中心使馆"①。

　　作家所有的文学创作,无论是集中营文学《伊凡·捷尼索维奇的一天》
(Один день Ивана Денисовича)、《古拉格群岛》(Архипелаг ГУЛАГ),还是民
族性格探究小说《玛特廖娜的家》(Матренин двор);无论是短篇小说《科切托
夫卡车站发生的事》(Случай на станции Кочетовка),还是史诗性鸿篇巨制
《第一圈》(Первый круг)、《红轮》(Красное колесо),从来就是以批判现存体
制、现有秩序为政治诉求的。他始终在参与政治,以文学叙事的方式阐释历史
与现实,文学成为他叙说历史、现实政治的一种审美表达。批评家科尔涅依·
楚可夫斯基说,"索尔仁尼琴感兴趣的不是文学本身,他只是把它看作抗议敌
对力量的手段"②。

　　苏联的解体和俄国的政治变迁并没有消解 1994 年从美国回国的索尔仁
尼琴的政治情结。社会的现代性转型和文化的后现代透支使得索尔仁尼琴文
学创作中的政治叙事呈现出一种新的、别样的形态,它体现在被作家称为"两
部分小说"(двучастные рассказы),即由两个章节构成的短篇小说中。它们
是:《转折关头》(На изломах)、《小青年》(Молодняк)、《甜杏果酱》(Абрикосовое
варенье)、《娜斯坚卡》(Настенька)、《热里亚布格新村》(Желябугские
выселки)、《艾戈》(Эго)、《人生边缘》(На краях)、《无论如何》(Все равно)
等。这些作品既是小说家政治小说传统的继续,同时还表现出新时期新的
政治意识和叙事智慧:它们是一种历史叙述与当代话语多重复合的"新政
治小说"。

　　"新政治小说",这个笔者自拟的概念既是对作家新时期创作的整体把
握,还源于对他的"两部分小说"的阅读印象。它们与反主流意识形态的政治
话语小说——"集中营文学"不同,与反思 20 世纪俄国社会历史的史诗性"宏
大叙事"不一样,与世纪之交部分现实主义作家回归"问题"的现实政治关切

---

① Чалмаев В.А. *Александр Солженицын Жизнь и творчество*.Просвещение.1994.C.14.

② Огрызко В.*Кто сегодня делает литературу в России*.Выпуск 1 Современные русские
писатели,Литературная Россия.2006.C.355.

不同,如拉斯普京的《下葬》(*В ту землю*)、《伊凡的女儿,伊凡的母亲》(*Дочь Ивана,Мать Ивана*),邦达列夫的《百慕大三角洲》(*Пермудский треугольник*),与后现代主义小说家漠视现实生活的反叛情绪和虚无主义精神更是迥然相异,如维克多·叶洛菲耶夫的《恶之花》(*Русские цветы зла*),索罗金的《盛宴》(*Пир*)。作家背负着强烈的历史使命感和社会责任感,展现不同历史时期个体人生遭际的"原生态景象",以民间故事的叙述方式,对历史与现实中的政治作一种素描式的陈述,通过历史叙述与当代话语的复合再现 20 世纪社会政治背景下沧桑与悲凉的世事变迁、荒谬时代的历史苦难和人性的扭曲变异。

思维的惯性、艺术的惯性,使得"泛政治化倾向"在苏联解体后的 20 世纪末,在包括后现代主义文学在内的相当一部分文学创作中再度亮相。"回归政治"顺理成章地成为新时期索尔仁尼琴的文学选择。这不仅是作家数十年文学创作政治诉求的惯性使然,更是他在新的时代里,对不断被重释、重写的 20 世纪俄国历史、政治的新的思考,也是他在历经 20 年流亡生涯、目睹西方社会现实后对东西方政治两相比较、深刻洞察的结果。

在美国,多遭磨难、历经"梦碎"的索尔仁尼琴并没有梦醒之后的悲哀激愤,寂寞孤独之中反而愈益深刻地发现渗透在日常生活和个体命运中政治、体制、权力的强大。人无法离开时代的风雨,体制的政治,不管这是怎样的政治与体制。正是在这个意义上,德国小说家海因利希·伯尔说:"亚历山大·索尔仁尼琴完成了意识上的变革,具有世界意义的变革,这一变革在世界各个角落都得到了回响。他不仅揭露让他沦为放逐者的那个体制,而且还有他被放逐后所去的那个体制"[1]。基于 56 年深厚的俄罗斯生活积淀和面临着更为复杂的俄罗斯当下现实,1994 年回国后,他仍然把文学创作致力于对苏联社会的政治思考中。在他看来,无论是历史还是现实,对俄罗斯国家和俄罗斯人影响最大的仍然是政治。对于一个具有高度民族主义倾向,视俄罗斯民族尊严甚于自己生命的作家来说,俄罗斯社会走到今天这一步,是何等的羞辱与残酷。

有一个类似悖论的事实是需要引起索尔仁尼琴小说创作研究者们重视

---

[1] Чалмаев В.А.*Александр Солженицын Жизнь и творчество*.Просвещение.М.1994.С.12.

的。作家对 20 世纪后期出现的俄国后现代主义思潮持激烈的否定态度,视其为"可怕的反文化现象"①。他说,"后现代主义哲学将当代世界拆解为彻底的意识形态的结构性,以致世界观解体、任何清晰的思想缺失,呈现出一种坟墓状态,那里没有了任何鲜活的东西,任何事物或思想都散发出腐朽的气息"②。但与此同时,不能不看到,西方理论家关于小说的政治阅读,特别是后现代主义理论家关于政治权力的分析也在影响着索尔仁尼琴对政治的重新认识。世界,特别是俄国现实政治的变动,在改变着经济、文化,乃至日常生活世界的同时,也在修订着他的政治意识。索尔仁尼琴的政治情结没有变,改变的只是他对政治的认识和政治的文学书写,这表现在对政治的生活形态透视、人性形态透视和文化形态透视上。

一、政治的生活形态透视

"新政治小说"对俄国社会现代历史的审视改变了以往政治小说宏大的书写模式,是短篇小说《玛特廖娜的家》风格的新延续和新发展,呈现出更为鲜明的个体化、民间化的政治阐释理念。索尔仁尼琴在告别"精英"政治,走向"民间"政治;在告别"大事"政治,走向"日常"政治;告别"大场景"政治,回归"小事情"政治。政治书写的个体化与民间化表现出的是对政治的一种生活形态的透视,是一种政治的民间叙事。

政治不仅仅表现在思想立场、政治歧见、集中营、权力意识等这样一些关乎各种社会政治力量搏斗的大事件中,政治更渗透在个体的、民间的日常生活中。政治作为历史游戏的一个重要构成,不仅动荡着社会,更在作弄着百姓,残酷而冷漠,充满了动人心魄的悲剧。在作者看来,民间个体的生命日常,才是历史进程中最值得关注的政治。小说家寄情于普通个体人的悲欢离合,在民间底层的日常生活中呈现政治,既是对历史精英人物的叙说,也是一种着眼

① *Русская литература XX века Школы, направления, методы творческой работы.* Изд. Логос.М.2002.С.312.

② Столяров А.После жизни.Литературное обозрение.1999.No.2.С.108.

于命运遭际的个人叙事,表现出对政治的一种强烈的、形而下的现实关怀。

小说《娜斯坚卡》的两部分分别叙写了两个同名青年女子在十月革命和苏维埃政权早期主流政治话语下底层生活的"原景":从孩提到成人,从家门到社会,从学习到工作。人生日常融进了浓浓的政治色彩。作品中关于人与事的流水账似的介绍和叙事似乎并非主要,小说特别关心的是支配、刺激人物做事、行为的一种潜在的生存"规则":"活着的生计"离不开政治的"关切"。

来自乡村的娜斯坚卡自幼失去双亲,由当神父的爷爷养大,纯洁、虔诚。她就读的教会中学在革命胜利后被取缔,在外地中学毕业后她遵照爷爷的嘱托怀揣圣象画离家赴姑妈那里谋生,贫穷孤苦,漂泊无助。为了工作、生存,在姑妈的劝说下,在列宁逝世那年成为一名共青团员。走进社会后,她生命的悲剧接踵而来。即使屡屡被男人玩弄,也不敢声张,而玩弄她的男人,是刚刚成为新生活主人的村苏维埃主席、区苏维埃主席。后来,她竟沦为国家政治保卫总局庇护的一家色情场所的青楼女子。她的身体成了为政治服务的"具体而微"的战场。此间,两个姑妈因是神父的女儿而被开除公职并屡经命运的作弄,而爷爷因是神父而被流放。在政治主宰一切的社会中,女人的贞节与她的信仰一样容易被瓦解。

来自莫斯科的娜斯坚卡是医生的女儿,酷爱文学,充满理想,渴望成为一名优秀的文学教师。革命后,她崇拜的文学女教师因思想守旧而被勒令停教,父亲关闭了私人诊所而被驱逐外地,不久病故,笃信宗教的母亲也无法见容于新社会。娜斯坚卡入了团,考上了师范大学,实现了当中学文学教师的理想。伴随着饥饿、贫穷与苦难,时代的政治洪流也滚滚而来地走进学校课堂:苏维埃生活要清除贵族阶级的奥涅金和鲍尔康斯基们,文学要"杰米扬化"①,《铁流》《毁灭》《獾》《水泥》②进入教科书,教学内容中充满了阶级斗争、伟大的工业化运动……"生活的激流在永进——应该置身其中",娜斯坚卡遵循着这一原则,始终按照时代的思想和要求塑造自己,飞扬的革命浪漫主义激情似乎赢来了生活的"成功"。

---

① [俄]杰米扬·别德内依(Демьян Бедный, 1883—1945),苏维埃早期无产阶级诗人,诗歌以歌颂革命、无产阶级和讽刺资产阶级、旧制度为主要内容。
② 均为20世纪20年代苏联文学的经典。

乡下的娜斯坚卡千方百计地逃避政治带来的屈辱与苦难,城里的娜斯坚卡千方百计地追逐政治以实现生存的成功。逃离或是追逐政治是她们面对伤害赢得生存的不同反应。她们越是真诚,心灵的苦难就越是深重。作家把关注点集中在底层最为弱势的青年女性身上,寓政治风云于弱势群体的民生之中。娜斯坚卡们的个人身世中融入了时代的历史反思。她们的生命体验说明,在政治大势中个人是微不足道的。政治导致的沉沦也好,对政治的拥抱与献身也罢,任何人都逃脱不了与"政治"相遇。她们日常生活的全部都不可避免地承受着"革命政治"的牵引和重构,其命运无不是荒唐政治下强蛮的社会伦理对她们所开的悖谬而又充满悲剧的玩笑。

小说《甜杏果酱》展现的是苏维埃早期两个不同阶级代表的日常生活。前篇以囚犯给作家写信的形式陈述了他不幸的过去和悲惨的现实,后篇是对作家"阔绰、美好、高尚"的日常生活的叙写。

农民费多尔勤劳的一家因有锌皮屋顶的房子、几头牲口,果园中有母亲用来制作甜杏果酱的多株杏树而被当作富农扫地出门,几经辗转,最后被关押在集中营里,受尽了非人的折磨。他在信中请求一位著名作家给他寄一个食品包裹以解救他在集中营饥肠辘辘的痛苦。苏维埃"著名作家"位高权重、闻名遐迩。他身居豪华别墅,家有看门人护守,生活有保姆照料。绿漆围栏的庭院,细砂铺就的小径,高大的松杉,多彩的玫瑰,木雕的家具,谢洛夫、莫奈的名画,还有巴黎进口的电冰箱。他与批评家和大学教授正襟危坐,高谈阔论文学创作的艺术要旨和苏维埃作家的伟大使命。集中营囚徒的苦难并没有打动文学精英,囚犯向苏维埃作家"乞讨"这一卑微的希冀注定要被揉碎和践踏。作家对身处绝境的小人物无动于衷,却在求助信中发现了可以为他的艺术创作提供文学资源的"原生态"民间语言。

忧国忧民的俄罗斯作家本来应该是民众的精神支撑,然而建构"宏大的现实主义……无产阶级社会的史诗,正面主人公文学"的作家始终牢记"党和政府的重视","斯大林同志的崇高关怀","创造世界意义的艺术",在政治的驱动下,不断张望着社会思潮的风向标,却唯独忘却了人民代言人的使命。当最高的政治原则和惟我的生存法则入侵文学、改变人性、重构人格时,作家必然会拒绝倾听民众的苦难,放弃良心与道德,朝着名利奔突。其实这个混世的、油滑的、麻木不仁的、惟我的作家形象并非完全意义上的个体主体,而是意识形态高于一切的集体性经验"苏维埃作家"的共名表述和呈现。作者在更为隐蔽的层面上,表达了他对一些苏维埃作家价值观念的强烈批判,甚至是从人性层面上对其进行了彻头彻尾、彻里彻外的颠覆。政治世风如同一个熔炉,它能把所有的人和东西统统融化、消解,把他们变成社会所需的东西。苏联时代政治文化精神的形成,包括作家在内的知识分子也应承担一定的历史责任。

二、政治的人性形态透视

这是作家站在历史与人性的双重基点上对过往生活的伤悼,也是对农民个体命运无法承受的伤痛的温情抚摸。它充满了作家对个体生命与历史错位的一种悲剧性体悟,是对历史政治的人性反思。历史政治是应该为张扬美好人性服务的,但人性却在政治生活中达到了令人惊骇的扭曲,政治会使人性被发现、被张扬,但人性常常又会被政治颠覆、重塑。政治的"事"永远大于人性的"人",而人性的"人"永远无济于政治的"事",政治大势中,个人是微不足道的,只要能延续生命,让自己和家人活着,这就是农民最大的"政治"了。读者从民俗、民心的移易中感受到了政治风云的变幻。

小说《艾戈》的两部分将双重政治命题交汇在了一个人性的聚焦点上:一方面,作家以十分具体的笔触描写了国内战争时期坦波夫地区俄罗斯农民面对天灾人祸的悲苦无奈的生存,参与"安东诺夫暴乱"①的事实;另一方面,通过主人公、农民起义领袖艾戈的人生悲剧揭示了历史谬误导致的人性异化。作家从底层农民生命遭际的角度观察与审视,使小说具有了丰富的民间话语特性和民间情感力量。

十月革命初期,列宁提出的"谁不耕地,谁不播种,就让谁没饭吃!"②的口号是深得农民人心的,但当国内革命战争时期余粮征集队强行征募农民口粮,

---

① 指在1918—1919年发生在坦波夫和沃罗涅什地区,由安东诺夫领导的反对苏维埃政权的农民暴乱。

② Солженицын А.И.На изломах.Верхняя Волга.Ярославль.2000.1998.С.365.

红军战士随意残害农民、奸淫妇女的现象屡屡发生,当"革命行动"违背了为人民谋幸福的初衷时,农民愤怒了,奋起了,终于酿成了一场规模巨大的自发的暴乱。小说的这一主题不是作家编排、呼喊出来的,而是内在于农民的感情和日常生活体验,在直观的、自然的、感性的情感化叙事中,一点一滴地传达给读者的。

农民艾戈并无出人头地的大志,更无心从事救国救民、拯救人类的伟业。革命前他开过私人奶油作坊,办过信贷合作社,一心想以这种方式帮助穷苦农民做点力所能及的小事,减轻他们在日常生活中的苦难,既赢得国家的强盛,也能获得自己生活的富足。他对革命并无多少热情,既然都是为了人民大众的幸福,在与革命利益相一致的前提下,有何必要非得大喊"革命"口号,参加革命队伍,最后甚至动刀动枪,兄弟相残。艾戈的思想与行动源于他的正直、诚实、执着乃至"痴呆",展现的却是一种农民的视点和角度,一种民间话语、民众的思想,一种把民间话语、农民利益与国家话语、革命利益相比较的更为质朴、更为浅显的话语层次与境界。

然而,不想介入红白军之战的艾戈仍然被卷入了革命战争的漩涡之中。他疾恶如仇,无法容忍与农民为敌的残暴、流血、屠戮,在妻子波林娜的支持下参加了农民暴动,成了安东诺夫骑兵军的参谋长。他在被捕之后经受了残酷的肉体折磨和甜言蜜语的精神利诱,妻子将被送交特种部队,女儿被送进孤儿院,而他也难逃脱被枪毙厄运的种种威胁恐吓。在极度的恐慌与焦虑中艾戈最终反戈了,引领红军剿灭了曾与他出生入死的"叛匪"。政治对个体生命肆意的改造直接导致了主人公与原有生活的断裂,导致了他人性的沦丧。

三、政治的文化形态透视

《艾戈》中的同名主人公是一个体现着平等原则、独立人格、民主精神的文化农民。他的特点是,作为一个道地的农民,他与乡村既是一体的,又是分离的,因为他更追逐经济利益,而不注重政治等其他方面的利益;他更追逐个人的、村民的利益或个人意义上的成功,而不注重国家的、民族的利益。这是一个新经济政策前的"耐普曼",个人主义的"新式"农民。正是在与"旧式"农民的不同中,索尔仁尼琴找到了这一个体存在的合法性和合理性。个人主义的"新式"农民的出现标志着索尔仁尼琴笔下人物形象的演变,展示了时代与文学变迁中作家对政治思考的变迁。艾戈不是一个不知敬畏,不辨是非、善恶的莽汉,他无法容忍专制、野蛮的权力和暴力,不让它沦为"以全人类幸福"的名义下的权力恣肆和放纵或私欲驱动下的掳掠犯罪。做一个乡村里小小的、"文明的"合作经营者,搞一个农村信贷合作社比起让全世界走向幸福这样的宏大伟业而言更加实际可行。当新政权要求没收所有的私人企业财产时,他坚持要秘密地把发贷人的资金统统交还主人。他的利益理念是十分清晰的。

《热里亚布格新村》的作者试图说明,时代造就的"革命性",小说中人物的革命诉求并非空穴来风、突发奇想,而是有深刻的历史文化根源的。主人公的"求上进的革命意识"携带着先天性的缺陷。他们的人道意识中有深刻的反人道因素。他们在渴望社会平等的同时又伴随着深刻的强求一律的群体意识,或缺失了独立自由的理念。这不啻意味着俄罗斯的革命文化有着"先天不足"的特点,它不但丢失了革命思想中的一个本质性的诉求,同时还为革命加入了一些与革命本质格格不入的因素。于是,这样的革命很容易成为一个概念,这样的革命强烈要求芸芸众生为实现这个概念而充满激情,却常常忘记了芸芸众生的日常生活,甚至置芸芸众生的日常困境于不顾。正是在这个意识上,小说是对革命文化的反思。没有文化支撑的政治,会产生强权专制,会产生迷信盲从,会造成冷漠残酷。在文化的多种元素中既应该有深厚的民族道德传统文化的位置,也应该有当今市场文化的身影。

《人生边缘》是以两幅画卷交叉重叠展开的:一幅是国内革命战争时期的整体性活动和事件,另一幅是关于天才军事家、元帅朱可夫命运遭际的个人叙事,是权力斗争背景下的"一个人的遭遇"。索尔仁尼琴是通过写个人的命运来陈述政治权力史,通过人的命运来分析政治中权力文化、权力道德的深层机制。朱可夫是一个足智多谋的军事将领、杰出的军事天才。在卫国战争期间诸多军事战役中,凭借自己的英明决断和军事策略,以及卓越的人格力量凝聚了苏军的士气,赢得了一个又一个胜利。但表面上地位十分尊崇的他实际上只是斯大林政治棋局中的一个可以随意被吃掉的棋子,始终只能以一种虚悬的价值面对斯大林霸道的政治权力。随着政治斗争的日趋尖锐,斯大林身上复杂、"冷""阴""厉"的人格特征更加明显,其政治手段越加阴毒残虐,小说于此深邃地展示了权力对人性的高度异化。这种政治权力的"黑色漩涡"必然会将所有在场的人都吸进去。卫国战争被消匿了其国家、民族的反侵略意义,战场上你死我活的生命角逐被战场外你死我活的政治角逐所取代。军事将领关注和担忧的已经不是国家的危亡、民族的生存,而是斯大林恩宠的风向标。

朱可夫的"人生边缘"其实更是一个"政治边缘"的隐喻,暗示着人生存政治环境的险恶。权力是历史与现实社会中的一个超级话语体系,任何人不妥协,便无法生存。政治权力造就了普遍的"搏斗式"的生命存在方式,表现在人与人的关系上就是"不是你死就是我活"的严酷现实。精神的屈辱、心灵的痛苦和人格的裂变形成苏联时期高级军事将领真实的生存处境。

"新政治小说"的基本冲突仍然是历史与现实政治中的个人。作家选择了一些具有节点性质的社会性时间给作品的叙事和主题旨向进行定位。比如,它们都有历史的现场感,都有历史普泛性的意识形态对人物的左右。作品力图将个人的生命遭际同社会、时代、政治联系起来,说明个体的人在时代的历史中是任人宰割的,任何个人的意愿都要服从历史的或现实的政治。这是作家以自己的历史观念和当代话语方式对历史或现实中的事件和人物的重新叙说或再度书写,其目的在于改写、解构或颠覆被既往的话语赋予了特定价值和意义的历史叙事。是一种以极为自由的个人体验和叙述方式讲述历史或现实的作品。

作家在《俄罗斯在崩溃中》提出了他对爱国主义的理解:"爱国主义就是对祖国全身心的忠贞不渝的热爱,时刻准备着为其牺牲,分担其痛苦;但对祖国的奉献并不意味着一味地阿谀讨好,并不意味着对非正义野心的姑息迁就,而是对其弊端和罪恶的直言不讳和悔悟。"[1]。

通过当局对社会众生的监督和规训,让生命进入历史文化规范,把一个个

---

① 钱中文、白春仁:《读俄罗斯》,泰山出版社 2008 年版,第 202 页。

个性整合在权力和知识的结构之中,成为符合各种规范的主体。

历史与现实的交替描写,显示历史对现实的影响,说明现实是历史的延伸与折射。这是"两部分小说"给我们的重要启示。

这种历史与现实的鲜明对照,深刻地揭示出作家心尖上的血与泪。历史与人生的参悟,通过对人性真谛的逼近,发出对社会形态存在的质询和人生命运的反思。社会主义也可能导致人的异化。他揭示了人们习焉不察的环境如何在扭曲、分裂、吞噬、改变着人性,在颠覆、摧残着正义。作品的立意还在于:从诞生开始就背负着"启蒙""变革"的历史文化使命的俄罗斯作家在独特的生存条件下能否保持高尚人格和独立意识。

在20世纪巨大的历史变革中通过俄罗斯人的观念、性格、意识的变化来表现个性意识的被扼杀和民族意识的被遮蔽,从而展现俄罗斯民族性格的扭曲与变形的历史真实。

历史与现实搅和在一起,抹掉了时间和空间的隔膜,也拂去了陈旧的烟尘,以一种令读者心颤的新鲜和生动,横陈在他们的眼前,盘绕不散,更无法淡忘。这种带有历史漫游性质的小说,拓展了作家的题材疆域和他的艺术的小说场。

强烈的文学功能意识使得索尔仁尼琴对那种灰暗、朦胧的,精神意识和潜意识的那种审美情绪有着本能的反感和排斥。他更渴望一种明晰、刚健、激昂有力的情绪。他始终没有形成将文学作为终极追求的创作意识,文学对于他多是手段而非目的。通过文学表达他的政治文化选择,通过文学参与时代的进程,而不是将文学作为一个独立的艺术世界去追求终生。在社会启蒙责任与艺术激情之间的选择中,他择取的始终是后者。他的创作始终保持着揭露病态社会的单纯性。我们从中可以看到索尔仁尼琴始终如一地注重功利意义的认识习惯。

私欲作为一种"恶"的因子以潜意识的方式蛰伏着,而在新的环境的作用下被调动,被激活。作家没有停留在现实生活的表象层面上,而是努力指向人物心灵的深处,把关注点更多地投向人物的感觉变异、情感体验上。揭示人内心世界的"黑洞"。作家批评了弃置崇高,随波逐流,在国家政治面前摧眉折腰的人性劣根,对这种精神态势给予了敏锐而又犀利的嘲讽。

索尔仁尼琴的小说写作与此间现实主义和后现代主义作家对苏联历史文

化资源的开掘几乎是同步的,然而,面对共同的传统资源,他们的文本构建和内涵意蕴却相差甚远。

"新政治小说"篇幅很短,故被作者称为"袖珍小说"(крохотки)。它们以故事见长。但又不完全是故事小说,因为它们有着独特的文本结构和文学的审美意识,作品富有个性的艺术空间。与此同时,作品呈现出一种民间性的大众文化的品格。一种精短的文学创作形式,它的叙事方式和策略会触发新的视角。小说打破叙事时空的统一、连贯性,连接两个对立面的审美手段有着一种鲜明的道德勾连、情感本体与伦理本体的小说精神。

索尔仁尼琴从传统的启蒙者与教诲者的高台上走下来,不再持一种启蒙者的俯视视角、教诲语气、焦虑情绪,而是以形而下的平实与平常心态,关注人物的平常生活和生命遭际,将人物的与自己的对生活的独特感受和体验融入作品中,含蓄地透露出对历史与现实的政治思考。激动人心、深入幽微的内容,愤世嫉俗、高亢激越的声音,"投枪""匕首"式的风格遭到了抑制或遮蔽。

作家以一种完全生活化的,尾随人物行踪的叙事方法,既有故事,似乎又无故事模式,让人物的生存面对大量存在的机缘、偶遇、巧合,以一种生活流的方式结构作品,在普通、琐碎的日常生活细节中展示寻常的生命状态。展示真实的生活,录写真实的人生,似乎与"深刻""哲理"无缘。作家拒绝抽象而玄虚的概念演绎,也没有悬浮在玄虚的意识上空,而是将小说的根基深扎于日常生活的坚实的大地,具有鲜活生动的审美性和此在性。小说将反思的视角确立在多重人物的身上:主人公的,叙述者的。小说不以塑造人物为目的,作者的目标是通过俄国社会革命进程中人生悲剧的书写,道出民族历史政治文化的荒谬。

小说《甜杏果酱》中两种叙事(前篇集中营囚犯的自叙和后篇作者的第三人称口吻)方式都是平铺直叙、高度冷峻客观的。作家佯装对它的"意义"与"价值"漠不关心。他似乎只在乎把生活中发生的事情的原委讲清楚,说明白就够了。作者不去解释它,更不去评判它。他让他安排的故事自己去说,或借助于一个叙事人来说,而说话人似乎也与事情的结果毫不相干。这是一种新型的小说形态,作家在虚构的空间中艺术地运用历史资料,并将历史背景中的诸多细节作为故事契机、情节道具巧妙地融入小说中,创造出一种似真非真、虚实相融的小说化的历史故事。

《艾戈》小说的前半部分几乎是一种纪实性的描写,并不要求读者接受作者的思想立场。索尔仁尼琴说:"小形式可以有大容量,而对于艺术家而言这乃是莫大的享受——从事小体裁形式的创作。因为在小的形式中可以极大地享受雕琢精品"①。同时,以短篇小说的体裁形式,以民间话语的叙说方式,以直白、晓畅的写实语言,应该说是与他希望更直接面对读者大众的现代意识有关。从小说故事的线索看,其组织结构整体并不严密。小说叙事的基本策略是人物生活片段的连缀,或粗线条人物活动的历史过程加生活化的细节描写。按照生活时间的先后流程结构作品。迎合了现代社会高度简洁化和浓缩化的时代需求。

这种"袖珍"体裁如同作家的所有创作一样,与其说是对阶级性的研究,莫如说是对民族生命存在命题的研究:在主人公命运的背后的是最终的人的生存命题。索尔仁尼琴继承了俄罗斯现实主义短篇小说的传统:言简意丰,诗学手段的简奢、内容的丰厚。作家高度评价扎米亚京的创作风格,为他的"具有挑战性的简洁鲜明的肖像以及充满活力的凝练的句式"②而赞叹不已。作家尽可能地把对原生态生活现实的难以避免的变形最小化,当然这并不意味着他拒绝艺术的虚构与杜撰。作家并没有前卫的艺术手法,以极其简奢的艺术手段,却展现了丰富的生活内涵,表现出语词高度的内涵,一种新的文体形式。在作家看来,20 世纪的所有的悲剧就在于对世界理解与把握的宗教意识的缺失,人的一种永恒的宗教责任的丧失。而悔悟正是改变这一精神现状的重要途径。而在艺术手段上,与 50—70 年代相比,也显现出冲突的尖锐性、作家立场的不可妥协性、叙说的悲剧型等新的风格特征。

小说语言简朴、凝练,情节具有高度的紧张性。作家只写最重要的,而将所有次要的东西统统放在一边。他推崇的是扎米亚京的一种艺术风格,"只有本质,浓缩物,合成……当一切都汇聚成一个焦点时,所有的情感便高度凝

---

① Некалендарный XX век, материалы Всероссийского семинара 19–21 мая 2000 года, Великий Новгород.2001.С.263.

② Солженицын А.И.Из Евнения Замятина.Новый мир.1997.No.10.С.186.

聚,变得十分尖锐激烈……"①。

作家关注语言的生活化、口语化、俚俗化,拒绝典雅诗性语言的运用。以通俗之语叙写世俗人生,以俚俗之语描写世态人情,在近乎聊天、闲谈的生活化、世俗化语言中写人生。呈现出面向大众的世俗艺术观念。

小说的艺术品位:叙事结构的独到之处,匠心独运,显示出作家强烈的文体变革意识和语言探索意识。小说融发散性结构与情节性叙事的紧凑为一体,形成整体话语自然、舒缓,而局部情节紧凑利落,有故事性强的张力感。以实求虚,以虚润实。

就其现代价值概括而言,有两点值得我们重视:一是在注重现实主义风格和叙事传统的同时,有效地增补了现代小说的文体意识和语言意识。即对其艺术品位和审美价值的指认。二是有效地恢复了"民间话语"的文化记忆与历史记忆的美学功能,即对其文化品位和意义价值的指认。

七十余年的苏维埃文学始终承担着"国家话语""社会话语"层面的叙事功能,沿以为习,故而对于"民间话语"方式承载历史记忆与文化记忆的小说美学功能,总是排除于主流之外乃至忽略不计。因此,这种历史文化"乡愁"在后苏联文学中成为少有的代表。在过于强调西方文化、道德理念,而鄙视俄罗斯文化传统的后现代情境下,是一个有益的途径。

(本文原载《外国文学》2009 年第 4 期)

---

① Замятин Е.О синтетизме//Замятин Евгений .Избранные произведения.1999.C.416.

战争英雄神话的消解

——后苏联长篇小说《将军和他的部队》的思想向度

与西方战争题材文学相比,苏联时期的战争文学具有一种明显的异质性。在经历了 20 世纪的两次世界大战之后,西方文学对战争的残酷性、非理性以及反人性的反思,对人的命运、人的生存意义和生命意识的哲学思考,构成了战争文学的基本主题。然而,同样是战争,苏联文学留给俄罗斯人的却是对战争的英雄主义的歌颂与美化,战争的英雄主义甚至被提升为一种伟大的苏联英雄神话,卫国战争被誉之为"'人类繁星辉跃的钟点',英雄主义和自我牺牲……诸如莫斯科城下、伏尔加河畔之战或是被围困的列宁格勒的反击战这样的功勋"[1]"为世界所瞩目的……伫立在柏林城里飘扬着的旗帜边的红军战士"的光辉形象[2]。

后斯大林时期,战争文学试图摆脱单一为主流意识形态政治服务规范的束缚,开始探索自己独立的文学品格,形成了一次又一次波澜壮阔的文学浪潮,几乎在每一个浪潮中都留下过坚实、独特的身影。从肖洛霍夫的《一个人的命运》开始,一直到"重建"时代发表的格罗斯曼的长篇小说《生活与命运》等,这些作品不仅对于战争文学,而且对于整个当代俄罗斯文坛,都具有巨大的影响和作用。但是,从整体上说,战争的英雄主义题材始终被陈旧的观念和陈旧的方式反复表达着,尽管有极少数作品对卫国战争和战争中的英雄行为

---

[1] Дементьев А. Г. и др. История русской советской литературы, в 4 томах, Изд. Наука, Т. 3, 1941–1953, 1968. С. 5.

[2] Дементьев А. Г. и др. История русской советской литературы, в 4 томах, Изд. Наука, Т. 3, 1941–1953, 1968. С. 89.

提出过不同的看法和质疑，却很少有作家全面、严肃、深刻、哲理地重新反思这一场战争以及与其有关的众多理念。

1995 年，卫国战争胜利 50 周年前夕，弗拉基莫夫说："伟大的卫国战争即将跨越世纪的门槛，在新的千年还会有战争胜利后出生的人来写新的关于战争的书。对它的看法会改变，新的理念将会变得成熟，战争会被揭示出其一些不为人知晓的奥秘，显现出另一种迷人的神韵。"①长篇小说《将军和他的部队》就是他对战争的新的思索，对战争以及与战争有关的诸如国家、民族、人民、爱国主义、人道主义等这样一些经典概念进行的整体性的反思，从而彻底消解了苏联文学沿袭了将近半个世纪的关于卫国战争的英雄神话。我们从 1995 年 5 月 9 日《图书评论报》上俄罗斯老作家博戈莫洛夫②对长篇小说发表的言辞激烈的批判文章中也能感觉到作品所具有的颠覆性的思想意义："给卫国战争和数千万活着的和死去的参与者抹黑"③"赞美血腥的希特勒军队"④。

加缪讲过，小说的本质就在于永远纠正现实世界，米兰·昆德拉也说过，小说就是对存在的勘探。显然，获得 1995 年度俄罗斯布克文学奖的长篇小说《将军和他的部队》是确定无疑的，具有"纠正""勘探"品格的小说。诚然，作品没有偏废长篇小说关于人的命运的故事元素，它的中心内容讲述的正是科布里索夫将军在卫国战争期间的人生遭际与命运沉浮。但貌似写人物、写故事的这部小说，其实是作家精心构筑的一部反思卫国战争的作品。从作品淡化情节的散漫式结构，重于人物的心灵描写与对话，充满人性化，不无哲理化的历史透视对战争叙事的干预来看，长篇小说确实是一部独特的、关于战争的思辨性的社会思想小说。巴赫金说，"社会思想小说就是对所有现存的社会

---

① Кардин В. Страсти и пристрастия. (К спорам о романе Г. Владимова《Генерал и его армия》)//Знамя.1995.No.9.C.199-200.C.409.

② ［俄］弗拉基米尔·奥西波维奇·博戈莫洛夫（1926—2003），苏联战争题材小说家，参加过第二次世界大战，长期在苏联军队工作，苏联劳动红旗勋章和卫国战争勋章的获得者。

③ Кардин В. Страсти и пристрастия. (К спорам о романе Г. Владимова《Генерал и его армия》)//Знамя.1995.No.9.C.199-200.C.409.

④ ［俄］弗拉基莫夫著，谢波、张兰芬译：《将军和他的部队》，漓江出版社 2003 年版，第 469 页。

关系和社会形态进行原则性批判"①。长篇小说反思性的"原则性批判"延伸着两个不同的思想向度:一是把卫国战争视为20世纪人类的共同悲剧来思考的,二是把卫国战争作为苏联国家、俄罗斯人民特定的悲剧性历史承载来审视的。

就其中的第一个思想向度而言,对战争价值观、战争本质的重新认识是小说中最具思想发现价值和艺术生命力量的重要内容之一。小说舍弃了正义与非正义、善与恶二元对立的传统的战争是非观,主要通过苏、德两个敌对阵营中高级将领对战争的理性思考以及他们战争中行为的描写,表达了作家对战争本质的一种具有普世性价值意义的认识。

居于长篇小说中心位置的人物——科布里索夫中将是一个具有卓越军事天赋的苏联集团军司令。战争是成就他血性英雄的历史语境,给了他成功、荣耀、擢升以及为国家建树功勋的契机,他是为功勋而生的"战神"。为了彰显他的战将风范,作家不止一次地介绍了他赫赫的战功:战争初临危受命使被打散的集团军得以重整旗鼓,曾七次遭遇敌军的重重包围并七次冲出包围圈,奇迹般地保全了集团军,巧妙地赢得了进攻普列特斯拉夫里的第一场攻占登陆场的胜利,他的战术思想使苏联军队赢得了梅里亚津战役、重创德军的辉煌胜利。然而,科布里索夫非但没有成为一个战争狂,反而时时流露出对战争的不屑和轻蔑,甚至是反感与厌恶。在那些至关重要的成功中,他看到的是最可怕的结局,他甚而认为,"当我们觉得已找到了我们寻求的目标时,我们是否正是给自己的坟墓做着标记"②。这个在战斗间隙时总是手捧伏尔泰著作的苏军将领全然不赞同最高统帅部以抢夺城池、要地的军事利益为重,以及不顾官兵、平民牺牲的军事方略,更对"进攻型"将军们为了能向最高统帅报告胜利的消息,善于勇敢无畏地驱赶自己的部下征战,不顾惜他们生命的行径感到悲愤。他自始至终以充分的冷静和生命的理性审视着战争的浩劫和灾难,始终遵循着一个信条:决不能"用付出俄罗斯人生命的方式来拯救俄罗斯"。

① [俄]巴赫金:《巴赫金全集》(第三卷),河北教育出版社1998年版,第19页。
② [俄]弗拉基莫夫著,谢波、张兰芬译:《将军和他的部队》,漓江出版社2003年版,第144页。

战争还不仅仅只是战场上的屠戮,科布里索夫只要一想起战争期间苏军曾经实施过的绞刑,他就难能心安。在他亲眼目睹的被绞死的"敌人"中,有沦陷区上了年纪的农民村长,两个为德国人服务过的年轻人,还有一个德国人。在他看来,他们都是战争中的受害者,之所以成为敌人的"帮凶"只是身不由己。对"不义者"的惩罚非但没有引发他的一丝欣慰,反而使这位熟谙杀人技巧、见惯了千百次死亡的苏联将军对这样的死亡感到痛苦不安,因为他根本不明白"为什么要剥夺他们那微不足道的永恒,为什么我们总对那渺小的永恒无动于衷"。这是作家对战争无视个体生命本质的深刻洞察。

托尔斯泰在《战争与和平》中说,人民战争应该仅仅在俄罗斯境内展开,一旦越过边境就成了政治战了。人民愤怒和仇恨的情感在将强盗赶出家园后就能得到慰藉,因此没有必要一直将他们追击到巴黎,因为那里等待着他们的也同样是注定要毁灭的命运。因此,在科布里索夫看来,当"卫国战争"的目的和使命达到并完成后,在斯大林身上除了全部的野心和贪婪外,应该有足够的智慧和温良不去挑起新的欧洲战争。然而,愚蠢的是,为了不让美国的艾森豪威尔助战抢功,朱可夫元帅在抵达柏林前,在抢夺一个高地的战斗中导致30多万俄罗斯官兵捐躯。使得俄罗斯在战后的第一个星期就收到了30多万封阵亡通知书。

53岁的海因茨·古捷里安上将是一个深受德军士兵爱戴与信任的指挥官,闻名遐迩的德国装甲坦克的缔造者,是德国军队中"有思想、有理智的天才军人"。他的战争性格与战争心理在长期的战争生活中和英雄的光环中得以形成并不断得到强化,从而使他失去了战斗和胜利便会焦灼不安。然而,桀骜不驯的德国闪电战英雄却始终是官兵们最好的战友,有着对个体生命价值最深情的理解与尊重。在等待部队增援的时刻,他会让面临死神的德国士兵们自行作出去留的抉择,对一位落入他手中的苏联将军,他非但没有加害于他,反而送给他一个指南针,希望他带着两个人一起逃走。对杀戮流血这一战争本质深刻的洞察,使得他承认作为德国军队的忠实一员,他与大家一起共同犯下了不可饶恕的罪责。他完全不顾"要不惜一切代价——夺取图拉"的希特勒命令,因为随意消耗人的生命违反他的战争准则。在亲眼目睹了德国士兵们在俄罗斯疆土上经历的苦难后,他感到了一种"极端的冷漠,这是一个突然觉得终点等待着他的所有荣耀都无所谓的竞赛运动员的极端冷漠,起跑之初的狂热已毫无价值和意义"①。古捷里安将被苏联人枪杀的数百名苏联囚犯的尸体并排放在监狱的院子里,在这些尸体旁,"几乎晕厥地"守卫了 15 分钟,感到比亲临这场屠杀还要恐惧。因为此前,他只在战场上见过被杀戮者。他似乎看到了那些活着的人的疯狂、泪水,更令他恐怖的是他看到了他们带着畏惧和明显的恶意看着他本人。他想起了广场上设立的绞刑架,填满沟壑的尸体,德国侦察部队和警卫部队的全部兽行,第三帝国犯下的全部强暴和抢劫罪孽。他扪心自问:"这种自古以来就存在的、毫无意义的血腥更迭能不能不发生,或者哪怕是在哪一环节被斩断。何时才能终止抵抗——惩罚抵抗——报复惩罚——新一轮的惩罚——新一轮的报复?"②

在距图拉 15 公里的托尔斯泰庄园"雅斯纳亚·波利雅纳",在作家的书房里,"神行梅因茨"又一次读了托尔斯泰的天才巨著《战争与和平》。书中的一个情节尤其使他感动,那就是纳塔莎·罗斯托娃命令丢弃家中的财产,把车让给受伤的军官。古德里安说,她这是以其独特的方式向拿破仑宣战。他认识到,抗击德国军队的不是斯大林,而是那广袤无垠的土地,是顺从地、毫不惋惜地牺牲一切和不考虑任何生命代价而团结一致的整个俄罗斯民族,这是一场不比那场由库图佐夫率领的反法战争更容易的战争。正是在托尔斯泰的那张书桌上,他起草了德国军队的第一份撤退令。

弗拉基莫夫说,"即使是犯了滔天大罪、入侵了他人祖国的战犯也有权利认真考虑一下:这个国家是从何汲取了反抗之力?为什么在这个国家里,你会在一步步的胜利中走向失败?它的人民为什么始终支持那个肆意侮弄了他们的斯大林?""我努力把他塑造成我所想象的那种人,在这样的情况下,描写了他如何在托尔斯泰庄园里做出了自己的撤退决定,我把此称之也许是他一生中最高尚的行为"③。

---

① 〔俄〕弗拉基莫夫著,谢波、张兰芬译:《将军和他的部队》,漓江出版社 2003 年版,第 101、98、482 页。

② 〔俄〕弗拉基莫夫著,谢波、张兰芬译:《将军和他的部队》,漓江出版社 2003 年版,第 101、98、482 页。

③ 〔俄〕弗拉基莫夫著,谢波、张兰芬译:《将军和他的部队》,漓江出版社 2003 年版,第 101、98、482 页。

弗拉基莫夫绝非一个和平主义者,他并不否定为了国家的政治、经济和文化的原因参与战争的合理性和必要性。卫国战争的确保护了俄罗斯国家的安全,维护了俄罗斯民族生命的尊严,成就了俄罗斯英雄的荣誉与伟业,这无疑是合理的。但战争对生命的屠戮、对人性的扭曲一面却往往被历史的宏大叙事有意地遮蔽了。雨果说过,在绝对正确的革命之上,还有绝对正确的人道主义。作者指出,所有战争,无论是正义的还是侵略的,最终都是生命的角逐。而在这一你死我活的生命角逐中,对任何一个个体生命而言,战争中其实并没有真正的胜者。任何以死亡、杀戮为目的的行为,结果注定是悲剧性的。作为一个战争题材作家,弗拉基莫夫看重的是人的、人性的关怀。战争文学应该关注的是战争的反人类性,是战争中的人,战争中的人性。他要借此消解国家意义上的战争观,提出与国家的、军事家的战争观有所不同的人类共同的战争观。

战争的特质在于将军、士兵、民众必须服从军队的、国家的意志,他们的个体特质必须服从于军队的、国家的整体特质。但是,将军与士兵的生命思考因为他们的特殊的战争条件和特殊的生存境遇而更为直接地面对人性的选择和被选择。作为个体的人,他们有着自我的人性思考和人生诉求,但作为国家的生命,他们的个人诉求却被国家伦理无情地剥夺了。因此不是胜利、英雄与"伟业",而是揭示灭绝人性、灭绝个体的战争本质才是战争文学的"重中之重"。小说以大量的篇幅讲述了苏联官兵,俄罗斯人民如何默默无闻地、平静地决定献出自己最宝贵的生命,"为了那从来没有听说过的一小块土地,为了他们也许从来没有见过的莫斯科,为了挽救在战争中从来没有吝惜过普通人生命的苏维埃俄罗斯,那永远高于鲜血、生命的巨大的信念、神圣的理念、国家的利益"。苏联军人中间有因为子弹打尽而被迫退却的军官,以救护伤员之名而来到后方的士兵,还有因为不敢看令人恐怖的伤亡而逃离战场的年轻的女卫生员,甚至有整整三个营的苏联官兵因为忍受不了地狱般的轰隆声和撕裂声而离开了阵地。这些有着合理生命诉求的普通人褪尽了任何英雄主义的斑斓和豪情,严酷的战斗生活没有把他们造就成铁血的英雄,脱逃、被俘、死亡不仅使他们与英雄的名誉和荣耀绝缘,而且任何的个人意志都被彻底扼杀了。

战争之于人类,其残酷不仅在于对个体生命的屠戮,还有对人类精神的践踏和扭曲,战争不仅消灭人的肉体,还在摧残着精神,那是对人的肉体与精神的双重撕裂,对人的生命的轻薄与嘲弄。弗拉基莫夫没有站在国家的立场上宣扬战争,而把人性的关怀和怜悯当作战争文学的底线。在这个意义上,作家超越了历史视点和民族文化视点,而站在了更高的审美视点上,对战争发出了更为深刻的质疑与诘问,从而完成了对悲剧意识和悲剧精神的深度开掘,也完成了战争观念上的一次更有深度的跨越。战争与宗教从来就是战争文学少有涉及的命题,但在《将军和他的部队》中作家却赋予苏联和德国的两个将军以强烈的宗教情结,在质疑卫国战争"崇高""英雄""价值""理想"等传统观念的同时,提出了终结人类"集体犯罪"的战争行为的普适性的宗教价值观。"我希望您能成为基督徒,已经认识到自己是基督徒的人会平等地既爱自己的朋友,也爱自己的敌人","人的每一步都是错误,如果没有爱和仁慈",这些话分别是科布里索夫的狱友,一位曾经的白匪军人和一个俄罗斯神父对德国将军的寄语。能够跳出民族和正义的立场,以人道主义的情怀表达对战争的憎恶,对人生命的怜悯,弗拉基莫夫走出了国家战争神圣光环的笼罩,而走上了重新反思、解释战争之路。这是他颠覆苏维埃"战争文明"的新的表达式,为战争文学提供的全新的视域。

就小说的第二个思想向度而言,卫国战争悲剧性的历史承载远远不止于武装冲突给苏军官兵带来的流血、牺牲,战争的社会学意义不仅事涉苏联国家政治、军事、文化的诸多领域,而且还在于战争情结和战斗本能始终伴随着苏联时代的俄罗斯民族生活。战争的基本形态是一种在利益原则和暴力冲突下的人与人之间的对抗与征服,这种对抗与征服成为苏联时期俄罗斯人的生活状貌。俄罗斯人始终处在有形或无形的、无有休止的"战争"中。对卫国战争的这一思考使长篇小说具有了更为深广的对社会制度、民族心理的反思容量。

对国家权力制度形态的思考是作家着力探究的核心话题。作家提出,自然生存权是一切生命的初始权,在号称人民当家作主的苏维埃国家里,普通人的自然生命权凭什么要被剥夺,并且反复被剥夺,国家甚至要人们心甘情愿地接受这种剥夺?为什么个人的生命诉求被要求必须服从于社会体制的诉求,倘若那个社会体制是违背人性、甚至是反人性的,这种服从还是合理的吗?

由于作家认定的斯大林时代的"基本恶"的社会背景,长篇小说先在地具有一种控诉文学的特质。作家把矛头直指苏联社会政权形式的文化根基——集权主义与民族的奴性、愚昧。为了建设革命的苏维埃,红军指挥官贝洛·库恩在克里米亚枪毙了三万被俘的白俄军官兵,图哈切夫斯基残酷镇压了坦波夫的农民起义和喀琅施塔得的水兵起义。而他自己却也遭到了布柳赫尔元帅的指控,为了洗刷自己,布柳赫尔元帅把一切罪过推到了图哈切夫斯基身上,尽管他是无罪的,但还是对他宣判了死刑,而推诿者自己也没能幸免,落在了屠刀下。让德军胆寒的苏军 T37 坦克正是哈尔科夫机车车辆厂一个由爱国囚犯组成的科研队伍研制的。海因茨·古德里安对苏军将军说,"不是石头与镣铐使监狱坚不可摧,而是囚犯们坚固了它","苏维埃政权可以允许自己做任何事,消灭了成千上万,又会有成千上万的人起来保卫它,这样的代价就写在它的旗帜上"。难道"只要对无产阶级有利,一切都是道德的"?这既是科布里索夫将军,也是弗拉基莫夫难以释解的心中的巨大苦闷。

小说通过战争期间无端被杀害的俄罗斯民众的血腥史实,通过对几个将军在权力夹缝中的艰难生存表现了对斯大林绝对权力的反省与质疑。在奥廖尔陷落前的一两天里,市监狱的牢房和地下室发现了数百具被杀害的尸体。这些被处决者没有一个有死刑判决书,最多的也只判决 5 年,其中的一些人刑期已满,还有一些根本没有判决的人,只是因为"破坏活动""反苏维埃阴谋"而被审和杀害。50 名曾经被德军俘虏过的苏军士兵被强迫从悬崖跳进水里,随后被苏军快艇的螺旋桨绞打致死。赢得过胜利而最终殉难的苦难圣徒安得烈·斯特拉齐拉特连同他的 2593 人的队伍因"附敌"而集体被杀。被除奸部抓获的苏军官兵想方设法尽快结束自己的生命,他们一个个、集体性地在一根电线上先后吊死,因为与其接受惩罚莫如自己了结自己以避开惩罚,尽管可能会有一刹那的恐怖,但尔后会有一种幸福的轻松感。出于对科布里索夫投敌的怀疑,前沿阵地在一夜之间被内务人民委员部的伞兵部队占领,道路很快被布上了铁丝网和地雷,集团军官兵被要求立即冲出包围圈,否则将被视为反抗而遭消灭。在强大的精神压力下旅政委基尔诺斯被迫自杀了,而科布里索夫却不得不用自己的血肉之躯保卫这些"残酷的刑讯者和刽子手"。

1941 年春,科布里索夫曾经历过一场颠倒人生、扭曲人性的大劫难。他的反空降师坦克部队参与了 5 月的红场阅兵,其中的两辆坦克因机械事故而在列宁墓前突然熄火。事后的 12 天他因莫须有的"谋杀罪"被捕,被关进了单人牢房后接踵而来的是恐怖不堪的精神折磨。大规模的逮捕和迫害运动涉及的还有大学教授、文学研究者、曾经的白卫军人。直到战争爆发,与科布里索夫一样无端被捕的 100 多个军官才被从莫斯科监狱放出。朱可夫向斯大林呈交了尚在监狱中等待自己命运的 300 个军官的名字,但既不宣告无罪,也不请求赦免,只是将执行判决的时间延至战争的结束。而在国家安全总局首脑贝利亚的呈文中,仅仅剔除了前线战事需要的其中 40 多位军官的名字。科布里索夫意识到,一种隐秘的力量左右了整个强大的国家制度,压倒了它的一切部门和机关,直至政治局及领袖本人。科布里索夫等人的悲剧是斯大林主义极权时代的必然,其悲剧性命运的典型意义是:在那样的历史条件下,任何被视作危及最高统帅的人都会被毁灭,无论他对这个制度多么忠诚,无论他的人格有多么高尚正直。作家在小说中提出了一个十分重要却又无法回答的难题:俄罗斯人如何才能不服务于制度和个人而真正服务于祖国和人民?如何才能跨越制度、领袖与祖国、人民的这对矛盾中始终存在着的无法逾越的藩篱?

小说以大量的细节表明,卫国战争期间,苏联将军们巨大的心灵痛苦不是来自敌人的进攻,而是来自最高统帅部的怀疑和防范以及内部同僚、战友的轻蔑、奚落和敌视。战争的自始至终,反间谍机关除奸部、国家安全局、内务部工作人员总像阴影一样缠绕在苏军将领的身边,他们不仅粗暴地干涉前方的战事,还监督指挥官们的一言一行。反间谍机关除奸部少校斯维特洛奥科夫用各种卑鄙的特务手段收买科布里索夫将军身边的副官、司机、传令兵,以监视他是否忠于最高统帅部,卢比扬卡国家安全局对众多"政治犯"施行无端的诬陷、非人的刑讯和残酷的折磨,决不放过任何"实施阴谋"的可能。旅政委基尔诺斯无法理解,为什么当部队撤退的时候,全城的居民居然会从大楼的窗户里向他们乱扔瓦罐、泥块、炉渣、砖头,甚至儿童餐具。一个家中的一头公猪被充了公的女人声称"你们毁掉了我的全部生活,那就让你们全都被枪毙吧!"她硬是把 50 个红军战士带到了德国人那里而被杀死。那是因为敌人的蛊惑宣传,还是对社会现实的不满?弗拉基莫夫笔下的卫国战争具有一种"国内战争"的特点,方面军司令瓦图丁大将说,"我们跟自己人作战的记录要比跟德国的多得多"①。弗拉基莫夫以一种新的艺术真实来证实并阐释战争文学未曾书写过的战争史,以全新的理念来对历史事件、历史人物进行他独特的富有个性的阐释。极权主义话语、人道主义真理仍然是小说思想的主要支撑,未能找到新的思想话语的现实主义作家还是回到了现实主义文学原有的话语谱系中来。

忽视社会、体制、文化等因素固然无助于对历史的反思与理解,但所有这一切都不能作为当权者、为虎作伥者、私欲膨胀者自我开脱的理由。倘若将一切归咎于时代、社会、体制、政治,这一个个空洞而又终极的悲剧制造者,实际上等于给了所有历史罪人对罪恶的豁免权,不分是非地人人都成了受难者,从而不去追究潜藏在人心灵暗角中的邪恶。《圣经》中亚当与夏娃所犯"原罪"的起因其实并不在于伊甸园中那条邪恶的蛇的诱惑,而源于那条"蛇"就在他们的心底。作家以其深刻的洞察揭示出人心灵中的邪恶是如何与时代的、社会的、制度的灾难形成一种媾和,那些邪恶的力量是如何以体制、政治作为依靠,而蠢动、纠结、聚集、作恶的。作家对这场充满苦难与屈辱的战争的记忆,最不堪的还不在于显性的苦难,而在于一些人的精神与灵魂构成,他们自我人性的扭曲、丑恶、变态,他们对民族的灾难、人民的悲剧是难辞其咎的。对他们的耻辱、罪责的反省,也正是对整个民族灾难反思与道德完善的起点。因为社会制度并非一个非人存在的怪物,它仍然是由个体的人来体现、为代表的。没有一个社会能够避免不合理和罪恶,因为不合理与罪恶就藏匿在这个社会中人的心中的阴暗之域。

小说家指出,造成战争初期苏军节节退却和民众深重苦难的真正原因不是敌人的突然袭击,而是因为"整个时代的、全体人民的最伟大的统帅乃是才疏学浅之人和胆怯的逃兵,在整整十一天的时间里妨碍了指挥"②。战争开始后的第三天,刚刚被从监狱放出的科布里索夫前往赴任的一个师的师长就自杀了,原因是在他的部下遭到德寇突然袭击时,他接到的命令是应当千方百计

① [俄]弗拉基莫夫著,谢波、张兰芬译:《将军和他的部队》,漓江出版社2003年版,第228页。

② [俄]弗拉基莫夫著,谢波、张兰芬译:《将军和他的部队》,漓江出版社2003年版,第336页。

地避免挑衅。与和平时代一样,在战争中任何一种政治色彩的服从或推诿总有某种个人的利益、品质在其中。苏维埃军队的将军们都信誓旦旦地要服从国家最高政治和战略的需要,但私下追求的却是个人升迁、荣耀的卑微私利,甚至可以在最高苏维埃面前信口雌黄,为自己推卸责任,他们与托尔斯泰笔下的库拉金公爵毫无二致。副统帅朱可夫元帅根本不听科布里索夫建议减少伤亡的战斗方案,因为作战方案是经过了最高统帅同意批准的,是绝对不能更改的,所以他从来没考虑过“悯惜”这样的字眼,在他的军事辞典中没有这个词。乌克兰方面军的政委赫鲁晓夫,好大喜功的进攻型集团军司令捷列先科,从不以官兵的生命、民族的利益、俄罗斯的命运为重,却都以各自的方式迎合着最高统帅部的政治需要。科布里索夫的副官顿斯科伊少校、司机西罗京都把除奸部的斯维特洛奥科夫少校当作全知全能的预言家或是主宰他们政治沉浮的神秘人物,在他的身上寄托着他们的个人欲望、前途。战争的强制性和残酷性固然让军人置身于非常态的特殊生存境遇之中,但军人却也在这种特殊的生存境遇中比其他人更为直接地面对人性的选择和被选择:人格的显现、人性的张扬、精神的高尚或人格的蜕变、人性的沦丧、精神的劣化。

苏联的战争文学从来未曾关注战争苦难和悲剧的历史十字架的负重者,很少用悲悯的人文情怀去观照战争中“反英雄”个体的生命悲剧和他们的内心世界,却总是要求作家站在主流意识形态的立场上,对英雄论功行赏,同时将“反英雄”打入历史的冷宫,并以一种鄙视嘲弄的态度羞辱他们。然而,弗拉基莫夫不仅将他们引入了长篇小说中,而且还关注那些有幸活着或者已经死去的苏联军人与战争纠缠在一起的诸多命题。他们没有成为英雄,有人是战争中的逃兵,有人甚至成了德国人的帮凶、历史的罪人。战争的历史显然不仅是胜利者英雄的历史,战争的历史叙述也不仅仅是关于英雄的叙述。战争文学倘若不映现民族生命机体中这一道道也许永难愈合的创伤,不重视包括主宰者、参与者、受虐者生命所受到的来自战争、时代、人与人之间的巨大伤害,就无法揭示出战争真正的悲剧来。

弗拉索夫是被钉到卫国战争历史耻辱柱上的一个罪人形象,是小说中的“反英雄”。这个国内革命战争岁月的红军指挥官和卫国战争期间的高级将领被德军俘虏而背叛,此后他成为反苏联的“俄罗斯人民解放委员会”和“俄罗斯解放军"的领导人,于1945年5月被苏军抓捕,由苏联最高法院军事法庭判处绞刑。这一独特经历的苏联军人的内心冲突、窘迫的境遇、可疑的身份成为小说中另一个重要的表现题材。作家不仅以大量的具体事例证明他如何拯救了集团军、莫斯科和整个反德战场,而且还表现了他在战争中的高度人性和人情。正是他在1941年率领37集团军支撑了基辅的整个防线,率领残部从基辅的大包围中冲了出来,同年12月又在莫斯科城下以他英勇的突围扭转了战局。弗拉索夫既不会阻挡逃跑者,也不会为此而浪费子弹。当战士们议论如何处置那些惊慌失措、逃离阵地的同伴的时候,面对"枪毙几个败类,其他的人就会清醒过来"和让这些人归队的不同主张,将军会不无俏皮地说:"当俄罗斯伊凡背对着敌人前进的时候,请你别在他的道路上逗留。他会踩死你的!"在被德军围困的危难时刻,他主张解散他的集团军,以小部队的形式突围,但因未能得到最高统帅部的同意和授权而遭审查和怀疑。正是这个具有反压制精神的苏联军人提出了与布尔什维克政权的势不两立,甚至希望借助于德国人的力量来拯救处于极权统治下的祖国与人民。科布里索夫同情他,红军战士也同情这些"弗拉索夫分子",认为他们的叛变只是一个不幸的错误。在作家看来,他们之所以成为历史的罪人是时代和社会的使然,他的悲剧在于作为一个战时的将军,他并不懂得战争,而作为一个俄罗斯人,他也不懂得什么叫俄罗斯和祖国,他"让一两百万疯狂的俄罗斯孩子们朝人民之父举起了武器"。"弗拉索夫现象"不是偶然的,卫国战争期间出现了战争史上从来没有过的数十万人"群众性投敌被俘"的现象,据苏联时期的统计,共有4059000人被俘,而其政治原因是"军事失误,指挥外行没有经验,党和国家领导的错误、失策和犯罪行为"①。

　　小说中的福季·伊凡诺维奇·科布里索夫是一个发现了他所生存的体制黑暗根源的清醒者、先觉者。他也许就是作家本人的代言人,但绝不能说这位苏联将军已经获得了真正的主体性。战争期间,他在一番无愧于祖国和人民的英雄般的经历之后,仍然发现他从来没有也不可能逃脱来自内务人民委员

---

　　① 〔俄〕弗拉基莫夫著,谢波、张兰芬译:《将军和他的部队》,漓江出版社2003年版,第448页。

会和最高统帅部的怀疑。他虽然深刻认识到曾经深信不疑并且深陷其中的苏联现实的种种弊端,却无能摆脱,仍然无条件地维护这制度,恪守已经由这部形诸文字、制定好了的苏维埃"法典"所确定的善与恶、真与假、美与丑、罪与罚的规则秩序。小说结尾,科布里索夫因违逆最高司令部的意见而被罢免集团军司令的职务,在此后返还莫斯科的途中,他像伟大英雄一样受到孔采沃居民的热烈欢迎,这一切并没有让他有任何的兴奋与丝毫的悔悟。从高高地挂在电线杆上的扬声器他得知了梅里亚津战役的胜利,但俄罗斯祖国却永远失去了像瓦图京大将这样的众多军事指挥官和无数用生命赢来胜利的官兵,而他——科布里索夫被最高统帅部擢升为上将并被授予苏联英雄的称号。主人公折返前线、迎接新胜利的"壮举"恰恰强化了他对苏维埃"法典"、规则秩序的就范。

女性与家庭意象的融入是长篇小说消解英雄主义成色的另一个重要元素。无论是苏联将军科布里索夫的妻子,还是德国将领古德里安的妻子都是以军人妻子、战将的知音和心灵与共者的角色出现在作品中的。这是作家有意识地摒弃她们丈夫身上的英雄色彩而强化其人性特征与家庭责任的一个重要内容。于是,我们可以看到这样一些场景:古德里安来到托尔斯泰庄园,在作家的书房坐定之后,首先是给妻子玛格丽特写信,诉说自己身体的不适,讲述对不断恶化的战争局势的怨愤,表达德军最终无法赢得胜利的哀叹。因为将军"特别珍视她做士兵忠实女友的能力",一些最为隐秘的、无法向他人宣泄的郁闷,只有向自己的女人讲述。而科布里索夫将军在与美丽的姑娘玛莎结合后,更是小心翼翼地呵护着妻子,精心经营着与其心心相印的爱情,他永远渴望着妻子的理解与支持。而玛莎,这个在他生命转折关头始终与他同甘共苦的女人也成为将军生命不可或缺的组成部分。小说中他与司令部卫生员、医学院女生在前线指挥所里缠绵的细节,显然是作家为增添将军作为男人的浪漫与多情设置的。无论对于这些战将性格的建构还是英雄性格的消解,这些女性形象都具有重要的作用和意义。她们作为一种与战争生活相对立的和平生活的力量使得将军们的性格得到更合理的、更充分的彰显。说明充满幸福与安宁的军人妻子和家庭是战争胜利的重要保障,说明将军们不仅是合格的军人,更是一些合格的丈夫、父亲、情人。

弗拉基莫夫的战争小说《将军与他的军队》不从战场开篇,也不在战场结束,苏联战争文学中那种豪气万丈、激情贲张的画面与情景在小说中几乎都被忽略。小说中的战事叙写远不如战争中苏联军人紧张的精神生活、激烈的心灵思考篇幅那么多。1931年出生的弗拉基莫夫不同于亲身体验过战争的前线一代作家,他有另一种对待战争的叙事理念。他并不在意战争的事件过程,只关注在战争状态下的人的命运和心灵状态,战役、战事始终被置于小说的"隐文本"层面,而是直击人物细微的心灵脉动。而人物的心理是与战争历史的悲剧性转折联系在一起的,战争期间的各种事件和威胁的重荷都无形地落在人物的肩膀上,也为读者所深切地感知。这是俄罗斯战争文学此前较少表现过的一种艺术真实。与此同时,我们还可以发现作家在小说情节安排上的一个特点:他在描写苏军高级将领形象的时候,有意强调了外在于军事的苏联社会因素对他们行为、举止、言行的决定性影响。小说精湛的现实细节和心理描写和作家对善与恶的思辨自始至终交织在一起,传达着一种厚重的历史感与道德感,表达了作者对人性深刻的理解和对人类深情的怜悯。小说作者具有明显的传达教诲的意义用心,这种教诲充满着对善的敬重,对人生命的深厚的挚爱,对人性的深刻的关怀,对人性中自由、自主抉择权的尊重。弗拉基莫夫在1995年俄历新年晚会和庆祝《旗》杂志节日晚会上说过,他要感谢使得《将军和他的部队》这部长篇小说得以成功的要义:按生活本来的形式描写生活的"仁慈古老的现实主义"。它没有"先锋派的奇异风格和后现代的曲曲折折""一切对现实主义的背离都在以忏悔式的重返而告结束。这棵唯一深深植根于生活的大树,还将世代挺立,用汁液来滋润绿色的树冠"①。适逢车臣战争的前夕,作家在给叶利钦妻子的呼吁信中说"战争在道义上已经输掉了",应该保存的是"比生命还重要的东西——人格。我们生活在这样一个国家里:这里的忏悔之声总是迟到,但却永远不会是多余的"②。

评论家安宁斯基说,"弗拉基莫夫小说奥秘中的奥秘是他提出的一个问

---

① [俄]弗拉基莫夫著,谢波、张兰芬译:《将军和他的部队》,漓江出版社2003年版,第465、467页。

② [俄]弗拉基莫夫著,谢波、张兰芬译:《将军和他的部队》,漓江出版社2003年版,第465、467页。

题:为什么出于个体的正面的品质和良好的意愿会出现反面的结果?""弗拉基莫夫创作悲剧的本质在于现实生活中善与恶的不断颠倒、翻转。……如何才能将已经被扭曲的生活向善的方向翻转,如何才能对集中营制度导致的一切罪恶进行彻底的忏悔,如何在生活已经成为一种邪恶的时候,发掘那邪恶深层中尚存的善良与真诚"①。这也许正是作家消解卫国战争英雄神话、求索卫国战争新的社会学意义的追求所在。

(本文原载《外国文学》2010 年第 5 期)

---

① НиколаевП. А. РусскиеписателиXXвекаБиографическийсловарь. Большаяроссийскаяэн-циклопедия.2000.С.157.

"异样的"女人生存形态与
"异质的"女性叙事

——论彼特鲁舍芙斯卡娅的"女性小说"

"女性小说"的文化情势与整体背景是女性作家对人类男性文明的宣战，是维护女性权益、强化女性身份、彰显女性意识的文学书写。然而，当代俄罗斯女作家彼特鲁舍芙斯卡娅却在她的一篇篇"女性小说"中对现实生活中的女性进行了"非主流"的叙写，她不再为"性别请命"，而是以独特的方式解构了女性主义书写在女性形象身上形成的模式化主题，重塑了有着太多承载的女性主义隐喻和象征的女性形象，扭转了西方女性主义批评建构中那种罔顾事实、凌空蹈虚的倾向。女作家将一个个被压抑的女性的生命苦痛还原为了一个个世俗、庸常的女人的生活故事，剥去了女性小说中女性形象被人为附加上去的性别符号和人格釉彩，也修订了被男性文化想象和价值取向所造就的女性形象，重申了正视生活、客观叙事的女性书写和批评伦理，从而在为一种平和的、辩证的、却鲜活的女性书写张目。

与托尔斯泰雅一样，彼特鲁舍芙斯卡娅并非一个局限于"女性小说"创作的作家。除了女性小说，她还写过许多社会小说、存在主义小说、哲理小说、成人童话等，除了小说，她还有不少的"新浪潮"剧作享誉剧坛。从 70 年代发表小说开始，她四十余年的文学创作理念、作品题材、审美追求几乎没有发生本质性的变化：沉浸于灰暗的日常生活，表现社会与人性的负面现象，呈现缺乏温暖、快乐与爱的生活真相。无论就题材、体裁而言，还是从表现手段、书写风格来看，她的小说都颇具"异质性"，她因冷峻、坚硬的风范历来被批评家看作是一个"充满刚性的""男人式的"天才①。

无疑,女性始终是彼特鲁舍芙斯卡娅小说中最重要的书写对象之一。尚在 20 世纪 90 年代中期,就有批评家将她的创作纳入女性文学的框架中②,有人说"彼特鲁舍芙斯卡娅小说的核心命题——是女性命运的命题"③。她的小说还被称作"女性生活之泉","女性从少女到老年的百科全书"④,这一评价显然不无溢美之嫌,但如果将她的小说称为女人生命"痛苦与病象的百科"却是绝不为过的。她对女性的文学书写是从女人生命的苦难处、日常生活的背阴处、人性的黑暗处着笔的。在她的笔下,女人世界既不具备传统文学所赋予的种种理想的道德光环,也不是后苏联女性文学中欲望的与被欲望的生命个体。但如果将女作家小说中女人的生命遭际理解为特定的社会环境的产物,或是将她的女性书写仅仅视作反男权的女性主义表述,那就过于简单了。彼特鲁舍芙斯卡娅要描绘和揭示的是女性整体异样的生命形态、精神困境,其主体意识的匮乏和人性的种种弱点。

一

彼特鲁舍芙斯卡娅小说中女人的生命形态千奇百怪,其共同点是:环境黑暗,心灵幽闭,人性扭曲。作品呈现的都是她们最为艰辛、粗鄙的生存底色,作家一路写来的是与苦难相伴生的女人的人格扭曲、人性丑陋,这是一种不加任何粉饰的女性"新写实"。

《流感》讲述被误解的女人的自杀,《如同天使》叙写一个弱智、怪异的女性从出生到成人的人生,《自家人》写了一个双目失明、病入膏肓、却对孩子滥施暴

---

① Богданова О. Современный литературный процесс, Филфак Петербургского университета.2001.C.57.

② Огрызко В. Кто сегодня делает литературу в России, выпуск1, Современные русские писатели, Литературныая Россия.2006.C.291.

③ Желобцова С.Проза Л.Петрушевской, Изд.Якутского университета.1996.C.21.

④ Уральская М. Проза Л. Петрушевуской. Творческое своеобразие, http://www.proza. ru /2012/05/14/196.

力的母亲,《不朽的爱情》中的主人公是一个被生活折磨得精神失常的女人,《克谢尼雅的女儿》讲述妓女母女命运的凄苦,《有那样一个小姑娘》讲述职业妓女的精神苦闷,《关于爱的三个故事》是一个老女人的生命体验和无爱无助的人生,《黑夜时分》描叙家庭中母女的怨艾与纷争,《艰辛的命运》写大龄"剩女"的悲哀……有批评家说,"她的作品乃形形色色的疾病、痛苦、不平的目录"①。

在小说中,女人卑微的个体生命始终与巨大的,连她们自己也无法理解的力量联系在一起,其生命际遇不仅与女人的天性有关,还与人类社会的性别文化有着歪歪斜斜的脐连。作为都市的一部分,她们自身在演绎着现代都市女性文化的种种特点。"异样性"是她们与她们所生活的都市社会关系的本质属性,这是女性书写的陀思妥耶夫斯基式的当代方式。与陀思妥耶夫斯基一样,女作家笔下女人的生存方式并不与社会发生冲突,她所写的大都纯属个人的事情,是在社会历史之外的,仅与女人日常生活中的行为与情感发生联系。不取"女性代言者"身份的女作家让女性世界逃出"社会""历史"之外,亦即逃离男性世界的控制和支配,这可以说是对当代女性小说"主流性""中心性"形态的一种消解。

《克谢尼雅的女儿》的中心情节是当妓女的母亲去探监,为 19 岁的妓女女儿送去烟卷和饼干。母亲不愿意让女儿继续走她的充满屈辱、不幸的苦难之路,然而自幼遭到众人羞辱的女儿长大后,生活却又让她沿着母亲的人生来路行走,进入了一个丑陋、黑暗、无耻的罪恶世界。小说剔除了对妓女生命表层苦难的叙述,亦排除了伦理层面的审视,而以母女在监狱相会的方式暗示着一个未曾间断的,或者说一种难以逃脱的女性命运的古老而又现代的文化传承。两个女人生命状态的重叠和悲剧命运的轮回暗示了女性无法摆脱的命运归宿。究其根源,那是生存处境的规约:家境的贫穷与女人的善良,经济上的和心理上的定命。作者在小说的一开头就说:"一个穷苦而又老实的女人,妓女就是这两个修饰语的伴生词。"人类的两性文化不会因为政体的更迭而"旧貌换新颜",女人的生命形态既是自然造就的,也是人类的历史文化、现实生

---

① Славникова О.Петрушевская пустота//Русская литература XX века в зеркале критики. Хрестоматия.Академия,Санкт-Петербург.2003.С.512.

活塑造的。

短篇小说《斗争与胜利》选取了一个女人短暂的生命图景,再现了女人一种非正常的,却又十分真实的生活形态。充满灰暗和阴冷的底层生活,被严酷的现实扭曲了的家庭中人与人的关系使得女人的生活变形、情感变形、人际关系变形,乃至人性变形。小说以对一个重组建家庭的女人的百般苦衷描述开始,又以她为死去的新夫和他的女儿上坟的情景结束。新夫多年卧病在床,他的女儿因父母离异而走上吸毒、放浪之路,此后身陷囹圄,又遭受两腿截肢的苦难。孤独、无助的妻子、后母为了日后的生计,失去了亲情、母性,倾尽心思的是丈夫死后的生活安排与家庭房产的去向,不料精心安排的"胜利"赢来的却是苦难的终结——女死、父亡。小说是女人的"求生传奇""苦难传奇",作家在"传奇"中表现的是普通女人难以逃脱的命运——为生存而进行的没有胜利的斗争。女人与男人的不同、差异在于她们没有权利远离现实作茧自缚,她们必须勇于在任何条件下生存,而任何失败或是"胜利"终究都是女人的苦难。

《艰辛的命运》为审视女性的生存形态提供了另一个视角。这是一个大龄"剩女"的悲剧,充满无奈的感伤和深沉的悲悯。30岁的女子夜间带回一个男人,为的是结束"老姑娘"的生命状态。她居然会"幸福得落泪",因为第二天她终于能理直气壮地告诉同事,自己有了归宿,即使那只是一个陌路的"情人汉子"。千年来,女人从来就是在男权社会讨生活,在依傍男人中寻求归宿的。女人的命运如漂流的船只,似乎身边的男人才是生活之"岸"。由此,读者便可以理解,为什么一个愚蠢、猥琐的男人会被她视作白马王子。显然,是社会,首先是女人们都在鄙视"剩女"。在连同性也不知怜惜的冷漠中,女主人公似乎没有退路也没有别的生路,尽管她隐隐地意识到幸福注定会落空,心中充满了强烈的耻辱感。社会的认知是,孤独对于男人是自由、独立、胜利的象征,单身对于女人却是挫折、耻辱、失败的明证。"剩女"的悲剧之因是更为深刻的两性文化以及世俗的都市观念。故而,女作家托卡列娃说,"男人在他的创造中指望上帝。而女人却在指望男人。女人是通过男人,通过爱情走向上帝的"①。

---

① Токарева В.Из жизни миллионеров//Токарева В.Тклохранитель.1997//Русская проза конца XX века.Хрестоматия.Академия.СПб.2005.С.207.

中篇小说《小雷帝格罗兹娜娅》是作家为数不多的带有些许"社会性"的小说,它以女性独特的生存方式表征女性的生命异化。格罗兹娜娅由社会角色向家庭角色的转换,由荣耀一时的副部长太太到最后跌落至被家人抛弃的老女人,尽现了女人在权力与欲望、狭隘与自私的驱使下世俗而又盲目的人性特征。政治与人生的契合促成了她权力与欲望的不断膨胀,成就了她颐指气使的虚荣心与无法平静的心态,于是便有了她在社会生活中以专制、残酷称著于俄国历史的暴君"伊凡雷帝"的绰号"小雷帝"。她用不断扭曲的人格完成了自我身份的确认:权势、地位、荣耀。随着时间的流逝,她回到了老婆、母亲、姑妈、婆母等的角色中。权力欲转化为捍卫150平米"家园"的斗争欲,"小雷帝"彻底根绝了女人天性中的爱与温柔,义无反顾地开始了对两个儿子和一大堆亲戚的围剿,成了一个可怕、可憎,众叛亲离的老女人。她的孤寂与潦倒、精神失常是她人格病变的结果。最后她死了,"躺在了一个半平米的'住宅'中,一无所有,渺小,僵硬"。不仅是社会,还有人性、人格、文化造就了"雷帝女人"。小说中人性的、文化的视野超越了刚刚转型的社会视野,它说明男权文化的强大不仅表现为对女性命运的吞噬与毁灭,还体现为对女性心灵的戕害和扭曲。

如同陀思妥耶夫斯基一样,家、代际关系构成了彼特鲁舍芙斯卡娅小说的一个基本场景。家从来就是女人的幸福港湾、精神堡垒,但这一伦理神话被彼特鲁舍芙斯卡娅彻底打破了。在她的笔下,家庭、母女关系的书写与传统的温馨模式迥然相异,也不再是屠格涅夫笔下那种经典的代际冲突,作家以一种错综复杂的情感纠葛和矛盾冲突消解了家庭中最为自然、正常的亲情——爱、信任、理解、同情、互助等,甚至连慈母爱女的画面和形象都让人怀疑。

短篇小说《如同天使》中,安格丽娜(小天使)的出生给家人带来无比的喜悦,但上帝似乎有意为难他们,女孩儿生下就是个弱智。她尽管得到父亲一家人的喜爱,却成了母亲永远的苦难,而失去母爱是"天使"失爱的开始。她那颗不正常的脑袋不会明白,即使在家中,在充满欲望、贪婪的成员之间也不可能有真正的善和公正的分配,在这个可怕的成人世界里,一切都有明确的"我的"与"你的"归属。长到了30岁,安格丽娜蜕化成了一个活像动物的女人,常常张着没有普通人的牙齿、却长有四颗獠牙的嘴,令人恐惧。她吃东西需要人来喂,还害怕封闭的空间。全家人都把她看作一个怪物,天使庇护者的母亲也想摆脱她。阴郁与孤独的安格丽娜无法独自承担对生活的怨恨,将极端的情绪转化为对母亲、家人的憎恨。怪异"天使"甚至从亲人与邻居那里接受了不好的品质,成了人间的罪恶之女。小说让读者看到,那种缺少阳光的生活形态和扭曲了的家庭关系是如何使女人的心灵滋生怨恨、冷漠,甚至仇视的毒菌,如何吞噬良知而使女性异化的。永远的家、永恒的母亲、伟大的母爱,这些永远正确的象征词语却成为冷漠、怨恨,甚至仇视的母女关系的别样注脚。

　　被誉为作家创作名片的中篇小说《黑夜时分》叙写的是母女对生存居所、情感需求的追索中的对峙、冲突,一种连她们自己都无法正视的相互敌视。喜欢写诗的安娜尽管领着母亲的退休金,坚持将患病的母亲送进了医院,一来可以腾出住房,二来可以省却劳碌,而为了省却探视、照顾的麻烦,最后又将她送进了精神病院。她深爱着女儿、保护着女儿,但这种深爱成了随时监视女儿的无所不在的眼睛。她以极端的方式矫正女儿阿廖娜青春期的越轨,一厢情愿地要将"幸福"套牢在她的头上。女儿回报母亲的是习惯性的依赖和冷漠,最后索性将自己的病儿扔给母亲,走出家门了事。"亲情""同性之谊"在家庭中演变成了母女之间无穷的纠缠、嫉恨、伤害。50岁的安娜在她全部的人生经验中得到的是不断的破碎与丧失。当爱变成一种权力和债务的时候,爱就成了一种禁锢,成为让人或索取或负疚的永无宁静的心狱。一位西方的女性主义者说:"不能只把男性看作唯一的压迫者,妇女也可以看作压迫者的同盟,并有可能成为最主要的压迫者。"①彼特鲁舍芙斯卡娅并没有倾诉历史的欲望,也没有代言底层的诉求,她的小说文本总是在女性生存的病象与精神困境中游走:卑微的生存与生命的偏执同在,生命的本能与精神的麻木共存,黑暗与苦难伴随着她们的一生。其实,彼特鲁舍芙斯卡娅笔下的女人没有绝对的善人或恶人,而是那种在偶然的事件中和逼仄的空间里被善恶、美丑、真假纠结而做出错误抉择的女人。她们在骨子里都是向善的,结果在一个特殊的环境中或偶然的事件中做出了连她们自己都无法相信、令人痛心的举动。作家

---

①　西慧玲:《西方女性主义与中国女作家批评》,上海社会科学出版社2003年版,第157页。

的着眼点不在于这些女人做错了什么,而在于揭示女人独特的本质属性和精神存在,为她们寻找造成其苦难的人性迷失的客观原因和自身潜在的弱点,这是她的女性小说更为成熟的人性深度。

二

比起内容、情节的叙述来,也许更值得关注的是彼特鲁舍芙斯卡娅高度自觉的叙事策略与书写方式。在当代俄罗斯女性小说中,彼特鲁舍芙斯卡娅的文字具有很高的辨识度。她以生活叙事为小说言说方式,以"审母"为叙事策略,小说文本中洋溢着她对女人生存形态的深切不安、高度焦虑与峻急,其独特的诗学风格恰源于此。

彼特鲁舍芙斯卡娅的女性小说既不同于热衷于建构性别意识的"身体叙事",也不同于沉溺于个人化女性经验的"隐私叙事",而是规避两者之短,采取了一种无介入性的修辞手段。她选择都市的日常生活,底层文化中猥琐、粗鄙、卑微而又可怕的小事,以一种"速记式"的书写方式记录下来,举重若轻地将细碎的观察、日常的生活领悟与深刻的睿智结合起来,糅合为一种活力很强的小说话语。这种话语充满了生活的质感、口语的鲜活、讲述的随意,同时又有深邃的潜在意蕴。由女性小人物自己讲述的生活故事直接、平淡、真切,作家不作评价,无有结论,书写技巧让位于事情的真实叙说,具有"零度叙事"的客观主义倾向。

《黑夜时分》的"黑暗主题"被作者以主人公、女诗人"桌边记事"(записи на краю стола)的内心独语的叙事方式植入读者心中,而其中又穿插着由母亲"点评"的女儿的日记。但这绝不是以女性的欲望、身体、感觉等为对象的"隐私写作",我们读到的是母女两人的生活经历、生命遭际与互为敌视的心灵告白。这一文本的潜在意义是多重的:既有当代社会家庭亲情的失落,也有代际龃龉造就的母女冲突,更有一种带有"普适性"意义的对母女关系的审视,生存规约造成的母女关系在某种程度上会比异性关系更为复杂、脆弱,特别是当你对此抱有伟大的希望与幻想的时候。

《有那样一个小姑娘》是一个由女人讲述女人的故事。第一人称叙事是由"那个小姑娘"的闺蜜、邻居完成的,朴素而又简约的语态讲述的是雏妓幽闭、惊恐、自我保护的心态以及深深的精神创伤。小姑娘隐约地感觉到自己所处于一种被欺凌的恐怖境地,害怕男人的眼睛,害怕被人揭露,害怕与外界相处,害怕男人、世界将她抛弃,但越害怕便越是将自己幽闭在小屋里,而越是幽闭便越害怕,这是女人的一种生存之境,是作家以女人的一种幽闭状态来体现女人自我的独语状态。

《潘尼雅的可怜的心》是一个待产女人讲述的在产房的经历与见闻。这里不仅有难产产妇痛苦的呻吟,生下死婴的女人的恸哭,因手术感染的产妇的痛苦,还有因无法得到孩子而前来咆哮、责难妻子的丈夫的吼声。一个47岁高龄、且又因中风留下心脏疾患的产妇潘尼雅害怕会在生产中死亡,留下无人关照的三个孩子和残疾人丈夫,希望堕胎,但医生还是将她的孩子接生了下来:一个非常可爱、脸蛋却只有苹果大小的早产女婴。作者将无人与共的女人独特的生命苦难展现给读者,倾诉者是叙述人自己,而倾听者也是她自己,整个话语结构是她和她自己的交流与思考。斯拉夫尼科娃说:"彼特鲁舍芙斯卡娅在她与所叙述的事件之间保持着距离……对于读者而言,彼特鲁舍芙斯卡娅始终处于小说叙述的事件之外。"[①]然而,那一幕幕有声的苦难场景恍若眼前,强烈而令人震撼,活脱脱的女性生命跃然纸上。

在彼特鲁舍芙斯卡娅的女性叙事中,男性形象的塑造并没有完全沿着女性主义的方向延伸。这表现在她的小说是将男性高度淡化、矮化和虚化了的。"虚化男人"正是作家的叙事策略。这一是说,小说中的男人世界是个匮乏、孱弱、无足轻重的背景世界,他们几乎不给读者留下任何具体、清晰的印象。二是说,小说中的男人往往扮演着十分卑微而又卑污的角色,他们猥琐、软弱、淫荡、嗜好不良,或逃避责任,或身有残疾,或走向犯罪。三是说,作家在创作立意中有意将男性置于"空缺"的位置。这并不是说她的小说不写男人,更不是说她刻意回避男性,而是说女人的世界与男人的世界少有关联,基本上是一

---

① Славникова О.Петрушевская пустота//Русская литература XX века в зеркале критики. Хрестоматия.Академия.М.Санкт-Петербург.2003.C.512.

个互为"外在"的世界。

《关于行善的问题》是彼特鲁舍芙斯卡娅小说中男人写得最实的一篇,但即使如此,他也只是关于女人故事的一个背景。这是一个遭受车祸而瘫痪,后又以特异功能者的身份蛊惑人心骗钱的极端自私的男人。在妻子和岳母先后去世后,他为了自己的生活,又狠心将女儿玛尔塔逐出家门。玛尔塔母亲的女友尼娜也在艰难地支撑着一个上有老、下有小,男人吃闲饭的家庭。玛尔塔与尼娜两个女人的厄运不能没有她们置身其中的男人背景。但小说讲述的主要内容是无家可归的玛尔塔求助于尼娜阿姨,请求她收留自己和她的生命危在旦夕的幼子的故事。两个"同病"的女人却无法"相怜",尼娜决绝地拒绝伸出援助之手,表现出连她自己都愕然的冷漠。这冷漠像是女人与生俱来的本能反应,因为她知道,一旦收留了玛尔塔,就意味着尼娜从今以后永远得把这个包袱背在身上。用尼娜的话来说,她总不能因为怜悯和同情将所有的狗与狗崽子收留。作家让尼娜阿姨扮演了一个"母性"不在、"同性之谊"缺失的女性角色。她试图说明,抑或是社会性的原因,抑或更是生理性的原因,女人比男人更善于体验自己的生命处境和心情感受,所以她们的生存意识远比男人们更强。自我于女人是第一重要的,她们天生地从自我出发,去观望和处理人生与世界。小说敞开的是女性个体内在的一种生命经验,是女作家对女性的一种自反性观照。

小说中男人的形象几乎都是物质与精神的双重贫瘠者,一切听凭本能与欲望支配的人形动物。《艰辛的命运》中的中年男人相貌丑陋、吃相难看、愚蠢猥琐。《黑夜时分》中安娜的儿子安德烈好逸恶劳、酗酒成性,是个刚刚释放的劳教犯,而先后成为女儿阿廖娜三个孩子的父亲们都是些纵情欲望、没有责任的男人。《斗争与胜利》中常年卧床的男人干脆就是让女人感觉不到其真实存在的废人。《有那样一个小姑娘》中当父亲的也是个需要女人供养和照料的残疾人,《两个上帝》里季马家亲戚中的男人个个都是酒鬼……卡萨特金娜说得好,"彼特鲁舍芙斯卡娅作品中呈现的男人都是有缺陷的个体,甚至可以视为变态的女人,未长成的女人。……众所周知,男人是带 XY 染色体的,而女人是带 XX 染色体的……倘若我们分析这些符号就能明白,所谓的 y,那不就是去掉一条腿的 X 嘛。可以设想,这样一些品格,如忠诚、富于自我牺牲精神和自律,人类真正的爱情——它们与女人的性爱密不可分,却又常常与男人无缘,它们却是造就被去掉一条腿的男人的 Y 染色体的 X 染色体的基元所在"①。

上述小说除了在故事的外在结构上女人与男人有一定的关联外,就其实质性内容而言两性在小说中是少有联系的。其中很重要的原因是作家要表达的是,男人所代表的文化、观念、生存方式同女性很难有共同的话语,更难形成一种和谐的关系,这恐怕是女作家对生存现实中男性的失望所致。而对于女人的世界,作者则把她们看作是一个隐秘的心灵世界和情感世界,它永远处于男性控制之外,是个永远幽暗不明、深不见底的自足的世界。

《安魂曲》将一个古老的哈扎尔家族②的女人置于三个生命的维度来审视:日常的世俗生活,自然的人性需求,对美好生活的向往。而这统统都是女人自己的事,与男人无关。从祖母卡佳开始,女人便一再地错读生活,进而走向悖逆的人生。卡佳年轻时娇美、聪慧,热爱艺术,当导演的丈夫早早地因酗酒去世并没影响她对生活的追求。她沿袭着女人的智慧和幸福观——一种凭感性而真实的世俗方式寻求安宁与幸福。她艰难地独自抚育两个女儿,两个女孩儿在灰色、黯淡,却无拘无束的自由、自我的天性中长大。她们沉溺于歌舞、聚会、酒色中,在青春的生理萌动中失足,无可阻止地堕落,都在 16 岁时与同一个男人生下了各自的女儿。然而,男人永远地离开了姐妹俩,母亲在对女儿希冀的落空和美好生活的绝望中一次次出走,以寻求摆脱与安宁,最后过早地病故。姐姐伊拉在耻辱与绝望中跳楼身亡,妹妹卓丽雅生下的唇裂与失明的女儿被丢弃在了孤儿院。与外祖母、母亲一样,逐渐长大的伊拉的女儿奥诺除了无法变更的家庭背景与生存压力,自身还缺乏明晰的身份认同,主体意识的缺失更是阻碍她获得正常成长并摆脱困境的心灵重负,注定了她同样难逃悲惨的命运。女作家以冷静的观察和思索,描述着既蒙昧却又充满生机的女性世界,在朴素中有力地指向了俄罗斯女性的现实存在。

《不朽的爱情》这一充满崇高感的标题被赋予了一种戏谑、调侃的色彩,

① Касаткина Т.Но страшно мне:изменишь облик ты...Новый мир.1996.No.4.С.8.
② 哈扎尔人,居住在伏尔加河、顿河下游和喀尔巴阡山山麓的突厥民族。

作品讲述的并不是伟大、不朽的男女爱情，而是女性的生命苦难与生命需求，是她们破碎的生命"镜像"。列拉受水性杨花、恶习重重的女友的影响，加上生下的儿子天生残疾无法行走，在绝望中弃儿子、丈夫与母亲出走，与情人在外漂泊，纵情放浪七年后终被情人抛弃，而她自己也走进了精神病院。丈夫阿尔贝特无能无为，但找回了她。《两个上帝》讲述的是"姐弟恋"的男女生活，没有多少情的意蕴。成年女子格尼雅带回家一个从乡村来城里寻生活的小青年季马，在母亲、姨妈爱抚下长大的季马被孤苦女人辛酸的眼泪打动，怯生生地怀着同情像劝慰母亲一般地爱抚她，于是便有了共度的一夜。此后，格尼雅不乏情人，小青年读书深造，对曾经有过的邂逅已经淡漠，对自己即将当父亲事也浑然不知。格尼雅在母性的驱使下生下了他俩的孩子，两个并不相爱的人最终没有结婚，但拮据、艰辛的日子却未让他们走散，反而成就了他们的生活信念和生命的坚韧，自我救赎的两个"上帝"一起创造着平凡、真实的新生活。在这两篇小说中读者都看不到男女在生活中、感情上的联系。在第一篇小说中，阿尔贝特在故事中几乎没有出现，只是小说末尾处才有了关于他的一个交代："阿尔贝特以其巨人之躯耸立在这一简单的生活故事中。"在《两个上帝》里，季马与格尼雅两人也始终若即若离，除了日常生活中有限的交往，也没有任何男欢女悦的叙说，倒是格尼雅为他购置的一辆二手破车"让季马幸福得难能自己，所有业余的时间都用来摆弄它"。显然，作者的思考对象发生了转移，她从女性性别立场调整到了寻求都市女人出路的思考中。她在寻求女性渡出人生险滩、踏上生命安全舢板之路。

　　放逐男性并不意味着女人的胜利，反而意味着女人会被放逐到一个危机四伏的地方，在那里她们随时可以遭受到各种方式袭来的精神和肉体的强暴。彼特鲁舍芙斯卡娅没有从自由、独立等这样一些大的女性主义概念入手表现女性的自我实现，因为它对于社会上大多数女性而言是过于遥远的，不仅社会没有为女人的自由与独立创造应有的物质与精神条件，连女人自己也并没有足够的心理和文化准备。与男人过平常的日子是女人此岸生活的要义，日常性、生活性、安定性才是女人的生存目标，也是她们天性的生命诉求，因为自然平常的日子里自有安宁与幸福在。在疯狂的人性裸露中，男人女人之为"人"的温暖就在于两者的理解、体谅、同情。女作家试图为女人搭建一个自然、真实的生活舞台,为她们寻找更为感性、稳定,也更为可靠的生存形态。在她看来,女人更看重的应是两性相依相靠及实际、平凡的生活谋求,而不是什么爱情。在更为宽泛的道德谱系里,只要男人、女人心甘情愿,并在其中得到安全、稳定、快乐,都不能言说他们愚蠢或不道德,彼特鲁舍芙斯卡娅的叙事回到了女性自身的生活经验、愿望和渴求的叙写中,有一种朴实而又自然、知根知底的现实情怀。

综观彼特鲁舍芙斯卡娅的小说创作,女作家执着于日常生活的叙写,而不着意于人物的性格刻画,也无意于人物的心理分析。有人将她的人物称作为人性"原型"(архетип),是仅有外部特征,而无心理活动支撑的人物符号[1],有人说,那是"形象轮廓"[2],还有人说,"彼特鲁舍芙斯卡娅大部分短篇小说的情节都不是建筑在真正事件上的,而是基于对事件和人物的分析上的,是建筑在将他们与日常生活和文化的某种范型相比较的基础上的"[3]。这都与作家生活叙事的女性策略与方法有关。作家突破了小说对女性种种的修辞定位,她不想迎合男性欲望,也无意于解构男性霸权,而只是试图让小说的言说回到女性生活和思索最基本的起始点。有批评家说,"她感兴趣的并不是市民的日常生活,而是市民的意识。故而小说中个别的情景会转化成一种寓言。一种普遍存在的对人的不安感会由作家传递到读者身上"[4]。正因为如此,意象的营造便成为小说结构的重要手段。"黑夜"既是女诗人安娜夜间挑灯创作的真实情境,更是她及其一家女人生存病象的深刻隐喻,"上帝"绝非宗教意义的信仰化身,而是一种建筑在简单、平实、日常的生活上的男女至高无上的生命理想,"安魂曲"则是女性无法逃脱的生存宿命。

女作家对都市女性的生活书写,不是那种细致绵密的,而是片段、离散的。故事的铺叙无有缜密的逻辑和严格的时间顺序,有限的故事情节是碎片状的、不连贯的,生活画面是支离破碎的。《黑夜时分》几乎不交代几个女人的生命

---

① Липовецкий М.Трагедия и мало ли что еще.Новый мир.1994.No.10.C.229-232.

② Щеглова Е.Во тьму—или в некуда? Нева.No.8.C.193.

③ Маркова Т. Эволюция жанров в прозе конца XX века//Современная русская литература конца XX-начала XX1 века.Академия.2011.C.37.

④ Гордович К. итература русская конца XX века, Петербургский институт пичати, Санкт-Петербург.2003.C.44.

"前史"：安娜何以对诗歌创作如此热衷，为什么会对亲生母亲如此冷漠，女儿阿廖娜对母亲不消的忌恨与敌对又是缘于何因。小说《关于行善的问题》是由男人的、玛尔塔的、尼娜的三个互不关联的故事"串联"或"并联"而成，男人的故事只是小说的一个开头，但也就是个开头、引子，此后他与主人公尼娜的所作所为毫无干系，与"行善"主题更无关联。《安魂曲》的故事更显得破碎。卡佳的人生与女友奥莉雅的人生各行其道，伊拉与卓丽雅姊妹的命运也没有任何的交汇。小说关于卓丽雅的女儿只有一句交代："不足月的小女婴，长了一张狼样的脸，发出的声音令人恐怖，不会吸奶，像是嘴里的上颚没能长合，还是个瞎子。"展现现代女性人生与精神世界的横断面，表现女人个体在生存环境中的变异，这正是作家片段性、离散性的书写追求。命运对女人的捉弄会让人感到她们生命的无常、命运的无法自控，而这种无常和无法自控恰是女人一生都想参透却又无法参透的内容。而一个民族女人的命运是这个民族整体命运的表征，所以《安魂曲》作者对伊拉已经十三岁的女儿奥诺发出了这样的感慨："人们还能期待奥诺有怎样的命运呢，她的、民族的、少年的行为中能让人看到一种全民族的命运、全民族的道路，一个民族的死亡——或许不是，兴许还会有希望。"

情感取向的独特是彼特鲁舍芙斯卡娅女性小说另一个标志性特征。比起其他任何一个当代女性作家来，她更为冷峻、坚硬、无情，这是她以冷静的态度向未受任何说教干扰的客观现实所投出的令人惊悚的一瞥。批评界把她的女性小说样式称作"残酷的情感之歌"（жестокий романс），比作"残疾人在地铁里吟唱的痛苦的歌"①。她毫不避讳甚至着意于女性的可怜、可叹、可憎，而她们的苦难、病态每增加一分，她似乎对她们的感情便浓烈一分，同情与拯救的意念也更急切一分。如同从冰箱冻室取出的冰冻食品总有蒸腾之气冒出一样，这是极冷之后蕴藏的极度能量的体现。但是女作家叙述的冷峻并非意味着小说中内在张力的缺失，那只是女作家内在强大蕴藉的外相。人类的正面情感，如爱情、信任、善良、理解、乐于助人等常常会被她视为一种幻想，而在这

---

① Иванова Н. Неопалимый голубок. Русская литература XX века в зеркале критики. Хрестоматия, Академия, М.Санкт-Петербург.2003.С.499.

种幻想后面有时恰恰掩藏着令人不快的真理。由于俄罗斯历史、政治、文化等因素的影响,女性身体的与精神的解放远没有真正完成,即使是都市的女知识分子也不例外。文化文明了她们的思想,却没能文明她们看待俗世、俗人和自己的眼光。女性的命运与人性悲剧既是后苏联俄罗斯社会文化的积淀所致,同时也有女性自身缺乏自我意识、自我认同和精神解体的因素。批评家涅夫兹格莉雅多娃说,"叙述解体(распад повествования)并非宣扬解体,对现实中负面现象真切而天才的描绘蕴含着人道和怜悯的积极因子,比起作者公开呼吁和表达谴责来,会使人们更加深刻地重新审视生活方式。俄罗斯的经典文学总是这样做的"①。

(本文原载《俄罗斯文艺》2014 年第 4 期)

---

① Невзглядова Е.Сюжет для небольшого рассказа .Новый мир.1988.No.4.C.112.

"童话魔棒"演绎下的虚拟世界

——托尔斯塔娅后现代主义短篇小说《痴愚说客》释读

　　托尔斯塔娅的短篇小说充满了各种美妙的或不美妙的幻想与童话,有评论家把她的短篇小说比作"一根能将生活变成童话的魔棒"①。用童话式的虚拟世界描摹本真的世界特征与人生图景,是这位特立独行的俄国后现代主义女作家理解与把握生活的一种不同寻常的美学感知方式。

　　《痴愚说客》就是这样一篇十分典型的作品。它是托尔斯塔娅 2001 年短篇小说精品集《黑夜》中的一篇,被文学史家和评论家视作她后现代主义小说的"美学纲领"性文本②。在这篇小说中读者看不到具有完整叙事特征的可以理解的现实世界,推动叙事发展的也不是情节的有序进展,而是一个虚拟人物——"痴愚说客"费林"说痴"性的片段性叙说,是他幻想出的一个又一个"童话"。托尔斯塔娅表达了一种与任何形式的现代人文主义相脱离的意图,向我们展开着关于历史文明与现代文明的后现代叙说。

一、"痴愚说客"中费林的"童话"

　　费林是贯穿小说全文的中心人物,是"童话世界"的制作者,是作家用戏

---

①　Вайль П., Генис А. Городок в табакерке , Звезда, 1990. No. 8. С. 148. 转摘自 Нина Ефимома（США）: Мотив игры в произведениях Л. Петрушевской и Т. Татьяной, Вестник Московского университета , сер.9.филология 1998.No.3.С.60。

②　Н.Л.Лейдерман и М.Н.Липовецкий: Современная русская литература.В трех книгах.К. 3.УРСС.М.2001.С.43.

仿的后现代笔法塑造的一个当代俄罗斯文化"圣愚"①。"费林"一词在俄文中作"专门在夜间出没的,类似猫头鹰的猛禽"解。在小说中他专门在晚间邀请朋友来下榻之处做客,向他们叙说他所杜撰的"童话"故事。小说的原文标题——"法基尔"(факир)在辞典中有两个意思:一是指无家可归、四处云游,清心寡欲、穷困潦倒的僧人;二是指教堂里以苦行示人,但精神坚毅且具有预言未来本领的圣徒。"痴愚说客"费林寄人篱下,沉湎于幻想,执着痴愚于自己创造的"童话",侃侃而谈,竭尽迷醉、蛊惑、警示他人之能事。

费林有着一个令人"赏心悦目",却不无滑稽的长相:乌黑亮丽的"阿纳托利式②的美目",靡非斯特式的眼神,色泽银白的大胡子,一张如同刚刚嚼了块煤炭的有点发黑的嘴……他有着深厚的文化积淀,有着常人难能企及的"思维潜能",他的心灵中有一座美丽而丰饶的"大花园"。他会营造一个温暖、光明、温馨的家庭氛围,让来到这里的客人感到亲切美好而流连忘返,他收藏着让人羡慕不已的古董,他会讲谁也不知道的美妙故事。在他的"童话"世界里,一切都是稀世珍宝,甚至连小狗也能开门、做饭、热汤,切好面包,放好刀叉,等候主人的到来。总之,他是一个"一抬手,一蹙眉就能将世界变得无法辨认的无所不能的先生"。

费林的言语、行动、思索和隐私常常会被世俗生活所鄙弃,所忽略。人们常常数落他和他家中的一切。他的功利而又势利的情人阿丽莎,一度对他崇拜得五体投地的嘉丽雅,最后都对他彻底失望,弃他而去,但他却始终没有放弃善的努力,这种努力是发自内心的,全然没有高尚者们装腔作势的伪善表演。所以,在他的身上似乎崇高的追求与不无卑劣的苟且兼有,也许这正是抵抗异化的最好方式。费林并不与主流与世俗同谋,他对现实的阻斥、抗拒与遏制是有限的,对现实绝望之后的热情把他引向了另外的精神出路。

当他绘声绘色地讲述那些荒谬故事的时候,历史与现实的荒唐与丑陋会时有所现:将在商店买的肉馅充作罕见的美味是独特时代的社会性疾患——

---

① 圣愚,俄罗斯东正教中的清教徒,专以痴癫形象示人,云游四方,批判不公,弘扬正义且具有预言功能。

② 托尔斯泰《战争与和平》中放荡的美男子,女主人公娜塔莎曾受过他的诱惑。

自欺欺人;强行追索秘密的食谱配方,点心师的精神分裂——极权政治的产物;种种来历不凡的荒唐珍藏,人们物质生活的窘迫,历史学家窘迫的生活与受到的精神压制——一个并不发达与民主的社会;五百万宝石回归人民——人民当家作主的荒唐……但费林并非社会主流意识的异见者,更不是一个愤世嫉俗的斗士。作为一个标准的后现代主义叙事者,他不断地在用一种天马行空、游戏式的思维方式,借助充满假定性的想象,把历史文化与现实生活当作一个无穷尽的虚拟的文化系列,演绎着他的童话故事。费林解读世界的方式不是政治学的,也不是道德学的,而是心灵学的,人类学的。一切社会的矛盾冲突、政治歧见都变得很淡很淡了,重要的是能讲述出来以求得心灵的解脱与今人的价值重估。

我们似乎可以在费林身上找到俄罗斯小说中熟悉的经典母题:"说教者""怪人""圣人"。然而,甚至无须深入阅读,我们便可以发现,托尔斯塔娅笔下的费林,并不似高尔基剧本《底层》中的卢卡那样富有浓重的思想启蒙性,也没有舒克申小说中的"怪人"那样质朴实在,更完全不像索尔仁尼琴小说《玛特廖娜之家》中的女圣人那般具有恒久的形态与光彩。读者常常可以发现托尔斯塔娅笔下的费林的无缘由的热情,无拘束的遐想,无名的浪漫。费林的听众以及小说的读者可以看到在他嬉笑、轻松背后被生活压制的难言的辛酸,人生中充满着的可笑的徒劳和可悲的不理解。小说中费林造型性的夸张特色,嘉丽雅、尤拉夫妇等周围的凡夫俗女们如痴如醉的着迷,似乎是一种心灵的游戏,人们想跟这个过于乏味、过于平庸、过于循规蹈矩的世界秩序开一个玩笑,于是便有了与他在一起狂欢化的聚会。这兴许就是经历了 20 世纪社会发展、历史演进的俄罗斯人的新的,"后现代"的活法。

二、关于费林"宫殿"的"童话"

费林所居住的"宫殿"是由费林和他的客人嘉丽雅等凡俗之人臆造的。那是一个十分浪漫而又宏伟的世界:浆洗过的洁白的桌布,明晃晃的灯火,暖融融的温度,特制的美味馅饼,英国的红茶,从天花板传出的优美动听的音乐,令人心醉的谈话,蓝色的帷幔,玻璃橱柜里的各种珍藏,墙上挂满的各式珠串,来自"天上的"魏式瓷器……"宫殿"矗立于"玫瑰山顶",山被装点得奇异多彩——建筑式样不同,装饰风格各异,创作构思多样。矗立的方尖碑,目光炯炯有神、发辫纯真无限、下颌贞洁无邪、环抱鲜花的健美的妻子雕像蔑视着暴风雪与黑夜。目睹这一番壮美的景色,"仿佛让人觉得,即刻会有嘹亮的号声吹起,某处会有碗碟的敲击声发出,隆隆鼓声的响起,类似国歌、进行曲之类的乐声奏出"。

由这座美丽而富饶的"宫殿"衍生的现实既是人们的孩子,也是人们的玩具。他们玩的是一种心灵的轻松,他们从不为自己确定目标,也不看别人的脸色行事。这个幻想世界之所以很值得客人们把玩,因为这里毕竟温馨:有美味可尝,有香茗可品,有珍藏可赏,有迷人的音乐和醉人的故事可听,还有美人相伴……在繁忙的都市节奏压榨下的郁闷不堪的人群通过在这里聚合与聊天,可以远离现实,可以逃避混乱无序,享受安宁与悄然的惬意,从而求得一种心灵的释放。更难能可贵的是,由这种释放带来的心灵惬意能够一再重复——人们可以一而再、再而三地得到费林的邀请,在这里欢度心灵的节日。所有"俗人"都把这座宫殿当作理想的去处和可以完全放心的地方,与这个"宫殿"和它的"主人"费林相比,包括尤拉与嘉丽雅夫妇在内的所有客人永远都是愚钝的"阿乡",谁也无法阻止他们向"宫殿"长久地跋涉。宫殿的意念尽管是虚幻的,但人们的努力却是真诚的。直面虚无的"宫殿"的主人费林总是极力把对现实的绝望和美妙的幻想推到极致,以此来提高理想之光的价值。

然而,费林的"宫殿"是柔软和脆弱的。"宫殿"式寓所其实不过是位于莫斯科胜利广场上的一栋普通的居民塔楼,费林也不是它的真正主人,那是他向一位极地考察人员租用的。没有多久,在严酷的现实面前,在嘉丽雅为代表的费林忠实的听众和好友们的心目中,费林美好的童话很快化作了"黑夜里的焰火,色彩斑斓却瞬间即逝的风儿,黑暗中火红玫瑰在我们头顶上空的歇斯底里的发作","那株结满金色果实的树已经枯萎"。随着宫殿童话的破灭,人们都离散而去。"我们的上帝已经死了,他的庙宇已经空无一人。永别了!"这是嘉丽雅,也是女作家对苏维埃神话模式彻底失败做出的深刻的感喟。众人向往、憧憬的这座"宫殿"是物质极大丰富的乌托邦王国,是个虚构的天堂,是

20世纪苏维埃俄罗斯社会主义"神话"的幻影。而与这种"童话"形成鲜明对照的是饱经沧桑的历史学家的生活。老人马特维·马特维依奇如今依然家徒四壁，喝的是已经泡得没有味道的茶，吃的是自制的不得不加上糖的果酱，至今仍然穿着一条已经洗得发白的运动裤，留在他记忆中的是革命后强行的分地，大官僚、阴谋家——一个名叫库津的庸才对他的迫害。在作家看来，费林的"宫殿"世界与现实的凡俗世界是难能和谐的，或者说幻想世界和现实世界是根本无法沟通的，这就是当今世界的真实状态。兴许，通过费林的提醒，正在变得庸常的现实人也可以在这里享受幻想，重新在色彩迷乱的都市下做梦，即使那梦最终会醒，那也是"美妙"的。

小说结尾，在臆想的童话破产之后（阿丽莎最终识破"宫殿"连同其中的一切都不是费林的），情人阿丽莎离费林而去，嘉丽雅也来找他"算账"。但费林似乎毫不在乎，对嘉丽雅的指责也毫不生气，依然像往常一样，听音乐、吃鳕鱼，甚至津津乐道地把鳕鱼当鲈鱼来吃，继续讲他的关于极地人员和歌德的"童话故事"。其实他自己并没有生活在"宫殿"的童话中。费林已经没有了听众，失去了朋友，尽管他的住房是借的，生活是拮据的，他仍然活得如鱼得水，能为他人带来短暂的生命的美好而开心。形单影只的他坚守为别人制造"童话"的个性，坚持他的文化战略，以有限而不变的活法应对无限而万变的生活。

三、关于俄罗斯文化的"童话"

小说由费林讲述的故事中充满了包括俄国与苏联时期在内的俄罗斯历史中大众文化的内容，比如，历史古玩的收藏，美味佳肴的食谱，甜点师的信教，苏维埃新政权建立初期人们迁居海外，往艺术家住宅中安插无房的穷人，芭蕾舞演员的命名，"瓦西里·焦尔金"式的游击队员的功勋，苏维埃弹唱诗人弗拉索夫的说唱，被人们推崇备至的"特异功能"者……

由费林信口说出的荒唐故事显然无力承担政治与历史的重负，它们只不过是一些文化戏言。但呷摸下去，里面深藏着叙说者对俄罗斯经典文化蓄意的嘲弄,长时期以来始终被人们视作极权统治的血案,你死我活阶级斗争的史实,可歌可泣的反法西斯战争的英雄壮举,苏维埃艺术家为了人民与艺术献出一切等等壮伟的业绩以及严肃庄重的历史记述统统被消解了。在费林的一切都"付笑谈中"的展示与赏玩中似乎蕴蓄着一种内在朴实的道理:人类你死我活的生存状态其实不过是历史的一种叙说方式而已,对早已凝结成历史过去时的人类自身的黑暗,后人未必始终要给自己的心灵留下永远作痛的疮疤而耿耿于怀。

与此同时,费林讲述的历史"童话"故事还充分展示出文化等级性差异的可笑性:普希金之死与甜点师库兹马的狂饮导致诗人未能吃到所喜爱的甜点联系了起来,忠诚于祖国与人民的游击队员不仅能用手枪击落德国飞机,而且还因此获得了一套货真价实的英国瓷器,贫穷的农夫用古老的"真正的魏氏瓷器"作餐具端来了牛奶,"法力无边"的芭蕾舞女演员居然用一条训练有素的腿阻止了轮船启航,芭蕾舞大师由索巴金娜而科什金娜而梅思金娜的姓名的变更(由狗而猫而鼠的)演绎成了一种渐次屈尊的人生游戏,人们会像在苏联时期的商店里售货员对待顾客那样把追逐女性的人类文化的奥林波斯神——歌德臭骂一顿。这是对包括苏维埃文化在内的俄罗斯文化世俗化了,具有高度人格尊严与傲慢精神的文化精英们其实也都难逃庸常生活的卑俗,有着再日常不过的,与凡人毫无二致的好食、好色之性。

托尔斯塔娅所能让人悟出的经典文化,的确有着似曾相识的历史依托,包含着苏联社会令人心碎的梦魇和伤痛的悲歌。比如,社会革命党人,革命胜利后一切归苏维埃,游击队员,反法西斯战争,对具有特异功能人等。更为荒唐的是,小说以高度隐喻性的手法,讲述了尤拉、嘉丽雅夫妇意精心策划的换房故事,他们与十五家要求换房的家庭进行了联系,却最终以一户的反悔而功败垂成。"十五户人家叫啊、吼啊,闹了个天翻地覆,连地球轴心都错了位,火山爆发岩浆奔涌,名为'安娜'的飓风将一个年轻的、欠发达的国家刮走了,喜马拉雅山变得更高了,马里亚纳沟谷——更深了"。嘉丽雅一家"改换门庭"的这一叙说显然隐喻着苏联的解体与十五个加盟共和国的独立。但所有这些绝不是有关社会历史的具体叙说,因为所有碎片式的记忆都没有任何的因果链接。

小说中提到的现象都是对20世纪苏联历史的涉及,但小说既无对历史史实的具体纠缠,也无特定时空的铺叙,这种超然的态度表明,作者是在对历史沉渣、时代污渍和罪恶因子的具体内涵剔除洗涤之后的思考。这样小说便避免了任何意义上的时代、社会分析,女作家不避讳俄罗斯人的苦难历程和崎岖命运,却既没打算揭露、批判或抗争,也无意进行道德重估;小说是有关存在、生命、历史的书,却不是耽于存在、生命、历史的终极思考。

就文学的文化传承而言,无论在普希金的还是托尔斯泰的创作中,无论在拉斯普京还是索尔仁尼琴的创作中,我们都很难发现有类似托尔斯塔娅小说的先例,无法找到后者与俄罗斯文学传统之间的内在联系。但是,我们又很难否认小说中俄罗斯文化的特性与气质。这是一种与历史文化相连,却未受经典文学传统熏染而又不乏创造精神的崭新的文学混合体。

四、关于都市文明与郊野文明的"童话"

小说《痴愚说客》的主体不是人,不是人的命运,而是现代人的叙说与现代人的感受。如果说费林的动情叙说展开的是"客观的"虚拟世界,那么小说中女市民嘉丽雅的心灵感应便是对虚拟世界的主体感受。正是由于嘉丽雅的存在,费林的"虚拟妄说"才具有了广阔的精神版图的意义,才被附加了精神与情感沟通的内容。身居郊野的嘉丽雅对都市文明与郊野文明的思考使得小说成为一篇反映中心与边缘冲突的现代"童话"。作家在小说中并没有揭示现代都市文明的真相,她大概也没有想这么做。女作家只是通过嘉丽雅心目中两种不同文明的对立与碰撞,表达了她对现代两种不同文明的思考。

费林连同他的"童话世界"是嘉丽雅崇尚追随的目标。都市、中心始终在嘉丽雅的视野中,成为她梦牵魂绕的对象。而她身居其中的郊野如同"极地般黑暗","充满着野性,昭示着苦难"。离开都市走向郊野的漆黑、泥泞的道路是"世界尽头"原型的延伸。郊野"三流的生活"充满了屈辱与"戳心窝子"的事情。她在大雨与泥泞中艰难跋涉到大剧院看芭蕾舞的故事正是她企图走出蛮荒融进都市文明的一次徒劳的尝试。观看"天鹅湖"芭蕾舞演出与眼泪、屈辱相伴,舞台上的"小天鹅"最后化作了"黄脸的""工会会员",高雅失落,激情索然。与嘉丽雅为伍的"苦命的狼"更是小说中荒芜、野蛮的叙事点,忽远忽近出现在荒郊山林中的一个生命,它们始终蛰伏在嘉丽雅心中,是不断回到她现实意念中蛮荒的图腾。这是嘉丽雅演绎的人类生存图景的一个"童话"模式。嘉丽雅对远郊生活与大自然中蒙昧、野蛮的各种回忆,对都市文明与郊野文明的比较,是当代社会里生活在中心与边缘的人们相互之间不可能理解的一个明证。

郊野是一种具有隐喻性的缩微景致,是远离中心文明的人类中不得意者的集聚地,是远离现代都市文明的生命存在方式。然而,与都市文明一样,郊野也是一种否泰并存、祸福相依的宿命。嘉丽雅渐渐意识到,都市文明不仅仅"活力四射",同时还是一种浊世文明、日益物化的文明。费林的"童话"破灭了,自诩为国王、苏丹、魔术师的费林不过是个"会伪装,善于装腔作势"、自欺欺人的"可鄙的小矮子,穿上君王睡衣的小丑而已","绝顶美妙的尤物"阿丽莎也不过是个"长着小胡子""穿着菜绿色连衣裙"的俗物,她嫌弃费林没有自己的住房而离开了他,著名弹唱诗人在朋友聚会上的演唱也只是为了赚取一个卢布的收入。嘉丽雅最终没能在费林身上和他的"宫殿"里找到她追求的美丽。而郊野不仅仅是"生活最后的脆弱地带",是泥泞的"前寒武纪",还是一个"空气出奇地清新……尤其是对孩子好,别墅都用不着"的地方。居住在那里的人有着都市人所没有的"诚实",是她消除恐惧、摆脱紧张、远离现代世俗的一种方式,是心灵之家。小说结尾,"郊区边缘时空"的贫瘠与野性被诗意化了,衍生出一种富于韵律的宁静、温柔、敦厚的诗意化的美:"现在——该回家了。尽管路不近。未来——是新的冬天,新的希望,新的歌谣。是呀,我们讴歌乡郊,雨水,泛出灰白色的楼房,黑暗来临前漫长的黄昏。我们讴歌旷野,褐色的青草,小心翼翼的脚下那冰凉的黏土层,我们讴歌姗姗来迟的秋日的朝霞……"两种文明互为映衬,互为表里,互为补充,构成当代文明难以或缺的整体。

五、关于爱情的"童话"

小说中的爱情处理是相当低调黯淡的。作品中没有任何浪漫情爱的情节构置,当然也更没有深深的情爱悲怆,书中有的是后现代社会的爱情本质:功利与非浪漫。在后现代社会里,连人本身都是脆弱的,何况比人更脆弱的爱情。如果说,现代爱情童话带给人们的是爱情的理想画图,那么现代文明的后现代情爱模式是一副提供给现实中爱情男女的清醒剂。从这个意义上说,《痴愚说客》还是一本写给女人看的书。

费林喜欢的女人如同他叙说的故事、邀请的客人和收藏一样,奇特、罕见。她们或是杂技演员,或是白皙得耀眼,以至于客人不得不戴上墨镜以免造成"雪盲"。与费林相伴的阿丽莎,是个看起来魅力四射的年轻女子,这种魅力主要来自她与众女人的不同:从她的女人通常没有的小胡子,少见的鹰钩鼻子到奇怪的腌渍黄瓜色的裙子。更要命的是,俗不可耐的阿丽莎尤其喜欢出风头。费林之所以容纳这样的女人不是为了爱,而是担心自己的灵魂在混乱无序的现实中变得形单影只,害怕对周围一切冷漠疏远后的孑然独立,于是渴求一个新奇独特、可爱可触的异性。这是他唯一可以抓得住的一个美好的世界,是一个似乎可以拒绝污秽肮脏的方式。但是费林爱的方式是荒诞的,因此爱的努力也是徒劳的,最终他仍然茕茕孑立、形影相吊,回归"孤独"。

嘉丽雅是一个很"土"的女人。她所生活的都市远郊,粗糙、肮脏、野蛮,那儿只有生活的庸常,那是一个磨损感情,销蚀浪漫的地方。在这样的地方,她与尤拉的家庭生活便成了一种负担,成了不知所终的期待,无法抵御的无边的空虚,甚至带上了发霉的味道。一边是风光无限,另一边是阴霾重重。陷入无望的她心生厌意,想换换环境、换换爱情。在费林的身上她看到了未曾构设过的爱情理想,在他的身上种下了种种浪漫的期望,费林是以一种幻象的形式出现在她的爱情憧憬中的。心智与情感结构还发育得不甚健全的嘉丽雅错把幻想当现实,她一度钟情的男人只是她自己幻想的一厢情愿的爱的投射。她一旦看到了费林那座宫殿的虚妄,他言说的虚妄、思想的虚妄、行为的虚妄,便懂得了自己的爱的迷误,似乎也就学会了理解她所处的这个世界,包括她的家庭与她自己。于是她看到了自己和尤拉要"比他诚实一千倍",又从骨子里想回家,因为爱情走到最后怎么说起来都是老婆老公孩子、柴米油盐,虽然细微琐碎,却也实在具体,让人心里踏实。

关于爱情的童话不仅倡导对自然、真诚的回归,还在不经意中表达了寻求爱情支撑人生的不可靠。我们在小说中可以发现,毫无强势的"小人物"群体连自己都缺乏对爱情真正的理解,以及对真诚的景仰和向往、膜拜与虔诚。在后现代来临的今天,浪漫的爱情恐怕更难以在社会现实中落脚,它离普通人似乎也更加遥远渺茫,而这几乎是与文明无涉的。

托尔斯塔娅1991年在接受记者采访时说:"就天性而言,我只是个旁观者。一边观察一边思索:天啊,多么奇妙的荒诞的舞台,荒唐的舞台,愚蠢的舞台……为什么我们所有的成年人要参与这种游戏呢?"①女作家以一种旁观者的身份,用种种"童话"展示了虚拟世界和在这一世界中现代人生存的荒唐"个案",同时又在不断地将其演化为稳定与恒久的人生图景:生活的庸常,现实的无序,生命间的龃龉,爱情的虚妄,心灵之家的寻觅。作家质疑生活,挑战现实,表达了意欲摆脱乌托邦式的神话思维,解决生存危机的一种非理性的努力。小说大大强化了这样一种不无偏执的理念,即社会秩序、人类关系普遍受到了一种莫名其妙的,日益非理性化的威胁。小说是人间美好失落后的畅想,灵魂遭遇后的迷茫,是怀疑者的怀疑、寻觅者的寻觅,是在对无序、混乱的现实否定后的一种新的世界结构的期待。

作为一种艺术的开放式的遐想与神游,《痴愚说客》没有传统小说所遵循的"方向与线路",甚至连一条贯穿始终的情节主线都没有。文中没有任何足以称得上是理性的思索与判断,与道德伦理也几乎无涉。作者逼近生活、思索的原质地,仅仅从生活、文学本身的视角出发,对流行的社会意识和价值观念作了极力的疏离与背弃,回到了文学写作的本体。

小说所提供的新的时空体验,沿用后现代的话语,可以叫作后地理、后历史的体验。即作者跳过地域空间的物理和社会纬度,穿越历史,将活着的与死去的、过去的和现在的串联在了一起。托尔斯塔娅笔下的小说是对时间空间的重新设置,对人生经验的重新组合。就小说所反映的事件整体和部分细节而言,它们是虚拟的。而按照历史的逻辑它们又是一种潜在的和可能的,故而又是可以理解的。这种虚拟世界具有现实世界的效果性,也就是说,这是一种具有真实性的虚拟。这种真实性体现在它们反映了现实世界的本质性特征:

---

① Ниточкина А.Т.Толстая:я не вступила в большевики.Столица.1991.No.33.C.12.

荒唐性、非逻辑性和混乱性。

　　女作家后现代主义创作实践的用心在于反思 20 世纪现当代俄罗斯文明的困境,并建构了一种新的"二元对立语境":原始文明与现代文明的对立。它为人们认识俄罗斯人精神生命的存在与发生、发展提供了一个新的,可供阐释的文化语境:精神生命的苦难与现代文明的关系,这是一种新的忧患意识。本杰明说,小说的结尾应当"把读者带到对生活意义的某种预感式的意识"①。托尔斯塔娅似乎做到了,她确实把有关时间、空间以及生存、生命的"预感式的意识"传达了出来。

(本文原载《外国文学》2005 年第 2 期)

---

　　①　王鲁湘等编译:《西方学者眼中的西方现代美学》,北京大学出版社 1987 年版,第 227 页。

多甫拉托夫:一个重要和鲜亮的
后现代主义文学现象

　　多甫拉托夫无疑是世纪之交最"热"的俄国作家中的一位。其声望首先生发在美国。他"是除了布洛茨基和阿克肖诺夫外,西方最著名的一位俄罗斯作家"①。他生命最后的四分之一时间是在美国度过的,那里有他十二年的文学创作和编辑生涯。1986 年他获美国笔会最佳小说年度奖。1989 年他的短篇小说与马尔克斯、博尔赫斯等作家的小说一起被列入美国出版的世界优秀小说文库。此间美国《纽约时报》的书刊评论上发表的有关他创作的上百篇评论文章都对他交口称赞。20 世纪 80 年代后他的名字逐渐在世界其他各国,特别在英国、丹麦、芬兰、以色列、瑞典、日本等这样一些国家变得响亮起来。1989 年是多甫拉托夫凯旋回归俄罗斯的一年。《外国文学》杂志、莫斯科大型文学月刊《十月》、列宁格勒文学杂志《星》、爱沙尼亚文学期刊《彩虹》等媒体几乎同时发表了他的作品和有关他的详细介绍。多甫拉托夫在俄国的"热"出现在后现代主义文学蔚成气象的 20 世纪 90 年代。90 年代初的两年内,他的三卷小说集在俄国三次出版,发行量达 15 万册。他的创作已经走进了高校的文学教科书中,还被搬上了银幕。这对于一个在俄国读者中并不被看好的后现代主义作家来说是非常难得的。虽然作家生前并非默默无闻,但人们对他的认识却远非像今天这样具有相当程度的一致性。正如评论界众口一词所言,多甫拉托夫是"一个重要的和鲜亮的现象,一个非常值得关注,深

---

　　① *Вопросы литературы.* 1995.No.1.C.8.

入研究和让世人引起共鸣、敬重的现象"①。

谢尔盖·多纳托维奇·多甫拉托夫(1941—1990)出生在苏联巴什基尔自治共和国的首府乌法。他的父亲是一名导演,母亲是个演员。侨居美国前,他的大部分时间都在列宁格勒居住。50年代末至60年代初,他先后在列宁格勒大学语文系、新闻系学习。1962—1965年他在部队服役期间他担任过苏联劳改集中营的警卫人员。70年代曾在爱沙尼亚首都塔林从事新闻工作。多甫拉托夫对社会生活中的荒唐现象有着深切的了解,并以文学创作的方式将其揭示。他在列宁格勒船舶研究所和光学机械联合企业办过报纸,在儿童杂志《篝火》当过编辑,还有过一年多当导游的经历。1978年多甫拉托夫携家眷离开苏联,定居在美国纽约,直到1990年去世。多甫拉托夫生前的知名度,在很大程度上与他在美国的杂志、报纸和电台的创作、编辑活动有关。在美国期间,他是《纽约人》杂志的主要撰稿人之一,是除著名俄裔作家纳博科夫外,在这份著名刊物上发表作品的第二个俄罗斯作家。他还是俄文报纸《新美国人》的创刊人和主编之一(1980—1983)。他逝世前,多年在美国《自由电台》做编辑。多甫拉托夫始终用俄文进行文学创作,是俄罗斯第三个侨民浪潮中最年轻和最有成就的作家。

多甫拉托夫是在20世纪60年代初步入文坛的,这是苏联"政治铁幕"时代中一个为时不长的"解冻"间隙。作家此间曾受左琴科、布尔加科夫、普拉东诺夫等这样一些俄罗斯"回归作家"经典传统的影响,也接受了像海明威、塞林格、贝娄、福克纳、乔依斯等西方作家的创作理念,从中找到了他的文学理想,也形成了他这一代文学人的世界观。60年代他曾写过诗歌,创作了不少讽刺性作品,其中比较著名的讽刺中篇有《别样的生活》和《驴子应是瘦的》。由于作品对现实生活荒唐本质的形而上的揭示,因此作家把它们称为"哲理谬论"。60年代末他写了第一部,也是一生中唯一的一部长篇小说《拳台仅一人》。从70年代开始,他才真正找到了属于他的创作体裁——中、短篇小说,这也是他三十年创作生涯中最富成就的创作领域。这些作品大都收集在他日

---

① Н. Выгон. Юмористическое мироощущение в руссокй прозе. Книга и Бизнес. 2000. С.248. С.345.

后的四部小说集中。《妥协》(1981)记述了作家在爱沙尼亚从事新闻工作的经历,《监狱》(1982)描写的是作家在集中营当警卫时的见闻,被作家称作"家庭画册"的《我们》(1983)是他对家庭祖孙三代生活的思考,《手提箱》(1986)是作家对侨居美国前后现实生活的真切感受。这四部被视为他创作最高成就的中篇小说实际上是系列短篇小说集,是多甫拉托夫的"笑文化"的精品。此外,他还创作有中篇小说《保护区》(1983)、《外国女人》(1986)、《分支》(1989)等。

一

由日常生活中大小不一的各种故事表现形形色色生命存在的真实情状,从而揭示现代人生命存在的本质特征——生活的荒诞与生存的荒谬,这正是这位后现代主义作家创作鲜明的主题特征。如果说现实主义作家索尔仁尼琴笔下的集中营文学展现的是高度意识形态化了的"专制的暴力时空",那么多甫拉托夫笔下的《监狱》要表现的却是现实社会中具有共时性的、人的生存形式:一种最为直观、最为显而易见的人的荒诞存在。

短篇小说《演出》写的是为庆祝十月革命节囚犯在监狱副政委的艺术指导下表演反映列宁和捷尔任斯基等领袖革命活动的话剧。演戏的犯人始终在自我与角色中转换。集中营世界与非集中营世界具有惊人的一致性,狱吏与政治犯似乎都在为着同一个目标——为了人民的幸福而斗争,他们又几乎用着同样的方法在行事,尽管他们相互敌视,势不两立。在作家看来,在一种特定的制度下,自由人与被囚禁的人的生存要义间并没有本质上的差异。集中营不啻是一种"精致的"国家模式。现实社会中处处充满了以法律形式固定下来的荒诞。荒诞由舞台、戏剧的表现转换成了一种特定社会条件下人的不自由的本质存在。小说将生活与舞台、现实与演戏以及铁蒺藜内外两端的生存状态相类比,指出其本质就在于它们无一例外的荒诞性。《监狱》的叙事主人公还在写给编辑的信中以一种"互文性"的手段表达了"集中营美学"——极权下的荒诞。与这种政权意志相辅相成的是由人的自身缺陷造成的现实生存的荒诞。

系列短篇小说集《手提箱》中叙事人"我"在生活中遇到的各种人,或同事,或亲人,或同学,都自觉或不自觉地在活着。各种不同的生存动机激化了生活向违反逻辑的方向发展。也就是说,这些人的身份与能力、角色与使命,在一定程度上处于分裂甚至自我颠覆的状态。这种状态折射了现代人在精神、人格上的悖谬,还隐喻了由这一悖谬而造成的人生存状态的无序。人们往往都被欲望或非理性的潮水追赶着,内心焦虑而躁动。他们无不以一种荒诞的表演形式诠释着各自不同的人生理念,同时也让读者看到,现代社会所赖以生存的最为基本的伦理原则、道义准则以及人格尊严都已无法逃脱被摧残与被伤害的命运。

叙事人在短篇小说《大官的皮鞋》的开篇说,两个世纪前,历史学家卡拉姆辛对俄罗斯的社会状况曾用两个字做过高度的概括:"盗窃"。如今200年过去了,俄罗斯社会发生了天翻地覆的变化,然而俄罗斯人的这种生存状态居然没有任何变化,"人人都在偷,而且逐年愈演愈烈",不但"什么东西都拿",而且"偷得没有任何实际用处"。从瓷砖、石膏到螺栓、螺钉,从线头儿、玻璃到海报柱,直至很快会结成石头块的水泥浆。连叙事人自己也毫不例外,同样干着"偷"的勾当。虽然他偷的皮鞋较为实用,但他偷鞋的目的也未必是为了穿,因为连他自己都不知道为什么要去偷。"或许是我的被压抑的异见倾向作祟。或许是我身上的犯罪本性抬头。或许是某种神秘的破坏力量对我在施加影响。在每个人的一生中总会有一次这样的情况发生。"荒唐透顶,荒谬之极。200年来普遍而又荒唐的盗窃行径一方面说明了此种社会弊端的普遍而又积重难返,人的积习难改;另一方面也表达了俄罗斯人生存中的荒诞性,人本性中非理性成分所导致的行为荒谬的绝对性。

在雕塑大师的工作室里,"我"看到了赤身裸体、一丝不挂的伟人塑像:"臀部、性器官和凸现的肌肉,无不精雕细刻、活灵活现"。雕塑大师说,这并不值得大惊小怪,因为"我们是现实主义者"。艺术作品通过"现实主义"的语言暴政,使艺术家的想象力和创造性渐渐萎缩,艺术的丰富性和多元性遭到了可怕的压抑。艺术世界通过这种人为的"过滤器",使贫乏、单一到了尴尬的境地。然而,由于雕塑艺术的对象是杰出人物而"此类订单难能穷尽",因此这一类塑像仍获利丰盈。所以"我们的雕塑家都是些富人"。作者以一种戏仿和调侃的方式揭示着艺术与生活中的荒诞,消匿着艺术与现实间的鸿沟。

《冬天戴的帽子》讲述了作者当编辑生活经历中的若干个片段:犹太血统的女打字员拉依莎因在一个有着反犹太传统的编辑部工作时显示出富有叛逆精神的生活方式而最终被迫害致死;"我"忍无可忍,不辞而别,离开了编辑部;"我"与兄长的相处,其间与他三个女友的交往;"我"在大街上遭遇流氓的袭击及受伤;"我"在商店里与当售货员的老同学的邂逅。

编辑部里因拉依莎的死而气氛阴郁凝重,有人悲伤地抽烟,有人两眼发直,有人泪水涟涟……编辑博格莫洛夫是拉依莎死后继续落井下石的第一个发难者;捷留金与拉依莎有着非同一般的关系,因为害怕受到死者的牵连,反复强调与死者性格迥异、没有共同语言;小品文作者西多夫斯基谴责死者自戕的罪行,表达捍卫编辑部利益、热爱新闻事业的耿耿忠心;"我"则采取惹不起、却躲得起,一走了之的方式。专制主义与明哲保身从来就是一对难兄难弟,谁能避免人为刀俎、我为鱼肉的可悲下场。编辑部里各色人等的表现如同一条条生存印痕,记录下了人被动存活的真迹。人与人在这里成为一种荒唐的"互文"镜像。

编辑部事件发生之后,"我"本想对兄长述说胸中的郁闷,摆脱心灵的苦闷,却被"我哥"波利亚因自我欲望膨胀所作出的一番表演所阻,生活进一步滑向了荒诞性的喜剧边缘。"我"非但未体验到本该情同手足的兄长的理解、体贴、温暖,反而处处陷入他的算计,甚至连妻子让"我"买葵花籽油的一个卢布也最终被他骗走。此后"我哥"又上演了一幕幕酗酒、斗殴的荒唐闹剧,这是他面对荒诞的现实在寻找他的人生的"魂"的通道,映现的是一种独特的人生"病象"。

"我哥"的三个来自纪录片摄制组的女友在拍一部介绍猪的混合饲料喂养的科教片,却起了个不无荒唐的"强力和弦"的片名。这些人到中年的女性显然是靠依傍男人享受生活的。小说中并没有提供她们采取这种生活方式的因由:是物质生活的匮乏,还是情感世界的枯竭。但无论如何,这总归是社会文明发展与人们精神失落、人性被扭曲之间的矛盾所形成的另一种现代病。所幸,空虚落寞的三位女性在十分现代的生存方式中并没有失落其精神秉性上美好的一面:她们不幸,却不自私;她们崇尚物质,精神却不低下。在"我"遭难不幸之际恰恰是她们显露了难能可贵的无私、体贴与关怀。在她们人性的释放中也确实有着十分积极、庄重的一面。

小说中"我"的同班同学廖瓦讲了这样一个"盗窃大案":一家儿童玩具厂的两名勤杂工独出心裁地挖好地道,将儿童玩具上好发条,于是玩具便自动源源不断地流出厂外。这个奇幻的盗窃国家资财的故事并非是两位工人为了求生而颠覆职业道德的表演,却是生活的本质性荒谬导致的普通人生存的荒谬。作案人的谬行虽然有些超出常规,却是作家循着他们的生存准则和心理走向作夸张渲染的。所以它虽然超常,却带有本质的真实自然性。"盗窃"被赋予了某种可笑,但又有些可爱的冒险性质。普通百姓智慧的生命存在也因此而被充分地激活。

多甫拉托夫的小说像一面被打碎的、成了许多碎片的镜子。打碎这面镜子并展示碎片中镜像的是作者。作家告诉读者,生活就是由各种微小的荒诞的镜像构成的。荒诞既是一种现实存在,又是对现实的一种艺术解构,并由此实现对生活整体、逻辑、现实、未来的颠覆。作家将这种荒诞说成了具有普泛意义的人存在的"土壤和命运"。包括第一人称叙事人在内的所有的人都生活在荒诞中,吸进并吐出荒诞的空气,在荒诞中争吵,在荒诞中消亡。

二

作为俄罗斯后现代主义的一位重要作家,多甫拉托夫对叙事形式始终有着其独特的追求:佯作"本真"的叙事就是他的小说区别于一般后现代主义创作的独具特点,一种介于后现代主义与现实书写之间的叙事"边缘"。作家在答记者问时将这种文体称作为"伪纪实叙事"。他说:"倘若你保留了所有纪实小说的形式特征,那么你创作的就是一种用艺术手段表现的一种本真。"[1]

---

[1] И. Сухих Сергей Довлатов: время, место, судьба. СП－б. Культ Информ. Пресс. 1996. С.48.

"纪实"与"伪"这两个难能搭配在一起的用语本身就包容着文体的某种荒诞性。作家试图以这种形式的荒诞性来表达现实内容的荒诞性。作家认为,荒诞存在是现实生活的一种本真特征,而表达这种本真特征的最佳形式就是一种貌似纪实的"伪纪实"。多甫拉托夫小说中的情节似乎都源自作者亲历的生活。如他自己所说,他的小说中人物的名字,所发生的事件甚至日期都是真实的。他所虚构的只是一些并非实质性的细节。因此他的小说给读者真实、照相式和高度纪实性的"本真"印象。这种文体虽具有现实性、社会性和理性精神的纪实性特点,但它们又都不是纪实,不能用简单的纪实性、政论性去标识它们。它是效仿新闻纪实文体中的一种独特的"新闻变体"。它在信息性、事实性的信息层面杜绝"虚构"与"想象",发挥了新闻纪实性的特长,却又避免了客观纪实而缺乏形而上思维的缺陷。小说凭借作家从现实人生中获得的第一手材料,依靠深深隐藏着的理性统帅材料,对读者发生影响与作用。

庸常已经不可阻挡地成为现代人生存的处境,对于多甫拉托夫来说,它不但是短篇小说"本真叙事"的基本素材,而且还成为他文学写作贴近百姓日常生活的出发点。在他的笔下,日常生活不再被理解为一个大同小异的逻辑范式,而是作家独具慧眼所发现、所把握的各种各样的,多向、多义的复杂关系了。作家在短篇小说中营构的不仅是鲜活生动的日常生活景观,更是庸常生活杂多的统一。小人物生息歌哭在现代都市,特别是在有着深厚文化传统的历史京都彼得堡。他们承受着命运的拨弄、人事的击打,在生活的甬道里直觉地、本能地活着。小说中呈现人生形象的方式不同,或美丑迭现,或善恶杂陈,或得失相属,他们相生相克、相映成趣,使日常杂多统一的日常化情景、人在日常生活中的复杂的情感、心绪得到感性的、荒诞的显现。小说中的庸常化情景不仅是当下的、即时的,而且还具有历史感、时代感。

在作家的眼中,政治风云、世情时尚与自然风云一样,都是身不由己的外在力量。不仅权力在官僚的手中被实用主义地利用,政治也成为民众不得已赖以生存的抗拒手段。美丑因时而变,好恶染乎世情,从上到下,无人能够幸免。权力、政治、时尚渗透在日常生活的每一个细胞中,被庸俗化为满足私欲的工具,成为人的存在荒诞的缘由。老百姓自觉或不自觉地扮演着生活中的各种角色,不仅被生活所荒唐,也在荒唐着生活,而唯独生计问题才是他们生活的主旋律。《大官的皮鞋》中,市长是这样,地铁站站长是这样,雕塑家和两个石雕师也是这样;《冬天戴的帽子》中编辑部人员是这样,"我哥"是这样,摄制组的三个女人也是这样。连短篇小说集的主人公叙事人也不例外。而在"庸常化"的叙写中,作家从不摆出一副教育、训诫者的面孔。正如评论界所说,"多甫拉托夫之所以能赢得读者是因为他并不站在读者之上,优于读者。他在描写丑陋的世界时是以一个受到扭曲的人物的眼睛来看的。他没有必要教会读者什么"①。

为了达到给读者以"本真叙事"的印象,多甫拉托夫在他的小说中采用了一种别致的叙事视角与叙事态度。小说的叙事是在主人公兼叙事人的叙事视角里展开的,小说中众多少有关联的生活片段皆由叙事人"我"串联起来。作者并没有像传统的自叙体小说一样采用谴责、批判、嘲讽的叙事伦理态度,而是尽可能地保持了特定社会情境下的人物心态,一种即时场景下的主体与事件的同一性,从而规避了创作主体第三者视角的介入,使得事件得以以彼时的面貌"真实"浮现。叙事人虽保持着对整个故事外在场景的叙述,但他又是受着事件进展走向而被推进的人,同时又在对故事现场的重要参与者(如《冬天戴的帽子》中的编辑、兄长波利亚、三个女人,《大官的皮鞋》中的石雕师、利哈乔夫、茨宾、市长西佐夫)的言行进行精确的描述。这些带有特定身份和特殊个性的参与者的出现使得叙事人不断地被卷入无逻辑的生活流中,而生活的流动亦就演化为各色人等乖张性格和生存欲望的大汇演。"我"(谢尔盖·多甫拉托夫)是一个特定情境中的行动者,但"我"又是一个讲述者,一个表演者,又是一个被看者、被问者、被说者。当"我"在作品中不断地重复"我说""我说"时显然存在着一个潜在的对话者。而这个对话者是优越的、高高在上的、高度理性的,他虽然一言不发,声情不露,但却让人体验到他的巨大的理性力量和洞察力,正是这巨大的理性力量与洞察力使作品消弭了过分的情绪宣泄而进入智者的叙述、理性的思索之中。

"本真叙事"的基本骨架不是完整的故事情节,因此多甫拉托夫的小说不

---

① Н.Л.Лейдерман, М.Н.Липовецкий.Современная русская литература.В 3-х книгах.К.3. УРСС.2001.С.107.

具备复述性,看过他的短篇小说,合上书,你很难完整地讲述出有头有尾、完整热闹的故事来。作品是通过人物的作为、德行来写人物的。作品甚至不以塑造人物为目标,人物都是工具,人物的使命是作为载体而活现世相。活现世相,作家却能越过生活的表象直扑世相的神髓。为此,他打破了头尾完整的故事,而密集起生活中各种血肉细胞,把诸多富于时代特征的生活碎片加以特写放大。小说中的生活世界是鼠窃狗偷,是趋炎附势,是卑劣污秽,是失落颓丧。这里没有阳光、鲜花,而是一个荒诞之极的世界。作家对现实生活的认识显现出一种无奈的麻木,或者说是一种超然脱世的旷达。小说的语言高度简约,清新润泽,口语化和生活化。作家正是以一种简约的形式给文坛吹来一股新鲜的清风,呈现出短篇小说独有的精彩。作家尽量向读者的日常心理靠近,甚至常常把那些非常庄重宏大的概念也都改造成很通俗或者很稚气的话语。所以小说的叙事读起来感觉很轻松,尔后才能读出一份沉重来,理性思考被深深地隐藏在通达的语言叙述中。而更多的时候是作家什么也不说,让读者在酸酸的心情中自己去琢磨、顿悟。

荒诞情节与"本真叙事"的矛盾性结合就是作家短篇小说创作鲜明的诗学特点。这一独特的诗学特点是建筑在作家对生命存在和艺术本质的哲学认识之上的。评论家托波洛夫认为,"存在的荒诞这一美学本质是多甫拉托夫小说的元情节,是作家艺术世界的第一要素,但这不单单是笑料,童话寓言和双关语的运用。这仅仅是得以制成多甫拉托夫艺术之砖的黏土,而不是它的形式。它的形式是一种微观的荒诞。'宏大小说'的宏大荒诞恰恰是由多种微观荒诞构筑的。"①"本真叙事"创造出一种普遍的现实世界,而荒诞又在解构着这一世界。叙事是向心的,而荒诞是离心的。叙事走向整体性、最大性,而荒诞走向片段性、最小性。这整体与片段、最大与最小的结合便体现出生活最本质的规律性和普遍性。在作家看来,荒诞就是没有规律可循,而没有规律、没有逻辑、没有意义、没有联系、没有目的就是现实世界的规律。在这一规律主导下,生活中就没有真实与虚假之分了,艺术的真实就达到了全部的本

---

① Н. Выгон. Юмористическое мироощущение в русскй прозе. Книга и Бизнес. 2000. С.254.

真。潜意识中作家把荒诞理解成为一种生存的危险，他在试图寻找摆脱与逃离危险的方法，却是徒劳的：这首先是因为他自己也欣赏生活中的这种荒诞，并在荒诞中找到了一种对无法预料的事物的审美快感。与此同时，他对谬误、缺陷、失败、懒惰、酗酒、马虎等生活常规逻辑的日常现象有一种独特的形而上的哲学理解。错误中隐藏着真实，错误乃是生活准确无误的印记。没有错误的世界是危险的，如同极权主义的乌托邦幻想是极为可怕的一样。刻意去回避错误，意味着粉饰错误，而粉饰意味着扭曲生活。缺点在道德上和生理上都起着一种平衡的作用，没有这种错误的人，作为命运与大自然的人就不会是真实的，就是虚假的。不完美实际上是在给社会、个性加冕并还以本真。生活中的失败可以把反面人物变成如果不是正面的，那也会是人们可以理解、接受的。所以他笔下的人物往往都不无缺陷，甚至病态，都有一种对生活荒诞性的癖好、愉悦。

三

　　正是这种以生活本真状态显现的人的生存荒诞形成了多甫拉托夫式的独特的幽默。"笑如同阳光一样是贯穿作家艺术世界的自然要素，乃是他美学体系的基础之源。"①多甫拉托夫是果戈理、左琴科、布尔加科夫、普拉东诺夫等之后又一个民间狂欢化"笑文化"的成功承继者。任何一个当代俄罗斯作家都难得有多甫拉托夫这样独特的"笑"声，独特幽默的写作方式。他遵从后现代主义的"世界如同文本"的理念，把自己的生平经历以及"照相式"获得的生活材料当作文学资源，加工成具有独特尖锐性和幽默性的情节与冲突，并演化为一种高度文学化的隐喻、笑料式的醒世寓言，揭示出具有普遍性意义的现代人的生存状态。因此我们在他的小说中常常可以看到不无夸饰和怪诞意味的现实生活，一幕幕内心生活被适度放大了的精神场景，是不断地颠覆既往文

------

① Н. Выгон. Юмористическое мироощущение в руссокй прозе. Книга и Бизнес. М. 2000. С.245.

化经验的"超文本"话语。贯穿在他全部创作中的主导性话语及他的"笑"的哲学基础是：荒诞乃是存在的常态。在作家看来，生活常规是以存在的荒诞为表现的。他的后现代主义小说悖逆传统文学经验一个基本的艺术哲学主题是：文学体验与生活现实的不吻合，理性、经验、意识与生活现实的不吻合。

作家对荒诞的存在——这一生存本质现象的反应是复杂的，有变化的，但源于幽默的"笑"的态度却是始终不变的。"笑"成了多甫拉托夫本真叙事中一个十分鲜明而又突出的特点。"笑"是一种艺术手段，它能大大弱化冲突的尖锐性和忽略人物、事件是非的褒贬性，而加深读者对小说中人、事，各种对象的形而上深意的理解，同时也大大增加了趣味性。"笑"也是一种独特的审美期待，作者期待着读者参与作品意义的创造。作者自己不说，却让读者在笑中做出他认为是的评判来。笑还具有强烈的消解性，它提倡民主，消解一切社会历史的不平等，从而赋予小说高度的平民性、大众性。荒诞被不分阶层、美丑智愚、天资才能各不相同的一切人所感知之后，也就显露出了作者认识社会存在的一种自然正义感。

在《大官的皮鞋》这篇小说中，在为塑像剪彩的正式隆重的庆典宴会上，市长居然脱下皮鞋为脚丫子"放风"，这不雅观不说，似乎也不符合人物的尊贵身份。但原因是他脚疼，况且他又不是堂而皇之地亮相，而是偷偷地、巧妙地在桌子底下这般动作，最后又能人不知鬼不觉地机智收场，好像又显得正常合理、无懈可击。小说家用幽默的"笑"彻底消解了官僚与平民的界限，从而将高官与普通百姓平等化了。读者自然可以从市长一双外销的苏制皮鞋领会到，高贵的社会地位、出口的品牌、优良的质地、光彩夺目的表象并不能改变其内在的本质：包括生理感受在内的生存规则——对于高官与平民来说是没有任何区别的。

上述小说中涉及的"集中营""偷窃""喝酒""斗殴"等现象是日常生活中常说的话题，在多甫拉托夫的小说中以它们在百姓生活中的普遍性而令读者哭笑不得，从而彰显了生活事实的不合逻辑。小说《大官的皮鞋》中，在剪彩仪式的小型酒宴上，石雕师利哈乔夫出乎意料地对举重运动员坦白自己与一个犹太女人同居的事实。在读者没有任何心理准备的叙述中，展示人的心理与行为的不合情理，一种突兀性。这颇富喜剧色彩的一笔，让读者感受到了人的非理性意识的涌动。在貌似冷静的零度叙述后面潜藏着作者对生活深深的理性关注:现代社会所标榜的人性、道德已经变得脆弱不堪,人类引以为荣的向善情怀、精神追求也变得虚幻不定,无可依托。作者通过这样一种独特的幽默叙事,使小说巧妙地形成了潜在的张力结构,其表层是幽默喜剧性的冲撞,而它的内涵却延伸到人性的荒唐、乖张甚至异化之中。

笑面的作家从来都不是快活的,从根本上说是阴沉而忧郁的。多甫拉托夫在描述着人生存的荒诞和混乱的同时,始终在用一种极为独特的"含泪的笑"的叙事方式表达着人的压抑与忧郁。小说集《监狱》中的短篇小说《演出》的叙事人不是制度的受害者,也非一个旁观的目睹者,而是一个监狱看守。在这里,"'我'第一次成了我的独特的、不同寻常的国家的一分子。我成了残酷、饥饿、回忆、恼恨……的集大成者。泪眼蒙眬中我失去了视觉"。类似的描述在《我们》《手提箱》《保护区》《外国女人》《分支》等小说集中随处可见。评论家们一致指出:他的小说中有一种塞林格式的抑郁忧伤的情绪特征。诺贝尔文学奖得主俄裔美国诗人布洛茨基在他的《论谢尔盖·多甫拉托夫》一文中引用著名美国诗人华莱斯·史蒂文斯的话说,"世界是荒诞的,人们是忧郁的"是理解作家创作的一把钥匙。

巴赫金说,狂欢化的"笑文化"的本质在于"它的普遍而广泛的民间性"①。多甫拉托夫的创作充分展现了一种平民化的风采——民间情怀,大众趣味。这是他的短篇小说具有大众文化品性和获得大众读者青睐的一个关键要素。他的短篇小说都是以丰富的生活内容和独特的艺术面目映现世相的作品。小说中,包括叙事人"我"在内的所有人物都不是圣洁的形象,都是不无病态的。都市"小人物"深深地渗透着作家的生命体验和社会体验。作品抒发了老百姓、普通人的情缘,触发了读者对普通俄罗斯人,特别是都市普通人群生存状态的感悟与思考。但与此同时,他的创作又富含深刻化、意蕴化、精致化的文学性因素,这又是其小说为何能在文学评论界获得普遍赞誉的原因。多甫拉托夫的小说是真正从一个与作家有着同样生平经历的平民知识分子的视角进行写作的。他们或以一个监狱看守,或以一个新闻工作者,或以一个

---

① [俄]巴赫金:《巴赫金全集》(第四卷),河北教育出版社 1998 年版,第 12 页。

"打工仔"，或以一个被迫离开祖国的普通侨民为叙事者，以平视的态度写犯人、写同事、写亲身经历的人和事。作家尤其侧重于表现他们的言行方式。小说从不对人物做居高临下的道德审视，小说的主旨也不指向对政治意识形态的解构、建构，从而避免了传统俄罗斯文学的社会历史和道德审视可能产生的偏激、武断，避免了意识形态主旨对人性的简单化处理。小说从一个平民视角感受外部世界，体验自我情感，充分尊重人物的主体意识，从而获得了表现和探索他们生存、生活状态的深度，并导向对生命存在的形而上的思考。

多甫拉托夫的"笑文化"小说融入了作家众多的理性思考，具有丰富的文本资源，如作家对现实真实性的怀疑，对人性麻木的敏感，对人性异化的追问，对人与人关系错位的思考等等。作家以一种轻松在表沉郁于内的语调向读者昭示：当人类在享受生活、追求美好的同时，生活中无法掩盖的现实真相会是如此地千奇百怪，甚至触目惊心。现代世俗社会的物化状貌，透射于人们的灵魂，可以警醒世人。但以"笑"为手段的作家显然并不着意于对人物做道德审判，而是把他描摹的人物的不合理行为视为具有不无"现实合理性"的人性现状，从而探究人性的脆弱。作者对现实生存的荒诞和人的社会文化心理有着一定程度上的认同，这种认同是以现实的背景为依据和依托的。作家认同中的否定是通过这一人性现状所造成的结果来显示，通过戏谑、调侃的方式来表现的。所以这一否定就不是道德批判，而是一种对生命不完满状态的探索与悲悯。作家无意揭露或讽刺人的各种弱点和缺点，而是采取了一种理解、宽容的态度。作家即使对《大官的皮鞋》中那个自上而下的任命体制中产生的市长的描写也没有恶意的嘲讽和羞辱。《冬天戴的帽子》的情节设置表明，作家既深深地厌恶兄长的行为，同时又清醒地知晓，这是一个具有自我生命逻辑的完整的人。在现实生活中各种人对人生价值的追求与对现实的理解之间都存在着一种对话关系，这就使得作品穿越了道德评判而走向对生命的形而上的思考。它昭示了这样的一种生命体验：由于自身的盲目、因为自身无法超越的缺陷，生命太容易走入死胡同了。与此同时，他以同情理解的口吻还在进行生命太容易受到外部世界伤害的叙述。兄长的"世俗""势利"固然有自身缺陷造成的必然，同时外部世界的压迫也是促使原本并不坚实的生命趋向于变态的环境因素。

我们可以发现,多甫拉托夫的创作是一个在既往的文化历史中挣扎、绝望过的个体经验的内心告白,是一幅在新旧时代交汇点上凝望过去、透视人生、展示自我和他人活法的人生世相图。我们在作家对日常生活的荒诞叙事中可以看到他在建构作品时所持的对历史语境的尊重与流连心态。读者不仅能重新感知"体制内"人的秉性与行为时尚,也能体悟到人生存在荒诞中的某种历史根由。挣脱了社会精神桎梏的俄罗斯现代人,在"公开性""新思维"之后,似乎有了狂欢与狂奔的空间与可能,可以像个游牧人那样自由自在地生活,向四方行走。但是,这一自由对于有过漫长历史的俄罗斯现代人来说真是福音吗?既往的思维惯性、曾经有过的文化地图失效了,再也没有方位没有目标,没有人告诉你前方是哪里,是什么。被人们想象的自由降临之后,在短暂的"解放""自由"的幸福体验过后,巨大的精神空旷则会给人们造成迷失与恐惧感,这种迷失与恐惧增添了生命存在的荒诞性:一切都不在人们自己的把握之中,然而人们却又必须没有选择地走下去。但是,除了历史的局囿,多甫拉托夫笔下人物的行为在大多数情况下动机缘由不明,当事人似乎也在云里雾里。但是,也正是这一缘由不明的人生的荒诞道出了现代生活的复杂性——人们原以为可以把握的生活,其实远不在他们的把握之中。但更值得读者思考的也许还不在于作品已经呈现出来的作家的困惑、迷惘、痛苦。他的不幸已经足以引起读者的关注、同情和理解。而人们内心经历的一切,人们之所以如此做人、行事的原因,甚至连得到彻底表达的可能都不存在。作为冰山之下被搁置的问题,不仅在小说中悬而未决,同时也是现代生活具有寓意性的话题之一:未被我们认知或不被我们了解的事物,就在我们身边或就是我们自身。这显然是人们共同的困惑。正是在这个意义上,相当多的评论家称多甫拉托夫为"严肃的存在主义作家"①。

俄罗斯后现代主义文学已经拥有了为数众多的一支作家队伍。多甫拉托夫作为这一队伍中的重要作家之一,又鲜明地有别于他的同行。作为一个有着鲜明的写实主义特色的后现代主义作家,他被美国和俄国的一些评论家称

① Н. Выгон. Юмористическое мироощущение в руссокй прозе. Книга и Бизнес. 2000. C.253.

作为"后现实主义"作家。"后现实主义"是后现代主义与现实主义的合成,它不仅是俄国,也是西方后现代主义发展到一定阶段的产物。一方面,多甫拉托夫把世界看作是一种正在发生着的、不断变化的文本,其中没有上与下、自我与他人、永恒与暂时的区别,亦即把世界看作是散乱的、非逻辑的、荒诞的、无序的一种混乱。他对这种混乱的认识和把握是高度形而上的,这是他与其他后现代主义作家在本质上的相通点。但另一方面,他的描述又是充分具体而又形而下的——他的创作是对悲剧性社会历史、国家暴力所造成的混乱的一种显性的再现。作家不怀疑现实是一种客观力量的存在,不否定现实在以各种方式对人类的命运产生着影响。他在小说中仍然保持着对人个性的分析、判断和人性评价。通过展示人的个性来把握世界的混乱与无序,试图从中找到一条线索、一个人可以依靠的生存支撑,从而对置身于混乱环境中的人的个性和命运做出后现代的阐释,找到其存在的本质意义。这是一种本体论原则与社会性、心理分析的认识论原则的结合,先验性的对人生存理解和社会典型化特点的结合。

俄国后现代主义的产生和发展导致了 20 世纪末俄国强大的现实主义文学传统的式微,但多甫拉托夫现象同时也在证明,作为俄罗斯巨型文学话语的现实主义并未因后现代主义的崛起与勃兴而消亡。也许这也是多甫拉托夫的后现代主义的"本真叙事""热"带给世界文学的一种独特的风采。

(本文原载《当代外国文学》2004 年第 4 期)

丑恶对文学审美圣殿的冲击和亵渎

——俄国后现代主义小说家索罗金创作论

    索罗金是同时头顶"光环"与"恶名"的俄国后现代主义小说家,当代俄罗斯文坛上一个"天才的另类",一个不折不扣的"好事者",几乎他的每一个行动都会引发一个事件,每一部作品都会引起一场喧嚣。

    这个出身书香门第、大学教授家庭的"天资卓越"的青年,曾是个毒品的吸食者,而且还是在刚刚受洗、成为东正教徒后的不久;14 岁的中学小男生居然在他的文学习作《苹果》中写尽了一对因排队购买苹果而邂逅的男女狂郁、躁动的情欲,让同年级的少男少女新奇不已;短篇小说《萨尼卡的爱情》(Санькина любовь)描述了同名男青年在心爱的姑娘死去后的"破贞仪式",索罗金由此赢得"恋尸癖"的骂名;剧本《地球之女》(Землянка)遭到东正教女批评家科克舍涅娃的怒斥,因为作品在用下流的语言糟蹋耶稣和圣母;长篇小说《蓝油脂》(Голубое сало)一发表立即遭到"抵御淫秽、捍卫俄罗斯主流价值"的青年"同行者"们①的抵制,并因此引发了一场轰动社会的诉讼官司,弄得美国国会出来要为俄国的"言论自由"说话;长篇小说《冰》(Лед)入围俄语布克文学奖,却遭到索罗金自己的鄙弃,他声称"布克奖——这是一个尚在娘胎中已经烂朽的胎儿"②。……凡此种种,不一而足。

    索罗金及其小说——震撼俄罗斯文坛与社会的这一文坛"奇观"的出现

---

① 20—21 世纪之交一批俄罗斯热血青年组织的政治团体,旨在抗拒对俄罗斯优秀文化传统的背叛。据传,这一团体有克里姆林宫的政治背景。

② Борис Соколов. Тайны русских писателей. Расшифрованная русская литература. М. Эксмо, Яуза.2006.С.541.

标志着一个新的小说家及小说样式的开始,提示着一个文学新现象的生成。俄文版《花花公子》的评论称,"如果说早先的俄罗斯文学如同一个心地善良的画家,画给人们看的是鲜花盛开的林中旷地,那么索罗金的书向人们展示的却是另一种可怕的现实……"①他的小说无法归结到传统的故事范畴中,他常常将传统文化、文学经典与生活庸常交熔于一炉,文学经典、政治领袖、文化精英成为他嘲弄、嬉笑、游戏的对象,排泄、性交、凶杀、甚至食粪、吃人都是他小说中难以或缺的情节元素。他把转述一种历史的文化话语当作小说写意的基本内容,把传达社会转型期一种尚未充分显现的俄罗斯民族心理和情绪当成自己的使命,从而表达历史文化与社会政治霸权话语下伦理的、人性的、人格的异化,社会对于自然的和独立的人的"遗弃"。

如果要用最简洁的方式概括索罗金早期小说与此前及同时代苏联小说的区别所在,大概莫过于评论界用得最多的两个词"丑恶"与"绝望"了。此前,俄、苏小说中的"丑恶"主要还在于精神层面的,人物即使卑污,终究还能有清除卑污的正义与良心,还有希望在,即使现实的一切都糟透了,但还有作家的激情在,这激情本身就是人对自己、对现实的一种承诺方式。但是,在索罗金的作品中满目的丑恶,通篇的龌龊,正义与良心、希望与激情彻底地消散了。作家不动声色地将现实与人物丑陋化、粪土化、妖魔化了,而在场的人们接受丑恶,安于丑恶,欣赏丑恶,不但连本能的挣扎式的反抗都没有,反而当作对生活与生命理解的合理、有效的"共识"。这是作家对俄罗斯文学美学传统观念的反拨,对和谐优美的俄罗斯文学审美圣殿的冲击和亵渎。

早期的短篇小说《路过》(Проездом)中一位州党委副书记在巡视区委工作的时候,在地方大型工业联合企业成立纪念周年的画册样书上题名留念,随后爬上桌子,脱下裤子,要把秽物留在画册上,而区委的一位领导则恭恭敬敬地用双手接住了它。《一节空堂课》(Свободный урок)讲的是女教务主任对男同学上的一堂"课外课"。五年级小男生因好奇掀开了女同学的裙子而被女教务主任叫到办公室,女教师通过向他展示自己的生殖器讲授了一堂性的知识课,也强调了一种原则,即"任何知识的传授都不可耻,只是要以坦诚的

---

① Соколов Б.В.Моя книга о Владимире Сорокине.АИРО.2005.С.23—24.

途径。"《谢尔盖·安得列耶维奇》(Сергей Андреевич)中的中学教师带即将毕业的学生到野外实习。口口声声讴歌大自然的美丽与和谐的中学模范教师谢尔盖心安理得地在森林中拉屎,而接受了生态教育的优秀学生吃掉了教师粪便中残留的香肠,恢复了大自然的洁净,也表达了对老师的爱戴。

排泄、性,甚至食粪等这些让人不忍卒读的污秽充溢在上述作品中,然而,在小说中的这些不无意识形态倾向的表意词中读者可读出的不仅是丑恶与污秽事实的本身,而是那让人不知不觉、心甘情愿,甚至自主自觉地接受、吞噬"秽物"的一种"集体无意识"。人们之所以对这些现象不得而视、不得而思,是因为它们已经成为人们的"生活常态"。索罗金将一种时代文化话语、民族意识中的核心要素——教育、灌输、盲从、奴性——作了自然主义的颠倒处理,将文化转换成非文化,转变成一种话语暴力的、生理的、甚至性的统治,以令人恶心的方式揭示其痴愚性,荒唐性,丑陋性。作家说:"我所关注的是超出人本性的思想,一种乌托邦式的力图改变它的企图。因为人们常常谈论教育新人的问题。"[1]

20世纪俄国社会理性完美的破灭,"新人"神话的破产,使得一种悲哀颓废的情绪在相当多的当代俄罗斯小说家的心中流淌,成为当代小说表现的一个重要内容。索罗金承继了现代派文学的审丑艺术实践,以一种极致的方式表现了丑恶,确立了当代小说的审丑理念,审丑理念的确立是索罗金艺术意识的基础。普希金把幸福与爱,把尽善尽美作为创作的最高原则,以情理均衡的原则实现和谐的审美理想。果戈理、陀思妥耶夫斯基、托尔斯泰等都以对丑恶的否定为主旨,通过对美丑、善恶的激烈冲突,来表现审美理想的崇高。索罗金的独特之处在于,他是把丑恶的艺术形象作为正面对象来反映的,这种丑恶不是作为美和善的陪衬或对立,而是成了一种独立的艺术表现对象,以扭曲的、丑陋的外观形式,强烈地刺激人们的感官,激活人们麻木的感觉体验,折磨读者的审美期待。

从名字看,长篇小说《排队》(Очередь)似乎是一部相当生活的小说,其实

---

[1]　Борис Соколов. Тайны русских писателей расшифрованная русская литература, М. Эксмо, Яуза.2006.С.570.С.549.

不然,它充满了深刻的历史文化隐喻。商店前绵延数个街区的长长的购物队伍——对于经历过物质匮乏的中国读者来说并不陌生。小说的新奇之处恰恰在于作家以排队方式表达的"静候"与"希冀"成为俄罗斯民族独特的生存寓言。有人说,苏联人一辈子当中有三分之一的时间是用在排队上的。"排队"是作家对苏联市民生活方式的一种戏谑性的表达,也是对俄罗斯民族生存方式的一种概括。"排队"意识深深地扎根在苏联人的头脑,甚至生命基因中。索罗金说,"我之所以对排队感兴趣并非因为这是社会主义的一种独特现象,而因为这是一种独特的话语实践的载体,非文学复调的丑八怪","我们永远在排队等候着什么。早先是光明的未来,购买香肠,现在则期盼新的俄罗斯国家思想或是为了摆脱危机,为了繁荣,为了民主……"①

　　长长的队伍没有统一性,站队人职业各异,生活方式不同,"为了同一个目标"站在一起并不意味着人们有着一致的追求和同样的生命理想。他们各有各的声音,这是一种嘈杂、喧嚣,杂语共生,没有和谐、统一的"偶合社会"的表征。小说中"排队"具有一种独特的话语能指功能,但失去了共同性为所指的支撑。排队的人流中既会有冲突发生,也会有爱的萌生。排了整整两天的队伍中,一个叫瓦季姆的男人对队伍中的两个女人有过好感。一个是年轻漂亮的姑娘莲娜,两人的调情随着排队结束而结束;另一个年龄稍长,面容同样娇好的柳达与他有了感觉。晚上他把她领回家中,成就了一夜欢娱。精彩的结局在于第二天一早,瓦季姆因错过了排队叫号的时间而大为懊丧,柳达却安慰他说:"你根本就不会晚的,我们今天就不卖货!"女人柳达并不以家、事业、工作为归宿,回归女人角色的表现是把性当作游戏与享乐,看作女性生命的最高追求,这是一个牢牢地把"幸福"的缰绳攥在自己手中的女人。而瓦季姆则相反,追求身心愉悦的同时还时时被生活庸常的俗念所纠缠。邂逅相遇的柳达毕竟使他有了对生存方式的一种全新的认识:排队未必是获得美好生存的唯一。在索罗金这里,排队是作为生命欲望的对照物呈现的,小说中作为一种不无荒唐的游戏式的表达——性,显然具有远远大于性的叙事意图:用它来唤

---

① Борис Соколов. Тайны русских писателей расшифрованная русская литература, М. Эксмо, Яуза.2006.С.570.С.549.

起生命的"真实感",是一种"真实的恶心",即以催人恶心的方式来唤起生命的真实感。

长篇小说《玛丽娜的第三十次爱情》(Тридцатая любовь Марины)是一部"纯粹"写性的作品,写性爱对人肉与灵的"救赎",但其中的性有着浓郁的政治、文化蕴含。

同名女主人公是一个年轻的女音乐教师,她美丽、善良,童年时被父亲强暴,长大后,开始放纵自己。也许是幼时的心灵创伤未能愈合,她从未与异性的情爱中有过满足与快乐。这先是导致了她的同性恋取向,之后又促使她成了一个性冷淡者。更为奇崛的是,性爱的错乱竟然导致了她政治思想的"堕落"——性欢乐的无着导致了她从未有过的精神上的无所皈依。她开始与持不同政见者来往,参加持不同政见者的会议,散发他们的地下出版物,她甚至与他们当中的一个邋里邋遢的,用红色颜料将"臭大粪"的绰号涂抹在额头的弹唱诗人有染。她觉得生命走进了死胡同。

玛丽娜遭遇了第三十次爱情,一个名叫鲁缅采夫的男人为她开拓了一个肉与灵的新天地。这是一个与工人阶级打成一片,努力工作,热心并忠诚于革命事业的小型压缩机厂的党委书记。在雄伟的国歌声中,在与他的性爱中,玛丽娜第一次,还多次真正感受到了高潮与愉悦。她深深认识到男人生理上的坚挺与思想上坚定的一致性。夜晚,她聆听他充满激情的教诲,懂得了许多政治上的道理。从此,玛丽娜开始把自己破碎的灵魂整合起来,过上了一个正常女人的生活。在鲁缅采夫的调教下,女音乐教师终于由一个放荡的女人变成了贞洁自爱的苏联女性,她彻底融入了工人阶级队伍中。她参加了共产主义劳动突击队并获得了流动红旗的嘉奖,成了人们效仿的榜样。从此,玛丽娜成了一个"标准的"苏联女人,《真理报》社论的文本成为女人玛丽娜阅读与意识流动的主要内容。

小说贯穿着"性"与"政治"两大元素。显者是性,隐者是政治。生理满足的是性,精神满足的是政治。玛丽娜成了真正性别意义上的女人,但也因此失去了她作为独特女性的个性特征,最终完成了由"个性化"向"从众化"的转变。性取向的复归成了一种莫大的反讽,玛丽娜对鲁缅采夫的献身拆解了政治的神圣与崇高。女人肉体之身的拯救是与精神之心的拯救同步实现的。具体地说,玛丽娜性取向的复位与她政治上的递进有着一种对应关系。玛丽娜的爱情与性是和她对党、国家、意识形态的爱与忠贞相对应的。是党委书记拯救了玛丽娜的性,也拯救了她的政治生命。当她的女性能力在鲁缅采夫这个男人身上获得证明之后,她也踏上了走向政治新生之途。作家通过知识女性的性史,表达了俄罗斯知识分子、文化人与生俱来精神本质的羸弱,表达了社会和意识形态范式对个性的异化与扭曲。

小说的叙事视角在不断地转换,父亲,男人,女友,持不同政见者,鲁缅采夫的视角分别道出了女主人公对性、自我、社会、意识形态的不同态度。小说对女主人公身处两种截然不同的社会文化语境与精神状态下的叙写采用了完全不同的叙述文体。作者说,"这是一部关于主人公自我救赎的长篇小说。玛丽娜要从她自我个体,分裂的个性,性的不满足,非传统的性取向中摆脱出来。她融进了集体的'我'中。这是一种可怕的救赎,然而这正是 20 世纪向人们提倡的救赎。这是关于人的选择的长篇小说:成为自我或是丧失自我"[1]。

对凶杀与死亡叙述的强烈兴趣始终是索罗金小说中一个十分引人注意的现象,长篇小说《罗曼》(*Роман*)是索罗金"死亡叙述"的经典文本,不仅是人的死亡,更是一种时代文化、经典文学神话的死亡。作者把这种死亡当作了盛大的节日和精彩的故事,寄寓着神话的再造与新生的重塑。

长篇小说的前半部分描述的是 19 — 20 世纪之交,位于伏尔加河畔的恬静、宁谧,富有田园诗意的贵族庄园生活,庄园里的人们纯洁真诚、可亲可爱,相互的关系融洽和谐。新郎罗曼不仅杀死凶恶的大灰狼上演了英雄救美人的壮举,还奋不顾身地从大火中抢救出了圣像,新娘塔基雅娜纯洁无瑕、敢爱善爱。他们青春美丽、精神崇高,爱得热烈无私。全庄园的,连农民都来参加的狂欢化的婚礼洋溢着"天下一家"的博爱精神。然而,就在婚礼的当晚,新郎却抢起了斧头,在高喊着"我爱所有的,所有的人。我希望所有的人都相互爱,所有人都像我们一样幸福"的新娘的配合下,砍杀了所有前来参加婚礼的客人,连参加婚礼后在家中沉睡的农民也未能幸免。人们无声无息地走向生命的归宿,连原因也不知道。死亡就像一张蛛网,一个作者早已安排就绪的预

---

[1]　*Независимая газета*.2003,2 июля.

谋,情节悬念只是诱惑人们读完这个关于死亡的故事。索罗金还大肆渲染死亡的场面,新郎杀死并肢解新娘整整花去了小说八页的篇幅,而罗曼自戕的情景竟用了整整四十行来描述。索罗金不放过任何有关杀人的想象性细节和现实性细节的描写,用有声有色的文字来刺激读者的感官,以激发人们钝化了的对荒谬、残酷和死亡的感受。贵族庄园文学连同它塑造的人物最终被杀害或自戕,作者在让读者惊恐的同时,又欣赏和迷恋于这砍杀生命的盛景:一种对文学历史和现实的毁灭性的杀伤。

作品所呈现的,没有具体社会历史语境的温馨、祥和的贵族庄园生活是19世纪俄罗斯经典文学的翻版,思想崇高、精神圣洁的人物是经典文学形象的化身。读者不难发现似曾相识的文学典型:"罗曼"(俄语长篇小说的意思)既是小说主人公的名字,也是俄罗斯经典文学体裁的代指,而塔基雅娜身上有着普希金笔下俄罗斯"理想女性"的身影,屠格涅夫笔下的庄园沙龙和勇敢坚定、道德完美的男主人公形象,陀思妥耶夫斯基小说中用斧子杀人的罪犯拉斯科尔尼科夫,冈察洛夫的精细的日常生活描写,还有契诃夫小说中知识分子的精神不适与思想苦闷,布宁小说对贵族文化浓浓的依恋与淡淡的惆怅。律师、医生、教授、学者、上校、神父、农人……小说中众多社会面具式的人物呈现出19世纪俄罗斯文学描绘的浓郁的文化氛围,俄罗斯现实主义文学的诸多传统——对风景描写的重视,对日常生活细节的描述,对人物心理活动的关注——在小说中得到了滑稽的再现。小说中苏联时期"农村文学"的传统也未能逃脱被戏弄的遭际。死亡结局中唯独存活的一个人是农夫——"俄罗斯传统文化的守望者"。然而他智障,还是个酒鬼,小偷和恶棍。多少年来,苏联作家都在为人民祈祷,把乡村人当作俄罗斯道德传统的继承者。然而,知识分子政权连同他们的文学不仅扭曲了俄罗斯文化传统,还在身心上糟蹋了被他们视作文化"救星"的农民。

索罗金在他的一次答记者问中说:"取名为《罗曼》的长篇小说试图提供俄罗斯长篇小说的一个具有平均值的范本"①,他说,"《罗曼》中事件的发生

---

① Сорокин В. *Литература как кладбище стилистических находок*, Постмодернисты о посткультуре.Издательство:ЛИА Р.Элинина.1996.С.116.

并非是时间意义的,而是某个文学空间意义的。……对于《罗曼》而言,重要的,作为酵母的是俄罗斯文学空间,对于许多俄罗斯人来说,这一空间取代了现实。考虑到俄罗斯人总是生活在过去、将来,而从来不是生活在现实中,他们总是靠某种神话生活,而文学恰恰要求弥补现实的不足。所以我们这里对文学才有如此出奇的虔诚,文学才有如此巨大的发行量,这在西方是不可思议的"[①]。

精心"再现"的俄罗斯"长篇小说"像是一个庄重的后现代的告别仪式,向曾经在俄罗斯发展道路中成为重要精神资源的现实主义经典文学的告别,向俄罗斯作家投入过巨大激情、创造力的一个文学时代的告别,也是文学"认识论断裂"的表征。索罗金的死亡叙述体现了他对俄罗斯文学古典人文精神的极度绝望。作家反其道而行之,混淆了创造性的想象与现实之间的界限,从而凸现了一种莫大的文学悲剧。索罗金解构并颠覆俄罗斯长篇小说艺术世界的故事本身似乎要表明经典现实主义长篇小说思想、精神、文体的毁灭与消亡,展现一个"俄罗斯文学的末日":俄罗斯文化传统文学中心主义的终结,人道主义思想的虚妄和乌托邦,其导师功能的丧失,对文学认识现实本质可能性的怀疑。

被评论界视作索罗金 20 世纪 90 年代顶峰之作的《蓝油脂》是另一部更具"宏大性"的,融汇了现代主义与后现代主义因素的长篇小说。索罗金以当今世界的经济、科技、文化发展为依托,虚构出的一部带有科幻色彩的"神话"故事,是他对俄罗斯民族文化乃至人类专制历史的探究,是对未来的一种预言性的警示,是对人类无法克服的荒谬和困境的隐喻。

这是一部兼具"寓言性"和"预言性"的小说。21 世纪初俄语中有大量的汉语出现,不少用俄语和俄文拼写的中文写成的小说片段不啻是在诉说着作家对未来世界的一种不无狭隘的民族主义的体察。"生命语文学家"格洛盖尔和他的同事,一批具有同性恋取向的科学家,在西伯利亚某地的秘密实验室从事克隆俄罗斯著名作家的研究工作,在克隆研究的过程中提炼出了"蓝油脂"——权力与自由的聚合物,一种能使人永生的具有超能量的物质。小说

---

① Соколов Б.В. Моя книга о Владимире Сорокине, АИРО. М. 2005. С. 76.

故事的这一主干衍生出多个情节套叠的结构。

一个情节是说,被克隆出来的作家,如19世纪的托尔斯泰、陀思妥耶夫斯基、契诃夫,20世纪的诗人阿赫玛托娃、帕斯捷尔纳克、小说家普拉东诺夫、纳博科夫等,创作了各种不同的新文本。而新文本无不是对原作家文本的一种反讽,帕斯捷尔纳克创作了咏赞女性生殖器的颂诗,普拉东诺夫的主人公坐在用人肉块作燃料的火车头上前进……故事力图说明,企图取代生活真实的文学,一旦成为千百万人认定的现实生活,那就为社会与个性的不自由提供了文化土壤。只有当一个社会中的文学仅仅是文学,而不再是意识形态范式的时候,文学才不会遏制社会与个性真正自由的发展。

第二个情节说的是,预示着给人类带来幸福与自由的"蓝油脂"被脱离现代文明、在西伯利亚种地的移民盗走,格洛盖尔和实验室的其他研究人员被杀。这批斯拉夫血统的男性生殖器崇拜者在神奇物质的作用下,靠着倒转时间的魔力,于1954年把蓝油脂送给了斯大林。此时,仍然活着的斯大林和希特勒已经结为联盟,在用原子弹打败了盎格鲁-撒克逊人后统治了整个世界,正准备分配对世界的霸权。为抢夺蓝油脂两人发生争斗,斯大林把蓝油脂注射进自己的脑髓中,于是天才的能量"癌变"为一种恶的意志,一种意欲摧毁整个世界的狂想。由此开始了人类的一场巨大的灾难。

此外的一系列杂沓纷乱的情节都是第二个情节的延伸。斯大林带着全家,拿着蓝油脂来找希特勒,两个左右过人类命运的历史巨人的相遇演绎了令人啼笑皆非的一系列荒唐故事。希特勒与斯大林女儿发生了不齿于俄罗斯民族的性行为,斯大林为了确立霸权而应允无语;黑发美男子的斯大林与他忠实的战友贝利亚成了狂热的同性恋者,还与他的继任者赫鲁晓夫有染,而成了伯爵的赫鲁晓夫竟是一个喜欢吃有自虐倾向的美少年肉的魔鬼;女诗人阿赫玛托娃成了一个疯疯癫癫、匍匐在斯大林面前的老太婆,在莫斯科的一独栋别墅中,在一次几乎绝望的难产中生下了一枚枚黑蛋,吞下黑蛋的名叫约瑟夫(斯大林的名字)的胖男孩居然成了一位"大诗人"……小说的结尾是,无论是克隆人,"蓝油脂",还是复活了的历史人物,都是虚妄的。"蓝油脂",本意精粹的"油脂",一种可以使人强健体魄与心智的食物,恰因是按照俄罗斯作家的精神所炼制,功效虚幻。小说中注射了"蓝油脂"的斯大林发现自己竟成了一个年轻美男子的奴仆,而这个青年恰恰是格洛盖尔的同性恋伙伴,而神奇的"蓝油脂"也不过是一件闪闪发光的斗篷,美男子穿上蓝油脂制成的斗篷只是为了出席复活节的舞会。索罗金说,"我们的作家总是追求对民众的精神抚育。而我们的老百姓靠什么填饱肚子? 靠面包与油脂。而所谓的精神食粮,也就是说,是悬空的,故而我就产生了这样的隐喻"①。

以外观论,小说似乎具有很强的故事性,故事似乎也有其背景与人物作为支撑,但读完作品,你却不知道这是怎样的一个没头没尾的故事,因为似乎所有作为悬念而引起的阅读期待到最后都是无底之谜,"故事迷宫"中缺失了最重要的东西——人物与情节的发展逻辑,所以根本构不成故事。索罗金与其说是在讲故事,莫如说他从一开始就在解构故事。以讲故事来反故事,以反故事的"后现代操作"来解构故事的"在场",这就是小说之所以给人有神秘倾向的来由。作为集后现代主义手段之大成的这部长篇小说具有众多扑朔迷离的语义密码,融神话、口头文学、东正教、语言、多神教迷信、哲学、文化学等各种文体于一炉的文本形成了一个非常复杂的、解析难能穷尽的密码系统。

短篇—长篇、长篇—短篇、短篇—长篇的体裁转向既是索罗金的后现代主义小说体裁的探索之路,更是他进行文化解构的心路历程。《盛宴》(Пир)是此后小说家最负盛名的短篇小说集,被批评界视作 2000—2001 年度的十佳图书之一。十三个"天方夜谭"式的故事独立成篇,构成了一个"吃"主题的"系列长篇"。我们不妨用梗概的话语方式来描述其中最具特色的几篇小说的故事化外观。

《娜斯佳》(Настя)上演了一场否定尼采哲学的父母与好友一起同食亲生女儿的"人肉宴"。"被吃"成为美少女娜斯佳十六岁的成年仪式,用俄罗斯式的烤炉烹制、品尝、食用、欣赏女孩肉体的美味成为小说的故事主体,被作家高度"精致化"和"艺术化"了。而故事发生的时间正是尼采辞世的那一年,"离 20 世纪只剩下半年的时间"。《合成人》(Concretные)中的主人公是三个同时操用俄、汉、美式英语三种语言的未来"合成人",他们分别是 24 岁的男

① Соколов Б.В. Тайны русских писателей расшифрованная русская литература. Эксмо Яуза.2006.С.616.

青年科里亚,19 岁的姑娘玛莎和 15 岁的少女玛申卡。他们奔赴餐厅、夜总会,乘坐出租车,飞向天空,把玩的是食用经典文学作品人物的"内脏"的游戏。文本涉及的作品有《罪与罚》《红楼梦》《钟为谁敲响》《战争与和平》等,三个主人公从各个器官钻进主人公的身躯,食尽其内脏,不断地排泄出粪便,任其皮壳随处飘落。《马肉糊糊汤》(*Лошадиный cyп*)的时代背景是从勃列日涅夫死去到安德罗波夫和契尔年科病故,从苏联解体到 1993 年俄罗斯的动荡岁月。俄罗斯姑娘在一个前劳改犯,被她叫作"马肉糊糊汤"的几近疯子的男人的诱导下,只能对着空盘子进食,而无法消化普通食物,以一种模仿吃的行为,一种对食物的精神满足来替代生理需要。《灰烬》(*Пепел*)讲述了在莫斯科鲁日尼基体育场举行的、由俄罗斯总统主持的一场体育比赛。这场"全俄脓血角逐冠军赛"被总统誉为"融合了俄罗斯壮士角力与东正教伟大苦难的民族文化传统的标志与民族振兴的象征"。两个身高两米多,体重 200 多公斤的满身脓疮的力士,在痛苦的哀号中被剥去粘连着脓血的披风,赤裸着相互击打疮痂。拳台上脓血迸流,拳台下呼声雷动。随后冠军被一批凶恶的罪犯炸死,他的"里脊"肉被割下运到日本烹制,然而连同用男人其他器官制成的香气扑鼻的美味终被焚毁,成为灰烬。

上述由作家精心策划的一个个令人难以置信的故事构成了"吃文化"的奇观。小说家以"吃"说事,讲述的却是一种离奇的文化寓言。它们固然可以看作是对"食人"的 20 世纪的隐喻(《娜斯佳》),对俄罗斯文学和人类文化的反讽式的寓言(《合成人》),对时代文化荒漠、精神贫乏的烛照(《马肉糊糊汤》),对流淌着"脓血"、已呈腐态的俄罗斯民族精神的昭示(《灰烬》),但同时,这些隐喻、寓言、烛照、昭示并非是单纯意识形态的,并非批判现实的。小说主要的不是对现实的批判,而是对现实的新的阐释;不是讽刺,而是反讽;不是社会心理的分析,而是哲学的与美学的解构。索罗金在用一种荒诞的形式表达他对社会悲剧真相的大胆无畏的追思,对社会病态 DNA 的追索。当索罗金放弃了对各种丑恶现象的社会历史成因的探究时,他的这些叙述就成了俄罗斯民族乃至人类的一幅幅末世图:一个绝望的、无法救赎的世界,一群理应遭到天谴,而事实上也在遭到报应的族类。

索罗金对人类生存的苦难是高度关注的,对文明秩序的现实是憎恶的,他没有,也不去探讨怎样的政治文明与社会秩序才能既符合的人的天性,又能体现出对于权力的足够警醒和制约。但有一点是肯定的,在索罗金看来,那就是人类的意识既是追求理性的,也是趋向本能的,两者的冲突便构成了人类生存永恒的,而又无法消释的矛盾,实现两者的和谐与统一是人类发展的一个共时性命题。索罗金说:"抑制人天性的文化的(不是宗教的)努力从康帕内拉①、卢梭开始,经由尼采一直延续到我们这一世纪。在 20 世纪,人们很快就发现,集体主义的方式无法造就新人,因为人的天性要比集体强大得多,一切极权体制都被这一天性击得粉碎,人尽管已经被扭曲不堪,但还是像先前一样,仍然是聪慧的。……我想,人类将追求与其他的、非人类的共生共存。我们在思想意识上已经有了这种准备。后现代主义和新的法国哲学,对集体主义和实际上对人没有帮助的弗洛伊德的失望为我们做好了这样的准备。"②

小说家同时又始终声称文学只是文本,而不是生活的教科书,只是自我实现的一种方法。他说"对于我来说,艺术不是什么,而是如何",生活与艺术完全是两码事,"文学是一个自由的动物,它应该在它喜欢的地方进食和排泄"③,"我深信,真正的艺术家,真正的创作者应该并可以允许自己在纸上做一切事情,否则就没有意义坐下来写作","我以为,纸上不应该有任何的禁忌"④。作家的这一系列论说表明,文学艺术形式的"革命"是他创作追求的唯一目标,他说:"任何一个世纪末都会产生一种灾难感。但是 20 世纪末出现了某种接受疲劳,人对其以往自己的疲劳。……文化成就不再刺激我们的神经末梢,不再引发一种先前伟大的文化作品给予我们的那种忘我的感觉。'人为的,过分人为的东西'让人感到厌恶。"⑤

寻找新的文学话语的表达方式是后现代主义小说家的共同追求,而索罗金旨在消除审美接受疲劳的艺术探索应该说是有其积极意义的,因为它符合了文学的"陌生化"本质。然而,对传统人文精神和文化秩序从根本上的怀

---

① 17 世纪意大利哲学家。

② Тух Борис.Первая десятка современной русской литературы.Оникс 21 век.2002.С.288.

③ Соколов Б.В.Моя книга о Владимире Сорокине.АИРО.2005.С.32.

④ Соколов Б.В.Моя книга о Владимире Сорокине.АИРО.2005.С.35.С.107.

⑤ Тух Борис.Первая десятка современной русской литературы.Оникс 21 век.2002.С.284.

疑,对一切人文理想和道德价值的彻底否定导致了这位后现代主义先锋小说家永无休止的反叛和终无定所的漂泊。索罗金的小说创作在哲学层面是反中心的反理性的反整体性的,在文化层面上是反历史、反体制、反传统的,在美学层面上是反美、反规范、反诠释的,在文本层面上是反体裁、反结构、反时空的。他拒绝接受既往文化所提供的任何意义与价值规范,却又无法为当下的世界确立意义与价值,他始终在实施着政治的、文化的、道德的解构与颠覆,他因此只能在解构与颠覆的游戏中永无止境地漂泊。

(本文原载《外国文学》2008 年第 2 期)

托尔斯塔娅和她的后现代主义小说

　　塔吉雅娜·托尔斯塔娅是一个真正意义的后苏联作家。她在戈尔巴乔夫的政治重建前夕踏上文学道路,并在后苏联的 20 世纪 90 年代蜚声文坛。在她尚未完全展开文学叙述之时苏联政体以及书报检查制度就永远地消逝了。文学创作的理念也发生了根本的变化。西方各种后现代反叛思潮的引进成为她这一代作家重要的思想资源,成为她对社会与人进行"价值重估"的重要依据之一。在后现代文学思潮风靡俄国的 90 年代,当这位俄国女作家声誉日隆的时候,她来到后现代主义发源地之一的美国,接受了西方文化思潮的沐浴与荡涤,成为反叛现实主义文学传统的俄罗斯"另类文学"的女作家代表。

　　"我的先辈,无论是来自父亲还是来自母亲方面的,大都以文学为业……"①1951 年出生在列宁格勒的女作家这样形容她所拥有的文学世家的遗传基因。她的曾祖母、曾外祖母都是诗人,爷爷阿列克赛·托尔斯泰是苏联著名的"红色伯爵",是三部曲《苦难的历程》的作者,奶奶克琅奇耶夫斯卡雅是位小有名气的女诗人,外祖父是翻译家兼诗人洛津斯基……1974 年,托尔斯塔娅从列宁格勒大学语文系毕业,此后多年在出版社从事文学编辑工作。1983 年,她的处女作短篇小说《在金色的台阶上坐过……》在列宁格勒文学杂志《阿夫洛尔》上发表。此后,她在国内外出版了多部短篇小说集,如《在金色的台阶上坐过……》(1987)、《雾霭中的女梦游者》(1992)、《爱或不爱》(1997)、《姊妹》(Сестры, 与姐姐娜塔丽亚合著, 1998)、《奥凯尔维利河》

---

① О. Богданова: Современный литературный процесс. Проблемы постмодернизмав в русской литературе 70–90 годов.Сб.Статей Филфака Сп–б.университета.2001.С.32.

(1999)、《黑夜》(2001)等。2000年,她的第一部长篇小说《野猫精》问世,成为这一年度俄罗斯重要的文学事件。从20世纪90年代起,她大多数时间在美国居住和工作,在美国多所大学讲授俄罗斯文学和小说创作技巧方面的课程。如今这位专业作家是俄罗斯多家文学杂志和美国《纽约书评》《纽约人》等刊物的撰稿人及报刊、电视台的著名评论家。

托尔斯塔娅的作品一面世立刻引起俄国和西方评论界的关注。后现代主义文评家亚历山大·盖尼斯说:"托尔斯塔娅的创作是独特的,她的视角具有巨大的情节张力。进入作家视野的一切都是动态的、鲜活的,无不具有独立的生命和独有的行为方式。"① 2001年她成为第十个俄国"凯旋文学奖"得主,并在当年入围"布克文学奖"。这位以短篇小说成就为读者知晓的女作家被评论界誉为"继多甫拉托夫之后在短篇小说创作领域中最优秀的女作家之一","文学新一代中最耀眼的作者之一"②。在获得读者、特别是评论界广泛赞誉的同时,托尔斯塔娅也遇到了部分评论家和读者的疑惑、不解,甚至遭到一些评论家的批评与指责,这使她成为当代最有争议的俄罗斯作家之一。正是在纷繁奇异的后现代语境中,评论界对托尔斯塔娅的认识才跳出了一个简单的日常生活作家的视野,而把她看作是一个充满了问号的、让人疑惑的俄罗斯后现代大家。

托尔斯塔娅是"小人物"的代言者,但她所关注的小人物不仅是一些被生活抛离正常轨道的,而且是心灵有"缺陷"的现代人。他们或是孩童,或是老人,或是生理年龄并非这两类,但认识世界与人的方式却是与他们相似的成年人。作家以都市底层的生活为蓝本,将笔触深入到了当代社会弱势人群的精神皱褶。从这样的小人物角度评说人的现代生存便是从社会底层来审视社会,因此也最具有颠覆性。

托尔斯塔娅说:我的兴趣是在那些孤独的离群者身上,人们通常对这群人不闻不问,或者把他们当作是荒唐可笑的人,人们既听不到他们的说话声,也看不到他们的痛苦之所在。当他们离开人世的时候还不甚明白,常常得不到

① Александр Генис:Картинки на поле страницы книги Звезда.1997.No.9.С.230.

② Н.Л.Лейдерман, М.Н.Липовецкий. Современная русская литература.В 3 книгах.К.3.УРСС.2001.С.42.

对一些重大的问题的答案,他们会像孩子一样感到疑惑怅惘:节日过完了,但礼物在哪里? 其实,生活就是礼物,他们自己就是礼物,但谁也没有对他们这样解释过①。"孤独"作为一种集体无意识渗透到每个现代人的心灵之中,人与人之间的难能理解,相互的设防甚至折磨成为当下人与人关系的一大痼疾。这是女作家小说的中心命题之一。让人们认识自己和他人,还生命的节日给所有孤独的人群,这就是她这一类文学命题的价值取向。

《在金色的台阶上坐过……》(На золотом крыльце сидели...)的主人公帕沙是个已经50岁的老会计。在一个女童的眼中,这位弱小、羞怯、胆小怕事的大叔却具有像她那样纯真、幼稚的心灵。他渴望回到童年,像孩童那样得到成人们的理解、帮助与呵护,却没人愿意去了解他,最后孤独地惨死在金色的台阶上。《黑夜》(Ночь)中的阿列克谢·彼得洛维奇是个生理上已经进入老年,但在智力、心理上却永远长不大的弱智者。他"错误地"来到人世,世界不接受他,女人不喜欢他,他只能与耄耋的老母亲相依为命,在自己不尽的遐想中寻找真正属于他自己的世界。《相遇小鸟》(Свидание с птицей)中的小男孩别佳生活在一个无人与共的孤独的世界中,成人世界使他窒息,他怀着期待节日的心境,期盼着一个化作小鸟西林的姑娘塔米拉会给他家人带来死亡与解脱……这些人物孤独封闭,精神焦虑,对生活失望。他们从不加入生活的合唱,而是带着疑虑、困惑甚至拒绝来看待生活、拷问生活。他们的心境、思虑、行为都充满了后现代社会中小人物的鲜明特征。

对女性生存体验的特殊关注是托尔斯塔娅体察孤独、表达人与人之间难能沟通的一个重要内容。普通女人的极为寻常的生存现状与爱情感受有着不可忽视的普遍性意义,它让读者体悟到具有普遍意义的现代女性的心灵世界:隐秘的悲欢,生存的苦难,爱情的不可求,幸福的不可得。《可爱的舒拉》(Милая Шура)叙说了一个命途坎坷、孤独无助、渴望爱情却又得不到幸福的90岁的老妪如何在生命的黑夜中默默地死去。在生命的尽头,她回顾自己的三个丈夫和曾经有过的一次与一位执着、但不富有的男人的邂逅的爱情。她渴望能如同在童话中那样永远留住生命中那十分短暂却美好的幸福瞬间,但

---

① http://www.hronos.km.ru/biograf/tolstaya.

是生活却总是无情的。凄惨的舒拉死后，留在房间里的只有"老太婆的破烂——一双长筒袜子、一顶一年四季都戴的礼帽、一个被打破了壶嘴的破水罐……还有被踩在稀泥中的一捆信札"。《索尼雅》(Соня)中的同名女主人公"憨傻、丑陋"、天真、轻信，却是一个"和谐与安宁"的守望者、儿童的庇护人。"索尼雅水晶般憨傻的纯真中闪耀着令人赞叹、难以用语言形容的异样的光泽"。然而她始终是一个被耻笑、被作弄的对象，她真诚地信守一个恶毒的女人阿达(地狱之意)设下的爱情骗局，靠对虚拟的爱的幻想与期待生活着。短篇小说《诗人与诗神缪斯》(Поэт и муза)让读者看到了一个在爱情世界中艰难生存、在心理与精神上被压抑的女性孤魂。尼娜几乎与周围所有男女都没有能进行心灵和话语对等交流的平台。女主人公始终想进入自主的女性角色，结果却只能认同自己实际上的附庸地位。她从来就是医生、女友、情人、妻子的划分与综合。一个个男性在注视她、称赞她、利用她之后，都相继离她而去。在现实人生的性别游戏里她总是身陷颓势劣境，即使短暂的胜利也混合着凄苦。女主人公渴望爱的心灵始终没有阳光射入，她找不到理想的生活，走不出心灵的暗夜。

如同当代许多俄罗斯后现代主义作家都选取通俗题材一样，女作家创作的选材并无独特的异于他人之处，唯有她开创性的创作方式才赋予作品一种新的文学相貌。文学史家尼·莱捷尔曼称："托尔斯塔娅震惊读者的不是她短篇小说的内容，而是一种十分考究的诗学的复杂性和美。"[1]这种复杂性与美集中体现在小说的情节上。托尔斯塔娅小说中的基本冲突是小人物所置身的现实生活与他们所幻想的生活之间的巨大反差与激烈碰撞。幻想性与童话性成为她小说的一个鲜明的特点。对世界童话式的理解与接受实际上成为她小说中众多人物摆脱苦难、创造诗意生活的一种模式。在作家的艺术世界中现实都与幻想和梦幻相连。

《在金色的台阶上坐过……》《爱或不爱》(Любишь—не любишь)《相遇小鸟》《安静地睡吧儿子》(Спи спокойно, сынок)是孩提的童话。他们中有对

---

① Н.Л.Лейдерман, М.Н.Липовецкий. Современная русская литература. В 3 книгах. К. 3. УРСС.2001.С.42.

成人世界十分不理解的少男少女,有鄙弃布满"灰土、粉尘、霉菌"的邻居别墅家中的小女孩,有想永远留在儿童世界不肯长大的男孩儿们,有憎恨并作弄一个庸俗老妇人的一群孩子。他们都有与生俱来的对成人世界的恐惧,把儿童世界当作永远的天堂。而《索尼雅》《奥凯尔维利河》(*Река Оккервиль*)《别杰尔斯》(*Петерс*)《圆圈》(*Круг*)《痴愚说客》(*Факир*)等是成人的童话。成人们感叹时光的无情,难以容忍周围世界的庸俗、污浊,他们都渴望回到自己的童年,却发现那神奇的儿童世界早已与他们无缘。于是他们或是沉溺在儿时的童趣与纯真中,或是天真地在幻想与童话中实现自己的理想。因为正如女作家在短篇小说《圆圈》中所说:"世界到了尽头,世界是扭曲的,世界是封闭的。"童话化了的虚拟的艺术现实反映出作家一种矛盾却又统一的美学主旨:一是作家要叙说现实的混乱与无序,用虚拟来表达对"真实现实"的厌恶与嫌弃。在她看来,"所谓真实的生活不过是一场破坏性的、让人变得庸俗的旋风,摆脱它唯一的方式就是不要相信这种生活是真实的"①。二是作家似乎仍然怀抱着一种希冀渴望生活的丰富与绚丽,盼望生命节日的出现,从而求得心灵的释放。但是,童话毕竟是无法实现的,童话般虚拟的世界与现实终究难能一致,人类终究无法摆脱无情的现实。

托尔斯塔娅的后现代主义小说建构的是一个不稳定的、具有开放性结尾的世界。在这里理性世界与经验世界分崩离析,混乱无序成为日常生活的基本成分,非理性成为艺术思维的基本逻辑。苏联解体后的俄国现实引发了一种社会心理需求,大量激增的"启示录式"的后现代作品正在印证并表达着人们内心强烈的不安与恐惧。后现代小说为读者提供了一个机会,让他们在拒绝传统思维范式而又无法觅得可以遵从的美学理想与取向时,表达对生活在一个危机四伏的社会秩序里的人的惶恐。它们为这种心理的宣泄提供了独特的渠道与美学方式,从而使无控制的叙说取代了控制的叙说,让非理性的思维取代了理性的思维。

对于熟识苏联文学的中国读者来说,阅读这种文学作品的经验是非常匮

---

① Нина Екимова: Тема игры в творчестве Л. Петрушевской и Т. Толстой. Вестник МГУ Филология. 1998. Вып. 3. С. 60.

乏的。这就带来了一个如何阅读的问题。其实,对于大部分读者来说,也是一个颠覆传统阅读习惯、学会获得一种新的审美方式的过程。如果我们的读者不能接受这种写作方式,那么就会受到现实理性世界的困扰,从而失去阅读带给我们的乐趣。国内介绍的这种俄罗斯文学作品还不多,通过对一些典型作品的介绍与分析,我们能走进一个新的阅读世界,能领悟到与传统文学不一样的精彩。

(本文原载《外国文学》2005 年第 2 期)

"行走"、族群、历史叙事

——评安德烈·沃洛斯的长篇小说《回到潘日鲁德》

在结束了后苏联喧嚣与骚动的十年之后,在愈显沉静、扎实、深邃的 21 世纪俄罗斯文坛,安德烈·沃洛斯苦苦酝酿了二十五年的长篇小说《回到潘日鲁德》终于在 2012 年面世。作品获得了极大的人气,尤其在青年大学生读者群中赢得了广泛的喜爱,采访作者、评论作品的文字一直没断。它在 2013 年获得俄语"布克奖"的同时,也获得了"大学生布克奖"。作品消却了后苏联小说创作浓郁的"烟火气",宛如山水野景中的徐徐凉风,清新、纯净、润泽、奇异,给人们带来莫大的心理恬适与精神享受。作家对历史文化名人的命运遭际和中世纪中亚历史生活的展现堪称波澜起伏、石破天惊,小说在给读者独特的历史感受和叙事感受的同时,提供了对生命行走、族群生活、历史叙事深刻的文化和审美思考。

一、一部"关于行走的书"

距今 1156 年前,在中亚的沙漠与草原上诞生了一个伟大的波斯和塔吉克诗人与智者,他的名字叫贾法尔·鲁达基(858—941)。对于塔吉克人、乌兹别克人和波斯人来说他毋庸置疑的文化地位相当于荷马之于古希腊。久远的历史虽然已渐渐地将他的生命真实模糊、斑驳、失落了,但他的文化影响力却依然强劲。如今,他的头像印刻在了塔吉克的硬币和邮票上,他的名字成了杜尚别中心大街、撒马尔罕广场和街道的名字。长篇小说《回到潘日鲁德》不仅让读者结识了这位中亚历史上的文化巨人,还让我们几乎是第一次了解了他所生活的中世纪萨玛尼德王朝的历史真相。我说几乎,是因为它毕竟只是一部小说。

"路。人在一生中要走多少的路?"生命的"行走"——这是小说主人公哈吉①贾法尔的生命思考,也是作家赋予长篇小说的第一要义。《回到潘日鲁德》首先是对生命"行走"的讲述,是一部"关于行走的书"。这一是说,小说的情节主线是年事已高、双目失明的贾法尔被从努赫·萨玛尼当政时代的布哈拉地牢中提出,发配到故乡潘日鲁德的行走记述;二是说,作家把主人公的人生经历当作了一次离开家乡,历经磨难,最终回归故土的生命旅行;三是说,贾法尔以研读伊斯兰教义开始他的人生,却在人类一切宗教的真谛中寻找着生命的归宿,小说是寻找"真经"的信仰之行。哈吉老者在一路的行走中怀着极大的耐心向少年向导舍拉夫坎讲述他充满磨难的人生故事和对人类信仰的认知,并由此衍生出他的家族和中亚王朝更迭、民族兴衰的历史变迁,呈现了历史的政治力量与族群的血缘力量交融的民间情景,这是一个悲剧性文化人物的一次悲剧性的历史行走。

主人公的生命行程大致可以分成三个阶段:读书、在伊斯兰学院读经的青少年时代,成为阿訇、诗人是始终萦绕在贾法尔心头的美好的生命梦幻;诗王贾法尔·鲁达基人生的华彩乐章,他集财富、地位、埃米尔的恩宠于一身,享尽人间的奢华与浪漫;贾法尔被贬黜、迫害,回归故里的生命晚年,在苍茫暮色中对人生的回望,饱受人生世事白云苍狗般变迁后超然物外的生命思考。

俄罗斯文学中从来不缺少悲剧人物,但惨烈如贾法尔的还不多见。他从显赫的贵族子弟沦为身无分文的乞丐,从被宫廷宠幸的"诗王"变成被关进地牢的囚犯,直到被剜去双眼,最后被逐出首府布哈拉,发配原籍。对于暮年的贾法尔来说,身体的痛苦与精神的痛苦是并行的。在失明的同时,贾法尔忍受着比失明更严重的生命考验:美好的人生以及生命理想被历史暴力粗暴扼杀后的生命存在。是信仰、故乡、伟大的生命情怀拯救了他,他的生存意志是与普世的信仰、故乡潘日鲁德、大地精神融为一体的,是它们赠予了他生命得以

---

① 伊斯兰教中的教徒称谓,狭义为到过伊斯兰教圣地麦加的朝觐者,广义为信仰的虔诚者。

延续的食粮和动力。重返潘日鲁德成了贾法尔实现回归自然生存理想的象征，成为他了却地理乡愁和精神乡愁的一种生命归宿。

"如何才能让世界变得更加善良、更加宽容"——这是贾法尔与伊斯兰学院同窗、诗友优素福·穆拉迪所进行的"没有终结的对话"的核心命题，也是他追求"真经"之行中苦苦追索的信仰所在。面对共同的时代困惑，两个哲人都展开了对历史与现实的深刻思考，但他们的思想进路不同，寻求的超载不一。优素福敏锐激烈、充满叛逆精神，而贾法尔潜心于阅读与沉思，更显善良与柔韧。他从伊斯兰教起步，最终意识到"隐藏在所有宗教外表之下的只有一个真主"。这个真主不是别的，那就是真、善、美、爱。贾法尔深知信仰的重要性，因为"在通往信仰所绘目标的道路上，看不见任何障碍"。强烈的信仰追求、普世的价值理念使他确信，在信仰的世界里必然有异教徒，不是"或然"，而是"必然"，而与必然对抗是愚蠢的，面对必然只能妥协。在他看来，"人们的信仰只不过是渴望遵循祖辈所坚持的礼俗而已。在这一点上，穆斯林与基督徒没有任何区别。与偶像崇拜者或者佛教徒也同样没有区别。犹太教徒、基督教徒和伊斯兰教徒所不同的是，佛教徒和偶像崇拜者至少不会宣称自己的信仰是唯一的真理。因此他们显得要可爱得多。"他希冀埃米尔变得善良，民众变得智慧，却又对这一希冀的可能性表达了深深的忧虑。哲人还由信仰、社会政治层面层层深入，进入人性的、人类的、自然宇宙的本源性思考。他说："人非常强大。他无所不能。他遇河搭桥，逢山开路。他对事物了如指掌，善于发明必要的工具。他会斩铜如土，削铁如泥。他将学会像鸟儿一样飞翔，像鱼儿一样遨游，揭示星空和万物的奥秘。但是，就像铜拿铜没办法，铁拿铁没办法一样，人也无法懂得如何做人。他找不到自处的良方。永远想要更好的，但做的却总是更糟——这就是他的命运。饮己之血，食己之肉。创世以来人类的言论，你会觉着：这是上帝。可是看看他的行为，你就会说：这是野兽。"这是哈吉哲人贾法尔在云谲波诡的风云变幻和错综复杂的人生历程和世事纠葛里悟出的关于信仰、社会、人类的真理。

贾法尔的生命行走之路还具有另一种独特的哲思魅力：生命旅途的真实在于它从来不会遂人心愿，不会圆满，一双寻找真理的眼睛也总会有顾不到的地方，只有善于默默地承受厄运的洗礼，对真理与光明的强烈追求没有丝毫懈息的人才能走出彷徨无着的困境。贾法尔领悟了多少伊斯兰教的、基督教的、佛教的,还有多神教的真谛,小说中并没有交代,但他那种静思追索,用一生的时间参悟行走之"道"的思路却始终令他心醉神迷,那不屈、不懈、不息的"行走"的灵魂始终在指引着他向着深不可测的内心世界回归。

在人的思想世界里,启示的窗口从来都不会对凝望者关闭。在短短四周艰难的徒步旅程中,17岁的舍拉夫坎对坚守真、善、爱、美的信仰的长老贾法尔经历了由怨恨而同情、由尊敬而崇拜的过程,他的人生感悟与生命认知也由稚嫩而变得成熟。看上去,是明眼的少年引领着失明的老者贾法尔·鲁达基前行,然而在人生、世相、历史、宇宙的面前,少年却显得眼拙、混沌、无知、茫然,正是清澈、睿智、坚定、心亮的老者引领他在人生途中前行。眼明却心不亮的少年怀着朝圣者的心理注视着失明却心亮的长老,为身后站着一个伟大的哲人哈吉而激动、高兴、幸福。从任何一种意义上说,是老人的存在才使少年获得了一个充满灵性的生命背景。等他陪着贾法尔艰难地走进潘日鲁德村的时候,他才发现,陪伴的路成了一堂珍贵的人生之课,原来人生真实、完整的形态是那么坎坷、曲折,那中间虽然点缀着喜悦、快乐、成功、幸福,但更充满了伤痛、失败、迷途、苦难。多少年后,长大成人的舍拉夫坎又一次来到潘日鲁德,此时贾法尔已经故去,但引领的手臂仍存在,引领的果实也已生成——"诗王坟头上的苹果树已经开花",人类伟大思想的翅羽永远不会受时间和自然的阻隔而高高地翱翔。

正是在这样的一些意义上,《回到潘日鲁德》这部"关于行走的书"与其说是历史小说,不如说是一部文化、哲理小说。有意无意间,沃洛斯在叙述贾法尔行走之路的同时,还为中世纪中亚的社会生活勾勒了一个思想文化的生态图。

二、族群生活的文化勘探

《回到潘日鲁德》中所叙写的人物、场景以及历史内容的丰富,还决定了小说具有族群(家族、王朝)生活文化勘探的厚重感。多数书写族群的小说其实并不真正写族群，只是借助族群兴衰的故事来写历史，通过家族的演变、争斗展示历史的风云，经由子嗣的延续实现史诗性的构置。《重返潘日鲁德》则有所不同，作者没有历史小说的史诗性追求，它属于较为纯粹的家族、王朝探秘的文化小说。作者的兴趣集中于考察哈吉姆家族独特的气质、卓尔不群的意志和起伏跌宕的命运，与此同时也呈现了作为萨玛尼家族统治的萨玛尼德王朝权力更迭、宫廷文化、民间文化的独特景象。

　　家族不仅意味着生命的繁衍，更显示出性格、价值观、文化代码和精神家园的传承。沃洛斯正是在这一点上，对家族文化进行了深入的开掘。心性为"石头""铸铁"的老哈吉姆是一个气质鲜明、充满血性并忠诚伊斯兰信仰的贵族王爷，随着苍凉暮年的到来他才变得柔和、深邃。这位昔日三个埃米尔王朝的骑兵首领，不仅英雄一世，也为家族创立了宏富的家业。家中珍藏的三把高贵的宝剑（"恩惠剑""犀利剑""解脱剑"）道出了伊斯兰贵族文化对尚武精神、感恩伦理、自修文化的崇尚。他的大儿子——贾法尔的父亲穆罕默德·伊布恩·哈吉姆，骁勇善战，英勇壮烈，早早地战死疆场。舍依扎尔小王爷也非凡胎，是性格如同父亲老哈吉姆一样暴烈的一头雄狮。这个埃米尔百人团的团长强壮坚韧、血气方刚，吃喝玩乐、打仗杀人无所不能。其不屈不挠、肝胆相照、为王朝竭尽忠诚的行为，为躲避奸臣的迫害而不得不远走他乡的宁折不弯的精神气质诠释了家族文化的精髓。孙子贾法尔天生一副温顺、柔弱的脾性，爷爷没能打造出他勇士的品格，却成就了他善良、正直、不屈的人格，也培养了他对宗教信仰、文化文学的无比热爱。他自小喜欢看书读经、填词作曲，青年时代便学识渊博、写诗善思。在哈吉姆家族中他有着更为远大的思想抱负和精神追求，16 岁离家远行，40 年在外漂泊，暮年才重返潘日鲁德。

　　哈吉姆家族一半的灵魂是在故乡土地和马背上的，另一半渴望知识、文明的灵魂是在漂泊、追索的路途中的。故乡马背上的生活哺育出了家园故土顽强的守护者，而漂泊的灵魂永远属于异乡，造就了对信仰、文化的无限敬仰与追求。老哈吉姆赞赏舍依扎尔的勇士品格，更深深地喜爱"天生的阿訇"贾法尔的智慧与思想。两者奇妙的结合，便形成了潘日鲁德地区的哈吉姆家族文化。这部以家族生活为重要内容的小说因其特有的民族叙事而成为历史话语的另一种解读。这种解读既不同于《一个城市的历史》中对俄罗斯民族传统的愚昧落后的负面文化抵制消解历史变革的奇幻性表达,也不同于《波谢洪尼耶遗风》对现代文明负面参照的历史时弊的隐喻性鞭挞。沃洛斯所要探求的家族文化的实质是历史发展的原动力,是种种错综复杂的历史表象背后的内核:家族传奇中的民族气质,家族文化中的民族之根。

首先,是这个强悍的穆斯林家族豪迈、洒脱及自由不羁的性格因子。祖孙三代都以不同的方式表现出豪迈的英雄气概以及对民族兴盛、文化发展的卓越建树。其次,是他们达观自在的人生态度,一种知天安命的生死观决定了他们在重要历史节点上的不畏生死,敢于舍生取义。哈吉姆家族在历朝历代的更迭中也经受了沉重的打击,有的战死疆场,有的被迫逃亡,有的惨遭摧残。实际上,作品所描写的这些情节并不使人感到意外,在一个封建宗法社会中,宗法制度、王爷地位并非是平安人生和幸福命运的保障,历史演进中的家族兴衰从来就是个体命运的一个重要因素。哈吉姆们始终意识到家族的标识,为家族的荣光而生而死。而其不凡的遭遇、悲壮的人生还蕴含着作家具有现代意识的一种生命体认:在一个社会中,一切都要顺从共性、屈就共性,依附于共性,若是你一味地放任个性,你就会招致灭顶之灾——也许这可以解释为哈吉姆家族走向衰败沉寂的历史成因。在中世纪文化传统的浸润下,个性被无限制地束缚,民众心理潜藏着抑制个性的倾向,所以贾法尔遭此苦难便可想而知了。哈吉姆家族的历史命运为读者呈现出了一幕幕中世纪触目惊心的人的生存景观和中世纪一个时代的历史印象。作者通过对这一家族的优秀代表贾法尔坚守正义、抗拒封建统治者的邪恶残暴必然被裹卷和淹没的命运的书写,传递出充满动荡与忧愤,催人泪下的人生悲情。在这个耐人寻味的家族传奇故事中,沃洛斯与其说营构了一个时代的对抗主题,莫如说展示了历史进程中消逝的个体命运,人的一种伟大灵魂的被扼杀,表达了作家个人诗意的忧伤,他所热爱的和虚构的大地——自然的生存理想——在叹息和痛楚中的断裂。

与哈吉姆家族传奇故事并行不悖的另一条故事主线是萨玛尼德王朝更迭的历史风云,特别是萨玛尼家族的兴衰沉浮。《回到潘日鲁德》中对这一历史的呈现因其民族文化叙事的体例也表现出与其他历史小说的迥异之处。阿布·曼苏尔、阿布·伊斯哈克、伊斯迈尔·萨玛尼、阿罕默德·萨玛尼、纳兹尔·萨玛尼、努赫·萨玛尼,一个个家族埃米尔的更迭不仅是王朝中的权力之争,更渗透着奥古兹人、突厥族人、撒拉族人、波洛伏齐人、阿拉伯人,以及伊斯兰教中的什叶派与逊尼派、伊斯兰教与基督教之间的文化纠集与冲突。

10世纪的中亚,是一个封建统治式微、贵族王公割据、王朝统治者更迭的"乱世",一个社会急剧变化的苦难时代。小说围绕着阿罕默德·萨玛尼死后王位继承人之争,大臣、诸侯的坐大与争霸充分展开了王室内外的社会生活与文化生活画卷。从埃米尔阿罕默德在寝宫遭突厥人刺杀的不幸到他八岁的儿子纳兹尔·萨玛尼登基,从纳兹尔·萨玛尼长大成人当政后为防政变将三个兄弟幽禁到被最后身陷牢狱,王位被儿子努赫·萨玛尼取代,作家不仅"再现"了扣人心弦的历史舞台上家族内部的残酷角逐,更呈现了人格、道德、智慧的较量。作者对得到广大人民拥戴的埃米尔纳兹尔,愚钝的继任者努赫,博学的摄政王扎伊哈尼,英明的宰相巴拉米,撒拉族大军役领主阿伊·捷金,奸臣古尔干这些形象给予了高度的艺术关照。沃洛斯也赋予了这些左右历史进程的王公、大臣们的作为、命运浓厚的文化意蕴。在人物、情节的设计,人与人关系的处理后面有着作家对人性、人生的文化思考、体认和感悟。纳兹尔的宽容豁达,扎伊哈尼的忠实虔诚,巴拉米的睿智和远见卓识,阿伊·捷金的凶恶残酷,古尔干的阴险狡诈,各有其鲜明的性情、人格,与他们的信仰无关,也与时代无联,无不是历史上人性和人生多样性存在的见证。小说从宫廷社会中真、善、美与伪、恶、丑较量中的失败道出了世事的险恶,应验了贾法尔对人类、历史、社会发展的悲剧性认知:"人是保守和狭隘的,而且永远不会改变","我们不需要认知正义的法则,因为没有能够衡量行为和报应的天平","人人都想找到真理。但是,因为寻找它的人太多了,所以也就没有了可抵达它的路径。"作家对族群生活的文化勘探也印证了现代学者的论断,"人不但是一种自然的存在,还是一种对自我、他人和世界存在状况有清晰认知能力的存在"。① 一时的运与一时的蹇,便是这种生存认知的一种体现。人活在世,如若良知不泯,一切希望就不会破灭——这既是贾法尔的人生认知,也是作者的历史阐释。

中亚沙漠、草原、城堡、民居独特的景观,布哈拉、撒马尔罕、比斯图亚克、

① 刘成纪:《自然美的哲学基础》,武汉大学出版社2008年版,第20页。

潘日鲁德等不同地域的民族风情,伊斯兰宫廷文化的独特魅力以及深厚的历史文化积淀,都是读者在其他作品中未曾见识的。与一般小说中关于自然与人文景观的描写或渲染气氛、或陪衬人物、或形成独立的审美意象不同,《回到潘日鲁德》中的绘景、状物、写人无不充满了文化的气息与哲理的意蕴。

"撒马尔罕是从无到有建立起来的城市,发展到了现在的模样,与人们想象中的、充满了梦幻与童话的都市融为了一体。它愈来愈高大,不可遏止地延伸拓展,闪耀着令人目眩的光彩,在喧嚣声中辉煌,主宰并决定着人们的命运。"

"布哈拉啊,大名鼎鼎的布哈拉!是她被留在了身后!这是她的尘土,她的烟霭,她的气味!这是她的气团在飞升、变黑,这是她的不洁的、甜腻腻的气息向着天穹升腾!……布哈拉的家园在疾风中感到了不安,在她的溪流中汩汩流淌着的是浑浊的水!"

贾法尔终于回到了潘日鲁德。

"他的心头涌上一股莫名的酸楚。

他终于回来了……这里的一切都与从前一样。年轻的群山依然积雪覆盖,洁白耀眼。

他已经成了一个老人,可它们依然年轻……

他走的时候也是个年轻人。

他曾经年轻,纯洁得像张白纸:透明澄澈、坚韧刚强,如同山里的水晶。

但是,生活远比他要坚强。生活要比世上的一切都坚强:坚于石英,刚于宝石……甚至刚于钻石。

生活留下了太多的罅缺、残痕、裂隙、孔洞……如今若是将这块水晶丢弃在大路的尘埃中,已无法将它与鹅卵石区分……

是的,悲哉。"

叙事人说,"命运之轮的旋转也不无外力的借助"。贾法尔一度辉煌、斑斓的诗王人生得益于中世纪撒马尔罕、布哈拉地区诗歌的极大繁荣与统治者对诗歌文化的高度崇尚。其明证是设在撒马尔罕城墙的诗人墙,诗人们(据称当时有两万个诗人)在晒干了的白菜帮子上作诗挂在墙上,此间几乎人人都在读诗、唱诗、写诗。贾法尔那首充满哲理的长诗悠远回荡,令人难以忘怀:

"一切燃烧的东西都可以被遏制或扑灭：水可以灭火，解毒剂可以解毒火，约会可以解爱欲之火，而忍耐可以减轻痛苦。惟仇恨之火无药可解，永世燃烧。"小说是作者对中亚族群文化追忆的一种贡献，它使世人了解到，在那样的一块神奇的土地上发生过那样神奇的故事。

三、历史叙事中的传说与现实

历史叙事给予了作家独特的创作资源和精神高度。但《回到潘日鲁德》不是历史，如作家所言，他"为自己设定的写作任务是完成一部文学作品，长篇小说无论从哪个方面来说都不具备学术研究的价值"。沃洛斯不是从历史研究的路径去再现历史上的贾法尔，历史叙事同样也不是以小说的形式去写历史，去写贾法尔的，历史传记有另外一种写法。作者为我们虚构的是一个贾法尔的"艺术想象"，一个虚构的小说世界。这个小说世界与沃洛斯的经验世界并不同构，虽然他们之间有着某种联系，但绝不等同。但小说也与想象世界有别。这个自足的叙述系统与想象世界的无序性、片段性、开放性、奇幻性迥然相异。在这个小说世界历史叙事的各个元素中，历史中的传说与对当今现实的隐喻有着同样举足轻重的地位。

作者在答记者问中一再说，小说"与其说是历史的，不如说是传说的"，"我对他（贾法尔——笔者注）的命运的诠释不是历史的，而是传说的"①。作品中的传说元素遍及全书。传说首先告诉我们诗人鲁达基命名的由来，那是"叮咚作响、悦耳动听的溪水"，"宁谧的柔声细语，令人陶醉的呢喃"。此外还有种种令人称奇的各种民间传说：伊朗神话中传奇君王凯卡乌斯的儿子，西亚乌什勇士的如大象般强壮的战马；比斯图亚克村中神奇的梧桐树；在世界末日时分将降临地球，会带来真主的慈悲和祝福，让世界充满正义和公平的马赫迪；造天造地，造支撑岩石的公牛，造能驮起公牛的名叫阿尔·巴哈姆特的巨鲸，造能钻进巨鲸鼻孔的伶鼬，差遣天使播种善的种子的真主；来到泉水边，藏

---

① http://yandex.ru/yandsearch.

进灌木丛中,静观骑士、孩子、老人间恩怨报应的先知穆萨;呼罗珊一座悬崖边上,检验罪恶之人的清真寺的窄窄的门洞……

丰富的伊斯兰文化和奥古兹民间传说构成了贾法尔生平悠远的文化背景。传说的文化人类学意蕴确实耐人寻味,意蕴无穷,沃洛斯将远古的传说与历史叙述有机地融为一体。小说中历史与传说的分界其实很是模糊,这可以说也是他历史叙事的迷人之处。作家正是在史料和传说的基础上,再现了贾法尔孤独、寂寞、痛苦的生命和人生历程,以生动具体的生命细节的展示,让鲁达基这一中亚民族诗人和哲人形象,伟岸而又世俗,精神而又肉体地矗立在21世纪的俄罗斯人和世界的面前。

克罗齐说过,一切历史都是当代史。由此,一切历史小说自然也都是当代小说。作者说,"我认为这部小说就是一部当代小说,我们的生活与发生在10世纪的生活没有任何的不同"。固然,我无法将传说化的历史小说与俄国20—21世纪之交时代的变化相提并论,但作家的写作动机、主题立场、叙事感受仍然不能不让读者将故事与当下的现实相连。作者对历史人物以及历史事件的关注,并非出于重建历史确凿性的考量,而是运用历史人物的资料进入他写作所需的历史情境,在充满了个人化的历史想象力中实现历史与现实间的整体把握。沃洛斯将历史生活拉进了今天的生活,也将今天的生活融进了以往的生活。他通过对苍茫的历史的穿越,用隐喻的手法,以一种进入历史的方式同时在进入现实,特别是当代人的情感现实,这是作家由当代社会情状所引发的以历史故事切入的思考。

苏联重建以来,特别是解体之后亦曾经历过相当长一段时间的"乱世",社会转型期的阵痛,市场经济的加速发展,亟需从文化传统中汲取思想资源,而不是虚无主义的一味的否弃。那种割裂传统的简单性、绝对化激进主张越来越受到俄罗斯社会与俄罗斯人的质疑与拒斥。人类中心主义和发展中心主义给人、社会、世界带来的负面效应也越来越引起不同社会的、世界性的反思。面向东方的历史叙事成为当下俄罗斯社会与文学的热门题材与文化追求。《回到潘日鲁德》正是在这样的现实背景下成了文坛的热门话题。

沃洛斯在小说后记中说:"作者在对早就成为过去的往事进行重构时,竭力做到让现代读者信服,其遵循的第一原则便是现实性原则——一种最为宽泛意义上的现实性,即我以为,人类主要的情感、愿望、风尚在多少个世纪的历史长河中是始终不变的。"作家恰是在人类的基本情感——亲情、友情、恩情、家情、国情等以及人类具有的基本品格——忠诚、诚信、自律、信仰等方面做出了传统的,又是21世纪的艺术诠释,表达了在各种力量角逐中错综复杂的生命经验和情感经验:无奈的,喜剧的,悲剧的;亲情的,友谊的,代际的等等。这是在当代社会、当代人类中这些情感和品格不断淡漠、弱化、异化的语境中作家情理纠结缠绵的结果。小说在尾声中用了大量的篇幅,倾注了巨大的情感描写潘日鲁德村一个名叫桑吉莫女人的艰难的生产过程。这在以贾法尔命运为主线的历史叙事中像是多余的,实则是作家的良苦用心所在。一方面他借用新生命孕育与诞生给母体造成的苦难来隐喻一个新社会诞生的苦难,另一方面它又借桑吉莫这一神圣的母亲和满面笑容伸出两只手的新生婴儿的形象张扬新生命崇拜的民间意识与神圣感,象征着百折不挠的人民的生存姿态与社会新生的未来。苦难中不仅有痛感,更有一种自强不息和众志成城的崇高感。作家告诉读者,对于一个幅员辽阔、有着千年文化历史的国度来说,前途是光明的。因为这个母体里有一种血统、一种水土、一种文化、一种战胜苦难的创造力量,正是这些因素使活泼健壮的婴儿降临于世,让病态软弱的呻吟在新生命的哭喊与欢笑声中淹没。小说再一次告诉读者,历史小说并非是单纯作为时代路口的历史回顾而进入文学的,而是作为当代生活的一种象征的历史情境来认知的。不同时期的历史本身并不重要,重要的是与这些历史时期相连的生活意识、生活风格及其所体现的人类情感和人的灵魂。

沃洛斯以一种回归传统的民间化的叙事姿态,接续了21世纪俄罗斯小说的叙事世界。作家追求一种回归民间叙事的朴素无华,书写没有雕饰之痕,朴实、纯真、高洁,一切都那么真实,如可触摸。平朴、流转的文字中有着一种难得的从容、历练和沉稳,一种诚实自信的表达和诉说,亲情、友谊、人生、民族风情等无不写得气韵生动、意趣盎然,一草一木都是乡土精神和民族文化的承载者和化身。而与此同时,这种用平实的叙述方式讲述的人的命运和历史的故事又同样令人感到震撼。这除了作家的情感因素,还因为小说采取的是一种积极的、温暖的姿态,是作家在用一颗灼热的心呼唤真诚、善良、美丽、光明。人性和情感是有共同性的,犹如普世的价值。

《回到潘日鲁德》中不仅表现出了俄罗斯作家对小说文学性和思想性的新追求,而且还有了与这个年代的特殊关系:经典文学与时尚写作的关系。小说对人物命运、情感、内心世界的描写显然远离时尚趣味,对历史的艺术诠释也延续了经典的现实主义精神:家国情怀,身世之叹。但是,小说的叙事明显给了我"新时尚"的感觉。其一,与不少获俄语布克奖的作品不同,作家没有走"宏大题材""宏大主题"的路数,却选择了日常性、民间性、故事性的叙事策略。他正是在这三性中发掘生活与历史的本义和本质。其二,作家没有在文学的隐喻意象上迂腐地用力,没有脸谱化,没有蓄意做"陌生化""奇幻化"的表达。在已经习惯于隐喻思维和意象思维的今日读者面前,小说的阅读显得十分轻松、顺畅、舒服、愉悦,更能与读者的情感同律。然而,其三,小说的叙事框架却十分考究。小说的"行走"情节延展与民族的历史文化叙事采取了独特的处理方式。如同一棵大树,前者是树干,后者是分蘖的枝叶。但从篇幅来说,后者比前者更为宏阔,从情节构筑来看,后者更为惊心动魄,从思想意蕴来看,两者相辅相成、相得益彰,因为它们都是为书写命运、人性、历史设置的。

(本文原载《外国文学动态研究》2015 年第 1 期)

书评及外语教育

我国"陀学"研究的新收获

近十几年来,我国的俄罗斯文学研究在"陀学"(陀思妥耶夫斯基及其创作研究)领域成果突出,不仅专著数量多,而且学术质量也都不错,形成了新时期我国俄罗斯文学研究盛期的一个重要脉流。这首先源于研究对象陀思妥耶夫斯基——这个至今冥寿已191岁的天才艺术家与伟大思想家的难以穷尽的思想及艺术魅力,当然还在于世纪之交我国中青年学者学术视野的广阔拓展和审思、审智、审美能力的高度提升。

在对陀思妥耶夫斯基研究不断深化的这一学术语境中,我们欣喜地看到,又有一部新的"陀学"研究论著《精神重生的话语体系——陀思妥耶夫斯基创作研究》(俄文)(以下简称《话语体系》)问世了。它是张变革博士积莫斯科师范大学四年苦心钻研之功写好的博士论文基础上加工而成的一部力作。《话语体系》的出版标志着我国的"陀学"研究经过十余年的拓展、深化,达到了一个新的高度和更为理性的学术自觉。

以人的精神世界为主要书写对象的陀思妥耶夫斯基从来就是国内外俄罗斯文学研究的重要对象,而宗教信仰命题或人的精神重生命题始终居于作家创作思想的核心和叙述话语的逻辑起点,成为当代国际"陀学"研究的首要命题,亦是我国陀思妥耶夫斯基研究者关注的重点。陀思妥耶夫斯基的小说是关于弱者的哲学,关于人的精神的异见。他常常写精神病患者,写杀人犯、疯子,他们都是世俗生活中的失败者,但在文学中,却具有超出其生理异化表相的某种精神标识的意义。他们都成为陀思妥耶夫斯基对人的生命精神本质一次次崭新发现的文学由头,作家由此对人以及人与世界的关系作出了与此前作家完全不同的诠释。他要书写的,不仅是普遍的人性弱点,还有具有普世性意义的人的精神重生之路。论著《话语体系》以作家具有总结性意义的晚期长篇小说《卡拉玛佐夫兄弟》为研究对象,紧紧围绕着"人的精神重生"这一核心话题,为我们建构了成为他宗教哲学思想核心的话语体系,为理解陀思妥耶夫斯基有关人的"斯芬克斯之谜"和人的灵魂拯救提供了种种颇富启迪的新见。

新见之一,对"最高意义的现实主义"的阐释。在论著者看来,陀氏的"最高意义的现实主义"不仅仅表现在他的创作是人的精神现实、意识现实的映现,更体现在作家力图通过他的创作"在人身上发现人"并确立人的最高的精神境界所在。换句话说,陀思妥耶夫斯基的现实主义精神不仅仅在于具体的再现,更在于哲学的表现,表现人的本质、人的生命意义所在、人的精神境界。其具体内涵是,首先,人是按照上帝的形象和样式打造的,然而由于人的原罪以及在世俗现实中的堕落而失去了人应有的这种美好形象。其次,人的内心世界的复杂性及其堕落决定了人的精神重生是艰难的,充满了痛苦、曲折与迷误。再次,人的内心世界乃魔鬼与上帝角逐的战场,人的真、善、美的精神境界的重新获得需要通过艰苦卓绝的内心斗争,需要对上帝的忠贞无二的信仰,需要基督爱的精神的照拂,需要对灵魂永恒的矻矻不休的追求。显然,陀思妥耶夫斯基的"最高意义的现实主义"已经远远超出了创作方法的概念,而成为一种充满哲思的深广的文学精神,一种探索精神真理的"律令",一种对崇高精神价值的认同与维护。

新见之二,"爱"的主题在作家晚期的创作中占有重要地位,论著作者没有停留在对这一主题普泛的阐释、分析上,而是对带有乌托邦色彩的"幻想之爱"与立足于现实生活的"实践之爱"(деятельная любовь,身体力行之爱)作出了富有哲学意义的辨析。论著作者认为,陀氏始终批判远离真实的虚假理论和思想,倡导走向真实的生活。在作家看来,"抽象的思想,不切实际的生活和社会构想在某些人那里常常导致对他人的残酷和对人、对事的偏见"。人道主义所标示的"幻想的爱"所指向的从来都不是具体的人,而是遥远的人,泛泛的"人类"和"人民",抽象的"概括的人"。从"幻想之爱"出发的急功近利地改造社会的愿望必然走向极端,建立乌托邦式的人间天国的前提是颠覆现有的社会秩序,以暴力重构世界和谐。而"实践的爱"则要求对"己"的无情剥夺并由此达到人性的更加完美与和谐。论著作者借用索洛维约夫的话指出,陀思妥耶夫斯基"有意识地拒绝一切不经过人的内心变化而从高处重生的外在理想"。正因为所有的人都有原罪,所以人的精神重生都要经历内心的争战:经由盲目、迷失和苦难而达到心灵的复苏,没有罪与恶的经验,精神的复苏和上帝恩典的获得是不可能的,而没有对上帝和永恒的信仰,真正的爱也是不可能的。故而,陀氏对欧洲人文主义的倡导者伏尔泰始终持否定态度,对肯定并神化人的自然本性的卢梭也充满了讥讽。陀思妥耶夫斯基在对这两种不同的"爱"的辨析中实现了其世界观由早年的人道主义信念向后期基督教信仰的根本转变。

新见之三,论著作者认为,孩童形象的引入在陀思妥耶夫斯基创作中具有重要作用。与文学传统所表现的纯洁、美好的孩童形象不同,陀氏在其创作中揭示了"孩童性"的正负能量:既是纯洁美好的象征,又是"幼稚""无知"和"愚顽""盲目"的标志。作家在孩童身上看到成人世界的复杂,也在成人身上看到了孩童的纯真,从而极大地延展了孩童形象,成为因愚顽而迷失的人类的隐喻。作家剥开孩童天真的表象,展露了其身上尚处于蒙昧状态的冷酷麻木及其毁灭性能量。源自无知、被无辜所裹挟的孩童世界充满着人性复杂的律动。他们无力抗拒成人世界的罪恶,成为堕落世界的受害者。他们的无知将人带入奴役与专制,诱发仇恨和审判,也在无意中扩散着世界的罪恶,他们也是有责于世界的堕落的。与此同时,作家信仰人是按上帝的形象被打造的,其圣洁完美尤其体现在未染世俗邪恶的孩童身上,这种神性印记使精神意义上的孩童成为人类获救的力量。论者认为,选取孩童这一视角,更深地触及了人性的本质,凸显了陀氏笔下原罪与救赎的主题:摆脱困境的出路在于肯定"孩童性"的正能量——单纯和信仰,在爱与宽恕中实现世界的合一。"孩童性"命题的解析为最终揭示陀氏创作之谜提供了一条新的路径。

新见之四,论著作者认为,陀氏创作中的景物描写十分有限,但都与基督教主题思想紧密勾连。论著作者具体并深化了纳博科夫对陀思妥耶夫斯基创作的诗学研究,认为作家笔下的景致是感受性景致、道德性景致、思想性景致。这种精神化的景致描写的特点是:概括性,抽象性,印象性。比如,太阳、鸟儿、花草、树木等这些反复出现的形象是上帝造物的整体性象征。又比如,彼得堡肮脏的街道、阴霾的天空和潮湿阴冷的雨雪这些阴暗、压抑的景物旨在表现充满苦难的主人公内心的忧郁或无助。景物描写并不渲染故事发生的背景,也不以审美愉悦为追求,它们或揭示人的精神危机,或表达人的心灵忏悔,或呈现人的精神重生,或表达人的宗教情怀,始终渗透着人的内心感动,唤起人对上帝的虔敬。这些精神化景致应合了小说中的一系列宗教主题:失去信仰的人在现实世界受到的困惑甚至诱惑,人格的分裂;人内心深处的上帝与魔鬼的争战;对造物主的感恩和赞叹等等。作者的结论是,"揭示精神化景物描写的奥秘使我们进一步理解陀氏创作的中心思想。人需要经过精神的复苏才能感悟到造物的美,美是人精神重生过程中必然的部分,它使人恢复心灵的真正现实"。

一部学术论著品位的高下在于它是否有新的思想发现和审美发现,给读者以耳目一新的启迪。《话语体系》的作者以其活跃的理性思维寻绎出贯穿陀思妥耶夫斯基创作中宗教思想红线的具体内蕴与表达方式,真切、深刻得令人信服。正如答辩委员会所评价的那样:"论文的结构与内容表明,研究者深刻地把握住了作者的思维逻辑,她敏锐地洞察了陀思妥耶夫斯基思想的延伸与深化,那绝非仅仅局囿于某个狭隘教条的创作思路。"论著让我们看到了长期致力于陀思妥耶夫斯基研究的张变革博士鲜明的学术个性。这种个性表现在这样三个方面。

其一,坚硬的理性品格。这是《话语体系》与其他同类著作相比一个显著的特点。作者立足于作家创作文本的细读,又超越了对具体作品显性意义的解析阐释,依靠强有力的理性力量,透过文本,直抵作者的情感深处和思想真相。例如作者对"最高意义的现实主义"内涵宗教基原的把握,对作家的基督教人类学思想中关于人的本质的认知。又如,论著对陀思妥耶夫斯基哲学思想转型的论述,其从美学浪漫主义、人道主义转变为基督教救世思想进程的分析,都体现了作者极强的思想穿透力和理论概括力。

其二,开放的学术视野。《话语体系》的作者没有局限于对作家宗教思想作泛泛的描述和定位,而是力图将作家置于一个更为宏大的俄国与欧洲的历史文化背景上,多维度、多层面地探析作家基督教思想的精神实质及其与欧洲人文主义思想的本质区别。论著在阐释《卡拉玛佐夫兄弟》宗教思想意蕴的同时,还对"白银时代"宗教思想家弗洛罗夫斯基、弗兰克、别尔加耶夫等人对陀氏创作中关于自由与妄为二律背反的思想论断作了深刻的分析,还就陀氏对当时流行的人文主义思想局限性所进行的宗教批判作出了中肯的评价。凡此种种无不建立在一种宏阔的学术视野与自觉的历史意识上。

其三,深深的情感认同和细腻的审美感觉。学术研究的情感注入往往不被学界认同,然而事实是,当一种真切的思想认知化作研究者的情感血肉的时候,读者不仅会被一种强大的理性所折服,更有一种情感的被挟持感。《话语体系》不仅让我们在论著精神复活的话语体系的解析中读出了精辟的学术见解,还能深深体悟出作者个人对这一思想的深深认同。论著作者有的是细腻的审美感觉,这些感觉大多深入且独到,她正是凭借这种感觉挟持读者进入她的学术世界和情感世界的。

张变革博士是一个思想型的学者,思维缜密而富有才情,观点独到而表述质朴,我十分欣赏她的这种研究路数与言说方式。近年来,因为博士后的合作使我们接触比较多,她给我的印象也挺深。学术界已然如此的急切,端的是顺应职名的改变。而张变革博士,从我们结识时起,她就多在想、常在思,而不急着下笔。为文不求量多,只重质优,就这一条,便凸显她的过人之处。因为对教学、研究的热爱与全身心的投入,中年的变革仍然是很单纯的一个女性。若有所思的常态,细声细气的话语,舒缓从容的步履,低调地做人,静悄悄地作文,连同她的书生气,有了发现后的快乐,皆自然本色,全无常见的雕琢味。我同样欣赏她的为人。

序语最后,我再一次为论著《精神重生的话语体系——陀思妥耶夫斯基创作研究》叫好,更期待着张变革博士日后会有一篇篇新的掷地有声的论文发表,一部部新的扎实厚重的论著问世。

（本文原载《精神重生的话语体系》(俄文版),张变革著,北京大学出版社2013年版)

学术研究的原创性追求

当下高校的学术界似乎刮着一股"快出活""出快活"的"风",学术论文、论著的撰写似乎有了"产业化"的趋势,量与质之间有着很大的落差,粗糙、随意之笔时而可见,学术研究原创性和中国学者话语建立的呼唤似乎鲜见其果。然而,大家最多也只能在一时难以更改的体制上大发感慨,而这显然于事无补。

我想,作为学界中的一员,唯一可行也能行的做法是:从我做起,把日子变得简单而宁静,老老实实地做人,认认真真地读书,扎扎实实地作文,把自己的真才实学呈现于众,把自己的真知灼见告知于人,真正为改变时下的风尚,推进学术的发展,促进中国学者话语的建立做点切实有效的事情。

俄语界大家都比较熟悉的王宗琥博士就是这样一个老老实实的青年学者,摆在我们面前的他的论著《20世纪前30年俄罗斯小说中的表现主义倾向》就是这样的一部有着真知灼见的书。

王宗琥博士出身贫苦,靠兄长抚育成人。他从遥远的新疆来到内地军校读书,此后又进京深造读博。他深知求学的艰难,更懂得学术的神圣。在他的读书生涯中,学术不是一个被滥用、简化的名词,而是一个动词,一个动宾词组。这个"术"不是炫耀之术,不是求生之术,而是活生生的学问生命,是与具体的读书、作文与日常生活深深纠结在一起的情感、秩序与目标。这个学问生命是在孜孜以求的学与问之后做出来的。对于他,学术的诱惑来自一个远景,一个有着自己的心灵追求、思想创造和人文建树的宏阔的领域。为了这个目标需要付出个人的牺牲,从物质的到精神的。学术有自身的节律,深陷其中的学者往往难能摆脱,时而甚至会打乱自己的和家庭的生活节律。学者的王宗琥却从没有在此面前退却。他学术视野开阔,研究深入,从不以"多"为追求。在北京外国语大学攻读博士学位的四年间,他在国内外重要学术杂志上发表过论文六篇,参加大小型国内、国际学术会议四次。论文、报告每每言之有物,时有新鲜的创见溢出,受到国内外同行的交口称赞。尽管博士毕业后的 6 年间他又有颇有分量的成果见诸国内外学刊,却从未因没有教授头衔而耿耿于怀,淡泊自守,安于书文,锲而不舍,孑然于强大的功利社会之外。他以一个真正学问者的视域与行为展现了一个做学问的老实路径,为不同年龄的学者提供了一个很真实、很实际、很有可操作性的学术参照。

论著《20 世纪前 30 年俄罗斯小说中的表现主义倾向》的命题就是一个创新。其创新点在于:第一,作者选取了 20 世纪中最富成果的前 30 年的俄国小说作为断代研究的对象,论著接续了俄罗斯文学的"白银世纪"研究热,却未流于"赶潮",而是在"白银"与"苏维埃"两种文学脏腑的幽深处发掘出一个新的脉点。第二,俄国的现代主义思潮流派中尚没有"表现主义"一说,然而这一"陌生"的、历史性缺失的文学概念却没能逃脱这位青年学者的审视,这是他在汲取俄罗斯学者局部研究成果基础上的一个重大突破,大大拓展了对俄罗斯文学,特别是对苏联文学历史认识现有的学术视野。第三,作者把始于安德烈耶夫世纪之交的创作,淡出于 20 年代末文学国家化进程之中的俄罗斯文学中的表现主义看作一种非流派的文学倾向,结论新颖、科学,很有分寸感和说服力。基于此,论著研究的着力点不在于流派的艺术理念和美学原则,而是把表现主义作为一种艺术精神与创作方法来研究,从而使这种学术研究更具理论思辨价值。

学术研究的原创性就在于需要有研究者本人的发现和诠释。文学历史的基本理论框架及其内涵,是由文学研究者们的理性思辨共同建构的。这一建构的过程没有客观依据不能眼见为实;没有主观言说,不能建立文学的理念。王宗琥选取了这样 5 个问题对表现主义文学倾向进行了深入而富有独创性的考察。

首先,论著廓清了在俄国文学历史上长期遭到贬损,始终未有定说的表现主义的学术概念、哲学美学基础及其艺术表现。其次,明确、科学地论证了表现主义艺术倾向在俄国文学现代性转型进程中的确切存在及其重要作用。第三,作者在对 9 位作家、17 部代表小说的具体、深入的分析基础上揭示了这一艺术倾向规律性的发展沿革和不同阶段的特征。第四,论著呈现了现代与传统在 20 世纪表现主义倾向中的映射,在对 19 世纪俄国文学传统的现代性转换过程中,它是如何实现在思想内容、审美形式和价值判断的异见性上对传统现实主义文学的创新和超越,进而昭示了俄国的表现主义倾向不同于西欧表现主义的鲜明的民族文化特征。第五,著作揭示了表现主义作为一种独特的艺术倾向的诗学范式与叙事结构的奥秘。从异化、存在、反叛的三大主题到现实观、形象体系、叙事、时空等的综合性艺术手段。作者在进行了问题清场之后,没有就此却步,而是尝试提出基于个体知识和立场上的理论认知:作为倾向的俄国 20 世纪表现主义文学的生成与发展基于俄罗斯人独有的对世界的悲剧性感受,它为世纪初的小说创作在内容和形式方面带来了巨大的变革,为世界表现主义的发展提供了一种更富艺术价值也更具生命力的模式。

俄罗斯文学的研究亟须从"转述时代"进入"自述时代",由"编者时代"跨入"著者时代",不以学术性与原创性为追求,创建中国学者的话语恐怕只能是一句空话。王宗琥真正做到了这一点,论著让我们看到了作者所构建起的"我思故我在"的思想型青年学者的深刻与成熟。博士论文的评阅人之一,应邀前来北京参与答辩的莫斯科大学教授米哈依尔·戈鲁勃科夫博士说:"论文在俄罗斯文艺学研究领域具有很高的原创性,它既有文学史的梳理,也有文学理论的研究。论文占有资料翔实,理论阐述深刻,尤其第五章对时空理论的论述颇具新意。这篇论文代表了中国在俄罗斯文学研究方面相当高的水平。"显然,它获得 2007 年度外国文学专业唯一的一篇全国优秀博士论文是名副其实的。

我为宗琥,这位优秀的,真正执着于学术研究的俄罗斯文学博士叫好,希望他能走得更远,更希望这样的学者更多。我为这部理论功底深厚、逻辑思维缜密、文字表达简约的佳作叫好,希望他有更新更多的创见发表,更希望有更多更好的这样的佳作问世。倘若如此,中国学者话语的确立便为期不远。

(本文原载《叛逆的激情 20 世纪前 30 年俄罗斯小说中的表现主义倾向》,王宗琥著,外语教学与研究出版社 2011 年版)

世纪之交俄罗斯文学的又一道风景

生活始终在颠覆既成的文学样式,文学也永远在颠覆人为的故事构架,这一情景尤为鲜明地体现在处于转型期的 20—21 世纪之交的后苏联文学中。这一时期俄罗斯文学各种潮流的生成与变异有两个文化源头:一是意识形态所构成的苏联文学理性精神的失落,二是俄罗斯作家在后苏联文化语境中的多元追求。后苏联小说的诸种形态正是在这样的背景下生成与发展的。后现代主义小说就是其中的一种,佩列文就是其中独特的一位。它们与他的异军突起般的崛起、走红构成了世纪之交俄罗斯文学中一道生机勃勃的风景。

佩列文的小说在为数甚众的后现代主义作品中可以看作是以经典传统与大众文化合谋创作盛景的典范之作,他的创作之路贯穿了俄国后现代主义文学盛衰的始终(从 20 世纪 80 年代末到 21 世纪),这是一个可以"文学现象"与"文学神话"指称的俄罗斯后现代主义小说家之一,作家也是较早进入中国俄罗斯文学读者和研究者视野的一个后现代主义作家,这是一个可供解剖与认知后现代主义小说诸多文化特征和精神取向的五脏俱全的"麻雀"。尽管国内外研究界对他小说的阐释、言说和命名充满了种种矛盾与歧义,但是对其意义和价值的存在和影响已经不容忽视。因此,专著《现实与虚幻——佩列文后现代主义小说中的艺术图景》的选题价值是不容置疑的。

研究佩列文小说的论著这不是第一部,但全面、系统、深入的综合性研究这是第一部。李新梅博士以作家的四部最具代表性的长篇小说——《奥蒙·拉》《昆虫的生活》《恰巴耶夫与普斯托塔》和《"百事"一代》为基础,从后现代主义文学形成的外部文化语境到作品的内在意蕴,从文化语义到审美特征,具体、切实并令人信服地揭示了小说所呈现的现实图景及虚幻图景,并进一步从现实与虚幻相互融合、相互映衬的关系中分析了佩列文的创作理念、小说的艺术风格和诗学建构。论著的这一构筑看似不无传统,但有益于把比较玄乎的后现代主义小说的分析写得比较"实诚",能给读者提供一个易于切入的抓手。这是这部论著的一个重要优点,所以在她的论说中没有隔靴搔痒、牵强附会的言说,没有种种纠结于后现代主义理论术语带来的艰涩,所立之论都是她费苦力研究、真切体悟的产物。

居于论著核心地位的关键词"艺术图景",无论是现实图景还是幻觉图景,其实就是作家对 20 世纪俄罗斯,或者更准确地说,是对苏维埃俄罗斯历史文化和后苏联当下文化的独特审视。与现实主义小说不同,作家在煞有介事地叙述事件时,把读者带进了一个真假难辨的"现实"与"虚幻"的圈套中。作家通过真事真说、假事假说的方法,既让自己进入一个再创体验和再创感受的幻觉中,也让读者获得一个对于现实与世界关系的新的认知。我以为,这一切入非常符合佩列文小说的实际,从这一意义上理解后现代主义小说的反叛冲动与颠覆欲望,便不难发现其中的深刻性与合理性。

作者认为,佩列文的小说创作既承继了俄罗斯文学的人文和审美传统,也熔铸了 20 世纪欧美最新人文科学的思想资源和西方现代主义文学的经验。这一看法是有见地的,这正是俄罗斯后现代主义小说的本土性与世界性的特征所在,也是其与西方后现代主义文学的差异所在。正如有评论家所言,"佩列文在思考如何用文明的方式表达自我,同时又不脱离读者观念中的传统文学"。

进入 21 世纪的俄罗斯文学研究,无论在俄罗斯,还是在我国,文化批评,特别是宗教批评日益盛行,审美批评逐渐淡出,两者没有形成良性的互动,前者甚至有驱逐后者的趋势,文学研究甚而走进了似乎不谈宗教便不够文化,不涉哲学就缺乏深度的认知误区。这其中的原因之一就是认真读作品,特别是读长篇小说原文的研究者越来越少了,而且不太读作品原著的人还可以理直气壮地撰写类似"俄罗斯后现代主义文学"这样的论文和论著。能真正理解并把握作品思想和艺术精髓是需要功夫和水平的,而这恰恰是审美批评的起点,也是严肃的文化批评的起点。严肃意义的文化学研究必须通过解剖文学作品的真实案例来进行分析和归纳,而不是在理论术语和概念上打转转。在李新梅的论著中,最为值得肯定的就是她对文本的重视。她对佩列文后现代主义小说的研究,没有照搬西方后现代的批评话语,用舶来的理论肢解俄罗斯本土的作品,而是靠自己对作品的理解、领悟来揭示并印证这一文学的思想和艺术精义。

我总有这样一种感觉,认为人的感悟力是天生的。因为我看到一些并无深长生活阅历和广博知识积累的青年学者,就能对文学作出比较深刻的把握。李新梅就是这样的一类人。更难能可贵的是,她的认真和执着、刻苦与深思,并没有因为她的敏悟而减少,无论在博士学位攻读期间,还是获得博士学位后在复旦大学独立的教学和科研实践中她都全身心地投入,毫无懈怠。相比一些提前响亮的青年学者的名字,李新梅的名字在学界还显得有些陌生,她的学术研究也要低调、沉稳得多。俄语里有一句谚语:"Тише едешь,——дальше будешь",我相信她的"静悄悄"的学术之行会走得很远,她的名字也迟早会在俄罗斯文学研究的学术界响亮起来。

(本文原载《现实与虚幻》,李新梅著,复旦大学出版社 2012 年版)

当代俄国文坛上的"先锋"现象

——后现代主义文学

  从 20 世纪 90 年代起,后现代主义文学,这个当代俄国文坛上的"先锋"现象就已经成为国内外俄国文学和文化研究者关注的对象和重要的研究命题了。然而,与国内对欧美后现代文化现象的研究相比,我们对俄国这一文学现象的认知却远未真切与明晰,原因既在于我们对这类创作确实还有不少审美隔膜,它们显得突兀、怪异、费解、陌生,还在于对这类作品的研究还有待深化,我们的阐释、分析中时有或佶屈聱牙或牵强附会之处。文论家曼尼科夫斯卡娅说,后现代主义在艺术、艺术理论和美学思想上都是"非规范的"(неканонический)、"非经典的"(неклассический)①。正因为如此,传统经典的审美理念难以与之完全对接,其内在逻辑研究的框架也未能真正确立。

  从俄国的研究状况来看,批评家对后现代主义作家和作品的研究,大致有两种视角:一是取文化学的批评方法,重在探究这一文学现象生成及演进的文化机制及其价值取向。如利波维茨基、爱波斯坦、曼尼科夫斯卡娅等人。二是取一种审美批评的方法,在对作家与作品作具体审美探微的基础上发现这一文学的审美机制,如斯科罗潘诺娃、波格丹诺娃等。两者都是我们可以参照的研究思路。国内学者对俄国后现代主义文学思潮的认知整体上还局限在作家和作品个案的研究上。李新梅博士在她的论著《俄罗斯后现代主义文学与当代文化思潮》中力图在整体把握中注意到对审美机制的探讨,在方法论上有所突破的尝试是成功的。

---

  ① Маньковская Н.Эстетика постмодернизма,АЛЕТЕЙЯ,Санкт-Петербург,2000.С.7.

后现代主义文学的传播伴随着激烈的争鸣,其发生、发展、繁荣、衰颓的历史进程不仅构成世纪之交俄罗斯文学嬗变的重要内容,也直接映现了当代俄国文化思潮和读者审美心理结构的变化。其变化的每一个阶段都与今日俄罗斯社会和文学的现代化进程存在着一定的表里互动的关系。它在苏联60年代末—70年代初的萌动,是试图对一体化的文化统治的抗争、突破与超越。它在苏联末年的崛起填补了社会主义现实主义遭到失败以及现实主义处于变革前沿时刻创作思想、审美理念的真空,表明了其试图摒弃意识形态处理方式,用新的文学话语清除沉重因袭的努力,带来了一种解放的思想与理念。它在90年代的兴盛繁荣是其理直气壮地以"审智、审美实验"为目的的文学与文化探索的成果,是在全人类文明语境中一种后现代思维方式的呈现。文论家维亚切斯拉夫·库里岑在90年代甚至不无夸张地认为,"后现代主义已经成为文学进程中唯一鲜活的事实"①。而它在21世纪走向衰颓正是这一文学与文化思潮受到诸多局限性所囿,行之不远的充分表现。无疑,探究这一文学的文化意蕴对于我们了解这一文学的本质特征和由盛而衰的历史成因是有重要意义的。犹如李新梅博士在其论著中所言,"正是文化的转型导致了文学的嬗变,也正是文学的新变化让读者感受到文化的新元素"。

要想明确界定"后现代主义文学"这一术语的外延与内涵是一件十分困难的事。因为我们会发现,它几乎可以用来批评俄国当代文坛的全部作家和全部作品。

其一,从文学思潮的发生机制上来看,俄国的后现代主义文学是由苏联社会生活和文学生活的停滞、僵化所触发的。苏联解体的大灾大难更使当代俄国作家心中产生了广泛的困惑、焦虑、梦魇、荒谬感,并由此激化了他们对传统价值观的重估。思想旗帜的失落和精神信仰的不再使得文学观念、原则、方法的"不确定性"成为所有俄罗斯作家的创作共性。以反叛为特征的西方后现代主义文化思潮几乎无一例外地影响到了每一个作家。后现代主义小说在表现转型期精神危机的同时,自己也成为这一时期最富代表性的精神危机的表征。这是20世纪俄罗斯文学史上审美意识的时代变迁和叙事话语的时代转

---

① Курицын Вяч.Постмодернизм:новая первобытная культура.*Новый мир*,1992.No.2.

型,每一个作家都以不同方式参与并推动了这一变迁。

其二,从文学创作的实际状况来看,苏联解体后的俄国文学在吸收西方后现代文化思潮,追求对文学的"异质性"表达中有着强烈的自生性本土特征。后现代主义的文学创作不仅与先后的现实主义文学有着共时关系,而且在与整个俄罗斯文学传统的衔接上,也是相互交叉的。佛克马说:"从来就没有任何文学潮流或时期是单线发展的,它们不可能像一列火车的车厢那样明显可辨,倒是与其相反。"①作家们没有对文学写实传统的彻底决裂,对断流了七十余年的现代主义文学传统还表现出某种强烈的接续倾向。他们都试图从赖以生存的实际生活中"抽身"出来,以一种不同以往的"先锋性"叙事来获得对文化、社会、历史的"形而上高度"的认知。

的确,后现代主义文化思潮席卷了世纪之交的整个俄罗斯文坛,创作主体的作家及其笔下的各种文学体裁无不受到它深刻而又持久的影响。文坛上不仅有从事后现代主义文学叙事的作家群,还存在着更多的,即使不以后现代主义为创作取向,却烙上了种种后现代主义文化印记的小说家。不仅一个作家同时会进行现实主义的和后现代主义的小说创作,如马卡宁、彼特鲁舍夫斯卡娅、布托夫等,而且不少小说同时会合成有包括后现代主义元素在内的各种不同流派的特征,如马卡宁的长篇小说《审讯桌》、维克多·叶洛费耶夫的长篇小说《俄罗斯美女》、阿纳托利·金的长篇小说《半人半马村》等。故而,判断一部小说的后现代主义属性其实并不重要,重要的是作品中后现代主义元素所提供给读者的文化认知。这也是论著作者试图避开关于作品属性的争执,而着力于作品中后现代主义小说文化学分析的用心所在。

目前,我国的俄罗斯文学研究者对后现代主义文学的研究,他们所写的论著,不少是沿袭西方或俄国后现代理论的论说,或是对单独作家和单独作品的分析,总有简陋之嫌。放下这些书,再看看别的作家、别的小说,总还会感到有种陌生和茫然。论著《俄罗斯后现代主义文学与当代文化思潮》的问世在一定程度上打破了这一尴尬,作者对这一文学状貌的探究显得更为扎实与宽阔,即作者对后现代主义文学的分析、阐释是建立在阅读并读懂了大量文学原著

---

① 佛克马:《走向后现代主义》,北京大学出版社1991年版,第1页。

的基础上的,这种脚踏实地的基础工作非常值得肯定。作者对带有诸多后现代特征的小说的文化语义所进行的分析具体、真切,并有一定的深度。作者对虚无主义、宗教意识、反乌托邦思想和大众文化元素这样四个主体精神意向的归纳对于我们从整体上把握后现代主义文学,及至整个后苏联时期的社会思想倾向和文化精神的确具有启示意义。

后现代主义文学的文化学研究是一个很有价值、很有前景的路径,但是还不够。文化学研究的思维方式与早先的社会历史批评并没有本质上的区别,仍然是一种近似外部的研究,因为它还是过多地发掘文学作品的"意义""思想""精神""象征"。应该看到,后现代主义文学的叙事方式和叙事行为是后现代主义信奉者的作家们的信仰与技巧的统一。所以,如果作者还能在后现代主义文学美学表现的研究上更进一步,揭示出不同作家的和不同作品中的后现代主义表现方式的共性与差异来,那就更好了。

在俄罗斯文学呈现出多元、多样、多变景观的 21 世纪,我们最为需要但是又是最难以满足需要的是对各种思潮、形态的文学样式画出一张张及时而又准确的文化的和审美的图谱,我们现在有了这样的一张,以后还是需要不断地修订、完善和补充。我相信,李新梅博士还能有新的、更好的图谱画出。

(本文原载《俄罗斯后现代主义文学与当代文化思潮》,李新梅著,中国社会科学出版社 2012 年版)

后现代主义文学的话语形态：解构与重构

后现代主义既是 20 世纪末后苏联社会中一个强大的文化思潮,也是后苏联文学中的一个重要流脉。它萌生于苏维埃时期的 20 世纪 60 年代末,在当时的苏联文坛呈"地下文学"的"潜藏"状态,而在 80 年代"重建"时期,面露"峥嵘",走向读者,到了苏联解体后的 20 世纪 90 年代,这一文学样式已经蔚成气象,成为当代俄罗斯文学的主导形态之一。因此,后现代主义文学成为我国俄罗斯文学研究界,特别是中青年学者关注的热点,成为博士论文写作的热门命题反映了当代俄罗斯文学的客观实际。

"后现代主义小说"在叙述形式、表达方式及话语形态上,都脱离了传统的小说样式,呈现出分析与表述的巨大困难。对这一源于西方并被本土化了的文化思潮在俄罗斯文学创作领域的体现,俄国文评界并未提供一种行之有效的释解和批评路径。对这一类小说不同于现实主义、现代主义文学的"异质性"以及这一类小说之间的"异质性"如何置于苏联解体前后特定的历史语境的考察中,基于这样的问题意识,探讨"解构与重构——俄罗斯后现代主义小说的文化对抗策略"则成为一种易行的历史描述方式。

作者对俄罗斯后现代主义小说"解构与重构"这一观念无论在立论上,还是在具体创作的剖析中都表达得具体、清晰,被高度"实证化"了。以"颠覆与重构、拆解与组装"的对立统一为后现代主义小说家基本的文化应对策略,应合了这一类小说的总体特征。其中对传统的"文化拒斥、文化规避、文化批判"即是其解构的要义所在。这种颠覆、解构的对象包括社会意识形态体系、社会主义现实主义审美体系、文学与文化的精英权威意识、传统的道德伦理观念,且这一解构方略在后现代主义小说的发展进程中有着不同的内涵,并呈现出一种"由外向内""由显向隐"渐次深化的历史过程,最后抵达民族集体无意识——民族文化传统层面的解构。只是作者认定的关于"重构以人的个性价值为主的新文化理念"的命题显得有些抽象、单薄。其实,问题还不仅仅在于对这一所谓的"新文化理念"的阐释上。更重要的是,这一本该由现代主义完成的"革命任务",由于俄国现代主义文学在1917年以后的断流,如今在中断了74年后的后苏联由后现代主义完成了。因此与西方的后现代主义文学不同,俄国的后现代主义还在一定程度上承担着现代主义文学的"建构"使命,这是俄国特定的社会历史和文学历史的使然。

其实,俄国后现代主义小说所解构和重构的不仅是"内容的意识形态",其非常重要的一面是"形式的意识形态"。无论是韦涅季克特·叶洛费耶夫,还是弗拉基米尔·索罗金,或是维科托·佩列文,他们讲得最多的是"绝对的创作自由,一种不受任何思想理念影响的自由",追求的是"文学语言形式的实验"。索罗金明确地说,"对于我来说,艺术不是什么,而是如何",即不是写什么,而是如何写。他们利用后现代主义小说文本所反叛的就是作为主流形态的现实主义叙述语言和成规所形成的传统"秩序"。他们寓居的世界的方式是象征、隐喻、荒诞、幻觉……他们也力图以这种方式来改变读者认知世界与世界打交道的方式。正是在这个意义上,俄国后现代主义小说形式上的"解构与建构",本质上也是一种"意识形态革命"。所以,索罗金将他自己定位为"爆破手",甚至把矛头对准了任何可能成为藩篱、桎梏的规范,他甚至说:"布克奖——这是一个尚在娘胎中已经烂朽的胎儿。"这是所有的后现代主义小说家们颇为自觉的历史意识和审美意识。

"解构与重构的诗学手段"是论著中呈现的俄国后现代主义小说家进行"形式革命"的种种后现代叙事特征。博士论著结合文本所进行的全面、具体的分析,彰显了后现代小说家独特的"跨文化""跨文体"的信马由缰的反叛策略,也为读者对后现代主义小说的解读提供了一定的参照。这无疑是论著中诗学分析的价值所在。然而,需要指出的是,这种形式的解构与重构在多大程度上实现了后现代主义小说家的艺术反叛和艺术重构,这是研究者需要进一步探究的命题。如果说,西方的后现代主义写作在哲学层面上有着明确的反叛目标,那么俄国的后现代主义,作为一种整合性的艺术实验,除了"复调式的"文体杂糅、拼贴、综合,既失去了对某种主题的表达,也没有任何新文体的创建,因此这种实验并不具备明确的建构意义。巴赫金讲过,陈旧的体裁需要不断地更新,或者叫"现代化",在文学发展的过程中,体裁是创造性记忆的代表,只有这样,它才能保证文学发展的统一性和连续性。这也就是为什么21世纪以后,不少俄罗斯后现代主义小说家改弦更张、回归朴素与本真(如索罗金)的原因所在。对后现代主义小说的研究不仅要发掘其文化意义所在,更要指出这一类"求新求变"的创作行之不远的原因,恐怕这是研究的要义之一。

我把一篇小序写成对一个学术命题的探讨,既是与温玉霞博士的对话,也是对她在这个领域能取得更深、更新、更优秀的学术成果希望的寄托。

(本文原载《解构与重构:俄罗斯后现代主义小说的文化对抗策略》,温玉霞著,中国社会科学出版社2010年版)

普拉东诺夫的创作思想

反叛的艺术思维方式和异样的书写姿态使经典作家——普拉东诺夫的研究成为 20 世纪俄罗斯文学研究的一个学术亮点和难点，我的博士生淡修安没有对此望而却步。他迎难而上，以"创作思想"为研究对象的立题是对具有强大思想冲击力的"反乌托邦作家"创作研究的一个重中之重的切入点，对于我国俄罗斯文学研究的此类论题少有涉及的学术状态来说，有一个填空补缺的重要意义，我高度肯定并赞赏他的论著选题。

《普拉东诺夫的世界：个体和整体存在意义的求索》，论题前半句的提法并非论著作者的首创，但后来的批评家和研究者对此论真实、深厚的思想底蕴却鲜有系统的探讨。论著从作家的自然观、革命观、社会观、人际观等多个方面进行了全面的追索，应该说是对作家创作思想精髓所作的明晰而又全面的概括。

特别应该肯定的是，论著中"人与自然"和"人与革命"两章写得非常具体到位，由"征服—反征服—和谐"的思想演进道出了普拉东诺夫具有对全人类生存意义思考的自然观的发展始末，力图从社会变革与自我意识、与个体存在的关系来阐释作家的革命观，避免了传统的从政治视角判断作家创作是非的窠臼，提供了一个新的切入角度，十分难得。论著作者在他的文本解析中提出了不少中肯而颇具见地的思想，如"自然的生命存在更多地被人物想象成一位情爱伴侣，成为情爱之源"，"反革命势力反对革命的原因不是由于革命本身的真理性与正义性，而由于他们整体上对整个人类信心的缺失，认定革命无法改变彻底悲哀的世界现状"……作者对作家创作思想的分析没有停留在感性的印象与体悟上，而上升到了智性的哲理层面，论著最大的优点就在于对作家创作思想理解的敏感性、哲理性和创新性及其恰如其分的学术表达上。

论著的第二个优点是,作者对作家创作思想的解析毫不抽象、空泛,立足于文本分析的写作文风实在、质朴而又深中肯綮,颇具说服力。小说的文本分析与理性的阐发提炼具体真切,不让人感觉乏味,具有可读性,这也是学术写作的一大优长。相对丰沛、翔实的资料也为作家创作后续的研究者提供了一个不错的学术导向和路径。

作为一部以研究整体创作思想为对象的学术论文漏缺了对作家一些重要的作品与文章的关注,如小说《阿佛罗狄忒》《垃圾风》《春天的建设者》等,如《保尔·柯察金》《致沃隆斯基的信》《基督与我们》《人的灵魂——丑陋的动物》等重要的对俄罗斯和欧美文学的评论,这是论文的一个不足。

淡修安博士独立工作能力强,有较强的逻辑思维能力,良好的中文文字表达能力和外语水平,做学问认真、勤奋、锲而不舍,有追求。他在入学时尽管理论基础和文学知识方面并无优势可言,但他在不断地阅读、思考中飞快地进步和提高,到了撰写博士论文时已经有了较为厚实的理论和知识准备。他在硕士期间从事的是社会文化专业的学习,但攻读博士学位的三年很好地完成了由社会文化到文学研究的创造性转化。这固然缘于他学术兴趣的变化,更重要的是他具备从事文学学术研究的基本思维素质和文字功力以及治学气质和精神素养,所以他才能够在短短的三年中不仅顺利地完成了博士学业,还发表了诸如"主题与叙事——评普拉东诺夫的小说"《当代英雄》的存在主义哲学内涵"《塔曼》多维的语言之美"等这样一些有难度和深度的文章。我期待着论著作者有更多、更新的研究成果问世。

(本文原载《普拉东诺夫的世界:个体和整体存在意义的求索》,淡修安著,世界知识出版社 2009 年版)

俄罗斯小说叙事学研究范型
建构的成功尝试

　　与其他学科一样,外国文学研究也有个"代际转换"的规律,就是说,一代学人有一代学人的学术视野、研究对象和研究方法,除了传承,还在不断地更新和超越。这既是不断更新的文学批评理论引领的结果,还是学术发展的内在需求使然,更是新一代学者学术推进和创新的努力所在。

　　回望新中国将近 70 年俄罗斯文学研究的历史进程,研究的"话语体系"大约经历了三代人的打造。前三十余年的第一代学者有着丰厚的人生体验和积累,对文学创作的社会历史语境有着身临其境的真切认知,因而也更多地被时代的实用理性所牵绊,除了时代色彩的意识形态,较少见到现代的理论批评观念和自治的论述体系。80 年代后踏上研究之路的第二代学人开始从较为单一的社会历史学批评、主题和艺术特色研究转向更为开阔的人文批评、艺术批评、文化学研究的理路,有了不少新的视野、思路和审美思考。但从整体看,由于理论前提和方法大多是拿来的,所以真正的创新、属于自己的话语仍然十分有限,实现由"编者"向"著者"、"借鉴"向"原创"的转换还有较大的距离。在 21 世纪进入俄罗斯文学研究队伍的新生代学者有了更加开阔的学术视野,在学习并借鉴俄罗斯和西方的新思想、新理论、新方法的同时,已经开始把这些充满现代性的新知当作一个支点,走向自觉地反思与实践,探索自己的研究思路上来了。他们已不再是简单地变异求新,而是希望追求一种新的学术价值的体现,努力寻求活力与胜过的可能。

　　摆在大家面前的专著《帕斯捷尔纳克长篇小说〈日瓦戈医生〉的叙事艺术》就是这样的一个范例,作者所做的学术推进和创新的努力全都凝结在了这本篇幅并不算宏大的书上。全书立足于长篇小说研究的核心与前沿话题,也是作家获得诺贝尔文学奖的原因之一——"叙事文学传统领域所取得的重大成就"。作者从长篇小说《日瓦戈医生》这一经典文学个案出发,聚焦作品的艺术建构、叙事形态,关注作家独特的生命论特质和叙事伦理,以其创新的、深刻的、颇具现实性的理论思考,对文学现象做出了敏锐、具体、言之成理的深入分析,实现了对小说艺术创新研究、思想深度与社会现实问题观照三者有机的结合。这部富有开拓精神的学术著作隐隐呈现出我国青年学者建构俄罗斯小说叙事学研究学术范型的令人可喜的气象,很值得关注。

毋庸置疑,在当代俄罗斯小说中最能引起中国读者,特别是中国作家关注,研究最多且热度至今未减的作品(没有"之一")就是帕斯捷尔纳克的长篇小说《日瓦戈医生》。这不仅是因为小说获得了诺贝尔文学奖,还因为这部经典已经成为东西方学者眼中的"人类文学史和道德史上的重要事件","与20世纪最伟大的革命相辉映的诗化小说","兼备了《战争与和平》与《芬尼根守灵》的双重经典特色"。小说是叙事的艺术,叙述创新是小说的生命。对于一部思想深邃、艺术独特且产生了世界影响的长篇小说来说,其思想价值和艺术成就的丰富内涵并不完全体现在那些表述明晰的思想观念和显在的人物精神特征上,而是深藏于小说内在的叙事艺术及叙事伦理中的意蕴。专著作者的"叙事艺术"研究正好应合了小说诗学创新的这个第一要义。

全书要解决的核心命题是长篇小说"是怎样叙述的"? 显然,"怎样叙述"不能出自纯粹的想象,更忌讳用一种外在的叙事学思路、观念和范式来强行套用,而必须走向并深入文本,通过自己精细的阅读,客观、准确、到位地概括和分析文本中的具体话语形式及其表达的思想,从而发现长篇小说在叙事领域的诗学创新。专著作者聚焦于长篇小说的叙事结构、视角、话语形态三个方面,具体、真切、有力地解答了"怎样叙说"这一重要命题。

论著作者以文本细节实例为证,令人信服地做出了具有原创性的"节点式空间叙事"的结构概括,彻底改变了长期以来在一些读者和部分研究者头脑中留下的根深蒂固的"结构松散、杂乱、缺乏统一性的"印象,同时也为读者阅读小说的方法论上提供了有益的启迪和借鉴。而且,论者没有停留在叙述相对显在的结构层面,还在小说情节的原型、母题层面的"潜结构类型"以及小说与诗歌合成的内在文本结构方面做出了有理有据的分析。前者打通了当代俄罗斯小说经典与欧洲文学经典的关联,后者在更深的层次上揭示了"诗人小说"结构的独特性,令人耳目一新。

书中的叙事视角和叙事话语形态部分是国内第一次对长篇小说《日瓦戈医生》叙事视角和话语形态的具体分析、探讨。研究者认为,与托尔斯泰不同,作家在保留俄罗斯现实主义文学全知全能叙事传统的同时,还采用了人物内视角和摄像式外视角,它们既延长了叙事的距离感,也增加了人物心灵刻画的丰满度,还体现了作者对读者主体性阅读的充分尊重。作者在论著中展现了小说中相互"转换、交织、融合、呼应"的不同视角的审美功能与效果,让我们具体、真切地看到了帕斯捷尔纳克小说叙事视角的独特性。而以对话性为主体、非对话性为辅助的人物话语类型的分析让读者认识到,人物、叙述者话语类型对揭示长篇小说作者的情感意志、宗教情怀和哲学思辨确实有着不可低估的作用。对一部现实主义作品中这些现代性叙事元素的言之有据的发现、挖掘和分析有效地拓宽了对这部小说的艺术认知。

研究"长篇小说叙事艺术"这个题目的难点不在于如何揭示作品在叙事方面的一个个特点,研究者不仅要还原小说文本叙事的真实面貌,而且还必须找到一种合适的"框架"来统摄和清理尚显得散乱、破碎的叙事特点所呈现的思想及其逻辑。只有当小说文本的叙事形式和思想意蕴能够接通的时候,才算实现叙事艺术研究的真正的成功。专著第四章的"叙事伦理"恰恰是完善这一叙事框架的"接通式"建构,它使得全书更有感情、温度、筋骨。这一章与传统的意识形态批评的根本不同在于,作者对独特叙事艺术所呈现的反暴力叙事、反乌托邦叙事、自由个体叙事、宗教神性叙事的责任伦理不是在社会政治功利层面的,而是在人类进步、历史发展、人的自由幸福的超越性、共时性层面的,具有终极关怀的伦理思考。这种思考具有巨大的思想张力和丰富的精神蕴含,是有深度和高度的,是专著作者对作家传承俄罗斯文学经典伟大精神的精准把握。

如果我们仔细地阅读作者在专著中所做的详尽的梳理和悉心的解读,就能发现,作者并不缺乏"问题意识"和"当代眼光"。她力图站在比研究对象和文本更广的领域和更高的层次上对小说文本进行透析和总结。这个更广的领域就是包括苏联小说在内的俄罗斯小说历史的和审美的语境,这个更高的层次就是现实主义传统诗学和现代主义诗学相比较的视野。基于对长篇小说叙事形式和叙事伦理的分析,作者认为,长篇小说《日瓦戈医生》的诗学创新和精神传承就在于它是"一部以个体(日瓦戈)的内在精神生活为叙事结构中心的,有着现代叙事意识的经典小说",是 20 世纪"作家对传统现实主义长篇小说叙事所作的开拓性贡献","帕斯捷尔纳克无疑是伟大的叙事艺术家和叙事思想家",这些结论胜出目前多样的批评研究认知。

　　最后我还有一点要说的是,专著作者是 20 世纪 80 年代后期出生的学者,一个年轻人将自己读硕士、博士的整整六年多的时光搁在一个作家的一部作品上,这在国外不是件稀罕事,但在中国这个一切都在迅速变迁、更替、趋新、跟潮的国度里,似乎显得有些"保守"与"落伍",更何况《日瓦戈医生》还是一个已经被人们谈了半个多世纪的作品。但我却从中看到了一种锲而不舍的精神,一种力求自我呈现和发声的精神,从这一点来看,我们有理由期待孙磊的俄罗斯文学研究未来能有更大的突破。

　　(本文原载《帕斯捷尔纳克长篇小说〈日瓦戈医生〉的叙事艺术》,孙磊著,外语教学与研究出版社 2019 年版)

后　记

　　这是我的第二部学术论文集。九年前，承蒙"当代中国俄语名家学术文库"编委会的厚爱，黑龙江大学出版社出版了我的第一部文集，让我"浮出水面"，成了"名家"。当时，我把读研和毕业后疯狂练笔的学术习作，连同文学随笔、作家访谈一股脑儿划拉进了文集中，今天读来，仍感多有欠缺，如我在那本文集的自序中所言，"它虽然有三十余万字，但质地坚硬的有限"。

　　这一次，"新时代北外文库"编委会又青眼有加，将我的文集收入其中，给了我再次"出水"的机会。尽管对近十年来的研究成果我仍然不敢说质地已篇篇坚硬，再说了，此时稿债沉重，既定的写作计划已经压得我几乎直不起腰来，但本着检视阶段性成果的目的，秉持不断进步、提高的理念，我还是毫不犹豫地答应了下来。自以为，学者只顾闷头读书、写作，不知道有一段时间站起来审视自己的写作，不知道总结自己的研究路数、方法，是很难不断超越自己的。此间，冠状病毒造成的高压与强制，叫停疫情、走出危难的期盼于我转变成了一种时机，让我宅居家中，审读书稿，把文集的完成当作战胜疫情后研究工作的一个新的起点。

　　在这九年的读书与思考中，我最大的收获是，对俄罗斯文学的昨天和今天有了比此前更真切和深入的了解，对这一充满民族精魂的艺术形式有了更深的喜爱。在选择篇目、整理书稿的过程中，我有了一些新的体会和感悟，我还发现，好的写作状态和自己比较满意的文字，不仅仅是出于脑子，还源于心灵。

　　我国俄罗斯文学研究的思想理论资源大都在俄罗斯，也有一部分来自欧美。这种理论和思想源头上的一致性无疑造成了研究热点、方法思路和学术成果的趋同性。除了研究对象的不同，研究者彼此之间的认知差异并不是很大。无论是思想发现，还是艺术发现，或是在方法论的创新方面，我们都很难做到有原创性。除了"某某作家或作品在中国的译介（传播、接受）"这样的命题我们可以拿到国际会议上宣读，在国外学术杂志上发表外，俄罗斯文学本体的研究我们是很难与国外同行平等对话的，因为我们说的大都是他们说过的，没有多少自己的话语。"买办"式的精神状态是无法与人对话的。我国的俄罗斯文学研究缺乏独立的学术品格是一个不容否认的客观事实，包括我本人的一些研究在内，我们的大部分研究仍处在"编者时代"，而不是"著者时代"。这是我对我们的研究和写作的认识焦虑与精神恐慌。如何改变这一现状，让我们的研究在追求原创性的努力中有所进取？这一次，似乎有了一些答案。

讲授和研究俄罗斯文学，介绍文学的历史，分析一个作家，解说一部作品，讲述它的叙述结构、人物体系、语言特色，挖掘它的文化意蕴和思想深度，固然是教学和研究之必须，但是，小格局、小格调的讲授和研究终究难能揭示俄罗斯文学共时性的本质特征——这一民族文学独有的经验形态、精神形态、价值形态。如何对整个俄罗斯文学发展的起落以及作家不同的创作理念、叙事风格做一种精神聚焦，对这一文学的精神原点作一个整体的把握和概括，这不仅对于教学至关重要，对于我们自己今后的研究也具有统摄性的引领作用。俄罗斯文学史家和理论家的自我认知往往有着其固有的精神优越感和自神其教的毛病，我们不可鹦鹉学舌、照单接收，要能实现这一条，尤其需要有自己的分析和判断。"俄罗斯文学的思想功能"和"俄罗斯社会的现代性转型及文学叙事的话语嬗变"便是我近几年里对俄罗斯文学作宏观研究，深化其文化特征和精神品格思考的两篇文章。我试图发现俄罗斯文学与西欧文学、中国文学的不同，找到俄罗斯作家认知和把握世界的方法及其结构小说和关怀人类的途径，还有审美形态的特征，同时也想指出她在价值观念上的局限性。这也是我近几年在全国各高校外语和中文院系作学术讲座的重要内容，师生反映不错，讲座后的讨论也十分热烈，这更坚定了我对这一研究方向的信心。

对欧美文学和中国文学以及文学批评的阅读，丰富了我对文学的认识，也进一步强化了我在俄罗斯文学研究中对比较意识的看重。这种比较意识不是方法论层面的比较研究，而是审视作家、作品的方式，一种强有力的"他者"观照。这种研究的落脚点不在比较，而是通过比照来深化对研究对象的认知。

任何有质量的文学研究都不应该是孤立的,不能是就事论事的,而应该放在一个较为宏阔的视野中,有一个参照语境或比较对象。巴赫金讲过,"文本只有在与其他文本的碰撞中才会是鲜活的。只有在不同文本的这一关系点上才能迸发出光芒,这一光芒才能照亮此前和此后的创作,才能使这一文本与那一文本产生勾连"。对中国学者而言,研究俄罗斯文学有两个必不可少的参照坐标,一个是欧洲文学,一个是中国文学。有了前者,我们才能看清楚同样是欧洲文学的俄罗斯文学与西欧文学的不同,有了后者,才会有我们自己的眼光,作出不同于俄罗斯同行的判断和评价。

以爱情小说为例。研读托尔斯泰的《安娜·卡列尼娜》时,若能以福楼拜的《包法利夫人》为参照,研读托尔斯泰的《谢尔吉神父》时,若能以法郎士的《苔依丝》为参照,我们便可以清晰地看到俄罗斯文学与法兰西文学精神价值立场的明显差异。托尔斯泰的"价值陈述"以宗教顿悟、信仰拥抱、精神重生为旨归,福楼拜和法郎士的"故事陈述"是以消解宗教的世俗顿悟及回归生活、拥抱生命为取向的。再以乡土文学为例。俄罗斯的乡土文学有200多年的历史,渊源深厚,充满神圣感和神秘感,有着强大的生命力,至今没有断流。我国20世纪80年代文学新潮中出现的乡土文学、寻根文学的生命相对较短,尽管其产生的文化背景与苏联解冻文学之后出现的,以思想、文化转型为特点的农村小说十分相近,但两者的文化价值取向迥然不同。俄罗斯的农村小说是对传统乡土文化理想化的崇尚与回归,对深受现代物质文明和精神文明戕害的文化传统的惋惜和捍卫,而以韩少功、贾平凹等作家为代表的中国作家对中国传统文化之根的探索在于检讨、反思,他们更重于中国乡土文化对现代文明的接受、吸纳和融入,是走出乡村奔向现代世界的向往。有了这样的两向参照,我们对俄罗斯文学的精神价值认知就会更加深刻和独到,也会更有主体性和原创性。

与俄罗斯文学研究之"编者"状态密切相关的另一个原因是,当今俄罗斯文学研究的学院化、理论化、专业化。这似乎已经成为我国当前外国文学研究的一种顽疾性追求。外国文学研究是面向文学事实、文学历史、文学现状,还是归于学术理论,在这两种选择中,我本人更倾向于前者。我是主张文学研究"去学院化",反理论化、专业化的。我说的"去学院化",是要摒弃一种讨厌的学术腔,弃绝外国文学研究者所看重的理论之上的傲慢和智性上的优越感。我并不排斥文学研究中的理性思维,赞同理论为思想服务,而不是相反,主张增加研究的深度和思想容量。而更重要的是,文学研究不能忘掉文本中的生活、血肉、情感,因为它们才是文学的生命所在。这么多年来,我一直对文学研究中拿腔拿调、佶屈聱牙的学术言说比较反感。一味注重学术研究的模式不仅使得文学的研究对象受到了限制,研究者的理论焦虑还会导致对文学文本细读的忽视,对有温度、有情感的文学批评的不屑,研究主体语言敏感度、阅读能力、艺术修养、想象力的衰退,从而造成研究主体主动性和创造性的缺失。

还需要指出的一点是,囿于专业的学术研究还忽略了文学巨大的认识价值和教育功能。文学的社会功能尽管是一个传统的、过于陈旧的话题,但它毕竟是文学与生俱来的一部分。除去政治因素的介入,我们无法否认,文学有不可忽略的极为丰富的社会文化蕴含,具有认识世界、认识自身和教育心灵的功能。纳博科夫说,作家的三重身份之一就是教育家。而要想实现这样的认知功能和教育功能,研究者就需要把作家主体精神的投影或隐喻性意义用通俗易懂的语言表达出来,告诉读者。俄罗斯文学的批评和研究除了学术要求,还应该致力于俄罗斯文学的普及事业。像自然科学的"科普"一般,不是高高在上、遥不可及,而是以一种亲切可爱、充满戏谑、朴实真切的话语让我们高校俄语专业的师生和更多的读者走进俄罗斯文学的世界,彻底打破封闭的"学术共同体"。对帕斯捷尔纳克有着深入研究的美国批评家埃德蒙·威尔逊从不自命为理论家,他只称自己是作家和文学记者,站在大学讲台上的纳博科夫也忌讳对经典作家和作品进行理论阐释,他们的批评没有我们常见的刻板与艰涩,总是那么具体生动、自信优美,总能给读者以情感教育和审美享受。我本人从他们的批评中受益良多,在写文章时也力争做到在保证研究思想深度的基础上,让分析变得有趣,让言说变得生动,让情感变得丰满,让思想变得温暖。文集中"经典新读"和"21世纪俄罗斯作家和作品研究"这两个板块的文章就是我将深深印在脑海中的大师们的思想智慧、审美激情落实在批评实践中的一些尝试,我会一如既往地坚持这么写下去。

在阅读与思考的过程中,我每每觉得自己的研究跟不上文学家的精神能量,难能保持与他们在情感上的共振。早先,我在研究中更注重对文学事实的追溯、对思想理念的判断及对价值观念的解析,至于文学作品中鲜活的生活、情感及其所展示的可能世界,或者不太顾得上,或是只当作一种媒介或材料。分析言说中往往多是史料、理论、逻辑在先,此后才是自己的有一搭无一搭的主体意识,有时甚至是完全缺失的。借助于一套批评术语和批评方法建构一个观念的、相互关联的理性世界其实并不难,也更容易得到学术期刊编辑的认可,但由于不是用情感、生命经验,而是用理论思想去理解作品,所以批评主体仅仅是一个知识意义上的研究者,而不是文学作品中的生活世界、情感世界、想象世界的介入者、行动者。纳博科夫、卡尔维诺、特里·伊格尔顿、詹姆斯、伍德等理论大师的各类文学讲稿和阅读指南,都在告诉我们,文学批评与研究犹如与人打交道,用的更多的不是知识和智慧,而是心灵和情感。只有经过了心灵阅读之后,才会生成充满精神创造、美学创造以及富有温度和情感,给文字带来生命的批评。在我的阅读经验和认知中,经典的别林斯基、普列汉诺夫、卢那察尔斯基的文学评论,当代评论界的叶萨乌洛夫、巴辛斯基、安宁斯基,还有更为年轻的普斯托瓦雅等人的文学研究都具有这样的品格,他们的批评和阐释使得文学作品更加血肉丰满、芳香迷人、充满抚慰。

文学的跨学科研究已经成为 21 世纪俄罗斯文学研究方法的革命性转型,是一场现代语境中俄罗斯文学批评和研究的本土化复兴运动,我们应该予以高度关注。文学研究中采用不同学科之间的互动不仅是对单一的社会历史研究的消解,更重要的是,强调不同知识领域的对话以及不同视角和观念相互补充、深化的价值。无疑,这也为我们研究的多元性、多样性、原创性提供了方法论上的支撑。《身份认同危机与 21 世纪俄罗斯小说叙事伦理、文体的重构》《文学场和索尔仁尼琴文学创作的历史价值》等文章就是我力图将历史文化研究与社会学、形式诗学批评相结合的试笔。作品历史价值生成的文化场,作家对小说叙事文体的创新是我研究的对象。两者都是文化学批评与审美形式批评的结合,是当代俄罗斯文学批评对文学生成机制、发展规律研究的一种新的方法论的运用。

“传统型”学者与“互动型”学者(或叫“开放式”学者),两者最大的不同就在于获取学术资讯,形成学术观念和扩展学术生活的过程中有没有各种不同思想、话语的参与及一种“他者”的观照。这个“他者”不是指互联网上的知识信息,而是指跨越你本语言、本专业领域的知识汲取和思想参照。哲学、艺术学、伦理学、社会学、文化学、心理学等学科的观照,已经成为21世纪俄罗斯的文学批评和研究的一个重要趋势。当然,前提是你要有跨学科的知识结构和学术准备。就我个人的体验而言,我有一个因为缺憾而生发出来的寄托:用阅读和写作来弥补,摆脱单一的局限,努力发出新的声音。

　　阅读与研究这么多年,我发现自己对所有文学经典都没有了排斥感,即使在没有喧闹的地方,不被学界看好的作家和作品,也存有至善至美的思想和艺术。我们的俄罗斯文学的研究者多有自己钟情的对象,也时时会被众人看好的研究热点所吸引,而对于许多经典过于陌生,对文学历史上那么多的光芒视而不见,未能意识到知识与知识之间关联的重要性,而这对于广阔的视野和准确的判断,形成自己的认知方式和表达方式是十分不利的。只有在广博的阅读、深入的思考中才能渐渐形成自己的判断,这样我们在汲取别人的阅读经验和研究成果时,才能做到既有仰视的心情,又有平视的目光,到了那时候,渗透了创新精神的文学研究就不会是不可企及的。

统　　筹:张振明　孙兴民

责任编辑:孙兴民　邓文华

封面设计:徐　晖

版式设计:王　婷

责任校对:方雅丽

图书在版编目(CIP)数据

俄罗斯文学的理论思考与创作批评/张建华 著. —北京:人民出版社,2021.4

(新时代北外文库/王定华,杨丹主编)

ISBN 978－7－01－023221－8

Ⅰ.①俄…　Ⅱ.①张…　Ⅲ.①俄罗斯文学-文学研究　Ⅳ.①I512.06

中国版本图书馆 CIP 数据核字(2021)第 039419 号

俄罗斯文学的理论思考与创作批评

ELUOSI WENXUE DE LILUN SIKAO YU CHUANGZUO PIPING

张建华　著

人民出版社 出版发行

(100706　北京市东城区隆福寺街 99 号)

北京新华印刷有限公司印刷　新华书店经销

2021 年 4 月第 1 版　2021 年 4 月北京第 1 次印刷

开本:710 毫米×1000 毫米 1/16　印张:28.75　插页:1 页

字数:442 千字

ISBN 978－7－01－023221－8　定价:102.00 元

邮购地址　100706　北京市东城区隆福寺街 99 号

人民东方图书销售中心　电话 (010)65250042　65289539